Marion Schreiber-Kellermann wurde 1920 in Brieg/Schlesien geboren. Nach dem Abitur machte sie eine Lehre als Steuergehilfin. 1939 verpflichtete sie sich bei der Luftwaffe und wurde zur Funkerin ausgebildet. Nach Kriegsende war Marion Schreiber-Kellermann als Dolmetscherin tätig. Sie hat zahlreiche Bücher geschrieben und ist als freie Mitarbeiterin u.a. für den »Spiegel« und die »Welt am Sonntag« tätig.

Vollständige Taschenbuchausgabe August 1990
Droemersche Verlagsanstalt Th. Knaur Nachf., München

Originalverlag Ullstein, Frankfurt/M. – Berlin
Umschlaggestaltung Adolf Bachmann
Umschlagfoto AKG, Berlin
Druck und Bindung brodard & taupin
Printed in France 5 4 3 2 1
ISBN 3-426-02939-1

Marion Schreiber-Kellermann:
Brieger Straße

Eine Kindheit in Schlesien 1925 – 1933

Knaur®

Weihnachtsmärchen

Eifrig bemühe ich mich, meine kleinen Schritte dem leichten Schreiten an meiner Seite anzupassen, in einem Wald von Schuhen, Kleidersäumen und Hosenbeinen. Irgendwo ist ein kleines Fenster, hinter dem goldglänzende Haare sich über geldzählende weiße Finger beugen. Dann reißen die weißen Finger mit Nägeln, die wie rosa Marzipan locken, einen kleinen Abschnitt von einer langen Schlange grüner Karten, und wir schieben uns weiter.

Liebe Hand, die mich hält.

Auf schwatzender Brandung schwimmen Musikfetzen wie helle Vögel. Ich rieche Tannenbäume, liebe, geliebte Tannenbäume. Die braune Wölbung einer Riesenhalle lacht uns mit hundert Lichterzähnen entgegen. Unzählige Köpfe sitzen wie rosa Perlenketten aufgereiht auf braunen Stuhlrücken.

Ich werde auf einen der Gartenstühle gesetzt, die mit ihren eisernen Beinen im gelben Kies stehen. Neben mir sitzt das schwarze Samtkleid Mamas, das am Hals und an den Ärmeln mit weißer Spitze besetzt ist. Ich kann hören, wie Mamas Stuhl vor Stolz seufzt. Ich muß mit ihm reden, damit er behutsam ist, denn Mama ist krank. Langsam lasse ich mich von meinem Sitz gleiten. Zwischen den vielen Stuhl- und Menschenbeinen kann man geborgen sitzen wie in einer gläsernen Kugel auf dem Grunde des Meeres. Der Kies faßt sich gut an, und ich lasse ihn durch meine Finger rinnen, während ich dem Stuhl von Mama erzähle. Manchmal streichle ich eines seiner Eisenbeine. Er versteht mich gut.

Dann plötzlich ist Mamas Stirn über mir. Mamas weiße Stirn, über der die Haare in braunem Glanz liegen wie Kastanien in der Weiße ihrer eben geöffneten Schalen.

»Der Weihnachtsmann, Elisabeth, willst du den Weihnachtsmann nicht sehen?«

Als ich wieder auf meinem Stuhl sitze, ist vorn, vor einem

richtigen Sternenhimmel, der heilige Nikolaus mit roter Mütze und weißem Pelzbesatz; um ihn herum, zwischen den Tannenbäumen, sind Engel, viele Engel. Große, die wie Tauben aussehen, mit ganz weichen Federflügeln, und kleine, die mit bespannten Schmetterlingsflügeln flattern. Ich muß denken, daß die Taubenengel auf Stelzen gehen – so groß erscheinen sie, und so seltsam bewegen sie sich.

Die Leute haben aufgehört zu schwatzen, und endlich kann man die Musik deutlich hören. Es ist eine schöne Musik, und ich bitte Mama, daß sie mich auf den Stuhl steigen läßt, damit ich das Cello sehen kann. Zu Hause spielt Tante Irene manchmal Cello. Ich habe das Cello ebenso lieb wie Kastanien oder Mamas Haare.

Als die Musik aufhört, fangen unzählige Hände an zu klatschen, und ich bin sehr traurig, denn sie verjagen damit alle Töne, die eben noch da waren. Mama klatscht nicht mit, und ihre Hand, die eine Falte in das schwarze Samtkleid drückt, zittert ein bißchen.

Ich weiß nicht mehr genau, wie es endet, nur, daß es nachher draußen noch sehr schön ist, ganz still und eisigkalt, und daß Mama sehr langsam geht.

Später kommen die Tanten und sagen, daß ich für Mama beten muß. Sie erzählen mir, daß Mama, wenn sie nicht mehr bei uns sein kann, ein Engel wird, und daß es im Himmel wunderbar schön sei.

O Herr, vergib ihrer armen Seele
und laß sie ruhen in Frieden. Amen.

Aber ich glaube nicht, daß Mama gern ein Engel sein möchte mit Stelzenbeinen oder gar mit Schmetterlingsflügeln. Vielleicht möchte sie viel lieber ein Cello sein? Ich will es dem lieben Gott sagen, wenn die Tanten fort sind.

Ich verstehe das nicht. Wenn Mama ein Engel ist, warum muß man dann für sie beten? Oder haben die Engel vielleicht auch eine arme Seele?

Der Sekretär Gerhart Koller geht nach Hause

In diesem Sommer trugen die Frauen sehr bunte Kleider, kürzer als je zuvor und ganz ohne Ärmel.

Nachts war es beinahe ebenso heiß wie am Tage, und es gab nur selten ein Gewitter, aber das brachte auch keine Abkühlung.

Zehn nach sechs, wie an jedem Abend von Montag bis Freitag, kommt der Sekretär Paul Gerhart Koller die Brieger Straße entlang. Er hat sein hellgraues Lüsterjackett an, das beinah wie vornehme Seide schimmert, und er setzt die Füße fest und energisch. Wie einer das tut, wenn er einen festen Willen hat. Sollte ihm etwa die Hitze was anhaben? Da geht er bloß um so energischer und schiebt die Unterlippe vor. Damals, 1916, bei Arras, als Freiwilliger bei der Infanterie, da ist er noch ganz anders marschiert.

Jetzt zieht er den Hut. Ja, er trägt einen Filzhut, keinen von diesen neumodischen runden Strohhüten, er ist kein Modefax. Er trägt seinen Filzhut auch bei achtundzwanzig Grad im Schatten. Sollte ihm das etwas ausmachen? Hat er nicht fast vier Jahre lang einen Stahlhelm getragen? Na also. Außerdem ist es doch so: In einer kleinen Stadt gibt es viele Leute, die man kennt, die man grüßen muß. Da geht man zum Beispiel nach Hause und trifft den Herrn Regierungsrat. Der Herr Regierungsrat Winter ist Gerhart Kollers oberster Chef im Vermessungsamt. Da muß er den Hut schon tief ziehen, wenn er den obersten Chef trifft. Freilich, man könnte auch eine angemessene Verbeugung machen, aber das ist wieder so eine Sache. Verbeugungen, wenn sie angemessen sein sollen, glücken nicht immer. Man kommt ins Stolpern oder man rempelt gar jemand an. Beim Bäckermeister Konieczny, der mit blütenweißer Schürze in der Ladentür steht, beim Friseur Bencke, der schon von weitem dienert, ist es wieder was anderes. Trägt man einen Hut, kann man auf ihren Gruß hin jovial an die Krempe tippen, aber wer hat schon gehört, daß man sich Grüße erwidernd an die Stirn tippt!

Und vor allem jetzt, hier vor der Tür von Alfred Brocksch' »Mode- & Kurzwaren en detail«, hier muß Gerhart Koller einfach einen Hut haben. Einen Hut, den er weich, mit vornehmem Schwung vom Kopf ziehen und in weitem Bogen herumschwenken kann.

Alle sehen es.

Die Arbeiter, die zum Freitagabend-Schnaps in die Richtersche Kneipe drängeln, die Gemüsefrau Teuser und der Sattler Pampuch. Nur Hilde, die jüngere Brocksch-Tochter, hat sich gerade in diesem Augenblick umgedreht, ein seidenrosa bestrumpftes Bein schon auf der Schwelle der Ladentür, der kurze weiße Faltenrock wippt noch vom schnellen Schwung. Gleich macht sie den zweiten Schritt, es sieht aus, als hüpfe sie wie ein übermütiges Kind geradewegs aus dem Sonnenlicht ins grüne Halbdunkel des Ladens. Man kann eben noch die schwarze Samtschleife sehen, die ihre langen blaßblonden Zöpfe im Nacken zusammenhält.

Natürlich, sie hatte ihn nicht gesehen. Gerhart Koller setzt den Hut wieder auf. Nicht ganz so schwungvoll, wie er ihn abgenommen hat.

Sie hatte ihn wirklich nicht sehen können. Jedenfalls hatte sie ihn bestimmt nicht erkannt. So gegen das Licht, und wenn man bedenkt, daß drinnen im Laden grünes Dämmerdunkel herrscht, weil alle Leinwand-Jalousien vor den Schaufenstern heruntergelassen sind. Die Augen tun einem weh, wenn man da herauskommt in die grelle Sonne. Da kann man einfach nicht sehen, daß jemand vor einem den Hut zieht. Da muß man blinzeln und sich am besten gleich wieder umdrehen.

Der alte Brocksch, der neben der Ladentür auf seinem Stühlchen sitzt, der hat ihn gesehen. Aber das ist ja auch etwas anderes. »Guten Abend, Herr Sekretär«, sagt der alte Brocksch und nickt, und sein rotes Gesicht leuchtet in der Sonne. »Immer pünktlich, Herr Sekretär. Immer ein pünktlicher Beamter.« Sein weißer Schnurrbart, der wie eine dicke Bürste auf der Oberlippe sitzt, zieht sich in die Breite. »Pünktlich heim zur Frau Gemahlin!«

Der Sekretär bleibt stehen.

Es ist durchaus möglich, daß er sich getäuscht hat. Vielleicht ist es gar nicht die Hilde gewesen. Das hat er sich wohl überhaupt nur eingebildet, das mit den langen, blaßblonden Zöpfen und mit der schwarzen Samtschleife.

Natürlich. Wie man sich täuschen kann. Es war Magda. Ganz bestimmt. Magda, die ältere, mit den modernen, kurzgeschnittenen Haaren, glatt ausrasiert im Nacken. Und der Ausschnitt ihres Sommerkleides war spitz und tief, die Haut darüber rostbraun und ein wenig faltig vom vielen Tennisspielen in der prallen Sonne.

Magda. Natürlich ist es Magda gewesen.

»Wird alle Tage hübscher, Ihre Magda«, sagt Gerhart Koller höflich zum alten Brocksch. Er sagt es recht laut, denn der alte Mann versteht einen in letzter Zeit nicht mehr so richtig.

Das rote runde Gesicht nickt nur, der weiße Bürstenbart immer noch weit auseinandergezogen. Der alte Brocksch lacht jetzt auch oft ohne jeden Grund.

»Ein Prachtmädel, Ihre Magda«, sagt der Sekretär noch lauter.

Drinnen im Dämmerlicht der grünen Ladenhöhle hatte sich etwas bewegt. Zwei, drei leichte Schritte. Ein weißer Faltenrock wippt über lachsrosa Seidenstrümpfen. Blonde Zöpfe.

»Ist jetzt mit der Schule fertig, und im Herbst wird sie zwanzig«, sagt der alte Brocksch schließlich und nickt wieder und kaut an einem Ende seines Schnurrbarts.

Der Sekretär starrt ihn an. Was sagt er da? Zwanzig im Herbst? Zum Lachen ist das. Die Magda und zwanzig. Die ist neunundzwanzig, ein Jahr älter als er selber. Was dieser alte Mann da redet. Aber dann, nach einer schicklichen Pause, geht er doch auf das Gerede ein. »Ah«, sagt er, »ich verstehe, das Fräulein Hilde ist wieder da.« Schließlich wohnt man schon ein paar Jahre nebeneinander, und was kann der alte Mann dafür, daß er jetzt so oft alles verwechselt. »Das freut mich für Sie«, sagt der Sekretär, »ich habe das Fräulein leider noch gar nicht gesehen!« Das sagt er wieder ganz laut, weil man ja bei dem Alten wirklich nicht weiß, ob er einen sonst versteht. »Auch die Kinder werden sich freuen, und meine Frau . . .«

»Die Frau Gemahlin«, der alte Brocksch kratzt die grauen Borsten auf seinem runden Kopf. »Der Doktor kommt jetzt wohl jeden Tag. Keine leichte Sache, keine leichte Sache, so eine Krankheit. Und so ein junger Mann wie Sie. Wenn Sie Hilfe brauchen, sagen Sie's nur. Meine Töchter . . .«

Der Sekretär braucht keine Hilfe. Wirklich nicht. Soll er vielleicht die beiden Fräulein bemühen, das fehlte noch. Wohl gar die

Magda? Nein, das kommt nicht in Frage. Und hat sie nicht schon genug zu tun mit dem vielen Tennispielen? Turniere im Club Gelb-Weiß und neulich sogar in Breslau. Nein. Das kann man nicht verlangen, daß sie sich auch noch um seine kranke Frau kümmert. Und das Fräulein Hilde? Auf gar keinen Fall. Die ist ja selber so blaß und zart. Kommt sicher vom vielen Lernen. So eine Schule ist anstrengend, das weiß man doch. Wie? Nein, er hat sie natürlich noch nicht gesehen. Hat er das nicht schon gesagt? Er denkt sich das einfach so, und es ist auch nichts Neues, daß so ein Mädel blaß wird und nervös vom vielen Lernen. Es soll vorkommen, daß auch die Augen leiden. Die Sehkraft wird geschwächt, das hört man jetzt oft.

»Nein«, sagt der Sekretär und schiebt wieder energisch die Unterlippe vor, »schönen Dank, es ist gut gemeint, aber schließlich ist auch die Schwägerin zum Helfen da. Ein Besuch, das ist etwas anderes, oder vielleicht einmal - so zur Erholung - ein Spaziergang mit den Kindern.«

Jetzt hat er mehr gesagt, als er eigentlich wollte. Jetzt muß er wirklich gehen. Noch einmal zieht er den Hut. »Meinen Gruß an die Damen«, sagt er vornehm und verbeugt sich ein klein wenig zur Ladentür hin, zu dem grünen Dämmerdunkel, in dem man so gar nichts erkennen kann. Höchstens einen weißen Faltenrock, aber was weiß man schon, der hängt womöglich auf einem Kleiderbügel. Und lachsrosa Seidenstrümpfe kann jedes Mädchen anhaben. Guten Abend also, und man sieht sich ja wohl noch.

Er geht weiter. Langsam, mit federnden Schritten. Hochaufgereckt den Kopf. Er könnte stundenlang so gehen. Kilometerweit. Aber im nächsten Haus wohnt er schon.

Es ist ein stattliches Haus. Zwei große Schaufenster und in der Mitte eine Treppe mit breiten Stufen unter einer schweren Doppeltür. Das Haus gehört dem Uhrmacher Storz.

Auf der zweiten Stufe fällt es ihm ein. Er muß einfach nachsehen, ob die hübsche Damenuhr noch im Fenster liegt. Die goldene mit dem ziselierten Rand und dem eleganten schwarzen Ripsband. Die müßte fein aussehen und vornehm an einem zarten Handgelenk. Man muß sie natürlich in einem schmalen Kästchen auf rosa Watte verschenken. Das wäre was Kostbares. Er muß richtig schnaufen, wenn er sich das vorstellt.

Die Uhr ist noch da. Aber was will er eigentlich mit so einer Uhr?

Will er sie der Schwägerin schenken, weil sie die Frau pflegt und für die Kinder sorgt? Na, da käme er schön an. Spar dein Geld, würde die Schwägerin sagen, die Medizin wird immer teurer, und wer weiß, was noch auf uns zukommt. Und außerdem, was sollte ich wohl mit einer goldenen Uhr am Handgelenk, wo ich die Hände doch immer bis zu den Ellenbogen entweder im Spülwasser habe oder in der Wäschelauge. Das würde sie sagen, die Schwägerin. Und sie hat ja auch recht. Und ihre Handgelenke sind breit und kräftig und rot. So eine Uhr würde da gar nicht passen.

Na ja, es war auch nur so ein Gedanke. Es ist halt eine zu hübsche Uhr. Er hebt die Schultern, und wie er nun zur Tür zurückgeht, muß er - ob er will oder nicht - nochmal zum alten Brocksch hinsehen. Der hat jetzt sein Stühlchen zusammengeklappt und will zurück in seinen Laden. Eine Hand, die ihm über die Schwelle helfen will, streckt sich ihm entgegen. Eine blasse Hand mit einem sehr zarten Handgelenk.

Der Sekretär schiebt die Unterlippe vor und nimmt die Eingangsstufen mit festem Tritt.

Als er ins Zimmer kommt, liegt die Frau bleich mit blauen Adern an den Schläfen im dicken Federbett.

»Du mußt ja umkommen bei der Hitze«, sagt er, als sie sich zu ihm dreht.

Sie lächelt, aber man kann sehen, daß sie geweint hat. Sie legt ihr schwarzes Gebetbuch auf die Holzplatte vom Nachttisch, die wir Marmor gemustert ist. »Ich bin ganz zufrieden so«, sagt sie.

»Sie friert immer so viel«, die Schwägerin steht in der Tür, trocknet die Hände an ihrer Schürze. »Das Essen ist gleich fertig.«

Die Kinder in ihrer Spielecke halten ihre Bauklötze in den Händen, aber sie spielen nicht. Sie sehen von einem zum anderen. »Fräulein Hilde ist wieder da«, sagt Elisabeth, das ältere der beiden Kinder, schließlich. »Sie hat Mama besucht. Sie ist erst gegangen, als wir dich vom Fenster aus die Straße heraufkommen sahen, Papa.«

Er geht zum Fenster. Sieht auf die Straße hinunter. Sie soll die Kinder nicht immer zum Fenster hinausgucken lassen. Das ist viel zu gefährlich, das schmale Fensterbrett und unten, zwei Stock tief, nichts als Granitpflaster. »Himmelherrgottnochmal . . .« Die Frau im Bett zuckt zusammen. »Aber es ist doch wahr«, sagt er ein bißchen leiser, »sie würden sich das Genick brechen. Das würden sie!«

»Aber das Fräulein Hilde hat doch aufgepaßt. Das Fräulein hat doch mit den Kindern zum Fenster hinausgesehen.«

Er atmet heftig und zerrt an seinem Schlips. »So ein junges Ding hat kein Verantwortungsgefühl«, sagt er. Und er denkt, daß es einfach unmöglich ist, den faden, süßlichen Geruch hier im Zimmer zu ertragen. Alles riecht nach dieser Krankheit, sogar die Vorhänge, das Waschwasser im Krug mit den blauen Rosen. Die Frau kann nichts dafür. Nein. Natürlich nicht. Wenn sie nur nicht immer so tapfer wäre. So still. Ohne jede Klage. Dabei sagt der Doktor, daß manche vor Schmerzen brüllten, wenn es einmal soweit ist wie bei ihr. Aber sie sagt nichts. Nur wenn niemand im Zimmer ist, weint sie. Und betet. Betet. Betet. Man wird ganz verrückt davon. Nein, sie betet nicht laut. Aber es ist doch so, daß man sich einfach schlecht vorkommt neben ihr. Schlecht und gefühllos, strotzend vor Gesundheit, während sie leidet. Zum Teufel, kann einer denn etwas dafür, daß er gesund ist? Manchmal wird er den Gedanken nicht los, daß sie ganz froh ist, daß alles so ist. Daß sie gar nicht den Wunsch hat, wieder gesund zu werden, zu leben. Ja, wahrscheinlich ist es wirklich so. Sie will nicht mehr leben. Will ihn bestrafen mit ihrem Tod. Weil er sie hierher gebracht hat, in diese kleine Stadt. In dieses Nest, in dem es nicht einmal ein richtiges Theater gibt. Es stimmt schon. Sie war nie glücklich hier. Auch als sie noch ganz gesund war, konnte sie stundenlang zum Fenster hinausstarren. Und wenn er dann heimkam, hatte sie ihn oft vor lauter Weinen gar nicht gesehen. Fröhlich oder gar etwa übermütig ist sie hier nie gewesen. Dabei konnte sie's sein. Damals, im Haus ihrer Mutter, mit ihren Geschwistern war sie die Lustigste von allen.

»Hast du Ärger gehabt im Büro?« fragt sie jetzt leise.

Nein. Wieso? Und wenn schon, war er jemand, der sich vielleicht etwas draus machte, wenn sie einen jüngeren, einen, der es ›draußen‹ nicht mal zum Gefreiten gebracht hatte, wenn sie den zum Obersekretärslehrgang schickten? Sie würden sich ins eigene Fleisch schneiden, die Herren da oben. Er hatte es nicht nötig, zu katzbuckeln. Und eines Tages . . .

»Kommt jetzt essen«, sagt die Schwägerin und wischt sich eine

Strähne fettigen Haares aus der Stirn. »Und ihr«, sie wendet sich an die Kinder, »wascht euch noch vorher die Hände!«

Gerhart Koller bleibt noch eine Sekunde auf der Türschwelle stehen, sieht zu seiner Frau hin. Dann schiebt er die Unterlippe vor. Natürlich, was hat sie auch noch davon, ob er nun dieses Jahr Obersekretär wird oder nicht. Was ändert das noch für sie? Dann ärgert er sich, daß er so denkt, daß er es so schlecht fertigbringt, freundlicher zu ihr zu sein. Und er will ihr eine Freude machen.

»Elly«, sagt er leise, kommt wieder heran und läßt sich auf dem Bettrand nieder. Und den Krankheitsgeruch, den erträgt er jetzt eben. Hat doch damals, 1917 im Lazarett, auch nicht nach Rosen gerochen. Na also. »Elly«, sagt er noch mal, und sie macht ein bißchen gequält die Augen auf. »Was würdest du sagen, Elly, wenn ich dir erzähle, daß ich schon ein Geburtstagsgeschenk für dich ausgesucht habe? Eben jetzt, unten bei Storz!«

Eine dünne, bleiche Hand kommt unter der Bettdecke hervor und streicht leicht über seine kräftigen kurzen Finger.

»Laß nur, Gerhart«, sagt die Frau, »bis zu meinem Geburtstag ist's noch lange hin. Da brauch ich vielleicht gar kein Geschenk mehr.«

Er mag das nicht, wenn sie so redet, und ihre knochigen Finger auf seiner Hand sind ganz feucht. Aber ihre Haare über der blassen Stirn sind noch immer schön. Rotbraun wie Kastanien. Viel schöner als blaßblonde Haare, denkt er, und sie ist doch meine Frau. Vielleicht, wenn man so tut, als wäre sie überhaupt nicht krank, vielleicht wird sie dann doch wieder gesund. Diese Ärzte können sich täuschen, daß weiß man doch.

Soldatenlieder

Das Gaslicht flackert, und die Lampe mit dem grünen Fransenschirm wirft einen weichen Kreis auf den Tisch, an dem wir sitzen.

Unsere Gesichter hängen im grünlichen Lichtkreis wie die Pappmaché-Masken beim Schreibwarenhändler gegenüber, wenn Fastnacht ist. Die Haare, Vaters kurze mit dem schnurgeraden Scheitel, der sie in zwei ungleiche Hälften teilt, Tante Marthas Knoten, aus dem immer ein paar Haarnadeln herausragen, das alles ist schon im Dunkeln. Außerhalb des Lampenkreises. Und die Haare könnten glänzend braun sein oder graublond, man würde den Unterschied nicht sehen. Nur Heinzis blonde Pony-Fransen schimmern im Licht. Er ist noch so klein.

Ich sehe Vaters Gesicht. Er hat seine Suppe gelöffelt, und jetzt kaut er ein Brot. Ich sehe seine Backenknochen mahlen.

Lieber Gott, mach, daß es vorübergeht.

Aber es wird wohl nichts helfen, auch wenn man ganz innig betet. Lieber Gott, ich will auch morgen den ganzen Tag ein braves Kind sein! Vater kaut weiter, und jetzt weiß ich, daß wir heute bestimmt singen müssen. Ich habe auf einmal gar keinen Hunger mehr. Auch Heinzi hat es schon gemerkt. Er fängt an zu zittern und kann den Brocken, den er eben noch abgebissen hat, gar nicht mehr runterschlucken.

Für mich ist es nicht ganz so schlimm wie für Heinzi. Und ich habe auch seinetwegen mehr Angst als um mich. Ich bin zwei Jahre älter als er und viel, viel stärker. Nächstes Jahr werde ich sechs, und dann darf ich in die Schule gehen.

Aber Papa hat gesagt, daß man in der Schule auch singen muß. Ich habe gefragt, ob es dieselben Lieder sind wie die, die wir bei ihm lernen.

Da hat er geschimpft, und seine Augen haben gefunkelt. Nein, hat er schließlich geantwortet, diese Schlappschwänze heute, die halten nichts mehr von den schönen alten Soldatenliedern. Das sind alles vaterlandslose Gesellen!

Ich weiß nicht, was das bedeutet. Jedenfalls nicht genau. Gesellen, ja, das Wort kenne ich. Gesellen sind Handwerksburschen, sagt unser Opa. Gesellen gehen auf Wanderschaft. Auf Walze, heißt das bei denen, sagt der Opa.

Bei dem Wort Gesellen fällt mir ein Lied ein, das wir auch manchmal singen müssen. Ich muß immer ans Essen denken dabei, und es kommt ja auch Speck und Kraut darin vor. Das Lied heißt: ›Es, es, es und es, es ist ein harter Schluß, weil, weil, weil und weil, weil ich aus Frankfurt muß . . .‹

Manchmal, wenn der Papa gute Laune hat, müssen wir nicht Frankfurt singen. Da singen wir Ohlau. Weil ich aus Ohlau muß. Ohlau ist unsere Stadt. Die Stadt, in der wir in der Brieger Straße wohnen. Ich wohne gerne in der Brieger Straße, wenn sie auch nur auf den Ring führt, wo Dienstag und Freitag Markt ist, und nicht nach Brieg.

Gerade wie ich mir vorstelle, wie schön es in Brieg ist bei Oma und Opa Koller, da kriege ich eine Ohrfeige.

Ich mache mir überhaupt nichts draus. Und es tut auch kaum weh. Ich schiebe die Unterlippe vor. Das kann ich genauso gut wie Papa. Und ich würde nie wegen so einer Ohrfeige weinen. Jedenfalls nicht, wenn ich sie kriege. Höchstens bei Heinzi. Bei dem schon. Ich meine immer, dem muß so ein Schlag viel mehr weh tun als mir. Weil er noch so klein ist.

»Gerade sitzen, Elisabeth«, sagt der Papa. »Aufessen und nicht träumen. Nachher wird gesungen!« Ich habe es gewußt.

Heinzi zittert schon, und in seinen Augen glitzert es. »Du mußt keine Angst haben«, sage ich leise zu ihm, während der Papa noch in seiner Zeitung blättert. »Es geht bestimmt ganz schnell vorbei. Und vielleicht dürfen wir heute ja auch ›Des Morgens zwischen drein'n und vieren‹ singen.«

Aber dann ist es doch das schreckliche Lied ›Lippe-Detmold, eine wunderschöne Stadt‹.

Wir müssen uns aufstellen.

»In Linie zu einem Glied antreten. Marsch, marsch!« kommandiert der Papa. »Kopf hoch, Kinn an die Binde. Pfoten an die Hosennaht!«

Dann gibt er den Ton an. »Laaaa . . .«

Wir fangen an. Heinzis dünne Stimme zittert schon bei der ersten Strophe, und ich schreie ganz laut, damit der Papa es nicht merkt. »Ei da liegt er nun und schreit so sehr, weil er getroffen ist, weil er getroffen ist.«

Aber dann, bei der Strophe, wo der Soldat nur noch daliegt und nicht mehr schreit, da kann ich auch nicht mehr singen, und die Tränen laufen mir über die Backen. Heinzi weint jetzt ganz laut.

»Aufhören! Noch einmal von vorn. Und daß mir keiner mehr muckst. Ein richtiger Soldat sieht dem Tod ins Auge, ohne zu zucken!«

Dieses Mal kommen wir nur bis dahin, wo der Soldat getroffen ist. Die Tante geht aus dem Zimmer nach nebenan zur Mutter. Sie murmelt etwas, das sich wie »abscheuliche Quälerei« anhört.

»Der Krieg ist eben nichts für Schlappschwänze und heulende Weiber!« sagt der Vater hinter ihr her. »Also los, nochmal von vorn!«

Lieber Gott, mach, daß es aufhört. Mach, daß er tot umfällt wie der Soldat in diesem schrecklichen Lied. Nein. So etwas ist böse, das darf man nicht wünschen. Aber warum kann es nicht der Vater sein, der nebenan krank liegt? Und die Mama hier bei uns, gesund und freundlich. Und leise würde sie uns die Geschichte von dem kleinen Jungen erzählen, der des Nachts mit seinem Bett durch die Lande fliegt . . .

Wir verpatzen den Einsatz, und jetzt gibt es Ohrfeigen. Rechts und links, rechts und links. Erst ich, dann Heinzi.

Die Tränen laufen mir die Backe herunter, aber ich schiebe die Unterlippe vor. Ich lege meinen Arm um Heinzi, und dann fange ich an, von neuem zu brüllen: »Lippe-Detmold, eine wunderschöne Stadt, darinnen ein Soldat. Und der muß marschieren in den Krieg, und der muß marschieren in den Krieg, wo die Kanonen stehn, wo die Kanonen stehn . . .«

Ich weiß nicht, ob ich es diesmal geschafft hätte, aber die Tür vom Schlafzimmer geht plötzlich auf, und die Tante kommt herausgestürzt. »Schnell«, schreit sie mit aufgerissenen Augen, »du mußt den Arzt holen, Gerhart, schnell!«

Der Vater hat schon sein Jackett vom Haken gerissen und zieht es an, während er aus der Tür läuft.

Danke liebe, liebe Mama. Ich will zu dir.

Aber die Tante hat schon die Tür hinter sich zugezogen. Sie stützt sich gegen den Rahmen. Ihre Knöchel sind ganz weiß auf dem braunen Holz. Jetzt legt sie den Finger auf die Lippen.

»Still, Kinder. Geht schlafen. Und betet für eure Mutter.«

Beerdigung

Der Sekretär Paul Gerhart Koller steht am Grabe seiner Frau. Das heißt, noch ist es kein Grab. Nur ein tiefes, dunkles Viereck, in das vor ein paar Minuten der Sarg hinuntergelassen wurde. Gerhart Koller hat den schwarzen Gehrock an, und alle Orden - den Klempnerladen, wie er unter Kameraden manchmal die Ordensspange ein wenig spöttelnd, aber doch nicht ohne Stolz nennt -, alle Orden und Ehrenzeichen hat er angesteckt. Das ist er der Frau schließlich schuldig.

Er weint nicht. Das wäre ja noch schöner, beim Tode so mancher Kameraden hat er auch nicht geweint. Ein Frontsoldat muß so etwas ertragen können ohne Tränen. Und außerdem - der Pfarrer, der ihn vor sechs Jahren mit seiner Frau getraut hat, sagt es jetzt auch -, es war eine Erlösung für die Frau.

Aber tapfer war sie, das muß man ihr lassen. Beinahe so tapfer wie ein richtiger Frontsoldat. Nur, die Soldaten haben nie soviel gebetet. Aber das will er ihr jetzt bestimmt nicht mehr vorwerfen. Und es hat ihr wohl auch geholfen.

»Mein Jesus, Barmherzigkeit«, sagt der Pfarrer und ist mit seiner Predigt zu Ende. Er nimmt eine kleine Schaufel und wirft damit dreimal Erde auf den Sarg. Jetzt gibt er Gerhart Koller die Schaufel. Der Sekretär macht das kurz und exakt. Die Erde fällt genau unterhalb des schönen Buketts aus Lilien und rosa Nelken auf das braune Holz.

Der Pfarrer schüttelt ihm die Hand. »Mein Beileid, lieber Herr Koller, und vergessen Sie diese letzten Worte der lieben Dahingeschiedenen nie ... mein Jesus, Barmherzigkeit!«

Er wird das nicht vergessen, ein preußischer Beamter vergißt nie etwas. Er drückt die Hand des Pfarrers kurz und kräftig. Sie soll einen schönen Grabstein haben, er hat schon einen ausgesucht. Aus schlesischem Granit mit einer Tafel aus schwarzem Onyx, und darauf in goldenen Buchstaben ›Mein Jesus, Barmherzigkeit‹ mit einem Palmzweig. Ja, da staunt der Herr Pfarrer. Aber es kann jeder sehen, was ihm seine Frau bedeutet hat. Da scheut er keine Kosten.

Er hält den schwarzen Zylinder vor der Brust und sieht zu, wie die Trauergäste jetzt, einer nach dem anderen, ihre drei Schaufeln Erde auf den Sarg werfen.

Wenn Elly das sehen könnte, denkt er, wie viele da gekommen sind. Und nicht nur von der Verwandtschaft. Auch die Kameraden von seinem Verein ehemaliger Fünfundsechziger. Und die Kameradenfrauen. Und viele vom Sängerbund, Kollegen von der Behörde. Und der Regierungsrat Winter hat einen Kranz geschickt, der gut und gerne seine zehn Mark gekostet hat!

Ja, er gilt schon was, er ist schon wer in der kleinen Stadt. Auch die Schwestern Brocksch sind gekommen. Sogar ganz in Schwarz. Mit Hüten, über die ein zipfeliger Trauerschleier in Falten herunterhängt. Das sind sie schon ihrem Geschäft, das führend ist in Modewaren, schuldig.

Die Magda, mit sportlichen Waden in den schwarzen Florstrümpfen, wirft ihre drei Schaufeln Erde ins Grab und wendet sich dann zu ihm. »Mein aufrichtiges Beileid«, sagt sie.

Und Hilde. Ihr blasses, kleines Gesicht ist kaum zu erkennen unter dem schwarzen Schleier. Und sie wirft einen kleinen Strauß gelber Rosen statt der Erde auf den Sarg. Aber sie kann nicht reden, sie weint und gibt ihm nur stumm die Hand.

»Wir sind immer für Sie da ... und natürlich für die Kinder«, sagt Magda Brocksch, und er nickt dankend, mit ernster Würde.

Hildes kleine Hand hält er nur einen Augenblick lang fest. »Sie dürfen nicht weinen«, sagt er. Und mit einem Blick auf das offene Grab: »Sie hätte das bestimmt nicht gewollt, sie hat Sie immer sehr gern gehabt. Gott schenke ihr den ewigen Frieden.«

»Amen!«

Jemand zupft ihn am Ärmel. Die Mutter seiner Frau. Eine aufrechte, hübsche kleine Frau mit immer noch dunklen Locken unter dem altmodischen Trauerhut, den sie wohl schon auf der Beerdigung ihres Mannes vor fünfzehn Jahren aufgehabt haben mag. Sie hat den Schleier zurückgeschlagen.

Kann sie denn nicht sehen, daß er hier gerade etwas Wichtiges bespricht? Muß sie ihn ausgerechnet in diesem Augenblick stören?

»Der Herr Pfarrer will gehen, Gerhart«, sagt sie. »Aber du mußt ihn doch bitten, daß er nachher noch zum Kaffee zu uns kommt! Das Trinkgeld für die Ministranten habe ich schon ausgeteilt.«

»Sie sehen, meine Damen . . .« Er will gerade gewinnend lächeln, da fällt ihm noch rechtzeitig ein, aus welchem Anlaß man hier zusammensteht. Er seufzt tief und räuspert sich dann. Und die Wehmut in seiner Stimme, wie er jetzt weiterspricht, ist durchaus nicht gespielt. »Ich darf Sie doch auch nachher noch bei uns begrüßen!«

Er ist wütend, weil die Schwiegermutter das mit dem Trinkgeld gesagt hat, das sieht ja geradezu aus, als wisse er, Gerhart Koller, nicht, was sich bei einem solchen Anlaß gehört, als stünde er unter dem Pantoffel seiner Schwiegermutter!

Sie wirft ihm einen eigenartigen Blick zu. Was will sie eigentlich von ihm? Schon ein paarmal hat sie ihn so angesehen. So abschätzig prüfend und als sei sie nicht zufrieden mit dem, was sie da sieht. Kann er vielleicht etwas dafür, daß ihre Tochter so früh hat sterben müssen? Wahrscheinlich macht sie ihm wirklich Vorwürfe. Aber da gibt es nichts. Er macht wieder das Gesicht mit der vorgeschobenen Unterlippe. Seine Frau hat es gut gehabt bei ihm, da kann sie fragen, wen sie will. Und er ist ihr immer treu gewesen, obwohl das in den letzten zwei Jahren wirklich nicht leicht gewesen ist für ihn. Zwei Jahre lang eine kranke Frau, die man nicht anrühren darf, und er ist erst achtundzwanzig!

Er wirft noch einen Blick in das offene Grab und sieht sich dann um. Die Leute gehen langsam in kleinen Gruppen dem Ausgang zu. Man will ihn nicht stören in seinem Schmerz.

»Tja, Elly . . .« Er ist unsicher. Wärst du ein Soldat gewesen, Elly, dann hätten sie jetzt das Lied vom Guten Kameraden gespielt, Helm ab zum Gebet . . . und dann Helm auf und mit klingendem Spiel zurück! So aber . . .

Er fröstelt plötzlich. Dann setzt er ein wenig ruckartig den Zylinder wieder auf. Kehrt marsch! Die Hände in den zu engen Glacé-Handschuhen auf dem Rücken, marschiert er durch die Gräberreihen. Den anderen hinterher.

Er sieht schon das Pferd der Trauerkutsche hinter dem schmiedeeisernen Eingangstor nicken, der Kutscher Wowronek schnalzt schon mal probeweise mit der Zunge, da wird die kleine Nebenpforte geöffnet. Es kreischt ein bißchen, als der alte Mann im etwas zu weiten Mantel sie sorgsam wieder zumacht.

»Vater!«

Was für ein kleiner Mann er ist, denkt der Sekretär, und so ganz ohne Stattlichkeit, ohne ein gewisses Auftreten, wie es die Mutter immer und zu allen Gelegenheiten hat.

»Ach, Junge, es tut mir ja leid, aber ich komme wohl zu spät?« Der alte Mann wischt sich über den eisgrauen Schnurrbart. Ein Schnurrbart, wie ihn der letzte Kaiser getragen hat.

»Vater, sie sind alle schon fort, der Kutscher wartet . . .«

Der alte Mann sieht seinen Sohn an. Er bewegt den Kopf langsam hin und her. »Aber ich muß der Elly doch wenigstens noch ein paar Blumen hinlegen.« Er zieht einen Strauß in zerdrücktem Seidenpapier unter dem Mantel hervor. »Der Kahn liegt bei Linden, das sind gute fünfzehn Kilometer. Ich bin schon heute morgen losgetippelt.« Er sieht auf seine Schuhe herunter, schmutzig vom langen Marsch an der Oder entlang. Dann wickelt er den Strauß aus dem Seidenpapier.

Erika, denkt der Sekretär, Ellys Lieblingsblumen. Wo er die bloß herhaben mag?

Inzwischen hat der alte Mann seine Schuhe mit dem Seidenpapier wieder einigermaßen sauber. Er knüllt es zusammen, sieht sich kurz um und steckt es dann in die Manteltasche. Der Sekretär macht dem Kutscher draußen ein Zeichen, daß er noch warten soll, dann gehen die beiden, Vater und Sohn, zurück zum Grab.

»Sie war eine gute Frau, Gerhart«, sagt der alte Mann, »das darfst du nie vergessen.«

Der Sekretär sieht auf seine schwarzen Schuhe im gelben Kies. »Die Mutter hat sie nie leiden können.«

Der alte Mann schüttelt den Kopf, daß sich die eisgrauen Haare, die er so schön mit Wasser angekämmt hatte, lockern. Pomade, denkt der Sekretär, warum nimmt er keine Pomade, da kann so was Unordentliches nicht passieren.

»Du mußt das verstehen, Junge. Frauen sind nun wohl mal so, und Bertha besonders«, er nickt, als müsse er sich selber seine Worte bestätigen. »Für deine Mutter wäre eine Prinzessin gerade das Richtige für dich gewesen. Und als sie dann noch hörte, daß die Elly fünf Jahre älter ist als du, älter war . . .«

Sie sind wieder bei dem Grab angelangt.

Der Totengräber Wuttke ist schon dabei, es zuzuschaufeln. Die Kränze und Sträuße liegen ringsum verstreut. Er wird sie zum Schluß wieder hübsch drapieren, denn in den ersten Tagen, das weiß man ja, kommen die Angehörigen noch oft an so ein Grab.

»Legen Sie ihr das noch mit rein, Wuttke«, sagt der alte Mann. »Sie hat immer gesagt, daß sie das Heidekraut am liebsten mag, und da hab ich gedacht . . .« Seine Stimme zittert. Er legt die Hände übereinander, und seine Lippen bewegen sich tonlos, wie er da für seine Schwiegertochter betet. Einige Male nickt er dabei, und in seinen hellblauen Augen stehen die Tränen.

Dann schnauft er ein wenig, reckt die Schultern und wischt die Tränen mit den Fingern fort. »Da woll'n wir den Kutscher nicht länger warten lassen«, sagt er. »Auf Wiedersehen, Elly, wer weiß, vielleicht schon bald.«

Der Sohn sieht ihn von der Seite an. Sieht das gesunde braunrote Gesicht, das Wind und Wetter auf dem Oderbagger wie Leder gegerbt haben. »Du nicht, Vater«, sagt er überzeugt. »Du wirst sehen, du wirst neunzig, du überlebst uns alle.«

»Wart's ab, Junge, wart's ab.«

Sie gehen zurück durch die Gräberreihen.

»Warum ist die Mutter nicht gekommen, Vater? Sie hätte den Zug nehmen können, der gegen zwölf hier ist, und mit dem Halbfünfer hätte sie ja wieder zurückfahren können.« Der Sekretär knetet seine Finger in den zu engen Glacé-Handschuhen.

»Das mußt du nicht falsch verstehen, Junge, um Gottes willen.« Der Vater ist stehengeblieben. »Seit acht Wochen hat sie nun die Kinder, und das macht doch eine Menge Arbeit. Aber vor drei Tagen, genau an dem Tag, an dem die Elly gestorben ist, da war es ganz schlimm. Sie hat es mir gestern gesagt, als ich zu Hause war, um mir den dunklen Mantel zu holen. Die Elisabeth, das Mädel ist krank geworden. Nein, nichts Schlimmes. Vielleicht bloß so eine Erkältung, aber unruhig, entsetzlich unruhig. Man hat sie einfach nicht alleine lassen können.«

»Krank?« Der Sekretär glaubt das nicht. »Ach was, die Kinder sind einfach verweichlicht. Immer mit der kranken Mutter zusammen, das tut nicht gut. Man muß sie abhärten, Leibesübungen, schwimmen . . .«

»Gerhart, Gerhart«, der Vater legt seine alte Hand auf den schwarzen Gehrockärmel, »Kinder sind keine Rekruten. Schon gar nicht, wenn sie noch so klein sind.«

»Man kann nicht früh genug damit anfangen, sie zur Disziplin zu erziehen. Härte ist notwendig. Damals, siebzehn ...«

»Ja, ja«, unterbricht ihn der Vater. »Aber der Krieg ist vorbei, Gerhart, schon lange.«

»Der Kampf geht weiter, Vater! Wir werden dieses schändliche Versailler Diktat ...« Der Sekretär hat die Stimme erhoben. »Wir werden es eines Tages zerreißen!«

»Du bist auf dem Friedhof, Gerhart, nicht in einer Wahlversammlung. Du solltest jetzt eher mal daran denken, was werden soll, mit dir, mit den Kindern. Wir nehmen sie dir ja gerne noch eine Weile ab, aber ...«

Das wird er nicht zulassen. Der Sekretär Paul Gerhart Koller marschiert energisch auf das Friedhofstor zu. Die Kinder kommen, so bald es geht, wieder zurück zu ihm. Da hat er schließlich schon einen Übungsplan für sie aufgestellt, und es soll ihm da nur keiner reinreden.

Der alte Mann hält sich neben ihm. Seine Schritte sind kürzer, er muß beinahe laufen. »So warte doch noch einen Augenblick, Gerhart!«

Der Sohn dreht sich um. Jetzt hat er wieder die Unterlippe vorgeschoben. »In die Erziehung meiner Kinder lasse ich mir nicht reinreden. Du, Vater, warst schon immer viel zu weich. Du hast immer alles getan, was die Mutter, was dir deine Frau gesagt hat. Bei mir wird das anders!«

»Ach, Junge ...« Wieder wischt sich der Vater den Schnurrbart, streicht dann die grauen Haare zurück. Einen Hut trägt er nie, nur auf dem Kahn eine Schiffermütze. »Junge, du solltest dir bald wieder eine Frau nehmen, eine Mutter für die Kinder. Die brauchen nicht nur Drill und Disziplin, die brauchen vor allem Liebe!«

Und ich? hätte der Sekretär beinahe gefragt, aber wenn man auch daran denkt, jetzt kann man noch nicht davon reden, nicht hier, auf dem Friedhof. Und überhaupt, was ihm so vorschwebt, nein, darüber kann er mit dem Vater nicht sprechen. Bestimmt nicht. Und so sagt er nur: »Liebe soll so eine Frau schon haben für die Kinder.

Auch für ihren Mann, finde ich. Aber sie muß sie in seinem Sinne erziehen, nicht gegen ihn.«

Der Vater richtet seine hellblauen Augen auf den Sohn. Sein Schnurrbart zittert, wie er nun sagt: »Du solltest der Elly nicht noch übers Grab hinaus Vorwürfe machen, Junge, das solltest du wirklich nicht. Sie hat es gut gemeint. Und sie war eben ein künstlerischer Mensch!« So ein Wort klingt komisch aus seinem Mund, und er merkt es auch selber. »Weißt du noch, wie sie damals gesungen hat, in der Kirche, bei Ilses Hochzeit? Ach . . .« Und jetzt muß er doch noch weinen. Aber warum auch nicht, die Elly hat es verdient, daß man um sie weint.

Dieses Mal gelingt es auch dem Sekretär nicht, die Unterlippe vorzuschieben. Diesmal hat er genug damit zu tun, das Weinen zu verbeißen. »Du hast ja recht«, sagt er schließlich. »Wenn sie nur nicht immer so weit weg gewesen wäre. Man hatte immer das Gefühl, daß ihre Gedanken bei etwas waren, wo man nicht nachkommen konnte. Und nun ist sie ganz fort. Für immer! Ich möchte ihr wünschen, daß sie jetzt glücklicher ist, als sie es bei uns sein konnte.«

»Junge, mein Junge!« Der Vater drückt dem Sohn die Hand, und es sieht aus, als wolle er sie gar nicht mehr loslassen. Aber dann tut er es doch und richtet sich auf. Haltung, man muß immer und überall Haltung bewahren. Eine stramme Haltung ist wichtig für einen, der einmal Soldat war. Und sie hilft ihm auch. Der Augenblick der Schwäche ist schon vorbei.

Sie sind nun wieder bei der Kutsche angelangt.

»Du kommst doch noch mit, Vater?« fragt der Sekretär und hat einen schwarzbeschuhten Fuß schon auf dem Trittbrett. »Kaffee und Kuchen gibt es, und nachher noch ein Abendbrot für die Trauergäste.«

»Es geht nicht, Junge.« Der Vater schüttelt den Kopf und sieht zu dem Sohn auf, der die Kutschentür schon geöffnet hat. »Ich muß zum Kahn zurück. Wir haben eine uralte Eiche ausgemacht, die wir rausholen müssen. Wenn ich jetzt losgehe, bin ich gegen Abend da. Und morgen früh müssen wir dann sehr zeitig anfangen, um es an einem Tag zu schaffen.«

Der Sekretär überlegt. Es wir keinen guten Eindruck machen, wenn die Leute denken müßten, daß seine Eltern nicht zur Beerdigung gekommen sind. Man weiß doch, wie dann immer gleich geredet wird. Er kann das nicht brauchen. Gerade jetzt nicht. Er hält dem Vater die Hand hin. »Steig ein«, sagt er, »ich möchte, daß wenigstens du bei der Trauerfeier dabei bist, wenn schon die Mutter nicht kommen konnte. Der Wowronek kann dich gegen Abend nach Linden kutschieren.«

»Wird das nicht zu teuer, Junge? Du hast doch so schon genug Kosten mit der Beerdigung.«

»Das spielt jetzt keine Rolle, Vater. Komm, wir wollen noch einmal miteinander auf Elly anstoßen, das hat sie doch schließlich verdient, meinst du nicht?«

Und dann rollt die schwarze Kutsche, mit den beiden Männern auf den ein wenig verstaubten Sitzen im Innern, den langen Weg vom Friedhof zurück in die Brieger Straße.

Armes Kind?

Die Wohnung ist jetzt immer ganz grau.

Ich stehe bei der Waschkommode, und meine Finger müssen das blauädrige Muster der Marmorplatte nachmalen - meine Finger müssen immer malen -, aber ich denke dabei, daß das Grau auch hier, im Schlafzimmer, wie dünne nebelige Fäden überall hängt. Wie in einer alten Bodenkammer, wo schon sehr lange niemand mehr gewesen ist oder herumgeht.

Auf der Marmorplatte steht der große Wasserkrug in der runden Waschschüssel. Wenn ich auf den Stuhl steige, kann ich sehen, daß der Krug leer ist. Und die Betten, ganz hinten auf dem grauen Grund des Waschkommodenspiegels, die Betten türmen sich wie kalte Schneeberge.

Ich glaube nicht, daß es überhaupt jemand gibt, der noch weiß, daß Mama in einem dieser Betten - in dem, das nahe beim Fenster steht - gelegen hat. Aber wenn ich es jetzt überlege, dann meine ich, daß Mama immer da in diesem Bett gelegen hat. Immer, so lange ich denken kann, und bis zu dem Tag, wo es angefangen hat, grau zu sein und kalt, überall in der Wohnung.

Und vielleicht, denke ich - und ich weiß nicht, warum es so weh tut, das zu denken -, aber vielleicht ist der Abend mit Mama in der großen Halle, die wie ein brauner Mund war mit tausend Lichterzähnen, der Abend mit den Weihnachtsbäumen, die so grün waren, daß ich den Duft, wenn ich die Augen zumache, immer noch riechen kann, vielleicht ist das alles gar nicht wirklich gewesen.

Aber man kann den Gedanken, daß alles nicht wirklich gewesen ist, daß ich nur geträumt habe von dem Cello und von Mamas Haaren, von eisernen, grüngestrichenen Stuhlbeinen und Engeln mit Schmetterlingsflügeln, man kann das nicht aushalten - zu denken, daß es nie gewesen ist . . .

»Nein«, sage ich.

Und dann weiß ich es plötzlich wieder.

In dem geflochtenen, viereckigen Kästchen, das auf hohen Beinen in einer Ecke des Zimmers steht, ist ein Pompadour. Ein kleiner Sack, ganz und gar mit winzigen Perlen bestickt. Unten und oben, wo er zusammengezogen ist, sind schwarze Perlen. Am unteren Ende dazu noch eine Quaste. Die breite, bauchige Mitte hat weiße Perlen zum Grund und eine wunderschöne rosarote Rose mit grünen Perlenblättern in der Mitte. Es ist ein Taschentuch drin, in diesem Perlensack, ein kleines bißchen zerknittert, und es riecht wie die gute Seife, die Mama immer zwischen der Wäsche liegen hatte. Und dann sind noch zwei grüne Karten drin. Jede mit einem kleinen Einriß.

Grüne Karten von einer langen grünen Schlange ebensolcher Karten, und ich weiß noch, daß die Finger, die die Karten abgerissen haben, Nägel hatten wie rosa Marzipan.

Alles ist wahr und wirklich gewesen.

Ich bin sehr froh, daß ich es jetzt wieder weiß, denn es ist verboten, den Deckel von dem geflochtenen Körbchen mit den hohen Beinen aufzumachen. Papa hat es verboten.

Ich will es auch nicht wieder tun. Heute nicht. Höchstens dann, wenn ich mich nicht mehr daran erinnern kann, wie es gewesen ist, an diesem Abend mit Mama. Wenn es mir gar nicht mehr einfällt und ich ganz traurig sein muß, weil ich denken muß, daß es nie, nie wirklich gewesen ist.

Heute nicht, heute ist mir ja zum Glück alles noch rechtzeitig wieder eingefallen.

Mein Finger malt immer noch die blaugrauen Marmoradern auf der Waschtischplatte nach.

Aber hier plötzlich ein Riß. Ein dicker, grober Strich. Die Platte hat einen Sprung. Er ist mit einer weißlichen, körnigen Masse verklebt, die sich ganz rauh und beinahe warm anfühlt auf der sonst so glatten, kühlen Fläche.

Mama ...

Alle Dinge machen, daß man an Mama denken muß. Das nebelige Grau in den Zimmern und der Sprung in der Marmorplatte.

Mama.

Man braucht nicht mehr auf Zehenspitzen herumzugehen, und man muß auch nicht mehr still sein, weil Mama gerade ein bißchen schläft. Eigentlich kann man beinahe alles tun. Niemand schimpft richtig, außer vielleicht der Papa. Aber dann kommen die Tanten und sagen ›die armen Kinder‹, und dann wischen sie sich ein bißchen die Augen.

Ich bin kein armes Kind.

Ich habe ein schönes schwarzes Samtkleid bekommen aus Mamas Kleid mit den Spitzen. Und es ist mit lauter Stiefmütterchen bestickt, lila und gelb und grün. Es ist ein wunderschönes Kleid, und ich passe auf, daß es keinen Fleck bekommt.

Aber vielleicht ist Heinzi ein armes Kind. Heinzi, mein Bruder, ist noch richtig klein. Wenn ich ihm von Mama erzähle und von der Lichterhalle, wo die Köpfe auf dem Stuhlrücken wie rosa Perlen auf einer Schnur aussahen, und vom Nikolaus vor einem richtigen Himmel mit vielen Sternen, dann sagt er immer nur »Tau-Tau«, und das heißt, daß er Kakao möchte.

Immer sagt Heinzi, daß er »Tau-Tau« möchte, obwohl es doch jeden Morgen Kakao gibt und abends auch.

Es gibt Kakao, wenn die Tanten bei uns sind, und auch wenn wir mit Papa alleine sind. Ich glaube, daß Kakao leicht zu kochen ist, und alle sagen auch, daß Kakao gesund ist für Kinder.

Auch kalt abwaschen ist gesund für Kinder, hat jemand dem Papa gesagt. Oder vielleicht hat er es auch gelesen, in dem großen dicken Buch, das er immer wegschließt, wenn er fortgeht. Niemals läßt er es uns zum Ansehen. Immer nur das Buch vom Krieg von 1870–71.

Auf dem Buch, wo soviel von Gesundheit drinsteht, ist eine komische Frau aufgemalt. So von der Seite, mit einer ganz geraden Nase. Sie hat ein Kleid an mit Stufen und vielen Falten, die wie Wasser fließen, und es sieht so aus, als ob es immer gleich von der Schulter rutscht. Eine Spange hält die Haare zusammen, und in der Hand trägt sie einen Becher, in den von irgendwoher goldene Tropfen regnen.

Wenn ich Bauchschmerzen habe, oder wenn Heinzi wieder seinen Ausschlag kriegt, guckt Papa immer in das Buch, und dann müssen wir irgend etwas tun, was gesund ist.

Und jeden Morgen, wenn es noch so dunkel ist, daß man die Lampe in der Küche anmachen muß, und in den Ecken des Kinderzimmers die Nacht noch ganz schwarz ist, jeden Morgen um diese

Zeit müssen wir ganz schnell aus den Betten steigen, und Papa stellt uns in die große weiße Waschschüssel in der Küche auf dem Fußboden, und dann gießt er jedem von uns eine große Kanne eiskalten Wassers über den Kopf. Über Rücken und Schultern, Bauch und Beine, und es ist so kalt, daß einem die Zähne klappern, ohne daß man es will. Und manchmal kann ich vor Schreck ein paar Augenblicke lang überhaupt nicht atmen.

Heinzi weint immer. Oft schon, ehe der Papa mit dem Wasser kommt. Und er ist meistens erkältet und macht seine Hosen voll. Aber der Papa sagt, daß kaltes Wasser gesund ist, und daß er es uns schon zeigen wolle. »Ich will keine verweichlichten Memmen«, sagt er dann immer, und sein Gesicht ist ganz geschwollen dabei, »ich werde euch zu einem stahlharten Geschlecht erziehen!«

Ich weiß nicht, was das ist, ein stahlhartes Geschlecht, aber es hängt wohl mit eiskaltem Wasser und mit dem Gesundheitsbuch zusammen. Manchmal denke ich, warum Papa nicht im Gesundheitsbuch nachgesehen hat, als Mama krank war?

Aber ich glaube, Mama wollte kein stahlhartes Geschlecht werden. Vielleicht nicht einmal, wenn sie dafür ganz gesund geworden wäre. Ich habe jedenfalls nie gesehen, daß Mama das Gesundheitsbuch angeschaut hat, und ich bin ganz sicher, daß sie es nicht mochte. Mama hatte ganz andere Bücher. In einem steht die Geschichte vom Wirtshaus zum Weidenbusch. Und dann die von den Himmelsschlüsseln.

Mama. Liebe, liebe Mama.

Ich gehe zum Fenster.

Die Gardinen sind frisch gewaschen und gestärkt. Sie sehen aus wie weißer Schnee, der eben erst gefallen ist. Aber es ist kein lustiger Schnee.

Auf dem spitzen Scheitel des roten Ziegeldaches gegenüber stakt ein großer, glänzendschwarzer Vogel mit wichtigem Kopfnicken hin und her. Aber auch er sieht nicht lustig aus.

Nichts ist lustig.

Alles ist grau. Grau und traurig. Auch das glänzende Schwarz des Vogels und das frischgewaschene Weiß der Gardinen.

Eine weiße Seidenkordelschnur hält die Tüllvorhänge an den Seiten des Fensters in steifen Falten zusammen. Kleine seidene

Quasten sind an der Schnur. Als Mama noch da war, habe ich die schönsten Spiele mit diesen Quasten gespielt. Sie haben runde Bommelköpfe mit kleinen Fransenröckchen daran, und man kann sie hin und her tanzen lassen. Oder man läßt sie um den Zeigefinger kreisen. Man kann Max und Moritz mit ihnen spielen und Verstecken in den Gardinenfalten.

Seit Mama fort ist, habe ich nicht mehr mit ihnen gespielt. Es geht auch gar nicht mehr. Ich schwenke meinen Zeigefinger, die Bommeln wackeln ein bißchen. Ich will sie kreisen lassen. Aber die Bommeln machen nicht mit.

Sogar die Bommeln sind traurig, weil Mama fort ist.

Es wird mir eng im Hals, als ob ich jetzt gleich weinen muß. Aber ich will nicht weinen, hier am Fenster, wo der glänzendschwarze Vogel mich sehen kann. Ich will nicht weinen.

Und die weißen Vorhangfalten sind auch viel zu steif, und sicher sieht man es gleich, wenn man die Tränen mit ihnen fortwischt.

Ich will nicht.

Ich presse meine Lippen ganz fest zusammen, und dann versuche ich noch einmal, die Bommeln tanzen zu lassen.

Knacks.

Eine ist abgerissen.

Und jetzt hilft es auch gar nicht mehr, daß ich die Lippen zusammenpresse. Ich drehe mich um. Meine Augen sind schon ganz blind von Tränen. Dann falle ich auf Mamas Bett. Auf das weiche, berghohe Kopfkissen.

Mama, liebe, liebe Mama.

Das Kissen schluckt meine Tränen, und ein ganz kleines bißchen ist es so, als ob Mama sie abgewischt hätte.

Ich weiß, daß ich nachher versuchen muß, das Kissen wieder glattzustreichen. Und ich hoffe sehr, daß niemand sieht, daß es naß ist. Die Tanten würden sagen: »Elisabeth, du weißt doch, daß man das nicht tut, das Kissen zerwühlen am hellichten Tag!« Und dann würden sie wieder sagen, daß ich ein armes Kind sei. Und Selma, unser Mädchen, würde schimpfen, daß es schrecklich sei mit mir, weil ich immer wieder ins Schlafzimmer renne, obwohl es doch hier wirklich nichts zum Anschauen gäbe für ein kleines Mädchen. Nichts!

Aber eine ganze kleine Weile, ein paar Minuten lang, kann ich noch hier liegen, den Kopf in das Kissen gebohrt, und ich kann mir vorstellen, Mamas Stimme zu hören, und daß es hell ist im Zimmer und sonnig, und daß alle Dinge wieder lustig sind.

Auch die Bommel, die ich fest in der Hand halte, kann wieder tanzen wie früher.

Bei den Fünfundsechzigern

Ja, da hat er schon recht. Der Sekretär Gerhart Koller wischt sich den Bierschaum vom Mund und schiebt sein Glas zurück. Er nickt seinem Gegenüber, einem Kameraden von ›damals‹, zu. Daß es so bergab geht mit Deutschland, daran sind nur die Sozis schuld.

»Wenn die alten Frontschweine zu bestimmen hätten!« Die ›Frontschweine‹, die Kameraden, wissen schon, wie das gemeint ist. Sie sitzen am langen Eichentisch im Hinterzimmer vom Gasthof zum Schwarzen Adler, und sie kennen sich nun schon viele Jahre. Seit damals, wo sie zusammen ›draußen‹ waren. An der Front.

Auf der gestickten Seidenfahne – schwarzweißrot – am messingnen Ständer in der Tischmitte steht es: Verein ehem. 65er – In Treue fest.

Das ist es, denkt der Sekretär, in Treue fest. Die Treue ist das Mark der Ehre. Das hat der ehemalige Regimentskommandeur, der Oberstleutnant Benda, in seiner letzten Rede in Oppeln auch gesagt. Und er hat von den Vorbildern gesprochen. Den Vorbildern von einst, die auch heute noch – und gerade heute wieder – von so großer Bedeutung sind. Der greise Hindenburg, der Sieger von Tannenberg. Der Feldmarschall Ludendorff, Lettow-Vorbeck, Walter Flex!

»Kamerad«, sagt der Sekretär zu seinem Gegenüber, dem Bäkkermeister Hermann Peter. Sie reden sich alle mit diesem Wort an. Kamerad ... das klingt fest und zuverlässig. Da weiß einer, was er vom anderen zu halten hat. Kamerad.

»Fährst du dieses Jahr mit nach Oppeln, Kamerad? Ich muß die Liste aufstellen, wegen der Quartiersbeschaffung.«

Oppeln. Das Infanterie-Regiment 65 hat seinen Standort seit jeher in Oppeln. In Oppeln sind sie alle damals, 1914, eingezogen worden, oder sie haben sich dort freiwillig gemeldet, wie der Kamerad Peter, und wie auch der Sekretär Koller ein Jahr später.

In Oppeln ist jedes Jahr im Juni Regimentstreffen. Drei Tage lang. Das kann niemand begreifen, der nicht dazugehört hat. Das ist etwas, da denkt einer noch das ganze Jahr dran, davon zehrt man. »Nach Oppeln . . .« sinnt der Bäckermeister. Ein bleicher, melancholischer Mensch mit schwarzen Locken, der nur helle, mehlige Brötchen schätzt. Aber den besten Pflaumenkuchen in der ganzen Stadt, den bäckt er!

»Was Frost und Leid
mich brennt ein Eid,
der glüht wie Feuersbrände
durch Schwert und Herz und Hände.
So ende drum, wie's ende
Deutschland, ich bin bereit!«

»Ich komme, natürlich komme ich mit.« Er liebt das Deklamieren. Bei Theateraufführungen zu Weihnachten oder beim Stiftungsfest, da spielt er schmachtende Liebhaber, und manchmal auch Damenrollen. Jetzt sieht er den Sekretär an, und seine Augen im bleichen Gesicht sind schwarz wie die Rosinen im Teig. »Weißt du noch, Kamerad«, sagt er, »damals im Winter auf der Loretto-Höhe?«

Der Sekretär Koller nickt. Greift wieder zum Glas. Die Kehle ist ihm eng. Was macht es, daß der Kamerad Peter ihn schon so oft an dieses Erlebnis erinnert hat. Es nimmt ihn immer wieder mit, jagt ihm noch heute Schauer über den Rücken. Nein, keine Angst, aber die Kälte eben, die eisige Winternacht. Einsamkeit, Verlorenheit. Und daß man zurückgekommen ist von dort.

»Ja«, sinnt er, »wie ihr schon dachtet, ich lebte längst nicht mehr, als ich drei Tage lang vorn im Schützenloch im Trommelfeuer gelegen bin. Und dann die Nacht, in der ich durch die feindlichen Linien zurückgerobbt bin, und ihr hättet mich beinahe erschossen, weil ich die neue Parole nicht wußte. ›Nicht schießen‹, hab ich gerufen, aber da hörte ich schon die Gewehrschlösser knacken. Da habe ich angefangen zu singen.«

»Stille Nacht, heilige Nacht . . . Ich weiß das noch, wie wenn es erst gestern gewesen wäre. Eigentlich komisch, daß dir kein anderes Lied eingefallen ist. Die Wacht am Rhein oder vielleicht Heil dir im Siegerkranz.«

»Es ging alles so schnell, und ich hatte die Nächte da vorn

immerzu daran denken müssen, daß Weihnachten ist.« Ein bißchen ärgert er sich. Es hätte ihm wirklich ein besseres Lied einfallen können. Eben ein Lied, das etwas mehr hermacht, wenn man die Geschichte erzählt. Aber ›Stille Nacht, heilige Nacht‹ ist ja auch schon ganz schön.

Er starrt in die blauen Rauchschwaden, die über dem Tisch lagern. Die staubgrünen Gardinen vor den hohen Fenstern sind zugezogen, die Bilder an den Wänden sind kaum zu erkennen im Rauch der Zigarren. Aber er weiß es auch so, da drüben, links von dem riesigen Hirschgeweih, hängt die goldgerahmte Photographie vom letzten Jahrestreffen. Oberstleutnant Benda – in Uniform – in der Mitte sitzend, flott ein Bein über das andere geschlagen; die Kameraden, alle in feierlichen, dunklen Anzügen, stehen um ihn herum. Das Häuflein ist kleiner geworden. Es gibt welche, die wollen nichts mehr wissen von ›damals‹. Was sind das für Menschen? Der Sekretär kann das nicht begreifen. Das größte Erlebnis, das einer gehabt hat, und die wollen's vergessen!

»Trotzdem, Gerhart, auf die alten Zeiten!« Hermann Peter hebt sein Glas.

»Auf die ruhmreichen Taten unseres glorreichen Infanterie-Regiments Nummer fünfundsechzig!« Der Sekretär hat die Stimme erhoben, sie klingt schon ein bißchen krähig. Das ist immer so, wenn er mehr als zwei Glas Bier trinkt. Aber die anderen haben ihn alle gehört. Sie heben die Gläser, prosten ihm zu.

»Auf unser ruhmreiches Regiment, das sich mit Stolz das Fünfundsechzigste nennt!«

»Kameraden!«

Der erste Vorsitzende, Oberpostrat Krause, ehedem Hauptmann der Reserve, erhebt sich. Sein Gesicht ist noch röter als sonst, ein wenig zittern die vollen, feuchtroten Lippen. Eisengrau stehen die kurzgeschorenen Haarstoppeln rund um den glänzenden Kugelkopf.

»Kameraden, ich erlaube mir, das Glas zu erheben auf Seine Majestät, unseren Obersten Kriegsherrn.« Er blickt zur gegenüberliegenden Wand. Früher hing da das Kaiserbild. Aber der Wirt vom Schwarzen Adler hat es abgenommen und durch eine Jagdszene ersetzt. Ein waidwunder Hirsch bläst nebligen Atem zu grünen Hügeln hin. Im Tannbusch hockt der Wilddieb. Daran kann niemand Anstoß nehmen. Es tagen eben leider auch andere Gruppen und Vereine hier. Man muß das verstehen ...

Feigling, der Sekretär streckt das Kinn vor. Aber eines Tages wird auch hier wieder das Bild eines Mannes hängen, zu dem man aufschauen kann. Und wenn es schon nicht der Kaiser sein kann, dann wenigstens Hindenburg oder Ludendorff oder ein anderer, der sich um Deutschland verdient gemacht hat. Einen Mann brauchen wir, einen, dem das Fronterlebnis noch etwas bedeutet. Keinen von diesen Sozis oder Zentrumsbrüdern! Vaterlandslose Gesellen, sie alle!

Stühle scharren, alle haben sich erhoben.

»Seine Majestät, unser allergnädigster Kaiser und König! Ein dreifaches ...«

»Hurra!«

»Hurra!«

»Hurra!«

Die Gläser werden geleert. Starr hängt der Blick, gesammelt und konzentriert, an den sich leerenden Gläsern. Als sich die Männer dann wieder mit Ächzen und Poltern hinsetzen, herrscht raunendes Schweigen.

Der Sekretär räuspert sich. Man kann nicht gleich reden in einem solchen Augenblick. Aber es gibt noch ein paar Punkte auf der Tagesordnung. Er tippt mit dem Bleistift auf die Liste, die er vor sich liegen hat. »Meine Herren, die Wahlen in zwei Wochen ... Punkt vier auf unserer Tagesordnung.« Er schiebt wieder die Unterlippe vor und sieht sich um. Will da einer was einwenden?

Kurt Hollmeisel, Konditormeister und Pächter des Etablissements ›Hotel Haupt‹, räuspert sich.

»Kamerad Hollmeisel?«

Der Angeredete erhebt sich. Ein kleiner, korpulenter Herr. Den Bauch hat er damals schon angesetzt, als er noch die Feldküche unter sich hatte, der Sekretär sieht den Kameraden Hollmeisel streng an. »Also was gibt's, Kamerad?« So einer muß gleich merken, daß man eine Tagesordnung nicht einfach unterbrechen kann.

»Nun, es handelt sich nicht direkt um Punkt vier ... entschuldige, Kamerad Koller, das ist nicht persönlich gemeint, aber es fehlt etwas auf der Tagesordnung.«

Auf seiner Tagesordnung, nein, das hat er von vorn bis hinten alles genauestens überprüft. Das gibt es gar nicht, daß ihm da ein

Fehler unterläuft, da soll sich der gute Kamerad Hollmeisel nur gleich wieder hinsetzen!

»Aber«, der korpulente Herr sieht sich ein bißchen verlegen um, »wir wollten doch heute beschließen, wo das nächste Stiftungsfest stattfindet!« Jetzt hat er's gesagt, und er weiß nicht, wo er nun hinsehen soll. Aber gesagt werden mußte es. Die Zeiten sind nicht sehr gut für einen selbständigen Gastronomen, und noch dazu die Pacht.

»Aha«, rufen einige, oder auch: »Natürlich, der Hollmeisel!«

Aber er hat nun eben keine Bierkneipe wie den Schwarzen Adler hier oder die ›Oderschwemme‹, wo sich die Sangesbrüder treffen. Bei ihm halten sie nie ihre Kameradschaftsabende ab. Er hat keine verräucherten Hinterzimmer, nur den großen Saal für Vergnügen und Tanzveranstaltungen. Manchmal ein Liederabend. Und in den vorderen Räumen das Tages-Café. Alles picobello, die Stühle weiß und mit grünem Samt bezogen. Natürlich auch noch Torten außer Haus, schließlich ist er Konditormeister, und manchmal, aber ganz selten, eine große Hochzeit. Doch die wirklich Vornehmen, die das Geld haben, die feiern im ›Löwen‹ bei Gazé. Die andern veranstalten ihre Feste zu Hause, im engsten Kreise, wie man so sagt. Aber so ein Stiftungsfest soll ja schließlich einen würdigen Rahmen haben. Seine Räumlichkeiten bieten sich da geradezu an.

»Stiftungsfest unter Punkt sechs der Tagesordnung«, unterbricht der Sekretär solche Gedanken. Ablenkungen mag er nun einmal nicht, wenn er gerade dabei ist, auf einen so wichtigen Punkt drauflloszumarschieren. »Also nochmals zu Punkt vier: Wahl des Reichspräsidenten.« Er macht wieder sein energisches Gesicht und sieht sich um. »Es steht ja wohl außer Frage, daß unsere Stimme dem hochzuverehrenden Generalfeldmarschall Hindenburg gehört! Dem Sieger von Tannenberg!« Er schnauft ein wenig. »Ein Hundsfott, wer ihm die Gefolgschaft verweigert!« Das letzte hat er ganz spontan gesagt, und das Wort Hundsfott ist ihm aus den Reden des Alten Fritz geläufig. Hier paßt es gut, findet er.

Und die anderen finden das auch.

Ein Hoch auf den Generalfeldmarschall!

Nur der Medizinalrat Westrich nimmt seinen Kneifer ab und streicht sich bedächtig mit zwei Fingern die Nasenflügel. »Schade«, sagt er langsam, »schade, daß der gute Alte auf seiner Klitsche schon leider etwas vertrottelt zu sein scheint.«

»Oho«, rufen die Männer beinahe einstimmig, und »Das wäre ja noch schöner! Ob der Herr Medizinalrat wohl gar einen besseren, einen verdienteren Mann vorzuschlagen habe?«

»Meine Herren, Kameraden!« Der Medizinalrat, der sonst eigentlich nie etwas sagt, sondern sich meistens recht früh empfiehlt, hebt die Hände. »Ich bin – wie Sie – der Meinung, daß der Feldmarschall Hindenburg ein hochverdienter Mann ist. Aber er wird in diesem Jahr achtundsiebzig Jahre. Ich bin Mediziner, ich weiß, daß es keine Wunder gibt, ein Mann mit achtundsiebzig hat das Recht auf Ruhe. Gerade weil er ein so verdienter Mann ist, sollte man nicht zulassen, daß er noch einmal eine so große Verantwortung auf sich nimmt, der er vielleicht körperlich nicht mehr gewachsen ist! Ich sage das alles nicht, um den Herrn Generalfeldmarschall etwa zu diffamieren, ich spreche als Arzt, als besorgter Arzt!« Er lehnt sich zurück in seinem Stuhl und setzt seinen Kneifer wieder auf. Eine Ader auf seiner kahlen Stirn zuckt.

Majestätsbeleidigung, denken die Männer. Das ist beinahe so, wie wenn einer ein Ehrenmal anpinkelt, aber wie soll man etwas gegen den Sanitätsrat sagen. Viele von ihnen verdanken ihm ihr Leben oder wenigstens den Gebrauch ihrer verwundeten Gliedmaßen. Der Sekretär Gerhart Koller rutscht auf seinem Stuhl hin und her. Wenn ein anderer so etwas gesagt hätte, mein Gott, sie hätten den Mann aus dem Verein ausgeschlossen, ja, das hätte man gemacht. Aber der Medizinalrat ist schließlich ein höherer Offizier, Oberst-Stabsarzt, was soll er da machen, er hat es nie weiter gebracht als bis zum Obergefreiten. Vielleicht der Oberpostrat, vielleicht könnte der dem Medizinalrat antworten. Er war immerhin Hauptmann.

Der erste Vorsitzende, der Oberpostrat Krause, hat eben ein frisches Bier bekommen. Gerührt besieht er die hübsche Schaumkrone auf dem schlanken, hohen Glas, das er in seinen dicken Fingern dreht. Was soll die ganze Aufregung, des kühlen Bierchens wegen geht er zu so einer Versammlung. Jetzt zieht er sein ledernes Zigarrenetui aus der Brusttasche, wählt eine dunkelbraune Zigarre mit goldener Bauchbinde, klopft sie auf dem Handrücken, schneidet sie sorgfältig ein, zieht dann die Spitze mehrmals durch die vollen, feuchtroten Lippen, beleckt sie noch einmal und zündet sie dann vorsichtig an. Genüßlich stößt er den ersten Rauch aus. Das alles darf er zu Hause nicht, weder rauchen noch Bier trinken, da würde ihm die Frau ganz schön die Hölle heiß machen. Deshalb kommt er hierher, zu den Kameraden. Da kann sie ihm nicht reinreden. Und mitkommen kann sie hierher auch nicht, obwohl sie sich ja sonst in alles einmischt. Haha!

Die peinliche Pause hat nun schon einige Minuten gedauert, der Sekretär hat eingesehen, daß vom ersten Vorsitzenden kein rettendes Wort zu erwarten ist, und beschäftigt sich jetzt angelegentlich mit seiner Liste für die Oppeln-Besucher.

»Ich bitte ums Wort«, ruft da einer, der ganz unten am Tisch sitzt.

Auch das noch, denkt der Sekretär und stellt sich taub. Soll ihm denn heute auch alles durcheinandergeraten?

»Kamerad Koller, ich bitte um's Wort!«

Der Briefträger, der einmal Bursche beim Oberstleutnant Benda gewesen ist, steht auf. Er ist nicht sehr groß und hat einen Kopf wie ein Strohdach, so blond. Die kleinen blauen Augen blicken wässerig, als würde der Briefträger weinen, aber das ist nur der Schnaps. Einem Schnaps kann der Briefträger Paume nie widerstehen. Jetzt holt er tief Luft und beginnt: »Also, es muß ja nu mal gesagt sein . . .« Er sieht sich um und zieht mit der einen Hand seine Hose am Hosenbund hoch. »Wenn ich mir erlauben dürfte, und mit aller Hochachtung für unseren Kameraden, den Herrn Medizinalrat, der so viele von uns damals zusammengeflickt hat . . .«

Der wird doch nicht? Gerhart Koller zieht verzweifelt an seiner Unterlippe, das kann der doch nicht machen!

»Was nämlich unser hochgeehrter Feldmarschall Hindenburg ist, da muß ich ihm – dem Herrn Medizinalrat – eben doch widersprechen. Nämlich, unser Hindenburg, der wird hundert, und das bissel regieren, das schafft der schon, da brauchen wir keine Bange haben, der hat damals die Russen besiegt, der schafft auch den Saustall bei unserer Regierung noch!« Er nimmt sein Glas. »Auf unseren verehrten Feldmarschall Hindenburg, den neuen Reichspräsidenten! Er lebe hoch! Hoch! Hoch!«

Das war die längste Rede, die der Briefträger Paume je gehalten hat, seit er Mitglied bei den Fünfundsechzigern ist. Und er wird bei Gott, auch keine mehr halten. Der Sekretär Koller greift wie die anderen zum Glas und stimmt mit ein. »Hoch!« Das muß er schon, da kann er ja nicht anders. Aber es ist doch der Gipfel, wenn so jeder, mir nichts, dir nichts, einfach ein Hoch ausbringen kann auf eine so hochgestellte Persönlichkeit. Wo bleibt denn da die Disziplin? Das geht ja fast zu wie im Reichstag! Man muß sich was einfallen lassen für die Satzung, daß sich so etwas nicht wiederholen kann. Zugegeben, der Paume hat's gut gemeint, aber so geht es einfach nicht. So nicht!

Und wie die anderen sich wieder hinsetzen, bleibt der Sekretär stehen. Die Brust vorgewölbt. Jeder Zoll ein energischer, strenger Vorgesetzter. Das Kinn vorgestreckt, sagt er jetzt: »Kameraden! Nach diesem Ausflug in die Gepflogenheiten des Parlamentarismus wollen wir nun wieder zur Sache kommen.« Er ist zufrieden mit sich, daß ihm so ein imponierendes Wort gleich eingefallen ist. Nur der Briefträger Paume versteht nicht ganz, was das heißen soll. Doch das macht ihm nichts aus. Er hat gesagt, was er dachte, und das genügt ihm. Und noch heute nacht wird er es seiner Frau erzählen, wie er da einfach aufgestanden ist und eine Rede gehalten hat... auf unsern Hindenburg! Die wird staunen, die Frau, sie wird sagen, ›Pflaume‹, wird sie sagen, ›ich glaub dir kein Wort‹. Und dann wird er bloß lächeln und ihr antworten: ›Wart's ab, bis das Versammlungsprotokoll kommt, da kannst du's selber lesen.‹ Das wird er ihr sagen. Und dann wird er ihr zeigen, was der Briefträger Paume sonst noch alles kann, auch wenn er mehr als zehn Schnäpse intus hat!

»Zu Punkt vier, Kameraden! Es wird empfohlen, zum Wahltag Orden und Kriegsauszeichnungen anzulegen. Kleine Spange. Wir verteilen schwarzweißrote Fähnchen, die Kamerad Scholz mit seiner Druckerei gestiftet hat!«

Bravorufe und vereinzeltes Händeklatschen.

»Sagen Sie nachher dem Kameraden Scholz Bescheid, wie viele Fähnchen Sie im einzelnen brauchen. Bei der Wahl selbst keine Diskussionen mit Sozis oder anderen Roten. Aber das versteht sich ja von selbst. Sonst noch Vorschläge?«

Kopfschütteln. Der Wirt vom Schwarzen Adler geht herum, stellt frischgefüllte Gläser hin, nimmt die leeren fort. Macht Bleistiftstriche auf die Bierdeckel. Die Männer reden. Lachen wohl auch über einen leise erzählten Witz. Noch ist der heitere Teil der Versammlung nicht angebrochen.

Der Sekretär Koller ist ungeduldig. Er hat noch einen Punkt auf der Tagesordnung, der ihn zum Schwitzen bringt, wenn er nur daran denkt. Konzentration ist nötig. Und wie soll er weiterreden, wenn keiner mehr richtig zuhört?

Er steht hinter seinem Bierglas. Packt es und knallt es auf den Tisch, daß der Schaum spritzt. »Punkt fünf unserer Tagesordnung«, schreit er. »Aufnahmeanträge. Mir liegt ein Antrag vor zur Aufnahme in den Verein ehemaliger Fünfundsechziger von Herrn Doktor Friedrich Moritz Löwenstein!«

Da sitzen auf einmal alle stumm, als hätte er eine Gewehrsalve mitten in das rauchige Zimmer abgefeuert.

Sieh an, der Doktor Löwenstein. Natürlich kennt ihn jeder. In einer so kleinen Stadt. Und die Kinder haben doch alleweil mal etwas mit den Ohren oder im Hals. Man selber natürlich auch. Aber wegen so was, da geht ein Erwachsener nicht zum Arzt. Das wäre ja noch schöner. Da nimmt man zwei Eßlöffel heiße, braune Butter für den Hals oder warmes Öl ins Ohr und einen Wattepfropf. Mit den Kindern allerdings, da geht man zum Doktor Löwenstein. Sogar der Sekretär Koller, neulich, als seine Tochter Elisabeth sich ein Weidenkätzchen in die Nase gesteckt hatte.

Als Doktor ist er in Ordnung, der Löwenstein.

Und jetzt will er in den Verein ehemaliger Fünfundsechziger eintreten. Sie wissen eigentlich selber nicht genau, warum ihnen das allen – oder jedenfalls den meisten von ihnen – so unangenehm ist. »Die Juden sind unser Verderben«, ruft der Finanzamtsgehilfe Brauer, aber seine Zunge gehorcht ihm nicht mehr so richtig.

»Schließlich ist der Doktor bei der Frühjahrsoffensive achtzehn verwundet worden. Als Angehöriger unseres Regiments!« sagt der Bäckermeister Peter sanft wie immer.

»Die Meinung des Kameraden Vorsitzenden?« fragt der Sekretär dazwischen.

»Schon gut, gut . . .« Der Oberpostrat Krause sieht sich leicht schwankend um. »Der Doktor Löwenstein ist immerhin einer der bestsituier. . .« er stolpert über das Wort, »der vermögendsten Männer unserer Stadt.«

»Sag ich doch, die Juden sind unser Verderben.« Der Finanzamtsgehilfe hat sich in diesen Satz verbissen wie ein Terrier in seinen Knochen. Er brabbelt ihn immer wieder: ». . . unser Verderben . . . sag ich doch.«

»So geht das nicht, meine Herren!«

Der alte Westrich will heute wohl gar keine Ruhe geben, denkt der Sekretär und sieht verwundert, wie der Medizinalrat jetzt sogar aufsteht. Eine Hand auf den Tisch gestützt, bleibt er vornübergebeugt stehen. Seine Kneifergläser blitzen die Männer reihum an. »So geht das nicht! Der Kollege Löwenstein ist alter Frontsoldat wie Sie und wie ich! Die Tatsache, daß er mosaischen Glaubens ist, hat – so finde ich – hier überhaupt nichts zu besagen. Wir fragen doch auch nicht, ob einer evangelisch oder katholisch ist!«

»Hört, hört«, ruft jemand und versteckt sich gleich hinter seinem Bierglas, und ein anderer sagt laut: »Sehr richtig!«

Der Sekretär zupft an seiner Unterlippe. Was ist bloß in den guten Westrich gefahren? In den drei Jahren seit der Vereinsgründung hat er nicht so viel gesagt wie heute abend. Aber man konnte auf ihn zählen, wenn es um Spenden ging. Und es ging meistens um Spenden. Gut, zahlen wird der Löwenstein auch, man könnte das brauchen. Für die neue Fahne zum Beispiel. Aber trotzdem. Wenn er sich wenigstens hätte taufen lassen. Das machen doch viele jetzt. Man würde den guten Willen sehen.

Gerhart Koller malt Männchen auf seinen Bierdeckel. Männchen mit krummen Nasen. Er merkt es gar nicht, er denkt eben nach.

»Der Stabsarzt Löwenstein«, sagt plötzlich einer laut in das Gemurmel, »der hat schließlich das EK 1 für Tapferkeit vor dem Feinde! Der Kronprinz hat es ihm selber überreicht. Ich war dabei.«

Das Eiserne Kreuz Erster Klasse!

Das ist natürlich schon etwas. Davon hat er nur immer geträumt.

Der Sekretär stützt sein Kinn in die linke Hand und malt jetzt ein EK auf die andere Seite des Bierdeckels. Immer diese Juden, die schöpfen doch überall das Fett ab. Er macht auf einmal wieder sein energisches Gesicht, Kinn nach vorn und die Unterlippe vor. Man kommt nicht umhin, man muß immer wieder daran denken. Wie war das doch? Der Großvater war Verwalter beim Baron Waltersheim in Posen. Der Jude hat sich das Gut geholt. Finkelstein oder Löwenstein, sie sahnen immer ab. Freilich, der Großvater hat auch erzählt, daß sich der Baron kaum um die Klitsche gekümmert hat. Er war schließlich Offizier. Eben. Aber diese Juden, zuerst Geld geborgt, noch und noch, dann den Hahn zugedreht, gerade wenn's am schwierigsten wurde. Einen preußischen Offizier vom Hof gejagt. Die Anneliese von Waltersheim, er war mal zu Besuch gewesen in den Schulferien beim Großvater, sie soll schrecklich geweint haben, als sie fort mußten, hat der Großvater später erzählt. Einmal hat sie der Sekretär dann noch gesehen, nach Jahren, in Breslau. Aber sie hat ihn nicht erkannt, dabei hat er den Hut ganz tief vor ihr gezogen.

Was? Ob es eine Abstimmung geben soll? Er hat gar nicht hingehört, war mit seinen Gedanken woanders. Jetzt steht er auf. »Wer ist für Abstimmung?« Zählt die erhobenen Hände. »Fünf... acht ... Gegenprobe!«

»Ich bitte ums Wort.« Der Rechtsanwalt Richter. Schneidig, straff, kleines Bürstenbärtchen auf der Oberlippe.

»Der Kamerad Oberleutnant Richter hat das Wort.«

Die Männer lehnen sich zurück, greifen zum Bierglas. Einige zünden sich Zigarren an. Die blauen Rauchschwaden unter der Lampe über dem Tisch werden dicker. Der ehemalige Oberleutnant Richter beginnt mit schönen, glatten Formulierungen, die noch nichts richtig beim Namen nennen. »Eine Entscheidung von weittragender Bedeutung.« Die Männer nicken und sehen dem Rauch ihrer Zigarren nach ... »Wir wollen hier keineswegs die Verdienste des Doktor Löwenstein außer Acht lassen.« Natürlich nicht.

Gerhart Koller macht sich Notizen. Er wird das alles in seinem Versammlungsprotokoll wiedergeben. Schließlich ist er nicht nur Versammlungsleiter, sondern auch Schriftführer des Vereins.

»Und ich frage Sie nun. Können wir das, angesichts der Zustände in unserem geliebten Vaterland, zulassen?«

Es geht jetzt nicht nur um die Aufnahme des Doktor Löwenstein. Es geht um Politik.

»Aber es steht doch außer Zweifel, daß auch der Kollege Löwenstein politisch rechts steht«, ereifert sich der Medizinalrat. So kennt man ihn gar nicht, der Sekretär notiert auch diesen Einwurf, und warum verbeißt er sich so für diesen Juden? Es wird ihm aber nichts nützen. Der Richter, das ist einer von den ganz Scharfen, da muß er, der Sekretär, nachher gar nicht mehr viel sagen, der Richter macht das schon.

Und der ehemalige Oberleutnant und jetzige Rechtsanwalt zieht sein Monokel aus der Westentasche und fixiert erst den Medizinalrat, dann alle anderen.

Jetzt kommt's, Gerhart Koller hält den Bleistift im Anschlag.

»Und so schlage ich vor, angesichts der kolossalen Bedeutung dieser Angelegenheit, daß wir jetzt keineswegs zu einer Abstimmung schreiten.«

Was? Was ist denn nun los? Gemurmel wird laut.

»Keinswegs, sagte ich!« Der Rechtsanwalt übertönt das Gemurmel. »Denn es gilt hier vor allem gerecht zu urteilen, alles noch einmal gewissenhaft zu überdenken. Gewissenhaft, sage ich, um dann - und erst dann - zu einem einheitlichen Beschluß zu kommen. Deshalb beantrage ich Vertagung von Punkt fünf auf eine spätere Zusammenkunft!«

Schlau. Einfach gerissen. Der Sekretär muß zugeben, daß ihm so was nicht eingefallen wäre. Jedenfalls nicht in diesem Augenblick. Dabei ist es ganz einfach. Wenn die Sache wieder zur Sprache kommt, dann wird man es zu einem Zeitpunkt machen, wo man sicher sein kann, daß die Befürworter in der Minderzahl sind. Und wenn der Beschluß erst einmal gefaßt ist, dann regt sich so leicht keiner mehr darüber auf. Geradezu genial. Wenn er jemals irgend etwas mit dem Gericht zu tun kriegte, er würde zu Richter gehen.

Der Rechtsanwalt hat sich unter dem Beifall der Männer wieder gesetzt. Alle - vielleicht mit Ausnahme des Medizinalrats - sind froh, daß man ihnen heute keine Entscheidung abverlangt.

»Punkt sechs«, ruft der Sekretär in die erwartungsvollen Gesichter, »Punkt sechs: Verschiedenes. Aber ehe wir dazu übergehen, schlage ich erst einmal eine Pause von zehn Minuten vor!« Er hebt sein Glas und trinkt den verschwitzten roten Gesichtern zu. Und während vom Tischende, da, wo der Briefträger Paume sitzt, das Lied vom Sanitätsgefreiten Neumann, zuerst ein wenig zaghaft, erklingt, erhebt sich der Medizinalrat, nickt allen kurz zu und murmelt etwas, das wie ›höchste Zeit, dringende Verpflichtung... und empfehle mich‹ klingt.

Als die Tür hinter ihm zuklappt, klingt es nun schon lauter hinter ihm her. »Ein dreifach Hoch, ein dreifach Hoch, ein dreifach Hoch dem Sanitätsgefreiten Neumann...«

Da steht der Sekretär auf, das Bierglas behält er in der Hand, und geht auf Paume zu. »Hör auf«, sagt er halblaut, er ist richtig böse jetzt, und eigentlich weiß er selbst nicht ganz genau, warum. »Hör auf mit den Schweinigeleien, Paume, sonst kriegst du's mit mir zu tun!«

Ein Geheimnis

Manchmal zupft sie an ihren Zöpfen, das Fräulein Hilde. Die Zöpfe sind blaß und blond. Und einmal, als ich nachmittags zu ihr gegangen bin, da hatte sie gerade die Haare gewaschen, und sie hingen offen um sie herum wie ein richtiger Mantel.

Ich habe es Papa erzählt, aber der hat bloß so komisch mit den Mundwinkeln gezuckt und gesagt, wir sollten das Fräulein nicht immer stören.

Dabei sagt sie selber, daß wir sie gar nicht stören. Und wir sind ja auch immer ganz brav. Jedenfalls meistens.

Der Papa sagt, daß wir ein richtiges Kindermädchen bekommen. Wenigstens für tagsüber, wenn er nicht da ist. »Ein Kindermädchen«, sage ich zu Fräulein Hilde, »wir bekommen ein richtiges Kindermädchen, nicht bloß die Selma. Damit wir Sie nicht so viel stören.«

Da lacht sie ein bißchen, und dann fragt sie, ob wir mit ihr spazierengehen wollen. Natürlich wollen wir.

Ich habe die Mäntel geholt für Heinzi und mich. Und wir haben den Sportwagen mitgenommen und Heinzi hineingesetzt. Eigentlich mag er das nicht, aber da hat Fräulein Hilde zu ihm gesagt: »Du hast noch so kleine Beine, und die können den weiten Weg gar nicht laufen. Und was sollen wir dann mit dir machen? Da müssen wir dich ja allein im Park zurücklassen, denn zum Tragen sind wir nicht stark genug, deine Schwester und ich.«

Da hat er sich dann beruhigt. Und er durfte ja auch seinen Hasen mitnehmen. Es ist ein brauner Hase wie aus Samt, mit einem kleinen Körbchen auf dem Rücken, und zu Ostern waren da lauter Ostereier drin.

Ich habe einen Osterhasen aus Marzipan in meinem Nest gehabt, und er war in der Standuhr versteckt. Da habe ich lange suchen müssen. Immer wieder kalt, kalt, kalt, dann lauwarm, warm und zuletzt, bei der Standuhr, da hat der Papa heiß gesagt. Siedendheiß, da habe ich ihn gefunden.

Heinzis Nest war hinter dem großen Sofakissen mit den rostbraunen Seidenrüschen und der Stickerei. Er kann das noch nicht so, mit dem Suchen, und ich habe ihn ganz in die Nähe geführt und geflüstert: »Wenn du mich fragst, ich würde mal hinter die Kissen schauen.« Mein Osterhase saß in dickem grünem Ostergras, der war aus Marzipan. Aber den habe ich schon fast aufgegessen. Von den vielen bunten Eiern mit dem Zuckersaft drin ist nichts mehr übrig. Auch von den halben Eiern nicht, wo unten Schokolade ist und oben im weißen Oval ein rundes Eigelb mich wie ein Auge ansieht. Aber das grüne Ostergras habe ich noch. Damit werde ich noch lange spielen, mir Wiesen bauen mit der Waschschüssel als Teich in der Mitte. Doch zum Mitnehmen auf den Spaziergang ist das nichts.

»Du kannst ja die kleine Puppe mitnehmen, die mit dem Häkeljäckchen.«

Ich finde Puppen dumm. Man kann eigentlich gar nichts mit ihnen machen. Sie sehen einen mit den blauen Porzellan-Augen an und machen ein Schnutenmündchen. In den Backen haben alle Puppen tiefe Dellen. Grübchen nennt man das. Aber das ändert auch nichts. Und nicht mal die Finger kann man verbiegen, da brechen sie ab.

Aber das sage ich natürlich nicht. Nur, daß ich lieber die Hände frei habe. »Und vielleicht gibt es ja auch schon Blumen.«

Also gut, wir ziehen los.

Aber wir gehen gar nicht an Papas Büro vorbei in den Park. Wir gehen die Grottkauer Straße entlang. Bei der Rochus-Kapelle, da wo die Oderstraße abzweigt, ist schon ein klein wenig Grün in den Fliederbüschen zu sehen. Später, wenn der Flieder richtig blüht, dunkellila und weiß, da riecht es bis über die Straße. Heute riecht es nur ein bißchen nach Weihrauch, als die große Holztür aufgeht und eine ›Liebe Schwester‹ aus der Kapelle kommt.

Wir kommen an der Post vorbei, und jetzt weiß ich, wo wir hinwollen. In die Bahnhofsanlagen.

Da kann man in der Sonne sitzen auf Bänken, die mitten zwischen allerlei Büschen stehen. Bei manchen Büschen sind schon die kleinen hellgrünen Blättchen draußen. Jetzt weiß ich, was ich hätte mitnehmen können. Meine Murmeln. Die meisten Kinder sagen Knickerkugeln. Ich habe ganz neue. Blaue, braune und dunkelrote. Wenn eine zerbricht, dann sieht man, daß sie innen hellrot sind wie Dachziegel.

Aber immerzu auf der Bank sitzen ist langweilig. Nur wenn gerade ein Zug auf dem Bahndamm hinter den Anlagen in den Bahnhof einfährt, kann man raten, ob jemand aussteigt oder nicht.

Es kommt kein Zug. Und da suche ich mir ein Stöckchen und male damit ein Hopse-Spiel in den Sand. Dreimal zwei Kästchen nebeneinander, und oben drüber einen halben Kreis, das ist der Himmel. Das Spiel heißt Himmel und Hölle. Aber wo die Hölle ist, weiß ich nicht. Ich habe nur gesehen, wie es die größeren Kinder immer spielen. Mich lassen sie nicht mitmachen, weil ich ihnen zu klein bin. Da denke ich mir eben selber Spielregeln aus und hüpfe auf einem Bein die Kästchen rauf und runter. Nur im Himmel darf man auf beiden Beinen stehen, bestimme ich.

Der Heinzi läßt seinen Osterhasen auf der Bank hin und her hüpfen. Manchmal auch im Sand davor. Aber das mag das Fräulein Hilde nicht. »Du machst dich ganz schmutzig«, sagt sie, »und wie sieht das denn aus, wenn ich so mit dir nach Hause fahren soll?«

Jetzt kommt ein Zug. Ich glaube, er kommt aus Breslau.

Das Fräulein Hilde macht plötzlich einen ganz langen Hals, weil sie wohl sehen will, ob jemand aussteigt. Richtig weiß ist ihr Hals und so dünn in dem kleinen Mantelkragen aus braunem, weichem Pelz, der sich wie Vogelfedern anfühlt.

Dann setzt das Fräulein den Heinzi plötzlich wieder in seinen Kinderwagen, und zu mir sagt sie: »Komm, Elisabeth, es ist noch zu kalt zum langen Sitzen. Wir gehen ein bißchen die Allee entlang.« Und sie läuft und schiebt den Wagen mit Heinzi so schnell, daß ich kaum nachkommen kann.

Die Bahnhofsallee führt an den Anlagen vorbei zum Bahnhof. Später, im Sommer, riecht es hier wunderbar nach blühenden Linden.

Die Leute, die vom Bahnhof zur Stadt wollen, kommen hier entlang. Mit Koffern und Reisetaschen. Wenn sie nicht lieber eine von den beiden Kutschen nehmen, die auf dem Bahnhofsplatz warten.

Wenn man die Allee entlang zum Bahnhofsplatz will, muß man einen kleinen Berg hinauf. Und wie wir gerade in der Mitte sind, da kommt uns von oben her, vom Bahnhof, ein Mann entgegen. Mit einem dunkelblauen Mantel und einer dicken Brille. Beinahe hätte das Fräulein Hilde den Heinzi in seinem Kinderwagen den Berg wieder hinunterrollen lassen, so sehr ist sie erschrocken über den Mann. Und ganz gerötet ist ihr Gesicht auf einmal. Aber das kann auch von der Sonne sein, die jetzt hinter dem Bahndamm untergeht.

Der Mann kommt auf uns zu, und ich sehe, daß er vielleicht jünger ist als der Papa, und seine Backen schimmern ein bißchen bläulich, obwohl man sich nicht vorstellen kann, daß er nicht rasiert ist. Der Papa läßt sich jeden Morgen beim Friseur Bencke rasieren. Der Mann hat einen weißen, seidigen Schal um unter dem dunkelblauen Mantel, und einen ebenso blauen Hut hält er in der Hand, zusammen mit seinen Handschuhen. Er sieht fein aus, und ich weiß, daß ich ihn kenne, aber woher?

Jetzt ist er mit ein paar Schritten bei uns. »Gnädiges Fräulein, das nenne ich eine reizende Überraschung«, sagt er und macht eine tiefe Verbeugung.

Ein gnädiges Fräulein. Ich wüßte gerne, was das ist. Ich kenn das Wort gnädig nur aus dem Gebet für Mama: ›Herr, sei ihrer armen Seele gnädig‹. Ich dachte bisher, nur der liebe Gott kann gnädig sein.

Fräulein Hilde ist auch ganz komisch jetzt. Als ob sie nicht wüßte, was sie sagen soll zu dem jungen Mann. »Ich, nun ja, das sind die Kinder vom Sekretär Koller. Die Frau«, sie blinzelt und sieht auf mich, »Sie wissen doch wohl . . .«

»Meine Mama ist nicht mehr da«, sage ich. Es fällt mir so schwer zu sagen, daß sie im Himmel ist, und eigentlich glaube ich es ja auch noch immer nicht ganz. »Und wir bekommen ein richtiges Kindermädchen, damit wir das Fräulein Hilde nicht immer stören.«

»Aber ihr stört doch nicht, das weißt du doch.« Sie zupft an meinem Mantel herum.

»Ja«, sagt der Mann mit den bläulichen Backen und sieht sich um. »Da seid ihr also mit dem gnädigen Fräulein in den Anlagen gewesen. Ich schlage vor, wir gehen da jetzt alle zusammen noch einmal hin. Vielleicht bis zum Teich. Habt ihr schon die Enten gesehen?«

»Nein«, sage ich. »Wir haben auf der Bank gesessen, wo man die Züge einfahren sehen kann. Weit weg vom Teich.«

Das Fräulein Hilde ist jetzt noch viel röter im Gesicht, sogar der Hals ist ganz rosa. Dabei ist die Sonne schon hinter dem Bahndamm.

»Ja«, schreit der Heinzi auf einmal begeistert. »Zum Teich. Enten sehen!«

Und dann sitzen wir alle auf einer Bank ganz nahe am Wasser. Das Fräulein Hilde hat den Heinzi auf ihren Schoß genommen, und ich sitze zwischen ihr und dem Mann. Ich kann sehen, daß das Bläuliche auf seinem Gesicht von lauter kleinen Haaren stammt, die zwar abrasiert sind, aber unter der Haut noch ganz blauschwarz schimmern. Ich weiß jetzt auch, daß es der junge Herr Lichtermann ist, von dem Büchergeschäft, schräg gegenüber von unserer Wohnung.

Er sagt, wenn wir ganz still sitzen, kommen die Enten vielleicht aus ihrem Häuschen heraus, das mitten im Teich unter einem Busch auf einer richtigen kleinen Insel steht.

Wir sind ganz still, aber die Enten kommen nicht. Ich glaube aber, daß sich etwas in dem Häuschen bewegt hat.

Eigentlich ist es ein bißchen gruselig hier, und alleine würde ich mich fürchten. Nur ein paar Schritte vor uns, hinter einem niedrigen Zaun, der mir kaum bis ans Knie reicht, beginnt schon das Wasser. Grünbraune Pflanzen wallen unter der Oberfläche hin und her. Wie Haare. Nixenhaare. Man darf auf gar keinen Fall da hineintreten. Die Nixenhaare würden einen ganz schnell hinunter in die Tiefe ziehen.

»Es war einmal eine Königstochter, die hatte Haare, so lang und blaßgrün, daß sie wie ein richtiger Mantel waren«, fängt der Herr Lichtermann jetzt zu erzählen an. Seine Stimme ist leise und weich wie Samt.

Ich denke, ob er vielleicht das Fräulein Hilde schon einmal gesehen hat, wenn sie ihre Haare trocknet?

»Sie lebte in einem See, der war viel, viel größer als dieser hier, und die schönsten Seerosen wuchsen dort im Wasser, rosa und gelb und schneeweiß, und an dem Ufer stand das Schilf über zwei Meter hoch, wie eine grüne Mauer.«

»Aber durch das Schilf kann man doch durchsehen«, sage ich.

»Ja, durch Schilf kann man hindurchsehen, wenn man nahe genug herangeht. Und als eines Tages ein junger Ritter an dem See vorbeikam, da glaubte er auch, etwas zu sehen. Hinter dem Schilf, weit draußen auf dem Wasser, mitten zwischen den Seerosen. Er stieg von seinem Pferd und watete in das Wasser am Ufer hinein.

Immer weiter und weiter, weil er noch immer nicht genau erkennen konnte, was das da war, mitten im See. Und plötzlich hatte er keinen Boden mehr unter den Füßen. Es war ihm, als ob ihn etwas nach unten ziehen würde.«

»Nixenhaare«, sage ich. »Nixenhaare machen das.«

»Ach, du kennst wohl die Geschichte schon?« Die Brillengläser funkeln so komisch, daß man die Augen dahinter gar nicht sehen kann.

»Nein. Ihre Geschichte kenne ich nicht. Aber das mit den Nixenhaaren, das hat uns einmal die Tante Hedel erzählt. Als wir im Park waren. Da gibt es ein richtiges Nixenloch. Und das ist noch viel gefährlicher als der Teich hier.«

»Noch gefährlicher?«

»Ja. Weil da ein grüner Teppich drauf ist auf dem Wasser. Und zuerst, wenn man es nicht weiß, denkt man, daß es vielleicht Gras ist oder Moos. Und man muß einen Stein hineinwerfen, da plumpst es, und schwupps ist der Stein verschwunden. Aber wie geht es weiter mit dem jungen Ritter?«

»Ja . . . nun, der konnte zum Glück schwimmen.«

»Aber das nützt nichts, wenn dort Nixenhaare waren.«

»Und er hatte ein Messer im Gürtel stecken. Da holte er schnell noch tief Luft, tauchte dann unter und schnitt einfach die Nixenhaare, die Wurzeln vom Schilf und von den Seerosen, die sich um seine Beine geringelt hatten, ab. Und dann kam er wieder hoch und schwamm und schwamm wie verrückt . . .«

»Wohin? Wohin ist er geschwommen?«

»In die Mitte des Sees. Denn er konnte jetzt schon erkennen, was dort war, was er vom Ufer aus gesehen hatte. Eine kleine Insel, wie diese hier, wo das Entenhaus draufsteht. Aber es war kein Entenhaus, es war ein schöner Pavillon mit weißen Säulen. Weißt du, was ein Pavillon ist?«

Ich nicke. »Ja. In Glogau, bei meiner Großmutter Sandler, da gibt es einen. Im Park. Wie ein rundes kleines Haus, das nur hinten eine gelbe Mauer hat. Vorn ist es ganz offen, nur Säulen sind da. Und man muß ein paar Stufen hinaufsteigen, wenn man sich drinnen auf eine Steinbank setzen will, die auch wie ein halber Kreis ist. Aber die Steine sind immer kalt, und man kann sich erkälten, wenn man lange drauf sitzt, sagt die Tante Hedel.«

»In unserem Pavillon, ich meine in dem, zu dem der Ritter hinschwamm, war es nicht kalt. Es herrschte eine milde, laue Luft, und es duftete wunderbar nach den Jasminblüten, die den Pavillon umgaben. Und die Bank in dem Pavillon war mit vielen schimmernden Seidenkissen belegt, und darauf saß . . .«

»Ich weiß schon, die Königstochter. Die mit den grünen, langen Haaren.«

»Du bist ein kluges kleines Mädchen. Und du weißt natürlich auch schon, wie es weitergeht?«

»Ich kann es mir denken. Aber bitte, erzählen Sie es. Sie können so schön erzählen wie niemand sonst. Nicht einmal die Tante Hedel. Es kribbelt richtig in meinem Bauch, wenn ich zuhöre.«

»Es kribbelt in deinem Bauch?«

»Ja. Und es ist das schönste Gefühl, das es gibt. Aber es passiert nur ganz selten.«

Der Mann mit den blauen Backen sieht das Fräulein Hilde an. Und die wird schon wieder ganz rosa.

Der junge Herr Lichtermann holt ganz tief Luft, und dann sagt er: »Ob meine Leser auch so reagieren, wenn sie meine Gedichte lesen? Ich würde es mir wünschen.«

Ich verstehe leider nicht, was er da meint. Ich sehe nur, daß das Fräulein Hilde auf Heinzi hinuntersieht, der in ihrem Schoß eingeschlafen ist. Ihr Gesicht ist ganz komisch. Traurig. Und so, als würde auch sie sich etwas wünschen.

»Tja«, sagt der junge Herr Lichtermann schließlich, »ich will dir noch schnell den Schluß erzählen, dann müßt ihr leider gehen. Als der Ritter bei der schönen Königstochter angelangt ist, kniet er vor ihr nieder und sagt: ›Laß mich hierbleiben, schöne Königstochter. Ich möchte nie mehr zurück in die Welt.‹ Und die Königstochter steht auf und legt ihre Arme um ihn, küßt ihn und antwortet: ›Du mußt auch hierbleiben, mein Ritter, für immer und ewig.‹ Dann klatscht sie in die Hände, und langsam versinkt die Insel mit dem Pavillon und den Jasminbüschen, alles versinkt in dem tiefen See. Aber der Ritter hat es gar nicht gemerkt, denn er ist verzaubert. Er hält die Königstochter in seinen Armen und ist verzaubert.«

Das Fräulein Hilde steht mit einem Ruck auf, und ich bin ihr fast böse. Gerade in dem Augenblick, wo ich beinahe ganz richtig weiß, wie das ist: verzaubert sein.

»Wir müssen jetzt wirklich gehen, Herr Fried... Herr Lichtermann. Es ist leider schon spät, und ich möchte nicht, daß Herr Koller ... Sie verstehen das doch?«

»Ich verstehe. Natürlich.« Auch der Herr Lichtermann ist aufgestanden, während das Fräulein Hilde den Heinzi in seinen Kinderwagen setzt. Er schläft immer noch. »Ich denke, es ist am besten, ich warte hier noch eine Weile. Sie und ich, wir können kein Gerede brauchen.«

Ich sehe von einem zum anderen. Wenn ich nur verstehen könnte, was sie meinen. Und warum sehen sie auf einmal alle beide so traurig aus? Wenn das Fräulein Hilde zum Fenster der Guten Stube hinaussieht, kann sie bei Lichtermanns in den ersten Stock sehen, wo überall viele Bücher in hohen Regalen stehen. Ich habe es selber gesehen, als ich einmal bei Brocksch in der Guten Stube ein Album anschauen durfte.

Sie könnte auch in den Laden von Lichtermann gehen und vielleicht ein Buch aussuchen, und er könnte kommen und sie bedienen. Oder umgekehrt, er könnte bei ihr Taschentücher kaufen oder irgendwas anderes. Ich verstehe das wirklich nicht.

Und als wir dann wieder in der Grottkauer Straße sind, sage ich es ihr. Das mit dem Bücherkaufen oder den Taschentüchern.

Sie lacht ein bißchen, aber ich sehe, daß sie eigentlich weinen möchte. Mit der einen Hand verstrubbelt sie meine Haare, während sie mit der anderen den Kinderwagen mit Heinzi weiterschiebt.

»Du bist ein liebes Kind, Elisabeth. Ein sehr liebes Kind, und ich bin froh, daß du mir das gesagt hast, mit dem Buchkaufen. Das werde ich ganz bestimmt machen. Bloß im Augenblick geht es noch nicht, weil der Herr Friedhelm, der Herr Lichtermann, er muß wieder zurück. Er ist... ach, Elisabeth, weißt du, er lebt in der Schweiz. In einem ... ja, wie soll ich dir das erklären? In einem Erholungsheim. Weil er sehr krank war. Aber das ist ein Geheimnis. Unser Geheimnis! Du darfst es niemandem erzählen. Auch nicht, daß wir ihn heute getroffen haben. Auch deinem Vater nicht, niemandem!«

Ich merke, daß ich ganz rot werde. Weil ich stolz bin. Ein Geheimnis! Ich habe mit Fräulein Hilde ein Geheimnis.

Ein Kirchgang

Ite missa est. Der Sekretär Koller in der vorletzten Kirchenbank steht auf, weil auch die anderen um ihn herum aufstehen.

Elisabeth, das Mädel ist wirklich flink wie ein Hase, sie war um einiges schneller als er, und den kleinen Heinzi zieht sie gleich mit hoch.

Einfach verrückt, dieses ewige Auf und Nieder und Hinknien und dreimal an die Brust schlagen. Das Mädel allerdings, die wußte immer gleich, was gerade dran war. Aber er, und da schämt er sich keineswegs, er ist schließlich evangelisch. Und man muß hier eben seinen guten Willen respektieren.

Freilich, als die Elly noch lebte, als sie noch herumlaufen konnte, da ist er öfter mit ihr zur Kirche gegangen. Das war kein so großes Opfer, und ihr hat er damit eine Freude gemacht. Sie war auch eine hübsche Frau, und er hat sich gerne mit ihr sehen lassen. Das Mädel scheint ihr ähnlich zu werden.

›*Deo gratias*‹ singen sie jetzt alle zur Antwort, und soviel Latein versteht er schon, da gehört auch nicht viel dazu. Er singt sogar mit, *»Deeeeeeo deeeeeo gratias«*. Ja, da muß er zugeben, das macht schon Eindruck, so ein Gottesdienst, ein Hochamt mit Orgelbrausen und Kirchenchor und viel Latein. Auf der Mittelschule, die er besucht hat, gab es allerdings keinen Lateinunterricht, aber die Elly hat ihm schon einiges beigebracht. *Tantum ergo* und *mea culpa* und *benedictus est.* Alle schlagen das Kreuzzeichen, und nun ist der Gottesdienst wirklich zu Ende.

Der Priester mit den vier Ministranten beugt noch einmal das Knie vor dem Tabernakel, dann formieren sie sich – die Jungen vorneweg, der Pfarrer hinterher – und schreiten gemessen zurück in die Sakristei. Ein letzter Schimmer noch von Gold und Grün, von weißgestärkten Hemden und breiten Spitzenrändern, dann ist es vorbei.

Die Orgel braust.

So ein Priestergewand, das läßt sich nicht bestreiten, das ist schon recht prächtig. Und sie tragen sie in den verschiedensten Farben. Lila und rot, und wohl auch weiß. Kein Wunder, daß die Frauen das schön finden. Ja, dagegen sieht das ewige Schwarz unserer Pastoren – einzige Aufhellung das weiße Bäffchen – schon recht trist aus. Ebcn preußisch karg. Schwarzweiß.

Und dieser farbenprächtige Prunk mit Borten und Goldstickereien kostet natürlich auch eine Menge. Aber die Elly hat ihm erzählt, daß die Nonnen diese Gewänder sticken, um Gottes Lohn, und die Stoffe und Borten und Goldfäden ... da gibt es immer Wohltäter, gottgefällige Spender. Na, die könnten ihre Spenden auch besser anwenden, wo es doch überall so viel Not gibt. Aber schön aussehen tut es schon. Auch der Tabernakel auf dem Altar in Wciß und Gold, auch der herrliche Blumenschmuck, die dicken Kerzen. Der Weihrauch, der über allem hängt, kitzelt ihn in der Nase. Und die Orgel braust noch immer.

Er klappt das Gebetbuch seiner verstorbenen Frau zu. Ein Heiligenbild fällt heraus. *Mater dolorosa* ... zum Himmel gewandte Augen, ein blutendes Herz, von sieben Schwertern durchbohrt. Grausig. Er steckt das Bildchen schnell zurück zwischen die goldgerandeten Seiten.

Die Kinder stolpern aus der Kirchenbank, er drängt ihnen nach. Drängt mit der flutenden Menge am Weihwasserbecken vorbei – nein, das Fingereintauchen und sich kreuzschlagend besprengen – nein, das macht er nicht mit. Genügt ja, wenn die Kinder das tun. Elisabeth, sie reicht kaum hinauf, aber ernsthaft besprengt sie sich und den Bruder. Macht ihm mit dem Daumen drei Kreuze auf Stirn, Lippen und Brust. Und neben ihr taucht eine Hand in das helle Wasser, ein zartes Gelenk, ein dünner, weißer Unterarm mit blauen Adern, hell flatternder Stoff um die Ellenbogen. Er sieht hoch.

Ein breiter, flacher Hut beschattet die Augen, von denen er meint, daß sie blau sein könnten, oder grau. Ja, wohl eher grau. Die Elly hat braune Augen gehabt, beinahe schwarz. Aber warum denkt er ausgerechnet jetzt daran?

Das Fräulein Hilde senkt den Kopf ein klein wenig. Und da sieht er unter dem Hutrand bloß noch ihre Lippen. Blaßrosa Lippen, die ganz wenig lächeln.

Nein, er täuscht sich nicht, sie hat gelächelt.

Wie er zwischen den Säulen des Vorbaus hinaus auf den Kirchplatz tritt, ist die Sonne auf einmal so golden, daß man richtig blinzeln muß, und er weiß jetzt, daß es ihm gar nicht schwerfallen würde, katholisch zu werden, warum denn nicht? So ein Gottesdienst, das ist schon eindrucksvoll, da kann man gar nichts sagen. Das weiße Kleid mit den Flügelärmeln, der flache Hut mit dem hellblauen Samtband da vorn ... Er zwängt sich durch die vielen Menschen. »Paß doch auf, Heinzi!« Beinahe wäre er über den Jungen gestolpert. Der läuft einem auch immer vor den Beinen herum.

»Wohin gehen wir denn, Papa?« fragt das Mädchen an seiner Rechten. »Und der Heinzi hat noch so kleine Beine, der kann nicht so schnelle Schritte machen, sagt das Fräulein Hilde!«

»Das Fräulein Hilde.« Er merkt gar nicht, daß seine Stimme ungeduldig und ärgerlich klingt. »Mit der scheinst du ja jetzt immer zusammenzustecken, oder?«

»Nicht nur mit dem Fräulein Hilde. Sie haben auch ein neues Mädchen, sie heißt Gertrud, und wenn das Fräulein Hilde sich ausruhen muß, nimmt sie uns mit in ihre Küche.«

Das hat er sich doch gleich gedacht, sie ist so blaß und so dünn, da braucht sie viel Ruhe. Und sie sollte immer viel Milch trinken. Er will ihr das sagen, wenn er nur einmal ein bißchen länger mit ihr sprechen könnte. Aber jetzt ist sie schon wieder ganz weit vorn, zwischen den Büschen der Anlagen. Das weiße Flügelkleid flattert, es sieht aus, als scheine die Sonne durch sie hindurch. Das blaue Samtband an ihrem flachen Hut hängt bis zum Rücken hinab. Aber die Zöpfe trägt sie heute hochgesteckt. Wie eine richtige junge Frau. Wenn er nur ein bißchen schneller gehen könnte. Aber die Kinder. Er kann schließlich die Kinder nicht einfach hier stehen lassen!

Und jetzt muß er auch noch den Hut ziehen, den er beim Heraustreten aus der Kirche wieder aufgesetzt hatte. Vor einer sehr imposanten Dame. Ja, sie ist eine imposante Frau, die Schneidermeisterin Lebeck. Sie hat sogar einen richtigen Modesalon. Und sie trägt natürlich etwas ganz Schickes, ein Kleid mit einer weiten Jacke darüber, alles in rosenholzfarbener Seide. Complet nennt man das jetzt wohl, jedenfalls hat ihm die Schwägerin davon gesprochen, und daß so etwas heute der letzte Schrei sei. Sie hat ihm auch erzählt, daß die Schneidermeisterin, seit längerem verwitwet, sich äußerst interessiert nach ihm erkundigt habe.

Aber was soll er mit einer Witwe? Und rosenholzfarbene Seide ist sicher sehr schick, aber er persönlich findet eben diese dünnen weißen, flatternden Stoffe viel hübscher.

»Ah! Der Herr Sekretär Koller!« Die Schneidermeisterin hat sich ganz schnell von einer Bekannten verabschiedet, mit der sie eben noch eifrig geredet hat. Sie ist richtig erstaunt. »Trifft man sich hier? Und wie reizend die beiden Kinderchen. Na, habt ihr auch brav gebetet?«

»Mach einen Diener, Heinzi! Gebt der Tante die Hand. Und wo bleibt der Knicks, Elisabeth?«

»Lassen Sie nur, ach, die Kleinen kennen mich ja auch noch gar nicht.«

»Is keine Tante«, sagt der Heinzi laut. Und jetzt lächelt die Frau Schneidermeisterin mild und verzeihend unter ihrem Topfhut mit dem schmalen Rand und dem Blütengesteck an der einen Seite. Alles in rosenholzfarbenem Rips. »Reizend, der kleine Kerl! Wie heißt du denn, mein Herzchen?«

»Er heißt Heinzi«, sagt das Mädchen, »und ich heiße Elisabeth. Das hat unser Papa ja eben gesagt. Und wir haben in der Kirche für unsere Mama gebetet, und jetzt müssen wir nach Hause.«

Die Schneidermeisterin sieht den Sekretär an. »Das . . . das ist ja . . . allerliebst ist das, und so ganz natürlich, lieber Herr Koller. Ich sage immer, es geht nichts über die Natürlichkeit bei Kindern. Finden Sie nicht auch?«

Der Sekretär nickt. Natürlichkeit ist schon recht, aber es muß auch Disziplin herrschen, das würde er jetzt gerne sagen, aber er kommt nicht dazu. Ihm ist richtig heiß geworden in der grellen Sonne, hier auf dem Platz vor der Kirche. Immer wieder muß er überdies den Hut ziehen, Bekannte grüßen. Und das weiße Flügelkleid ist nun schon hinter den Anlagen verschwunden. Er hat es beobachtet. Aber sie hatte wohl keine Gelegenheit mehr gehabt, den Kopf noch einmal nach ihm umzuwenden. Vielleicht auch hatte sie gerade zurückgeschaut, als er seinen Hut vor der Frau Lebeck gezogen hat. Daran war nun nichts mehr zu ändern. Und es ist ja auch möglich, daß sie es wegen der Magda nicht getan hat. Bestimmt. So ist es gewesen. Die Magda war immer neben ihr.

Sportlich, braungebrannt. In etwas Gelbem, Plissiertem. Aber vorher, beim Weihwasserbecken, da war die Magda nicht da, und sie hatte gelächelt. Hatte ihm zugelächelt!

Mit blaßrosa Lippen unter dem weiten, weißen Rand ihres Hutes. Das hat er sich nicht nur eingebildet. Nein. Sie hat gelächelt.

»Ihre beiden Kleinen«, sagt die Schneidermeisterin und lächelt nun auch. Lächelt süß wie Lakritze. »Ich habe die beiden schon richtig ins Herz geschlossen.«

»Ja«, sagt der Sekretär, »aber sie brauchen wieder eine Mutter, jemand, der sich wirklich um sie kümmert.«

Die Frau Schneidermeisterin wird rosenholzrosa wie ihr schickes Kleid.

Nun, da hat er sich wohl ein bißchen falsch ausgedrückt. So hatte er das gar nicht gemeint. Aber wie soll er ihr das jetzt erklären?

»Ich meine, nicht nur jemand, der mit ihnen spazierengeht. Und Geschichten erzählen oder hübsch ausstaffieren«, er verheddert sich immer mehr. »Ich ... ich meine, wenn Sie mich recht verstehen ...«

Ja, sie versteht ihn schon. Ganz gewiß. »Aber wollen wir nicht, sollten wir das so einfach hier?«

»Freilich. Nein. Natürlich nicht hier.« Da sieht er den Kameraden Hollmeisel, der mit schnellen Schritten über den Piastenplatz seinem Café zustrebt. Ja, das ist die Rettung. Oder jedenfalls eine Möglichkeit. »Darf ich Sie dann also einladen, verehrte Frau Lebeck, zu einer Tasse Kaffee vielleicht? Ich wollte sowieso noch ins Café Haupt. Der Konditormeister, mein Regimentskamerad, wir haben ohnehin noch etwas zu besprechen.«

»Aber wir sollen doch nicht einkehren, hat die Tante gesagt!« Nein dieses Mädel, diese Elisabeth. Man muß sich ja schämen!

Die Frau Schneidermeisterin tut, als habe sie nichts gehört.

»Wir kehren nirgendwo ein, Elisabeth. Wir gehen eine Tasse Kaffee trinken mit der Frau Schneidermeisterin Lebeck. Und ihr bekommt Himbeerwasser. Von Kaffee und Himbeerwasser hat die Tante doch nichts gesagt, oder?« Er blickt das Kind streng an.

»Sie hat nur gesagt, daß wir nicht einkehren sollen, und daß wir pünktlich zum Mittagessen kommen sollen.«

»Eure liebe Tante ist wohl sehr streng?« flötet die Frau Schneidermeisterin.

»Ist sie nicht. Aber sie will nicht, daß das Essen verbrät. Sie kommt doch jetzt nur noch sonntags, weil sie sich verlobt hat!«

»Was du nicht alles weißt!«

»Elisabeth, was du da alles erzählst, das interessiert die verehrtc Frau Lebeck doch gar nicht.« Er muß wirklich zusehen, daß das Kind aufhört zu reden. Nicht auszudenken, was dieses Mädel noch alles ausplappert. »Nimm den Heinzi bei der Hand und lauft voraus!«

»Lassen Sie sie doch, lassen Sie nur, lieber Herr Koller!« flötet die Frau Schneidermeisterin.

Sie ist wirklich eine stattliche Frau. Ein bißchen üppig, oben und um die Hüften, aber es gibt Männer, die das mögen. Die braunen Haare unter dem Ripshut sind leicht gewellt und kurz geschnitten. Flott, ja, richtig flott sieht sie aus. Dabei nicht ohne Vornehmheit. Aber mindestens fünfunddreißig. Mein Gott, da kommt er sich vor wie ein Schuljunge.

Dann sitzen sie auf den grünsamtenen Stühlen im Café Haupt. Und er weiß es jetzt, er hat sich bestimmt nicht getäuscht, das Fräulein Hilde hat gelächelt. Ihm zugelächelt. Es war ja auch kein anderer da, den sie etwa gemeint haben könnte.

»Ja«, sagt er und schluckt schwer an seinem Kaffee. Er hat das bittere Zeug nie leiden können. Aber es ist wohl besser, wenn er jetzt kein Bier trinkt. »Ja, das ist heute ein richtig schöner, ein herrlicher Sonntag ist das! Möchten Sie nicht ein Stück Torte, liebe Frau Lebeck? Nehmen Sie doch, der Kamerad Hollmeisel macht die besten Torten in unserer Stadt! Und Sahne, natürlich müssen Sie Sahne nehmen.«

»Ach«, die Frau Schneidermeisterin ziert sich, »ich weiß wirklich nicht. Und ich sollte auf meine Linie achten.«

»Liebe, verehrte Frau Lebeck!« Er ist heute so glücklich, er könnte einfach zu jedem freundlich, sogar überschwenglich könnte er sein. »Liebe, verehrte Frau Lebeck, so ein winziges Stückchen Torte, so ein kleiner Klecks Sahne. Sie dürfen da nicht zu streng mit sich sein!«

»Also, wenn Sie meinen, aber wirklich nur ein Stückchen!« Die rosige, noch recht glatte Haut der Frau Schneidermeisterin wird noch um ein paar Töne rosiger.

Zwanzig, denkt der Sekretär, im Herbst wird sie zwanzig. Nein, natürlich nicht die Frau Schneidermeisterin. Das Fräulein Hilde wird zwanzig, aber manchmal sieht sie noch aus wie ein Kind. Heute allerdings, heute war sie eine richtige junge Frau. Mit den hochgesteckten Haaren und dem flachen, breitrandigen Hut. Und ihre Lippen haben gelächelt. Das kann ihm keiner nehmen.

»Ja«, sagt nun auch die Frau Schneidermeisterin, immer noch ziemlich rosa. Und man könnte meinen, sie warte auf etwas. »Ja?«

»Trinkt euer Himbeerwasser, Kinder, ehe es warm wird!« Was soll er sagen zu der Frau Schneidermeisterin?

»Ja«, sagt die Frau Schneidermeisterin zum dritten Mal mit einem Seufzer. »Ihre liebe Frau ist nun bald ein halbes Jahr tot. Es muß schwer sein, für einen Mann wie Sie, so ganz allein, ich meine, mit den Kindern, das ist doch nicht leicht für einen Mann. Noch dazu in Ihrer Position. Sie können ja nicht einfach zu Hause bleiben, wenn eins von den Kleinen einmal krank wird.«

Nein, die Kinder werden nicht krank. Nicht bei ihm. Gegen Krankwerden hilft Abhärtung. Jeden Morgen ins eiskalte Wasser. Da staunt sie wohl, die Frau Schneidermeisterin, aber da gibt es nichts. Eiskaltes Wasser, das tut immer gut. Das wirkt Wunder sozusagen. Er selber macht das natürlich auch. Und danach noch eine Viertelstunde Hantelübungen. Hier, sie kann ruhig einmal fühlen. Hanteln ist gut für den Bizeps, das hält jung und beweglich! Bitte, will sie nicht doch einmal fühlen, wie hart seine Muskeln am Oberarm sind? Er winkelt den Arm.

Über und über rosenholzrosa fühlt die Frau Schneidermeisterin die Muskeln unter dem dunkelblauen Tuch seines Jacketts.

Lächelnd sieht er sie an. »Na, was hab ich gesagt?«

Auch die Frau Schneidermeisterin lächelt. Und senkt den Blick. Dann zieht sie ein Taschentüchlein aus ihrer Handtasche. Eine Tasche, wie aus Silbermaschen gestrickt, die das Mädchen Elisabeth ganz versunken betrachtet. Die Frau fährt sich mit dem Tüchlein über das gerötete Gesicht. Es duftet nach einem süßlichen Parfüm. Süß wie Rosen. Aber der Sekretär weiß nun auch nichts mehr zu sagen. Er wäre jetzt am liebsten allein. Mit einem Glas Bier. Er spürt schon richtig den Schaum, und beinahe hätte er sich die Lippen geleckt. Heimlich zieht er die Uhr aus der Westentasche und schielt auf das Zifferblatt. Schon zehn Minuten nach zwölf!

Die Frau Schneidermeisterin übersieht seine Unhöflichkeit mit süßem Lächeln. Sie weiß nicht mehr weiter. Man kann ja auch nicht einfach sagen: Also Sie, lieber Herr Koller, brauchen eine Frau, und ich, ach ich, ich brauche einen Mann. Einen hübschen, möglichst jungen Mann. Die beiden Kinder nehme ich eben in Kauf. Geschenkt wird einem nichts. Und wenn wir unsere Einnahmen zusammenlegen, dann könnten wir uns ein wirklich gutes Kindermädchen leisten, eine Erzieherin, könnte man so bei Bekannten einfließen lassen. Damit wäre dieses Problem gelöst. Und wir zwei . . . Aber das kann man nun wirklich nicht sagen. Jedenfalls nicht gleich beim ersten Mal. Und natürlich nicht so direkt. Obwohl, es gibt Menschen, die muß man förmlich zu ihrem Glück zwingen. Damit kennt sie sich aus. Schließlich geht sie täglich mit unentschlossenen Kundinnen um. ›Sollte man hier nicht vielleicht doch etwas raffen, liebe Frau Lebeck‹ und ›Finden Sie es nicht auch ein bißchen zu kurz?‹ Da muß man fest und entschlossen sagen können: ›Nein, um Gottes Willen, nicht raffen, oder wollen Sie unbedingt dicker wirken?‹ oder ›Zu kurz? Mit Ihren Beinen können Sie gar nicht kurz genug gehen‹. So macht man das.

Und nun hier an ihrer Seite dieser Mann. Unentschlossen und natürlich nicht gerade vertraut mit einer solchen Situation. Vielleicht gefällt er ihr gerade deshalb? Entschlossenheit hat sie selber genug.

»Wir sind fertig mit unserem Himbeerwasser, Papa«, sagt das Mädchen. »Und ich glaube, der Heinzi hat jetzt Hunger. Ich auch!«

Das Stichwort. Diesmal könnte er das Mädel umarmen. Die Kinder haben Hunger, da muß sich der Mensch beugen.

Das hübsche Gesicht der Frau Schneidermeisterin wird ein bißchen sauer. Und fast tut sie ihm leid. Wo er doch selber so froh ist heute. So richtig froh.

»Gehen wir jetzt, Papa?« drängelt das Mädel. »Und du hast uns versprochen, daß wir heute nachmittag gondeln gehen!«

Er verlangt die Rechnung. »Sie verzeihen doch, liebe Frau Lebeck, aber das Kind hat ja recht. Ich kann meine Schwägerin, die sich wirklich aufgeopfert hat für die Kinder, ich darf sie nicht länger warten lassen.«

»Gehen wir wirklich gondeln, Papa?«

»Du sollst nicht dazwischenreden, wenn sich Erwachsene unterhalten, Elisabeth!«

»Dondeln, dondeln. Wir dehen dondeln!« kräht der kleine Heinzi.

»Und Sie sehen es ja, die Kinder sind nicht mehr zu halten!«

Die Frau Schneidermeisterin erhebt sich. Mit Würde streicht sie ihr Kleid glatt. Das hübsche, rosenholzfarbene. Es ist wohl doch nicht so einfach zu lösen, dieses Problem mit den Kindern. Wenn sie allerdings Einfluß gewänne, größeren Einfluß über diesen jungen Mann, dann ließen sich die Kinder ja vielleicht auch in ein Internat stecken. Wenigstens das Mädchen.

Die Frau Schneidermeisterin merkt gar nicht, wie ihr hübsches und noch so jugendliches Gesicht ganz plötzlich hart wird, mit tiefen Falten der Entschlossenheit ums Kinn. Das Mädchen muß ausgeschaltet werden, wenn aus der Sache überhaupt etwas werden soll!

Draußen, vor dem Café, verabschiedet sie sich dann recht schnell. Ehe nicht alles geregelt ist, will sie sich nicht zu oft mit dem Sekretär sehen lassen. Nicht allein jedenfalls. Die Menschen in dieser kleinen Stadt klatschen und tratschen zu gerne.

Als die Kinder wieder Diener und Knicks machen, sagt sie zum Sekretär, daß sie jeden Donnerstag abend so etwas wie einen ›jour fix‹ habe. »Meine Freundinnen und Bekannten besuchen mich dann, es ist alles ganz zwanglos, man plaudert, und es wird auch manchmal gesungen. Lieder von Schubert oder von Wolff, Sie verstehen. Ich selbst spiele auch ein bißchen Klavier.«

»Nein«, sagt der Sekretär, ganz ehrlich verblüfft, »davon habe ich bisher nur gehört. Aus Berlin und so. Ich wußte gar nicht, daß man in dieser kleinen Stadt . . .« Sie sei ja wirklich eine ›Grande Dame‹, sagt er dann noch. Und der Himmel mag wissen, was er darunter versteht.

Sie würde sich wirklich sehr freuen, wenn auch der Herr Sekretär einmal, an einem Donnerstag abend . . .

»Aber gerne. Natürlich. Zu gerne. Es wird mir eine Ehre sein.«

Und die Frau Schneidermeisterin schreitet von dannen. Winkt noch einmal mit dem Handschuh. Dann ist sie fort.

Donnerwetter, der Sekretär nimmt seine Kinder bei den Händen, das Mädchen rechts, den Jungen links. Das hübsche, rosenholzfarbene Kleid hat beim Abgang der Frau Schneidermeisterin ein bißchen gespannt, hinten herum. Fünfunddreißig? Der Sekretär ist jetzt nicht mehr so sicher. Vielleicht sogar achtunddreißig? Aber immerhin. Und sie hat ihn eingeladen. Zu ihrem ›jour fixe,‹ wie sie das nannte. Donnerwetter, das war schon eine unglaubliche Frau!

Aber hingehen? Nein. Selbst wenn er wollte, er könnte gar nicht hingehen. Jeden Donnerstag abend ist Treffen der Sangesbrüder. Nein, da kann er nicht fortbleiben. Sogar als seine Frau schon krank war, ist er da hingegangen. Man muß das verstehen. Er fühlt sich nicht wohl, wenn Frauen dabei sind, da muß man scharwänzeln und großartig reden und Komplimente machen womöglich. Das ist nichts für ihn. Im Gesangverein sind die Männer unter sich. Rauh, aber herzlich.

Und jetzt fällt ihm auch wieder ein, warum er vorhin noch so froh gewesen ist. Die Hilde, denkt er, das Fräulein Hilde Brocksch, die würde so etwas bestimmt nicht machen. Einen ›jour fixe‹, nein. Die bleibt zu Hause. Für sich. Wie es sich ziemt für eine richtige deutsche Frau.

Spazierengehen

Jeden Morgen, wenn nicht Sonntag ist, muß ich jetzt mit Heinzi in den Kindergarten gehen. Wir haben immer noch kein richtiges Kindermädchen, bloß die Selma. Und die ist zu nichts nütze, sagt die Tante.

Mir gefällt es nicht im Kindergarten.

Es riecht immer nach feucht gewischten Treppen, nach Weihrauch und angebrannter Milch.

Ich glaube, niemand weiß, wie häßlich und langweilig so ein Kindergarten für die meisten Kinder ist. Man muß ganz dumme Spiele mitmachen, und wenn man sich einmal in die Ecke setzt, um etwas zu Ende zu denken, dann ist immer gleich eine ›Liebe Schwester‹ da.

»... ich will aber nicht mitspielen!«

Wir fahren nach Jerusalem, brüllen die anderen Kinder. Warum schreien sie eigentlich immer, wenn sie beim Spiel singen sollen?

Nein, ich will nicht mitmachen. Aber vor allem will ich nicht, daß Mariechen mich anfaßt. Sie hat so schmutzige Hände, und weil sie kein Taschentuch hat, zieht sie immer durch die Nase hoch oder sie schneuzt sich in den Kleiderärmel.

Mariechen Masur ist ein Waisenkind, und sie muß in dem Kloster, wo der Kindergarten ist, den ganzen Tag, jede Nacht und sogar alle Sonntage zubringen. Ihre Kleider sehen aus wie Wischlappen. Grau mit häßlichen Borten.

Alle Waisenkinder haben solche Kleider und so komische, glattgeschmierte Haare, die in stachelige Zöpfe geflochten sind.

Und die Lieder vom Süßen Herzen Jesu oder von Maria, der Himmelkönigin, die können sie alle auswendig, mit sämtlichen Strophen. Sie müssen von früh bis spät, vor dem Essen und nach dem Essen und überhaupt, ich glaube, sie müssen immer singen.

Vielleicht hilft es ihnen.

Wenn sie von Rosen und Tauben, von Herzen und goldenen Städten singen, vergessen sie vielleicht ihre glattgeschmierten Haare. Aber ich bin doch sehr froh, daß ich kein Waisenkind bin. Wenn es auch Sonntag im Kloster Milchkaffee gibt und Honigbrötchen. Dafür gehen wir am Sonntag mit Papa spazieren.

Ich darf mein weißes Matrosenkleid anziehen, mit dem Faltenrock. Durch die Stadt zu gehen ist langweilig, und die Tante muß uns dauernd mahnen, nicht zu weit vorzulaufen.

Die Dorotheenschule. Die Anlagen. Und dann die Stadtmühle.

Ein großer Hof, in dem immer Strohhalme herumliegen.

Ich habe Angst vor der Mühle. Sie hat ein grünes Dach und sieht böse aus. Wenn die Feuerwehr durch die Stadt klingelt, sagen die Leute: Das wird wohl wieder die Mühle sein.

Gleich hinter der Mühle ist eine Brücke über einem Wehr. Darunter ist die Ohle. Auf der einen Seite ist das Wasser ganz müde. Lauter Abfall schwimmt darauf und Papierfetzen, und manchmal auch Blumen. Wie dickes Glas sieht es aus, dunkelgrün und träge, und man meint, daß man darauf laufen könnte.

Jetzt macht es einen Sprung! Und, auf einmal, auf der anderen Seite, ist es kein Wasser mehr.

Es sind weiße Spitzen ... Schneeflocken ... Seifenschaum!

Die Tropfen, die durch die Luft sprühen, haben alle Farben, die es auf der Erde und im Himmel gibt. Und dazu braust es, daß einem die Ohren dröhnen.

Ich stütze meine Ellenbogen auf den mittleren Balken des Brükkengeländers. Das Holz ist grauseidig und hat tiefe Risse wie ein Bauernbrot. Es ist ganz warm, und sein Geruch ist so sonderbar schön, daß man ihn auch im tiefen Winter nicht vergessen hat.

Wenn man das Ohr an das Holz legt, summt es darin. Beinahe wie in Telegraphenmasten.

Heinzi zieht mich fort. »Wir dehen dondeln ...: hat Papa desagt.«

Im Boot zieht Papa umständlich seinen Rock aus und faßt nach den Rudern. Wir Kinder sitzen auf dem mittleren Bänkchen, und die Tante steuert. Sie macht ein ängstliches Gesicht, und ich frage sie, ob sie schwimmen kann.

Papa kann wunderbar schwimmen. Er ist einmal, mit mir auf dem Rücken, durch die Oder geschwommen. An einer Stelle, wo sie sehr breit und schrecklich gefährlich ist. Man braucht keine Angst zu haben mit ihm. Jedenfalls beim Schwimmen.

Wir wollen bis zum Schützenhaus rudern und dort Kaffee trinken. Da muß sich Papa, weil es stromaufwärts geht, ziemlich anstrengen. Er hat bald ein rotes Gesicht und schwitzt. Aber er würde nie zugeben, daß er sich schwertut.

Langsam gleiten wir an den Bäumen des Parks vorbei.

Am Ufer, aber schon im Wasser, stehen Büsche mit dicken, gelben Blumen. Die Tante möchte welche haben, und so steuern wir hinüber. Die Stengel sind lang und sehr hart. Im Wasser schwimmen große, scharze Wasserspinnen, und es sieht aus, als ob sie über den Fluß laufen würden.

Ich habe erbärmliche Angst vor Spinnen.

Der Park wird jetzt dichter, und die Sonne kann nur noch mit einigen Fingern das Wasser erreichen. Eine Libelle steht mit blauen Glasflügeln in der Luft ... wo sie sich nur festhalten mag?

Jetzt sind wir unter der Alten Brücke. Es riecht nach warmem Holz und Moder. Das Wasser gluckst schläfrig gegen die Pfähle, und über uns laufen Spaziergänger.

Kinderfüße jagen sich, daß es laut hallt. Alte, müde Schritte schleifen über das Holz, und kleine, hochhackige Damenschuhe scheinen es eilig zu haben.

Lange bevor wir den Anlegesteg beim Schützenhaus erreichen, hören wir schon die Musik.

Bruffappa, Bruffappa!

Das sind die Becken. Sie sehen aus wie Kochtopfdeckel und machen auch genau solchen Lärm. Wir haben es neulich zu Hause ausprobiert. Die Klarinetten kann man von hier aus noch nicht hören.

Im Schützenhausgarten warten wir dann, bis Papa einen freien Tisch gefunden hat. Der Ober bringt Kaffee für die Tante und Bier für Papa, und wir Kinder bekommen jedes ein großes Glas Himbeerlimonade, von dem ich mir sicher wieder die Hälfte auf meinen weißen Rock gießen werde. Irgend etwas passiert immer, wenn ich ein Sonntagskleid anhabe.

Es gibt auch noch einen großen Teller mit frischem Streuselkuchen. Den mag ich besonders gern, aber jetzt bin ich viel zu aufgeregt, um etwas essen zu können. Endlich zündet sich Papa eine Zigarre an und grüßt zu Bekannten hinüber, und die Tante holt ihr Häkelzeug hervor.

Ich rutsche ganz heimlich von meinem Stuhl.

Zwischen den Tischreihen laufe ich nach vorn zum Musikpavillon. Mein Herz klopft, und während ich näher gehe, schaue ich nicht auf und versuche, zierliche Schritte zu machen.

Dann endlich! Jetzt darf ich aufsehen.

Er ist da.

Er spielt Klarinette. Und er hat so schöne lockige Haare. Und ganz große Augen.

Ob er mich wiedererkennt?

Vorigen Sonntag hatte ich das rosa Kleid an mit den gestickten blauen Blumenkränzen. Es sieht aus, als ob seine Augen mich anlachen, während sein Mund ganz ernsthaft auf dem schwarzen Holz bläst. Ich stehe ganz verzaubert da und sehe ihn nur immer an.

Einmal hat er eine kleine Pause und beugt sich zu dem neben ihm Sitzenden. Mit dem Mundstück seiner Klarinette zeigt er auf mich! Sein Nachbar zieht eine Augenbraue hoch, lacht und nimmt dann wieder sein Instrument an den Mund.

Und er . . . er nickt.

Ich vergesse zu atmen.

Er nickt mir zu und lacht mit weißen Zähnen!

Ich weiß jetzt ganz sicher, daß er mich heiraten wird.

Ich stelle mir das schön vor. Ich werde groß sein, eine ganz lange weiße Schleppe werde ich haben und einen zarten, durchsichtigen Schleier.

Bruffappa, Bruffappa!

Die Musik spielt, und ich sehe, wie die Spitze meines schwarzen Lackschuhs im Sand bohrt. Hinten, an einer Seite des Pavillons, zieht sich eine Kolonnade aus weißbemaltem Holz entlang. Da ist eine Ecke, wo Tische und Stühle zur Reserve aufgestapelt stehen. Ich setze mich auf das Geländer und stütze meine Füße auf den Rand des Musikpodiums.

Ich glaube nicht, daß man mich hier so schnell findet.

Es ist, als ob man unter einem Wasserfall säße. Allein, abgeschlossen durch einen Vorhang dröhnender Musik.

Er ist da. Er hat mich erkannt.

Vorigen Sonntag habe ich ihn der Tante gezeigt und ihr gesagt, daß ich ihn sehr lieb habe. Sie ist ganz böse geworden und hat mich an der Hand fortgezogen.

Ich habe mich sehr geschämt, vor seinen Augen an der Hand genommen zu werden.

Später hat sie dann Papa davon erzählt. »Den Kindern fehlt eben die Mutter«, hat sie gesagt. Und ich sei ein sehr frühreifes Kind. Man müsse auf mich aufpassen. Papa hat ganz laut gelacht. »Mein Gott, das Mädel ist ganze fünf Jahre alt«, hat er gesagt, »wie kannst du so etwas nur ernst nehmen?«

Ich weiß, daß ich ihnen nie mehr etwas erzählen werde. Nie mehr!

Er spielt noch immer. Sein Gesicht kann ich von hier aus nicht sehen. Aber seinen weißen Kragen, seinen Hals, und wo die schwarzen Haare anfangen.

Ich stelle mir vor, daß wir miteinander sprechen.

Ich möchte ihm das Wehr zeigen. Die Stelle im Park, wo der Sumpf ist und das Nixenloch. Vor der Mühle brauchte ich keine Angst mehr zu haben, wenn er bei mir wäre. Auch nicht vor Spinnen. Papa kann nicht verstehen, daß man Angst haben kann.

Plötzlich zerreißt mein Vorhang. Die Musik hat aufgehört zu spielen. Im Garten brummen die Gespräche wie viele tausend Fliegen, und dazwischen klappern Teller und Gläser.

Mein Klarinettenspieler hat sich zurückgelehnt und trinkt Bier aus einem Glas, das vorher, während des Spiels, rechts zu seinen Füßen gestanden hat. An seinem Hals geht das Gurgelköpfchen immer rauf und runter.

Und dann ist mit einem Male alles zu Ende. Ich höre Tantes Stimme. »Ich bin sicher, daß sie sich hier herumtreibt. Sie ist nicht auf der Wiese beim Topfschlagen und auch nicht bei den Kindern am Karussell. Gerhart! Du mußt etwas tun. Das Kind, mein Gott, was soll denn einmal aus ihr werden, wenn sie schon jetzt . . .«

Wenn sie noch lange so redet, dann ist Papa am Ende so böse, daß er mich schlägt. Das wäre das schlimmste: geschlagen werden vor allen Leuten. Vor ihm!

Ich sitze auf dem Geländer und kann mich nicht bewegen. »Nicht schlagen, bitte nicht schlagen«, bete ich vor mich hin. Oder wenigstens erst, wenn wir zu Hause sind. Meine Augen mache ich ganz fest zu, damit ich sie nicht kommen sehe.

»Sagte ich dir nicht, Gerhart, daß wir sie hier finden würden?«

Tantes Stimme ist auf einmal ganz weich und glatt wie Lanolin-Creme. Aber das nützt jetzt auch nichts mehr.

Wie ich meine Augen aufmache, sehe ich, daß Papa ein rotes Gesicht hat. Ich glaube, er hat wieder zuviel Bier getrunken. »Komm hierher«, sagt er mit einer bösen Stimme. Ich weiß, daß es ihn nur noch wütender macht, wenn man nicht sofort gehorcht oder zeigt, daß man feige ist. Aber ich kann einfach nicht.

»Komm her«, sagt er noch einmal.

Ich zittere, aber ich kann nicht weinen. Das würde mir vielleicht helfen. Aber ich kann es trotzdem nicht.

Ganz langsam laufen meine Füße ihm entgegen ... jetzt, jetzt, da rechts und links, auf meinen Kopf, auf meinen Rücken. Papa schlägt hart und kurz, und es tut weh. Es hat den Anschein, als wolle er nicht so bald damit aufhören.

»Merk dir das ein für allemal: Du gehörst dahin, wo die anderen Kinder sind! Ich werde nicht dulden, daß du dich irgendwo alleine herumtreibst!«

Bruffappa, Bruffappa! Mit einem lauten Marsch hat die Musik wieder angefangen. Papa unterbricht sich plötzlich. Seine Wut ist auf einmal vorbei wie ein Gewitter.

»Ab mit dir! Du kommst zur Strafe jetzt an den Tisch und darfst heute nicht Karussell fahren«, sagt er noch, und »Glaubst du etwa, daß es mir Spaß macht, dich zu schlagen?«

Warum er es dann wohl tun mag?

Ich begreife das alles nicht.

Ich trotte hinter ihnen her zum Tisch und drehe mich kein einziges Mal mehr um. Ich weiß auch so, daß mich der Klarinettenmann nun bestimmt nicht heiraten wird. Ein Kind, das geschlagen wird, denkt er sicher, so ein Kind ist bestimmt ein böses Kind, so etwas heiratet man nicht.

Als ich wieder am Tisch sitze, kann ich die Tränen nun doch nicht mehr aufhalten. Sie laufen einfach über mein Gesicht, aber ich weine nur ganz leise.

Papa tut es jetzt leid, und er bestellt mir eine Portion Schlagsahne. Ich schlucke gehorsam. »Ja, danke«, sage ich, und »es schmeckt mir sehr gut.« Aber ich hoffe, daß wir bald vom Tisch aufstehen. Ich spüre schon, daß ich mich bestimmt bald erbrechen muß.

Erster Versuch

Er hat sich etwas einfallen lassen.

Es ist ja auch schließlich so, daß er jetzt die Initiative ergreifen muß. Denn soviel steht fest: Das Fräulein Hilde hat ihm zugelächelt, neulich, in der Kirche. Über das Weihwasserbecken hinweg. Und zudem holt sie, wann immer sie kann, die Kinder zum Spazierengehen. Das ist ein schöner Zug von ihr, und das rechnet er ihr hoch an.

Aber nun ist die Reihe an ihm. Er kann schließlich nicht erwarten, daß so ein blutjunges zurückhaltendes Wesen (Zurückhaltung ist die vornehmste Tugend der deutschen Frau!), daß so ein zartes Ding vor ihn hintritt und sagt: »Ja, ich würde schon gerne Ihre Frau werden, Herr Koller. Und die Kinder übernehme ich natürlich auch, von Herzen gerne.«

Nein, da muß er jetzt wirklich lachen, wie er sich diese Szene vorstellt, lachen und den Kopf schütteln.

So geht das natürlich nicht. Die Hilde, das ist ein gebildetes, feines Mädchen und anständig dazu. Die führt sich nicht auf wie dieses Weib in dem schamlosen Stück von einem gewissen Wedekind. Er hat in der Zeitung über eine Aufführung in Berlin gelesen, und im Büro haben sie auch darüber gesprochen. Verbieten müßte man so etwas, hat sein Kollege Moellner gesagt. Ein streng religiöser Mann, Alt-Lutheraner und deutsch-national. Und daß der Mensch, dieser Wedekind, sogar schon einmal wegen Majestätsbeleidigung gesessen hat; lange vor dem Krieg.

Da wundert einen natürlich gar nichts mehr. Heute, wenn er noch leben würde, könnte sich dieser Dichterling noch viel mehr herausnehmen. Heute sind doch vor allem beim Theater und in der Kunst die Juden und die Freimaurer vornedran. Dagegen kann nicht einmal unser neugewählter Reichspräsident, der Sieger in der Schlacht von Tannenberg, etwas machen.

Mit dem Versailler Vertrag hat alles begonnen. Hier, im Büro, sind sie sich darüber einig, daß aus einem solchen Schandvertrag nichts Gutes entstehen konnte. Jedenfalls denken die meisten so.

Aber wie kommt er jetzt eigentlich darauf? Er sitzt an seinem Arbeitstisch im Büro, das man schon fast einen Saal nennen könnte, mit den drei riesigen Zeichentischen, und bereitet seine Sachen vor für die Arbeit am nächsten Tag.

Die Hilde, ach ja, die Hilde.

Ein Mann wie er braucht eben jemanden, dem er seine Sorge um die Zukunft des Vaterlandes anvertrauen kann. Auch außerhalb des Büros. Ein junges Wesen, das gläubig zu ihm aufschaut, das seine Vorstellungen von sittlicher Reinheit, von gültiger Moral teilt, ein Menschenkind, mit dem er gemeinsam neu anfangen kann unter dem Spruch, der für ihn und für alle, die vaterländisch empfinden wie er, gilt: Die Treue ist das Mark der Ehre! Er ist richtig gerührt, wie er sich das so vorstellt. Aber dann streckt er das Kinn vor. Ein Frontsoldat darf keine Weichheit zeigen. Und Empfindsamkeit ist etwas für alte Jungfern!

Die Elly freilich, die Elly war immer richtig zaghaft gewesen. Nein, nicht immer, das darf er nicht sagen. Und vielleicht ist auch zaghaft nicht das richtige Wort. Aber nun ist sie tot. Gott hab sie selig. Und außerdem hätte sie auch ganz sicher nichts dagegen, wenn jetzt die Hilde an ihre Stelle tritt. Schließlich war es ihr größter Wunsch, daß die Kinder auch weiterhin katholisch erzogen werden. Und die Hilde hat sie immer besonders gern gehabt. Das Fräulein Hilde Brocksch.

Er sitzt und sinnt und spitzt seine Bleistifte, und dann legt er sie, der Größe nach, genau im rechten Winkel zum Federkästchen mit den Zeichenfedern. Die muß er auch noch putzen. Mit dem Leinenläppchen, das voller schwarzer, roter und blauer Tuschflecken ist. Er braucht ein neues Läppchen. Aber im Haushalt ist nun, wo die Frau schon so lange tot ist, nicht mehr alles so leicht zu finden. Zu viele Frauen versuchen, ihn in Ordnung zu halten. Die Schwägerinnen, immer abwechselnd mit seinen Schwestern. Das Kindermädchen Selma, und ab und zu kommt auch noch seine Mutter, um nach dem Rechten zu sehen, wie sie sagt. Aber nachher ist überhaupt nichts mehr an seinem angestammten Platz.

Gerhart Koller schnauft. Und streicht sich vorsichtig über den glatten Scheitel. Der sitzt noch so, wie er ihn am Morgen gekämmt hat. Das muß auch so sein, denn es gibt nichts Schlimmeres, als wenn ein ernsthafter Mann so eine Künstlermähne hat. So was mag einer haben, wenn er vielleicht Zeichenlehrer ist oder Musiker oder allenfalls noch der Photograph Kuhn. Ein richtiger preußischer Beamter aber, der muß einen akkuraten Scheitel haben.

Es muß etwas geschehen, denkt er dann. Und er weiß eigentlich auch schon, wie er es machen will.

Die Taschenuhr, die er während der Arbeit immer neben das Federkästchen legt, zeigt fünfzehn Minuten nach sechs. Seine Kollegen sind alle schon gegangen. Aber er könnte auch diese Sache nicht mit ihnen besprechen.

Freilich, sie sagen ihm jeden Tag: Du mußt wieder heiraten, Gerhart! Und der Marczowsky blinzelt und meint: »Ich wüßte schon eine . . .« und schnalzt mit der Zunge.

Doch eine, die dem Marczowsky gefällt, die würde er, Paul Gerhart Koller, bestimmt nicht wollen. Nein, da bedankt er sich vielmals. Die soll er mal selber nehmen, der Marczowsky! Aber Heiraten, das ist nichts für den. Der bleibt lieber Junggeselle. Dabei ist der Mensch drei Jahre älter als er selber.

Wäre gut, denkt der Sekretär, wenn der Marczowsky an eine käme, die ihm das Luderleben und die Weibergeschichten abgewöhnt! Eine mit Haaren auf den Zähnen und kräftigen Armen. Das braucht dieser Mensch, sonst verkommt er noch völlig. Man merkt eben doch, wenn einer ein halber Pole ist. Auch wenn er noch so deutsch tut. Dabei hat der Marczowsky sogar gedient, und im Krieg ist er auch gewesen. Aber eben nur bei der Kavallerie. Diese Polen sind alle halbe Kosaken, was die Pferde und die Weiber betrifft!

Die Infanterie dagegen . . . der Sekretär steckt die saubergeputzten Federn wieder in ihr Kästchen, staubt die Fläschchen mit den verschiedenfarbigen Tuschen noch einmal ab und sieht sich zum letzten Mal auf dem Schreibtisch um, ob er nicht womöglich doch noch etwas vergessen hat. Ob auch wirklich alles, gerade ausgerichtet wie beim Appell, an Ort und Stelle steht. Dann steckt er die Uhr in die rechte untere Westentasche und knöpft die Uhrkette ins dritte Westenknopfloch. Zieht die Uhr noch einmal heraus, um zu sehen, daß es jetzt zwanzig nach sechs ist, steckt sie wieder ein und legt dann seine Arbeitsjacke aus grauem Drillich ab.

Auf einem Bügel am Kartenschrank hängt sein Lüsterjackett. Er wäscht sich in der Emailleschüssel auf dem runden Drahtgestell noch einmal die Hände, trocknet sie sorgfältig ab und zieht die Lüsterjacke über. Er klopft auf die Taschen. Ja, er hat alles. Jetzt kann er gehen. Die Tür abschließen und den Schlüssel in den Kasten in der Halle hängen. Seine Sohlen knallen auf den blanken Steinen, und da tritt er ein bißchen vorsichtiger auf. Könnte doch sein, daß es den Herrn Regierungsrat stört, falls der noch - was manchmal vorkommt - in seinen Büroräumen im ersten Stock sitzt.

Wie der Sekretär die breiten Eingangsstufen hinuntersteigt und den gepflasterten Weg zwischen den Blumenrabatten zur Straße hin betritt, fällt ihm wieder der Marczowsky ein.

Was der wohl für Augen macht, wenn er ihm die Hilde als sein Fräulein Braut vorstellt? Aber seine schweinischen Bemerkungen nachher, im Kollegenkreis, die wird er sich ganz schnell verbitten. Und er hätte dabei den Moellner bestimmt auf seiner Seite. Der kann das auch nicht ausstehen, wenn der Marczowsky immer solche widerlichen Anspielungen macht.

Aber der war schon immer so. Als Kinder, auf dem Schulweg in Oppeln, da haben sie sich geprügelt und die Nasen blutig geschlagen, bloß weil er selber evangelisch und der Marczowsky - wie die Mehrzahl dort - katholisch war. Sie haben ihn manchmal ganz schön zugerichtet, aber geheult hat er nie. Jedenfalls fast nie.

Der Sekretär bleibt stehen, als er die Gartenstraße erreicht hat. Er muß diese Gedanken an den Marczowsky abschütteln. Denn jetzt tritt sein Plan in Kraft.

Also erstens: Er wird nicht zur Grottkauer Straße gehen, sondern sich nach rechts wenden, die Gartenstraße entlang. An der Dorotheenschule vorbei bis hinter die evangelische Kirche. Und von da schließlich wird er auf den Ring kommen. Und dann - von oben sozusagen - in die Brieger Straße einbiegen.

Niemand wird vermuten, daß er aus dieser Richtung nach Hause kommt. Und so hofft er, daß ihn auch niemand vorzeitig bemerkt. Dann wird er zu guter Letzt an seiner eigenen Haustür schnell vorbeigehen und in den Laden von Brocksch eintreten. Einfach so. Er will sich eine Krawatte aussuchen, wird er sagen.

Das Ganze ist natürlich wohlüberlegt. Ein richtiger Manöverplan. Und es muß auch heute sein, weil heute, am Nachmittag, ein Tennis-Freundschaftsturnier in Strehlen stattfindet. Das weiß er aus dem Kreisblatt. Und auch, daß die Magda Brocksch daran teilnimmt. Daß sie vor halb acht Uhr abends nicht zurückkommen kann, hat er dem Fahrplan für Bahn und Post entnommen.

So kann also eigentlich nichts dazwischenkommen. Heute muß ihn die Hilde bedienen. Soviel ist sicher, denn der alte Brocksch versteht sich nicht mehr auf solche Feinheiten wie Krawatten oder gar Damen-Blusen. Der kann vielleicht noch drei Meter Gummiband abmessen oder Druckknöpfe und Sicherheitsnadeln verkaufen, aber von dem, was modern ist, hat der keine Ahnung mehr. Das machen alles die Töchter.

Und heute eben die Hilde, das Fräulein Hilde!

Wie der Sekretär nun die Gartenstraße, vorbei an der großen Stadtgärtnerei, entlangstapft, flüchtet mit Schnattern und Flügelschlagen eine Schar Gänse vor ihm über die staubige Straße, und er ärgert sich, weil es hier noch kein Trottoir gibt. Keine großen Granitplatten, auf denen man sauber und sicher schreiten kann. Statt dessen wirbelt der staubige Sand unter seinem Tritt auf, die Gänse tun das Ihrige dazu, und so werden seine tadellos geputzten schwarzen Schuhe grau und unansehnlich.

Deshalb zieht er, als er – nicht weit von der evangelischen Kirche entfernt – wieder auf festes Pflaster kommt, verstohlen sein Taschentuch hervor und putzt sich die Schuhe ab. Wäre ja auch noch schöner, wenn er ausgerechnet bei einer so wichtigen Angelegenheit mit staubigen Schuhen ankommt.

Er muß nur aufpassen, sagt er sich im Weitergehen, daß er nachher nicht aus irgendeinem Grunde das schmutzige Taschentuch hervorzieht. Das wäre eine Blamage!

Jetzt ist er richtig ins Schwitzen gekommen. Wohl auch vom Bücken. Aber mehr noch deshalb, weil nun die geplante Aktion in allernächste Nähe gerückt ist.

Also Kopf hoch! Kinn an die Binde! ruft er sich selber zu. Der Obergefreite Koller zum Sturm auf die feindlichen Linien angetreten ... Marsch, marsch!

Soweit ist alles gutgegangen.

Als er eintaucht in das grüne Dämmerdunkel des schmalen, langen Ladens, schnauft er erleichtert auf. Da hat er ja richtig Glück gehabt, und der alte Brocksch hat heute abend ausnahmsweise mal nicht auf seinem Stühlchen neben der Ladentür gesessen. So ist es ihm erspart geblieben, schon draußen große Erklärungen abgeben zu müssen.

Der Überraschungsangriff ist gelungen, denkt er und nimmt den Hut ab und fährt sich mit der Hand über die feuchte Stirn. Das schmutzige Taschentuch ist ihm gerade noch rechtzeitig eingefallen. Jetzt muß er erst seine Augen an das Dunkel gewöhnen, nach dem goldenen Sonnenuntergang draußen. Er erkennt eine Reihe von Damenröcken an einem Ständer zu seiner Linken. Und feine Blusen aus Crêpe de Chine oder wie das dünne Zeug heißt. Aber von all dem Wolligen, von Cheviot, Mousseline und Gardinensamt, ist eine stickige Luft hier drinnen. Und der Geruch des Öls, mit dem der Fußboden eingerieben ist, kommt noch dazu.

Überhaupt keine Luft für so ein blasses zartes Ding, wie es die Hilde ist, das muß er dem alten Brocksch unbedingt einmal sagen. Aber wenn alles klappt, wenn alles so verläuft, wie er sich das ausmalt, dann wird sie ja auch nicht mehr lange hier drin sitzen müssen und auf Kunden warten. Die Magda kann sich doch ein Lehrmädel nehmen, wird er ihr vorschlagen.

Aus der Schneiderstube hinten, ein paar Stufen über Ladenhöhe, wo Gardinen genäht und Änderungen gemacht werden, hört er Stimmen und Lachen. Er macht ein paar energische Schritte ins Dunkel hinein und räuspert sich kräftig, während seine Hand noch einmal an der Krawatte zerrt, damit sie auch genau in der Mitte sitzt.

Und dann hört er ein leichtes Hüsteln.

Ganz nahe war das. Gleich hinter dem Gestell, wo oben die Krawatten und unten die Hosenträger hängen. Man kann, wegen dieses Gestells, auch den hinteren Teil des Ladentisches nicht sehen. Aber soviel weiß der Sekretär doch sofort, daß es ein Mann war, der da gehustet hat. Der alte Brocksch? Nein. Der bestimmt nicht.

Und gleich darauf hört er auch Hildes Stimme. Sie klingt ein bißchen gepreßt. Gar nicht so, wie sie sonst redet.

Oder bildet er sich das nur ein?

»Ich hätte hier noch eine bessere Sorte«, sagt die gepreßte Stimme, »reines Mako, und die Säume sind handgerollt. Man kann auch Ihr Monogramm einsticken lassen, wenn Sie wollen.«

»Hm, ja, gibt es die auch mit blauer Kante?« Die Stimme des Mannes ist dunkel und, wie der Sekretär findet, zu weich. Ölig, nennt er das. Und er weiß schon jetzt, daß er den Kerl nicht leiden kann. Dann macht er einen Schritt zur Seite, und nun kann er ihn auch sehen.

Das erste, was ihm auffällt, ist die tadellose Bügelfalte des hellen Flanellanzuges. Gegen tadellose Bügelfalten hat er an sich nichts einzuwenden. Im Gegenteil. Aber der Stoff ist einfach zu hell, die Hose zu weit geschnitten, und das seidene Einstecktuch hängt auch zu weit heraus aus der dafür vorgesehenen Jackettasche. Überhaupt, der Sekretär schiebt die Unterlippe vor, überhaupt findet er solche Tücher abgeschmackt und weibisch. Ein eitler Fant, dieser dunkelhaarige Schönling, sicher einer von denen, die hinter den Weibern her sind und Ballett-Mädchen aushalten, denkt er. Man kennt das doch. Es fehlt ihm nur noch der runde Strohhut und das Menjou-Bärtchen!

Aber das Gesicht des Mannes ist glattrasiert, und der Hut, der auf dem Ladentisch neben Handschuhen aus hellem Leder liegt, ist ein weicher, sandfarbener Filz mit breitem Rand.

Doch auch der mißfällt dem Sekretär. Und noch mehr mißfällt ihm, daß die Hilde so ein flammendrotes Gesicht hat. Fast als habe sie Fieber. Das kann natürlich davon kommen, daß sie sich immer wieder bücken muß. Nach den Taschentüchern, die in den unteren Schubladen des Ladentisches in flachen Kästchen gestapelt sind.

Merkt denn dieser Mensch nicht, wie sich das Mädel seinetwegen anstrengen muß? Dabei könnte es ihm doch wahrhaftig egal sein, ob seine Taschentücher nun einen braunen oder einen blauen Rand haben!

Verlegen schiebt das Fräulein Hilde jetzt die verschiedenen Kästchen mit den Taschentüchern hin und her.

Da ist er ja gerade zur rechten Zeit gekommen, denkt der Sekretär. Dem Kerl wird er schon Beine machen. Und dann erkennt er ihn auch. Der junge Lichtermann! Von der Buchhandlung gegenüber. Kein Wunder, sagt er sich, und da hat er ja vorhin recht gehabt mit seiner Feststellung, daß er den Kerl mit der öligen Stimme nicht ausstehen kann.

Aber er muß einen Augenblick überlegen, wie er jetzt vorgehen soll. Der Buchhändler Lichtermann, der Vater des jungen Menschen hier, ist ein reicher, angesehener Geschäftsmann. Und so klug gewesen, zum katholischen Glauben überzutreten. Auf diese Weise ist er den antisemitischen Sticheleien, die immer wieder einmal in der kleinen Stadt aufkommen, nicht mehr ausgesetzt.

Aber den jungen Lichtermann hat der Sekretär - im Gegensatz zu seinem Vater - noch nie in die Kirche gehen sehen. Eigentlich hat er ihn überhaupt noch nicht oft gesehen. Er soll ja in Berlin und in der Schweiz studiert haben. Manche sagen auch, er sei dort in einem Sanatorium gewesen. So ein kräftiger junger Mensch und im Sanatorium! Na ja, wer weiß, was solche Leute für Krankheiten haben.

Im Krieg, da hätte man einen wie den wenigstens eingezogen! Aber wahrscheinlich, weil er ja studiert hat, auch nur als ›Einjährig-Freiwilligen‹, der dann in Kürze Offizier geworden wäre. Wieder einmal ein Beweis dafür, wie solche Leute es verstehen, aus allem einen Vorteil für sich zu ziehen.

Der Sekretär steigert sich jetzt richtig in seine Abneigung gegen den jungen Mann hinein. Dabei könnte er eigentlich nicht genau sagen, woher die kommt. Aber darüber denkt er auch gar nicht nach. Das ist eben der Instinkt, sagt er sich, der unsereinen warnt vor dieser Rasse. Ob nun getauft oder nicht. Jude bleibt Jude! Das ist so wie mit den Schwulen. Oder eigentlich noch schlimmer. Und außerdem liest man es ja auch immer wieder. Erst neulich, im »Völkischen Beobachter«, die Geschichte des Anderle vom Rinn. Da haben sie im Keller eines Juden die Leiche eines anderthalbjährigen Knaben gefunden, ganz mit Stichwunden bedeckt. Und man weiß ja, wie diese Untermenschen vorgehen beim Schächten!

Daß die ganze Sache schon vor annähernd vierhundert Jahren passiert ist, spielt dabei kaum eine Rolle. Und es stand auch erst auf der zweiten Seite. Außerdem weiß man, daß sie es heute noch genauso machen. Nur natürlich vorsichtiger! Den Schlußsatz übrigens, den hat er sich gut gemerkt. »Deutsches Volk«, stand da, »willst du weiter wie das Anderle vom Rinn bleiben (was soviel bedeutet wie: willst du dir weiter dein Blut abzapfen lassen) oder dich endlich zum Siegfried wandeln, der dem Drachen das Haupt herunterschlägt?«

Zum Siegfried ... ja, da muß er richtig tief Luft holen, wie er sich das vorstellt, und hier, bei diesem Schönling, der das Fräulein Hilde, seine Hilde, malträtiert, da will er gleich anfangen!

Er räuspert sich kräftig und sagt dann: »Ich möchte eine Krawatte kaufen!« Richtig markig klingt seine Stimme und sehr fest. Und es soll natürlich heißen: Was gehen mich deine Taschentücher an, ob rot oder blau gerandet, das spielt jetzt keine Rolle mehr!

Das Fräulein Hilde sieht ihn erschrocken an. Aber sie lächelt gar nicht wie neulich, über dem Weihwasserbecken. Sie wird nur noch röter. Sogar am Hals hat sie jetzt rote Flecken. An ihrem schönen schlanken, sonst so blassen Hals. Alles wegen dieses Kerls!

Eine ungeheure Wut ergreift da den Sekretär. Er stellt sich noch aufrechter hin - das macht ihn auch größer -, schiebt die Unterlippe vor und fragt dann den jungen Lichtermann gerade heraus: »Merken Sie eigentlich nicht, daß Sie das Fräulein Hil... das Fräulein Brocksch inkommodieren?«

Inkommodieren, denkt er, das ist das richtige Wort, auch wenn es ein bißchen altmodisch klingt. Aber er ist froh, daß es ihm eingefallen ist. Inkommodieren, das klingt richtig überlegen.

Der junge Lichtermann zieht die schwarzen Augenbrauen über den funkelnden Brillengläsern hoch.

»Inkommodieren?« fragt er mit seiner weichen Stimme. »Inkommodiere ich Sie denn, Fräulein ... Brocksch? Es liegt mir nichts ferner als das. Aber wenn Sie vielleicht den Herrn hier ...« er wendet sich dem Sekretär zu, »wenn Sie ihn zuerst bedienen wollen, er hat es sicher eilig. Und ich warte gerne!«

Nichts da. Das fehlte gerade noch. Daß er sich von so einem ... so einem Judenlümmel ins Bockshorn jagen läßt! Der Sekretär Koller ist jetzt so wütend, daß er sich innerlich selber zur Ruhe rufen muß. Überlegen bleiben, sagt er sich, die Situation in der Hand behalten, diesem Schönling eine Lektion erteilen!

Und dann sieht er auch noch, wie die Hilde, seine Hilde, diesem Menschen einen entschuldigenden Blick zuwirft. Einen Blick, als müsse sie sich für ihn, Koller, entschuldigen. Das geht zu weit, denkt er, das kann man nie und nimmer zulassen.

»Ich warte«, sagt er schließlich gepreßt und voller Verachtung. »Was ich mit dem Fräulein Brocksch noch zu besprechen habe, ist persönlicher Natur. Ihre Anwesenheit ist dabei nicht erwünscht!«

So. Das hat gereicht. Jetzt hat er es endlich geschafft, diesen Menschen verlegen zu machen. Er schnauft befriedigt. Und der junge Lichtermann sagt nur noch: »Ich nehme diese hier, die ganz weißen. Das mit dem Monogramm überlege ich mir noch. Wenn Sie sie mir, bitte, einpacken wollten, wäre ich Ihnen sehr dankbar.«

Ja, jetzt klingt er nicht mehr so großspurig, der feine Pinkel! Schon eher traurig. Wenn so einer überhaupt traurig sein kann.

Aber die Hilde! Was hat das Mädel denn? Sie kann nicht einmal mehr sechs mal fünfundsechzig Pfennige ausrechnen! Sie muß es aufschreiben und beim Herausgeben – er sieht das ganz genau –, da zittert ihr sogar die Hand.

Und dann war doch alles umsonst.

Alles, was er so schön ausgedacht hatte, war schon zu Ende, als der junge Lichtermann den Laden verließ. Denn an ihm vorbei, von draußen herein, kommt im selben Augenblick hochrot, sonnenverbrannt, eine weiße Strickjacke über den nackten Schultern und das Rackett in der Hand, die Magda.

»Das war vielleicht eine schicke Sache«, ruft sie aufgeregt. »Ich bin mit dem Zahnarzt Langer in seinem neuen Horch zurückgefahren! Hui!«

Sie bindet sich das Tuch, das sie um die Stirn geschlungen hatte, ab und sieht sich, noch immer heftig atmend, im Laden um. »Hilde, was ist denn? Was hast du denn?« Sie läuft auf die Schwester zu.

Die hat ein Taschentuch vor ihr Gesicht gepreßt. »Bediene du bitte Herrn Koller!« Es klingt erstickt und fast so, als ob sie weinen würde. Aber es ist wohl doch etwas anderes, das sie der Schwester dann noch zuflüstert. Denn Magda, als sie sich wieder dem Sekretär zuwendet, sagt mit bedauerndem Achselzucken: »Die Ärmste hat wieder mal Nasenbluten!« Und der Sekretär kann gerade noch Hildes zartseidenrosa bestrumpfte Beine die kleine Treppe zur Schneiderstube hinaufstolpern sehen. Gar nicht so beschwingt wie sonst. Und sogar der blaßblonde dicke Zopf mit der schwarzen Schleife sieht aus, als ob er Trauer trüge.

»Das ist die Luft hier. Die Luft in diesem Laden, die Staubteilchen von den vielen Stoffen«, sagt der Sekretär und zerrt an seiner Krawatte, als ob auch er am Ersticken wäre. »Sie sollte hier raus, das verehrte Fräulein Schwester.«

»Gewiß, Herr Koller, gewiß, da haben Sie recht.« Die Magda lächelt mit breiten weißen Zähnen, und in der einen Ecke ihres roten Mundes glänzt ein wenig Gold. »Aber nun bin ich ja da. Was darf es denn sein, Herr Sekretär?«

Auf dem Friedhof

Das Fräulein Hilde ist krank. Nein, nichts Schlimmes, sagt die Gertrud, »halt ein bissel Halsschmerzen.«

Die Gertrud ist Dienstmädchen bei Brocksch. Und kochen kann sie auch. Wenn sie in der großen Küche ist, dürfen wir zu ihr kommen, der Heinzi und ich. Wenn unsere Selma Ausgang hat. Und wenn das Fräulein Hilde krank ist oder zu müde, um mit uns zu spielen.

Ich denke, daß sie jetzt oft krank ist, das Fräulein Hilde. Eigentlich ungefähr seit damals, als wir den jungen Herrn Lichtermann in der Bahnhofsallee getroffen haben. Aber es kann auch ein wenig später angefangen haben. Und meistens ist sie jetzt traurig, und zum Spielen hat sie gar keine Lust mehr. Aber ich habe noch niemandem unser Geheimnis verraten.

Heute ist ein richtig schöner heißer Tag, und wir wissen nicht, was wir im Kinderzimmer spielen sollen.

In ihrer Küche im Nachbarhaus singt die Gertrud, daß wir es bis zu uns herauf hören können. »Verlassen, verlassen, verlasse-en bin i-ich, wie der Stein auf der Straßen . . .« Als sie bei der Stelle ankommt »da geh' ich zum Friedhof, da wein' ich mich aus«, da schluchzt ihre Stimme richtig.

Warum singen die Menschen immer so gerne traurige Lieder? Jedenfalls die meisten Menschen.

Ich stelle mich auf ein Stühlchen und lehne mich zum Fenster im Alkoven hinaus. Aber ich sehe nur den Dachvorsprung unter dem Fensterbrett und die Dachrinne, in der ein paar Strohhalme liegen. Ob der Wind die bis hier herauf geweht hat?

»Fräulein Gertrud«, rufe ich, »Fräulein Gertrud!«

Die meisten Leute sagen nur Gertrud zu ihr. Einfach so, ohne Fräulein. Aber die Tante hat gesagt, man muß zu allen Menschen höflich sein, auch zu Hausangestellten. Nur zur Selma sagen wir nicht Fräulein. Dafür ist sie noch zu jung, sagt die Tante.

Das Singen hat aufgehört. »Jaha«, ruft die helle Stimme ein ganz kleines bißchen schrill.

Ich kann die Gertrud – das Fräulein Gertrud – nicht sehen, und so rufe ich einfach in die blaue Luft hinein. »Fräulein Gertrud! Unsere Selma ist nicht gekommen, dürfen wir zu Ihnen?«

»Ja«, ruft die helle Stimme zurück, »und bring Heinzis Sandkastensachen mit. Wir gehen auf den Friedhof!«

Auf den Friedhof! Ich vergesse zu antworten. Ich springe von meinem Stühlchen und hüpfe mit einem einzigen großen Satz von der Alkovenstufe mitten ins Kinderzimmer. Auf den Friedhof zu gehen ist für uns überhaupt nicht traurig. »Heinzi, wir gehen zu Mama!«

Wir sind ganz schnell fertig. Ich brauche nichts zum Spielen. Nicht, wenn wir auf den Friedhof gehen. Ich lasse sogar meinen Reifen zu Hause. Nur das kleine grüne Gießkännchen nehme ich mit. Wir poltern die Treppen hinunter. Ich ziehe den Heinzi an der Hand. In unserem Hof, wo Heinzis Kindersportwagen den Sommer über unter einem Vordach steht, sehen wir die Gertrud schon. Sie hängt ihre Handtasche und eine große graue Gießkanne an den Kinderwagen.

Aus dem Hinterhaus, hinter dem Fenster, das ganz grau ist, weil es wohl nie jemand putzt, grüßt Schuster Sambale. Das heißt, er nickt nur ein paarmal sehr eifrig, weil er den Mund voller Holznägel hat.

»Guten Tag, Herr Sambale«, sagt die Gertrud, und ich mache einen Knicks, aber die Gertrud sagt, das wäre nicht nötig, grüßen genügt.

In der Tür zur Schusterwohnung steht die rothaarige Tochter vom Schuster. Sie hat ganz weiße Haut und Sommersprossen. Und einen nicht ganz weißen Unterrock hat sie an, von dem der eine Träger immer herunterrutscht.

Zu ihr sagt die Gertrud nichts. Und die Rothaarige, sie heißt Agnes, sagt auch nichts. Sie verzieht nur ein bißchen das Gesicht. So, als wäre sie etwas Besseres als die Gertrud. Und die Gertrud zieht die Augenbrauen hoch. Ich bin sicher, daß ihr Unterrock sauberer ist als der von der Agnes.

Es gibt noch eine schwarzhaarige Schustertochter, die Frieda heißt. Aber die sehe ich nicht sehr oft. Höchstens abends, wenn ich ausnahmsweise noch einmal auf das Örtchen im Hof muß. Und da hat sie ein glänzendes Kleid an und eine Lackledertasche am Arm. Und schwarze Lacklederschuhe mit Spangen und weißen Perlmuttknöpfen. Einmal hat sie sogar eine Zigarette geraucht und ganz laut gesagt, daß es in Breslau doch viel schicker sei als hier, ›in diesem Kaff‹.

Ich finde, daß Ohlau sehr schön ist. Und kein Kaff.

Aber wie das abends sonst noch ist, an die Angst, wenn ich auf dem Plumpsklo sitze und unten huscht es, und der Papa sagt draußen vor der hölzernen Tür: ›Das sind wieder diese verdammten Ratten!‹ Daran will ich jetzt überhaupt nicht denken. Und es stinkt auch am Tag nicht so gräßlich wie in der Nacht. Jedenfalls anders.

Als wir dann mit der Gertrud – mit dem Fräulein Gertrud – und dem Heinzi in seinem Sportwagen, die Brieger Straße entlanggehen, kommt der Sprengwagen. Er spritzt die halbe Straße naß und den Rinnstein, sogar bis aufs Trottoir, aber ich darf nicht hinterherlaufen wie die anderen Kinder, weil ich nicht barfuß bin. Ich darf nie barfuß gehen, aber eigentlich macht mir das auch nichts aus. Ich finde es schrecklich, wenn der schwarze Dreck so zwischen den Zehen hervorquillt, wenn die anderen Kinder mit nackten Füßen im Rinnstein herumpatschen.

Jetzt allerdings müßte es schön erfrischend sein, sich bis hinauf über die Knie naß spritzen zu lassen. Der Wagen mit der großen Wassertonne und der breiten Gabel hinten, aus der es nach allen Seiten sprüht und spritzt, zockelt die Straße entlang. Der Kutscher schnalzt mit der Peitsche, und die Pferde stampfen und nicken mit den Köpfen. Von den nassen Steinen dampft es.

An der Ecke, da beim Friseur Bencke, dreht der Wagen um und fährt auf der anderen Straßenseite zurück.

Wir sind jetzt bei der Rochus-Kapelle, und der Flieder dort ist schon eine Weile verblüht. Hier müssen wir in die Oderstraße abbiegen.

Rechts, gleich am Anfang der Oderstraße, wohnt der Photograph Kuhn in einem Haus, wo es oben im Dach eine schräge Wand gibt, ganz aus Glas. Aus vielen, vielen Mosaiken zusammengesetzt und dahinter sind blaue, verblichene Vorhänge gerafft. Das kann man von der Straße aus sehen. Der Papa hat gesagt, daß wir uns bald wieder einmal photographieren lassen müssen und daß der Photograph Kuhn ein echter Künstler ist, der sogar schon einmal in Rom beim Papst gewesen ist. Und außerdem ist er ein Sangesbruder.

Jetzt sind wir bei der Reiter-Kaserne und müssen wieder abbiegen, sonst würden wir zur Oder kommen. Das Fräulein Gertrud geht lieber auf der anderen Seite, nicht so nahe an dem schwarzweißen Schilderhaus mit dem roten Dach vorbei, wo immer ein Soldat auf Wache steht. Sie sieht auch nicht hinüber zum Kasernentor, aber ihr Gesicht ist röter als sonst, und sie hat ein paar Schweißtröpfchen auf der Stirn.

Im Hof der Kaserne reiten Soldaten auf braunen Pferden immer im Kreis herum, und aus den Ställen riecht es nach Heu. An einer Stalltür lehnt ein Soldat im weißen Drillichanzug und lacht uns zu. Ich mache eine Ehrenbezeigung, wie wir es beim Papa gelernt haben, und der Soldat lacht noch mehr und winkt. Aber das Fräulein Gertrud zieht mich fort und geht jetzt viel schneller als vorher.

Da, wo die Felder anfangen, steht das Kreuz. »Das Missions-Kreuz«, sagt die Gertrud. Aber wie ich sie frage, was eine Mission ist, da sagt sie nur ein bißchen ungeduldig: »Das war eben vor drei Jahren, da hatten wir eine Mission hier, und zum Andenken daran wurde das Kreuz errichtet.«

»Aber was ist eine Mission?«

»Frag nicht soviel«, sagt sie, »macht euer Kreuzzeichen!«

Ich mag dieses Kreuz nicht, weil der Heiland daran aus Blech ist. Ganz flach, einfach auf Blech gemalt. Aber wir müssen trotzdem das Knie beugen und das Kreuzzeichen machen und Gelobt sei Jesus Christus sagen.

Dann kommt endlich die Kirschenallee. Ein Weg, direkt neben der staubigen Landstraße, und zu beiden Seiten des Wegs sind Kirschbäume. Mit dichten, ganz grünen Blättern.

In einer Bretterbude gibt es Kirschen zu kaufen. Gelbrote und fast schwarze. In dreieckigen grauen Tüten, und das Pfund kostet zwanzig Pfennige. Das sagt die Frau, die die Kirschen verkauft, als wir vorbeigehen.

Wenn die Tante Hedel jetzt hier wäre, würde sie uns bestimmt Kirschen kaufen. Und Mama, ach, Mama, da bin ich sicher, die würde einen Riesenkorb voll kaufen, und wir würden die Kerne um die Wette spucken, wer am weitesten trifft. Jedenfalls denke ich mir das so.

Ich gehe ein bißchen langsamer. »Ich will sie mir ja nur einmal ansehen«, sage ich.

Da holt die Gertrud – das Fräulein Gertrud – ihr schwarzes Portemonnaie aus der Handtasche und kauft Kirschen! Ein Pfund Kirschen. Aber bloß gelbe. Mama hätte bestimmt die schwarzen gekauft. Weil sie viel süßer sind.

»Mit den Schwarzen«, sagt die Gertrud, »macht ihr euch nur Flecken, und die gehen dann so schlecht raus!«

Ich muß zugeben, daß das stimmt. Ich weiß selber nicht, wieso meine Kleider immer so schnell fleckig sind. Und die gelben Kirschen schmecken ja auch sehr gut. Sie knacken richtig, wenn man hineinbeißt. Aber das Spiel, wer die Kerne am weitesten spuckt, muß ich mit mir alleine spielen. Der Heinzi in seinem Kinderwagen muß die Kerne in seinen Sandeimer spucken, und die Gertrud spuckt sie – tui-tui – in die vorgehaltene Hand und wirft sie dann in den Straßengraben, wo das Gras und die Brennesseln ganz hoch stehen.

Ich glaube, die Gertrud möchte gerne richtig vornehm sein.

Endlich haben wir den breiten Sandweg erreicht, an dessen Ende das schwarze Gittertor mit den vielen Schnörkeln ist. Und in dem großen Tor mit den drei goldenen Buchstaben im schwarzen Geschnörkel ist eine kleinere Tür, und da gehen wir hinein. Das Tor wird nur aufgemacht, wenn ein Leichenwagen kommt.

Gräber ...

Lange Reihen von kleinen Hügeln, hohe, mit runden Rücken wie gutmütige Tiere mit dichtem grünem Pelz oder wunderschönen Blumen und kleinen immergrünen Sträuchern. Aber auch kalte viereckige, mit Steinumrandungen und sparsamem Blumenwuchs in geraden Reihen wie Soldaten. Es gibt auch niedrige, eingesunkene, mit verwitterten Tafeln, mit steinernen Engeln oder mit einer Trauerweide, die ihre Blätter wie Haare herunterhängen läßt. Und manchmal ein ›Lieber Heiland‹, der alle segnet, die vorbeigehen.

Alte Weiblein in bauschigen schwarzen Röcken huschen umher mit Gießkannen, und grauhaarige Männer harken humpelnd die gelben Sandwege mit großen eisernen Rechen.

Wir gehen zu einer Reihe mit Gräbern, die noch recht neu aussehen, und da ist auch das Grab von Mama.

Das heißt, alle sagen, daß hier Mama ruht, in einem Viereck aus schwarzweißgesprenkeltem Stein mit scharfen Kanten. In der Mitte blühen grelle Geranien, brennendrot wie Dachziegel.

Auf einer glänzendschwarzen Tafel, die von dem gesprenkelten Stein eingerahmt ist, stehen goldene Buchstaben, und darunter ist eine Palme eingeritzt.

Wir müssen beten:

»O Herr, gib ihr die ewige Ruhe, das ewige Licht leuchte ihr. Herr, laß sie ruhen in Frieden, Amen!«

Ich bete ganz schnell, denn ich weiß ja, daß es doch keinen Zweck hat. Mama ist gar nicht hier! Aber das weiß nur ich ganz allein.

Das Fräulein Gertrud gießt mit der großen Kanne, die sie mitgebracht hat, angehängt an Heinzis Kinderwagen, der jetzt am großen Hauptgang abgestellt ist. Heinzi spielt mit Schaufel und Eimer im gelben Sand des Weges. Die Gertrud gießt die grellroten Geranien, und ich, mit meinem kleinen grünen Kännchen, gieße eifrig mit. Wir haben die Kannen am Brunnen im Hauptgang gefüllt, und wir müssen noch ein paarmal hin und her laufen, bis alles schön durchnäßt ist.

Jetzt zupft die Gertrud welke Blüten ab und steckt sie in die leere Kirschentüte. Natürlich helfe ich ihr, und nur ab und zu sehe ich heimlich hoch, ob sie noch nicht fertig ist.

Ja. Endlich ist es soweit. Ich weiß, daß sie noch die Gräber der Familie Brocksch in Ordnung bringen muß und auch die ihrer eigenen Verwandten. Eines ist darunter, das ist ganz mit Efeu bewachsen. Da gibt es viel zu zupfen. Und einmal, als ich das mit Mama noch nicht wußte, da bin ich mitgegangen und habe auf dem Efeugrab eine Marmortafel entdeckt. Mit Bogenrand. Und darauf, unter Glas, das braune Bild einer Frau mit zurückgekämmten Haaren und Stirnlöckchen. Sie hat riesige Puffärmel und sieht lustig aus. Erna Vogel heißt sie, hat die Gertrud gesagt. Es steht auch auf der Marmortafel in einer schönen runden Schrift, die überhaupt nicht so schnörkelig ist wie der Name auf Mamas Grabstein. Aber ich weiß ja jetzt, Mama macht das nichts aus.

»Du willst sicher noch hierbleiben«, sagt das Fräulein Gertrud. »Aber den Heinzi nehme ich lieber mit.«

Ich nicke nur und male mit der Schuhspitze eine Bogenlinie in den gelben Sand. Dann warte ich, bis sie mit Heinzi hinter den Büschen verschwunden ist.

Endlich laufe ich, so schnell ich kann, zwischen den Gräberreihen hindurch, zwänge mich zwischen stacheligen Büschen, die beinahe wie eine Wand sind, zu einem Teil des Friedhofs, wo fast nie jemand hinkommt.

Gras, das so hoch ist wie ich selber, nimmt mich auf. Hier wohnen die armen, ungetauften Kinder, hat mir die Tante Hedel erzählt. In Gräbern, die nur noch verfallene kleine runde Buckel sind. Aber ich freue mich für die ungetauften Kinder, denn sie sind gar nicht arm. Sie haben den schönsten Teil des ganzen Friedhofs für sich.

Vergißmeinnicht stehen da, die leuchten wie lauter blaue Augen. Pfingstrosen in riesigen Büscheln, weiß, rosa und dunkelrot, wie ein Meßgewand mit glatten glänzenden Blättern. Und bei einem Hügel, der ganz weiß ist von Margueriten, wohnt Mama.

Ich weiß es auch noch nicht sehr lange. Erst seit dem Frühling, seit ich einmal mit Tante Hedel auf dem Friedhof war. Da sind wir hierher gegangen und haben für die ungetauften Kinder gebetet. Aber das Gras war damals überhaupt noch nicht hoch, und es gab nur an einigen Stellen ein paar Himmelsschlüssel. Und unter einem Busch, der um diese Zeit noch gar keine Blätter trug, standen lila Veilchen. Man sah sie kaum, aber sie dufteten wunderbar. Und dann habe ich es auf einmal gewußt, daß Mama jetzt hier wohnt.

Vielleicht hätte ich es der Tante Hedel erzählen sollen, aber ich war doch nicht ganz sicher, ob sie nicht mit mir schimpfen würde.

Mama. Liebe, liebe Mama. Behutsam lege ich mich in die weißen Blumen und fühle, wie Mamas Herz klopft.

»Ich konnte lange nicht herkommen«, sage ich, »aber ich habe nie, keinen einzigen Tag habe ich aufgehört, an dich zu denken.«

Mama nickt, und alle Margueriten um mich herum nicken mit.

Zu Mamas Füßen, unter dem Hügel, wo die Vergißmeinnicht fast noch blauer sind als überall sonst, wohnt der kleine Junge.

Wenn man die Blumen auseinanderbiegt, kann man sein Bild sehen. Es ist in einem weißen Buch aus Stein, das aufgeschlagen daliegt. Der kleine Junge hat ein komisches Kleidchen an mit einem gehäkelten Kragen und eine seltsame Mütze auf den hellen lockigen Haaren. Die Mütze sieht ein bißchen wie ein Ballon aus. Ein Ballon mit Einkerbungen. Ich habe niemals zuvor eine ähnliche Mütze gesehen.

Wie er heißt, kann man nur raten, denn die Schrift in dem steinernen Buch hat der Regen fortgewaschen. Ich könnte den Namen wahrscheinlich sowieso nicht lesen, denn ich kenne noch nicht sehr viele Buchstaben.

Ich nenne ihn Frieder. Ich glaube, das paßt zu ihm. Auch wenn es ein Name ist, den Papa überhaupt nicht leiden kann. ›Ein Junge heißt Friedrich oder Fritz‹, hat er gesagt, als einmal ein Junge in einer Geschichte, die Tante Hedel erzählt hat, Frieder hieß.

Ich finde, daß Frieder gut zu dem kleinen Jungen paßt. Er sieht so blaß aus, und seine Augen sind groß und traurig. Manchmal glaube ich, daß er jemandem ähnlich sieht.

Ich bitte Mama, daß sie auf ihn aufpaßt, und wieder nicken die Margueriten.

Ganz nahe neben den beiden, neben Mama und dem kleinen Jungen, steht ein großer Schneeballbusch. Das ist der Busch, unter dem im Frühling die Veilchen waren. Wenn ich jetzt unter seinen Zweigen mit den weißen duftenden Bällchen über dunkelgrünen Blättern sitze, Zweige, die tief herunterhängen, kann mich niemand mehr finden. Und es ist sonnig und warm und beinahe so, wie im Schlafzimmer zu Hause, als Mama noch bei uns war.

Ich mache die Augen zu, und ich denke, daß es im Himmel ganz bestimmt auch nicht schöner ist.

Irgendwo tschilpt ein kleiner Vogel. Vielleicht ist es auch der Frieder. Er ist aufgewacht und will mit mir spielen. Laß mich hierbleiben, liebe, liebste Mama, bitte! Laß mich für immer hierbleiben. Ich hätte keine Angst bei dir. Nicht einmal in der Nacht. Und wenn der kleine Junge aufwacht, könnten wir miteinander reden.

Eine Stimme ruft. »Elisabeth!« Eine helle Stimme, die ein bißchen grell klingt. Wie ›Verlassen, verlassen, verlassen bi-in i-ich‹.

Ich will nicht hinhören.

»Elisabeth!«

Geh nur, nicken die Margueriten, geh nur, sagt Mama, ein Kind soll nicht ungehorsam sein. Und du kommst eben bald wieder einmal her.

»Elisabeth, wo bist du?« Die Stimme ist nicht zu überhören.

»Ja«, rufe ich zurück. Aber nicht sehr laut, sonst könnte der kleine Frieder unter seinem Vergißmeinnicht-Hügel erschrecken. Ich mache mich auf den Weg. Aber zuvor darf ich mir schnell noch ein paar Margueriten mitnehmen von Mama. Sie erlaubt es gern.

»Ich . . . ich war da hinten«, sage ich zu der grellen Stimme, »bei den ungetauften Kindern. Zu ihnen geht nie jemand hin.« Sie würde es doch nicht glauben, wenn ich ihr sagen würde, daß Mama dort wohnt.

»Und hast die Blumen dort abgerissen!« sagt die Gertrud. »Dabei weißt du genau, daß man auf einem Friedhof keine Blumen abreißen soll!« Sie will mir die Blumen wegnehmen. Aber ich verstecke sie hinter meinem Rücken. Was will sie damit? Man kann sie doch nicht wieder einpflanzen. Ich bin schrecklich wütend, und ich spüre, wie mir ganz heiß wird und meine Backen brennen. Wenn man es ihr doch sagen könnte, daß die Blumen von Mama sind und daß Mama genickt hat, als ich sie darum bat. Aber sie ist so dumm, sie würde es doch nicht glauben.

»Na schön«, sagt die Gertrud, »wenn du die Blumen nicht hergibst, dann muß ich es eben deinem Papa erzählen, wie ungezogen du bist.«

Meinetwegen, denke ich, aber ich weiß genau, daß man dem Papa auch nicht sagen kann, wo Mama in Wirklichkeit ist. Wo er ihr doch so eine schöne Grabstätte hat machen lassen. Und er sagt immer, daß es ihn eine Stange Geld gekostet hat, aber das sei sie ihm wert, sagt er. Nein, ich kann es ihm wirklich nicht sagen, daß es Mama bei den Margueriten besser gefällt und daß sie mir die Blumen geschenkt hat. Aber ich will mich nicht wieder schlagen lassen, und der Papa wird jetzt manchmal ganz schnell wütend.

Ich muß mir eine Ausrede einfallen lassen, denke ich. Irgend etwas, das die Erwachsenen glauben.

Die Gertrud setzt den Heinzi wieder in den Kinderwagen. Mich sieht sie überhaupt nicht mehr an, so böse ist sie auf mich.

»Fräulein Gertrud«, sage ich vorsichtig, »die Blumen ... ich habe sie für das Fräulein Hilde gepflückt. Weil sie doch krank ist. Und sie sind überhaupt nicht von einem Grab. Sie standen am Wege. Unter einem Busch habe ich sie gefunden. Wirklich!« Aber ich denke dabei an Mama und daß sie jetzt traurig sein wird, weil ich gelogen habe. Ich schäme mich sehr.

Sie glauben mir die Wahrheit doch nicht, liebe, liebste Mama. Oder weißt du, warum die meisten Erwachsenen so dumm sind, daß sie einem Kind viel eher glauben, wenn es lügt?

An der Oder

An der Oder ist es im August am schönsten.

Ja, und man kann sich dort wenigstens ein bißchen Abkühlung verschaffen, nach der Arbeit im Büro. Bei diesen Hundstagen.

Der Sekretär Koller marschiert mit seinem Kollegen Moellner über die Oderbrücke. Es ist Sonnabend, und sie haben den Nachmittag frei.

Allerdings, der Moellner kann eigentlich gar nicht richtig marschieren. Er macht eher ungleiche, manchmal weit ausholende Schritte, bleibt wohl auch stehen. Je nachdem, was ihm gerade im Kopf herumgeht. Bei ihm, Koller, ist das natürlich was anderes; er bläst den blauen Rauch seiner Zigarre in die heiße Luft. Er kann nicht schlendern und schon gar nicht etwa elegant trippeln! Das wäre ja zum Lachen. Er muß einfach marschieren. Eins, zwei; eins, zwei!

Nur seinen Hut, den hat er heute im Büro gelassen. Erst auf dem Rückweg wird er ihn holen. Es wird ihm hier in der Vorstadt oder gar an der Oder wohl kaum jemand begegnen, den er höflich oder mit Grandezza begrüßen müßte. Die feinen Leute, wie etwa der Herr Regierungsrat, die baden in den Sommerferien in Swinemünde, in Heringsdorf oder auf Rügen. Die gehen nicht an die Oder. Und auch die Hilde, er kann sich nicht vorstellen, daß sie jemals hierher zum Baden käme.

Eigentlich ein bißchen schade, er schnauft und streckt das Kinn vor, aber das Badengehen, das wird er sich nicht nehmen lassen. Er ist schließlich an diesem Strom aufgewachsen. Er hat in der Oder gebadet, ob in Oppeln oder in Brieg, in Glogau ebenso wie in Ohlau. Aber die Elly, die hat auch nie mitwollen. Doch wie kommt er jetzt darauf? Jedenfalls kann er beim Schwimmen bestimmt keinen Hut brauchen. Wohin auch damit, wenn überall nur Sand ist, der an allem hängenbleibt? Nein, da läßt er sich eben die Sonne auf den Kopf brennen, und wenn's ihm zu heiß wird, springt er ins Wasser. Natürlich niemals, ohne zuvor die Handgelenke – da, wo der Puls ist –, auch Herzgegend und Stirn mit Wasser abzukühlen. Weil man sonst einen Schlaganfall kriegen kann. Aber das weiß heute doch schon jedes Kind!

»Ich bin deiner Frau wirklich dankbar«, sagt der Sekretär jetzt zum Kollegen Moellner, »daß sie sich die Mühe machte und die Kinder schon heute morgen mit an die Oder genommen hat. Die Spielschule ist noch wegen Ferien geschlossen, und mit der Selma kann ich sie nicht ans Wasser lassen. Die hat ihre Gedanken sonstwo.«

Der Kollege nickt. »Die Evemie«, sagt er, »für die ist das keine Mühe. Die kann gar nicht genug Kinder um sich herum haben!« Es klingt beinahe wie ein Seufzer, und der Moellner wischt sich dabei den Schweiß aus dem bleichen Gesicht, und auch den Hutrand innen wischt er trocken, denn er trägt im Sommer immer, aus Angst vor zu starker Sonnenbestrahlung, einen leichten Hut aus Panama-Stroh. Das Jackett hat er ausgezogen und über den Arm gehängt. Aber die Weste, die er darunter anhat, bleibt zugeknöpft. Er fürchtet nichts so sehr wie eine Erkältung seines empfindlichen Magens.

Und eigentlich lacht der Sekretär über so viel Verweichlichung. Der Moellner hätte mal vier Wochen im Winter vor Verdun im Schlamm liegen müssen, denkt er. An der Front, da hätte er seinen Magen bestimmt vergessen! Aber wenn einer eben nur Train-Soldat gewesen ist . . .

Doch er will jetzt nicht davon anfangen. Im Büro hänseln sie den Obersekretär Moellner ohnehin schon genug wegen seiner Hypochondrie. Vor allem der Marczowsky. Aber man muß auch Respekt haben vor dem Mann. Nein, nicht weil der Moellner schon letztes Jahr die Obersekretär-Prüfung bestanden hat, dafür ist er schließlich der ältere. Aber er ist informiert. Er hat eine Unmenge gelesen. Und nicht nur Bücher über den Krieg, über Preußen oder Landvermesserei und Kartenwesen, wie er selbst. Das muß man einfach zugeben.

Freilich, der Sekretär nimmt seine Zigarre jetzt in die linke Hand und quetscht das zusammengewickelte Handtuch mit dem Badezeug unter den rechten Arm, freilich, manchmal liest der Moellner auch so theologisches Zeug, über Abendmahl mit oder ohne Wein und ähnliches. Aber politisch ist er wirklich gut informiert. Am Anfang war der Kollege Moellner - mehr noch als er selber - deutschnational. Jetzt aber sind sie sich einig: die Völkische Bewegung, das sind die Kommenden. Und von diesem Hitler ist ganz sicher noch allerhand zu erwarten für Deutschland.

Nein, nein, der Moellner ist ein Mann von Grundsätzen, einer, der nachdenkt und seine Gedanken - über Gott und Vaterland - ausgezeichnet formulieren kann. Nur ein bissel härter gegen sich selbst, nicht ganz so wehleidig, müßte er eben sein.

Gerhart Koller dreht im Gehen die ausgegangene Zigarre ein paarmal noch mit der Hand zwischen den Lippen, nuckelt daran, versucht einen letzten Zug und wirft schließlich den feuchten schwarzen Stummel in hohem Bogen über das Brückengeländer.

Das Wasser des großen Stromes ist hier so tief, daß es fast dunkelblau schimmert. Mit weißem Schaum auf den Wellen.

Wie die Ostsee bei Kolberg, muß er denken. Als Junge von zehn Jahren ist er einmal dorthin verschickt worden. Zur Erholung.

Die alte Festung Kolberg. Er bleibt stehen und sieht auf das Wasser mit seinen gurgelnden Strudeln hinunter.

Kolberg... »Und wenn sie mit Ketten an den Himmel geschmiedet wäre, ich holte sie doch herunter.« Das soll Napoleon gesagt haben, als er die Stadt belagerte. Aber der alte Nettelbeck zusammen mit Schill und seinen Husaren, die haben die Festung gehalten. Bis zum Abschluß des Tilsiter Friedens!

Schön, der Moellner behauptet, daß dieser Ausspruch von Wallenstein stammt. Und daß es sich dabei gar nicht um Kolberg, sondern um Stralsund gehandelt haben soll! Aber auch der Moellner kann sich mal irren. Und was geht ihn, Gerhart Koller, schließlich Wallenstein an? Der war nur ein Österreicher. (»Kamerad Schnürschuh« haben sie die im Krieg genannt!) Nein, nein, ihm geht es um Preußen, und das hat nichts mit Wallenstein zu tun. Und überall in Preußen sind die ruhmreichen Taten der Schillschen Husaren unvergessen! Diese tapferen Männer haben damals Kolberg gehalten, was immer der Napoleon nun gesagt haben mag oder nicht! Und hier, in Ohlau, wird die Tradition der Schillschen Husaren weitergeführt. Hier bei der elften Reiter-Schwadron wird sogar noch bei festlichen Anlässen die alte Husarenuniform für

Ausritte angelegt. Schwarz die Litewka und die Reithosen, schwarz auch der Tschako mit einem gelben Filz an der Seite und mit silbernem Totenkopf vorn, über gekreuzten Knochen. Das sieht ungeheuer tollkühn aus, findet der Sekretär. Und als er vier war oder fünf, hat ihm seine Mutter auch eine solche Uniform machen lassen. Die hat er dann zu Kaisers Geburtstag oder am Gedenktag von Sedan, am 1. September, anziehen dürfen.

Einmal ist die Mutter sogar mit ihm in der Husarenuniform zum Photographen gegangen. Das Bild, braun und schon etwas verblaßt, müßte sich noch in einem der Familienalben finden.

»Wo bleibst du denn, Gerhart?« Der Kollege Moellner, der schon ein ganzes Stück weitergegangen ist, hat sich umgedreht und ruft nach ihm.

»Ich komme ja schon.« Koller läßt das eiserne Brückengeländer los und geht auf den Wartenden zu. Wo ist bloß diese Husarenuniform hingekommen, überlegt er dabei. Wahrscheinlich hat die Elly sie noch verpackt und irgendwo versteckt. Oder auch die Schwägerin?

»Aber sie muß wieder her«, murmelt er vor sich hin. Sie ist für den Heinzi bestimmt. Wenn er vier ist, wird sie ihm passen. Er lächelt, als er daran denkt, daß die weichen schwarzen Stiefel sogar richtige kleine Sporen haben. Ja, die Schillschen Husaren, die läßt er sogar neben der Infanterie gelten. Und das will schon was heißen!

Der Moellner sieht ihn an.

»Na«, sagt er mit freundlichem Spötteln, »hast du dir ausgerechnet, wie lange dein Zigarrenstummel braucht, bis er in Glogau ist? Und ich rede und rede über die Rassenideen der guten Mathilde, Ludendorffs Gefährtin, dabei bist du längst nicht mehr an meiner Seite.«

Der Sekretär kommt sich gemaßregelt vor. Die Mathilde hält er außerdem für eine Suffragette. Und das ist schon was ziemlich Schlimmes. Nein, nichts gegen den General, aber sie, diese Frau ... brrr! Und der Moellner immer mit seinen Anspielungen. Ob er damit hat sagen wollen, daß er, Koller, immer ein bißchen lange für seine Berechnungen braucht? Oder meinte er den Stummel? Wo, zum Teufel, hätte er denn hinsollen mit dem Zigarrenrest, mitten auf der Brücke! Aber so einer, der nicht raucht, denkt natürlich über solche Sachen nicht nach.

Er könnte diese Anspielung auf sich beruhen lassen, doch das bringt er nicht fertig. Deshalb sagt er, ehe der Moellner noch weiterreden kann, ziemlich grob: »Im Berechnen bist du der Schnellste, das überlaß ich dir, aber das mit dem Stummel, was glaubst du, was die Oderschiffer da täglich hineinkippen? Und hast du dir schon mal das Wasser angesehen, wo sie die Pferde zur Schwemme führen?«

»Gerhart, Gerhart«, der Kollege hebt die Augenbrauen und wiegt den Kopf langsam hin und her. »Das war doch nicht so gemeint.«

Aber der Sekretär verbeißt sich jetzt in das Thema. »Mein Vater«, erklärt er, »sagt dazu, daß die Oder sich gewissermaßen selbst reinigt. Und der muß es schließlich wissen, der fährt nun schon ein halbes Leben lang darauf mit seinem Bagger herum. Von Kreutzberg bis nach Küstrin. Und im übrigen kann es dir doch egal sein, wenn ich meinen Stummel da reinschmeiße. Du gehst doch ohnehin bloß bis zu den Knien ins Wasser!«

»Gerhart, wirklich!« Moellner ist wieder stehengeblieben und legt dem Sekretär die Hand auf die Schulter. Es soll eine versöhnliche Geste sein, aber dem Sekretär ist es nur unbehaglich. Muß dieser Mensch auch noch herauskehren, daß er der Größere von uns beiden ist, denkt er. Und dann spürt er, wie der Kollege ihn forschend ansieht, und er gibt den Blick trotzig zurück.

»Gerhart«, sagt der Moellner vorsichtig, »du bist jetzt immer so schnell oben raus. Die Elly ist nun schon ein dreiviertel Jahr tot, und . . .« Mit einem tiefen Seufzer wendet er sich zum Gehen. Der Sekretär marschiert stumm neben ihm her.

Aber das kann er nicht lange durchhalten. Sie haben die Oderbrücke hinter sich gelassen und sind jetzt auf dem Oderdamm, von dem aus früher, als die Dampfmotoren noch nicht erfunden waren, als es noch keine Schlepper gab, die Schiffe getreidelt, das heißt stromaufwärts gezogen wurden. Und jetzt seufzt er auch, der Sekretär. Tief und mit Vehemenz. Und seine Stimmung ist auf einmal wieder sanfter. »Ich weiß; ich weiß es ja auch« nickt er, »aber das braucht eben seine Zeit. Und dann ist man ja auch nie sicher, ob . . .« Nein. Er redet nicht weiter. Erst wenn die Hilde ja gesagt hat, erst dann sollen's die anderen wissen. Die werden sich ohnehin noch genug den Mund darüber zerreißen!

Aber der Kollege Moellner scheint auch noch etwas auf dem

Herzen zu haben. Es sieht allerdings so aus, als wisse er nicht, wie er's anbringen soll. Schließlich bleibt er doch noch einmal stehen.

Er blickt auf die dichten grünen Weidenbüsche, hinter denen – wie helle Halbmonde – die weißen Sandbuchten zwischen den Buhnen, aus Pfählen und grauen Steinblöcken errichtet, in der Sonne schimmern.

Er nimmt die Brille ab und reibt sich den Nasenrücken, während der Sekretär von einem Bein auf das andere tritt. Was denn nun noch? Was hat er denn? Er will jetzt endlich ins Wasser.

Da setzt der Obersekretär Moellner die Brille wieder auf und holt tief Luft. »Ich muß dir das sagen, Gerhart, ehe wir bei der Evemie ankommen. Es ist nur, damit du nicht überrascht bist. Die . . . also die Lotte ist auch da. Evemies Cousine aus Peisterwitz. Du weißt doch, wie Frauen sind, und die Evemie meint eben, du und die Lotte, na ja, sie wollen eben immer, daß sich zwei finden. Und die Lotte ist wirklich ein braves Mädel.« So, jetzt ist es heraus! Jetzt kann er beruhigt weitergehen.

Aber der Sekretär findet, daß sie ihn doch alle in Ruhe lassen sollen. Mit ihren Cousinen und Schwestern und Bekannten. Und die Lotte aus Peisterwitz ebenso wie die Frau Schneidermeisterin Lebeck! Bloß, er weiß nicht, wie er das dem Moellner, ohne grob zu werden, sagen soll. Sie meinen es alle gut mit ihm, sicher, und sie nehmen sich seiner Kinder an, wie die Evemie zum Beispiel. Da will man schließlich nicht undankbar sein. Aber sie sollten das doch besser ihm überlassen.

Und dann muß er auch gar nichts mehr sagen, denn jetzt, hinter der dritten Buhne, sehen sie die Evemie auch schon.

Sie sitzt auf einer großen grauen Decke, die sie, nicht allzuweit vom Wasser entfernt, ausgebreitet hat. Wahrscheinlich, weil sie die Kinder, die im seichten Wasser herumplätschern, nicht aus den Augen verlieren will. Der hochrädrige Kinderwagen, in dem sie ihren Jüngsten und dazu die Verpflegung für alle hergekarrt hat, steht hinter ihr. Der Junge krabbelt, fröhlich krähend, auf der Decke herum, und die Evemie winkt. Mit einem großen karierten Handtuch. »Juhuuu!«

Der Kollege Moellner hat plötzlich einen eigenartigen Ausdruck im Gesicht. Eine Art angestrengter Freude. Oder besser gesagt, Freude, durch einen Zug ängstlicher Anstrengung verzerrt.

Und der Sekretär meint, daß er es ihm nachfühlen kann.

Eine Frau wie Evemie ist schon was Kolossales. Nicht wegen der Figur. Sie ist zwar groß und etwas üppig, aber alles richtig proportioniert. Nein, deshalb nicht. Kolossal, oder richtiger: überwältigend, ist Evemies Art.

Denn Evemie macht einfach alles.

Zuallererst einmal kümmert sie sich um die Kinder. Nicht etwa nur um ihre eigenen. In der Zweieinhalbzimmerwohnung quirlen fast immer vier oder fünf Kinder aus der Nachbarschaft mit herum. Auf dem tristen Hof mit Klopfstangen und Schlackenboden veranstaltet sie mit den Spößlingen aus dem ganzen Stadtviertel Theateraufführungen. Ein paar Decken als Kulissen über die Stangen gehängt, ein paar Säcke auf dem Boden zum Draufsitzen, und schon kann das Spektakel losgehen. Bei Regen gibt es Kasperle-Theater zwischen Schlaf- und Wohnzimmer für alle. Oder jedenfalls für so viele, wie die Wohnung faßt. Und natürlich hält sie auch Kinder-Gottesdienst ab in der kleinen Alt-Lutheraner-Gemeinde.

Aber das ist noch lange nicht alles. Obwohl der Sekretär meint, daß man in all dem Kinderkram eigentlich kaum noch an irgend etwas anderes denken könne. Jedenfalls könnte er in einem solchen Trubel keinen klaren Gedanken mehr fassen, und er wundert sich nur, wann und wo der Kollege Moellner seine vielen Bücher liest.

Aber Evemie macht noch mehr!

Sie häkelt und strickt und näht. Jacken, Mützen und sogar Kleider. Nicht nur für ihre Familie, sondern auch für die Kinder und sogar für die Erwachsenen aus ihrem Verwandten- und Freundeskreis!

Daß diese Gebilde dann häufig etwas Formloses, Sackartiges haben, daß die Nähte oft krumm sind oder die Teile nicht richtig zusammenpassen, das ficht Evemie nicht weiter an. Und den so Beschenkten bleibt nichts anderes übrig, als sich gezwungen lächelnd zu bedanken und das Geschenk, zumindest einmal, wenn Evemie anwesend ist, zu tragen. Möglichst zu Anlässen, wo es nicht so darauf ankommt.

Und Evemie kocht ein. Obst und Gemüse. Natürlich nur Selbstgepflücktes, Selbstgesammeltes, selbst auf dem Balkon Gezogenes. Beeren, Pilze und Säfte. Vor allem Säfte. Fliederbeersaft für Fieberanfälle und Schachtelhalm-Extrakt für Haarkuren. Bei Haarausfall oder einer Grippeepidemie kann man sicher sein, mit etwas Eingekochtem von Evemie versorgt zu werden. Auch mit Blaubeersyrup oder eingelegtem Kürbis.

Das Fatale ist nur, und der Sekretär weiß das aus eigener Erfahrung, daß die hilfsbereite Evemie es auf unerklärliche Weise versteht, allem und jedem den Geschmack von pappigem Heu zu geben.

Jedenfalls stellt er sich vor, daß Heu, zu pappigem Brei gekocht, etwa so schmecken müßte, wie die meisten Erzeugnisse aus Evemies Küche.

Und dann ihre krankenpflegerischen Bemühungen. Gerhart Koller streckt das Kinn vor. Zugegeben, gegen Zwiebeltee mit Honig, gegen heiße braune Butter bei Husten oder Halsweh, ist nicht viel einzuwenden. Aber der armen kranken Elly haben ihre Quark-Packungen kaum Linderung gebracht. Und schlimmer noch waren die aufgelegten heißen Kartoffelbrei-Säckchen. Die Frau hat es ihm allerdings erst gestanden, als Evemie wieder fort war, daß ihr das heiße Zeug ganz heftige Schmerzen bereitet habe. Und als dann die Samariterin gar mit warmem Kuhdung ankam, den sie auf die offenen Brustwunden breiten wollte, da hat der Sekretär das glücklicherweise noch verhindern können.

Brrr, Gerhart Koller schüttelt sich bei der Vorstellung, mit einer Frau wie Evemie verheiratet zu sein. Und er wirft einen kurzen Seitenblick auf seinen Kollegen Moellner, und plötzlich glaubt er zu wissen, warum der so oft Magenweh hat.

Doch jetzt ist die Evemie von ihrer Decke aufgesprungen und läuft ihnen entgegen. Und der Sekretär muß sich schnell Mühe zu einem Lächeln geben.

Die Sache mit dem Kuhdung ist ja auch längst vergessen.

Sie meint es doch gut, sagt er sich. Sie hat es immer nur gut gemeint. Mit der Elly, mit den Kindern. Mit ihm? Da hat er gewisse Zweifel. Jedenfalls ist er nicht ganz sicher, ob sie es immer noch täte, wenn sie etwas von seinem Plan wüßte, die Hilde, das Fräulein Brocksch, zu heiraten! Ihre Idee, ihn mit der Cousine Lotte aus Peisterwitz zu verkuppeln, ist allerdings ganz bestimmt gut gemeint. Und durchaus uneigennützig.

Nein. Die Evemie und die Hilde, das kann man sich nur schwer vorstellen. Aber bei den Frauen weiß man ja nie, sagt er sich dann.

Und jetzt steht die Evemie vor ihnen. Heftig atmend vom schnellen Laufen. Und es ist ihm ein bißchen peinlich, daß sie offensichtlich keinen Büstenhalter trägt, auch keine Untertaille unter dem Turnanzug aus schwarzem Trikot. Der ist oben, an den Schultern, mit Knöpfen geschlossen, liegt etwa bis zur Hüfte glatt an und geht dann in eine Art bauschigen Höschens über, ähnlich wie die Pluderhosen, die man vor ein paar hundert Jahren an spanischen oder englischen Königshöfen getragen hat. Er kennt das nur aus einem Bilderbuch, das er als Junge einmal angesehen hat.

Aber es ist keineswegs so, daß er Evemies Anzug etwa aufreizend findet. Eher im Gegenteil. Es hat für ihn etwas beinahe Abstoßendes, wie sich die Brustwarzen der Frau da spitz unter dem schwarzen Trikot abzeichnen. Irgendwie wirkt das obszön, findet er, einfach vulgär. Die Elly wäre so bestimmt nie herumgelaufen. Und erst recht nicht die Hilde, das Fräulein Hilde. Die hat eben noch etwas Feines, Zurückhaltendes an sich, etwas, das die meisten Frauen jetzt langsam abzulegen scheinen.

Er wacht plötzlich aus seinen Gedanken auf und merkt erst jetzt, daß er noch immer auf Evemies schwarzes Trikot starrt. Auf ihre Brust. Um Himmels willen, womöglich glaubt sie gar . . .

Aber die Evemie lacht ihn nur freundlich aufmunternd an, zeigt ihre Zähne, die ihn ein bißchen an ein Pferd erinnern, oder an einen Hasen, weil sie so vorspringen. »Gerhart«, sagt sie und hält ihm die Hand hin, »guten Tag! Dein Mädel kann schon mindestens drei oder vier Schwimmzüge machen. Ich habe mit ihr geübt. Der Heinzi hat allerdings noch Angst, weiter als bis zum Po ins Wasser zu gehen. Aber das kommt schon noch, wenn er erst ein bissel älter ist!«

Die Kinder! Der Sekretär unterdrückt einen Seufzer. Das Mädel macht sich. Die hat vor nichts Angst. Aber der Junge ist einfach zu lasch. Immer gleich heulen. Zu nahe am Wasser gebaut, wie man so sagt. Es macht ihn, Koller, immer richtig wütend. »Hoffentlich haben sie dir nicht zuviel Arbeit gemacht«, sagt er dann zu Evemie und runzelt finster die Stirn: »Jedenfalls herzlichen Dank, daß du sie mitgenommen hast!«

Da lacht die Evemie nur und hängt sich bei ihrem Mann ein, und dann stapfen sie zu dritt durch den weichen, weißen Sand auf die große Decke zu, wo der jüngste Moellner jetzt, weil die Mutter ihn so einfach hat sitzen lassen, ein Heulkonzert angestimmt hat.

Später dann, als der Sekretär die Kinder begrüßt hat - das Mädel kommt mit schon etwas blaugefrorenen Lippen aus dem Wasser und der Junge steht ein wenig ängstlich von seinen Sandförmchen im nassen Ufersand auf -, später, nachdem er sich erst einmal im Wasser erfrischt hat und prustend und patschend herumgeschwommen ist, sitzt er mit Evemie und dem Kollegen Moellner zusammen auf der großen Decke.

Er hat einen Träger seines schwarzen Badeanzuges heruntergestreift, weil er findet, das so was männlich aussieht. Aber es ärgert ihn, daß diese Anzüge, wenn sie naß sind, immer so anklatschen. Deshalb hat er sich sein Handtuch um die Hüften geschlungen. Und es ist ihm egal, daß es vom nassen Badeanzug feucht wird. Das trocknet schon wieder!

Der Moellner liest im »Völkischen Beobachter«, und die Evemie guckt ihm über die Schulter. Gerhart Koller holt sich das »Ohlauer Kreisblatt« aus seiner Jackentasche. Aber er ist schnell damit durch. Was nützt es ihm auch, wenn er da liest, daß das Pfund Rindfleisch sechzig bis achtzig Pfennig kostet? Und die Eier eine Mark fünfundsechzig die Mandel, also fünfzehn Stück. Das Geld reicht sowieso nie. Und es liegt einfach daran, daß zu viele Frauen in seinem Haushalt herumwirtschaften. Die eine kauft dies, und die andere hält etwas anderes für unabdinglich. Und er kennt sich mit Haushaltsdingen eben nicht aus. Das hat er nie gelernt, und es ist schließlich auch Weibersache!

Er atmet tief durch und sieht über die Zeitung hinweg zum Flußufer hin, wo die Lotte, Evemies Cousine, sich müht, mit den Kindern eine Burg aus nassem Sand zu bauen.

Sie sieht kräftig aus, und ihre Arme, Stirn und Nacken sind rot von der Sonne. Der Badeanzug - die Hose hellblau und das Oberteil mit blauweißen Querstreifen - zeigt, daß ihr Busen beinahe so kräftig ist wie der von Evemie. Und die Beine, na ja, alles in allem sieht sie mit ihren weißblonden Haaren ein bißchen so aus wie diese hellbraunen Pferde, die ganz blonde Mähnen und ebensolche Schwänze haben.

Der Marczowsky würde sagen: kräftiges Material! Hinterteil und

Fesseln zeigen, daß ein prima Zugpferd daraus werden könnte. Der alte polnische Gauner!

Nein, da will er doch lieber an Hildes schmale Fesseln denken, an die zarten Handgelenke, damals, wie sie die Finger ins Weihwasser getaucht hat, da hat er es genau gesehen, wie zerbrechlich, wie empfindlich diese zarten Glieder sind.

Aber mitten hinein in solche Gedanken klingt die dozierende Stimme des Kollegen Moellner, der jetzt auf der dritten Seite des »Völkischen Beobachters« angekommen ist. »Gerhart, hör dir das an: ›Der Familienanzeiger der evangelischen Gemeinde zu Bochum meldet: Am 21. Juni ist als neuer Pfarrer für die genannte Pfarrstelle Herr Professor Dr. Ehrenberg zu Heidelberg gewählt worden. Im Jahre 1909 ist Herr E. vom Judentum zum Christentum übergetreten und faßte den Entschluß, im Dienste der evangelischen Kirche dem Herrn und seiner Herde zu dienen. Seine theologischen Studien hat er mit der 1. und 2. Prüfung zu Münster abgeschlossen.‹ Es scheint, daß die Verjudung der evangelischen Kirche unaufhaltsam vor sich geht. Etwa fünfhundert getaufte Juden predigen bereits das Christentum. Geht es so weiter, dann wird Disraeli recht bekommen, der das Christentum als ›Judentum für die Masse‹ bezeichnete. Hoffentlich erhebt man sich in Bochum gegen diese Neueinsetzung eines getauften Juden.« Moellner läßt das Blatt sinken. »Wie findest du das, Gerhart? Was soll man dazu sagen? Vom christlichen Standpunkt aus ...«

Seine Frau unterbricht ihn: »Vom christlichen Standpunkt aus, sagst du. Aber es ist doch sehr fraglich, ob dieser Herr Professor überhaupt weiß, was das bedeutet: ein christlicher Standpunkt? Vor sechzehn Jahren war er noch Jude!«

»Aber das hieße doch ...« Moellner legt die Zeitung auf die Knie, nimmt seine Brille ab, um sich die Augenlider und Nasenrükken zu massieren, »... das hieße doch, an Christi Wort zweifeln! Hat er nicht gesagt, daß im Himmel mehr Freude sein wird über einen einzigen Sünder, der bereut, als über neunundneunzig Gerechte! Was sagst du, Gerhart?«

Aber der Sekretär kommt noch immer nicht dazu, irgend etwas zu sagen. Evemie ist schneller. »Das Motiv«, sagt sie, »es wäre wichtig, etwas über das Motiv dieses Herrn Professors zu erfahren! Und ich sage euch, sein Motiv ist: Tarnung! Die völkische Bewegung, und das meint auch Mathilde Ludendorff, die völkische Bewegung ist auf dem Vormarsch! Und der Jude - dumm ist er schließlich nicht -, der Jude trifft seine Vorkehrungen!«

Bei der Nennung Mathilde Ludendorffs hat der Sekretär ein Gesicht gemacht, als habe er Zahnschmerzen. Aber das mit der Tarnung, daran hat er selbst schon gedacht.

»Evemie«, wirft da der Hermann Moellner ein, »Evemie, du hast offensichtlich übersehen, daß dieser Mann schon 1909 den evangelischen Glauben angenommen hat. Zu Kaisers Zeiten! Als die Juden noch durchaus - wenn auch vielleicht nicht geliebt - aber bestimmt doch geachtet und hochgeschätzt waren!«

»Aber das ist es doch«, endlich kommt auch Koller zu Wort. Er ist schon ganz rot geworden, weil er so lange hat immer nur zuhören müssen. »Das ist es doch gerade. Der Kaiser, es ist schmerzlich, so etwas zugeben zu müssen, aber er hat diesen Juden viel zu sehr vertraut. Und als dann Amerika, wo das Weltjudentum gewissermaßen zu Hause ist, in den Krieg eintrat, da kam jede Einsicht zu spät. Und jetzt, wie stehen wir jetzt da? Milliarden an Reparationen sollen wir zahlen. Nach diesem Dawes-Plan, den auch so ein Amerikaner ausgeheckt hat. Einer, der mit dem Weltjudentum unter einer Decke steckt. Aber wir, was machen wir? Wir haben einen Herrn Stresemann, der vor der Welt katzbuckelt und zu allem ja und amen sagt. Stimmt das nicht?«

Der Kollege Moellner seufzt und schüttelt abwehrend den Kopf. »Gerhart«, sagt er stirnrunzelnd, »jetzt wirfst du wieder mal alles in einen Topf! Es ging hier außerdem nur um eine religiöse Frage.«

Die Lotte, Evemies Cousine, hat die Kinder sich selbst überlassen und ist auf ihren festen Beinen herangestapft. Sie kramt in den Eßvorräten im Kinderwagen, findet einen grünen Sommerapfel und beißt hinein, daß es richtig kracht.

»Und ich bleibe dabei, es ist alles Tarnung«, behauptet die Evemie weiterhin starrsinnig. »Und sie, die Juden, versuchen es überall.« Sie sieht zu ihrer Cousine auf, die mit ihren stämmigen Beinen gleich bei Gerhart Koller, im Sand neben der Decke, stehengeblieben ist. »Erzähl doch mal«, sagt sie zu ihr, »wen du vor ein paar Tagen am Bahnhof getroffen hast! Neulich, als du mit dem Bus zurück nach Peisterwitz fahren wolltest!«

Die Lotte zieht die hellblonden Brauen zusammen und muß nachdenken. »Ach so«, lacht sie dann und spuckt dem Sekretär dabei ein Stück Apfel auf sein Kreisblatt. Aber das merkt sie gar nicht. »Du meinst den jungen Lichtermann mit dem edlen Fräulein Brocksch!« Sie lacht wieder, und ihr voller Busen unter den blauweißen Badeanzugstreifen gerät ins Wackeln.

Der Sekretär ist zusammengezuckt. Und er hofft nur, daß es keiner gemerkt hat. Er schüttelt umständlich das Apfelstückchen von seiner Zeitung. Außerdem hat diese Lotte natürlich die Magda Brocksch gemeint, will er sich einreden.

»Sie versuchen es überall«, beharrt die Evemie, »auch Mathilde Ludendorff warnt davor. Vor einer Unterwanderung der germanischen Rasse. Und sie ist nicht die erste, die das erkannt hat. Schon Richard Wagner hat mit seinen Lichtgestalten die Germanen – oder, im weitesten Sinne, die Arier gemeint. Jedenfalls«, schließt sie nach einem Blick auf ihren stirnrunzelnden Mann, »ich habe nichts gegen den jungen Lichtermann persönlich. Aber er soll sich kein deutsches Mädchen aussuchen für seine ... seine Liebschaften!«

»Evemie!« Jetzt ist der Moellner richtig erschrocken. »Evemie! Alles, was wir schließlich wissen, ist, daß die beiden aus irgendeinem Grund am Bahnhof zusammengetroffen sind. Das kann reiner Zufall gewesen sein. Und du redest von ... von Liebschaften! Das ist nicht sehr christlich, Evemie, das ist Ehrabschneidung, so kann man das nennen!«

Evemie beißt mit ihren Pferdezähnen auf ihrer Unterlippe herum. Sie liebt den Hermann Moellner, ihren Mann, aber manchmal begreift er einfach nicht, was sie längst durchschaut hat. Und die Cousine Lotte lacht. »Ausgesehen haben die beiden jedenfalls, als ob ihnen die Petersilie verhagelt wäre!« Sie lacht, bis sie sich an ihrem Apfel verschluckt.

Und der Sekretär möchte sagen, daß die Magda Brocksch jedenfalls alt genug sei, um zu entscheiden, mit wem sie sich am Bahnhof treffen will. Denn es muß die Magda gewesen sein, daran will er nicht zweifeln. Und überhaupt ist das alles Weiberklatsch. Was hat das mit ihm zu tun?

Aber wenn – nur einmal angenommen –, wenn es wirklich die Hilde gewesen ist? Dann, da hat der Moellner sicher ganz recht, dann kann es nur Zufall gewesen sein. Ja, ganz einfach ein Zufall, wie neulich, als er dazukam, im Brocksch-Laden. Als dieser Jude Taschentücher kaufen wollte. Und die Hilde - seine Hilde, wie er sie jetzt schon in Gedanken nennt -, Hilde mit den roten Flecken am Hals und im Gesicht. Und wie sie dann weinen mußte und weggelaufen ist. Weiß der Himmel, was für unzumutbare Dinge ihr dieser Judenlümmel da zugeflüstert hat! Und jetzt stellt er ihr sogar schon auf dem Bahnhof nach. Einfach unerhört!

Der Sekretär springt auf und wirft sein Handtuch ab. Ihm ist plötzlich ganz unerträglich heiß geworden. »Ich geh' noch mal schwimmen«, ruft er nur und stürzt sich ins Wasser. Er hat sogar vergessen, sich vorher noch abzukühlen. Er wirft sich hinein in die Wellen eines vorüberziehenden Oderkahnes, daß es richtig platscht, und dann schwimmt er, den Kopf auf die Seite gelegt, mit einem Arm übergreifend, auf die Mitte des Stromes zu.

Er hat das Kinn vorgestreckt, und die Luft bläst er mit wütendem Prusten aus. Es ist Zeit, denkt er, allerhöchste Zeit, daß die Sache zu Ende gebracht wird. Dann kann keiner mehr seine Hilde mit einem Judenjungen in Zusammenhang bringen.

Das kühle Wasser beruhigt ihn. Und während er langsamer, nun mit schönen gleichmäßigen Schwimmstößen, durchs Wasser gleitet, sieht er die Sache plötzlich von einer ganz anderen Seite.

Es könnte doch sein, überlegt er, daß die Evemie und ihre Cousine dieses ganze Spiel abgekartet haben. Er soll doch - nach Evemies Vorstellungen - diese Lotte, die wirklich wie ein Brauereipferd daherkommt, zur Frau nehmen. Und wenn nun die Evemie etwas ahnt von seinem Hingezogensein zu der hübschen Hilde?

Halt! ruft er sich selbst zu. Der Name Hilde ist überhaupt nicht gefallen, und außerdem - wenn er richtig nachdenkt - traut er der Evemie soviel Spitzfindigkeit gar nicht zu. Und dieser Lotte erst recht nicht.

Trotzdem. Eines ist ihm nun klar. Er muß handeln. Darf sich von nichts mehr aufhalten lassen. Gleich in den nächsten Tagen wird er jetzt ganz formell beim alten Brocksch um Hildes Hand anhalten. Vielleicht schon am Sonntag in acht Tagen.

Dann kommt auch endlich wieder Ordnung in seinen Haushalt. Und das Wirtschaften mit den vielen Frauen, den Schwägerinnen und Schwestern, hört auf. Ja, so muß es geschehen.

Er ist in der Mitte des Stromes angekommen. Mit einem Schnaufer der Erleichterung legt er sich jetzt auf den Rücken und läßt sich vom Wasser stromabwärts tragen. Und mit den Beinen stößt er das Wasser, daß es wie bei einem Schaufelrad in stäubendem Gischt aufspritzt.

Er ist auch auf einmal ganz sicher, daß die Hilde nicht nein sagen wird. Schließlich ist er ja keine schlechte Partie in der kleinen Stadt, und es würde sich manche die Finger nach ihm lecken. Da braucht er nur an die Frau Schneidermeisterin Lebeck zu denken. Oder eben jetzt, die Lotte! Die machen alle möglichen Anstrengungen, um ihn zu kriegen. Aber genau das ist es, was ihm nicht gefällt. Eine Frau, so findet er, soll sich schon umwerben lassen. Und sich ein bissel rar machen. Nachher dann, wenn man erst verheiratet ist, da muß es natürlich umgekehrt sein. Da muß die Frau den Mann verwöhnen. Wenigstens meistens.

Er guckt in den blauen Himmel über sich, und er bemerkt sogar, wie ein paar kleine weiße Wolken da oben mit ihm um die Wette zu schwimmen scheinen.

Mit der Hilde, träumt er, mit der Hilde an seiner Seite, da schafft er es vielleicht und wird schon im nächsten Jahr zum Obersekretär-Lehrgang geschickt.

Aber dann wirft er sich plötzlich energisch wieder herum. Nur nicht zu weit treiben lassen, dankt er.

Und dann kämpft er sich mühsam, immer in Zickzack-Linien gegen die Strömung anschwimmend, wieder ans Ufer.

Als er schließlich an der Buhne, wo er abgeschwommen ist, wieder ankommt, ist er ganz schön ausgepumpt, und er muß ziemlich schnaufen. Aber er ist auch auf eine gewisse Weise glücklich.

Ertrinken

Jetzt hat der Papa Urlaub. Jetzt sind wir jeden Tag, wenn die Sonne scheint, an der Oder. Nur Sonntag natürlich nicht.

»Wir wollen es richtig auskosten«, hat der Papa gesagt, und, daß es vielleicht schon in der nächsten Woche damit vorbei sein könnte.

»Aber warum denn, Gerhart?« fragt die Tante Ilse, Papas Schwester. Sie ist für ein paar Tage zu uns gekommen, weil der Onkel Hans zu einer Konferenz nach Breslau muß. Der Onkel Hans ist Tante Ilses Mann. Er ist Lehrer in Groß-Osten bei Guhrau, und eine Konferenz, das ist, wenn viele Lehrer sich treffen, und manche halten Vorträge, sagt die Tante Ilse. Was ein Vortrag ist, kann sie mir nicht so richtig erklären. Sie sagt, das ist wie in der Schule, einer steht vorn an einem Pult und liest etwas vor, und die anderen hören zu. Nur, daß die, die zuhören, keine Kinder, sondern auch Erwachsene sind.

Und zu Papa sagt sie dann noch: »Warum soll es denn nächste Woche vorbei sein mit dem Baden? Aber wenn das Wetter wirklich kühler wird, können wir immer noch einen Ausflug in den Oderwald machen!«

Der Papa hat nur etwas gebrummt, und ich glaube, er hat gar nicht richtig hingehört. Auch jetzt guckt er immerzu nur in seine Zeitung. Sogar, als ihn die Frau Moellner, die immer will, daß ich sie Tante Evemie nennen soll, noch etwas fragt, gibt er keine Antwort. Und dann erschrickt er richtig, weil ihn die Tante Ilse anstupst und sagt: »Aber Gerhart, gib doch eine Antwort! Du willst doch wohl nicht unhöflich sein!«

Die Frau Moellner sagt aber, daß sie schon Verständnis dafür hat. »Mein Mann«, sagt sie, und man sieht beim Lachen ihre großen Vorderzähne, »er macht es ja ganz genauso. Wenn mein Hermann etwas liest, dann hört er auch nichts mehr um sich herum. Hahaha!« Sie zeigt, daß sie es wirklich spaßig findet. Und manchmal lacht sie auch bei Sachen, die überhaupt nicht spaßig sind. Wenn einen eine Biene gestochen hat, oder wenn ihr kleiner Junge in die Spielhose gemacht hat und die ganze Decke davon naß geworden ist.

Ich sitze ein bißchen weiter weg von den Großen, am Rande des Wassers. Und ich spiele mit Heinzi. Ich muß mit ihm spielen, denn die Lotte aus Peisterwitz, Frau Moellners Cousine, kommt seit drei Tagen nicht mehr mit zum Schwimmen.

Frau Moellner sagt, daß ihre Cousine jemand kennengelernt hat aus der ›Völkischen Bewegung‹, und daß der junge Mann ernste Absichten hat. Dabei guckt sie immerfort zu unserem Papa, aber der hat schon wieder die Zeitung vor dem Gesicht.

Ich weiß nicht, was das ist, eine völkische Bewegung, und ich kann mir auch überhaupt nichts darunter vorstellen. Das mit den ernsten Absichten habe ich schon von den Tanten gehört, aber was es bedeutet, weiß ich auch nicht.

Ich will aber nicht mehr fragen, was sie mit solchen Ausdrücken meinen, sonst geht es mir wie einmal, als ich gefragt habe, was ein uneheliches Kind ist. Da waren die Tanten, die darüber geredet hatten, plötzlich richtig böse. Dann haben sie die Münder verzogen – es war aber kein richtiges Lachen – und schließlich mit hochgezogenen Augenbrauen gesagt: »Das ist nichts für kleine Kinder!« Und später, untereinander sehr leise: »Dieses Mädel! Man möchte nur wissen, wo sie so etwas her hat?« Meine Fragen haben sie nicht beantwortet.

Ernste Absichten. Man könnte sagen, daß man die ernste Absicht hat, schwimmen zu lernen oder ein braves Kind zu sein. Aber ich habe nie gehört, daß die Großen sagen, was für ernste Absichten derjenige hat, von dem sie gerade reden. Und dann finde ich es auch komisch, daß sie es bisher immer nur von Männern gesagt haben.

Ich denke, daß ich es schon noch herausbekommen werde. Ich muß nur immer genau zuhören, wenn sie sich etwas erzählen. Und wenn ich so mit Heinzi Kuchen aus feuchtem Sand backe, kann ich gut hinhorchen auf das, was die Großen miteinander reden. Am liebsten würde ich allerdings schwimmen üben.

Die beiden Moellner-Mädchen, eine ist fast so alt wie ich und die andere zwei Jahre jünger, müssen sich auch um ihren kleinen Bruder kümmern, der nur gerade krabbeln kann. Aber ich glaube, daß es ihnen sogar Spaß macht. Sie können auch schon Windeln wechseln. Bäh! Nein, da will ich nicht einmal hinsehen! Und die Frau Moellner sagt noch dazu, daß ein richtiges Mädchen so was beizeiten lernen muß! Ich denke, daß ich dann lieber kein richtiges Mädchen werden möchte. Und ich glaube auch nicht, daß der Papa so etwas von mir will. Der Papa will vor allem, daß man keine Angst hat und nicht immer gleich weint. Und daß ich nicht zu zappeln oder zu quietschen anfange, wenn er mit mir huckepack über die ganze breite Oder schwimmt. Der Papa kann fabelhaft schwimmen.

Der Herr Moellner – er hat jetzt auch Ferien – sagt zwar immer, daß es trotzdem ein Risiko ist, und daß es fast ans Gott versuchen grenzt. Aber dazu meint der Papa nur, daß er schon weiß, was er tut, und: »Mit dem Mädel kann man es eben machen!« Wenn er so etwas sagt, bin ich immer schrecklich stolz. Jedenfalls ist es was viel Besseres, als wenn man Baby-Windeln wechseln kann.

Heute sieht es allerdings nicht so aus, als ob wir über die Oder schwimmen würden. Die Männer reden nicht viel. Höchstens, daß sie sich mal einen Satz aus ihren Zeitungen vorlesen, und »Hör dir das an!« oder »Da sieht man's mal wieder« dazu sagen. Und ab und zu wischen sie sich den Schweiß von der Stirn.

Die Frauen sprechen über Kochrezepte und davon, was gesund ist. Frau Moellner meint, Dickmilch, die man selber ansetzt, und da darf ich nicht mal dran denken, da wird mir schon schlecht. Die Tante Ilse sagt, daß alles immer ganz frisch sein muß. Und auf dem Dorf bekommt sie das auch, ob Ente oder Butter oder eine Kalbsleber und grüne Bohnen. Die Bauern bringen es ihr, sagt sie, und sie wollen nicht einmal Geld dafür nehmen. »Das gehört sich da so«, sagt sie, »weil der Pastor und der Lehrer eben Respektspersonen sind. Aber natürlich denken sie dabei vielleicht auch an die Zensuren!« Die Tante lacht, aber Frau Moellner lacht dieses Mal nicht.

Die Tante sieht lustig aus. Sie hat ihr Kleid ausgezogen und über Heinzis Sportwagen gehängt. Sie sitzt im weißen Unterkleid auf der großen Decke. Oben, über der Brust, hat der Unterrock eine breite Stickerei mit Löchern, und man sieht ihre rosa Haut durchschimmern. Die glatten Haare sind am Hinterkopf hochgesteckt. Aber nicht sehr ordentlich. An allen Seiten hängen Strähnen herunter. Und darüber hat sie Heinzis weißen Südwester gestülpt.

Den breiten Rand nach unten. »Ich vertrag die Sonne nicht sehr gut«, sagt sie.

Die Frau Moellner meint, daß die Tante unbedingt den Unterrock und das Korsett ausziehen muß. »In so einem luftigen Badeanzug«, sagt sie, »ist Ihnen nur noch halb so heiß. Sie können meinen Ersatzanzug haben. Kommen Sie, da wird Ihnen gleich wohler!«

Jetzt sieht sogar der Papa hinter seiner Zeitung hervor. Er kneift die Augen zusammen und sieht die Tante an. »Vielleicht hat die Evemie recht«, sagt er dann ein bißchen mürrisch, wie meistens, wenn er etwas zugeben muß. »Du bist schon rot wie ein Krebs, und so eingeschnürt kannst du ja nicht mal zum Abkühlen ins Wasser!«

Aber die Tante macht ein Gesicht, als ob sie sich schämen müßte. Sie sieht auf ihre dicken rosa Arme und auf die Beine, die bis zum Knie auch schon ganz rosa sind, und sie sagt: »Ich kühl mich schon ab, wenn ich ein bißchen im flachen Wasser herumplantsche. Und außerdem kann ich doch sowieso nicht schwimmen.«

»Das macht gar nichts«, ruft die Frau Moellner, »ich hab es auch erst vor drei Jahren gelernt. Es ist ganz leicht, ich bringe es Ihnen bei. Es wird Ihnen Spaß machen!«

Die Frau Moellner ist immer sehr glücklich, wenn sie jemand was beibringen kann. Aber sie übt schon den ganzen Sommer mit mir, und ich kann doch noch nicht schwimmen. Vielleicht begreifen es die Erwachsenen schneller, denke ich, aber dann müßte der Herr Moellner doch längst schwimmen können.

»Los, Ilse«, sagt auch der Papa. »Tu, was die Evemie sagt, und zieh das Zeug aus. Sonst kriegst du uns hier noch einen Hitzschlag!«

Die Tante Ilse weiß gar nicht mehr, wo sie hinsehen soll. Und jetzt guckt auch der Herr Moellner hinter seiner Zeitung hervor. Sein kleiner dunkler Schnurrbart unter der Nase zuckt ein paarmal, als ob er etwas sagen wollte, und er räuspert sich auch, aber dann sagt er doch nichts. Er sagt selten etwas, wenn seine Frau dabei ist.

Schließlich geht die Tante mit der Frau Moellner in die Weidenbüsche. Sie nehmen den zweiten Badeanzug mit und ein großes Badetuch, hinter dem sich die Tante ausziehen soll. Sie können kaum auftreten, weil der weiße Sand hinten bei den Weidenbüschen jetzt am Mittag glühendheiß ist.

Man hört die Frau Moellner immer noch reden und lachen, während sie sich Tante Ilses Kleidungsstücke nacheinander über den ausgestreckten Arm hängt, aber man versteht nicht mehr, was sie sagt.

Ich erkläre Heinzi, daß ich jetzt mal ins Wasser gehe. Er kann inzwischen seine Kuchen begießen. Mir ist heiß, und der nasse Sand, der in meinem Badeanzug klebt, reibt mich zwischen den Beinen.

Langsam gehe ich immer tiefer. Jetzt reicht mir das Wasser schon fast bis zur Brust. Es ist lauwarm und grün und golden. Und je nachdem, wie die Sonne darauffällt, kann man plötzlich ganze Schwärme winziger Fischchen aufglitzern sehen. Sie schwimmen hin und her wie auf ein unhörbares Kommando. Wie gute Rekruten, würde der Papa sagen. Keiner hinkt nach.

Eben noch in dieser Richtung, dann, ein plötzlicher Schwenk, ein Flimmern wie von Silberpünktchen, und schon sind sie wieder fort. Irgendwo im Dunkelgrün.

Einmal haben wir ein paar von den winzigen Dingern in einem Einweckglas, in dem vorher Kartoffelsalat war, eingefangen. Aber am nächsten Morgen waren sie alle tot. Dabei haben wir gleich auf dem Nachhauseweg getrocknete Wasserflöhe gekauft und sie gefüttert. Ich hätte den Papa gern gefragt, wo man Wasserflöhe fangen kann, denn frische wären vielleicht für die kleinen Fische besser gewesen. Aber ich habe es dann lieber nicht getan. Papa wird immer wütend, wenn man ihn etwas fragt, worauf er keine Antwort weiß.

Ich mache meine Schwimmübungen. Die Hände vor der Brust gefaltet, lasse ich mich vorwärts ins Wasser fallen. Schnell stoße ich dann mit den Armen nach vorn, mache weite Auswärtsbogen und führe die Arme wieder unter der Brust zusammen. Zur gleichen Zeit muß man die Beine an den Bauch ziehen und sie dann – ähnlich wie die Arme – nach auswärts führen und wieder anziehen. Aber ich schaffe es höchstens zweimal hintereinander. Dann muß ich mich wieder mit der großen Zehe vom Boden abstoßen, sonst gehe ich unter.

Wenn ich nur wüßte, was ich dabei falsch mache? Ich gebe mir wirklich große Mühe, aber alles, was dabei herauskommt, ist, daß ich ziemlich viel Wasser schlucken muß.

Gerade, als ich vor lauter Wut mit den flachen Händen auf die grüne schaukelnde Fläche um mich herum patsche, kommt der Papa ins Wasser.

»Na, Mädel«, sagt er, »wollen wir's mal wieder probieren?«

Ich hüpfe vor Begeisterung wie ein Korken im Wasser auf und ab. Wenn ich auch schon vom vielen Üben und Wasserschlucken ein bissel schlapp bin, würde ich das doch in diesem Augenblick nicht zugeben. Außerdem ist es ja keine Anstrengung für mich. Bloß für Papa. Ich hüpfe auf seinen Rücken, lege ihm die Arme um den Hals und die Beine um seine Taille. Wie ein Klammer-Affe. Von mir aus kann's losgehen.

Zuerst ist es noch gar nichts. Der Papa schwimmt langsam und ruhig, und ich kann mich umdrehen und der Tante Ilse und den Moellners zuwinken. Die Tante hat den Mund aufgerissen, wie ein großes, ängstliches O. Und ich lache und schreie: »Hüah, hüah, mein Pferdchen!« Was ziemlich frech ist. Aber der Papa kann jetzt ja nicht viel dagegen sagen.

Dann kommen wir weiter hinaus, und auf einmal sind wir ganz allein. Das gegenüberliegende Ufer scheint noch weit weg zu sein. Aber auch die Buhne, wo wir abgeschwommen sind, liegt schon hinter uns. Das grüne Wasser bekommt langsam eine dunklere Farbe, fast so blau wie Tinte in der Flasche. Und es sind weiße Schaumtupfer drauf wie beim Seifenwasser.

In der Mitte des Wassers taucht plötzlich vor uns ein Dampfer auf. Es ist ein kleiner Schlepper, und er kommt aus der Brieger Richtung. In Brieg wohnen Opa und Oma Koller, denke ich noch, und daß dieser Schlepper mit seiner Schraube schrecklich viel Schaum macht und hohe Wellen, die quer auf uns zulaufen.

Ich weiß nicht, wieso, aber ich merke, daß sich der Papa jetzt ganz schön anstrengen muß. Er prustet und spuckt, wenn ihm so eine Welle an den Mund klatscht. Ich muß plötzlich denken, daß eine Welle vielleicht so stark sein könnte, daß sie mich von Papas Rücken herunterspült. Ich muß mich noch mehr festhalten, denke ich und klammere mich eng an ihn. Aber der Papa schüttelt unwirsch den Kopf, dreht das Gesicht zur Seite und sagt zwischen zwei Spuckern: »Nicht! Nicht so fest, ich krieg sonst keine . . .«

Und da packt uns plötzlich etwas so Gewaltiges, daß sich kein Mensch dagegen wehren könnte. Auch der Papa nicht.

Es reißt uns im Kreis herum, dreht uns wie einen Kreisel, den jemand mit einem Peitschenschlag rundherum treibt. Ich will schreien, aber das Wasser klatscht mir in den Mund. Festhalten, denke ich noch, ich muß mich ganz festhalten, und, der Papa schafft das schon, er schafft ...

Aber was macht er denn? Will er mich hier ertrinken lassen? Will er sich allein retten? Er reißt meine Hände von seinem Hals, packt mich am Badeanzug und wirft mich über die große Welle weit von sich weg ... und ist verschwunden! Ich kann nichts mehr sehen. Stampfe aus Leibeskräften, patsche mit den Armen aufs Wasser, bin wieder oben ... Luft! ... schon wieder unten ... oben ... Ich will nicht ertrinken ... Will nicht!

Etwas packt mich. Ich kreische und schlucke Unmengen Wasser. Der Große Wassermann holt mich, der die unfolgsamen Kinder ins Wasser zieht. Irgendwer hat so eine Geschichte erzählt. Aber das ist Papas Gesicht. Sein Arm ist es, der mich gepackt hat, und ich strecke die Hände aus. Will mich wieder festhalten, hab seinen Hals gepackt, da haut er mir ins Gesicht, daß mein Atem wegbleibt, meine Hände ihn wieder loslassen. Und wieder wirft er mich übers Wasser.

Ich verstehe nichts mehr. Warum tut er das denn? Will er, daß ich ertrinke? Ist es, weil ich immer aufsässig bin? Die Kinder sind eine Last für den Gerhart, hat die Glogauer Oma einmal gesagt. Ich will ja keine Last sein, aber ich will auch nicht ertrinken. Wasser treten, fällt mit ein, man muß einfach Wasser treten, wenn man nicht schwimmen kann. Ich trete wie wild, patsche das Wasser mit den Hände. Obenbleiben! Das wichtigste ist obenbleiben! Papas Gesicht. Ganz verzerrt. Aber wie er mich dieses Mal packt und wieder über die Wellen wirft, merke ich, daß unsere Buhne plötzlich viel näher ist.

Und auf einmal sind wir aus den hohen Wellen heraus, und weil ich schon soviel Wasser geschluckt habe, kommt es mir wieder hoch, es brennt und sticht in der Nase, und ich vergesse das Wassertreten. Aber da nimmt der Papa meinen Kopf auf einmal in beide Hände, hält ihn richtig hoch, ich liege auf dem Rücken, auch er selber schwimmt so, und erst als ihm das Wasser nur noch bis zu den Schenkeln geht, richtet er sich auf und trägt mich aufs Trokkene.

Niemand sagt etwas, als wir ankommen. Alle stehen nur starr da und sehen uns an. Nur die Frau Moellner kommt dem Papa zur Hilfe, als er mich jetzt an den Beinen hochhebt, damit das verschluckte Wasser aus mir herauslaufen soll. Sie klopft mir auf den Rücken und ich spucke und spucke... ekliges Wasser und die Reste vom Frühstück. Und dann wickeln sie mich in ein Badetuch. Aber meine Zähne klappern noch lange trotz der heißen Sonne. Ich schäme mich so.

»Ab morgen gehst du zum Schwimmeister Zacher zum Unterricht«, sagt der Papa nur zu mir. Und das ist eigentlich eine große Freude, denn ich hätte erst nächstes Jahr schwimmen lernen dürfen, wenn ich in die Schule gehe. Bloß im Augenblick ist mir noch nicht nach Freuen zumute. Und der Papa hat sich auch schon weggedreht. Er steckt sich den Zeigefinger ins linke Ohr, schüttelt den Kopf und hüpft auf einem Bein, bis das Wasser aus seinem Ohr herausgelaufen ist.

Erst nach einer Weile wagt der Herr Moellner zu fragen: »Was war denn los, Gerhart? Hast du einen Krampf bekommen?« »Ja, Gerhart«, sagt jetzt auch die Tante Ilse, »man konnte es von hier aus gegen die glänzende Sonne nicht richtig erkennen.«

»Ein Strudel«, sagt der Papa barsch. Er scheint noch immer richtig ärgerlich zu sein. Aber ich weiß nicht, ob es ist, weil ich alles verpatzt habe, oder...

»Wenn man in einen Strudel kommt«, erklärt er dann schließlich unwillig, »da gibt es nur eins: tief Luft holen und sich hinunterziehen lassen. Bis auf den Grund! Und dann schleunigst weg vom Strudel. So weit wie möglich, und dann schnell wieder hoch.« Er sieht von einem zum andern. »Mit dem Mädel auf dem Rücken ging das natürlich nicht.« Er preßt die Lippen zusammen. »Sie hat mir vor Angst die Kehle zugedrückt, so daß ich keine Luft mehr kriegte!«

Jetzt sehen alle mich an. Ich ziehe das Badetuch fester um mich.

Aber dann sagt er nur noch: »Sie lernt jetzt schwimmen, und dann kann so etwas nicht mehr vorkommen.« Er erzählt nicht, daß er mich übers Wasser geworfen hat, auch nicht, daß er mir eine heruntergehauen hat. Und die anderen fragen auch nicht weiter.

Dann bindet sich der Papa das Handtuch, mit dem er sich abgetrocknet hat, um die Hüfte, setzt sich auf die Decke und hat schon die Zeitung wieder in den Händen.

Tante Ilse und Frau Moellner breiten jetzt unser Mittagessen auf großen Servietten aus. Sie reden viel dabei und lachen auch, aber eigentlich klingt es nicht wirklich lustig und so, als dächten sie an etwas ganz anderes.

Die Frau Moellner meint, als sie unsere Buletten sieht: »Mein Mann verträgt überhaupt kein Fett«, und da guckt die Tante Ilse den Herrn Moellner voller Bedauern an, und zu Frau Moellners Griesbrei sagt sie, daß er richtig verlockend aussieht. »Aber wir machen so was nur zum Nachtisch!«

An einem anderen Tag hätte ich vielleicht gesagt, daß der Herr Moellner womöglich ganz gerne mal so ein knuspriges Fleischklößchen gekostet hätte. Aber heute kann ich selber noch nichts essen. Ich habe immer noch den Geschmack des Oderwassers im Mund. Und außerdem schäme ich mich auch noch schrecklich.

Alle wissen jetzt, daß ich Angst gehabt habe. Und ich habe mich am Papa festgeklammert. Wenn ich das nicht getan hätte, dann hätten wir es vielleicht doch noch geschafft.

Ich glaube, Umkehrenmüssen ist für den Papa das Allerschlimmste.

Brautwerbung

Der Sonntag ist viel schneller da, als er gedacht hatte.

Am liebsten hätte er seine Schwester Ilse gefragt, wie man es macht bei so einem Antrag. Damals, bei der Elly, da war es leicht. Er kannte ihre Brüder gut. Traf sie beim Schwimm-Verein und manchmal auch beim Schoppen im Ratskeller. Da hat er einfach mal vorfragen lassen. Und als er dann hinkam, wußten alle schon Bescheid, und es war nur noch eine Formsache.

Aber jetzt hier die Hilde. Das Fräulein Brocksch. Bis heute ist es ihm nicht geglückt, einmal länger mit ihr zu reden. Es war wie verhext. Und er konnte doch auch nicht die Magda fragen. Die hat sich womöglich selber Hoffnungen auf ihn gemacht. Jedenfalls war sie immer sehr zuvorkommend zu ihm. Aber fragen, ob die Hilde ... Nein. Das ging einfach nicht. Und der alte Brocksch? Der hätte sowieso nur wieder etwas ganz Falsches verstanden!

Schreiben ging auch nicht. O ja, er hat eine schöne Schrift, das hat noch jeder gesagt. Und auszudrücken weiß er sich auch. Er hat schon für so manchen Kameraden ein Rentengesuch geschrieben oder einen Antrag auf Beihilfe für irgendwas. Aber das hier ist doch etwas anderes. Da ging Schreiben einfach nicht. Auf ein Schreiben kann man leichter nein sagen oder irgendwas Unverbindliches zurückschreiben. Bei so einer Sache aber muß man persönlich dasein. Auch damit man einen Einwand gleich entkräften kann.

Blieb nur ein richtiger offizieller Besuch übrig.

Schließlich hat er dann vorgestern seine Schwester doch noch gefragt. »Ilse, wie war das damals, als der Hans um dich bei unseren Eltern angehalten hat. Ist er alleine gekommen? Oder hat er jemand mitgebracht? Wußtest du, daß er kommt, hattet ihr euch besprochen?«

Die Ilse ist ganz rot geworden bei der Erinnerung. »Einmal, bei einem Stiftungsfest des Theater-Vereins, hat er mich zum Tanzen aufgefordert. Und dann hat er mir ab und zu ein Gedicht geschickt. Von ihm selbst gedichtet! Aber als er dann an einem Sonntag mit einem Blumenstrauß vor der Tür stand, da bin ich doch zu Tode erschrocken!«

Erschrocken? Zu Tode erschrocken? Das versteht er nicht, der Sekretär Gerhart Koller, ehemaliger Kriegsfreiwilliger. Das mag bei den Frauen so sein. Aber Blumen, natürlich muß er Blumen mitbringen. Das hätte er wahrhaftig vergessen.

Das mit dem Gedichteschreiben, das kann er sich sparen. Schließlich ist er ja auch kein Lehrer. Bei Lehrern wundert es einen nicht, wenn sie Gedichte schreiben. Aber die Hilde, das Fräulein Hilde, sie wird auch nicht erwarten, daß er ihr Gedichte schreibt. Die weiß, daß er ein braver Mann ist, einer, der etwas darstellt in der kleinen Stadt. Ein Beamter, ein Mann von Treu und Glauben. Das ist mehr wert als ein paar Gedichte oder blumige Reden. Obwohl...

Er bläst den Rauch seiner Morgenzigarre in die sonnige Luft, in der winzige Stäubchen tanzen. So eine Zigarre nach dem Kakao, das ist schon was. Obwohl, spinnt er seine Gedanken fort, bei den Weibern weiß man ja nie. Die fallen auf ein paar Gedichte herein und merken erst später – zu spät – was für eine Sorte Mensch so ein Dichter manchmal sein kann. Wobei er gegen seinen Schwager Hans nichts gesagt haben will. Bestimmt nicht. Bloß, er schwebt halt oft – wie man so sagt – in höheren Regionen, und es ist nur ein Glück, daß die Ilse mit beiden Beinen so fest auf der Erde steht.

Bei ihm selber und dem Fräulein Hilde, da würde es vielleicht umgekehrt sein. Und das ist, findet er, weit besser. Der Mann muß hinaus ins feindliche Leben... erlisten, erraffen, na schön, ganz wörtlich muß man das ja nicht nehmen. Aber die zarte Hilde, die züchtige Hausfrau? Ja. Genauso sieht er sie. Eine züchtige deutsche Frau. Und einmal hat sie ihm zugelächelt...

Die Zigarre zieht plötzlich nicht mehr so richtig. Er hat jetzt auch keine Geduld mehr. Vorsichtig macht er sie aus. Vielleicht nachher, vielleicht kann er sie weiterrauchen, wenn er wieder da ist. Nein, es ist nicht Nervosität, er will nur nicht so nach Rauch riechen. Er holt ein Fläschchen Eau de Cologne, das noch von der Elly auf dem Waschtisch steht, und spritzt ein paar Tropfen davon auf sein Taschentuch. Auch die Stirn betupft er sich ein bißchen. Es ist heute geradezu unnatürlich heiß. Nein, nein, das bildet er sich nicht nur ein.

Die Ilse hat es vorhin auch gesagt, als er sie mit den Kindern in die Kirche schickte. »Na, wenigstens ist es kühl dort, zwischen den hohen Säulen«, hat sie gesagt.

Wenn sie zurückkommt, ist er schon weg. Die Blumen abholen. Er hat sie gestern abend bestellt, und das war gar nicht so leicht. Weil er sich mit Blumen überhaupt nicht auskennt. Und die Blumenbinderin hat auch noch gefragt: »Ist es für einen besonderen Anlaß?«

Was ging die das an? Und was hätte er auch darauf antworten sollen? Schließlich hat er ihr gesagt, was er sich so dachte. Weiße Lilien, Lilien und Rosen sind ungefähr die einzigen Blumen, die er auseinanderhalten kann. Und vielleicht noch Tulpen. Aber die gibt es jetzt nicht. Für Rosen ist es noch zu früh. Die kommen dann in den Brautstrauß! Also Lilien, weiße Lilien, die passen auch gut zu der Hilde, zu ihrer blassen Haut. Und außerdem haben Lilien eine gewisse Bedeutung. Das weiß sogar er. »Lilien . . . und das Blaue da, was ist das?«

»Das ist Rittersporn«, hatte die Blumenbinderin erklärt.

Rittersporn klingt gut. Irgendwie männlich. »Binden Sie einen schönen großen Strauß von Lilien und Rittersporn«, hatte er gefordert. Aber an ihrem Gesicht konnte man sehen, daß sie diese Zusammenstellung zumindest eigenartig zu finden schien. Doch das war ihm egal. Sie wußte ja nicht, für wen der Strauß war und zu welchem Zweck.

Soll sie sich den Kopf zerbrechen. Er würde zu niemanden darüber reden, ehe er die Sache nicht hinter sich gebracht hatte.

Die Blumenbinderin hatte ihm noch einen bunten Strauß ganz zarter Blüten gezeigt. »Wäre das nicht etwas?« hatte sie gefragt, »duftige Wicken mit einer Biedermeiermanschette und einem blaßrosa Samtband gebunden?« Einen Augenblick hatte er gezögert. Die zartfarbenen Dinger waren wie Hildes Kleider. Aber sie schienen ihm letzten Endes doch ein wenig kümmerlich.

»Es bleibt bei den Lilien und dem Rittersporn«, hatte er erklärt und seiner Stimme feste Entschiedenheit gegeben. »Es soll, wenn Sie mich richtig verstehen wollen, es soll ein bißchen was hermachen!«

Sie hatte die Augen niedergeschlagen und mit einem kleinen Seufzer genickt. »Wie Sie wünschen, Herr Sekretär, aber natürlich«, hatte sie gesagt, »um Viertel vor elf, wie Sie sagten, wird der Strauß für Sie fertig sein.«

Viertel vor elf . . . wenn die Ilse mit den Kindern aus der Kirche kommt, wird er schon fort sein. Sie wird glauben, er sei im ›Adler‹ zum Frühschoppen. Er mußte nur aufpassen, daß sie sich nicht begegneten. Wenn er mit den Blumen das Brocksch'sche Haus betrat, dann mußte er das tun, ehe sie noch, von der anderen Seite her, in Sicht war.

Er sieht, zum wievielten Mal weiß er nicht, auf seine Taschenuhr und wiederholt in Gedanken, was er zu seiner geliebten Hilde sagen will (in Gedanken darf er sie schon mal so nennen, meint er). Mit dem alten Brocksch will er erst nachher reden. Der sagt schon nicht ›nein‹, wenn seine Tochter erst einmal ›ja‹ gesagt hat. ›Mein verehrtes gnädiges Fräulein Hilde‹, wird er sagen, ›vielleicht haben Sie schon erraten, warum ich hier vor Ihnen stehe? Vielleicht ist Ihnen auch mein Anblick gar nicht so unangenehm.‹ Alles Quatsch! Verehrtes gnädiges Fräulein klingt viel zu hochgestochen. Wo man sich doch schon seit Jahren kennt. Und ein alter Frontsoldat, der redet einfach nicht so. Aber was will man machen? Heute sagt man eben solche Dinge. Und es ist ja auch nur dieses eine Mal! Ach was, denkt er dann und streckt das Kinn vor, ich werde reden, wie mir der Schnabel gewachsen ist. Ich will schließlich niemandem Honig ums Maul schmieren. Ich will einfach, daß sie meine Frau wird, die feine, zarte Hilde. Und ich werde ihr sagen, daß ich sie beschützen will, daß sich keiner mehr wagen darf, irgendwas Schlimmes zu ihr zu sagen, etwas gar, von dem sie rote Flecken auf ihrer schönen blassen Haut kriegt. Dafür verbürge ich mich. Basta!

Wenn es nur endlich schon soweit wäre! Die Minuten schleichen so langsam wie sonst die Stunden. Das ist wie damals, draußen, vor dem ersten Sturmangriff, muß er denken.

Wieder die Uhr aus der Westentasche. Ja, jetzt kann es losgehen! Fünf Minuten rechnet er bis zum Blumengeschäft Gulich, das auf der gleichen Straßenseite liegt wie das Haus, in dem er wohnt. Die Brieger Straße macht da einen leichten Bogen. Bezahlen, Blumen einwickeln, alles in allem wird es etwa noch mal fünf Minuten dauern. Dann zurück. Wenn er in einer Viertelstunde etwa das Brocksch'sche Haus betritt, müßte es hinkommen.

Der Sekretär Gerhart Koller macht sich auf den Weg.

Die erste Etappe verläuft glatt. Exakt viereinhalb Minuten hat er bis zur Tür des Blumengeschäftes gebraucht. Er steckt die Uhr wieder ein. Ein kleines Glöckchen bimmelt über der Glastür, als er sie aufmacht.

Aber dann kommt sein Plan durcheinander. Es ist noch eine Kundin da. Eine dicke Dame, er hat sie hier in der Straße noch nie gesehen, und sie kann sich nicht entschließen, ob sie einen Topf mit einer Pelargonie oder eine Fuchsie nehmen soll.

Der Sekretär schnauft und fährt sich mit dem Finger zwischen Hals und steifen Kragenrand. Die Luft ist feucht und stickig hier drin, und es riecht so stark nach allerlei Blumen wie in einer Leichenhalle.

»Es ist für den Friedhof«, erklärt die Dame und sieht den Sekretär mit aufgerissenen, runden Vogelaugen an. »Was würden Sie mir empfehlen? Fuchsie oder Pelargonie?«

Er weiß nicht einmal, welche von beiden Pflanzen die Pelargonie ist, und zeigt einfach auf die mit den großen lachsrosa Blüten. Aber die dicke Dame sieht ihn nur argwöhnisch an und ist nicht entschlossener als zuvor.

Die Blumenbinderin sieht schon, daß er ungeduldig wird. »Ich hole Ihren Strauß, Herr Sekretär«, sagt sie und verschwindet in dem hinteren Raum, in dem man nur grüne Farne und Töpfe mit Erde sehen kann. Auf dem Boden liegen abgeschnittene Tannenzweige.

Als sie zurückkommt, will er gerade sagen: »Aber das ist nicht mein Strauß!« Da lächelt sie ihn an und erklärt, daß dieses Weiß und Blau einfach nach einer wärmeren Komponente verlangt habe, und so habe sie sich erlaubt, noch fünf zartrosa Nelken dazwischenzubinden. »Es wird Ihnen gefallen, Sie werden sehen, daß der Strauß Erfolg hat!«

Er wundert sich, woher so ein einfaches Mädchen ein Wort wie Komponente kennen mag. Aber er muß zugeben, daß sich das Rosa hübsch macht. Außerdem ist es auch viel zu spät, um jetzt noch etwas zu ändern. Er schnauft heftig, während er das Geld auf den Ladentisch zählt und zusieht, wie sie den Strauß in zartes weißes Seidenpapier wickelt. Dann streckt er das Kinn vor. Er muß sich schrecklich beeilen jetzt. Wie er aus dem Laden rennt, stolpert er über die Schwelle.

Aber er glaubt nicht an böse Vorzeichen. Das wäre ja noch schöner! »Alles Gute«, ruft die Blumenbinderin noch hinter ihm her, ehe sie die Tür zumacht. Und auf dem ganzen Weg zurück fragt er sich, wie sie das wohl gemeint haben mag. Auch daß sein Strauß ein großer Erfolg sein wird. Sie konnte es doch gar nicht wissen?

Er erreicht den Brocksch'schen Hausflur ohne weitere Zwischenfälle, aber die Schweißtropfen stehen ihm auf der Stirn. Als er die schwere Haustür leise hinter sich zugemacht hat, muß er sich erst einmal verschnaufen. Die Stirn abwischen. Aber gleich fällt ihm ein, daß die Brocksch'schen Damen jeden Augenblick aus der Kirche zurückkommen können. Hier im Dunkel kann er nicht einmal sehen, wie spät es ist. Doch es wäre bestimmt nicht die richtige Feierlichkeit, wenn er seiner Hilde hier im dunklen Hausflur schon den Zweck seines Besuches erklären müßte.

Nein. Oben in ihrer Wohnung, in der Guten Stube der Familie Brocksch, will er ihr entgegentreten. Das muß alles stimmen. Seine Richtigkeit haben. Genau, wie er es sich ausgedacht hat.

Er steigt die Stufen zum ersten Stock hinauf. Die Treppen sind mit braunem Linoleum ausgelegt, das an den äußeren Kanten mit Messingschienen festgemacht ist.

Hinter der Wohnungstür – eine breite Tür über den ganzen Flur, und ihr oberer Teil besteht aus Milchglas, durch den ein mildes Licht fällt – hört er das Brocksch'sche Hausmädchen singen: ». . . das Lied, das so gern ich gehört, lang, lang, ist's her . . .« Eine hübsche Stimme, kräftig und voll. Nur ein bißchen schrill in der oberen Tonlage. Dann, gerade als er klingeln will, nähert sich ein Schatten von innen.

Die Tür wird geöffnet, und das Mädchen – von den Kindern weiß er, daß sie Gertrud heißt –, das Mädchen erschrickt so, daß sie den schweren Mülleimer, den sie gerade hinaustragen will, mit einem Plumps hinsetzt und sich die Hand vor den Mund hält. »Mein Gott, der Herr Sekretär«, sagt sie schließlich, »Sie haben mich aber erschreckt!«

»Ich . . . ich wollte in diesem Augenblick klingeln!« Es läuft nicht ganz so, wie er sich das vorgestellt hat. Er hatte gemeint, daß sie ihn gleich hereinbittet, und deshalb die Blumen schon halb aus dem Seidenpapier gewickelt. Und wohin jetzt mit dem Papier? Drinnen im Flur gab es bestimmt einen Papierkorb, irgendeine leere Vase, in der man so ein Papierknäuel hätte verschwinden lassen können.

Aber das Mädchen sagt nur: »Sie wollten gewiß zu den Damen, aber ich weiß nicht, ob Sie so lange warten wollen?«

Lange warten? Wieso? Die Kirche ist Viertel nach elf aus. Rechnet man einen gemächlichen Heimweg dazu, mit Grüßen hier und einem Minütchen Stehenbleiben da, so müßten die Schwestern etwa fünf nach halb zwölf hier sein. Er zieht seine Uhr aus der Westentasche. Es ist zwei Minuten vor halb. »Wieso lange warten?«

»Die Fräuleins wollten noch mal zum Standkonzert. Auf dem Schloßplatz. Jedenfalls hat das Fräulein Magda so was gesagt.«

Standkonzert? Sonst war er auch oft dort. Aber das hätte er nicht gedacht, daß die Schwestern Brocksch zu so etwas Lust haben. Er hat sie auch noch nie dort gesehen. Jetzt weiß er wirklich nicht mehr, was er tun soll. Eine ganze Stunde womöglich hier herumsitzen? Er kann sich nicht vorstellen, wie er das aushalten soll. Und dieses Mädchen, diese Gertrud, die sieht ihn auch schon so komisch an.

Jetzt sagt sie: »Der Herr Brocksch ist nämlich verreist.«

Der Sekretär atmet erleichtert aus. Wenigstens dem mußte er jetzt nicht auch noch begegnen. Soll er vielleicht sagen, daß er dann eben später noch einmal vorbeikommt? Aber wohin inzwischen mit den Blumen? Unmöglich, damit auf der Straße herumzulaufen. Und wohin überhaupt?

Improvisieren, denkt er. Irgend etwas tun. Auf jeden Fall hat er jetzt das Papier ganz von den Blumen gestreift, zerknüllt es und stopft es einfach in den Mülleimer, den das Mädchen da zwischen ihn und sich gesetzt hat.

Sie starrt den Strauß mit aufgerissenen Augen an. »Ich muß nur schnell den Abfall auf den Hof bringen«, sagt sie und greift nach dem Mülleimerhenkel. »Wenn Sie sich einen Augenblick gedulden wollen? Dann führe ich Sie in den Salon, das ist . . . wenn Sie wirklich warten wollen?«

Ja, er will warten. Was bleibt ihm denn anderes übrig? Aber Salon, denkt er, das ist auch so ein Wort. Warum sagt sie nicht einfach Gute Stube? Hier ist es doch bestimmt auch nicht anders als überall. Ein steifes Roßhaarsofa mit gesticktem Paradekissen, zwei Plüschsessel und ein Stuhl mit geschnitzter oder gedrechselter hoher Lehne. Ein Tischchen mit einem Photographiealbum auf der Samtdecke. Grün oder rot - passend zu den Sesseln. Eine Glasvitrine mit Nippes. Standuhr, Spiegel und Blumenkrippe. Salon, das klingt richtig pompös. Frivol beinahe. Diese Hausmädchen wollen meist noch vornehmer sein als ihre Herrschaft!

Aber dann sieht er sie an. Nein, das erkennt er jetzt doch, so eine ist das nicht. Wahrscheinlich hat ihr die Magda eingetrichtert, daß sie die Gute Stube als Salon bezeichnen soll. Die Magda hatte schon immer so was Mondänes. Aber die hier, diese Gertrud, die will nicht mehr scheinen, als sie ist. Nein, die nicht. Frisch sieht sie aus. Mit klaren Augen. Die braunen Haare zu einem praktischen Knoten aufgesteckt. Und die runden Arme im blauen Kattunkleid sind sonnengebräunt und kräftig. Und jetzt fällt ihm auch wieder ein, daß sie immer Zeit für die Kinder hat. Sie hat sie sogar auf den Friedhof mitgenommen. Aber er hat sich noch nicht einmal bedankt bei ihr!!

Er wird das nachholen, beschließt er. Und erst einmal wird er ihr mit dem Mülleimer helfen, ihn wenigstens hinuntertragen. Ausschütten muß sie ihn dann schon selber. Und wenn er mit ihr noch ein bißchen über die Kinder redet, kann er vielleicht, so ganz nebenbei, auch etwas über die Hilde erfahren. Nein, keinen Klatsch, nur vielleicht ein paar Dinge, die ihm dann bei seiner Unterredung nützen könnten. Man weiß ja nie . . .

Er faßt nun auch nach dem Mülleimerhenkel.

»Lassen Sie mich das machen!« Er sagt es ein bißchen gönnerhaft. Mit der anderen Hand hält er ihr die Blumen hin. »Wenn Sie die hier bitte für mich halten wollen? Ich bin gleich wieder da!«

Sie steht verdutzt da, hält die Blumen vorsichtig von sich ab, während er mit dem Mülleimer auf dem Absatz kehrtmacht und die Treppe betritt, stolpert und: »Diese verfluchten Messingschienen« murmelt, aber da fällt er auch schon.

Vergebens versucht er, nach dem Geländer zu greifen, vergebens, sich irgendwo sonst festzuhalten. Der Mülleimer scheppert die Treppe hinunter, und der Abfall ergießt sich in einer Schmutzwolke, und mitten drin der Sekretär Gerhart Koller in seinem guten dunkelblauen Anzug. . .rums, bums, bums, bis hinunter zur Haustür.

Und in der Sekunde, wo er unten am Fuß der Treppe hilflos im Schmutz zappelt wie ein auf den Rücken gefallener Käfer, ausgerechnet in dieser Sekunde geht die Haustür auf.

Zuerst die Magda. Sie verzieht das Gesicht, reißt dann den Mund so weit auf, daß man den Eck-Goldzahn genau erkennt. »Nein!« schreit sie, »o nein! O du meine Güte, nein!« Sie wendet sich rückwärts, wo jetzt ein flacher weißer Hut auftaucht mit einem blauen Band. Gerhart Koller schließt die Augen. Aus! Aus! Aus!

Und dann muß er komischerweise denken, daß die beiden Damen unmöglich beim Standkonzert gewesen sein können. Warum hatte diese Gertrud ihm so eine Lüge aufgetischt?

Die Augen hält er noch immer geschlossen. Als ob ihm das etwas helfen könnte. Dabei weiß er genau, daß er verloren hat. Verloren, ehe er überhaupt hat anfangen können.

Aber das Schlimmste weiß er noch nicht.

Die Magda hat sich jetzt neben ihn hingekniet und zieht an seinem Jackettärmel. »Herr Koller«, ihre Stimme ist ganz heiser, »Sagen Sie doch etwas! Lieber Herr Koller, sind Sie verletzt?«

Er wünscht sich fast, es wäre so. Aber er spürt keinen Schmerz. Nur ganz innen, da, wo ihm niemand helfen kann.

Und dann die dunkle ölige Stimme! Diese Stimme, die er unter hundert anderen erkennen würde, seit er sie einmal gehört hat. Und diese Stimme ist das Allerschlimmste. Sie sagt: »Mein gnädiges Fräulein, bitte lassen Sie mich dem Herrn helfen!«

Da kann der Sekretär Koller seine Augen nicht mehr länger geschlossen halten. Er sieht noch, wie die Magda sanft beiseite geschoben wird, und dann erscheinen vor seinen Augen ein paar exakt gebügelte, hellbeigefarbene Hosenbeine, und Hände in Schweinslederhandschuhen, die nach ihm greifen wollen.

»Nein!« Er wirbelt hoch. Mit ihm wirbelt Asche und Dreck. »Ich brauche Ihre Hilfe nicht. Ich bin in Ordnung. Nur diese verfluchten Messingschienen an der Treppe sind an allem schuld!« Er beklopft sich Jackett und Hose. Eine Staubwolke. Es ist ihm egal. »Verfluchte Messingschienen!« wiederholt er nur, und er sieht nicht einmal in die Richtung von der Hilde – einmal hat er sie schon seine Hilde genannt –, die in etwas Lichtblauem, Dünnflattrigem an die Seitenwand des Hausflurs gepreßt steht.

Es gab einmal eine Zeit, und sie ist eben erst zu Ende gegangen, da hätte er sich nicht vorstellen können, vor dem Fräulein Hilde zu fluchen. Egal jetzt. Egal und vorbei. Vorbei wie die Vorstellung, daß er vor sie hintreten könnte und sagen: Sei meine Frau, ich will dich vor aller Unbill beschützen. Wie denn? Wenn sie gesehen hat, wie er vor ihr im Dreck gelegen hat und sich kaum selber helfen konnte? Ja, wenn es noch ein Erdbeben gewesen wäre. Irgendein gräßlicher Unfall. Das wäre noch etwas Heldenhaftes gewesen. Aber so?

Wie soll eine Frau Respekt haben, Ehrfurcht – natürlich, Respekt und Ehrfurcht verlangt er schon – und Liebe, freilich auch Liebe. Aber wie soll sie so was empfinden für einen, der sich selber zum Gespött macht? Mitten im Hausmüll! Wie denn?

Nein. Es gibt keinen Neuanfang. Nicht nach einem solchen Desaster. Der Sekretär senkt den Kopf.

Die Magda hat sich jetzt wieder gefaßt. »Es tut mir so leid, Herr Sekretär«, sagt sie. »Ich werde Ihnen die Gertrud schicken, die soll Sie abbürsten und das da wegräumen.« Sie nickt ihm zu, und ihre kurzen Haare im Herrenschnitt wippen mit. Dann steigt sie vorsichtig um eine Sardinenbüchse herum, aus der das Öl tropft, und mit straffen Waden die Treppen hinauf.

Die Hilde ... sie hält den Kopf so tief, daß er unter dem breiten Hutrand kaum ihr Kinn sehen kann, und sie huscht auf unsicheren Stöckelschuhen an ihm vorbei. Der blaue Flatterrock streift ihn sogar. Auf der Treppe gehen die rosaseidenbestrumpften Beine neben den messerscharfen beigefarbenen Bügelfalten einher. Und dieser Mensch hat sogar die Frechheit und stützt sie unter dem Ellenbogen.

Kein Wort, denkt der Sekretär, und sie hat sich noch nicht einmal nach mir umgesehen. Aber was will er denn auch? Für ihn war alles vorbei. Er würde nie ... niemals würde er so mit ihr eine Treppe hinaufsteigen dürfen. Mit der Hand unter ihrem Ellenbogen.

Aber auch nicht der! Nicht dieser Judenlümmel! Was für ein Recht soll der haben, die Hilde – die schon fast ›seine‹ Hilde gewesen ist –, der er alle Wege mit Lilien und Rittersporn hätte bestreuen wollen, für sich zu beanspruchen? Was für ein Recht gibt sein Unglück diesem Menschen da?

Steigt einfach die Treppen hinauf, neben den rosaseidenbestrumpften Beinen und dem blauen Flatterrock her, als ob er hierher gehörte! Dieser wachsweiche Schönling, der!

Nein! Nein und abermals nein! Der nicht. Wenn schon nicht ich, dann dieser Kerl erst recht nicht. Und der Sekretär hat auf einmal Tränen in den Augen. Aber das macht der Staub, denkt er sich, und die Asche.

Und dann steigt die Gertrud die Stufen herunter. Und sie hat auch Tränen in den Augen. Warum denn sie? »Ich«, schluchzt sie, daß man es wohl bis nach oben hören kann, »ich bin schuld. Ganz allein ich. Ich hätte das nicht zulassen dürfen. Mit dem Mülleimer. Sie kennen diese tückischen Stufen doch nicht. Aber ich hab immer nur die Blumen gesehen. Solche wunderschönen Blumen.« Sie drückt ein Taschentuch an die Nase und fängt dann an, ihn mit kräftigen Bewegungen abzubürsten. »Ich hole noch heißes Wasser für die Fettflecken.« Sie ist schon wieder die Treppen hinauf. Kommt mit einer Schüssel heißen Wassers und einem Lappen wieder. Und seine Blumen bringt sie auch mit. »Hier«, sagt sie verlegen, »ich hab mir gedacht, daß Sie jetzt vielleicht keinen Besuch machen wollen?«

Es ist komisch. Eigentlich ist er ja wütend auf sie. Weil sie ihn getäuscht hatte. Er hätte doch niemals den Mülleimer nach unten getragen, wenn er nicht geglaubt hätte, noch mindestens eine dreiviertel Stunde Zeit zu haben. Wenn dieses Mädchen ihm nicht gesagt hätte, daß die Damen noch zum Standkonzert wollten. Aber nun sieht es ja wirklich so aus, als ob sie's nicht besser gewußt hat.

»Nein, jetzt will ich keinen Besuch mehr machen.« Es klingt bitter, und er weiß nicht, wohin mit den Blumen.

Da bittet die Gertrud ihn, mit nach hinten zu kommen, zur Hoftür, weil man da, im Hellen, die Flecken besser erkennen kann. »Und Sie wollen wohl kaum mit mir in die Küche kommen, Herr Sekretär.« Ihre Augen standen schon wieder voller Tränen.

Nein, in die Küche oben bei Brocksch möchte er jetzt sicher nicht, danke vielmals. Und so geht er mit ihr durch den dunklen Flur zur Hoftür. Wieder reibt die Gertrud an seinem Anzug herum. Bürstet und wischt. Und ihre nackten Arme sind ihm so nahe, daß er ihre Haut riechen kann.

Es ist ein gesunder Geruch. Geradezu unvorstellbar gesund. Ein Hautgeruch, wie er ihn schon lange, lange nicht mehr gerochen hat. Ein Geruch von Kernseife und sauberem Leinen. Ein bißchen wie frisches Brot. Ein guter, ehrlicher Geruch. Und ein klein wenig nach Schweiß. Aber es ist ja auch stickig heiß hier im dunklen Flur an der Hoftür.

Er hat das heute schon einmal gedacht, daß es beinahe unerträglich heiß ist. Auch zu Hause schon, ehe er hierher kam. Aber es kommt ihm vor, als sei das in einem andern Leben gewesen.

Und jetzt ist ihm beinahe ein bißchen schwindelig. Das kann natürlich von dem Sturz kommen, denkt er. Wer weiß, vielleicht hat er gar eine Gehirnerschütterung? Das hat man alles schon gehört, daß einer nach so einem Unglück aufsteht, als wäre gar nichts passiert. Und plötzlich, nach einer Weile, fällt er um. Aber so was passiert nicht mir, einem ehemaligen Frontsoldaten, höchstens einem Schlappschwanz.

Und dann muß er sich doch – wenigstens einen Augenblick lang – an der Gertrud festhalten.

»Was ist denn, Herr Sekretär? Haben Sie vielleicht doch eine innere Verletzung? Soll ich zum Arzt laufen?« Die Gertrud ist ganz aufgeregt. Und sie hält ihn fest, als könnte er ihr unter den Händen sterben.

Eine Weile halten sie sich so gegenseitig, und dann merkt er erst, daß er noch immer die Blumen in der einen Hand hält. Sie riechen ganz stark jetzt. Vor allem die Lilien.

»Hier«, sagt er beinahe barsch und löst sich langsam von ihr. »Wenn Sie sie noch wollen, dann schenke ich sie Ihnen!«

Aufgerissene Augen. Und die Gertrud sagt, daß sie das eigentlich nicht annehmen könnte. »Aber weil sie doch so wunderschön sind ... und recht herzlichen Dank!«

Sie sieht ihn an. Mit halboffenen feuchten Lippen, und die klaren grauen Augen haben rote Ränder vom Weinen vorhin. Aber der Blick ist voll grenzenloser Bewunderung. Für ihn? Der Sekretär merkt, daß ihm plötzlich siedendheiß wird. Noch viel, viel heißer als zuvor. Und die Hitze sammelt sich an einem einzigen Punkt. Das ist ... das hat er noch nie erlebt. Oder jedenfalls kann er sich nicht mehr dran erinnern. Lieber Himmel, was ist denn mit ihm?

Und dann tut er etwas, was er sich später immer nur als das Walten einer göttlichen Vorsehung erklären kann. Etwas Unbewußtes, Spontanes, von dem er nie geglaubt hätte, daß er dazu fähig wäre. Denn er ist keiner von denen, die meinen, so ein Dienstmädchen, pah, das ist nichts. Die sind dazu da. Die wissen es gar nicht anders. Nein, einer, der so denkt, ist er bestimmt nicht.

Er hat sich immer sauber gehalten, und er würde keine anrühren. Dienstmädchen oder Kellnerin. Und schon gar nicht etwa eine, die sich ihm anbieten würde. Und solche Gefühle, wie er sie eben gespürt hat, die gehören sich für ihn eigentlich erst in der Hochzeitsnacht. Oder jedenfalls nicht, bevor man ordentlich verlobt ist. Und ganz bestimmt nicht einer beinahe Fremden gegenüber.

Und trotzdem tut er es. Er faßt die Gertrud bei den Armen und drückt ihr - ein bißchen verrutscht - einen festen Schmatz auf den Mund!

Ist er verrückt geworden?

Und die Gertrud?

Die ist bestimmt keine feile Dirne, oder auch nur ein leichtsinniges Ding. Bei seinem Kuß hat sie die Augen zugemacht. Aber dann pressen sich ihre feuchten, halboffenen Lippen fest gegen seinen Mund. Und ihr kräftiger Busen steigt und fällt beim heftigen Atmen gegen seine Brust.

Sie vertraut mir, denkt er gerührt. Sie weiß, daß ich trotz allem eine solche Situation niemals zu Unverschämtheiten ausnützen würde, daß ich ein Ehrenmann bin. Keiner von denen, die, wie sein Kollege Marczowsky, hinter jeder Schürze her sind, nur um nachher mit ihren Abenteuern zu prahlen. Oder gar zotige Witze darüber reißen, wenn sie unter Männern sind.

Und dann hört er aus der Wohnung oben - die Flurtür steht ja noch immer offen - Lachen und Reden. Und plötzlich wird ihm erst richtig bewußt, was da geschieht. Die beiden Damen haben den jungen Lichtermann einfach zu sich in die Wohnung eingeladen. Obwohl der Vater verreist ist! Oder vielleicht gerade deswegen?

Mein Gott, und er hatte sie immer für hochanständig gehalten, die beiden Brocksch-Töchter. Wie man sich täuschen kann!

Es ist eine Schande. Und der alte Brocksch - er hat beim ersten Pionier-Bataillon in Königsberg gedient -, dem wäre dieser Judenbesuch bestimmt nicht recht. Ach was, verbeten hätte er sich so was.

Ja, ja, was nutzt da das ganze feine Getue mit einem Salon hier und Flatterkleidern da, mit Kirchegehen und Vornehmreden, wenn man sich dann doch so vergißt!

Dieses Mädchen – er faßt die Gertrud ein bißchen fester –, dieses Kind, das hier noch immer an seiner Brust ruht, sie hat tausendmal mehr Feingefühl als die beiden Damen da oben im ersten Stock.

Er weiß es jetzt. Es kann gar nicht anders sein. Die Gertrud hatte das mit dem Standkonzert nur gesagt, damit er wieder fortging. Er sollte nicht sehen, was ihre Damen sich da für einen Besuch eingeladen hatten. Sie hat sich für ihre Herrschaft geschämt, das brave Ding. Ja, so ein Mädel ist das, dieses liebe Menschenkind, das sich voller Vertrauen hier an ihn schmiegt. Ganz gerührt könnte er werden von soviel Unschuld.

Und die Hilde, das erkennt er jetzt glasklar, ja, es fällt ihm wie Schuppen von den Augen: Die Hilde war verloren. Und nicht nur für ihn. Lädt diesen Judenjüngling einfach mir nichts, dir nichts zu sich in die Wohnung ein! Er hätte ihr soviel Schamlosigkeit nie im Leben zugetraut. Und sie darf sich nicht wundern, wenn dieser Mensch sich daraufhin Unverschämtheiten ihr gegenüber erlaubte. Ach, was weiß man, vielleicht schon erlaubt hatte!

Freilich, wenn man hinter die Dinge sehen könnte, dann ist das Ganze vielleicht noch mehr Magdas Schuld. Sie hätte es nicht soweit kommen lassen dürfen mit ihrer Schwester. Sie ist schließlich die Ältere!

Doch das steht jetzt nicht mehr zur Debatte. Jetzt soll es ihm einzig und allein noch darum gehen, wie er die Gertrud, dieses vertrauensvolle Ding, den unheilvollen Einflüssen eines solchen Hauses entziehen kann.

Er kann sich's nicht leisten, sie bei sich anzustellen, dazu fehlt ihm das Geld. Es reicht knapp auf ein Halbtagskindermädchen. Und er käme sich auch nach dem Vorgefallenen dabei ziemlich schäbig vor. Eine etwas unsaubere Sache. Ja, so sieht er das. Denn er ist nicht der Mann, der ein Mädchen küßt und umarmt und dann einfach weitergeht. Danke schön, Servus, habe die Ehre! Nein, er steht ein für seine Tollheiten.

Er hat sich hinreißen lassen. Die Gründe dafür mögen ungewöhnlich sein, aber darauf kommt es jetzt nicht an. Geschehen ist geschehen. Er hat dieses Mädchen geküßt und sogar im Arm gehalten. Ja, er hält sie noch immer. Und er war nicht der Mann, der sich danach vor den Konsequenzen einer solchen Handlungsweise drückt.

Die Gertrud hat gewissermaßen einen Anspruch darauf, daß er sie nun nicht im Stich läßt, sondern sich ihrer annimmt. Und hat sie sich nicht auch seit Ellys Tod ganz rührend um seine Kinder gekümmert? Ohne große Worte. Oder gar um Lohn!

Und er ist herumgegangen und hat sich wundgesehen nach einem blaßblonden Zopf, nach Flatterkleidern und zartrosa Seidenstrümpfen, hat diese Perle da, direkt unter seinen Augen, gar nicht erkannt und ist einem Lächeln nachgelaufen unter einer weißen Hutkrempe. Und hat sich täuschen lassen.

Nein, er weiß jetzt genau, was er zu tun hat. Und er hat wohl genug Geld, um auch der Gertrud zartrosa Seidenstrümpfe zu kaufen und einen Hut mit breitem Rand und blauen Bändern.

Er strafft sich, wirft sich in die Brust und macht wieder sein energisches Kinn. Dann schiebt er das Mädchen, die Gertrud, beinahe ein wenig unwirsch von sich.

Es muß alles wieder seine Ordnung haben. Alles muß der Reihe nach gehen. Wo käme man da hin? Er sieht der Gertrud mit klarem Blick fest ins Gesicht. »Sie sollen sich keine Sorgen machen, mein Fräulein«, sagt er, wie zu einer richtigen Dame. »Ich stehe für mein Tun ein. Ich bin bereit, mich mit Ihnen zu verloben.«

Die grauen Augen mit den rotgeweinten Rändern sehen ihn völlig verwirrt an. Sie schüttelt den Kopf, weil sie meint, daß sie ihn nicht richtig verstanden habe. Hat er gesagt verloben? Eine tiefe Röte steigt ihr über den Hals bis zur Stirn hoch.

»Herr Sekretär . . .« sagt sie fassungslos.

Und er lächelt und denkt, daß er bei diesem Mädchen jedenfalls unbedingt sicher sein kann. Die ist unbescholten, denkt er, und wahrscheinlich war das überhaupt ihr erster Kuß, weil sie noch immer so durcheinander ist. Aber daß sie etwas vom Haushalt versteht und vom Kochen, das ist auch nicht zu verachten, wenn es für ihn auch nicht an erster Stelle kommt. Vor allem wird er sie lenken und führen können, wie sich das für eine gute deutsche Ehe gehört - das Weib sei dem Manne untertan. So muß es sein. Und nicht, daß einer hinter einem Mädchen herschmachtet und sich dabei so verirrt, daß er gar nicht mehr erkennt, wes Geistes Kind die so Angeschwärmte in Wahrheit ist!

»Wo wohnen Ihre Eltern, meine liebe Gertrud?« fragt er und muß sich räuspern. »Ich will mit ihnen reden, damit alles seine Ordnung hat und man die Hochzeit festsetzen kann.«

Die Gertrud hat keine Eltern mehr. Aber sie braucht eine ganze Weile, ehe sie ihm das sagen kann. »Ich . . . ich bin bei meiner Tante aufgewachsen«, erklärt sie stockend. »Sie wohnt über dem Gasthof ›Zum Tuppe‹. Antonie Otto ist der Name.«

Er weiß, daß der Gasthof ›Zum Tuppe‹ eine Kutscherkneipe ist, wo die Fuhrleute, wenn sie in die Stadt kommen, ihre Pferde ausspannen. Keine sehr feine Gegend, denkt er, aber so eine arme Waise kann sich schließlich nicht aussuchen, wo sie aufwachsen möchte.

Und außerdem: arm, aber rechtschaffen! Und hat er nicht eben noch selber erlebt, wozu diese sogenannten besseren Herrschaften fähig sind? Herrenbesuch, wenn der Vater nicht da ist! Wobei man diesen Judenjüngling eigentlich gar nicht als Herrn bezeichnen dürfte!

Na, da will er jetzt wirklich nicht mehr dran denken. Es fällt ihm nur beinahe zwangsläufig dazu ein, was er erst vor kurzem gelesen hat. Im »Handbuch der Judenfrage«. »Der Jude«, hieß es da, »macht verächtlich, was anderen heilig ist, verherrlicht das Unsittliche und Verderbliche!« Ein genialer Mann, dieser Professor Theodor Fritsch. Das heißt, er weiß nicht genau, ob der Mann ein Professor ist. Aber seiner Meinung nach gebührt ihm ein solcher Titel. Nach dem eben Erlebten kann er, Gerhart Koller, die Erkenntnisse dieses Mannes nur in vollem Umfang bestätigen.

»Ja, meine liebe Gertrud, bestellen Sie also Ihrer Tante, daß ich mich am kommenden Sonntag nach der Zehn-Uhr-Messe bei ihr einfinden werde. Und Sie dürfen ihr auch schon sagen, daß ich mich mit Ihnen verloben will und in Kürze die Hochzeit folgen soll!« Wieder muß er sich räuspern. »Ja«, sagt er dann noch, »Sie wollen doch sicher auch, daß alles der Reihe nach geht und seine Ordnung hat – wie es sich gehört?«

Und die Gertrud kann nur noch nicken.

Aber mehr ist auch gar nicht nötig, findet er. Noch eine halbe

Verbeugung. Nein, er küßt sie jetzt nicht mehr. Er will diese unkontrollierbaren Gefühle nicht noch einmal aufkommen lassen. Dafür war später Zeit. Und hier auch kaum der richtige Ort. Er drückt ihr nur kräftig die Hand mit echter Männlichkeit, die sie ein bißchen zusammenzucken läßt.

Ja, gelt, das hätte sie ihm wohl gar nicht zugetraut, daß er so fest zupacken kann! Aber da gibt es nichts, so ein lascher Händedruck ist doch etwas Weibisches. Verabscheuungswürdiges. Das wird sie sicher bald auch einsehen. Und dann geht er. Stapft durch den dunklen Hausflur zurück und öffnet die schwere Tür. Hebt noch einmal grüßend die Hand – und ist auch schon draußen.

Er ist, trotz allem, zufrieden mit sich. Er kann den Menschen auf der Straße frei ins Auge sehen. So, meint er, so benimmt sich ein Ehrenmann. Ganz anders als dieser hergelaufene Judenkerl, der junge Damen besucht, wenn er gewiß ist, daß deren Vater nicht im Hause ist! Und der damit diese Damen auf das Schamloseste kompromittiert. Pfui! Pfui Teufel! Aber eines Tages wird dieser Schweinehund, wird seine ganze Mischpoke schon ihren Zahlaus bekommen! Eines Tages . . .

Papas Hochzeit

Heute heiratet Papa.

Der Heinzi muß zu Hause bei der Selma bleiben, aber ich darf mit in die Kirche. Ich soll der neuen Mama einen Blumenstrauß überreichen. Niedliche rosa Moosröschen, und die Stiele hat die Oma Koller in ein weißes Taschentuch mit Spitzenkante gewickelt.

Ich kenne die neue Mama schon. Es ist das Fräulein Gertrud. Vorher war sie bei Brocksch, und wir Kinder, der Heinzi und ich, haben oft bei ihr in der Küche spielen dürfen. Aber in der letzten Zeit durften wir da überhaupt nicht mehr hin.

In der Kirche ist es schön. Die Kerzen brennen, und es riecht so süß, daß einem ganz schwindelig wird. Ich denke, daß es im Himmel so ähnlich sein muß.

Ein paar alte Frauen sitzen in den hinteren Bänken, die weinen immerfort. Schnauben und wischen sich die Augen und drehen die Perlen vom Rosenkranz zwischen den Fingern. Vielleicht sprechen sie eine Fürbitte. Vielleicht tut es ihnen leid, wenn man heiratet. Ich finde heiraten eigentlich schön. Einmal wollte ich auch heiraten. Den Klarinettenspieler vom Schützenhausgarten. Aber ich bin dann nie mehr zu ihm hingegangen, weil der Papa mich vor seinen Augen verhauen hat.

Der Papa ist manchmal böse und manchmal gut. Und meistens ist er ungeduldig. Aber vielleicht ist das ja nur, weil wir Kinder für ihn eine Last sind. Wenn wir eine neue Mama haben, könnte es sein, daß sich das ändert, sagt die Tante Ilse. Aber das weiß man noch nicht, sagt die Großmutter Sandler und die Tanten, die Mamas Schwestern sind.

Der Herr Pfarrer vorn am Altar redet viel. Davon, daß es ein Bund fürs Leben sein muß und ›Einer trage des anderen Last‹. Das hat wohl mit uns Kindern zu tun. Ich kann nicht alles richtig verstehen, was er sagt, und deshalb drehe ich mich wieder um und sehe lieber den alten Frauen zu, die immer noch weinen und mit den Taschentüchern die Augen reiben. Ich würde sie zu gerne fragen, warum. Aber Großmama Koller droht mit dem Finger und flüstert, daß ich fein brav sein soll, und in der Kirche dürfe man sich nicht umdrehen. Bei der Heiligen Messe tue ich das auch nicht, aber jetzt ist doch bloß Hochzeit. Es kann aber sein, daß die Großmama das nicht weiß, weil sie evangelisch ist.

Nach einer Weile sagt sie, daß ich jetzt der neuen Mama die Blumen geben soll.

Ich mag nicht. Sonst mag ich das Fräulein Gertrud ja ganz gern. Jedenfalls manchmal. Wenn sie uns Kirschen kauft. Aber das eine Mal, mit den Margueriten von Mamas Grab, da hätte ich am liebsten eine Hexe sein wollen oder eine böse Fee, und ich hätte sie verwünscht. In eine Kröte. Außerdem hat sie heute so ein feines Seidenkleid an und Lackschuhe mit Spangen. Und ihre Haare sind onduliert. Gar nicht wie sonst. Und darüber trägt sie einen duftigen weißen Schleier und einen grünen Kranz. Und das alles mag ich nicht. Sie soll nicht so fein sein. Niemand soll so schön sein wie meine richtige Mama.

Die alten Frauen weinen noch immer. Und auf dem Chor singt jetzt eine Frau ein ganz schluchziges Lied. Aber die Großmama droht noch einmal mit dem Finger und macht ein böses Gesicht. Und so gehe ich eben.

Und weil jetzt alle weinen und sich mit ihren feinen Taschentüchern die Augen tupfen, weine ich auch.

Ich schluchze ganz laut und kann meinen schönen Spruch, den ich beim Überreichen der Blumen sagen sollte, nicht herausbringen. Der Papa sieht mich mit zusammengezogenen Augenbrauen an, und ich würde mich gerne ganz klein machen. Aber das Fräulein Gertrud weint auch. Sie nimmt die Blumen ab und gibt mir einen Kuß. Und dann sagt sie, wenn es mir schwerfallen sollte, Mama zu ihr zu sagen, könnte ich sie auch gerne Mutter nennen.

Ich mache einen Knicks. »Ja, danke, Fräulein Gertrud.«

Und dann fängt plötzlich die Orgel an zu donnern, und man kann kein Wort mehr verstehen. Alle stehen auf, und obwohl sie eben noch sehr traurig geweint haben, sind sie auf einmal ganz fröhlich, lachen und schütteln sich die Hände. Manche Männer hauen dem Papa auf die Schulter, und die Frauen geben der Gertrud, dem

Fräulein Gertrud, einen spitzen Kuß. Dann ordnen sie sich zu einem Zug.

Zuerst der Papa, er sieht ganz fremd aus in dem schwarzen Anzug mit den Schwänzen, und eingehenkelt mit ihm das Fräulein Gertrud. Dann die Großmama und der Opa Koller – den hab ich furchtbar lieb. Die Glogauer Oma mit einem Raschelkleid und einem komischen kleinen Hütchen, und eine weißhaarige alte Frau – sie heißt Tante Otto, das ist zum Lachen, denn so heißen doch nur Männer –, sie gehört zu Fräulein Gertrud. Die Tanten, ich wußte gar nicht, daß es so viele sind, haben buntglänzende Kleider an aus Seide und Samt und Blumensträuße in den Händen, und die Onkel, alle in schwarzen Anzügen. Langsam drängelt sich der bunte Zug wie eine glänzende Schlange durch die weitgeöffnete Kirchentür nach draußen. Und noch immer donnert die Orgel.

Ich bin auf den Stufen, die zum Altar führen, sitzengeblieben. Ich muß an meine Mama denken und ob sie es weiß, daß der Papa, hier vor dem Altar, dem Fräulein Gertrud einen Kuß gegeben hat?

Ob dem lieben Gott die Hochzeit gefallen hat? Die Tanten sagen, daß er in dem kleinen Schränkchen auf dem Altar immer gegenwärtig ist. Deshalb brennt auch die ewige Lampe, und Büschel von herrlichen roten Rosen blühen um sein kleines goldenes Haus. Die Lilien stehen da wie schlanke Klosterschwestern und möchten gern noch besser duften als der Weihrauch. In schnörkeligen Leuchtern, die beinahe so groß sind wie ich, brennen dicke weiße Kerzen. Ich bin ganz verzaubert, und es ist sogar noch schöner als damals am Teich, als der junge Herr Lichtermann die Geschichte von dem Ritter und der Königstochter mit den langen grünen Haaren erzählt hat. Das kommt wohl daher, weil ich noch nie vorher so nahe am Altar gewesen bin.

Mit einem einzigen großen Rauschen hat die Orgel plötzlich aufgehört zu spielen. Jetzt ist es so still, daß man die Kerzen flackern hören kann. »Lieber Gott, mach mich fromm, daß ich zu dir in den Himmel komm.« Vielleicht, wenn ich das ganz schön bete, vielleicht kommt dann der liebe Gott aus seinem kleinen Haus und erfüllt mir meinen einzigen Wunsch.

Man muß sich hinknien zum Beten, die Hände falten, und sicher muß man laut sprechen, damit er es hört: »Lieber Gott, mach mich fromm daß ich zu dir in den Himmel komm, und laß meine liebste, beste Mama dasein, und den kleinen Jungen von dem Vergißmeinnicht-Grab. Und den Heinzi, lieber Gott, den nehmen wir auch mit ... wenn er will! Bitte, bitte, lieber, lieber Gott!«

»Gütiger Himmel, Kind! Elisabeth! Was machst du denn noch hier? Du bist doch alt genug, gehst bald in die Schule, du hast doch sehen können, wie sie alle hinausgegangen sind. Warum konntest du da nicht mitgehen?« Die Großmama Koller ist so aufgeregt, daß alle Glitzersteine an ihrem Hals und auf ihrer Brust zittern.

»Ich hab's ja gewußt«, schimpft sie vor sich hin, als wir eilig dem Ausgang zugehen, »das Kind wird vergessen bei dem Trubel!«

Während ich ganz schnelle Schritte mache, damit die Kutsche nicht noch länger warten muß, fühle ich, daß ich sehr traurig bin. Gerade jetzt mußte die Großmama mich holen kommen. Ausgerechnet in dem Augenblick, wo vielleicht gleich der liebe Gott gekommen wäre und mich zu sich geholt hätte.

Vielleicht schon in der nächsten Minute ...

Zwischenbilanz

Am Abend sitzt er jetzt manchmal in der Wohnstube und liest die Zeitung. Nein, er geht immer noch zu den Vereinsabenden von den 65ern. Auch zum Stahlhelm-Treffen und in den Gesangverein. Das läßt er sich nicht nehmen. Das wäre ja noch schöner. Aber wenn er zu Hause ist, da macht er es sich gemütlich.

Es ist eine ziemlich große Stube. Im hintersten Teil, bei den Fenstern, stehen die Betten mit den Nachttischen. Zwischen den Fenstern der Waschtisch. Hier vorne, gleich wenn man aus der Küche kommt, thront in der linken Ecke der große, weiße Kachelofen und die hölzerne Bank. Und den Eßtisch und die Stühle drumherum haben sie jetzt auch hierher gestellt, vor den Ofen.

Früher, als die Elly noch lebte, hatten sie ja ein Extra-Schlafzimmer. Aber das haben sie nun in eine Gute Stube umgewandelt. Er streckt das Kinn vor, eine Gute Stube hatte er immer schon haben wollen, und die Gertrud war da mit ihm ganz einer Meinung.

Zu Hause, in Brieg, stand ein Klavier in der Guten Stube, und seine jüngste Schwester Irene spielte darauf. Nein, da war er nicht neidisch, und die Irene war schließlich sechzehn Jahre jünger als er, da hatten die Eltern mehr Geld als damals, als er – zweites von sieben Kindern – geboren wurde. Außerdem war es doch so, daß ein Mädchen die Klavierspielerei schon gebrauchen konnte, wenn sie mal in bessere Kreise heiratete, wie seine Mutter das hoffte. Einen Männerberuf konnte man aus der Musik nicht machen. Musiker waren Hungerleider, das wußte man doch.

Jetzt hat er zwar noch kein Klavier in der Guten Stube, aber das kommt auch noch. Wenn erst das Mädel soweit ist, daß man sie in die Klavierstunde schicken kann!

Auf jeden Fall hat es schon mal für einen neuen zweitürigen Bücherschrank aus dunklem Eichenholz gereicht! Er paßt gut zu dem schweren Ausziehtisch und den Stühlen mit den hohen Lehnen, die Sitzflächen aus genarbtem Leder haben und bucklige Messingnägel zur Zierde.

Das große braune Roßhaarsofa stammt noch von der Elly. Vier Leute haben darauf Platz! Auch die zwei Korbsessel und das Korbtischchen für die Familienalben gehörten damals zu Ellys Aussteuer. Ebenso wie die große Blumenkrippe. Aber einen neuen Kronleuchter haben sie angeschafft. Einen großen, gehämmerten Kupferreifen, an dem fünf gläserne Blütenglocken hängen, in denen die Birnen eingeschraubt sind.

Das heißt, jetzt sind nur zwei Birnen fest eingeschraubt, die anderen werden erst festgedreht, wenn Besuch kommt. Oder zu Weihnachten. Dann wird hier auch geheizt.

Die Gertrud, das muß man schon sagen, sie versteht zu sparen. Er kratzt sich das glattgeschorene Genick. Das erste Mal, daß eine mit dem Wirtschaftsgeld auskommt, denkt er. Bei der Elly hatte es nie gereicht. Na ja, er will nicht ungerecht sein, und er will seiner ersten Frau auch nicht über das Grab hinaus noch Vorwürfe machen. Die Schwestern und die Schwägerinnen konnten auch nicht viel besser wirtschaften. Da hat er schon wirklich Glück mit der Gertrud. Und es ist auch nicht so, daß nicht immer was Ordentliches auf den Tisch kommt. Er kriegt sein Kotelett oder seine Wellwurst, wann immer er Lust darauf hat. Natürlich nicht am Freitag, aber das ist ja selbstverständlich.

Er langt genüßlich nach dem Glas Grog, das ihm die Gertrud nach dem Essen noch hingestellt hat. Schnalzt mit der Zunge und prüft dann, ob es auch nicht mehr zu heiß ist. Die Elly hatte es nie gerne gesehen, wenn er Grog trank oder auch nur Bier. Sogar ihre eigene Mutter war damit nicht so streng wie sie, und in seiner Verlobungszeit mit der Elly hat er mit seiner Schwiegermutter so manches Glas Grog zusammen geleert. Sehr zu Ellys Mißfallen. Die Gertrud hat überhaupt keine Eltern mehr, und das ist ihm eigentlich gerade recht so. Das ist noch besser als die beste Schwiegermutter, da kann ihm niemand mehr reinreden in seine Ehe.

Über den Rand seiner Zeitung hinweg sieht er auf seine junge Frau. Wie kräftig sie ist, aber trotzdem kein bißchen dick. Sie legt gerade noch einmal Briketts nach im Kachelofen, und das Feuer beleuchtet ihr glattes Gesicht mit den breiten Backenknochen und den braunen Haaren, die sie noch immer in einem Knoten trägt.

Nein, die will nichts wissen von den modischen Frisuren, Bubikopf oder Herrenschnitt, sie sagt, das kann man nicht brauchen bei der Hausarbeit und mit den Kindern.

Es ist nur, daß ihre Haare eben ein bißchen dünn und sehr fein sind.

Einen Augenblick lang fühlt er einen kleinen Stich, irgendwo in der Magengegend. Weil ihm der schöne blaßblonde Zopf von der Hilde eingefallen ist, der fast so dick war wie ein Männerarm. Aber dafür hat eben die Gertrud kräftige Gelenke, für die ist nicht mal die große Zinkbadewanne zu schwer!

»Wenn du nichts dagegen hast«, sagt jetzt seine Frau zu ihm, »dann will ich schnell noch die Kinder baden. Weil es so hübsch warm ist.«

»Hier drin?«

Sie nickt. »In der Küche ist es jetzt im Winter einfach zu kalt. Der Kochherd ist abends aus, und ich will ihn nicht nur wegen der Baderei noch mal anmachen. Es geht ja ganz schnell.«

Er brummt irgend etwas und versteckt sich wieder hinter seiner Zeitung. Laß sie machen, denkt er und streckt die Beine aus, schließlich hat sie mich ja um Erlaubnis gefragt. Und es wird wohl auch so spät am Abend niemand mehr zu Besuch kommen, denn das wäre natürlich peinlich . . . die Badewanne in der Wohnstube . . . wie in Rußland, würde es dann sicher heißen, oder polnische Wirtschaft.

Auf einmal muß er die Stirne runzeln, und seine gute Stimmung ist nicht mehr ganz so gut. Weil er plötzlich denken muß, wo wohl die Hilde die Kinder gebadet hätte, wenn sie seine Frau geworden wäre!

Wahrscheinlich hätte man ohnehin umziehen müssen wegen der schönen Dame, denkt er verächtlich. Ein Plumpsklo, das hätte man ihr wohl nicht zumuten können. Man hätte wahrscheinlich sogar ein richtiges Badezimmer haben müssen, damit sie sich wohl fühlt!

Neulich hat ihm der Marczowsky mit Verschwörergetue etwas ganz Tolles erzählen wollen, über die aparte Hilde, wie er sich ausdrückte. Da ist er bei ihm allerdings an den Falschen geraten. »Ich bin kein Klatschweib«, hat er zu dem Kollegen gesagt, »und was geht mich überhaupt dieses Fräulein Brocksch an?«

Und das ist auch wirklich seine Meinung.

Freilich hat ihm die Gertrud nach der Hochzeit erzählt, daß der junge Lichtermann die Schwestern Brocksch damals nur nach Hause begleitet hat. Die Magda hatte es ihm erlaubt. Und sie hatten ihn auch nicht etwa zum Essen eingeladen, nein, nur eine Limonade wurde ihm angeboten, und dann war er wieder gegangen.

Trotzdem, denkt der Sekretär, wenn dieser Mensch auch nur einen Funken Anstand gehabt hätte, dann hätte er sich unten vor der Haustür verabschiedet und wäre nicht mit nach oben gegangen. Limonade! Das sah diesem schwachbrüstigen Kerl ähnlich! Mir sollte mal jemand Limonade anbieten! Ja, selbst der Hilde hätte er gesagt, daß ein richtiger Mann keine Limonade trinkt.

Aber wie dem auch sei, er kratzt sich wieder im Genick, jetzt hat er die Gertrud geheiratet und er muß zugeben, daß es kein Reinfall gewesen ist. Daß er manchmal noch - eigentlich gegen seinen Willen, aber schließlich sieht man sich eben doch ab und zu -, daß er manchmal an die Hilde denken muß, das hat nichts zu bedeuten. Und es ist ja auch so, daß er sie seither nie mehr mit dem jungen Lichtermann zusammen gesehen hat. Überhaupt mit keinem Mann. Sie schien sich von allen zurückzuziehen. Man hätte fast meinen können, daß sie einer verpaßten Gelegenheit nachtrauere.

Er spitzt die Lippen und langt wieder nach seinem Grog-Glas. Dabei sieht er der Gertrud zu, wie sie heißes Wasser aus einem Kessel und kaltes Wasser aus der großen Wasserkanne in die graue Zinkwanne gießt, die auf zwei Stühlen steht.

Umständliche Angelegenheit, denkt er. Natürlich ist so ein Badezimmer etwas ganz Tolles. Aber selbst bei Brocksch hatten sie nur eine große Badewanne in der Waschküche, und das Wasser wurde im Wäschekessel heiß gemacht. Nein, ein richtiges Badezimmer konnten sich bloß die wirklich Reichen leisten. Leute wie der Kneipier Richter etwa, an der Ecke. Der hat sogar ein zusätzliches Wasserklosett in seinem Badezimmer im ersten Stock. Die Gertrud hat es gesehen, als sie einmal bei Richters ausgeholfen hat.

Lieber Himmel, solche Leute hatten ein Geld, wie es ein kleiner Beamter, selbst ein Inspektor, nie verdienen würde.

Und warum? Ha! Da mußte er gar nicht fragen. Der Kneipier Richter zum Beispiel war Logenbruder! Diese Logenbrüder - man hatte ja keine Ahnung, was diese Herren da so geheimnisvoll in ihren Logen trieben –, sie waren jedenfalls ebenso schlimm wie die Juden! Und ebenso reich. Und alles von unserem Geld. Von dem, was sie den armen Leuten abzapften! Es stand alles darüber in seiner Zeitung. Im »Völkischen Beobachter«.

Wenn die Frau mit dem Kinderbaden fertig war, würde er ihr mal ein paar Sachen daraus vorlesen. Die wenigsten Frauen hatten eine richtige Ahnung davon. Höchstens die Evemie. Die war jetzt sogar Mitglied in einem Bund, den der General Ludendorff zusammen mit seiner Kampfgenossin Mathilde gegründet hatte. Er hieß Tannenberg-Bund und – so stand es in einer Anzeige – machte sich die Bekämpfung überstaatlicher Mächte wie Juden, Freimaurer, Jesuiten und Marxisten zu seiner Aufgabe.

Der Moellner hatte dazu gemeint, daß man sich als Beamter natürlich nicht so exponieren könnte und diesem Bund beitreten. Aber seiner Frau wollte er es auch nicht verbieten.

Ihn, Gerhart Koller, störte etwas an dem Ganzen. Daß man auch gegen die Jesuiten kämpfen wollte. Die taten doch keinem was, meinte er. Aber der Kollege Moellner war da nicht ganz seiner Meinung.

Jetzt sieht der Sekretär zu seiner Frau hinüber. Sie hat das Mädel schon fertig gebadet, in ein großes weißes Badetuch gehüllt und auf den Tisch gesetzt. Nun ist der Junge dran. Er weint und will sich den Kopf nicht waschen lassen. Weil er Angst hat, daß ihm die Seife in die Augen kommt.

Da haut der Sekretär mit der flachen Hand auf den Tisch, daß das leere Grog-Glas hochhüpft und das Mädel, mit dem Badetuch wie eine Kapuze über den Haaren, sich erschrocken zu ihm umdreht.

»Seife in den Augen?« schreit der Sekretär, »na und? Das brennt ein bißchen, und dann ist es vorbei. Ein deutscher Junge hält so was aus, ohne mit der Wimper zu zucken!« Er steht wütend auf.

»Ist ja schon gut«, sagt die Gertrud und wischt dem Heinzi mit dem Waschlappen ganz behutsam übers Gesicht. »Er hat ja schon aufgehört.«

Aber der Sekretär Koller ist jetzt gerade so schön in Fahrt. Da will er gleich noch etwas loswerden, was ihn seit letztem Wochenende schon wurmt. »Und überhaupt«, sagt er, »daß du es weißt, Gertrud, das war das letzte Mal, daß wir was beim Juden gekauft haben. Am Sonnabend in Breslau!« Er läuft hin und her mit stampfenden Schritten.

»Ist ja recht«, sagt seine Frau ergeben und hebt nun schnell den Jungen aus der großen Zinkwanne. Wickelt auch ihn in ein angewärmtes Badetuch. »Aber so billig, wie bei Barrasch, hätten wir die Sachen sonst nirgendwo bekommen«, trumpft sie dann auf.

Er macht kehrt und baut sich drohend vor ihr auf. »Billig!« schreit er, »der Jude, dieser Kaufhaus-Jude, macht die kleinen deutschen Ladenbesitzer kaputt! Der kann leicht billiger sein, weil eben alles Ramsch ist, was er verkauft! Und außerdem steht das große internationale Kapital hinter ihm! Das ist alles in der Hand von Juden, das weiß man doch!«

Die Gertrud, das Gesicht vor Anstrengung und vielleicht von der Kachelofenwärme ganz rosa, rubbelt den Jungen ab. Dann zieht sie den Kindern die am Ofen vorgewärmten Nachthemden an. Jetzt noch die Filzschuhe, kamelfarben und braun kariert, mit kleinen lackierten Metallspangen, die man aber auf dem kurzen Weg ins Bett nicht erst zuschnappen muß. »Sagt dem Papa gute Nacht«, sie schiebt die Kinder vor ihn hin.

Der Junge sagt vorsichtig gute Nacht und drückt sich dann gleich wieder an die Frau.

Das Mädel, rosiges glänzendes Gesicht unter verstrubbelten aschblonden Haaren, sieht ihn prüfend an. »Gute Nacht, Papa«, sagt sie schließlich. »Was ist Ramsch?«

»Minderwertiges Zeug«, sagt der Sekretär unwillig. »Und jetzt: Kehrt marsch! Ab ins Bett!«

Aber das Kind steht noch immer da. »Und dein neuer Wintermantel, Papa, den du in Breslau gekauft hast, ist das auch Ramsch? Gestern hast du zum Herrn Marczowsky gesagt, daß es was Erstklassiges ist, und so was kriegt man hier höchstens zum doppelten Preis, hast du gesagt!«

Der Sekretär steht verdutzt. So ein kleines Luder, dieses Mädel! Wie die aufpaßt und zuhört. Aber wie soll er ihr das erklären, das mit dem internationalen Kapital, und daß man eben lieber beim deutschen Kaufmann mehr bezahlen sollte, als beim Juden zu kaufen. Jedenfalls muß das deutsche Volk das lernen! Er kratzt sich am Hinterkopf, weil ihm die richtigen Worte, die so ein Kind auch verstehen kann, nicht gleich einfallen wollen.

Und da hat die Gertrud auch das Mädel schon bei der Hand genommen. »Genug gefragt!« Und sie geht mit den beiden - den Jungen trägt sie jetzt auf dem Arm - ins Kinderzimmer.

Es ist ihm beinahe so vorgekommen, als ob sie dabei ein bißchen gelächelt hätte. Aber das möchte er ihr nicht geraten haben! Er duldet das nicht, daß sie in solch wichtigen Dingen anderer Meinung ist als er. Das wird er ihr jetzt gleich klarmachen.

Er hört, wie sie im Kinderzimmer mit den beiden betet. Sie vergißt auch das Gebet für die verstorbene Mama nicht. Und das rührt ihn schon ein bißchen. Aber die Rührung ist jetzt nicht am Platze. Erst muß er ein ernstes Wort mit ihr reden.

»Gute Nacht, und schlaft schön!« Sie macht die Kinderzimmertür leise hinter sich zu.

In der Wohnstube fängt sie gleich an, die Badesachen wegzuräumen. Die große Zinkwanne, in die sie immer wieder heißes Wasser zugegossen hat, wird ihr ein bißchen schwer. Hilfeheischend sieht sie ihn an.

Aber er schüttelt den Kopf. »Erst müssen wir miteinander reden!«

»Worüber denn noch?« fragt sie unschuldig.

»Zum Donnerwetter!« brüllt er los und haut wieder mit der flachen Hand auf den Tisch. »Darüber, daß es aufhören muß, daß wir bei Juden einkaufen!«

»Schsch«, macht sie, »die Kinder sollen doch jetzt schlafen! Ich hab dich ja verstanden. Es ist nur, es wird dann wohl nicht mehr für alles reichen!«

»Dann reicht es eben nicht«, schnauzt er sie an. »Dann wird man sich halt einschränken! Aber ich bin schließlich Mitglied der NSDAP und lasse mir von denen nicht vorwerfen, daß ich beim Juden kaufe!«

»Mitglied? Du bist in . . . in dieser Partei?« Sie hat sich nun doch hingesetzt, und man kann ihr ansehen, daß sie erschrocken ist. »Ich . . . ich dachte . . .«, sagt sie noch immer fassunglos, »ich dachte, daß du nur in diesem Stahlhelm-Bund bist.« Sie hat plötzlich Tränen in den Augen.

»Heul nicht«, es klingt aber nicht mehr so barsch. »Ich wollte es dir schon sagen, als wir zum Einkaufen nach Breslau gefahren sind, aber . . . ich will auch nicht, daß es die Leute erfahren. Ich bin schließlich Beamter. Man hat Rücksichten zu nehmen in solchen Sachen. Aber der Tag wird kommen ...«

Ehe er noch anfangen kann, von diesen kommenden Tagen zu schwärmen, hat sie ihn unterbrochen. »Aber diese ... diese Nationalsozialisten ...« Sie spricht das Wort langsam aus, weil es ihr ungewohnt ist, »der Pfarrer sagt, daß sie gegen unsere Kirche sind!«

»Unsinn!« Jetzt hat er wieder Oberwasser, jetzt kann er ihr versichern, wenn sie will, kann er ihr schwören, daß Adolf Hitler auf dem Boden des Christentums steht. Da kann sie ganz beruhigt sein. »Du mußt einmal lesen, was er schreibt, oder besser, ich werde es dir vorlesen. Er spricht immer richtig ehrfurchtsvoll von der Vorsehung. Und das ist doch christlich, oder?« Und als sie ihn unterbrechen will, winkt er ab und redet gleich weiter. »Ich bin schließlich dir zuliebe katholisch geworden. Hast du das vergessen? Ich gehe jeden Sonntag zur Messe. Da siehst du's doch, man kann in dieser Partei sein und trotzdem religiös!«

Sie nickt nur. Aber dann versucht sie es doch noch einmal. »Wenn wir nun«, meint sie, »wenn wir nur einmal im Jahr oder vielleicht höchstens zweimal nach Breslau fahren und dort einkaufen ...« Sie läßt sich nicht unterbrechen. »Ja, beim Juden einkaufen. Bei Barrasch oder woanders, wo es eben am billigsten ist, daß muß doch hier, in deiner Partei, niemand erfahren! In Breslau kennen sie uns doch nicht!«

Er ist entsetzt. Aber dann denkt er, daß Frauen – jedenfalls die meisten Frauen – von solchen Dingen nichts verstehen. Die wollen eben nur für ihre Familien sorgen. Weiter denken sie nicht. Können sie gar nicht denken. Und dann fällt ihm etwas ein. Etwas, das sie vielleicht begreifen wird, das ihre wichtigsten Zweifel zerstreuen wird. »Der Pfarrer«, erklärt er, »hat wahrscheinlich die Ludendorffsche Bewegung gemeint, als er gesagt hat, daß die Nationalsozialisten gegen die Kirche sind.«

Er steht auf, holt sich eine Zigarre aus der Kiste im Bücherschrank in der Guten Stube. Das gibt ihm Zeit, da kann er die Worte noch ein bißchen überlegen, die er ihr sagen will.

Ehe er sich die Zigarre anzündet, bleibt er vor ihr stehen und redet weiter: »Ludendorff mit seinem Tannenberg-Bund hat nicht nur den Juden, Freimaurern und Marxisten, sondern auch den

Jesuiten den Kampf angesagt, und das ist es sicher, was den Pfarrer besorgt macht!«

Sie sieht zu ihm auf. Ihre klaren Augen haben rote Ränder von den unterdrückten Tränen.

»Die Ludendorff-Anhänger rechnen sich nun – wie manche andere Gruppe – auch zu den Nationalsozialisten, aber das heißt noch lange nicht, daß die Nationalsozialisten auf der Seite Ludendorffs sind! Verstehst du mich?« Er hat sich hingesetzt, seine Zigarre angeschnitten, mit dem Streichholz reingepiekt und ein paarmal das Deckblatt beleckt, und jetzt zündet er sie vorsichtig an.

Sie holt ihm einen Aschenbecher, und nun bleibt sie vor ihm stehen, die Hände unter der Küchenschürze. »Es ist ja nur . . .«, sagt sie, ein- oder zweimal aufschnupfend, »es ist eben, weil wir jetzt so viele Sachen brauchen werden. Wir sollten wenigstens noch einmal hinfahren können, nach Breslau.«

Schon will er wieder auffahren, und er denkt, daß sie sonst doch noch nie so starrsinnig gewesen ist. Dann sieht er sie plötzlich an. Irgendwas stimmt nicht mit ihr, wundert er sich, etwas ist anders.

Da fällt sie ihm auf einmal schluchzend um den Hals, daß er nur mit Mühe seine Zigarre retten kann. »Was hast du denn?« Sie ist sonst nie so schnell mit den Tränen. Und davon hat er genug gehabt mit der Elly. Er klopft ihr den Rücken, fährt mit der Hand über die zusammengebundenen Schürzenbänder. »Na, was ist?« Er gibt sich wirklich Mühe, nicht unwirsch zu klingen. »Was . . .«

»Ich . . . wir, ach, Gerhart, ich weiß ja, daß die Zeiten jetzt vielleicht nicht geeignet sind dafür. Ich kriege ein Kind, Gerhart!« Und dann weint sie los.

Ein Kind!

Erst sitzt er starr. Nein, es ist nicht, weil es ihm etwa nicht recht ist. Im Gegenteil! Es ist die Freude. Wirkliche Freude. Und dann springt er auf. Faßt die Erschrockene um die Taille und fängt an, mit ihr durch die Stube zu walzen. Ein Kind, ein Kind! Die Zinkbadewanne auf ihrem Gestell fängt an zu wackeln von seinen Sprüngen.

»Aber so heul doch nicht, Gertrud! Das ist doch kein Grund zum Heulen!«

Ein Kind, ein Junge! Es wird bestimmt ein Junge! Ein richtiger Draufgänger, ein Mutiger, der auf alle Bäume klettert und die anderen Jungen verhaut! Kein solcher Heulpeter wie der Heinzi, na ja, die Elly hätte, krank wie sie schon war, kein Kind mehr haben dürfen. Aber die Gertrud ist gesund! Stark und kräftig! Das gibt bestimmt einen Jungen. Mein Gott, einen Jungen, der vielleicht sogar eines Tages Offizier wird, das Vaterland von Schmach und Schande befreit.

Aber er träumt das jetzt nur. Davon redet er nicht. Schon gar nicht zur Gertrud. Die Frauen haben für solche Dinge einfach kein Verständnis.

Christkindlmarkt

Es ist bald Weihnachten, und in der Schule singen wir das Lied vom »Schneeflöckchen, Weißröckchen, jetzt kommst du geschneit!« Ich bin seit Ostern in der Schule, und es hat mir fast jeden Tag gefallen.

Unsere Schule war vor vielen, vielen Jahren ein Piastenschloß. Oder ein Teil davon. Man kann es noch an den steinernen Schnörkeln über dem Portal sehen. Und die alten Holztreppenstufen innen, die viel breiter sind als andere Treppen sonst, haben in der Mitte flache Mulden. Von den vielen Füßen, die schon darübergegangen sind. Vielleicht sogar Füße von richtigen Rittern in Eisenrüstungen und Damen mit spitzen Schnabelschuhen?

Wenn ich manchmal nichts anzufangen weiß, weil die meisten Kinder in der Klasse soviel Zeit brauchen, bis sie etwas begriffen haben, und die Lehrerin alles immer noch einmal wiederholen muß, dann denke ich mir Geschichten aus, die hier in diesem Schloß passiert sein könnten. Und im Sommer habe ich den Sperlingen zugesehen, die draußen auf dem Platz, wo wir in der Pause herumgehen, in den Kastanienbäumen tschilpten.

Jetzt sind die Bäume kahl. Nur noch schwarze Äste, und die Spatzen sind irgendwo, wo sie Körner finden oder frische Pferdeäpfel.

Jetzt sind auch die Fenster geschlossen, und es riecht muffig nach feuchten Mänteln, ein bißchen säuerlich nach vielen Kindern und nach dem schwarzen Öl, mit dem die Fußbodenbretter eingeschmiert sind. Eigentlich ist es schon ein Gestank. Auch weil der große Ofen nicht richtig zieht. Und manchmal, wenn der Wind auf dem Schornstein steht, klappert die Ofentür, und ein Schwaden schwarzer Rauch faucht ins Zimmer.

Aber es gefällt mir trotzdem in der Schule. Wenn ich auch nicht verstehe, warum wir Katholischen von den Evangelischen getrennt sein müssen. Die haben doch auch keine anderen Buchstaben, und Rechnen ist bei denen genauso wie bei uns. Die katholische Schule ist im vorderen Teil und die evangelische auf der Rückseite des Schlosses, und nicht einmal in den Pausen darf ich mich mit der Christa Moellner treffen, denn die Schulhöfe sind auch getrennt! Nur ganz hinten dic Klos sind für alle gemeinsam. Da macht es wohl nichts, ob man katholisch ist oder evangelisch.

Aber dort mag ich mich nicht mit der Christa treffen. Es ist zu scheußlich. Schon von weitem, wenn man sich nur den Holzverschlägen nähert, stinkt es ganz grauenhaft. Es sind Plumpsklos wie bei uns zu Hause. Mit wackeligen Holztüren, die man von innen mit einem Haken zumacht. Die Sitze sind nur am Montag frisch gescheuert. Ich gehe überhaupt in der Schule und auch zu Hause nur aufs Klosett, wenn ich es gar nicht mehr hinausschieben kann. Aber die Großen sagen, das ist ungesund. Das ist mir egal.

Vielleicht gefällt es mir ja in der Schule nur deshalb so gut, weil wir eine ganz wunderbare Lehrerin haben. Sie heißt Fräulein Schulz. Eleonora Schulz. Den Namen Eleonora finde ich besonders schön. Es könnte der Name eines Ritterfräuleins sein. Und die Kleider, die sie anhat, passen dazu. Sie sind gelb, orange und braun gestreift oder hellblau mit lila Muster. Auf dem Schulausflug im Sommer hatte sie ein ganz weißes Kleid an mit Flügelärmeln und großen rosaroten Rosen auf dem Rock. Es sind Kleider, wie sie sonst eigentlich niemand trägt. Gar nicht nach der Mode wie in den Schnittmusterheften, die unsere neue Mutter manchmal ansieht. Auch die Frisur von unserer Lehrerin ist anders als die der anderen Frauen, die wir auf der Brieger Straße gehen sehen. Fräulein Schulz hat immer ein schwarzes Samtband um den Kopf. Das hält ihre Haare, die sie geflochten und zu Schnecken gedreht über den Ohren trägt, zusammen. Bei uns nennt man so eine Frisur Nestel.

Ich könnte nie frech zu Fräulein Schulz sein, und ich gebe mir Mühe, damit sie mich lobt. Manchmal, wenn ich etwas besonders gut gemacht habe, streicht sie mir mit der Hand über den Kopf. Da vergesse ich beinahe zu atmen, und ich möchte am liebsten die Augen zumachen und weinen und denken, daß es Mama ist. Die Gertrud, unsere neue Mutter, tut so was nie.

Ich habe auch im Herbst gute Zensuren gehabt. Betragen und Fleiß, Religion und Lesen und Schreiben, alles sehr gut. Bloß in

Handarbeit hatte ich nur genügend. Aber Turnen, Zeichnen, Singen und Rechnen gut. Der Papa hat mir drei Mark gegeben zur Belohnung. Und er hat gesagt: »Weiter so!«

»Drei Mark sind ziemlich viel Geld«, sagt die neue Mutter und hebt es für mich auf. Aber heute, wenn ich mit ihr auf den Weihnachtsmarkt gehe, darf ich eine Mark mitnehmen. »Nur nicht für sinnloses Zeug ausgeben!«

Der Heinzi muß bei der Tante Otto bleiben, weil er sich immer so schnell erkältet. »Ich bringe dir etwas mit«, habe ich ihm versprochen.

Christkindlmarkt. Das ist wie eine kleine Stadt aus grauen und grünweißgestreiften Leinwandbuden. Und diese kleine Stadt steht mitten in unserer Stadt auf dem Ring. Da, wo alle Straßen zusammenlaufen. Eine kleine Stadt aus Brettertischen und großen Schirmen, die wie Pilze sind. Aufgebaut rund um das Rathaus und die alten Giebelhäuser in der Mitte. Mit schmalen Gassen, auf denen manchmal abgeschnittene Tannenzweige liegen und einmal auch ein zertretener Pfefferkuchen. So einer mit weißem Guß, den wir Pflasterstein nennen. Aber den holen sich schnell die Hunde. Die Tannenzweige, mit denen die Auslagen geschmückt sind, duften, und dazwischen ist der Geruch von Petroleumlampen. Auch von Fenchelhonig oder von frischgebrannten Mandeln. Und aus der Höhe, über all den Buden und Gassen, sieht der graue Rathausturm herunter.

Das haben wir schon in der Schule gelernt, daß er erbaut wurde von drei Männern, die Kraut, Salat und Reibe geheißen haben!

Es ist aber auch ein besonderer Turm. Die große Uhr mit den goldenen Zeigern, die gibt es auch anderswo. Bei der Oma in Glogau zum Beispiel. Aber unser Rathausturm hat oben, neben der Uhr, auf einem Sockel den König Salomon. Bunt und golden angemalt, schwingt er zu jeder Stunde sein Zepter, und auf der gegenüberliegenden Seite mäht ein weißes Gerippe, der Schnitter Tod, mit seiner Sense. Und am Mittag erklingt ein Glockenspiel, und ein Hahn mit Henne und goldenen Küken marschiert unterhalb des Zifferblattes in einer Turmluke vorbei. Die Leute bleiben stehen und zählen die Küken. Jedenfalls wenn sie es zum ersten Mal sehen.

Heute aber wollen alle nur den Christkindlmarkt sehen.

Auf der einen Seite des Rings, da, wo gegenüber das Strickwarengeschäft ist, gibt es keine Buden. Auch keine runden Schirme. Nicht einmal Holztische! Einfach Stroh haben sie hingeschüttet auf das Katzenkopf-Pflaster. Dickes gelbes Stroh, das noch ein bißchen nach Herbst riecht. Und mitten im Stroh, wie in lauter kleinen Nestern, die Bunzel-Tippel. Tongeschirr aus Bunzlau. Braunglasiert und blau auf grau, einiges sogar mit bunten Blumen bemalt. Tassen, Krüge, Schüsseln und Kannen. Hohe braune Töpfe, so groß wie ich und noch größer, zum Sauerkrauteinlegen und kleinere, schöngeschwungene, für Salzgurken.

Wenn man Glück hat, kann man für zwanzig Pfennig ein geblümtes Milchtöpfchen kaufen, das nur eine winzige, kaum sichtbare Macke hat. Aber wenn man nicht aufpaßt, dann zahlt man den vollen Preis für einen Topf und merkt erst zu Hause, daß er einen Sprung hat.

Die Geschirrverkäufer sind in dicke Jacken vermummelt. Die Männer schlagen mit den Armen umeinander, um sich warm zu machen, und die Frauen kann man kaum sehen vor Kopftüchern und Schals und obendrauf noch eine Pelzmütze!

Aber ich glaube nicht, daß eine ›Jungfer zart‹ unter ihnen ist. Eine richtige Königstochter, die jetzt so arm ist, daß sie Töpfe verkaufen muß. Und wie dann der fremde Husar kommt und all ihre Töpfe kaputtreitet, da weint sie: »Ich arme Jungfer zart, o hätt' ich doch genommen den König Drosselbart!« Aber den König Drosselbart hat sie früher verschmäht und verhöhnt, und sie ahnt nicht, daß er der Husar ist!

Ich stelle mir vor, wie das wäre, wenn er jetzt plötzlich wiederkäme. Geschirr zum Zerbrechen wäre genug da. Husaren gibt es auch in unserer Stadt! Aber ich wäre die einzige, die wüßte, wer er wirklich ist! Nein, ich würde ihn nicht verschmähen und bestimmt auch nicht spotten, weil er so ein langes Kinn hat, der König Drosselbart.

Da sagt die neue Mutter, daß wir nichts brauchen von den Töpfen und Schüsseln. Wir suchen Vorhangstoffe.

»Ich will euch hübschere Vorhänge ins Kinderzimmer hängen«, sagt sie. »Es gibt manchmal recht brauchbare Reste und ganz billig.« Sie wühlt auf einem Tisch mit großen Stoffballen und bunten Resten herum, und ich fasse ganz schnell mal eine Tüllgardine an, weil sie so zart ist wie ein Schleier, und man könnte sich ein Feengewand daraus machen. Aber die Frau, die hinter dem Tisch steht und von der Kälte ganz blaurote Backen hat, zeigt mit dem Finger auf mich und sagt: »Nichts anfassen hier! Das ist nichts für Kinder!« Ich habe meine Hand schon weggezogen, aber ich muß immer auf ihre Finger gucken, weil sie so komische Handschuhe anhat. Gestrickte schwarze Handschuhe, deren Fingerkuppen fehlen. Und da gucken die dicken blauroten Finger raus.

Die Frau sieht mich immer noch an, als ob ich ein Dieb wäre, oder vielleicht denkt sie, daß ich die Stoffe doch wieder anfasse, wenn sie wegguckt. Da sage ich der neuen Mutter, daß ich mir am nächsten Stand etwas ansehen möchte.

Da gibt es Bilder. Richtige bunte Bilder im Goldrahmen für die Gute Stube oder zum übers Bett hängen, oder in den Korridor.

Es gibt schmale hohe Bilder, auf denen ist der Herr Jesus drauf, mit einem blutroten Herzen, auf das er mit einem Finger hinzeigt. Mit der anderen Hand segnet er alle, die ihn ansehen. Der Herr Jesus hat fast immer ein rosa Gewand an mit einer Goldkante und darunter irgendwelche weißen Tücher. Aber die heilige Mutter Maria ist auf allen Bildern blau gekleidet, höchstens mit rosarotem Untergewand. Ich kenne nur eine einzige weiße Mutter Gottes. Die ist aus Porzellan und kommt aus Lourdes. Und sie gehört der neuen Mutter.

Eines von den frommen Bildern gefällt mir besonders gut. Darauf sind zwei Kinder, ein Junge und ein Mädchen – es könnte der Heinzi sein und ich –, und die beiden gehen über einen schmalen Brettersteg, und darunter tobt ein ganz gefährliches Wasser. Aber man muß keine Angst haben, denn hinter den beiden ist ein strahlend heller Engel, ein Schutzengel mit großen Taubenflügeln, und er paßt auf die Kinder auf. »Du mein Schutzgeist, Gottes Engel, weich' o weiche nicht von mir!« Das singen wir manchmal im Religionsunterricht. Und ich kenne es auch schon aus der Kinderspielschule.

Es gibt auch breite Bilder, wo das heilige Abendmahl drauf ist. Der Herr Jesus ist braungelockt, und der Jünger Johannes hat blonde Haare. Nur der Judas ist überall schwarzhaarig und hat eine viel dunklere Haut als die anderen Jünger. Er hat auch einen dichten schwarzen Bart, vor dem man Angst kriegen könnte, und eine große Hakennase. Ein Säckchen, in dem wohl die dreißig Silberlinge sind, versteckt er unter dem Tisch.

Außer den frommen Bildern gibt es noch welche mit Heidelandschaften, wo viel Lilarosa drauf ist und eine einsame Birke. Auch ein verschneites Gebirge mit einem Holzkirchlein, das ein Dach wie aus Watte hat.

Am allerschönsten aber sind die Nixenbilder. Jedenfalls glaube ich, daß die Frauen darauf Nixen sind. Weil sie immer im Wasser schwimmen und Schleiergewänder in den schönsten Farben anhaben. Manche stehen nur bis zu den Hüften im Wasser, mit Seerosen bekränzt, und diejenigen, die schwimmen, bringen Blumengirlanden herbei oder Schmuck. In ihrer Mitte, in einem Boot, das ganz mit rotem Samt ausgelegt ist, ruht eine Prinzessin, oder vielleicht ist es auch die Ober-Nixe. Sie ist in Weiß gekleidet, in einen dünnen Schleierstoff, durch den ihre rosa Haut schimmert. Beinahe wie die Tante Ilse im Sommer beim Baden! Aber ihre Haare sind wundervoll lang und blond gelockt. Sie sieht überhaupt heller und rosiger aus als die anderen Nixen. Vielleicht sind das ihre Sklavinnen, weil sie eine so braune Haut haben, oder Zigeunerinnen.

Die Blonde, Rosige, liegt im rosengeschmückten Boot und träumt und läßt eine lange Perlenkette ins Wasser hängen.

Wenn wir so ein Bild zu Hause hätten! Über dem Sofa oder vielleicht über den Betten, ich könnte es stundenlang ansehen und mir Geschichten dazu ausdenken. Und plötzlich fällt mir der junge Herr Lichtermann ein und seine Geschichte von dem Ritter und der Königstochter mit den grünen Haaren. Ob dem Herrn Lichtermann so ein Bild hier gefallen würde? Man müßte das Fräulein Hilde fragen. Aber ich sehe sie jetzt nur noch ganz selten. Und den jungen Herrn Lichtermann habe ich schon eine Ewigkeit nicht mehr gesehen. Vielleicht ist er verreist. Und vielleicht ist das Fräulein Hilde deshalb gar nicht mehr lustig. Vielleicht denkt sie sogar, daß ich unser Geheimnis verraten habe. Aber das würde ich nie tun. Nicht einmal, wenn man mich prügeln würde.

»Mein Gott, Mädel«, die neue Mutter zieht mich von den Nixenbildern weg. »Das ist doch nichts für ein Kind!«

»Warum?«

»Weil ich es sage!«

Das ist das Schlimme. Sie sagt nie, warum sie etwas verbietet. Sie erklärt nicht, weshalb es nicht für Kinder ist. Sie sagt nur: »Weil ich es nicht will«, »weil ich es sage«, oder »weil du noch zu klein bist«. Vielleicht weiß sie ja selber keinen richtigen Grund.

Ich werde bockig und mache mein Maulwurfsgesicht. Ich weiß allerdings nicht, ob Maulwürfe wirklich so aussehen, weil sie ja unter der Erde sind, wo man sie nicht sieht. Aber ich stelle mir vor, daß ich jetzt auch unter der Erde bin. Daß niemand mich sehen kann. Ich trotte mit dem Fräulein Gertrud weiter. Wenn ich so wütend bin, nenne ich sie im stillen immer Fräulein Gertrud. Manchmal sage ich es sogar. Aber nicht sehr laut.

Als wir um die Ecke des schmalen Gangs zwischen den Buden biegen, vergesse ich, daß ich ein Maulwurf bin.

Hier ist Weihnachten. Richtig Weihnachten.

Es glitzert und funkelt, es leuchtet in allen Farben. Kugeln, Kugeln, Kugeln, rosarote und blaue, lindgrüne, gelbe und sogar lila Kugeln. Silberne, goldene, manche haben auf einer Seite eine Art künstlicher Delle, wo etwas eingelassen ist, eine glitzernde Spindel oder eine Rosette. Die sind besonders teuer. Ellenlange Silberketten und solche aus Goldpapier. Die silbernen sind ein bißchen wie biegsame, aneinandergereihte Flaschenbürsten, aber sie funkeln wie Tannenzweige im Rauhreif. Und Engelshaar, eine Perücke ganz aus Engelshaar, denke ich, das müßte wunderschön aussehen. Goldene Christbaumspitzen gibt es, die haben einen richtigen weißen, seidigen Schweif. Wie die Helme von den Offizieren aus Papas Kriegsbuch von 1870–71. Es gibt aber auch Sterne, die man auf die Baumspitze stecken kann. Und es gibt vergoldete Nüsse und silberne Tannenzapfen. Und kleine künstliche, grüne Tannenzweige mit roten, weißgepunkteten Glückspilzen drauf. Und Glasvögel und winzige Trompeten, gefaltete Goldrosetten und kleine bemalte Holzpferdchen. Alles zum An-den-Baum-Hängen. Und dicke Lamettastränge und garantiert nichttropfende Stearin-Kerzen. Das Allerniedlichste aber sind kleine rosige Christkinder, ganz aus Wachs. Mit einer winzigen weißen Windel. Und sie liegen auf rosa oder hellblauer Gaze oder auf ein paar goldglänzenden Strohhalmen. Man kann sie in Holzkrippchen legen, oder man kann mit ihnen spielen wie mit winzigen Puppen.

Ich möchte mir gerne so ein Christkind auf rosa Gaze kaufen, aber die Gertrud sagt: »Ihr habt eine schöne Krippe, hat euer Papa gesagt. Und da ist alles schon drin. Auch ein Christkind. Es wäre die reinste Verschwendung!«

Und da bin ich wieder ein Maulwurf. Es würde ja auch nichts nützen, denke ich, wenn ich ihr erklären würde, daß unsere Krippe nur aus buntbedrucktem dickem Papier ist - wie die Stammbuchbilder. Freilich, man kann die Krippe auseinanderziehen, hinten ist die gemauerte Stallwand. Davor Ochs und Esel und vorn Maria und Joseph und das Kind. Und man kann ein Licht dahinterstellen, damit ein Schimmer durch das rote Seidenpapier des Stallfensters fällt. Aber es ist nichts zum Anfassen. Die Figuren sind platt. Aufgedruckt. Wie der blecherne Heiland auf dem Missionskreuz. Ich mag richtige runde Figuren. Die man von allen Seiten anfassen kann.

Wenn ich groß bin, denke ich, werde ich eines Tages eine Krippe haben. In einer richtigen kleinen Holzhütte in einem Wald aus Tannenzweigen. Und kleine geschnitzte Lämmer und Ochs und Esel, und ein Jesuskind aus rosa Wachs!

Aber jetzt kommen wir bei einem Leierkastenmann vorbei. Seine Drehorgel steht auf einem Gestell, das wie ein alter Kinderwagen aussieht, und er spielt gerade »Ihr Kinderlein kommet«. Bei dem einen hohen Ton macht die Drehorgel immer nur Pfitt, aber der Mann singt den Ton mit: ». . . stehn betend da-Pfitt-vor, hoch oben singt ju-Pfitt-hubelnd der Engelein Chor.« Die Stimme des Mannes ist schon ein bißchen krächzig, und er riecht nach Schnaps. Wie die Männer, wenn sie am Freitagabend aus der Richterschen Kneipe - zwei Häuser neben uns - nach Hause schwanken. Das kleine Äffchen auf dem Leierkasten hat ein rotes Jäckchen an mit zerrissener Goldborte, und ich glaube, es friert schrecklich. Weil es immerfort zittert. Es hat ganz traurige Augen, und ich ärgere mich, daß ich vorhin, bei dem Erdnuß-Stand, nichts gekauft habe. Die Nüsse würden ihm bestimmt schmecken.

Die Leute - und auch die Gertrud - legen Zehnpfennigstücke oder auch bloß Kupferpfennige auf den Teller neben dem Äffchen. Hoffentlich kauft der Leierkastenmann davon auch Futter und nicht bloß Schnaps.

Wenn ich erst einmal erwachsen bin und viel Geld habe, werde ich alle Affen von allen Leierkastenmännern der ganzen Welt kaufen. Ich werde sie mit Bananen und Erdnüssen füttern, und was sie sonst noch mögen. Und ich werde ein großes geheiztes Zimmer haben mit richtigen Bäumen, auf denen sie herumturnen dürfen. Und zum Schluß werde ich sie wieder in die warmen Länder zurückbringen, aus denen man sie hergeholt hat! Dann müssen sie sich auch nie mehr von bösen Jungen ärgern lassen.

Es gibt viele Dinge, die ich tun möchte, wenn ich erst einmal groß bin. Ich muß es mir aufschreiben, damit ich nichts vergesse.

Am Ende der langen Gasse vor uns dudelt es wieder. Da muß noch ein Leierkasten sein. Aber jetzt kommen erst einmal lange Stände, wo man Wäsche kaufen kann. Lein- und Bettücher aus Barchent. Bettbezüge blauweiß kariert oder mit blauen Rosenranken. Schlüpfer, riesige Dinger mit Gummizug am Bund und an den Beinen, innen flauschig angerauht, in vielen Farben. Leinenspitzen für Bett- und feine Unterwäsche. Kunstseidene Unterröcke in bunten Farben und lange Herrenunterhosen, echt Mako, prima gekämmte Baumwolle. Wie das wohl gemacht wird? Gekämmte Baumwolle? Und dann Schürzen, unzählige Schürzen.

Der Klang des zweiten Leierkastens wird lauter. Und nun sehe ich es auch schon, es sind Bänkelsänger. Warum sie so heißen, weiß ich nicht. Bänkel – kleine Bänke – sind jedenfalls keine da. Aber ein Mann und eine Frau, die singen. Und die Geschichten, die sie vortragen, sind in Bildern auf großen Leinwandflächen aufgemalt. Diese Schautafeln hängen an einem hölzernen Ständer, wie wir ihn in der Schule für unsere große Schultafel haben.

Die beiden fangen gerade an, eine neue Geschichte zu singen. ›Von dem braven Mädchen, das einen Jägerburschen liebt.‹ Das erste Bild zeigt, wie die beiden Arm in Arm durch den Wald gehen. Der Bänkelsängermann zeigt mit einem langen Stock immer auf das passende Bild, und die Bänkelsängerfrau dreht, während sie richtig schluchzig singt, die Kurbel vom Leierkasten.

Auf dem dritten Bild liegt das brave Mädchen, müde von der Arbeit auf dem Feld, unter einem Baum neben einem Felsen. »In tiefem Schlaf . . .«

Da kommt, auf dem vierten Bild, ein Räuber durch das Gebüsch. Auch er hat schwarze Haare, wie der Judas vorhin, einen dichten Bart und grellweiße Zähne. Und jetzt, auf dem fünften Bild, schleppt er das ohnmächtige Mädchen mit furchtbarem Grinsen fort. In eine Höhle, die man auf dem sechsten Bild sieht, in der ein Feuer brennt und seine Kumpane schon warten.

Und nun findet der Jägerbursch ein Taschentuch, das sein Mädchen neben dem Felsen verloren hat. Er faßt sich an die Stirn.

»Ha!« singen der Mann und die Frau, »sie ist für immer verloren ... beim bösen Räubersmann ...«

Dann muß der Sänger schnell umblättern, weil nicht alle Strophen einer Geschichte auf einer einzigen Leinwand Platz haben. Und währenddessen geht die Frau mit einem Blechteller sammeln. Da laufen viele Leute, die bisher ganz andächtig zugehört haben, einfach weiter, als würde sie die Geschichte gar nicht mehr interessieren.

Ich würde gerne zehn Pfennig geben, aber ich habe meine Mark noch immer nicht gewechselt. Sie steckt noch fest in meinem Fausthandschuh. Ich sehe die Gertrud an. Wenn sie jetzt auch weitergeht und so tut, als hätte sie nicht zugehört, dann werde ich nie mehr ein Wort mit ihr reden. Aber Gott sei Dank sie holt ihr Portemonnaie aus der schwarzen Handtasche und legt zehn Pfennig auf den Blechteller. Da bin ich wieder gut mit ihr.

Was jetzt kommt, ist zum Weinen traurig. Der Jägerbursche will sein Mädchen befreien und jagt den Räubern nach. Er findet sie auch, aber wie er vom bösen Räuber das Mädchen zurückfordert, hat der schon seine große Pistole gezogen, und noch während er schießt, ist das Mädchen dazwischengesprungen. »... um den Geliebten zu rehetten«, singen die Bänkelsänger, »gab sie ihr juhunges Blut ...«

Dann liegt sie auf dem grünen Waldboden. Rotes Blut zeigt, wo sie getroffen ist. Die Räuber schleichen davon. Auf dem letzten Bild sieht man ein Grab, vor dem der Jägerbursche kniet. Manche Leute wischen sich die Augen.

Aber schon geht eine neue Geschichte los. Oder vielleicht ist es auch gar keine neue. »Lebendig begraben«, sagt die Bänkelsängerfrau mit schauriger Stimme an.

Ich will zu gerne auch diese Geschichte noch hören, aber die neue Mutter sagt: »Da stehen wir morgen früh noch hier!« Und außerdem kommt die Bänkelsängerfrau jetzt erst einmal wieder sammeln.

Ich werde weitergezogen. Nur ein Bild habe ich noch sehen

können. Wie aus einem offenen Grab eine schneeblasse Frau herauswankt. Im langen weißen Hemd und mit offenen Haaren. Sie hat Mund und Augen ganz furchtbar aufgerissen und die Hände ausgestreckt. Am liebsten möchte ich weinen, weil ich nun nie wissen werde, ob es vielleicht das brave Mädchen des Jägerburschen war, das da von den Toten auferstanden ist.

Und dann riecht es auf einmal so herrlich nach gebrannten Mandeln, daß mir das Wasser im Munde zusammenläuft. Ich darf mir welche kaufen, für zwanzig Pfennig. Und jetzt ist meine Mark gewechselt, und mir bleiben noch achtzig Pfennig - acht Böhm, wie wir bei uns sagen. Ein Zehnpfennigstück ist ein Böhm, und ein Fünfpfennigstück nennt man ›Sechser‹. Warum, weiß ich nicht.

Am nächsten Stand gibt es Bayrisch-Malz und Hustenbonbons mit Eukalyptus, Bonbons mit Fenchel drin und dicke, ovale Honigbonbons, gelb und mit einer Biene drauf. Und wieder einen Tisch weiter einen Berg saurer Drops. Die sind wie kleine Rollen, außen bunt, und auf den weißen Seiten ist eine bunte Blume drauf oder manchmal ein Stern. Und Bonbons, die wie bunte Seidenkissen sind, oder solche, die wie große rosa Himbeeren aussehen und von denen man beim Lutschen gleich einen wunden Gaumen kriegt. Ach ja, und Bruchschokolade gibt es, auch solche mit dicken runden Nüssen, und - was ganz wundervoll schmeckt - rosa- und weiß gestreifte Pfefferminzblocks. Das schmilzt richtig und wird ganz kalt auf der Zunge, wenn man ein Stück davon abbeißt.

Die neue Mutter kauft Fenchelbonbons. »Wenn ihr mal Husten habt.« Und für Heinzi ein Tütchen mit bunten Kokosflocken. Rosa, gelb, weiß und braun. Weil er noch keine gebrannten Mandeln beißen kann. Für sich selber kauft sie Praliné-Hütchen, mit Schokolade überzogen.

Zwischen den Bonbon-Buden, gegenüber vom Bäcker Konietzny, ist ein kleiner Platz frei. Da steht ein großer Mann in einem schwarzen Anzug auf einer Kiste neben einem schmalen Tischchen. Er schlägt mit den Armen, als ob es Flügel wären, und er krächzt auch beinahe wie ein Vogel.

»Der billige Jakob«, sagt die neue Mutter, »der hat bloß Ramsch!« Und sie macht ein Gesicht, als ob sie ganz vornehm wäre. Als ob der schwarze Mann, der wie ein Vogel krächzt, nicht wert wäre, daß man bei ihm stehenbleibt. Die meisten Leute machen es genauso. Nur ein paar Männer - sie sehen aus wie die Arbeiter aus der Richterschen Kneipe - lassen sich zeigen, wie so ein Selbstbinder umgemacht wird. Denn der billige Jakob hat Selbstbinder zu verkaufen. Fertiggebundene Schlipse, mit einem Gummiband dran, das man unter dem gestärkten Kragen versteckt.

»Bitte, gnädige Frau!« ruft der billige Jakob, und er muß wohl die neue Mutter meinen, denn sonst ist niemand da, zu dem er gnädige Frau sagen könnte. »Ein ganz dezentes Muster, gnädige Frau, das richtige Geschenk für den Herrn Gemahl!«

Die neue Mutter will mich weiterziehen. Vielleicht, weil alle Männer sie jetzt so ansehen. Aber ich bin störrisch. Ich frage sie leise: »Warum sind Selbstbinder Ramsch?« Und da hat die neue Mutter auf einmal ein richtig verkniffenes Gesicht.

»Nicht ein, nicht zwei, nein drei Stück von diesen eins a Selbstbindern für nur zwei Mark! Greifen Sie zu, solange der Vorrat reicht!« krächzt der Mann auf der Kiste, und an seinen ausgestreckten Armen flattern bunte Schlipse wie Federn.

»Warum kaufst du sie nicht?« frage ich etwas lauter die neue Mutter - bei dem Gedanken, wie der Papa manchmal morgens vor dem Spiegel steht und flucht, weil der Schlipsknoten nicht so wird, wie er es möchte. Er hat dabei schon mal eine Krawatte zerrissen. Und der Heinzi hat immer Angst, wenn er so tobt. Ich nicht. Aber einen Bogen mache ich doch um ihn in solchen Augenblicken. Nur die neue Mutter geht zu ihm hin und bindet ihm die Krawatte, und dann ist er meistens zufrieden.

»Ich kaufe keine Selbstbinder«, flüstert die neue Mutter zu mir herunter.

»Aber warum?« Sie hätte es dann doch auch leichter.

»Eben darum!«

Ich wußte es ja. Wenn ihr kein wirklicher Grund einfällt, kommt sie mit solchen Reden. Ich lasse mich aber nicht fortziehen. Gerade nicht. Ich mache mich los von ihrer Hand und bleibe stehen.

Ich glaube, der billige Jakob hat mir zugelächelt. Aber es war ein bißchen traurig, das Lächeln. Vielleicht, weil niemand seine Selbstbinder kauft. Vielleicht auch, weil er friert. Der schwarze Anzug ist bestimmt nicht sehr warm, und es fängt jetzt auch an zu schneien.

Aber ich habe leider nur noch achtzig Pfennig. Als er mich wieder anlächelt, lächle ich zurück.

Die wenigen Männer, die noch stehengeblieben sind, stoßen sich mit den Ellenbogen an, lärmen und machen Witze, die ich nicht verstehe. Einer fuchtelt mit der Hand gegen den billigen Jakob und schreit: »Geh doch zurück nach Galizien mit deinen Selbstbindern, alter Juden-Gauner!« Und die meisten lachen.

Aber es ist kein lustiges Lachen. Eher böse und gehässig. Weihnachten ist plötzlich ganz weit weg, und ich bin sehr erschrocken. Ich sehe den Mann, der das vom Juden-Gauner gesagt hat, an. Er ist noch viel ärmlicher angezogen als der billige Jakob. Und er riecht nach Schnaps. Die meisten riechen nach Schnaps.

Wenn ich doch nur besser Bescheid wüßte. Was ist das: ein Jude? Und wo liegt Galizien?

Ja, ich weiß, in der Biblischen Geschichte gibt es das Volk der Juden, das haben wir schon gelernt. Sie sind durch das Rote Meer gezogen, ohne naß zu werden. Und hier bei uns in der Brieger Straße gibt es den Herrn Striehm vom Hut- und Mützengeschäft Striehm & Co. Der ist auch Jude. Weil er am Sonnabend in seine Kirche geht und dazu einen Zylinder aufsetzt. Das hat mir die Tante Hedel gesagt. Aber es macht doch keinen großen Unterschied, ob man am Sonnabend oder am Sonntag zum Gottesdienst geht. Wichtig ist doch, daß man überhaupt geht, denke ich.

Und warum wollen alle, daß man nichts beim Juden kauft? Der Papa hat auch gesagt, daß alles Ramsch ist, was diese Juden in Breslau verkaufen. Aber er hat nachher zum Herrn Marczowsky gesagt, daß es eine solide Qualität ist, sein neuer Wintermantel. Die Gertrud sagt, daß der billige Jakob nur Ramsch hat. Aber morgen gibt sie vielleicht auch zu, daß es schon etwas Gutes ist, so ein Selbstbinder. Und auch preiswert.

Mir scheint, die Erwachsenen wissen oft selber nicht genau, ob etwas Ramsch ist oder nicht.

Und jetzt ist die Gertrud wirklich böse, weil ich noch immer nicht weitergehen will. Aber ich weiß, daß sie mir hier vor allen Leuten bestimmt keine Ohrfeige geben wird. Weil sie nicht will, daß jemand denkt, sie sei eine böse Stiefmutter!

Mir fällt etwas ein. Ich tue folgsam und ziehe sie beiseite. Dann sage ich ihr ins Ohr: »Borg mir zwei Mark, bitte! Ich gebe sie dir zu Hause aus meiner Sparbüchse wieder.«

»Und wofür?«

»Ich möchte drei Selbstbinder kaufen. Für den Papa, als Weihnachtsgeschenk. Einen braunen, einen grünen und den dunkelblaugestreiften.«

Sie holt tief Luft und schüttelt den Kopf. »Kind«, sagt sie, »Elisabeth! Der Papa trägt keine Selbstbinder!«

»Warum nicht? Er schimpft doch immer so schrecklich, wenn er sich seine Krawatte selber binden muß.«

»Kind, das verstehst du nicht«, sagt die Gertrud.

»Du hast es mir auch noch nicht erklärt!«

»Da gibt es nichts zu erklären. Männer wie dein Papa, die tragen eben keine Selbstbinder. Das ist einfach so. Das gehört sich nicht anders.«

Männer wie mein Papa. Ich denke, daß das auch wieder bloß so ein Gerede ist. Männer wie mein Papa. Macht es solchen Männern vielleicht Spaß, jedesmal so herumzutoben, wenn sie sich eine Krawatte binden müssen? Ich glaube aber, daß es etwas ganz anderes ist. Etwas, wovon der Papa neulich abend geredet hat und was ich leider nicht ganz verstanden habe.

Ich ziehe die Gertrud noch mal zu mir herunter, um es ihr ins Ohr zu flüstern: »Ist es, weil der billige Jakob ein Jude ist?« frage ich.

Da wird die Gertrud im ganzen Gesicht rot bis an den Rand ihrer schwarzen Hutkappe. Dieses schreckliche Kind, denkt sie jetzt bestimmt wieder. Aber sie sagt, ebenso leise wie ich: »Es ist . . . weil Selbstbinder . . . sie sind eben nicht vornehm.«

Nicht vornehm? Das glaube ich ihr nicht. Warum sollte es denn nicht vornehm sein, wenn man sich eine Sache leichter macht? Nicht vornehm! Die Selbstbinder hier haben die gleichen Farben und ganz ähnliche Muster wie Papas Krawatten. Warum sollten sie denn nicht vornehm sein?

Ich sehe wieder zu dem Mann auf der Kiste hinüber. Er redet und redet und wirbelt mit den Armen. Und mitten drin in seinen Anpreisungen lächelt er mir noch einmal zu. Und zuckt die Achseln.

Ich nicke nur. Lächeln kann ich jetzt nicht mehr, weil ich am liebsten weinen möchte. Wenn ich doch nur zwei Mark hätte. Ich würde ihm drei Selbstbinder abkaufen, sogar wenn der Papa sie dann wirklich nicht ummacht. Einfach so. Damit der Mann im schwarzen Anzug nicht umsonst hier steht und redet und friert und mit den Armen schlägt. Und vielleicht würde dann doch noch der eine oder der andere ihm etwas abkaufen. Man muß nur einen Anfang machen!

Aber wie soll ich das der Gertrud erklären? Sie würde bestimmt sagen, daß zwei Mark eine Menge Geld ist und man soviel Geld nicht zum Fenster hinauswerfen darf! Sie würde es nicht begreifen.

Mama! Nein! Was Mama getan hätte, kann ich mir immer weniger vorstellen. Mama ist schon so schrecklich weit fort, daß ich nur noch weinen kann, wenn ich an sie denke. Aber die Tante Hedel, Mamas Schwester, die hätte dem billigen Jakob ganz bestimmt ein paar Selbstbinder abgekauft. Und wenn der Papa sie nicht haben wollte, dann hätte sie sich eine Schleife daraus genäht für ihr dunkelblaues Kleid. Oder aber sie hätte einen dem Briefträger zu Weihnachten geschenkt.

Briefträger, glaube ich, sind nicht so stolz. Oder vornehm. Die würden Selbstbinder tragen. Ganz egal, bei wem sie gekauft sind. Briefträger nehmen ja auch zwei Zigarren für zehn Pfennig als Weihnachtsgeschenk. Oder ein Gläschen billigen Schnaps!

Noch eine Verlobung?

Der alte Brocksch liegt im Sterben.

Wie ihm die Gertrud das erzählt, ist der Sekretär gerade dabei, sich für die Theaterprobe im Gesangsverein vorzubereiten. In drei Wochen ist Stiftungsfest, da muß die neue Operette, die der Gesangslehrer und Kirchen-Kantor Sawatzky geschrieben und komponiert hat, stehen.

»Es ist ein Schlaganfall«, sagt die Gertrud, »und das Fräulein Magda meint, daß sie jeden Augenblick mit dem Schlimmsten rechnen müssen. Der Herr Pfarrer ist auch schon dagewesen mit der letzten Ölung.«

»Ja, ja«, der Sekretär ist mit den Gedanken ganz woanders. Und er summt den Anfang des neuen Sawatzky-Schlagers: »Winzerliesel, du holde Kleine, raubst den Männern den Frieden, die Ruh!«

»Ich weiß nicht, Gerhart«, seine Frau hat eine ernste Falte zwischen den hübschen Augenbrauen, »daß du jetzt so was singen kannst!«

»Das ist doch bloß dieser Schlager, dieses Lied, das durch das ganze Spiel geht. Am Schluß müssen wir's alle gemeinsam singen, da übt man eben, wo man kann.«

»Aber jetzt, wo doch der alte Brocksch im Sterben liegt, da ist das so ... so ...«

»Pietätlos«, hilft ihr der Sekretär mit nachsichtig heruntergezogenen Mundwinkeln. »Ach, Gertrud, beim alten Brocksch wird sich auch nichts mehr ändern, wenn ich jetzt anfange, fromme Lieder zu singen.«

»Ja. Schon. Trotzdem, wenn man dich so hört!« Sie sieht ihn abwartend an. Hat wohl noch etwas auf dem Herzen. Aber er hat keine Gedanken jetzt für langes Reden. »Die Magda meint«, fängt sie wieder an, »also im Falle, daß der alte Brocksch wirklich die Augen zumacht, daß sich dann die Hilde endlich verloben könnte!«

»Was?« Er schreit richtig, und jetzt ist ihm plötzlich gar nicht mehr nach der ›Winzerliesel, der holden Kleinen‹ zumute. »Die Hilde? Verloben? Daß du dich nur nicht verhört hast! Die Hilde, pah! Die ist ja fast noch ein halbes Kind! Verloben, Unsinn!« Er weiß selber nicht, warum ihn diese Vorstellung so maßlos aufregt.

»Sie ist auch nur drei Jahre jünger als ich«, sagt die Gertrud mit spitzem Mund. »Immerhin beinahe zweiundzwanzig!«

Er weiß natürlich genau, wie alt die Hilde ist. Und es ist ja noch nicht mal ein Jahr her, daß er sich selbst mit ihr verloben wollte. Aber das war schließlich was anderes, und er hat auch nie mit der Gertrud darüber gesprochen. Sie weiß nur - und er hat das nicht einmal sagen müssen, sondern sie hat es sich selber so zusammengereimt -, daß er bei den Brocksch-Töchtern einen Besuch machen wollte, um sich für ihre nachbarliche Hilfe während der Krankheit seiner verstorbenen Frau zu bedanken. Mehr weiß sie nicht, und es gab auch wirklich keinen Grund, ihr etwas anderes darüber zu sagen.

»Also gut«, seine Stimme klingt ein bißchen gequält. Schließlich stiehlt sie ihm hier mit ihren Geschichten kostbare Zeit, »gut, die Hilde ist demnach beinahe zweiundzwanzig, wenn es stimmt, was du sagst. Aber was, zum Kuckuck, soll es mich angehen, ob sie sich verlobt oder nicht?« Es soll eigentlich desinteressiert klingen, aber es hört sich nur wütend an. Und da versucht er noch einmal, ein paar Takte zu singen. Er will ihr zeigen: Ich hab' viel Wichtigeres im Kopf. ». . . raubst den Männern den Frieden, die Ruh.« Aber zum Teufel! Jetzt geht es einfach nicht mehr. Seine Stimme läßt ihn im Stich. »Lalala, Mimimi!« Er übt ein paar Töne rauf und runter. Dann räuspert er sich, und der Ton wird knarzig. Eine strenge Feldwebel-Dienst-Stimme: »Und überhaupt, wenn der alte Brocksch stirbt, brauch ich meinen Gehrock. Sieh lieber nach, ob der in Ordnung ist!«

Wenn er anfängt, so mit ihr zu reden, ist sie sonst immer leise aus dem Zimmer gegangen. Ohne Trotz oder ein aufbegehrendes Wort, einfach nur gegangen. Heute nicht. »Ich hänge die Sachen immer erst weg, wenn sie in Ordnung sind«, sagt sie mit vorgeschobener

Unterlippe. »Ich dachte auch nur, daß es dich vielleicht interessiert, mit wem sich das Fräulein Brocksch verloben will?«

»Mich? Interessiert? Warum sollte das ausgerechnet mich interessieren?« Er weiß selber, daß es nicht echt klingt, wie er das sagt. Eher mißtrauisch. Aber was, verdammt noch mal, soll er denn auf so eine Frage antworten? »Also gut«, er tut gönnerhaft, »um dir den Gefallen zu tun: Mit wem will sich nun die Hil . . ., das Fräulein Hilde verloben?«

»Mit dem Friedhelm! Dem Sohn vom Lichtermann!« Sie hätte es keine Sekunde länger ausgehalten. Diese Neuigkeit mußte einfach heraus. Man sieht es ihr an. Und auch, daß sie gespannt ist, wie er darauf reagiert. Schließlich redet er jetzt schon seit Monaten darüber, daß die Juden unser Unglück sind! Er hat ihr verboten, bei Juden zu kaufen, und sich nicht einmal überreden lassen, für einen letzten Einkauf noch nach Breslau zu fahren. Und ab und zu bringt er auch eine Zeitung mit, in der es von Juden mit krummen Nasen und furchterregenden Gesichtern nur so wimmelt. Alle dick und widerlich und mit Plattfüßen. Viele von ihnen haben schwarze Hüte auf. Rund wie eine Halbkugel. Eine Bombe nennt man das für gewöhnlich. Aber im Hutladen heißen diese Dinger Homburg.

Der Friedhelm Lichtermann trägt keinen solchen Hut. Nie. Und er sieht auch nicht so aus wie die Juden in der Zeitung ihres Mannes. Nur, daß er eben sehr schwarzhaarig ist. Und seine Nase ist vielleicht ein ganz kleines bißchen gebogen. Aber das wirkt edel an ihm. Und höchstens vornehm.

Sie hat keine Zeit, diese Blätter zu lesen, die ihr Mann mitbringt. Und sie will es auch nicht. Für sie reicht das »Katholische Sonntagsblatt« und die »Sankt-Josefs-Nachrichten«, die man am Sonntag nach der Messe an der Kirchentür kaufen kann.

Wenn aber der Mann ihr aus seinen Zeitungen vorliest, hört sie nur halb hin. Weil sie eben zu tun hat, mit dem Haushalt und mit den Kindern. Und erst recht jetzt, in ihrem Zustand, da will sie wirklich nichts wissen von all den häßlichen Sachen, von Verbrechen und Morden und Gaunereien, die immer nur von den Juden verübt werden.

Und außerdem kann sie es nicht ganz glauben – auch wenn es in der Zeitung steht. Schließlich ist ihre eigene Schwester bei einem jüdischen Kommerzienrat in Breslau in Stellung, und diese Leute, die ganze Familie, alle sind so nett zu ihr, so freundlich, daß man weit suchen müßte, bis man es besser fände. Manchmal, wenn die Martha, ihre Schwester, am Wochenende zu Besuch kam, haben sie ihr sogar zu essen mitgegeben. In einer Zeit, als es so wenig gab. Ein Huhn oder eine Ente und einmal gar eine Gans! Aber sie hat sich mit der Schwester besprochen, und sie haben dem Mann nicht gesagt, daß der herrliche Sonntagsbraten vom Juden kommt. Der wäre imstande gewesen und hätte nichts davon gegessen. Und was noch schlimmer gewesen wäre, er hätte auch ihr und den Kindern verboten, davon zu essen!

Es war schon schwer zu verstehen, wie ein Mann sich so in seinen Haß verbeißen kann. Und man konnte auch gar nicht sagen, woher das auf einmal kam. Nur, daß es schlimmer und schlimmer wurde, das konnte man spüren. Aber wenn sie ihn fragt, den Grund wissen will, dann erzählt er ihr etwas von Kriegsschuldlüge, von einem Dolchstoß in den Rücken, den die Juden dem deutschen Volk zugefügt haben sollen. Und am Ende kommt er jedesmal wieder nur auf den Schandvertrag von Versailles zu reden, und daß hinter allen, hinter den Amerikanern, den Engländern und den Franzosen, immer nur der Jude stehen würde. Das Weltjudentum, das vorhabe, das deutsche Volk zu vernichten.

Und wenn sie dann schon mal gewagt hat zu fragen, ob es denn wirklich einzig und allein die Juden seien, die an all den Schlechtigkeiten schuld seien, da hat er sie immer nur finster angesehen und gesagt: »Juden und Judenknechte, da ist kein großer Unterschied!«

Und sie hat nichts mehr gesagt, sondern nur gedacht, daß es bestimmt nicht der junge Lichtermann gewesen ist, mit dem Schandvertrag von Versailles, und der alte erst recht nicht, denn der war ja jetzt katholisch. Aber auch der Kommerzienrat Grätzer und seine nette Familie in Breslau hatten ganz sicher damit nichts zu tun.

Überhaupt, wenn sie so überlegt, dann wüßte sie keinen Juden – viele gibt es allerdings nicht in der kleinen Stadt –, keinen einzigen, der solche Schandtaten begehen könnte, wie sie in den Zeitungen ihres Mannes stehen.

Aber vielleicht war es ja in den großen Städten – in Berlin – auch anders.

Und so hat sie natürlich geahnt, daß ihr Mann bestimmt heftig schimpfen würde über Hildes geplante Verlobung mit einem Juden. Aber sie hat auch gedacht, daß es besser ist, wenn er's gleich erfährt und von ihr, dann würde er die Brocksch-Töchter nicht so vor den Kopf stoßen und womöglich gar beleidigen, wenn er ihnen später begegnete. Dann hatte er sich schon ein bissel beruhigt.

Daß es allerdings so schlimm kommen könnte, hatte sie nicht vorhergesehen. Nein, das hatte sie nicht erwartet.

»Verfluchte Schweinerei!« schreit er und haut den bronzenen Bismarck-Kopf, mit dem er seine Theaterrolle beschwert hatte, so heftig auf den Tisch, daß das schöne schwarze Eichenholz, trotz der Filet-Decke, eine tiefe Delle kriegt. »Verflucht und zum Teufel mit diesem Judenschwein! Dieses Pack, verdammtes Geschmeiß, ja, es ist ein Geschmeiß. Aasfliegen ... Aasfliegen sind sie, diese Juden! Alle!«

»Gerhart! Aber Gerhart!« ruft seine Frau und hält sich die Schürze vor den Mund. Und es ist ihr ziemlich unklar, wieso der nette Herr Friedhelm eine Aasfliege sein soll.

»Und diese ehrvergessenen Weiber, diese Schlampe!«

»Nein«, sagt seine Frau mutig, »nein, das kannst du nicht sagen. Die Hilde ist ein anständiges Mädchen, so was merkt man doch, wenn man bei jemand in Stellung ist. Und außerdem, wenn dich jemand so hört, Gerhart!«

»Das ist mir scheißegal!« schreit er wieder und ist puterrot im Gesicht. Und er sieht jetzt auch nicht mehr ein, warum er sich vor seiner Frau zurückhalten soll. Diese Verlobung ist nun keine Sache mehr, die nur ihn persönlich kränkt, so meint er. Nein! »Alle, alle rechtlich Denkenden hier in unserer Stadt werden aufschreien! Ein blondes deutsches Mädel und dieser ... dieser jüdische Lustlümmel!« Diesmal nimmt er die Faust, um auf den Tisch zu schlagen. »Eine Schweinerei!« Er muß sich den Schweiß von der Stirn wischen, so sehr hat er sich aufgeregt.

Die Gertrud ist erschrocken zurückgewichen. Und erst, wie sie glaubt, daß er sich ein bißchen beruhigt hat, sagt sie: »Aber der alte Lichtermann hat sich doch taufen lassen. Sie werden bestimmt eine christliche Trauung machen, da bin ich ganz sicher!«

»Christliche Trauung!« Er sieht sie an, als ob er über soviel

Unverstand nur noch weinen möchte. »Christliche Trauung! Ist das alles, was dir dazu einfällt?«

»Gerhart?«

»Begreifst du denn nicht, daß die Zeremonie dabei das Unwichtigste ist? Dieser Mensch ist ein Jude!«

»Aber vielleicht ... vielleicht läßt er sich auch taufen wie sein Vater! Und ich hab ihn noch nie, wirklich nie hab ich ihn sonnabends mit dem Zylinder in die Synagoge gehen sehen!«

»Und was besagt das?« Er muß den Kopf schütteln über soviel Naivität. »Das heißt doch nur, daß er einer von diesen aufgeklärten Juden ist! Einer, der an überhaupt nichts glaubt. Das sind die Schlimmsten. Die kannst du gleich zu den Sozis rechnen! Verstehst du das wenigstens?«

»Ein Sozi?« Das wäre schlimm. Wenn der junge Herr Lichtermann zu den Sozis halten würde, das – findet sie – ist zehnmal schlimmer, als daß er Jude ist. Die Sozis sind wie die Kommunisten: gottlos. Das hat auch der Herr Pfarrer in der Kirche gesagt, damals, bei dieser Schmiererei an der Mauer bei der Zigarrenfabrik ›Religion ist Opium fürs Volk!‹ »Glaubst du wirklich, daß er ein Sozi sein könnte, der junge Lichtermann? Aber der Vater ist doch beim Zentrum!«

»Schwarz-Rot-Mostrich oder Rosarot ... du willst mir ja nicht glauben, daß da kein großer Unterschied ist! Wenn es gegen die Interessen der deutschen Nation geht, da sind die sich alle einig ... und das deutsche Volk schläft! Aber ich sag es dir ... der Tag wird kommen!« Er streckt wieder das Kinn vor und macht sein energisches Gesicht.

»Ja, Gerhart, freilich.« Seine Frau ist froh, daß er bei diesem Punkt angelangt ist. Wenn er von dem Tag redet, der einmal kommen wird, ist das Allerschlimmste meistens überstanden, hat sie herausgefunden.

Aber sie will das nicht glauben, daß der junge Lichtermann ein Sozi sein soll. Der Mann muß sich täuschen, meint sie, der sieht schon überall bloß noch Juden und Sozis und Kommunisten. Und die Hilde? Ihr hübsches Fräulein Hilde, die würde doch so was nicht machen. Einen Sozi heiraten! Nein, das ist undenkbar, das kann gar nicht sein.

Sie fährt sich mit der Schürze übers Gesicht. Sie weiß niemand, keinen Menschen, mit dem sie einmal über diese Sache reden könnte. Jemand, der sich auskennt mit Parteien und Politik. Zu den Jungfrauen in der Marianischen Kongregation kann sie als Verheiratete nicht mehr gehen. Und die wüßten am Ende auch nicht viel mehr als sie selber. Würden womöglich nur klatschen und tratschen. Außerdem sind sie wohl auch neidisch, weil sie, das einfache Hausmädchen, so eine gute Partie gemacht hat.

Und dann fällt es ihr ein. Wenn es zu dieser Verlobung kommen sollte, dann wird sie das, was ihr Mann da über den jungen Lichtermann gesagt hat, in der nächsten Beichte dem Pfarrer erzählen. Das wird sie tun, ja! Und der Herr Pfarrer wird schon wissen, was nötig ist. Schließlich geht ja die Hilde zu ihm in die Beichte und nicht zu dem jungen Kaplan. Ich muß mir dann keine Sorgen mehr darum machen, denkt sie, meine Pflicht als katholische Christin kann ich auf diese Weise erfüllen, ohne daß es Klatsch gibt oder böses Gerede. Und dann liegt alles in Gottes Hand.

Sie seufzt ganz erleichtert, und dann sagt sie zu ihrem Mann, der mit starren Augen in sein Rollenbuch sieht. »Ich will dich nicht länger stören. Du mußt ja deine Rolle lernen. Es ist bloß schade, daß ich dich wohl nicht werde darin bewundern können.« Sie streicht sich mit der flachen Hand unter der Schürze über den Leib. »Spätestens in vier Wochen ist es soweit!« Und sie hofft dabei, daß ihn der Gedanke an das Kind vielleicht ein bissel ruhiger werden läßt. Aber er sieht nicht einmal auf, und da geht sie still aus dem Zimmer. Ihre Schritte sind - trotz der Last, die sie trägt - so leicht wie immer.

Als sie die Tür zur Guten Stube hinter sich schließt, schnaubt der Sekretär heftig. Wie soll einer sich auch konzentrieren, wenn er solche Sachen zu hören kriegt? Von seinem Text beherrscht er im Augenblick kein einziges Wort.

Er stützt das Kinn mit der Hand auf und sinnt. Die Hilde, seine Hilde und dieser Judenjunge! Nein, er muß ehrlich bleiben, es ist nicht mehr seine Hilde, das weiß er schon, und da will er sich auch nichts vormachen. Und daß er dagegen ist, daß sie diesen Juden heiratet, das hat auch gar nichts damit zu tun, daß er selber sie einmal hat haben wollen. Bestimmt nicht. Einem anderen, einem, der sie verdient, dem würde er sie von Herzen gönnen. Nun, vielleicht nicht gerade von Herzen – weh würde es schon tun, das muß er zugeben. Aber das würde kein Mensch erfahren. Und er ist jetzt schließlich ein Mann, der für Frau und Kinder Verantwortung trägt. In Kürze würde das dritte geboren werden, da kann er sich nicht mehr wie ein verliebter Jüngling benehmen.

Aber gerade eben weil er weiß, was Verantwortung heißt, eben deshalb ist er doch auch für die Tochter seines Nachbarn verantwortlich. Wenn der Vater stirbt, stehen die beiden Mädchen alleine da. Die Magda ist alt genug, die kann sich schon selber helfen, aber die Verantwortung für die junge Hilde, die kann man ihr nicht allein überlassen. Es wäre noch etwas anderes, wenn die Magda ein Mann wäre, aber so ...

Er springt plötzlich auf. Er weiß jetzt, was seine Aufgabe ist. Er muß diese Ehe verhindern, muß jedenfalls alles tun, um diesem jungen, unerfahrenen Ding klarzumachen, auf was sie sich da einlassen will. Das ist einfach seine Pflicht, als Nachbar, als Kriegskamerad des alten Brocksch und als Deutscher!

Und vier Tage später, bei der Beerdigung des alten Brocksch, hat er auch schon die erste Gelegenheit dazu.

Es ist ein langer Trauerzug, der sich da vom Trauerhaus aus die Brieger Straße entlangbewegt. Alfons Brocksch – Textilwarenhändler en gros & en detail – ist Zeit seines Lebens ein einfacher Mann gewesen. Aber seine Beerdigung ist pompös. Und das ist noch fast zuwenig gesagt.

Und der Sekretär Gerhart Koller ist voller Zorn. Er weiß kaum, wie er die Füße setzen soll. Nein, nicht nur, weil ihn die engen schwarzen Schuhe so drücken, auch nicht, weil er zu spät gekommen ist und seinen Kranz nicht mehr auf den dafür bestimmten Karren hat legen können, sondern ihn jetzt selber schleppen muß.

Das alles würde einem echten Frontsoldaten höchstens ein Lächeln abringen, und er würde gerne noch etwas Schwereres schleppen. Aber daß er hier, zu den Klängen des Städtischen Musikkorps, in einer der letzten Reihen langsam einhergehen muß, während vorne, gleich hinter der schwarzen Kutsche mit den leidtragenden Töchtern, der junge Lichtermann mitmarschiert, das treibt ihm den Schweiß in die Augen. Daß dieser Kerl es wagt, gleichsam vor aller Augen zu dokumentieren, daß er dazugehört! Mein Gott, der

Sekretär meint, daß er zerplatzen müsse, wenn er nicht bald zu einer gleichgesinnten Seele darüber reden kann.

»Näher, mein Gott, zu Dir«, spielt die Musik, und sie sind jetzt schon in der Oderstraße, da, wo die Straße zum Friedhof abzweigt. Die Pferde mit den schwarzen Federbüscheln auf den nickenden Köpfen traben gemessen, der Kutscher Franke in seiner schwarzen Pelerine mit Silberborte braucht kaum an den Zügeln zu ziehen, und die Peitsche mit der schwarzen Florschleife steckt ohnehin in ihrem Halter an der Seite des Kutschbocks.

Auf dem hohen Wagen mit den gedrechselten Säulen und den schwarzen Draperien mit ihren Silberfransen steht der schwere Eichensarg, über den ein schwarzes Tuch, mit aufgestickter Silberpalme und gesäumt mit Silberfransen, gebreitet ist. Ein Gesteck mit viel Grün und weißen Blüten liegt darauf und das Samtkissen mit den Orden.

Viele sind es nicht, denkt der Sekretär, so ist das nun mal bei uns einfachen Soldaten, aber es soll trotzdem keiner kommen und glauben, wir ließen uns alles gefallen! Nein, alter Kamerad, ich werde schon aufpassen. Das verspreche ich dir!

Er wendet sich dem Mann an seiner Linken zu. Der hat sich vorhin, als sie beim »Ohlauer Kreisblatt« vorbeizogen, dem Zuge angeschlossen. Es ist sein Sangesbruder Hermann Burger, und er ist Zeitungsredakteur. »Man sollte es nicht zulassen«, flüsterte er dem Burger so laut zu, daß die meisten um ihn herum es hören können. »Es müßte ein Gesetz geben gegen so was!«

»Was denn, Gerhart, was regt dich denn wieder mal auf?« Hermann Burger wendet sein rundes Mondgesicht mit dem kleinen Oberlippenbärtchen - ein gutmütiges Gesicht, das trotz seiner Jugend schon eine glänzende Glatze über der hohen Stirn zeigt - Gerhart Koller zu. Er knöpft sich den obersten Knopf seines dunklen Mantels auf, denn er ist ein bißchen kurzatmig, und das Laufen strengt ihn an. Aber er fragt trotzdem: »Soll ich dir den Kranz mal abnehmen? Schließlich bist du schwerkriegsbeschädigt!«

»Ach was«, der Sekretär winkt ab, »den trag ich noch bis Hünern, wenn du willst, trotz meiner Verwundung! Da hast du schon lange schlappgemacht mit deinem Bierbauch! Ich reg mich auf über den Kerl da vorne, den Lichtermann! Was hat der bei der Beerdigung eines braven Frontsoldaten verloren, frag ich dich?«

Der Burger Hermann ist so friedlich, wie der Sekretär hitzig ist. Er will immer vermitteln, ausgleichen. »Der Lichtermann ist ein Nachbar von dem alten Brocksch, genau wie du«, sagt er. »Die Läden liegen sich doch fast gegenüber. Man würde es sicher übelnehmen, wenn von Lichtermanns keiner mitginge bei der Beerdigung.«

Der Sekretär streckt das Kinn vor. »Ja, unterstütz du das auch noch«, schimpft er schnaufend. »Hast wohl Angst, daß sie dir die Anzeigen wegnehmen bei deinem Käseblatt. Aber ich sage dir, der alte Brocksch hat die Juden nie leiden können!«

»Psst! Gerhart! Wir sind doch hier nicht auf einer politischen Versammlung! Und man soll die Toten ruhen lassen!«

»So? Pah, dann soll das mal der Lichtermann tun. Soll er den alten Brocksch in Frieden lassen! Ich stör ihn nicht, ich paß bloß auf, damit nicht jetzt, wo er nicht mehr da ist, alles drunter und drüber geht.« Und er denkt, daß sich der Burger ruhig wundern und fragen soll, was er wohl vorhat.

»Ich versteh dich nicht, Gerhart. Ich weiß wirklich nicht, wovon du redest.«

»Na, dann wirst du's bald wissen. Hör nur gut zu, nachher am Grab, und schreib dir's auf, damit du auch darüber was in deiner Zeitung berichten kannst!« Der Sekretär sieht den Sangesbruder mit zusammengekniffenen Augen an. Ein guter Kerl, der Burger, ein freundlicher, allzeit hilfsbereiter Mensch. Aber zu schlapp. Keine Disziplin und keine klare Meinung. Einer von denen eben, die nicht in den Stahlgewittern gehärtet wurden, wie das bei Ernst Jünger steht. Aber er kann nichts dafür, der arme Hermann, bei Kriegsende war er gerade erst siebzehn und herzleidend schon von Kindesbeinen an. Aber eine schöne Stimme hat er, das muß man ihm lassen. Ein herrlicher Tenor.

»Gerhart! Um Himmels willen! Mach keinen Unsinn, ich beschwör dich!« Burger legt dem Sekretär beschwichtigend die Hand auf den Arm.

»Wart's ab!« Gerhart Koller entzieht sich dieser Berührung und brummt noch etwas vor sich hin, aber das kann niemand mehr verstehen, denn eben hat die Musikkapelle wieder eingesetzt mit ihrem Spiel.

Und dann ziehen sie auch schon durch das große schmiedeeiserne Tor auf dem Friedhof ein.

Während der Sarg noch auf den schmalen Brettern über dem offenen Grab steht, werden die Reden gehalten. Zuerst der Pastor Bilge, denn der alte Brocksch war – im Gegensatz zu seinen Töchtern, die die Religion ihrer Mutter angenommen hatten – evangelisch. Von einem erfüllten Leben, von Ehre und treuer Pflichterfüllung wird gesprochen und von den verlassenen Waisen, die einen über alles geliebten, zärtlichen Vater verloren haben.

Der Sekretär sieht finster vor sich hin. Und was tun diese zärtlich geliebten Töchter, denkt er, was gilt ihnen der Wunsch, der Wille des Vaters? Der Mann ist noch nicht mal in seinem Grab, da stehen sie schon hier, Aug' in Auge mit diesem Menschen, den der Vater zu Lebzeiten niemals in seine Familie gelassen hätte. Eine Schande ist das, eine Schmach und Herausforderung! Stehen da, mit dichten schwarzen Schleiern vor den Gesichtern, und wenn sie nicht ab und zu einmal mit den Taschentüchern die Augen hinter den Schleiervorhängen betupfen würden, dann wüßte man nicht einmal, ob sie weinen.

Ein Mann von der Stadtverwaltung spricht jetzt, denn der alte Brocksch war nicht nur Steuerzahler, sondern lange Jahre hindurch auch Stadtverordneter im Rat der Stadt Ohlau. »Ein letztes Lebewohl.« Der Mann legt seinen Kranz an den Rand des Grabes.

Jetzt, am Arm einer kräftigen jüngeren Frauensperson, ein alter Mann im Gehrock, mit dem EK 1 an der Brust. Sein Schnauzbart hängt ihm über die Unterlippe herunter, und man kann kaum verstehen, was er sagt. Von Siebzig-Einundsiebzig ist die Rede, wo der damals blutjunge Brocksch mit dem Schnauzbärtigen hier im gleichen Bataillon gedient hat, zusammen haben sie mitgeholfen, den großen Sieg von Sedan zu erringen, soviel versteht man. Dann wird die alte Stimme zittrig. Tränen rollen in den Schnauzbart. »So ruhe denn in deutscher Erde mein guter Kamerad!« Mit unsicheren Beinen tritt der Alte zurück, und jetzt stimmt auch die Kapelle das Lied vom ›Guten Kameraden‹ an, während die Bretter weggezogen werden und die Leichenträger den Sarg an dicken Stricken langsam in die Grube senken. Man hört unterdrücktes Schluchzen und Räuspern und das Schnauben in viele Taschentücher.

». . . will dir die Hand noch reichen, derweil ich eben lad', kann dir die Hand nicht geben, bleib du im ew'gen Leben mein guter Kamerad«, der Sekretär singt mit energisch vorgestrecktem Kinn und trotzigem Geradeausblick. Dabei überlegt er die Worte, die er gleich noch sagen will.

Dann nimmt der Pastor Bilge von der ausgeschachteten Erde dreimal eine Handvoll und wirft sie auf den Sarg. Es poltert, daß einem eine Gänsehaut über den Rücken läuft. Die beiden Frauen, Magda zuerst, haben kleine Blumensträuße, die sie – statt der Erde – dem Vater hinunterwerfen. Aufschluchzend, nachdem sie ihre Veilchen als letzten Gruß auf den Sarg geworfen hat, legt die Hilde ihren Kopf an die Schulter der Schwester.

Gerhart Koller macht einen schmalen, strengen Mund.

Nun treten sie alle – die wenigen Verwandten zuerst – hintereinander an die offene Grube und werfen dem Toten drei Handvoll Erde hinunter. So will es der Brauch. Danach gibt jeder den trauernden Töchtern die Hand. Stumm oder mit ein paar tröstenden Worten.

Schließlich ist auch die Reihe an Gerhart Koller. Aber was macht er denn? Will jetzt auch er noch eine Rede halten? Erstaunte Blicke, Achselzucken. Die Magda schlägt ihren Schleier zurück.

Aber der Sekretär sieht sie alle mit strengen Augen an, räuspert sich dann, und »Lieber alter Kamerad«, beginnt er. »Ja, ich darf dich doch so nennen, auch wenn du bei Sedan deine Pflicht erfüllt hast und ich die meine, Jahre später, an der Somme. Lieber Kamerad also und Nachbar! Ich stehe hier, weil mich die Sorge drängt, die Sorge, die du vielleicht mit ins Grab genommen hast und die ich mit dir empfinde, die Sorge um deine nun verwaisten Kinder, um deine geliebten Töchter!«

Die Menschen sehen sich gegenseitig an. Einige ziehen die Brauen hoch, und manche heben die Schultern. Was soll das? Was will dieser Koller? Und der Hermann Burger tritt von einem Fuß auf den anderen. »Er wird doch nicht ...« murmelt er immer wieder, »er wird doch um Himmels Willen nicht hier, am Grab ...« Nur der Friedhelm Lichtermann sieht dem Sekretär durch die großen Gläser seiner Hornbrille gerade in die Augen. Fast könnte man meinen, daß er sogar die Mundwinkel nach unten gezogen hat. Aber Gerhart Koller läßt sich nicht beirren.

»Ich stehe hier, lieber Kamerad, im Namen aller, die gleichen deutschen Geistes sind, um dir zu versprechen, daß wir – als gute Deutsche – uns schützend vor deine Kinder, deine geliebten Töchter stellen und von ihnen alles Unheil abwehren wollen, woher auch immer es dräuen mag. Damit du, unser guter Kamerad Brocksch, in Frieden ruhen kannst, in deutscher Erde, die von nun an kein Feind, kein Fremder mehr beschmutzen soll!«

Er ist selber gerührt, als er dann seine drei Handvoll Erde auf den Sarg wirft und zurücktritt. Und er merkt gar nicht, daß die Umstehenden sich eher betreten ansehen. »Der redet, als ob die Mädels erst zehn wären oder zwölf!« hört er jemand sagen. Aber das macht ihm nichts aus. Sollen sie sich doch den Kopf zerbrechen darüber, was er mit seiner Ansprache gemeint haben könnte. Vielleicht schon in ein paar Tagen würden sie wissen, worum es ihm geht. Aber vielleicht ist es auch so, daß seine Ansprache die Brocksch-Töchter aufgerüttelt hat. Es könnte doch sein, daß er die Hilde – irgendwie denkt er noch immer seine Hilde – zum Nachdenken gebracht hat, daß sie sich's überlegt und dem Lichtermann ›nein‹ sagt.

Es würde ja schon genügen, wenn sie's erst einmal nur aufschiebt. Inzwischen kann viel geschehen. Er merkt, daß er ins Sinnieren kommt, während noch immer alle am Grab ihn anblikken. Aber er geht jetzt nicht rüber zu den Brocksch-Töchtern und gibt ihnen die Hand. Er hat es sich anders überlegt. Er schlägt nur die Hacken zusammen und verbeugt sich gemessen in ihrer Richtung. So hat es einmal der Oberstleutnant Benda gemacht, denkt er, auch bei einer Beerdigung, und das hat er damals sehr wirkungsvoll gefunden.

Dann tritt er zurück. Und die Trauergemeinde löst sich langsam auf.

Wir kriegen ein Kind

Gerade, als es mir beinahe gelungen ist, einzuschlafen, bevor ich wieder an die Hexe denken muß, höre ich plötzlich eine dünne Stimme kleine Schreie ausstoßen.

Erst denke ich, daß es vielleicht wieder einer von den schlimmen Träumen ist, die mich manchmal heimsuchen. Oder der bleiche Mann.

Der bleiche Mann ist eigentlich kein richtiger Traum, weil ich ganz genau weiß, daß ich nicht schlafe. Aber ich kann mich nicht rühren. Ich bin ganz steif. Vom Kopf bis zu den Füßen. Und der bleiche Mann steht am unteren Ende meines Bettes. Er hat ein seltsames Wams aus grünlichem Samt an, mit gebauschten Ärmeln, und am Hals hat er einen breiten Spitzenkragen und schöne Spitzenstulpen an den Ärmeln. Die Augen in seinem Gesicht, das totenbleich ist und grünlich fast wie sein Wams, die Augen sind dunkel, und sie funkeln mich an. Er hat einen dunklen Bart, dessen Spitzen an den Seiten hochgezwirbelt sind. Seine blassen Lippen sind wie ein Strich.

Aber er sagt nie etwas. Er sieht mich nur an. Und er schneidet sich mit einer Schere, die eigentlich viel zu groß dafür ist, die Nägel. Ja, einen Nagel nach dem anderen. Und sie fallen mit einem kleinen Geräusch auf meine Bettdecke. Gerade da, wo meine Zehen sind.

Einmal, als der bleiche Mann wieder dabei war, seine Nägel zu schneiden, habe ich es nicht mehr ausgehalten, so steif dazuliegen. Ich wollte wissen, warum es immer so ein Geräusch macht, wenn die Nägel auf meine Bettdecke fallen. Und ich habe es schließlich gewagt, meine Zehen zu bewegen. Da hat die Bettdecke geknistert, gerade so, als sei ein großer Bogen Papier darauf ausgebreitet. Und da habe ich, Zentimeter um Zentimeter, meinen Kopf gehoben. Das Stück Papier, auf das der bleiche Mann mit dem Spitzbart seine Nägel geschnipst hat, war eine Landkarte!

Gleich darauf ist es in unserem Kinderzimmer ganz rosa geworden. Das macht die aufgehende Sonne. Und wenn die Sonne kommt, verblaßt der bleiche Mann in seinem grünen Wams immer mehr. Bis man schon durch ihn hindurch das Tapetenmuster sehen kann. Im nächsten Augenblick ist er verschwunden, und ich kann endlich wieder richtig atmen.

Aber diesmal ist es weder der blasse Mann, noch ist es ein Hexentraum. Gleich nach dem letzten Schrei höre ich, wie der Papa zu singen anfängt. Ein Lied, das er oft singt, wenn er mit den Kameraden zusammen war, oder mit den Sangesbrüdern. »Grüß Gott, grüß Gott mit hellem Klang . . .« fängt es an. Und der Papa ist dann meistens schon ein bißchen betrunken.

Heinzi ist auch aufgewacht. Er sitzt in seinem Bett und weint. Er weint immer, wenn Papa singt.

Durch den Vorhang, der – mit blaugeschwänzten Papageien unter grünen Blättern und roten Blüten – die Glastür bespannt, fällt das Licht der Diele. Ein tröstliches, buntes Viereck. Solange es da ist, sind die Eltern wach, und man braucht sich vor nichts zu fürchten. Jetzt laufen immer wieder Schatten an dem leuchtenden Viereck vorbei. Man hört Wasser aus dem Wasserhahn in eine Kanne oder einen Topf plätschern, und immer wieder tönt das dünne Schreien dazwischen.

Aber ehe ich noch Zeit habe, mich vor dem unverständlichen Treiben in Diele und Küche zu fürchten, ist plötzlich der Papa mitten in unserem Zimmer. Er hat ein ganz rotes Gesicht, und weil er die Deckenlampe angeknipst hat, kann man die Schweißtropfen auf seiner Stirn glänzen sehen.

»Ihr habt einen Bruder bekommen! Einen strammen, dicken Kerl! Eben hat ihn der Storch gebracht!« Er redet sehr laut und ist so aufgeregt, daß er nicht einmal merkt, daß der Heinzi noch immer weint, und das kann er sonst gar nicht leiden. Und jetzt lacht er und sieht uns an, als hätte er uns noch nie gesehen. Und plötzlich gibt er jedem von uns ein Geldstück. »Für die Sparbüchse«, sagt er.

Es ist ein großes silbernes Geldstück, ein Dreimarkstück, das weiß ich schon – und ich möchte mir viele bunte Ostereier dafür kaufen, in einem Nest aus richtigem Gras, oder einen Wald aus Weihnachtsbäumen für unser Kinderzimmer. Aber das wird sicher mehr kosten. Und außerdem wird es die neue Mutter nicht erlauben. Sie wird sagen, daß es Verschwendung ist, und zehn Pfennig wären auch genug gewesen, wo wir doch den Wert des Geldes noch gar nicht zu schätzen wüßten! Und dann müssen wir das schöne glänzende Silberstück in das braune Sparschwein stecken, und eines Tages bekommen wir einen Wintermantel davon oder wollene Fausthandschuhe.

»Was hat er gekostet?« fragt der Heinzi, und der Papa versteht nicht, daß er den neuen Bruder meint. Aber die Tante, die jetzt im Türrahmen steht, hat es gehört. »Kleine Kinder bezahlt man nicht«, sagt sie, »die schenkt uns der liebe Gott!«

Und der Papa hat gesagt, daß ihn der Storch gebracht hat. Aber vielleicht wissen es die Großen auch nicht richtig. Außerdem ist es Nacht, vielleicht haben sie's nicht genau sehen können? Wenn man es nur wüßte!

Manchmal sprechen ja die Erwachsenen davon, aber wenn ich dann dazukomme, hören sie plötzlich auf. »Psst! Das Kind hört zu«, sagen sie. Wenn ich aber dann ganz brav mit meiner Puppe spiele, vergessen sie mich bald. Und einmal habe ich so gehört, wie die Tante der neuen Mutter erzählt hat, daß irgend jemand, der Fräulein Grete heißt, ein Kind von einem Herrn Staudigel bekommt. Und die neue Mutter hat einen ganz runden Mund gemacht, und dann hat sie gesagt: »Ach du lieber Gott, das ist ja furchtbar!« Wieso ist es einmal furchtbar und bei uns nicht? Und woher hat dieser Herr Staudigel das Kind? Manchmal möchte ich weinen, weil es niemand gibt, den ich danach fragen könnte. Nicht einmal die Tante Hedel, die sagt nur: »Um Gottes willen, Kind, das wirst du alles erfahren, wenn du erst erwachsen bist!«

Ich will es aber doch jetzt wissen! Vielleicht steht es ja in dem ›Gesundheits-Buch‹, das der Papa in seinem Bücherschrank hat. Aber die neue Mutter hat mich einmal gesehen, wie ich vor dem Schrank stand, und da hat sie den Schlüssel abgezogen und ihn versteckt. Ich sollte lieber mit meinen Puppen spielen, hat sie gesagt. Aber ich finde Puppen dumm, und trotzdem muß ich sie überall mit mir herumschleppen. »Es gehört sich so für ein kleines Mädchen«, sagt die neue Mutter, »und außerdem bist du ohnehin schon viel zu altklug!«

Seit wir den neuen Bruder haben, ist sie sehr komisch geworden.

Immer wieder schließt sie sich mit ihm im großen Zimmer ein, und nur der Papa darf zu ihr. Ob sie etwas Verbotenes tut?

Wenn ich ganz leise über die Diele schleiche, kann ich vielleicht durchs Schlüsselloch gucken. Aber der Heinzi weint, wenn ich ihn allein lasse. Da nehme ich ihn an der Hand und sage, daß die Hexe kommt, wenn er nicht ganz leise ist. Und wir schlüpfen wie die Mäuse über die Diele.

Durch das Schlüsselloch kann ich die Betten der Eltern und den Teil des Zimmers übersehen, in dem die Spiegelkommode steht. Weihnachten habe ich auch durch das Schlüsselloch in der Tür zur Guten Stube geguckt, und da habe ich schon am Abend vorher gewußt, daß ich wieder eine große Puppe bekommen würde. Da brauchte ich mich nicht mehr zu freuen.

Aber jetzt sehe ich, daß die neue Mutter auf ihrem Bettrand sitzt und die Bluse ausgezogen hat. Aus dem Unterrock holt sie eine Brust hervor. Die ist nackt und sehr groß und hat einen dicken, braunen Punkt in der Mitte. Und den steckt sie jetzt dem neuen Bruder in den Mund!

Das ist abscheulich! Das ist bestimmt unkeusch. Der Herr Pfarrer hat in der Kirche über die Sünde der Unkeuschheit gepredigt, und ich habe die Tante Hedel, die mich mitgenommen hatte, gefragt, was das ist, Unkeuschheit. Sie hat es mir nicht erklären können. Jedenfalls nicht so, daß ich es verstanden habe. Aber jetzt weiß ich es. Die neue Mutter tut es. Und der Papa steht dabei und sieht zu! Und er lächelt sogar!

Ich will sie nie, nie mehr sehen! Nie mehr. Ich müßte sie sonst anspucken. Alle beide!

Ich weiß nicht, wie ich wieder ins Kinderzimmer gekommen bin. Ich weiß nur, daß ich auf dem Boden liege und in den Bettvorleger beiße. Mir ist so schlecht, daß ich mich erbreche. Und die Tränen machen mich blind. Immer wieder muß ich an die große weiße Brust denken, wie sie aus dem Unterrock hervorquoll. Zerkratzen möchte ich sie und zerbeißen!

Als die neue Mutter ins Kinderzimmer kommt, schreie ich und tobe und lasse mich nicht anfassen. Sie soll mich in Ruhe lassen, sie hat mir nichts mehr zu sagen. Sie schließt sich ein und sündigt! Ins Gesicht möchte ich ihr schreien, daß ich weiß, daß sie Unkeusches tut. Aber ich bringe kein richtiges Wort heraus.

Der Papa kommt und prügelt mich, bis ich nicht mehr weinen kann. Nur noch schluchzen, und das tut schrecklich weh in meiner Brust. Die Schläge spüre ich nicht.

Ich möchte fortgehen. Irgendwohin. Ganz weit fort, wo mich niemand kennt, wo niemand weiß, daß ich Eltern habe, die Unkeusches tun.

Mama ... lieber, lieber Gott, hole mich zu Mama!

›Winzerliesel‹

Ein Erfolg war es jedenfalls, das werden alle zugeben müssen.

Der Sekretär Gerhart Koller hat sich in der Kirche in die hinterste Bank gekniet, in den Schatten einer dicken Säule. Die Gertrud hat darauf bestanden, daß er mit den Kindern zur Zehn-Uhr-Messe geht, obwohl er erst gegen vier Uhr morgens nach Hause gekommen ist.

Aber er hat die Kinder nach vorn geschickt. In die Bänke am Hauptaltar, denn das Mädel paßt zu gut auf. Die merkt womöglich, daß er ab und zu, wenn er mit den Händen vor dem Gesicht zu beten scheint, schlicht und einfach schläft.

Er schwankt auch noch manchmal, wenn er mit den anderen aufstehen oder sich schnell hinknien und an die Brust schlagen muß.

Er denkt, daß man eben nichts dagegen machen kann. Bei einem solchen Stiftungsfest geht es doch gar nicht anders, da muß einer halt trinken. Da kann er es sich gar nicht leisten, den feinen Mann zu spielen, den Enthaltsamen womöglich! Da muß er höchstens lachen, wenn er sich das vorstellt. Und die ›feinen‹ Männer trinken übrigens auch!

Die Gertrud versteht das aber nicht. Oder jedenfalls meint sie, daß ein Mann wissen müsse, wann es genug ist, und daß er dann höflich ablehnen müsse, wenn man ihm noch etwas anbietet.

Die Gertrud versteht was vom Haushalt, das gibt er ja zu, auch vom Sparen, aber von so einem Vergnügen da hat sie überhaupt keine Ahnung. »Ob du dich nicht schämst«, hat sie zu ihm gesagt, als er heute morgen nach Hause geschwankt kam. Zugegeben, die letzten Stufen ist er hinaufgekrochen. Aber das war doch nur, weil er ganz leise sein wollte. Es sollte niemand im Haus durch ihn geweckt werden, wenn er womöglich beim Schwanken gegen das Geländer gekracht wäre. Das ist doch ein schöner Zug von ihm, so viel Rücksichtnahme. Oder?

Was aber die Gertrud nicht begreift, ist, daß er sich doch viel mehr schämen müßte, wenn er zum Beispiel dem Stadtdirektor Glaser, der ihn zu einem Slibowitz einlädt, sagen würde, daß ihm schlecht wird, wenn er noch einen trinkt.

Nein. Ein richtiger Mann kann so was nicht zugeben. Und er will doch auch keinen, der ihn an der Theke zu einem Schnaps einlädt, vor den Kopf stoßen! Die müßten ihn ja für unhöflich halten. Oder – was noch schlimmer ist – gar für eingebildet!

Er selber hat sich den ganzen Abend über nur zweimal ein Bier bestellt. Er käme nicht auf die Idee, sich einen Schnaps zu genehmigen. Aber die Kameraden, die Sangesbrüder, alle mögen ihn eben. Und jeder lädt ihn mal ein. Natürlich muß er sich manchmal dann auch revanchieren und eine Runde schmeißen. Aber nicht oft. Und wenn ihm dann schlecht wird, da geht er halt mal raus.

Wenn dann der Magen leer ist, bestellt er sich erst eine Knoblauchwurst mit viel Senf und mit einer Semmel, und dann kann's weitergehen. Prost! Er erschrickt und sieht sich um. Beinahe hätte er es laut gesagt. Und den Rülpser kann er gerade noch unterdrükken.

Die Operette ›Winzerliesel‹ von Walter Sawatzky war aber auch wirklich ein großer Erfolg. Und er, Gerhart Koller, hat einen Sonderapplaus gekriegt.

So. Jetzt kann er sich endlich für eine Weile auf seiner Bank zurücklehnen und seine Gedanken in Ruhe schweifen lassen, ohne immer wieder aufgeschreckt zu werden durch Aufstehen oder Hinknien.

Der Herr Pfarrer ist auf die Kanzel gestiegen und verliest zuerst die kirchlichen Nachrichten: wer gestorben ist und wer sich mit wem verheiraten will; für wen eine Messe gelesen werden soll und wieviel bei der Kollekte am vorigen Sonntag eingegangen ist. Und danach kommt die Predigt.

Johannes 1, Vers 31 bis 34: »Auf wen du den Geist herabkommen und auf ihm bleiben siehst, dieser ist es, der in heiligem Geiste tauft. Und ich habe es gesehen, und ich habe Zeugnis abgelegt, daß dieser der Sohn Gottes ist . . .«

Eine umständliche Sprache ist das, der Sekretär reibt sich das Kinn, und es fällt ihm ein, daß sie ja den Jungen zur Taufe anmelden müssen. Sie sollten sich nur noch vorher mit der Schwägerin in

Breslau absprechen. Weil die an diesem Tag kochen muß. Denn die Gertrud wird vielleicht noch ein bissel schwach sein, und außerdem soll sie sich ja auch den Gästen widmen, da kann sie nicht heiß und verschwitzt in der Küche stehen. Was müßte denn da die Verwandtschaft denken? Nein, Gertruds Schwester, die Martha, macht das schon.

Er faltet die Hände vorm Bauch. In der Kirche kann man sie schließlich nicht in die Hosentaschen stecken. Der Gedanke an ein neues Fest - wenn auch nur ein Familienfest - macht ihm Spaß. Und die Erinnerung an das gestrige Fest nicht minder. Wenn er will, kann er dabei jetzt sogar die Augen zumachen, denn die beiden älteren Männer in seiner Bank, in schäbigen, dunklen Anzügen, sind bestimmt nicht von hier. Wahrscheinlich wollen sie sich bloß ausruhen. Es könnten Hausierer sein oder vielleicht auch Straßenmusikanten. Am Sonntagvormittag dürfen die nicht herumziehen, das ist verboten. Da haben sie eben ihre Köfferchen oder die Instrumente in der »Herberge zur Heimat«, dem Obdachlosen-Asyl, untergestellt. Das malt er sich aus. Aber vielleicht haben sie nicht einmal ein Köfferchen, sondern sind nur einfache Hofsänger, die von Hof zu Hof trotten und »Waldeslust« singen oder höchstens mal das Lied von der schönen Gärtnersfrau. Ja, jetzt, wo es in Deutschland immer mehr abwärts geht, ist so mancher ältere, ehemalige Handwerksbursche ohne Arbeit und schlägt sich durch, indem er eben auf den Hinterhöfen singt oder kleine Kunststücke vormacht.

Der Sekretär stößt einen schweren Seufzer aus. Unter dem Kaiser hätte es so was nicht gegeben. Na ja, vielleicht mal einen Kriegsinvaliden, der mit seinem Leierkasten herumzog, aber doch nicht überall, auf Schritt und Tritt Arbeitslose. Und Bettler. Betteln wurde damals nicht geduldet, da paßte die Polizei schon auf. Und wenn einer arbeiten wollte, da fand er auch etwas. Wenn nicht - da gab es immer noch das Stockhaus, oder Arbeitshaus, wie man es nannte. Der richtige Platz für arbeitsscheue Elemente!

Er richtet sich auf. Es war schon gut, und er mußte seiner Mutter noch heute dankbar sein dafür, daß sie ihn gezwungen hatte, die Beamtenlaufbahn einzuschlagen. Eigentlich wäre er ja lieber Drechsler geworden. Aber wer weiß, wo er da heute wäre. Ein stellungsloser Handwerker? Noch dazu mit dieser Verwundung, die ihm jetzt doch manchmal zu schaffen macht. Das Handwerk hatte es schwer heutzutage, weil sie für die meisten Sachen schon Fabriken hatten.

Er nickt und wendet den Blick der alten Frau zu, die am anderen Ende seiner Bankreihe sitzt. Sie hat das schwarze Kopftuch tief in die Stirn gezogen. Wie er das bei den Polenweibern in Oppeln gesehen hat. Sie kommt ganz sicher vom Lande, und sie läßt den Rosenkranz durch ihre Finger laufen, als würde sie im Akkord beten. Das kommt wohl daher, weil es beim Kartoffellesen, beim Rübenhacken auch immer schnell gehen muß. Im Akkord. Da kann sie gar nicht mehr anders. Immer nur schnell, schnell.

Aber so schnell kann doch in Wahrheit kein Mensch ein ›Gegrüßet seist du, Maria‹ sprechen. Der Sekretär wiegt den Kopf hin und her. Diese Seite am Katholischsein hat er nie gutheißen können. Dieses leiernde Gebete-Hersagen. Einfach nur noch Geplapper, das stößt ihn ab ... Heiligemariabittefürunsjetztundinderstundeunserestodes ... Amen!

Nein. So ein Gebet ist schon etwas Wichtiges, und man muß es mit Andacht sprechen, sonst hat es doch keinen Sinn. Mit Andacht und mit der richtigen Betonung! So, wie er gestern abend seine Rolle gesprochen hat. Na ja, natürlich nicht mit Andacht. Andacht gehörte da ja nicht hin. Aber die richtige Betonung. Darauf kommt es in jedem Fall an.

Überhaupt, seine Rolle! Der liebe Gott wird ihm schon verzeihen, daß er jetzt daran denkt, aber er muß schmunzeln, wie er sich vorstellt, daß er aus dem amerikanischen Impresario, der die Winzerliesel für seine Girl-Truppe engagieren will, eine echte Judentype gemacht hat. Mit krummer Nase und einer schwarzen Hornbrille, wie sie der junge Lichtermann trägt! Und statt amerikanisch klingendes Deutsch zu reden, wie das ursprünglich gedacht war, hat er jüdische Redensarten eingestreut. ›Gott wie heißt‹ oder ›Gott soll schützen‹ und ›nebbich‹ und so was. Aber natürlich dezent, da gab es nichts. Und trotzdem unmißverständlich.

Man muß den Menschen eben immer und überall, zu jeder Gelegenheit, vor Augen führen, was für miese Figuren diese Juden sind. Da kommen sie dann schon von selber drauf, daß für solche

Typen kein Platz mehr ist in unserer deutschen Volksgemeinschaft!

Schade, daß die Brocksch-Töchter, weil es ja noch das Trauerjahr war, nicht hatten kommen können. Vielleicht hätte seine Darstellung und der Beifall der Leute der Hilde die Augen geöffnet!

Aber sie haben am Schluß sogar Photos von ihm in seiner Rolle gemacht, und da kommt er womöglich in die Zeitung, da kann sie es dann ja sehen. Und alle haben gesagt, daß er unglaublich echt gewesen sei. Er will nur hoffen, daß sie auch das verstanden haben, was er mit der Gestaltung dieser Rolle hat sagen wollen.

Er räuspert sich und rutscht auf seiner Bank hin und her. Wenn man wenigstens ein Kissen unter dem Hintern hätte! Diese Bänke sind einfach lausig hart. Noch dazu er, mit seiner Kriegsverletzung, mit diesem faustgroßen Loch im Becken, er kann ohnehin nicht lange so hart sitzen. Das ist einfach eine Zumutung, aber wer denkt heute noch an die Kriegsversehrten? Und wenn er jetzt aufsteht, um sich draußen ein bißchen die Beine zu vertreten, da würden sich alle nach ihm umdrehen.

Er schließt wieder die Augen, und die Predigtworte des Pfarrers sind wie ein milder Regen, der auf ihn niederrinnt, bis er auf einmal an der Tonlage merkt, daß es nun langsam zu Ende geht mit den hehren Worten. Wenn er ehrlich ist, muß er zugeben, daß er keinen einzigen vollständigen Satz von der ganzen Rede behalten hat.

Aber das ist auch einfach zuviel verlangt, wo er – ob er will oder nicht – eben doch zwangsläufig immer wieder an seine Darstellung von gestern abend denken muß. Er ist gespannt, ob ihn jemand nach der Kirche darauf anspricht. Und morgen in der Zeitung ... da werden alle Augen machen! Das hat sogar der Stadtdirektor gemeint und sein Sangesbruder, der Hensel Paul. Bloß der Hermann Burger hat sich den ganzen Abend nicht bei ihm blicken lassen. Er hat ihm ja auch damals, nach der Beerdigung vom alten Brocksch, richtige Vorwürfe gemacht. Hat behauptet, er, Gerhart Koller, würde sich in Sachen einmischen, die ihn nichts angingen. Ach was, der Burger Hermann mit seinem liberalen Getue, der kann ihn mal. Und außerdem war der gestern abend wahrscheinlich noch vor Ende der Theateraufführung schon so blau, daß er überhaupt nichts mehr verstanden hat.

Der Pfarrer ist inzwischen wieder von der Kanzel herabgestiegen, und nun sind sie vorn am Altar schon beim *Agnus Dei.* Noch einmal bimmelt das Glöckchen, noch einmal auf die Knie und an die Brust schlagen ... Kommunion ... *Ite missa est* ... Aus. Schluß. *Deo gratias!*

Der Herr Pfarrer und seine Ministranten beugen noch einmal das Knie vor dem Allerheiligsten und formieren sich zum Abgang. Die Orgel setzt ein.

Aber! Um Himmels willen! Was ist denn das? Der Sekretär ist plötzlich hellwach. Was macht denn dieser versoffene Sawatzky da oben an seiner Orgel? Ist der noch so blau, daß er gar nicht merkt, was er hier – mit allen Registern auf voller Lautstärke – spielt?

Der Sekretär jedenfalls erkennt es schon bei den ersten Tönen. Und die Gemeinde merkt es auch bald. Sogar der Herr Pfarrer. Er bleibt wie erstarrt kurz vor der Tür zur Sakristei stehen und sieht entsetzt zur Orgelempore hinauf.

Und von da oben klingt es – ganz unüberhörbar im Walzertakt – das Lied von der Winzerliesel, der holden Kleinen.

Die Gemeinde steht wie Lots Weib. Ein paar hundert Salzsäulen. Diejenigen, die gestern nicht beim Stiftungsfest vom Gesangverein ›Liederkranz‹ waren, hören zwar nur, daß der Kantor da oben offensichtlich einen flotten Walzer spielt. Die anderen aber, und das sind recht viele, kennen das Lied seit gestern abend genau. Aber niemand ist imstande, etwa ›Aufhören‹ zu rufen. Man ist schließlich in der Kirche. Sie sehen sich nur alle entsetzt an, die einen schütteln die Köpfe, und die anderen pressen die Lippen zusammen, und ein paar gibt es, die grinsen. Aber nur verstohlen.

Und von der Orgelempore braust es noch immer »Winzerliesel« in Variationen. Bis der Küster Menzel, der bei der Orgel die Bälge treten muß, damit die Pfeifen auch Luft kriegen und tönen können, bis der Küster schließlich mitgekriegt hat, daß der Kantor offensichtlich den Verstand verloren hat und etwas Ungehöriges spielt. Und da läßt er vom Treten der Bretter ab, und die Musik erstirbt mit einem häßlichen Quäkton.

Aber den Skandal kann das nun auch nicht mehr abwenden.

Wie der Sekretär Gerhart Koller am Montag beim Friseur Bencke das Kreisblatt aufschlägt, da muß er lange suchen nach einem Bericht über das Stiftungsfest des Gesangvereins. Aber hier! Die dicke Überschrift sticht einem gleich in die Augen: »Der Kantor der katholischen Kirche fristlos entlassen!« Von einem anhängigen Disziplinarverfahren ist die Rede und von der »traurigen Entweihung einer kirchlichen Stätte«.

»Lieber Himmel«, murmelt er angewidert, »die tun ja schlimmer, als wenn der Sawatzky das Vaterland verraten hätte. Eine richtige Staatsaktion machen die aus so einem Jux!« Und dann findet er endlich den Bericht über das Stiftungsfest. Es ist ein völlig nichtssagender Bericht, und die neue Operette haben sie einfach als ein »gelungenes Singspiel« bezeichnet, das »von allen Beteiligten mit viel Spielfreude und Spaß an der Sache vorgetragen wurde«. Und dann steht da noch: »Sonderapplaus gab es für den Sangesbruder Gerhart Koller, der mit seiner Darstellung eines Theaterdirektors seinen Sinn für drastische Komik bewies.«

»Eine Unverschämtheit!« Der Sekretär legt wütend die Zeitung beiseite, weil jetzt der Friseur mit dem großen weißen Umhang kommt, den er ihm umbinden will. »Eine bodenlose Gemeinheit ... drastische Komik! Was meinen Sie, Bencke?«

Der Friseur stopft ihm den Rand des Umhangs zwischen Hals und steifgestärkten Kragen. Dann fängt er an, mit dem weichen Pinsel den Schaum im flachen Becken zu schlagen. Er hat Kunden aus den unterschiedlichsten Kreisen. Er will sich nicht gern festlegen. Und so lächelt er nur mit bedeutungsvoll hochgezogenen Augenbrauen dem Sekretär im Spiegel zu.

Der legt sich mit einem Seufzer zurück. Mit dem Genick auf die Papierrolle, die hinten am Frisierstuhl befestigt ist, und nach jedem Kunden wird das benutzte Stück abgerissen und die Rolle weitergedreht. Eine ganz neue Sache ist das, und der Friseur Bencke ist stolz auf diese Verbesserung der Hygiene in seinem Geschäft. Der Sekretär summt jetzt, während er darauf wartet, daß ihm der Meister den Schaum auf die Backen streicht, noch einmal die ersten Takte der ›Winzerliesel‹. »Und ich sage Ihnen«, verkündet er dann, »sie wird ihren Weg machen, die ›Winzerliesel‹, das wird noch mal so was Ähnliches wie die ›Frau Luna‹ oder der ›Fidele Bauer‹!« Und als der Friseur noch immer nichts sagt, setzt er sich wieder auf. »Waren Sie da, Bencke? Am Sonnabend beim Stiftungsfest?« fragt er jetzt geradezu.

»Ich? Mhm ... das heißt ja, natürlich!« Es klingt ein bißchen eingeschnappt, findet der Sekretär. Und er glaubt auch zu wissen, warum. Sie hatten die Perücken, die Bärte und sonstigen Utensilien nicht vom Bencke bezogen, sondern dieses Mal vom Jaschke am Ring. Aber der hatte schließlich auch einen extra Damen-Salon in seinem Laden und verstand sich auf so was. Besser als der Bencke, der eben nur Herrenfriseur war. Das mußte man doch einsehen! Und noch dazu war der Jaschke selbst Sangesbruder!

Aber dann tut ihm der Bencke doch leid. Mit seinem Eineinhalbmann-Betrieb, Meister und Lehrling; einen ausgelernten Gehilfen trug der Laden nicht. Und er will ihn ein bißchen aufmuntern und sagt, daß sie bei der nächsten Weihnachtsfeier von den Fünfundsechzigern wieder alles von ihm, Bencke, beziehen würden. »Die Perücken und den ganzen Schminkkram«, sagt er, »und das rede ich nicht bloß so, das kann ich auch durchsetzen! Schließlich bin ich bei den Fünfundsechzigern nicht nur Schriftführer, sondern auch Kassenwart! Die müssen schon auf das eingehen, was ich vorschlage.«

Und der Bencke nickt und sagt: »Ja, das ist sehr liebenswürdig von Ihnen, Herr Sekretär. Unsereiner kann so was brauchen, glauben Sie mir, so eine Nebeneinnahme.«

Und der Sekretär nickt auch und betrachtet sich zufrieden in dem großen Spiegel. Dann fällt ihm seine Frage wieder ein: »Jetzt müssen Sie mir aber auch sagen, was Sie von der Sawatzkyschen Operette halten, Bencke!«

Der Friseur lächelt beflissen. »Wie Sie schon sagten, Herr Sekretär, eine gelungene Aufführung, wirklich!«

Der Sekretär weiß genau, daß er das nicht gesagt hat. Dieser Bencke quatscht bloß das nach, was in der Zeitung steht. Und er, Gerhart Koller, findet einfach, daß das der Sache nicht gerecht wird. Aber er kann jetzt nicht mehr reden, denn der Friseur hat ihm eben den Schaum auf die Backen gekleckst, und da muß er – wohl oder übel – den Mund zumachen, wenn er nicht die Seife zwischen die Lippen kriegen soll.

Dann zieht der Meister das lange Rasiermesser an dem Lederriemen neben dem Spiegel mit schnellen Strichen ab, prüft die Schärfe noch einmal auf seinem Unterarm und beginnt auch schon, die Barthaare des Sekretärs abzuschaben.

Um diese Zeit ist er noch allein mit seinem Kunden, der Lehrling fegt draußen das Trottoir. Und am Montagmorgen wisse man ohnehin nie genau, wann die einzelnen Herren kommen, sagt der Bencke.

Der Sekretär bedauert das. Er wäre heute so richtig in Stimmung, ein politisches Gespräch zu führen. Ein Kampfgespräch! Weil er nämlich so seine Vermutungen hat über die Herren, die da jetzt ganz schnell - mir nichts, dir nichts - den Kantor Sawatzky abservieren wollen. Denen paßt die ganze Richtung nicht, die der Sawatzky vertritt. Der Kantor ist nämlich - ähnlich wie er selber - nationalistisch eingestellt. Der ist kein Schwarzer und kein Liberaler und schon gar nicht etwa ein Roter! Eher ein Schwarz-Weiß-Roter, aber damit soll ja jetzt Schluß sein, nach dem Willen der Herren Luther und Stresemann!

Und der alter Lichtermann, überlegt er weiter, der steckt natürlich auch mit dahinter. Schließlich ist er im Kirchenrat, und die müssen ja über die Absetzung des Kantors abgestimmt haben.

Und wie der Friseur gerade wieder einmal den abgeschabten Schaum am Zeigefinger abstreicht, da fragt er ihn: »Gehen Sie eigentlich noch immer den alten Lichtermann rasieren? Jeden Morgen um zehn? Ja, ja, die Herren sind eben zu fein, um selber herzukommen. Aber um den Sawatzky abzusetzen, da sind sie sich nicht zu gut!«

Der Friseur Bencke weiß nicht recht, was er auf so was antworten soll. Er lächelt nur wieder. Eher kläglich. Und dann packt er den Sekretär an der Nasenspitze und setzt das lange Rasiermesser an, um ihm die Oberlippe zu rasieren. Aber dabei kann er nicht reden. Denn das ist eine kitzlige Sache, weil der Sekretär im linken Mundwinkel eine Warze hat.

Und Gerhart Koller hält still. Was bleibt ihm auch anderes übrig? Erst nach einer Weile brummelt er noch etwas Unverständliches und macht sein energisches Kinn. Aber diesmal nur, damit der Bencke auch die Barthaare unten am Hals abschabt.

So. Das wäre geschafft. Und jetzt hat sich auch der Friseur entschlossen, noch etwas zu sagen. »Der alte Lichtermann«, sagt er ruhig, »ist ein feiner Mann. Und nicht mehr sehr gut zu Fuß. Aber er bezahlt mir viel mehr, als ich verlangen könnte. Und unsereiner ist schließlich . . .«

»Schon gut. Schon gut.« Der Sekretär winkt ab. Der gute Bencke ist sowieso nicht die richtige Adresse für seine politischen Vorstellungen. Und außerdem ist er jetzt auch fertig mit dem Rasieren. Ein heißes Tuch noch für ein paar Sekunden auf die malträtierte Haut. Dann das Rasierwasser. Ah, das beißt. Aber es tut trotzdem gut. Noch ein paar abschließende Klatscher auf die Wangen, eine Spur Talcum . . . So! Den Umhang ab und noch einige weiche Bürstenstriche über Kragen und Schultern. Das ist so eine Gewohnheitssache, denn der Sekretär hat keine Schuppen. Und schon gar keinen Haarausfall. Das weiß auch der Bencke.

Aber er hätte wenigstens etwas darüber sagen können, wie ihm die Auffassung meiner Rolle gefallen hat. Gerhart Koller geht zur Kasse. Er kann doch den Mann nicht selber fragen! Da käme er sich ja vor wie ein x-beliebiger eitler Schauspieler. Und ihm geht es doch vielmehr um ein politisches Anliegen. Ja, so könnte man sagen, er hat mit seiner Darstellung dieses Impresarios ein poiitisches Anliegen verbunden!

Der Sekretär seufzt und zieht sein Portemonnaie. Der Friseur hat die Kasse schon aufgemacht. Es ist ohnehin nur ein wenig Kleingeld zum Wechseln drin. »Tja, also«, jetzt fällt dem Sekretär noch etwas ein: »Meine Frau braucht Vasenol-Puder für den Kleinen. Führen Sie das?« Und er denkt, daß man jetzt vielleicht doch noch einmal ganz unauffällig auf die Operette zu sprechen kommen könnte. »Meine Frau konnte leider nicht mit wegen des Kleinen. Am Sonnabend, meine ich.«

Der Friseur muß bedauern. »Vasenol-Puder bekommen Sie in der Apotheke, Herr Sekretär. Die Frau Gemahlin wird es bestimmt bedauert haben, daß sie Sie nicht hat sehen können . . . in Ihrer Rolle!«

Endlich! Der Sekretär hält richtig den Atem an, während er dem Friseur das Geld in die Hand zählt.

Und der Friseur redet weiter: »Aber vielleicht wäre es der Frau Gemahlin auch gar nicht recht gewesen.«

Nicht recht? Wieso nicht recht? »Wie soll ich das verstehen, Bencke?« Der Sekretär strafft die Schultern. Will dieser Mensch ihm vielleicht Vorschriften machen, wie er seine Rolle hätte spielen sollen? Das wäre ja noch schöner. Das wäre einfach unerhört!

Der Friseur lächelt fein. »Aber verstehen Sie doch, Herr Sekretär, Sie da in Ihrer Rolle, mitten unter so vielen hübschen Mädchen! Noch dazu alle in diesen dünnen Flitterröckchen! Also, im

Vertrauen gesagt, meine Frau wäre da gräßlich eifersüchtig gewesen!«

Ach so. Der Sekretär atmet enttäuscht aus. Nein. Er muß den Kopf schütteln. Eifersüchtig ist die Gertrud nicht. Jedenfalls hat er nie etwas davon bemerkt. »Meine Frau weiß eben, daß sie sich auf mich verlassen kann«, sagte er dann richtig streng. Legt zehn Pfennig Trinkgeld – wie jeden Montag – neben die Ladenkasse und geht gerade und aufrecht zur Tür.

Die Ladenglocke scheppert noch eine Weile hinter ihm her, während er gemessenen Schrittes den Weg zum Kulturamt, zu seinem Büro, einschlägt.

Und er denkt, daß er es hätte wissen müssen. So ein Friseur, das ist doch klar, der sieht nur immer die erotische Seite einer Sache. Und er wird plötzlich richtig rot, wie ihm einfällt, daß der Bencke ihm damals, als er sich vor der Hochzeit noch mal hatte die Haare schneiden lassen, wortlos ein kleines lilagrün gestreiftes Päckchen auf den Ladentisch gelegt hat. Fromm's Act! Er, Gerhart Koller, hatte dazu nur streng den Kopf geschüttelt, und da war das Päckchen auch schon wieder vom Ladentisch verschwunden.

Tja! Der Sekretär stapft weiter. Politisches Denken, pah! Er schnaubt heftig. Politisches Denken wird man solchen Leuten erst beibringen müssen! Diesen Duckmäusern und Leisetretern! Diesen verantwortungslosen Elementen! Der Tag wird kommen, da werden auch sie begreifen müssen, wo der Feind steht!

Fest und energisch setzt er den Fuß auf die Treppe zu seinem Amt.

Taufe

Heute ist unser neues Kind getauft worden. Es heißt jetzt Fritz. Eigentlich Hans-Friedrich. Die neue Mutter wollte, daß es Johannes heißen soll, und der Papa sagt: Friedrich, nach dem großen Preußenkönig! Und Johannes ist ihm zu fromm. Weil man aber Heinzi und Hansi so leicht verwechseln kann, soll eben der neue Bruder Fritz gerufen werden. Und der Papa sagt, daß der Preußenkönig Friedrich der Zweite gleichzeitig auch der ›alte Fritz‹ gewesen ist, und dann soll es ihm recht sein.

Fritz . . . mir gefällt der Name Fritz nicht. Jedenfalls nicht besonders. Und die neue Mutter sagt auch, daß man noch sehen wird. Und wenn sie glaubt, daß es niemand hört, nennt sie den Kleinen Hansel.

Hansel finde ich hübsch, und wir werden den Papa schon dazu kriegen, daß er es einsieht und daß Fritz irgendwie rotznasig klingt und Friedrich zu lang ist.

Ich rede jetzt wieder mit der neuen Mutter, und sie hat sich auch schon lange nicht mehr eingeschlossen mit dem kleinen Bruder. Aber vergessen kann ich das trotzdem nicht, daß sie damals gesündigt hat. Bloß, ich denke mir, daß sie es vielleicht inzwischen gebeichtet hat. Wenn man beichtet, das hat mir die Tante Hedel gesagt, dann nimmt der Herr Jesus alle unsere Sünden auf sich, und wir sind wieder rein.

Der arme Herr Jesus! Ich finde das eigentlich schäbig. Einfach die ganzen Sünden auf ihn abzuschieben, das ist doch ungerecht. Er kann doch gar nichts dafür, wenn wir Menschen schlecht sind!

Aber die Tante Hedel sagt, daß ich das alles erst richtig lernen und verstehen werde, wenn ich zum Beichtunterricht gehen darf. Doch bis dahin sind noch zwei Jahre, und ich würde es gern jetzt schon richtig verstehen.

Die neue Mutter kommt mit einer Flasche aus der Küche, die sie sich an die Backe hält, bevor sie den Kleinen daraus trinken läßt. Ich weiß schon, daß man das machen muß, damit die Milch nicht aus Versehen zu heiß ist und der kleine Hansel sich den Mund verbrennt.

In der Guten Stube sitzen die Gäste alle schon an dem langen weißgedeckten Tisch, und sie warten nur noch, bis das Kind ausgetrunken hat und die Mutter sich zu ihnen setzen kann.

Der Heinzi und ich, wir müssen am Kindertisch essen, in der großen Stube, in der auch die Wiege steht.

Die Wiege ist eigentlich ein großer, hellblau ausgeschlagener Korb, den man fast für einen Wäschekorb halten könnte, wenn er nicht in einem Gestell stehen würde, in dem man ihn hin und her schaukeln kann. Und am Kopfende ist eine lange Stange, die am oberen Ende gebogen ist, und darüber hängt ein zarter Schleier, und den nennt man Himmel. Aber der Himmel ist weiß, und bloß oben hat er eine hellblaue Schleife.

Der neue Bruder hat ein kleines rotes Gesicht mit dicken Bakken, und er liegt unter den hohen Kissen und lallt. Er bläst kleine Spuckeblasen mit seinem Mund, und die winzigen Hände mit hellblauen Rüschen um die Gelenke greifen in die Luft und manchmal auch nach meinem Finger, wenn ich ihn hinhalte. Und schreien tut er auch, der kleine Kerl.

»Aber in der Kirche ist er ganz brav gewesen«, erzählt die Tante Ilse, die ihn über das Taufbecken gehalten hat. »Nicht ein einziges Mal hat er geschrien. Bloß geschlafen. Und als ihm der Herr Pfarrer das Wasser über den Kopf schüttete, da hat er die Augen aufgemacht und gelacht!«

»Ja«, sagen die Verwandten und nicken sich gegenseitig zu, »ein besonders braves Kind! Und so hübsch, ganz die Mutter!«

Aber das ist dem Papa nicht recht. »Was heißt hier brav«, sagt er, »der Junge hat Mut! Keine Angst vorm Wasser! Und ich finde auch, daß er eigentlich mehr von mir hat!«

Die neue Mutter nickt. »Vor allem den Durst«, sagt sie ruhig. Und da lachen alle und können sich gar nicht beruhigen vor Lustigkeit. Aber der Papa sieht die neue Mutter an, als könnte er gar nicht glauben, daß sie solche Sachen sagt.

Ich finde nicht, daß der neue Bruder irgend jemand ähnlich sieht, und hübsch ist er schon gar nicht mit seinem roten Kopf und dem Schorf auf den Backen. Das kommt von der Milch, sagt die neue Mutter, und dazu ist er fast kahl. Er hat höchstens drei oder vier dunkle Haare am Hinterkopf. Nein, aber Verwandte reden manchmal komische Sachen.

Heute sind ja nur die von Papas Seite eingeladen und die von der Gertrud, der neuen Mutter. Von meiner Mama ist niemand da. Aber die Tante Agnes hat, als ich ihr bei einem Besuch von der Taufe erzählt habe, zur Tante Hedel gesagt, daß sie sowieso keine Zeit gehabt hätte, und die Tante Hedel hat gemeint, daß es doch verständlich ist, weil sie ja die Schwestern von der Elly sind und jetzt mit Gerharts neuer Ehe eigentlich nichts zu tun haben.

»Und die armen Kinder?« hat die Tante Agnes zurückgefragt. »Denkst du an die überhaupt nicht? Jetzt, wo das eigene Kind da ist, wirst du schon sehen, wie die Gertrud es Ellys Kindern vorziehen wird. Eine Stiefmutter bleibt eine Stiefmutter!« Sie hat ein richtig böses Gesicht gemacht, wie sie das sagte. Und dann hat sie mir die Backe getätschelt (das kann ich überhaupt nicht leiden) und gesagt: »Wenn ich den Karl geheiratet habe, kommst du einfach zu uns!«

»Und der Heinzi?« habe ich sie gefragt. Da hat sie eine Weile überlegen müssen, und dann hat sie gesagt: »Der Heinzi ist noch so klein, der merkt das noch nicht so. Für ihn wird sich bestimmt auch noch was finden.« Wozu die Tante Hedel den Kopf geschüttelt hat. Aber ich habe gesagt, daß ich dann doch lieber mit dem Heinzi zusammen bei der neuen Mutter bleiben möchte. Ich könnte ja manchmal in den Ferien zu ihr auf Besuch kommen.

Und da hat die Tante Agnes beinahe erleichtert ausgesehen. Jedenfalls ist es mir so vorgekommen.

Von der neuen Mutter sind auch nicht alle Verwandten zur Taufe gekommen. Nur die Tante Otto mit den schneeweißen Haaren, die über dem Gasthof ›Zum Tuppe‹ wohnt, und die Tante Martha, die in Breslau in Stellung ist und heute für uns kocht. Es gibt dann noch den Onkel Alfred. Der wohnt im Rheinland, und weil er arbeitslos ist, war ihm die lange Reise zu teuer. Aber er hat einen schönen Brief geschickt, ein richtiges schmales Kästchen, und ich dachte schon, es wäre Schokolade. Es war aber eine Karte drin mit einem blauen Schleifchen und ein Engelskopf auf einer Wolke und fünf Mark!

»Das wäre doch wirklich nicht nötig gewesen«, hat die neue

Mutter zu ihrer Schwester in der Küche gesagt, »wo er doch jetzt selber nichts hat und schon seit drei Monaten arbeitslos ist.«

Und die Tante Martha hat gemeint, daß eben der Bruder Alfred sich so was nicht nehmen läßt, weil doch eine Taufe etwas Besonderes ist. Und da hat die neue Mutter genickt und gesagt, daß die Martha schon recht hat, und: »So schnell wird auch kein Kind mehr kommen. Das können wir uns gar nicht leisten!«

Ich möchte nur wissen, wieso sie das bestimmen kann? Wenn der liebe Gott uns die Kinder schenkt, und der Klapperstorch trägt sie aus – so hat es mir die Tante Ilse erklärt –, da weiß man doch nicht im voraus, wann wieder eins kommt? Ich meine allerdings auch, daß wir für eine Weile genug haben, weil im Kinderzimmer sowieso nicht mehr sehr viel Platz ist.

Der zweite Bruder von der neuen Mutter heißt Onkel Fritz, und er kann nicht kommen, weil er bei der Reichswehr ist, und da haben sie gerade jetzt eine Felddienstübung. »Eine Felddienstübung ist so was Ähnliches wie ein kleines Manöver«, sagt der Papa. Und was ein Manöver ist, das wissen wir schon. Da müssen die Soldaten schießen üben und sich eingraben und einen Unterstand im Schützengraben bauen und Patrouille gehen. Überhaupt ist es ein bißchen wie Krieg. Bloß, daß sie sich nicht richtig totschießen. Und zu essen gibt es aus der Gulasch-Kanone!

Bei uns gibt es heute Kalbsnierenbraten. Und vorher Suppe mit Schwemmklößchen. Zum Braten dann richtige schlesische Klöße aus gekochten Kartoffeln. Und grüne Erbsen mit Mohrrüben und Gurkensalat. Und zum Nachtisch wird es Fürst-Pückler-Eis geben und Sahnebaisers. Aber das wird erst vom Konditor Pürschel, zwei Häuser weiter, geholt, wenn wir mit dem Braten fertig sind. Weil es sonst zerläuft.

»Das Gulasch beim Onkel Fritz schmeckt bestimmt auch«, sage ich, und da lacht der Papa. Und er erklärt, daß dieser fahrbare Essenkessel zwar Gulasch-Kanone heißt, aber daß das ein Witz ist und daß sie meistens auf so einer Übung bloß Erbsensuppe darin kochen.

Da tut mir der Onkel Fritz doppelt leid. Auch wenn die neue Mutter einmal zu ihrer Schwester gesagt hat, daß er ein Filou ist. Und als ich sie dann gefragt habe, was das ist, ein Filou, da hat sie zuerst nur ihre Schwester angesehen, und sie haben die Augenbrauen hochgezogen, und ich habe schon gedacht, daß sie mir jetzt wieder sagt, daß das nichts für Kinder ist und daß ich es sowieso noch nicht verstehe.

Aber da hat die Tante Martha gesagt, daß ein Filou ein lustiger Mensch ist, der die anderen neckt. Aber daß so ein Mensch leider auch sein ganzes Geld verjuxt und nie welches hat.

Und da ist mir die Geschichte eingefallen vom Bruder Sparer und Bruder Vertuer. Sie steht in einem meiner Märchenbücher, wo auch die Geschichte von den beiden kugelrunden Müllern drin ist.

Der Bruder Sparer, das kann man sich schon denken, das ist einer, der sich nichts gönnt, nichts ausgibt, auch nicht einmal zwei Pfennig für einen Bettler. Und all sein Geld tut er in einen großen Beutel, den er immer bei sich trägt.

Und der Bruder Vertuer lebt herrlich und in Freuden, er gibt alles aus und hat immer nur leere Taschen. Und einmal begegnen sich die beiden Brüder auf einer Brücke. Und der Bruder Vertuer fragt den sparsamen Bruder, ob er ihm nicht etwas borgen könnte. Aber der sagt ›nein‹ und hält dem Bruder Vertuer eine richtige Predigt, daß man eben nicht so leichtsinnig sein und immer nur alles ausgeben darf, sondern daß man sein Geld zusammenhalten muß. »Hättest du nicht so verschwenderisch immer alles ausgegeben«, sagt er, »dann hättest du jetzt genausoviel wie ich!« Und er klopft sich auf die Taschen.

»Wieviel hast du denn?« fragt der Bruder Vertuer. Und da holt der Bruder Sparer seinen Beutel stolz hervor und fängt an, sein Geld aufzuzählen. Und weil es so viel ist, legt er es immer häufchenweise auf das breite steinerne Brückengeländer. Und dann kommt plötzlich, von irgendwoher, ein ganz heftiger Windstoß und fegt die Geldhäufchen in den tiefen, reißenden Fluß! Und da hat keiner mehr etwas.

Ich habe den Bruder Vertuer immer viel lieber gemocht als den Bruder Sparer, und deshalb finde ich es auch nicht schlimm, wenn der Onkel Fritz sein Geld verjuxt und ein Filou ist.

Aber die neue Mutter sagt, daß er zur Taufe bloß eine lustige Karte geschickt hat und nicht das kleinste Geschenk, wo er doch bei der Reichswehr als Unteroffizier einen guten Posten hat und bestimmt einiges verdient. Jedenfalls mehr als der arbeitslose Onkel Alfred.

»Er wird es schon nachholen«, sagt die Tante Martha zu ihr in der Küche. »Er ist doch kein schlechter Kerl.« Und ich denke, daß es dem kleinen Hansel doch ganz egal ist, ob er Geschenke kriegt oder nicht. Der versteht doch noch gar nichts davon. Und wenn er größer ist, wird ihm der Onkel Fritz schon was mitbringen. Uns hat er ja auch zu Ostern eine Riesenschachtel mit Marzipan-Hasen und Fondant-Küken mitgebracht. Und mit vielen Ostereiern der verschiedensten Sorten. Alles in grünem Ostergras. Aber da hat die neue Mutter zu ihm gesagt, daß es eine Kleinigkeit auch getan hätte! »Wir haben doch als Kinder auch nie soviel bekommen, Fritz«, hat sie gesagt, »das konnte unsere arme Mutter sich doch gar nicht leisten!«

Und der Onkel Fritz hat bloß gesagt: »Eben. Gerade deshalb, Gertrud!« Und dann hat er noch gesagt, daß sie ja auch mal davon probieren kann. Und die neue Mutter hat geseufzt.

Ja, ich mag den Onkel Fritz sehr, und ich bin sicher, daß es ihm heute bei uns geschmeckt hätte. Allen schmeckt es. Und die Tante Martha kommt kaum nach mit dem Bratenaufschneiden und Saucenachfüllen. Sie haben schon alle ganz rosaglänzende Gesichter. Und der Papa tupft sich mit der Serviette das Gesicht und sagt, daß ihm das Fett schon am Kinn durchkäme. Das sagt er sonst nur zu Weihnachten, und alle lachen. Aber ich glaube, sie lachen auch, weil sie immer wieder Wein nachschenken und sich zuprosten, und der Mann von der Tante Ilse, er heißt Onkel Johannes, hat sogar eine Rede auf den lieben Täufling und seine verehrte Mama gehalten.

Wein hat es vorher noch nie bei uns gegeben. Ich würde schon gerne mal probieren, wie der schmeckt. Aber die Tante Martha in der Küche sagt, das ist nichts für Kinder, und gibt uns Himbeerwasser.

Als dann schließlich alles gegessen ist und die Erwachsenen aufstehen und wieder einmal den Hansel in seiner Wiege begukken, sagt die Tante Martha, daß ich ihr beim Tischabräumen helfen soll, weil dann gleich die Kaffeegäste kommen. Und da sind manche Gläser noch halbvoll. Wie gerade keiner hinsieht, trinke ich sie der Reihe nach aus. Es schmeckt aber nicht so süß, wie ich gedacht habe.

Oh! Auf einmal ist mir so komisch zumute, daß ich immerzu lachen muß. Und der Fußboden gibt unter mir nach, als ob alles aus Watte wäre, als ob ich bis zu den Knien in einer Wolke stecken würde. Ich muß mich hinsetzen. Warum wackelt denn alles um mich herum? Ob es den Großen auch so geht, wenn sie Wein trinken? Wahrscheinlich schon, weil sie doch immer so lachen und manchmal auch schwanken. Aber ich glaube, ich kann jetzt die Gläser nicht in die Küche tragen. Eines ist mir schon umgefallen, als ich danach gegriffen habe.

In meinem Bauch ist es ganz heiß, aber mein Kopf ist so dumpf, als hätte ich Wasser in den Ohren. Kopfschütteln hilft nicht. Und es hilft auch nicht, daß ich die Augen zusammenkneife und sie dann wieder ganz weit aufreiße. Das Dumpfe bleibt. Nur lachen muß ich jetzt nicht mehr.

Die Tante Martha kommt und sieht mich da sitzen, auf Tante Ilses Stuhl. »Du bist ja so blaß«, sagt sie, »hast du zuviel gegessen, Elisabeth?« Ich will etwas antworten, aber es ist, als ob die Worte nicht über meine Zunge wollen. Alles wie angeleimt. Nur Gebrabbel bringe ich noch heraus, und außerdem wird mir schlecht.

Die Tante Martha, das muß man sagen, weiß gleich, was mit mir ist. Aber sie redet nicht viel, und sie schimpft mich auch nicht aus. Sie nimmt mich nur bei der Hand und führt mich - über den Flur, damit wir nicht durch die große Stube müssen, wo die andern alle sind - ins Kinderzimmer. Als mein Kopf in das dicke Kissen eintaucht, fangen die Wände an, sich zu drehen, schneller und immer schneller, und mein Magen dreht sich auch.

Und dann ist es ein großes Glück, daß mir die Tante Martha vorsorglich einen Eimer neben das Bett gestellt hat.

Als ich wieder aufwache, muß es schon später Nachmittag sein, weil die Sonne jetzt auf die Mauer fällt zwischen unserem Hof und dem Hof von Brocksch. Das Fräulein Hilde . . . wir sind nicht mehr drüben bei ihr gewesen, seit wir die neue Mutter bei uns haben. Und als sie den alten Herrn Brocksch beerdigt haben, ist der Papa mit zur Beerdigung gegangen. Aber er hat nachher gesagt, daß ihn keine zehn Pferde etwa dazu gekriegt hätten, noch zu der anschließenden Begräbnisfeier zu gehen. »Nein«, hat er gesagt, »da wäre ich ja womöglich diesem Schubiak begegnet, dem jungen Lichtermann!«

Ich würde gerne wissen, warum der junge Herr Lichtermann ein Schubiak sein soll, aber der Papa hat so böse ausgesehen, daß ich ihn lieber nicht gefragt habe.

Vor zwei Tagen, am Freitag, ist dann das Fräulein Hilde zu uns gekommen, als der Papa im Büro war. Sie hat der neuen Mutter zur Geburt ihres Sohnes gratuliert. Und für den kleinen Hansel hat sie ein winziges niedliches Strampelhöschen mitgebracht mit hellblauen Häkelkanten. Und die neue Mutter hat gesagt, das wäre doch nicht nötig gewesen, aber daß sie sich sehr darüber freut und daß sie dem Fräulein Hilde auch alles Gute wünscht. Und da hat das Fräulein Hilde auf einmal angefangen zu weinen. Und sie hat sich die Nase mit einem schönen Spitzentuch geschnaubt und gesagt, daß alle gegen sie sind. Und vor allem gegen den Friedhelm Lichtermann, der doch niemals auch nur einer Fliege etwas zuleide getan hätte. »Und vor allem Ihr Mann, liebe Frau Koller«, hat sie gesagt, »und ich weiß wirklich nicht, was wir ihm getan haben.«

Und da hat die neue Mutter gesagt, daß sie sich doch erst mal beruhigen soll, und hat sie in den großen Korbsessel in der Guten Stube gesetzt. »Und sagen Sie bitte wieder Gertrud zu mir«, hat sie gesagt. Und dann hat sie mich aus dem Zimmer geschickt. »Geh spielen, Elisabeth«, hat sie gesagt, »und sieh auch mal nach dem Hansel!«

Ich habe nach dem Hansel gesehen und dem Heinzi die Bauklötze aufgestellt, damit er still ist, und dann bin ich wieder an die Tür geschlichen. Und da habe ich gehört, wie die neue Mutter gesagt hat, daß sie es ja auch nicht versteht, daß aber ihr Mann gesagt hat, die Juden wären unser Unglück.

Und das Fräulein Hilde, immer noch mit dem Spitzentuch an der Nase – das konnte ich durchs Schlüsselloch sehen –, hat immer wieder nur gesagt: »Aber warum denn, warum denn bloß? Der Friedhelm hat doch mit Politik überhaupt nichts zu tun. Der schreibt Romane und Gedichte und manchmal kleine Geschichten für die Zeitung. Aber doch keine Politik! Nie!«

Und die neue Mutter hat die Schultern hochgezogen und gesagt: »Ich weiß es ja auch nicht, Fräulein Hilde. Und ich denke nur, daß die vielen Versammlungen daran schuld sind, zu denen der Mann geht. Aber man kann gar nichts dagegen machen. Auch nicht, wenn man mit einem Mann verheiratet ist.«

Und da hat das Fräulein Hilde nur genickt, und dann ist sie aufgestanden und hat gesagt, daß die neue Mutter es ihr nicht übelnehmen soll.

Und die Gertrud . . . die neue Mutter ist mit ihr zur Tür gegangen und hat immer nur gesagt, daß das Fräulein Hilde alles dem Herrgott überlassen soll. »Und vielleicht ... vielleicht könnte ja auch der junge Herr Lichtermann sich taufen lassen. Das wäre doch alles ganz einfach dann!«

Und das Fräulein Hilde ist noch einmal stehengeblieben und hat die neue Mutter angesehen. Und ihre Augen sind noch ganz rot gewesen vom Weinen. Und dann hat sie gesagt: »Ach, meine liebe Gertrud, das würde wohl auch nicht mehr viel helfen. So wie es jetzt ist.« Und dann ist sie gegangen.

Ich weiß auch nicht, warum ich jetzt plötzlich daran denken muß, und ich weiß auch nicht, wen man fragen könnte, warum manche Leute die Juden nicht mögen. Damals, beim ›Juden Jakob‹, da hätte man es vielleicht noch verstehen können, daß manche ihn nicht mochten. Aber der Herr Friedhelm? Ich würde sagen, daß er einer der liebsten Männer ist, die ich kenne, und ich werde seine Geschichte von der Prinzessin mit den grünen Haaren nie vergessen. Auch nicht, wenn ich einmal groß bin.

In der Guten Stube ist es jetzt richtig laut geworden. Man hört Tassengeklapper, und wie ich die Tür zur Küche aufmache, riecht es nach Bohnenkaffee. Bei uns gibt es sonst nur Kathreiner's Malzkaffee. Bloß die Tanten brühen sich manchmal heimlich einen Bohnenkaffee auf. Er schmeckt gräßlich bitter. Sogar wenn man Milch und Zucker hineintut. Und wie ich jetzt den Bohnenkaffee rieche, merke ich, daß mein Magen doch noch ziemlich wackelig ist. Essen könnte ich jetzt bestimmt noch nichts.

Aber ich will mir mein Märchenbuch aus der großen Stube holen und sehen, was der Heinzi macht. Weil sich alle heute um den Hansel kümmern, denkt vielleicht niemand daran, auch nach ihm zu sehen.

In der großen Stube ist der Kaffeegeruch noch stärker. Auch nach Zigarrenrauch riecht es und nach Bier. Mein Magen bewegt sich schon wieder, und ich will so schnell wie möglich zurück ins Kinderzimmer.

Die Küche war leer. Die Tante Martha hat jetzt wohl endlich ein bißchen Zeit, ein Stück Kuchen zu essen. Die Tür zur Guten Stube ist zu, und der Heinzi schläft. In Mutters Bett. Aber ich frage mich, wie er bei dem Krach aus der Guten Stube schlafen kann?

Es sind wahrscheinlich Papas Kameraden, die da so laut sind. Er hat gesagt, daß sie es sich nicht nehmen lassen und nach dem Kaffee mit ihm anstoßen wollen auf seinen Sohn. Und die neue Mutter mußte deshalb extra Bier bestellen beim Kaufmann. Denn die Kameraden trinken am liebsten Bier, sagt der Papa. Und Wein für so viele wäre auch zu teuer, hat die neue Mutter gesagt.

Ich will nur schnell noch sehen, was der kleine Hansel bei dem Krach macht. Ich schleiche mich an sein Körbchen. Er lallt und macht Spuckeblasen und spielt mit seinen Fingern. Das ist wahrscheinlich seine Lieblingsbeschäftigung.

Aber gerade, wie ich wieder zurückschleichen will, wird die Tür der Guten Stube aufgerissen. Fünf, sechs Männer drängen herein. Allen voran ein dicker, riesiger Mensch mit glänzenden Lippen, die aussehen wie rohes Fleisch. Er hat einen eisgrauen kleinen Bart und stachlige Haare, ebenso eisgrau, die von seinem rosaroten nackten Kopf abstehen.

»Wo ist er denn, euer Kronensohn?« brüllt er, daß der Spiegel auf der Waschkommode wackelt. »Wir müssen ihn noch mal mit Bier taufen, damit er auch ein echter Fünfundsechziger wird! Komm her ... komm doch her, du kleiner Scheißer!« Der Mann schwankt, und beinahe wäre er über die Wiege gefallen.

Aber da schiebt sich die neue Mutter zwischen ihn und das Körbchen vom Hansel. »Nicht anrühren!« Ihre Stimme ist leise, aber doch können alle sie hören.

Die Männer hinter dem riesigen Menschen ziehen an seinen Rockschößen. »Laß doch das Kind, Olawsky«, rufen sie, »laß es doch in Ruhe!«

Jetzt drängeln sich auch die Verwandten ins Zimmer. Jedenfalls die Onkel und der Opa. Die Tanten und die Brieger Großmama sitzen ein bißchen erschrocken auf dem Sofa hinten.

Und dann kommt endlich der Papa. Aber auch er schwankt schon ziemlich, und er hält dem Mann, den sie Olawsky nennen, ein frischgefülltes Bierglas hin. »Trink noch eins, Kamerad«, sagt er, und dabei muß er aufstoßen, »trink, dann sollst du das Kind sehen, meinen Sohn!«

Ich denke, daß er geradeso tut, als sei der Heinzi nicht auch sein Sohn.

Aber während sie alle noch trinken und reden, ist die neue

Mutter schnell hinter das Körbchen getreten und hat den Hansel herausgenommen. Jetzt ist der Korb zwischen ihr und den Männern, und an der Seite beim Waschtisch kann keiner durch. Da stelle ich mich schnell neben sie. An die andere Seite.

»Ah!« schreit der Mann, der Olawsky heißt, »da ist er ja! Da ist ja das Prachtstück!« Und seine Augen stieren ganz glasig, und auf der fleischroten Oberlippe hat er noch Bierschaum. »Ein schöner Bulle«, brüllt er, »ein feister Bulle! Koller, den hast du gut gemacht!« Und dann stoßen die Männer mit den Gläsern an, daß das Bier überschwappt, und alle lachen und schreien und klopfen sich auf die Schenkel.

Und dann zerren sie den Mann, der Olawsky heißt, endlich wieder hinüber in die Gute Stube, und wie alle – auch der Papa – verschwunden sind, schiebe ich schnell den Riegel vor die Tür.

Die neue Mutter hat sich mit dem Hansel im Arm auf ihr Bett gesetzt, wo jetzt der Heinzi aufgewacht ist. Die neue Mutter weint. Und natürlich weint auch der Heinzi. Und meine Lippen zucken, und ich sage: »Aber der junge Herr Lichtermann hätte so was bestimmt nie gesagt!« Ich weiß selber nicht, warum mir das im Augenblick einfällt. Und wie mich die neue Mutter bloß erstaunt mit rotgeweinten Augen ansieht, da fange ich schließlich auch an zu weinen.

Nur der kleine Hansel weint nicht. Hin und her dreht er den kleinen Kopf mit den drei, vier Haaren, als ob er jeden von uns genau ansehen will. Und die kleinen Fingerchen greifen in die Luft, und er spuckt Blasen und lallt und macht »Blablabla ...«

Im Stahlhelm

Der Sekretär Gerhart Koller trägt seinen Filzhut jetzt mit heruntergeschlagener Krempe. Rundum heruntergeschlagen, und nicht etwa wie Lettow-Vorbeck, die linke Seite nach oben! Aber der hatte damals auch eine schwarzweißrote Kokarde an der aufgeschlagenen Seite, und der Hut gehorte zu seiner Uniform.

Das waren noch Zeiten, nickt der Sekretär im Vorübergehen seinem Spiegelbild im Schaufenster der Apotheke zu, heute will kaum jemand mehr etwas davon wissen. Die Kolonien, Deutsch-Ostafrika, das der General noch bis nach dem Waffenstillstand heldenmütig verteidigt hatte, alles war verloren. Und nun, neun Jahre nachdem er noch 1919 in Hamburg erfolgreich die kommunistischen Aufständischen niedergekämpft hatte, nun saß der General Paul von Lettow-Vorbeck mit eben diesen Roten zusammen im Reichstag! Als Deutschnationaler allerdings. Aber was hatte er schon mit seiner Partei erreicht?

Sie hatten bei dieser Reichstagswahl vor fünf Wochen nur eines fertiggebracht: den Zentrumsmann Marx als Reichskanzler durch einen Menschen namens Müller von der SPD zu ersetzen! So sah das aus. Der Sekretär streckt das Kinn beim Weitergehen vor und macht sein grimmigstes Gesicht. Den Teufel hatten sie mit Beelzebub ausgetrieben, das war alles!

Die Rosaroten zusammen mit den Roten, denen von Schwarz-Rot-Mostrich und den Deutschnationalen. Eine Große Koalition, so nannten sie das. Aber für ihn, Gerhart Koller, war dieser ganze Reichstag sowieso nur eine große Quasselbude! Das hatte schon der eiserne Kanzler einmal gesagt.

Ja, wenn es noch einen Mann gäbe wie den alten Bismarck! Aber statt eines solchen Mannes blieb dieser Weichling Stresemann weiterhin Außenminister. Dagegen konnte auch ein Lettow-Vorbeck nichts tun.

Da reden sie großartig vom Pakt von Locarno, den dieser Stresemann 1926 mit dem Franzosen Briand und dem Engländer Chamberlain ausgeheckt hatte. Da kann er, der Sekretär Koller, doch nur höhnisch lachen. Was so ein Vertrag wert war, das sah man doch schon allein am Beifall des Auslands. Und bisher war all den großartigen Reden noch keine einzige nennenswerte Tat gefolgt! Das hätte er ihnen gleich sagen können, den Herren Politikern. Nein, er hält dieses ganze Friedensgesäusel des Herrn Stresemann für einen Verrat an Deutschland. Ja. Und er kann nur ausspucken, wenn er daran denkt!

Und jeden Tag wird er aufs neue daran erinnert. Wenn er nämlich an diesem Zeitungskiosk vorbeigeht, der zur Lichtermannschen Buchhandlung gehört und im Hauseingang neben dem Laden eingerichtet ist. Eine Schande ist das, wenn man allein schon die Überschriften dieser demokratischen Blätter liest! Und erst die Zeitschriften. Pfui Deibel! Ausspucken ist da gar nicht genug.

Aber es bleibt ihm nichts anderes übrig, er muß jeden Tag wieder daran vorbei. Denn ungefähr seit der Beerdigung des alten Brocksch hat er aufgehört, an dem Laden, den jetzt die beiden Schwestern betreiben, entlangzugehen. Die Hilde, das hatte er zuerst bemerkt, war immer weggelaufen, wenn sie ihn kommen sah, und die Magda erwidert seinen Gruß nur kurz und knapp und macht ein undefinierbar eisiges Gesicht. Er versteht das eigentlich nicht. Er hatte es damals mit seiner Rede am Grab doch nur gut gemeint. Aber dann hat er sich gedacht, daß die Weiber eben von nichts eine Ahnung haben und daß ihnen die Augen schon noch aufgehen werden.

Wenn man seinen guten Willen so mißversteht, da kann er nur hoffen, daß es ihm eines Tages gelingt, diesem jüdischen Biedermann die Maske vom Gesicht herunterzureißen, da werden sie die Fratze dahinter schon erkennen! Hoffentlich ist es dann noch nicht zu spät!

Bis dahin aber muß er jetzt eben Tag für Tag am Lichtermannschen Geschäft vorbei und den Schmutz und Schund mit ansehen. Aber das soll ihn nicht anfechten. Es macht ihn höchstens wütender . . . und stärker!

Und so hat er die breite Krempe seines Hutes rundum heruntergeschlagen, weil er findet, das hat etwas Helmartiges. Etwas Kämpferisch-Markantes. Und das paßt auch gut zu dem Marschtritt, mit dem er die Straße entlanggeht. Eins, zwei, klick! Klick! Das ist die Eisenspitze seines eichenen Spazierstocks, den er sich zugelegt hat und mit dem er auf das Granitpflaster stößt, daß die Funken stieben.

Übrigens sieht man Männer mit solcherart heruntergeschlagenen Hutkrempen jetzt auch oft um Adolf Hitler geschart. Auf Photographien in den Zeitungen. Denn in ein Filmtheater etwa, wo man neben dem König Aman Ullah von Afghanistan oder dem finnischen Läufer Paavo Nurmi in der Wochenschau auch Adolf Hitler und seine Männer mit etwas ruckartigen Bewegungen über die Leinwand flimmern sehen kann, in so ein Filmtheater, erklärt der Sekretär, brächten ihn keine zehn Pferde!

»Das ist alles eine jüdische Erfindung«, sagt er zu seinen Kollegen im Büro. »Und es wird zu nichts Gutem führen!« Und er läßt auch die Kinder da nicht hin, weil es ein Unsinn ist. Und von der Mickymaus oder von Pat und Patachon können sie sowieso nichts lernen.

Das spöttische Grinsen seines Kollegen Marczowsky soll ihn bei solchen Reden ebensowenig kümmern wie die nervös zusammengezogenen Augenbrauen seines Freundes Moellner. Sollen sie doch hingehen, ins Kino. Alle. Soll doch der Moellner seine Kinder hinschicken, wenn er keine Angst hat, daß sie dort nur dummes Zeug lernen. Und der Marczowsky soll seinetwegen all seine Damenbekanntschaften reihenweise im Dunkel auf den Polstersitzen betatschen! Er, Gerhart Koller, geht da nicht hin. Und was für ihn gilt, danach haben sich auch die Frau und die Kinder zu richten. Basta!

»Gerhart«, sagt jetzt der Moellner, »Gerhart, du wirst aber den Fortschritt nicht zurückdrehen können, und solche Sachen wie Rundfunk und Film werden im Kampf der ›Bewegung‹ noch einmal eine große Rolle spielen. Genau wie die Presse schon heute. Du wirst noch an meine Worte denken, Gerhart!«

»Ach was!« Der Sekretär hat sich wieder über sein Meßtischblatt gebeugt, und er spitzt die Lippen, wie er jetzt mit seiner schönen Handschrift ›Rittergut Märzdorf‹ in das Kästchen links unten auf das fertig gezeichnete Blatt schreibt. Darunter: Eigentümer, Maßstab und Zeichenerklärung. »Außerdem hab ich für so was wie Film gar keine Zeit!«

Und das stimmt auch. Oder soll er vielleicht ins Kino gehen, statt in den Frontkämpferbund? Die Ortsgruppe des hiesigen Stahlhelm hat er selber mitbegründet. Soll er die Fünfundsechziger im

Stich lassen oder den Gesangverein? Da kann er doch nur den Kopf schütteln! Und es wird ja wohl auch im Ernst niemand von ihm verlangen, daß er sich – statt zu solchen wichtigen Treffen zu gehen – in einen Klappsessel klemmt, um sich anzusehen, wie da auf einer Leinwand wildfremde Leute wortlos herumstolpern und pathetische Gesten machen! Soll er sich dazu auch noch das Klaviergeklimper einer gewissen Frau Wiener anhören, die eine Jüdin ist – wie man weiß. Eine sehr hübsche allerdings, sagt der Marczowsky, stattlich und blond! Und sie spielt sehr gefühlvoll!

Blond . . . gefühlvoll! Das fehlte mir gerade noch, denkt der Sekretär, und der Marczowsky kann viel erzählen. Für ihn, Koller, war jetzt der Stahlhelm wichtiger als alles andere. Es gibt in Deutschland nun schon beinah siebentausend Ortsgruppen dieses Frontkämpferbundes. Und das will etwas heißen!

Der Stahlhelm ist auch genau das Richtige für Männer von echtem Schrot und Korn. Männer, die das Fronterlebnis zusammengeschweißt hat! Da findet ein Mann wirklich gegenseitige Unterstützung und echten kameradschaftlichen Zusammenhalt. Und man weiß sich einig im Kampf gegen Kriegsschuldlüge und Internationalismus. Einig auch im Streben für die Erhaltung einer nationalen Staatsgrundlage!

Ja, dieses Bekenntnis, das er so oder ähnlich jede Woche in der Zeitschrift des Frontkämpferbundes lesen kann, weiß der Sekretär auswendig, und er findet – aber das sagt er jetzt nicht laut –, daß ihm der Stahlhelm beinahe noch mehr bedeutet als die Partei der Nationalsozialisten.

Natürlich, die Nationalsozialisten sind wichtig und notwendig. Eine Erneuerung des deutschen Volkes kann ohne sie kaum gedacht werden. Aber eben das Vaterländische, das alte Soldatentum, das kommt beim Stahlhelm ganz naturgemäß einfach noch mehr zur Geltung.

Und außerdem haben sie jetzt beim Stahlhelm eine Uniform. Eine feldgraue Uniform!

Nicht braun, mit diesen Hotelboy-Mützen, wie es hie und da schon von der Hitlerschen SA getragen wird. Auch keine Windjakken, wie sie das zentrumhörige »Reichsbanner« hat. Nein, richtige feldgraue Waffenröcke, über denen breite Koppel getragen werden, deren Schlösser noch die alte Aufschrift ziert: Gott mit uns.

Und dazu eine Art Breeches-Hosen und graugrüne Wickelgamaschen über wetterfesten Schnürschuhen. Vor allem aber Schildmützen, wie sie im Krieg die Offiziere getragen haben! Schildmützen mit einem Sturmriemen. Und wenn sie eine Nachtübung machen oder einen Geländemarsch, da tragen die Männer eichene Spazierstöcke, wie sie früher Gewehre getragen haben.

Ja, das ist schon etwas anderes als die Versammlungen bei den Ehemaligen Fünfundsechzigern, von denen er einige der jüngeren auch bereits für den Stahlhelm geworben hat. Es ist aber auch eine besondere Auslese, die beim Stahlhelm angetroffen wird.

Zur Haupttruppe, zum Kern-Stahlhelm, kann nur gehören, wer nachweislich mindestens sechs Monate an der Feuerfront gewesen ist. Also ganz vorn, Aug' in Auge mit dem Feind sozusagen.

Männer, die aus ehrenhaften Gründen nicht an der Front waren, können dem Ring-Stahlhelm beitreten. Im Jung-Stahlhelm sind Jungmannen über siebzehn zugelassen, und für die Jüngsten, zwischen dreizehn und siebzehn, gibt es den Scharnhorst-Bund. Der Sekretär kann es gar nicht erwarten, bis seine Jungen einmal soweit sind, daß sie diesem Bund beitreten können. Drill und Disziplin, das wird sie zu richtigen aufrechten Männern machen, hofft er.

Und da kommen die Ehemaligen Fünfundsechziger natürlich nicht mit, das sieht er ganz klar. Aber damit soll nichts gegen die alten Kameraden gesagt sein. Die Fünfundsechziger, das ist Vergangenheit, Tradition, ruhmbedeckt und dann schmählich verraten. Der Stahlhelm aber wird aus dieser Vergangenheit eine neue Zukunft schmieden. »Eine Zukunft ohne Kriegsschuldlüge und Parteigeschwätz«, verkündet der Sekretär seinen Kollegen.

»Und dazu brauchen wir beim Stahlhelm keine Filmtheater«, sagt er dann noch mit erhobener Stimme. »Was bieten sie uns denn auch? Nichts als jüdische Machwerke, das müßt ihr doch zugeben?«

»Im großen und ganzen«, sagt der Moellner und zuckt nervös mit der Oberlippe, auf der der kleine Fliegen-Schnurrbart zittert, »im allgemeinen magst du ja recht haben, Gerhart. Aber wenn erst die Nationalsozialisten an die Macht kommen, dann wird das anders. Das wirst du sehen. Dann machen wir unsere eigene, eine völkische Kunst! Und völkische Filme!«

»Na ja. Dann warte ich eben bis dahin, ehe ich ins Kino gehe«, lacht der Sekretär. »Aber im Ernst, Moellner, es gibt so eine Menge Schweinereien heute, daß man das nicht auch noch extra im Kino ausbreiten muß. Wenn ich bloß an die Zeitschriften denke, die da in Lichtermanns Kiosk im Hauseingang hängen. Nichts als nackte oder halbnackte Weiber und schweinische Überschriften auf den Titelseiten. Na schön, seit kurzem haben sie so eine weiße Banderole über den schlimmsten Stellen. Aber das nutzt doch nicht viel. Ich meine, wenn die Kinder so was sehen, oder lesen, da wird doch die kindliche Phantasie in Bahnen gelenkt . . . Nein! Und im Film ist das doch auch nicht besser! Wenn ich nur an solche Titel denke wie »Das Geschlecht« oder »Begierde« oder »Die Unehelichen« und dieses Hurenstück »Die freudlose Gasse«! So etwas kann man doch nicht befürworten. Das ist doch Volkszersetzung!«

Der Kollege Marczowsky, über seinen Zeichentisch gebeugt, lacht meckernd.

»Gerhart«, sagt er und lacht noch immer, lacht so sehr, daß die Tränen in seinen zusammengekniffenen Mongolenaugen glitzern, »Gerhart, du hörst dich an wie der Pater Muckermann! Hahaha!«

»Ach was!« Die Ader an Kollers linker Schläfe schwillt an. »Wenn du nur deine dummen Witze machen kannst! Ich bin kein Jesuit. Aber ich bin ein anständiger deutscher Mann, und ich mag keine Schweinigeleien, das weißt du genau!« Der Sekretär sieht aus, als wollte er gleich mit den Fäusten auf den Marczowsky losgehen.

»Laß doch den Gerhart in Ruhe«, sagt der Moellner dazwischen. »Du willst ihn doch bloß reizen, und das nutzt keinem etwas. Im Grunde«, er streicht sich über den Nasenrücken, »im Grunde bist du doch auch gar nicht so schlimm, wie du immer tust, oder?«

»Im Grunde«, der Marczowsky zeigt seine schönen weißen Raubtierzähne und streckt sich, »im Grunde ist es jetzt Zeit zum Frühstücken!« Er wirft seine Zeichenfeder auf den Tisch, daß die Tusche über das Meßtischblatt spritzt, an dem er gerade arbeitet. *»Psia krew pierunie«,* er stößt einen polnischen Fluch aus. »Jetzt kann ich den ganzen Mist noch einmal machen!«

Aber die Kollegen sind nicht etwa schadenfroh. Der Sekretär murmelt nur, daß es Zeit wird, daß der Marczowsky endlich in feste Hände kommt. »Eine gute anständige Frau«, sagt er, »das ist es, was du brauchst. Da hörst du von ganz alleine auf mit den losen Reden und mit dem Herumscharmutzieren.«

Und der Moellner geht zu dem Waschgestell in der Ecke bei der Tür und wäscht sich in der Emailleschüssel überaus sorgsam die Hände. Gießt dann das Wasser in den danebenstehenden Eimer und trocknet sich die Hände ab. Natürlich mit seinem eigenen Handtuch, das er aus einer Schublade seines Arbeitstisches nimmt. Er würde niemals das gemeinsame Handtuch benutzen.

Dann packt er sein Frühstück aus, das er in der Aktentasche mitgebracht hat. Eine Aluminiumbüchse, die zwei Quarkbrote und einen halben Apfel enthält. Und ein kleines Einweckglas mit Haferschleimbrei, den er immer zuletzt ißt. Das Glas stellt er vorerst auf eine Ecke seines Tisches, den Löffel daneben. Natürlich alles fein säuberlich auf einer Löschblattunterlage.

Der Sekretär hat erst einmal auf seine Uhr gesehen, die während der Arbeitszeit immer zwischen Meßtischblatt und den Tuschebehältern liegt. Er nickt und holt seine Brote, säuberlich in Pergamentpapier eingepackt, aus der Tasche seiner Jacke, die auf einem Bügel am Garderobenständer hängt. Im Büro trägt er sein altes graues Lüsterjackett, um die Hemdsärmel zu schonen.

Der Moellner hat schwarze Ärmelschützer, aber das, findet der Sekretär, sieht ihm zu spießbürgerlich aus. Zu sehr nach Amtsschreiber! Aber so, wie der Marczowsky, der seine weißen Hemdsärmel ungerührt mit Tusche und Tinte bekleckert, so will er es auch nicht machen. Und das alter Lüsterjackett ist noch durchaus präsentabel. Damit kann er sogar zum Regierungsrat raufgehen, wenn der ihn mal rufen lassen sollte.

Jetzt packt er seine Brote aus. Zwei mit Cervelatwurst und zwei mit Leberwurst belegte Graubrotschnitten. Die Gertrud hat mal versucht, ihm einen Apfel mitzugeben. Aber das hat er sich verbeten. Obst ist was für Frauen und Kinder, ist seine Meinung. Ebenso wie Süßigkeiten. Nein, danke. Außerdem bespritzt man sich mit dem Obstsaft höchstens Hemd oder Jacke. Er beißt mit kräftigen Zähnen in sein Brot, und wie er dabei auf Moellners Frühstück sieht, zieht er die Nase kraus.

»Wie du so etwas runterkriegst«, sagt er und schüttelt sich.

Der Moellner hebt die schmalen Schultern und streicht sich über den Magen, den er mit einer selbstgestrickten Weste seiner Frau Evemie vor jeglicher Zugluft schützt. »Du kannst von Glück reden, Gerhart, daß du keinen so empfindlichen Magen hast.« Sein Gesicht ist bleich, mit tiefen Leidensfalten um die Mundwinkel.

»Bist du sicher, Moellner, daß du nicht erst von dem Zeug da . . .«, der Marczowsky deutet auf Haferschleim und Quarkbrote, »deine Magenschmerzen kriegst?« Er lacht dazu wieder wie ein Ziegenbock.

Der Kollege Moellner würdigt ihn keiner Antwort. Er hat eine Broschüre aus seiner Aktentasche geholt, in der er, etwas geräuschvoll kauend, zu blättern anfängt. »Die Presse als Machtmittel Judas« heißt diese Schrift.

Da ruft der Marczowsky einen Lehrling aus dem Nebenzimmer, um sich von dem einen Ring Knoblauchwurst holen zu lassen. »Mit einer Semmel und viel Senf, und beeil dich«, ruft er ihm noch hinterher. Geht dann ans Fenster, um sich zu überzeugen, daß der Junge auch wirklich geradeswegs zum Fleischer läuft und nicht etwa irgendwo herumbummelt. »Sonst kann der Kerl was erleben.«

Der Moellner hat seine Broschüre – Titel nach oben – auf seinen Tisch gelegt. Er muß erst seinen Brei auslöffeln, ehe er zu lesen anfangen kann.

»Was mir durch den Kopf geht«, sagt der Sekretär und schluckt den letzten Bissen seines zweiten Brotes, »worüber wir auch gestern beim Stahlhelm gesprochen haben . . .«, er dreht sich mit seinem Stuhl jetzt ganz dem Moellner zu, der ihn durch seine dicken Brillengläser ansieht, »wir sind alle der Meinung, daß die Nationalsozialisten das ›Sozialistische‹ weglassen sollten aus ihrem Namen! Zu Sozialismus fällt einem unwillkürlich immer bloß Marx ein und die Internationale der Arbeiter. Aber national und sozialistisch, paßt denn das überhaupt zusammen?«

Der Moellner läßt den Löffel in seinem Haferschleim stecken, nimmt die Brille ab und reibt sich erst einmal wieder den Nasenrücken. »Er braucht das«, sagt er dann bedächtig, »Hitler braucht den Sozialismus. Das Sozialistische, das bringt ihm die breite Masse, die Masse der Arbeiter, denn ohne die kommt er nicht an die Macht. Du erinnerst dich, in ›Mein Kampf‹ schreibt er darüber. Wie auch er zuerst ein Gegner des Sozialismus gewesen ist, bis er schließlich begriffen hat, daß es der Internationale Sozialismus ist, der die Arbeiter betrügt und ihnen falsche Ideen vorgaukelt, bis sie selber verdorben sind . . . ein eigener deutscher, ein nationaler

Sozialismus eben ... So eine Idee könnte den deutschen Arbeiter zu ganz anderen Zielen hinführen!«

»Ja, ja, schon ...«, der Sekretär kratzt sich am Kinn und nimmt jetzt die Cervelatwurstbrote in Angriff. »Nur ...«

Aber der Moellner ist noch nicht fertig. »Es ist nicht die Schuld des Arbeiters, sagt Hitler da, es ist die Schuld der bürgerlichen Parteien, daß sich der Arbeiter diesem internationalen Sozialismus zuwendet. Die bornierte Ablehnung dieser Parteien, die Zurückweisung aller Versuche einer Verbesserung der Arbeiterverhältnisse, der Schutzvorrichtungen an Maschinen, der Unterbindung von Kinderarbeit sowie des Schutzes der Frau wenigstens in den Monaten, da sie unter dem Herzen schon den kommenden Volksgenossen trägt ... so heißt es wörtlich bei ihm!«

Er muß eine Pause machen, um Luft zu holen, und der Sekretär redet dazwischen. »Von einer direkten Herrschaft des Proletariats schreibt er, meines Wissens, aber nichts. Und das wäre auch schlimm, wenn ich so sehe, wie sich das Proletariat jeden Freitagabend nach den Lohnzahlungen in der Richterschen Kneipe volllaufen läßt, brrr! Da kann einem angst und bange werden. Und wir haben ja auch 1918 in einigen Städten gesehen, wie das aussieht, wenn die Proletarier versuchen, die Macht zu übernehmen. »Völker, höret die Signale, auf zum letzten Gefecht ...« intoniert der Marczowsky, »die Oberland-Zentrale versorgt Berlin mit Licht!« Ihn scheinen solche Gespräche zu langweilen, und er würde wohl viel lieber von seiner letzten Eroberung erzählen.

Aber seine beiden Kollegen sind bei ihrem Lieblingsthema, und sie warten nur etwas gequält, bis er mit seinem Gesinge aufhört. Dann sagt der Moellner: »Ein nationaler, volksbewußter Arbeiter, könnte ich mir vorstellen, würde wohl ganz anders handeln als das internationale Lumpenproletariat, von dem du sprichst. Überdies könnte es sein, daß Hitler am Ende eine ganz andere Art von Sozialismus vorschwebt, der sogenannte Platonsche Sozialismus, der sich von den kommunistischen und bolschewistischen Praktiken dadurch unterscheidet, daß er letztlich nicht so sehr die Beseitigung wirtschaftlicher oder sozialer Ungerechtigkeiten in den Vordergrund stellt, als vielmehr die Erziehung der Herrschenden – bei Platon sind das die Philosophen –, die Erziehung der Herrschenden für ihr Amt!«

Der Sekretär muß so viel Wissen – wenn es ihm auch beinahe ein bißchen unheimlich ist – bewundern. Freilich, der Moellner hatte ja auch viel mehr Zeit zum Lesen als er selber, der tat eigentlich nichts anderes. Dagegen er, mit seinen Versammlungen und Sitzungen . . . aber das war eben praktischer Dienst am Volke. Und das mußte auch sein. Und er hatte zum Beispiel gestern abend den Kameraden vom Stahlhelm auch erklärt, daß der Hitler keineswegs etwa seine Partei in die Nähe der Sozialdemokraten rücken will. »Ich habe natürlich nicht so wissenschaftlich geredet wie du«, sagt er zu Moellner, »aber ich habe betont, daß Hitlers Sozialismus jedenfalls nichts mit den jüdischen Lehren der Sozialdemokraten zu tun hat!«

»Das hast du ganz richtig gesagt«, lobt der Moellner und nimmt wieder ein paar Löffel von seinem Haferschleim. Dann hält er noch einmal inne. »Die Sozialdemokraten . . .«, er schluckt nervös, weil ihm das hastige Essen ein Aufstoßen verursacht, »die Sozialdemokraten, die – wie wir wissen – total verjudet sind, haben sich der Arbeiter nur zu dem Zwecke angenommen, sagt Hitler, um ihre antideutschen Ziele durchsetzen zu können. Das Wohl der Arbeiter sei ihnen im Grunde völlig gleichgültig. Und dasselbe gilt für die Gewerkschaften, die der Jude dazu benutzt, um die deutsche Wirtschaft zu ruinieren.«

»Der Jude will Deutschlands Untergang«, bekräftigt der Sekretär mit lauter Stimme.

Sie haben alle drei nicht bemerkt, daß sich schon vor ein paar Minuten die Tür geöffnet hat und daß Fräulein Sperling, die Sekretärin des Regierungsrats, ihnen seit einer Weile zuhört.

Fräulein Sperling ist nicht mehr jung. Jedenfalls für eine Frau. Ende Dreißig, schätzt man. Und sie hat einen schwarzen Pagenkopf. Wie Pola Negri, meint der Marczowsky. Aber ihre Nase ist so spitz, wie es manchmal ihre Bemerkungen sein können.

Dem Sekretär ist sie schon immer nicht ganz geheuer gewesen, aber das hat er nur seiner Frau anvertraut.

Jetzt tritt sie ein paar Schritte näher. Sie gibt sich Mühe, daß es ganz harmlos klingt, was sie fragt, denkt der Sekretär. »Und warum, meine Herren, warum sollte der Jude Deutschlands Untergang wünschen? Würde das nicht seinen eigenen Untergang mit einschließen?«

Ich habe es immer gewußt, der Sekretär vergißt beinahe, daß er es mit einer Frau zu tun hat, so wütend wird er. Ich habe es gleich erkannt, die Sperling, das ist eine Rote. Aber er sagt bloß – und er hofft nur, daß es so richtig abschätzig klingt –, er sagt: »Frauen sollten bei Kind und Kochtopf bleiben ... und vielleicht noch bei der Kirche. Von Politik verstehen sie ohnehin nichts!«

Der Moellner will zu einer langatmigen Erklärung ansetzen, aber er muß sich zuerst einmal räuspern, während der Marczowsky das Fräulein Sperling ungeniert angrinst. Die schüttelt die schwarzen Ponyfransen und sagt mit unverhohlener Impertinenz: »Das beantwortet aber meine Frage nicht, Herr Koller, und ich mache mir nun einmal nichts aus Küche, Kirche und Kindern!«

Der Marczowsky lacht laut, und der Sekretär möchte am liebsten sagen: weil Sie eben keinen Mann abgekriegt haben, Fräulein Sperling! Man kennt das ... die Sache mit dem Fuchs und den sauren Trauben! Aber er beherrscht sich noch. Er denkt nur, daß der Regierungsrat, dessen gute deutschnationale Gesinnung allen bekannt ist, daß dieser hochachtbare Mann offenbar keine Ahnung hat, welche Schlange er da an seinem Busen nährt.

Jetzt hat sich der Moellner endlich freigeräuspert, und er beginnt: »Mein liebes Fräulein Sperling, ich setze voraus, daß Ihnen bekannt ist, in welchem Maße heute unsere Wirtschaft – und wir können das selbst hier bei uns im Amt, bei den Aufkäufern der verschuldeten Rittergüter, immer wieder feststellen –, in welchem Maße also der Jude heute schon die deutsche Wirtschaft in der Hand hat. Schlimmer noch ist sein Einfluß auf die deutsche Kunst und Kultur. Oder wissen Sie auch nur ein einziges größeres Theater, an dem nicht Juden die maßgebenden Leute sind? Gar nicht zu reden von der Presse, den Verlagen, und natürlich in der Politik. Überall, sage ich Ihnen, überall sind die Juden drin. Machen ihren Einfluß geltend, bestimmen, was gedruckt, gespielt, was verkauft und mit wem verhandelt wird.«

Das kleine Fräulein Sperling holt tief Luft und richtet sich auf, wohl um ein bißchen gewichtiger zu erscheinen. »Schon gut, Herr Obersekretär«, unterbricht sie den Moellner, »nehmen wir einmal an, Sie haben recht, und das alles stimmt. Nehmen wir an, die Juden säßen sozusagen überall ›drin‹. Aber warum betont man das so? Es fragt doch zum Beispiel niemand danach, wie viele Katholiken oder wie viele Protestanten in irgendwelchen Ämtern drin sind?

Und die Juden in den sogenannten höheren Positionen, die stammen doch größtenteils aus Familien, die schon seit etlichen Generationen bei uns im Lande sind, um Deutsche also, von denen ein gar nicht so geringer Teil auch im letzten Krieg mit ›draußen‹ war, an der Front. Friedrich der Große etwa, hatte doch auch nichts gegen diese Menschen.«

»Ha!« schreit der Sekretär und springt von seinem Stuhl auf. »Eine solche Argumentation ist ja geradezu . . .«

Aber das Fräulein Sperling läßt ihn nicht ausreden. »Ich wollte nur sagen, daß diese jüdischen Menschen, von denen einige – wie Sie selber sagen – hier doch offensichtlich gut verdienen, gute Posten und mancherlei Einflüsse haben –, daß diese Menschen gewissermaßen den Ast absägen wollen, auf dem sie selber sitzen, das kann ich mir einfach nicht vorstellen! Wozu sollten sie das wollen?«

Der Sekretär denkt, daß sie wahrscheinlich geschult ist, daß dieses Fräulein Sperling vielleicht bei den Sozialdemokraten, oder eher noch bei den Kommunisten, irgendeinen Lehrgang mitgemacht hat, bei dem man ihr eine solche Art der Argumentation beigebracht hat. Denn er glaubt nicht, daß eine Frau vom eigenen Nachdenken her auf solche Fragen kommt.

Diese Art Frauen, gedrillt und geschult, so etwas gibt es nur bei den Roten. Das weiß man doch schon seit Rosa Luxemburg. Aber daß es diesen Roten gelungen ist, sogar hier, im preußischen Kulturamt der Stadt Ohlau, eine solche Person einzuschleusen, das, so findet er, muß man auf jeden Fall den Regierungsrat wissen lassen.

Er will ihr eine Fangfrage stellen: »Sie sollten Hitlers ›Mein Kampf‹ lesen«, sagt er und dehnt die Worte, »Marx und Bebel kennen Sie ja sicher schon?«

»Ich interessiere mich eigentlich nicht besonders für Politik«, kontert das Fräulein Sperling. »Ich habe Ihnen nur zugehört und mir meine ganz persönlichen Gedanken dazu gemacht. Im übrigen bin ich eigentlich gekommen, um den Herrn Obersekretär Moellner zum Chef zu bitten!« Sie lächelt alle noch einmal strahlend an, aber wie sie sich gerade umdrehen will, da sagt der Marczowsky mit seiner öligsten Stimme: »Fräulein Sperling, Fräulein Sperling, Sie sind doch nicht etwa verwandt mit einem gewissen Fink? Sie wissen schon, der, der früher einmal Finkelstein geheißen hat!« Er lacht sein meckerndes Lachen.

Das Fräulein Sperling ist nicht pikiert. Sie tut allerdings auch nicht so, als ob sie diesen Witz besonders goutieren würde. Der Sekretär Koller beobachtet ihr Mienenspiel ganz genau. Sie gibt sich den Anschein, als müsse sie nachdenken. Dann kommt sie zu einem Schluß: »Wenn ich mir vorstelle, wieviel Geld der Finkelstein hat«, sagt sie, »dann würde ich mir wünschen, ich könnte Ihre Frage mit ›ja‹ beantworten, wenn ich aber bedenke, wie viele Leute ihn hassen - ähnlich wie Sie, meine Herren -, dann bin ich doch beinahe froh, daß ich ›nein‹ sagen kann!«

Und dann stolziert sie auf ihren hohen Absätzen, den Pagenkopf hoch erhoben, zum Zimmer hinaus. Und der Marczowsky findet, daß sie eigentlich viel zu alt ist für so eine Kinderfrisur. »Mindestens fünfundvierzig«, sagt er, »und sie hat ja auch schon einen faltigen Hals! Aber raffiniert, ganz schön raffiniert!«

»Aber ihre Weisheiten«, meint der Sekretär, »die sind bestimmt nicht auf ihrem Mist gewachsen. Ich weiß nur nicht, ob bei den Kommunisten oder den Sozialdemokraten. Aber das wird man schon noch herauskriegen!«

Der Moellner hat sich inzwischen sein Jackett über die Strickweste gezogen. Beinahe hätte er noch vergessen, die Ärmelschoner zuvor abzustreifen. Dann ist er - mit zuckender Oberlippe - dem Fräulein Sperling gefolgt. Die eine Hand schützend über den Magen gelegt, denn der rebellierte bei der kleinsten Aufregung. Und er bekam so schnell einen nervösen Schluckauf. Das konnte schrecklich peinlich sein. Und so ein Gang zum obersten Chef war schließlich auch nichts Alltägliches.

Als sich die Tür hinter ihm geschlossen hat, macht der Marczowsky plötzlich ein ernstes Gesicht. »Gerhart, du weißt, daß ich natürlich auch eurer Meinung bin«, sagt er, »nur der Moellner mit seinen Reden, das kommt mir immer so vor, als ob er uns belehren wollte. Wie ein Schulmeister. Und das vertrage ich nicht. Jedenfalls nicht von einem, der bloß beim ›Train‹ war! Mensch, ich weiß doch auch, wie verjudet unser ganzes System ist. Das war doch in Polen genauso! Und hier, wenn ich in ein Restaurant gehe - und wenn's das teuerste ist, zu Gazé zum Beispiel -, wer sitzt schon da? Irgendein reicher Itzig. Und läßt sich bedienen, frißt die teuersten Sachen und läßt Schampus auffahren! Da kann unsereiner bloß Augen machen. Und am Schluß, dick und vollgefressen, wer schleppt die schicksten Mädels ab? Wieder der Itzig ... Nebbich, er hat ja das meiste Geld! Und unsereiner hat bloß das Nachsehen!«

Wie er das von den Mädels sagt, muß der Sekretär unwillkürlich schlucken, weil er an die Hilde denken muß. Und er sagt: »Du hast recht, Marczowsky, du hast wirklich recht! Und man muß etwas tun dagegen. Man kann nicht bloß zusehen und warten, bis es der Hitler schafft!«

Der Marczowsky nickt. »Und von Moellners schönen Reden alleine wird's auch nicht besser. Man sollte den Kerlen mal Feuer unterm Hintern machen! Hahaha!«

»Ach du!« Der Sekretär wehrt ab. »Wir sind hier nicht in Polen. Und auch nicht in Rußland. Hier gibt's keine Pogrome. Wir sind in Preußen, und darin hatte die Sperling schon recht, hier darf jeder nach seiner Façon selig werden, bloß muß er die anderen in Ruhe lassen. Und überhaupt, es darf nicht überhandnehmen!«

»Ja! Es darf nicht soweit kommen, daß die uns die besten Posten wegnehmen ... und unsere schönsten Frauen!«

Der Sekretär spürt, wie der Zorn ganz heiß in ihm aufsteigt. »Raus müssen sie! Man muß ihnen klarmachen, daß sie hier unerwünscht sind. Vielleicht gehen sie dann von alleine. Von mir aus ins Gelobte Land! Bloß wie? Wie soll man das anstellen?«

»Gerhart«, sagt der Marczewsky und seine Augen glitzern begeistert, »Gerhart, ich hab' eine glänzende Idee!« Aber wie er gerade weiterreden will, kommt der Moellner zurück, und da wartet er lieber mit seinen glänzenden Ideen bis zum Dienstschluß.

Ein schwarzes Hütchen
oder
Im Laden bei Herrn Striehm

Wir haben die Herbstzensuren bekommen, und ich bin die Zweitbeste der Klasse.

Vielleicht hätte ich auch die Erste werden können, aber das geht bei uns nicht. Die Erste, das ist von Anfang an, schon seit zweieinhalb Jahren, Gerda Ferber, die Tochter vom Rektor Ferber. Und man kann es sich ja auch gut erklären. So ein Lehrer – und ein Rektor ist noch viel höher –, so einer hat immer Zeit für seine Kinder, weil nachmittags keine Schule ist. Und er weiß auch, was in einer Klasse drankommt. Deshalb kann er es seinen Kindern erklären. Immer wieder. Bis sie es verstehen. Und solche Lehrer-Kinder wissen dann in der Unterrichtsstunde fast immer alles schon auswendig.

Unser Vater ist bis abends um sechs in seinem Büro im Kulturamt. Und nach dem Abendbrot geht er meistens gleich wieder fort. In eine Versammlung. Zum Stahlhelm oder zu den Fünfundsechzigern. Oder in den Gesangverein. Wenn man ihn, vielleicht nach dem Mittagessen, etwas fragt, erklärt er es schon. Aber man muß es dann ganz schnell begreifen, weil er sonst ungeduldig wird, und man bekommt eine Kopfnuß!

Aber ich bin eigentlich auch gar nicht neidisch auf die Gerda Ferber. Weil sie nämlich in Wirklichkeit noch ein Baby ist.

Das weiß ich, seit ich sie einmal mit noch drei Klassenkameradinnen im Krankenhaus besucht habe.

Es war kurz vor den großen Ferien, da hat sie eine Blinddarmentzündung bekommen und ins Krankenhaus müssen, und dort ist sie operiert worden. Ein paar Tage später, als in unserer Klasse das Turnen ausfiel, haben wir vier beschlossen, die Gerda zu besuchen. An der Pforte haben wir gesagt, daß wir ihr nur das Aufsatzheft bringen wollen, und oben, auf dem Gang, war gerade keine Schwester, da sind wir schnell in das Krankenzimmer geschlichen.

Und da lag die Gerda ganz allein im Zimmer in einem weißen Bett, hatte die Augen zu und einen Baby-Schnuller im Mund!

Einen richtigen rosafarbigen Nuppel, wie wir die Baby-Schnuller bei uns nennen.

Wir haben es zuerst gar nicht glauben können und uns erschrokken angesehen. Und wie die Gerda in diesem Augenblick aufgewacht ist, hat sie sich ganz schnell den Schnuller aus dem Mund gerissen und unter ihrem Kopfkissen versteckt!

Aber das hat nicht mehr viel genutzt. Wir hatten es alle vier schon genau gesehen.

Und dann hat sie gesagt, daß sie den Nuppel nur genommen hat, weil sie so furchtbare Schmerzen hat ausstehen müssen und nicht hat schreien wollen, und wir haben ihr unser Ehrenwort geben müssen, daß wir es nicht weitererzählen in der Klasse.

Ich habe es keinem erzählt, ich habe ja eigentlich in meiner Klasse auch keine richtige Freundin. Aber ich habe mir überlegt, daß die Gerda doch den Nuppel bestimmt nicht von dem Krankenhaus bekommen hat, daß sie ihn also von zu Hause ins Krankenhaus mitgenommen hat. Und weil sie keine kleinen Geschwister hat, wird er also ihr gehören. Deshalb weiß ich jetzt, daß die Gerda immer noch wie ein Baby nuppelt, und seither will ich nicht mehr so werden wie sie. Nicht einmal so hübsch. Denn hübsch ist sie schon, das muß man zugeben, und die Jungens aus der Parallelklasse sagen es auch. Hübsch und immer so fein und überhaupt der Liebling von allen.

Aber darüber kann ich jetzt nur noch lachen, und was nutzt das denn auch, wenn man mit acht Jahren noch immer ein Baby ist, das am Schnuller lutscht!

Ich will kein Baby mehr sein. Eher schon ein Junge. Weil Jungens meistens viel mehr dürfen als Mädchen. Nur, ein Junge kann ich jetzt leider nicht mehr werden. Der Papa sagt allerdings, daß ich ein halber Junge bin und ein richtiger Wildfang. Er sagt das so, als würde es ihm gefallen. Aber dann redet die neue Mutter gleich dazwischen. »Unterstütz du sie nur in ihren Tollheiten«, sagt sie, »aber für ein richtiges Mädchen gehört es sich, daß sie still und brav und bescheiden ist. Außerdem hat ein Mädchen nichts auf Bäumen zu suchen, und auch nicht auf Zäunen!« Da lacht der Papa meistens. Aber eine Seppelhose, wie ich sie so gerne haben möchte, bekomme ich auch von ihm nicht.

Dafür aber ein neues Kleid für den Winter für sonntags. »Für gut«, sagt die neue Mutter. Und den Stoff dazu hat sie noch übrig von dem Kleid, das sie sich letzten Winter hat machen lassen.

Deshalb also gehen wir heute, am zweiten Tag der Herbstferien, zur Liesel Krausewetter zum Maßnehmen.

Aber zuerst müssen wir auf den Wochenmarkt.

Der Markt im Herbst hat einen besonders guten Geruch, wenn es auch im Sommer mehr Blumen zu kaufen gibt. Aber jetzt im Herbst riecht es würzig und kräftig nach Pfefferkraut und Dill, nach Porree und Borretsch. Nach Äpfeln und nach Sellerie.

Die Bauern kommen mit ihren Pferdewagen vom Land herein. Sie breiten Stroh aus und legen Säcke darüber, und darauf schütten sie dann ihre Waren. Mohrrüben und Welschkraut, Kartoffeln und Gurken und Rosenkohl. Und Kürbisse, so groß wie Medizinbälle.

Wenn die Bauern abgeladen haben, fahren die Männer meistens mit ihren Wagen zum ›Tuppe‹, wo sie die Pferde ausspannen, ihnen Hafersäcke vorhängen oder Wassereimer zum Saufen. Und dann stehen die Bauern in der Kneipe, beim Wirt vom ›Tuppe‹ an der Theke und trinken Schnaps, der wie glasklares Wasser aussieht. Sie kriegen davon glitzernde Augen und erzählen sich Sachen, über die sie laut lachen müssen. Ich weiß das, weil ich manchmal der Tante Otto, die über dem ›Tuppe‹ wohnt, die Zeitungen, die der Papa ausgelesen hat, bringen muß. Wenn ich da die weißgescheuerte, sandbestreute Treppe raufgehe und die Kneipentür offensteht, kann ich die Männer stehen sehen, und der Schnaps riecht so stark, daß einem schlecht werden kann.

Aber während ihre Männer Schnaps trinken und sich was erzählen, müssen die Bauersfrauen bei ihren Waren sitzen. Schön warm angezogen, weil jetzt im Herbst schon manchmal ein kalter Wind weht, in große Umschlagtücher gewickelt, so sitzen sie auf Kisten oder kleinen Stühlen und rufen: »Landbutter, gute Frau, kaufen Sie Landbutter, ganz frisch gebuttert«, wenn wir vorbeikommen. Oder: »Eier sind billig heute, Leute!« Und die Eier liegen auf einer Schütte Stroh in großen Ton- oder Emailleschüsseln.

Die Bauersfrauen haben lange weite Röcke an, manchmal mehrere übereinander, und neben den Stühlchen und Kisten, auf denen sie sitzen, hocken in kleinen Ställchen Hühner, Tauben oder auch eine Schnattergans. Und manchmal sogar ein Kaninchen.

Und die Bauersfrauen halten auch mal einer Käuferin, die es genau prüfen will, so ein zitterndes Huhn hin und sagen: »Ja, fühlen Sie nur, gute Frau, fühlen Sie mal, wie fett das Hähndel ist!«

Aber wenn sie dann das arme Tier auf das Hackklotz legen – es schreit fürchterlich und schlägt wie wild mit den Flügeln –, und sie hauen mit einem großen Messer den kleinen, schnatternden Kopf ab, da kann ich nicht hinsehen. Einmal hat sich so ein Huhn noch losgemacht und ist über das buckelige Pflaster getaumelt . . . ohne Kopf!

Da habe ich schrecklich geweint, und ich habe mich erbrechen müssen. Ich wollte auch nie mehr Hühnerfleisch essen. Aber bei uns gibt es sowieso nur einmal im Jahr – meistens zu Ostern – ein großes Suppenhuhn, und das kauft die neue Mutter dann schon gerupft. Auch wenn es teurer ist.

Manchmal, wenn sie gerade ihr Wirtschaftsgeld bekommen hat, kauft die Mutter Täubchen. Zur Stärkung, weil wir Kinder, der Heinzi und ich, so dünn sind. Oder wenn eines von uns krank ist. Aber die Täubchen sind zum Glück jetzt immer auch schon tot und gerupft. Fix und fertig zum Braten, die winzigen blassen Körperchen mit einem breiten Streifen Speck umwickelt. Ich bin sehr froh, daß sie keine lebendigen kauft, denen man erst zu Hause den Hals umdrehen muß, um sie danach zu rupfen. Das hat sie nur einmal gemacht, aber nach dem ersten armen Ding hat sie die anderen wieder in die große Tasche gepackt und ist damit zu ihrer Tante gegangen, der es nichts ausmacht. Von den Täubchen damals habe ich nichts essen können, und die neue Mutter auch nicht. Obwohl gebratene Täubchen eigentlich wunderbar schmecken.

In der Schule singen einige von den Jungens manchmal ein gräßliches Lied: »Meine Mutter, die hat Sperlinge gerupft, da sind sie alle nackend in der Stube rumgehupft . . .«, geht es, und die Melodie ist dieselbe wie beim Hohenfriedeberger Marsch. Ich finde das schlimm. Aber der Papa singt es auch manchmal. Wenn er uns ärgern will.

Jetzt stehen wir bei den Butterfrauen. Sie bieten schöne goldgelbe Butter an, runde Stücke, wie große Muscheln geformt. Und meistens haben sie die Butter in grüne Kohlblätter gewickelt, damit sie frisch und kühl bleibt. Wenn man dann stehenbleibt, schaben die Frauen wohl auch von einem Stück Butter ein Streifchen ab und halten es, auf der Klinge des Messers, der Mutter zum Probieren hin. »Kosten Sie nur, gute Frau, es gibt nichts Frischeres, gell?«

Auch Käse kann man so kosten. Und die Kartoffel-Weiber haben von jeder Sorte ein paar Kartoffeln gekocht und in der Mitte durchgeschnitten, damit man sehen kann, welches die schönen mehligen sind und welche für den Kartoffelsalat taugen.

Die Mutter bestellt von den mehligen weißen drei Zentner und einen von den gelben Salatkartoffeln. Zum Einkellern für den Winter. Die bringt dann in ein paar Tagen der Bauer selber ins Haus und trägt sie auch gleich in den Keller. Und mit dem Kraut ist es genauso.

Wir bestellen da, wo es am günstigsten ist, einen Zentner. Aber dieses Weißkraut kommt nicht gleich in den Keller. Es wird zuerst einmal auf den Hof geschüttet. Dann kommt der Mann unserer Waschfrau mit einem großen Krauthobel, und das Kraut wird - über einem Schaff, in dem sonst die große Wäsche gewaschen wird - in feine Streifen gehobelt, nachher in eine große Tontonne gepackt, mit Salz bestreut und mit den Füßen eingestampft. Natürlich muß sich der Mann, ehe er zu stapfen anfängt, zuvor die Füße in einer Schüssel mit Salzwasser waschen. Da paßt die Mutter schon auf.

In die Tonne kommt obendrauf ein hölzerner Deckel, auf den ein schwerer Stein gelegt wird. Das muß so sein, erklärt uns die Mutter, damit sich das Kraut schön preßt und Saft abgibt.

Nach ein paar Wochen kann man sich dann, wann immer man Lust und Appetit darauf hat, eine Schüssel Sauerkraut aus dem Keller holen. Wie die Witwe Bolte!

Die Zeit des Sauerkraut-Einsalzens ist auch die Zeit zum Gurkeneinlegen. Aber die Arbeit mit den Salzgurken, sagt die neue Mutter, die kann man sich sparen. Salzgurken gibt es ganz billig aus großen Fässern bei jedem Kaufmann. Wir bestellen aber einen halben Zentner von den großen grüngelben Gurken, aus denen die Mutter Senfgurken macht. In hohen Gläsern werden diese Gurken - geschält und in längliche Scheiben wie Schuhsohlen geschnitten - mit Senfkörnern und Dill, mit Zucker und Salz gewürzt, dann mit kochendem Essigwasser übergossen. Man muß warten, bis sie in ein paar Wochen glasig und ›durch‹ sind, ehe man sie essen kann. Wir legen auch, in kleinen Gläsern, winzige dunkelgrüne Gürkchen ein.

Die haben Warzenhöcker wie Kröten und werden, mit viel Kräutern und Pfefferkörnern gewürzt, zu Pfeffergurken.

Mhm ... mir läuft das Wasser im Munde zusammen, wenn ich mir vorstelle, wie gut das alles schmecken wird. Aber meistens ist das, was wir kaufen, immer noch zuwenig, und wenn der Winter dem Ende zugeht, sind auch unsere Gurken alle. Man muß sich halt beherrschen können, sagt die neue Mutter, und sich die Dinge einteilen. Aber davon hält der Papa nicht viel. Und ich auch nicht.

Bei den Obstständen gibt es braune Weidenkörbe voller roter und grüner Äpfel. Und gelbe Birnen, die »Gute Louise« heißen. Die sind so saftig, daß ich mir meistens das Kleid bekleckere, wenn ich reinbeiße. Da nehme ich jetzt lieber einen ›Schafnasen-Apfel‹ aus Mutters Einkaufskorb. Der ist schön hart und knackig und ein bißchen säuerlich. Und die Birnen esse ich zu Hause, wenn ich eine Schürze umhabe.

Ich finde aber, daß es ein wunderschöner, gemütlicher Name ist, »Gute Louise«, und daß er richtig paßt zu den dicken saftigen gelben Dingern. »Gute Louise, gute dicke Tante Louise«, singe ich vor mich hin, bis mich die Mutter von der Seite her anguckt. Da muß ich lachen. Und sie lacht auch. Ein bißchen.

»Herbst riecht gut«, sage ich, und ich meine nicht nur die gelben und braunen Blätter, die in den Anlagen um die Füße rascheln, oder die Kastanien. Ich liebe Kastanien! Frische, rotbraune Kastanien in grünen Stachelschalen, die innen so weiß sind wie ganz feine, zarte Haut. Einen Atemzug lang muß ich an Mama denken, gerade als wir bei den Winterastern vorbeikommen.

Und dann glaube ich wieder einmal, daß die neue Mutter Gedanken lesen kann. Sie sagt: »In drei Wochen ist Allerseelen, da kaufen wir einen schönen Kranz aus isländischem Moos. Mit rosa Wachsblumen drauf. Den kannst du der verstorbenen Mutter aufs Grab legen, der hält länger als die Astern, die sind schon in ein paar Tagen abgeblüht!«

Ich weiß, sie meint es gut, aber isländisches Moos ist grau und tot. Wie Haare von ganz alten Frauen. Und Wachsblumen sind noch viel toter. Rosa Winterastern aber, oder auch goldbraune, das ist etwas, das lebt! Und es gibt ja auch Töpfe mit Heidekraut.

Schade.

Schade, daß ich es niemandem richtig erklären kann, wie herrlich das ist, dieser Geruch vom Wochenmarkt im Herbst. O ja, die neue Mutter macht ›mhm‹ und ›ah‹, aber ich merke doch, daß sie es gar nicht weiß, daß der Markt im Frühling etwa ganz anders riecht. Im Frühling sind es vor allem die Töpfe mit Veilchen, die Narzissen und Tulpen, die einen ganz leisen Duft ausströmen, wenn man vorbeigeht. Und der kräftige Geruch von frischem Schnittlauch. Ach ja, und natürlich die Hyazinthen ...

Im Mai und Juni riecht es dann – wenn es schön warm ist – schon nach Erdbeeren, nach Waldmeisterkränzchen und nach Töpfen mit Goldlack, manche sagen auch Levkojen dazu.

Winter ist traurig. Da riecht der Wochenmarkt höchstens nach nassem Stroh und Pferdeäpfeln. Und nach Kohlrüben. Kohlrüben sind ein Essen für arme Leute, sagt die neue Mutter. Aber wir essen sie manchmal auch, und ich finde, daß sie sehr gut schmecken. Schön sämig angemacht. Mit viel Schwan-im-Blauband-Margarine. Nur beim Kochen stinken sie fürchterlich. Und das Schlimmste ist, daß dann alle Nachbarn wissen, daß wir Kohlrüben essen, sagt die neue Mutter. Und deshalb kocht sie lieber was anderes. Was auch billig ist. Vielleicht Kartoffeln mit Quark, oder Herings-Häckerle oder Makkaroni mit Tomatensauce. Und sonnabends einfach Kartoffelsuppe mit Knoblauchwurst.

Überhaupt Knoblauch! Knoblauch ist auch mit drin in dem herrlichen Würzgeruch, den der Markt im Herbst hat. Schöne dicke weiße Knoblauchknollen, zu Zöpfen oder Kränzen geflochten. Und daneben die Zwiebeln. Ganz frische, noch weiß, mit grünen Röhrchen dran, zu Bündeln gebunden. Und trockene gelbe Zwiebeln in kleinen Säcken, von denen man ein Pfund oder zwei in spitze graue Tüten gepackt bekommt.

Aber es ist nicht nur dieses eine oder das andere, was den wunderbaren Würzgeruch ausmacht, es ist alles zusammen. Kohl und Mohrrüben, Porree und Sellerie und Dill und Pfefferkraut, Majoran, Lauch, Gurken, Kürbisse und, und, und ... Man kann einfach nicht alles aufzählen.

Mir fällt ein, in den Schrebergärten am Stadtrand riecht es jetzt fast genauso. Nur, da kommt noch der Rauch vom Kartoffelkrautfeuer hinzu. Und ein herber Duft von den letzten Sonnenblumen, die an den Zäunen stehen. Zerzaust schon und abgeblüht die meisten. Aus den runden Köpfen haben die kleinen Vögel schon viele Körner herausgepickt. Nur die leeren grünen Waben sind noch da. Aber zu den dicken Stengelfüßen der Sonnenblumen gibt es noch ganze Büschel kleiner lilablauer Blumen, die in der Mitte ein goldgelbes Sternchen haben.

Und wieder Winterastern. Hohe Stauden von Winterastern. Holzige Stengel mit Blüten wie aus feinen Federn. In Altrosa, in Gelb oder Bronzebraun, oder in grünlichem Weiß. Die Blätter sehr dunkelgrün und fast wie Eichenblätter geformt.

Die Winterastern haben einen eigenartigen bittren Geruch. Sehr nach Herbst, beinahe schon Winter. Deshalb heißen sie vielleicht auch so. Aber es ist ein schöner Geruch. Schön und - ich weiß nicht, warum - ein bißchen traurig.

Das kommt vielleicht daher, daß sie die letzten sind, die noch unter kahlen Bäumen blühen dürfen.

»Wenn dir ein Duft besonders gut gefällt«, hat die Tante Hedel einmal zu mir gesagt, »mußt du dir einfach eine Nasevoll mit nach Hause nehmen!« Und sie hat mich angesehen mit ihren lieben schwarzen Augen, die immer auch ein bißchen traurig sind. »Du vergißt diesen Duft dann dein Leben lang nicht mehr. Man muß nur die Augen zumachen und ganz fest daran denken, dann kommt der Duft und alles, was dazugehört, zurück.«

Das war im Frühling, in den Osterferien in Glogau. Wir saßen auf einer Bank in der Sonne in einer Parkanlage, die ›Gute Stube‹ heißt.

Es war auch wirklich wie eine Stube, außen, im Viereck, ganz hohe Hecken von immergrünen Eiben. Wie Wände. Weiße Bänke davor, und in der Mitte ein Teppich. Ein richtiger bunter Teppich aus Stiefmütterchen, mit dem schnörkeligen Muster gestutzten Buchsbaums dazwischen. Auch der Teppichrand, die weißen Sandwege rundum, mit grünem Buchsbaum eingefaßt.

Und die dichten blaugrünen Wände dufteten in der Sonne selber nach herbem Holz und hielten dazu den süßen Geruch von tausend und mehr Stiefmütterchen fest und vom bitteren Buchsbaum. Es war ein so starker, wunderbarer Duft da im Park in der ›Guten Stube‹, daß einem fast wirbelig im Kopf werden konnte.

Ich weiß jetzt auch, was die Tante Hedel gemeint hat mit dem: Man kann sich so einen Duft wieder zurückdenken. Wenn es irgendwo ein ganz klein wenig nach Stiefmütterchen riecht . . . oder auch, wenn ich meine Bleistifte anspitze und die feinen Holzspiralen riechen genau wie die Lebensbaumwände, dann bin ich gleich wieder in der ›Guten Stube‹ im Park von Glogau, und um mich herum ist der Geruch genau wieder so, als säße ich noch auf der weißen Bank in der Sonne.

Jetzt sammle ich Gerüche. Vom Oderwald habe ich gleich zwei. Einen, das ist ein ganz zarter Duft, und man muß sich hinknien, auch wenn die Erde noch kalt und das Eichenlaub auf dem Boden naß ist. Die Sonne ist blaß vom langen Winter, aber der Himmel leuchtet schon vor lauter Blau. Und dann der Duft der ersten Buschwindröschen. Die weißen Blütenblätter sind ein ganz klein wenig rosa geworden vom frischen Wind, das fiedrige Grün versteckt sich im braunen Laub, und darüber ragen die schwarzen Äste der uralten Eichen, ganz kahl noch bis auf ein paar braune, zusammengerollte Blätter hier und da. Aber die silbergrauen, knorrigen Stämme, um die herum sich ein paar Männer die Hände reichen müssen, leuchten schon in der Sonne.

Und wieder Oderwald. Das ist ein Geruch, ein Bild, das dazu gehört, das kann man sich leicht herbeiholen. Es muß nur ein bißchen nach Maiglöckchen riechen. Oderwald im Mai. Die dicken vielhundertjährigen Eichen haben die ersten zartgrünen Blätterfahnen ausgehängt. Aber die Sonne kann noch durchschauen auf den Waldboden. Es ist nicht schwarzdunkel wie im Sommer, sondern alles, die Luft, der Himmel, der Boden, die Bäume, helles, leichtes Grün. Und dann steht man mitten in diesem Grün, und der Duft überfällt einen wie ein Schlag. Millionen Maiglöckchen im zarten Waldgras unter den Eichen. Man kann weit sehen, hier unter den Bäumen gibt es kaum Unterholz. Eine einzige grüne Halle voller Maiglöckchen. Und dann, weit hinten, rote Tupfen, ein Rudel Damhirsche.

Ich hätte ja nicht gewußt, wie sie heißen, und geglaubt, es sind Rehe. Aber unsere Lehrerin, mit der wir einen Wandertag hierher in den Oderwald gemacht haben, hat es uns erklärt. Ich nenne den Geruch ›Wandertag im Mai‹.

Aber Kastanienduft ist mir am liebsten. Der Geruch von ganz frischen, eben erst aufgesprungenen grünen Stachelschalen, aus denen die rotbraunen Früchte – wie Samt und Seide – hervorgukken, das ist ein Duft ganz genau wie Mamas Haare, und den habe ich mir schon aufgehoben, lange bevor ich mit der Tante Hedel im Glogauer Park gewesen bin.

Oder auch Großmutter Sandlers Haus im Sommer. Ein Geruch wie ganz alte Mauern in der Sonne, eine Spur von Petroleum aus den alten Lampen und – ein bißchen wie angebrannt – der Geruch von frischgeröstetem Kaffee. Das kommt daher, weil in dem Haus, das schon zweihundert Jahre und mehr alt ist, in den Kellergewölben die Waren vom Kaisers-Kaffeegeschäft nebenan lagern. Aus dem Hinterhof, aus der Backstube vom Bäcker Kleinlein, kommt der Geruch von frischem Butterkuchen. Aber das Ganze ist erst vollständig, wenn im heißen Sommer die Sonne in den Hausgang scheint, weil jemand die schwere Haustür hat offenstehen lassen. Wenn ich blind wäre, und ich würde diese Düftemischung riechen, wüßte ich gleich, daß ich in Großmutters Haus in der Preußischen Straße in Glogau bin, aber bisher ist es mir noch nicht gelungen, diesen Geruch aus dem Gedächtnis herbeizuzaubern.

Mit der Rochus-Kapelle ist es leichter. Da muß es nur irgendwo ganz stark nach schwerem dunkellila Flieder riechen. Mit Weihrauch vermischt. Hinzu kommt der Geruch von altem Holz, das weich und wurmstichig ist . . . und schon sehe ich in Gedanken die kleine graue Kapelle, die am Ende des Gartens bei der Klosterspielschule steht. Ich sehe ein braundunkles Altarbild, auf dem fast nichts mehr zu erkennen ist, weil nur wenige Kerzen brennen, und ein bißchen Gold vom Gewand des Heiligen, der die Kranken heilt, und den Flügel eines Engels.

Aber diesen Geruch muß ich eigentlich gar nicht aufheben. Wenn ich will, kann ich jeden Tag – oder wenigstens jede Woche einmal – in die Rochus-Kapelle gehen und ein Vaterunser beten oder den Rosenkranz.

Die Spielschule selber ist kein schöner Geruch. Jedesmal, wenn ich hingehen mußte, hat es mich geekelt . . . dieser Dunst von angebrannter Milch und von geöltem Linoleum, das jemand mit einem säuerlich riechenden Lappen gewischt hat. Muffig und arm hat es gerochen. Auch die schwarzen langen Kleider der Lieben Schwestern. Brrr! Aber in der Schule riecht es auch nicht viel besser.

Ich bin ganz in Gedanken neben der Mutter hergetrottet, habe kaum etwas gesehen. »Aber warum ziehst du dauernd in der Nase hoch?« fragt die neue Mutter. »Hast du kein Taschentuch?«

Sie würde bloß lachen oder den Kopf schütteln, wenn ich ihr von meinen Gerüchen erzählen würde. Und so nehme ich gehorsam mein Taschentuch aus der Manteltasche, schnaube tüchtig und hole mir noch schnell eine Nasevoll Herbstmarkt-Gerüche. Und dann sind wir auch schon vom Ring abgebogen in die kleine Straße, in der die Liesel Krausewetter bei ihren Eltern wohnt.

Das Fräulein Krausewetter - ich darf schon Tante Liesel zu ihr sagen - ist die Braut vom Onkel Fritz. Ihre Wohnung ist winzig klein, und man muß zwei enge Treppen hinaufsteigen, aber sie näht die wunderschönsten Kleider.

Ich muß mich ausziehen. Und dann stehe ich im Hemd und weiter Battisthose, die an ein schmales Leibchen angeknöpft ist, auf einem kleinen Stühlchen. Die Hose hat eine Hohlsaumkante, aber an dem Leibchen sind auch noch - rechts und links - zwei lange Gummistrumpfhalter angeknöpft, die meine Baumwollstrümpfe festhalten. Leider nur außen. Innen ziehen die Strümpfe Falten, und die nackte Haut meiner Oberschenkel ist immer ganz kalt.

Die Tante Liesel hat ein Zentimetermaß um den Hals und ein kleines Büchlein mit einem Tintenstift. Jetzt mißt sie, wie lang das neue Kleid werden soll. »Nicht so lang«, sage ich, »das ist altmodisch!« Und die neue Mutter zieht die Augenbrauen hoch und sagt: »Höre sich einer das an! Will der Fratz auch schon mitreden. Das Kleid wird so lang, wie ich es sage, mindestens zwei Zentimeter unterm Knie!«

Ich weiß, daß eine Widerrede nichts nützt, und die Tante Liesel blinzelt mir auch ganz kurz zu und mißt die Länge des Faltenrocks, den das Kleid haben soll, noch mal extra. Dann will sie meinen Brustumfang und die Hüften messen. Aber ich habe keine. Keine Hüften und keine Brust. Dazu bist du noch viel zu klein, lacht die Tante Liesel. Aber messen muß man trotzdem. Jetzt kommt die Ärmellänge dran. Einmal mit gestrecktem und einmal mit angewinkeltem Arm. Und nun, einmal rund um den Hals, wo ein kleines weißes Krägelchen hinkommen soll, und zum Schluß - für die Bündchen - mißt sie meine Handgelenke.

Ich drehe mich auf dem Stühlchen einmal hier herum, einmal andersrum. Es ist ein schönes Gefühl, wenn jemand mich so behutsam anfaßt. Ein richtiges Kribbeln im Magen. Beinahe wie beim Friseur, wenn der Herr Bencke an meinen Haaren herumschnippelt. Oder wie damals – es ist schon so lange her, aber ich weiß es immer noch –, wie damals, als der junge Herr Lichtermann die Geschichte vom Ritter und der Königstochter mit den grünen Haaren erzählt hat.

Aber jetzt ist die Tante Liesel leider schon fertig. Als ich herunterhopse von dem Stühlchen und mein Strickkleid wieder anziehe, sagt sie – und es hört sich an, als ob sie sich beinahe ein bißchen schämt –, sie sagt: »Möchtet ihr, willst du mal mein Brautkleid sehen, Gertrud?«

Natürlich möchten wir.

Sie geht nach nebenan, ins Schlafzimmer ihrer Eltern, und kramt in einem großen Schrank. Und dann ... feine weiße Spitze, mit glänzender Atlasseide abgefüttert. Aber an den langen Ärmeln ist die Spitze durchsichtig, ein richtiges Filmkleid, wie es die Schauspielerinnen auf den Bildern, die vor dem Lichtspiel-Theater ausgehängt sind, anhaben. Das Kleid ist kurz. »Gerade bis ans Knie«, sagt die Tante Liesel und wird ganz rot. Aber die neue Mutter zieht nur den Mund ein bißchen zusammen. Von den Schultern ab aber, hinten am Rücken herunter, hat das Kleid eine extra Schleppe. Auch aus Spitze, mit Seide abgefüttert.

»Fünf Meter lang«, seufzt die Tante Liesel. Und dann zeigt sie uns noch den Schleier, der wie eine duftige weiße Wolke in einem Pappkarton liegt.

»Man darf ihn aber nicht vor der Hochzeit anprobieren«, sagt die neue Mutter, die sich damit auskennt. »Das bringt Unglück!«

»Und es würde ja auch der Kranz fehlen«, Tante Liesels Augen glänzen richtig. »Ich habe einen Kranz mit Doppelspange bestellt, das sieht aus wie ein Diadem. Aber aus frischer Myrte. Ich mag nichts Künstliches.«

»Da hast du recht«, die neue Mutter befühlt mit spitzen Fingern den Stoff am Saum der Schleppe, »man heiratet doch bloß einmal! Es ist ja ein Glück, daß du alles hast selber nähen können. Der Stoff alleine muß doch schon ein Vermögen gekostet haben?« Man kann hören, wie sie die Luft einzieht.

»Wenn du mich nicht verrätst, Gertrud, so schlimm war es nicht mit dem Preis. Ich hab alles in Breslau gekauft, bei Barrasch!«

»Oh!« Die neue Mutter hält sich die Hand vor den Mund, und dann sieht sie mich an. Denkt sie, ich würde das jemand erzählen?

Ich nehme mir eines von Tante Liesels Modeheften, in denen lauter dünne lange Frauen aufgemalt sind, und ich tue so, als würde es mich überhaupt nicht interessieren, worüber sie reden.

Die neue Mutter spricht jetzt viel leiser, aber ich kann trotzdem alles hören. »Laß das den Fritz nicht wissen«, sagt sie, »und auch den Gerhart nicht. Die beiden sind sich darin ganz einig: Man darf nichts beim Juden kaufen! Ich sehe es ja auch nicht ein, aber um des lieben Friedens willen . . .« Sie hebt die Schultern.

Die Tante Liesel ist ganz rot geworden. »Es tut mir ja leid«, sagt sie, und ihre Stimme klingt ein bißchen nach Weinen. »Aber wenn mich der Fritz nun fragt? Soll ich denn meinen zukünftigen Mann anlügen?«

»Tja . . .«, die neue Mutter sieht jetzt genauso unglücklich aus wie die Tante Liesel, »eigentlich meine ich auch, daß man auf gar keinen Fall lügen darf.« Sie sieht zu mir herüber, aber ich stecke schnell meinen Kopf in das Modeheft. »Da können wir eben bloß hoffen und beten, daß er dich nicht fragt«, redet sie weiter. »Wenigstens nicht vor der Hochzeit. Nachher ist es dann ja egal.« Und dann fällt ihr plötzlich etwas ein, und sie ist ganz erleichtert. »Überhaupt«, sagt sie, »überhaupt darfst du ihm das Kleid ja vor der Hochzeit auch gar nicht zeigen! Das weiß man doch, daß das Unglück bringen soll! Der Bräutigam darf das Brautkleid erst sehen, wenn er die Braut in die Kirche abholt. Und da hat der Fritz bestimmt an anderes zu denken, als dich zu fragen, woher der Stoff ist!«

Jetzt sind die beiden Frauen so erleichtert, daß sie richtig lachen und sich noch eine Tasse Kaffee eingießen, ehe wir gehen. Und ich bekomme ein extra großes Stück Mohnkuchen. Aber ich würde die Tante Liesel auch so bestimmt nie verraten.

Nur eines möchte ich jetzt endlich einmal genau wissen: Warum ist es so schlimm, wenn man in einem jüdischen Geschäft einkauft, noch dazu, wenn es dort billiger ist? Und Ramsch ist der schöne Stoff von Tante Liesels Brautkleid bestimmt nicht. So was kann man doch sehen. Noch dazu, wo die Tante Liesel eine gelernte Schneiderin ist, da wird sie doch wissen, was ein guter Stoff ist und was nicht!

Wenn ich die Mutter danach frage, sagt sie, weil es der Papa eben nicht will. Wenn ich aber den Papa frage, fängt er an zu schreien und redet von jüdisch-bolschewistischer Weltherrschaft und von Zinsknechtschaft und lauter solchen Sachen, die man nicht versteht. Und ich glaube, er kann sie selber nicht erklären, denn am Schluß sagt er immer nur: »Das verstehst du ja doch noch nicht!«

Ich will es aber verstehen, und es kann doch auch nicht so schwierig sein, ich bin schließlich die Zweitbeste in der Klasse. Ja – und da werde ich eben jetzt einfach die Lehrerin fragen. Gleich nach den Ferien.

»Auf Wiedersehen, Tante Liesel.«

»Auf Wiedersehen, Gertrud, auf Wiedersehen.«

Wir stolpern die enge Treppe wieder hinunter.

Und dann kommen wir auf dem Nachhauseweg beim Herrn Striehm vorbei. Der Herr Striehm, das weiß ich schon von Papas Reden her, ist auch ein Jude. Und sogar einer, der am Sonnabend mit dem Zylinder auf dem Kopf in die jüdische Kirche geht. Sein Geschäft ist nur ein paar Häuser weit von unserem Hause entfernt.

Es gibt Hüte beim Herrn Striehm. Herren- und Damenhüte, Sportmützen und lederne Kappen, wie die Fleischer und die Viehhändler sie tragen, und solche für Autofahrer. Auch Matrosenmützen für Kinder. Wir kriegen jedes zweite Jahr eine neue Matrosenmütze. Die Mädchen-Matrosenmützen haben die Bänder an der Seite, und bei den Jungen hängen sie hinten. Früher haben wir die Mützen immer beim Herrn Striehm gekauft, aber das letzte Mal bei Kübler auf dem Ring. Aber der Herr Striehm hat auch Bettbezüge und Laken in seinen Schaufenstern und Sachen für Babys.

Jetzt steht der Herr Striehm vor seiner Ladentür, und wie wir näher kommen, macht er eine tiefe Verbeugung. »Guten Tag, die Frau Sekretär, ein scheenes Wetterchen heite. Aber es wird bald kalt, und man wird müssen Vorsorge treffen.«

Die Mutter ist richtig verwirrt, und sie fährt sich mit der Hand übers Gesicht, das ganz rot geworden ist. Sie will wohl nicht unhöflich sein, sie sagt: »Guten Tag, Herr Striehm!« Aber es klingt sehr leise, und sie sieht sich auch gleich nach allen Seiten um.

Der Herr Striehm lächelt. Aber ich finde, daß er nicht wirklich ein glückliches Lächeln hat, obwohl . . . man weiß das ja nicht, weil man ihn gar nicht kennt. Der Herr Striehm ist klein und dick und rund und hat einen richtigen Kugelbauch, über den sich eine goldene Uhrkette spannt. Jetzt, wie wir nur noch einen Schritt von seiner Ladentür entfernt sind, sagt er auf einmal leise: »Fürchtet sich die Frau Sekretär? Vielleicht vor dem Herrn Gemahl?« Die Mutter bleibt mit einem Ruck stehen. »Wie können Sie . . .«, ihre Augen funkeln, aber sie weiß nicht, was sie weiter sagen soll.

»Ich weiß, ich weiß«, der Herr Striehm sieht die Mutter an, als müsse er Mitleid mit ihr haben, und ich denke, daß es eigentlich doch gerade umgekehrt sein müßte. »Ich weiß«, sagt er noch einmal, »daß Se derfen nichts kaufen bei mir. Aber das soll'n Se auch gar nich. Heite will der alte Striehm Ihnen bloß was schenken!«

»Mir?« Die Mutter macht einen Schritt zurück. »Sie sollen mir auch nichts schenken, Herr Striehm. Das will der Mann bestimmt auch nicht!«

»Oh«, der Herr Striehm wiegt seinen runden Kopf hin und her, »er wird wollen, der Herr Sekretär, wird schon wollen. Er hat mer nämlich auch was geschenkt!« Seine schwarzen Augen hinter den dicken Augengläsern blinkern die Mutter an.

»Ihnen, Herr Striehm? Der Mann hat Ihnen etwas geschenkt?« Man kann hören, daß die Mutter das nicht glaubt. Sie macht wieder einen langsamen Schritt auf den Herrn Striehm zu.

»Ja, mir«, sagt der, »und jetzt komm'n Se schnell rein in'n Laden. Es muß Se ja nich jeder seh'n, das is Ihnen doch auch lieber?«

Da packt die Mutter auf einmal meine Hand und zerrt mich über die Stufe in den Striehmschen Laden. Es riecht nach Stoff und Tuch hier drinnen, und irgendwie nach Staub. Es riecht, als ob die verschiedenen Sachen schon lange hier in den Regalen liegen und am hinteren Ende des Ladentisches.

Die Mutter stellt den Einkaufskorb auf den Boden und die Tasche, in der sie den Kleiderstoff gehabt hatte, daneben. Sie holt tief Luft. »Ich kann das nicht glauben, Herr Striehm, daß Ihnen mein Mann was geschenkt hat«, sagt sie nun wieder fest.

»Se werden sehen . . . gleich werden Se sehen!« Der Herr Striehm ist hinter seine silbrige Ladenkasse getreten. Er drückt auf eine Taste, und eine Lade geht mit einem Klingeln auf. »Hier«, sagt er und zeigt der Mutter einen grünen Briefumschlag, »die Schrift vom Herrn Gemahl wer'n Se doch kennen!«

Die Mutter ist so verwirrt, daß sie nichts zu antworten weiß. Sie merkt nicht einmal, daß sie den dicken Herrn Striehm mit offenem Mund ansieht. »Aber .. « bringt sie endlich heraus, »aber wieso?«

»Soll'n Se seh'n, soll'n Se gleich seh'n!« Der Herr Striehm zieht aus dem geöffneten Briefumschlag ein Stück rosa Pappe. Ein blasses Rosa, und es sieht aus wie die Fahrkarten, die man auf der Bahn bekommt. Wenn wir nach Brieg fahren oder nach Glogau, hat der Papa oft solche Karten gekauft. Wenn man Eilzug fährt, gibt es noch eine gelbe Zuschlagkarte, die hat in der Mitte, von oben nach unten, einen breiten schwarzen Streifen. Kinderkarten, das weiß ich schon, sind auch rosa, mit einem zartgrünen Streifen. Aber die Karte, die der Herr Striehm in der Hand hält, sieht aus wie eine Fahrkarte für Erwachsene.

»Ich ... ich versteh das nicht«, sagt die Mutter leise.

»Lesen Se, Frau Sekretär, lesen Se nur, was draufsteht!« Herrn Striehms Brillengläser funkeln, aber die Stimme klingt kratzig, als ob der dicke Herr Striehm traurig ist und weinen möchte.

Die Mutter greift nach der Karte, die er ihr hinhält, aber ihre Hand zittert so sehr, daß das kleine Billett auf den Boden fällt. Ich bücke mich schnell, aber ich gebe die Karte nicht gleich her. Ich lese, und ich merke gar nicht, daß ich laut lese. »Gültig für 2 Personen«, lese ich die gestochen feine Druckschrift meines Vaters, »nach Jerusalem/Palästina« - und darunter noch »Ohne Rückfahrt«.

Ich sehe von einem zum anderen. Jerusalem - Palästina? Was bedeutet das? Das dumme Lied fällt mir ein, das die Kinder immer in der Spielschule geplärrt haben: »Wir fahren nach Jerusalem und wer kommt mit? Ja du, mein liebes Schwesterlein, ja du kommst mit«, und man bekam einen Klaps auf die Schulter und mußte sich hinten anschließen, mit beiden Händen auf den Schultern des Vordermanns, und das Ganze sollte einen Zug darstellen. Bei diesem Spiel blieb zum Schluß immer einer übrig, der nicht mitfahren durfte, nach Jerusalem ...

Aber diese Fahrkarte hier hatte mit dem blöden Spiel bestimmt nichts zu tun. Wenn ich nur wüßte ... Und dann sehe ich die Fahrkarte noch einmal genau an. »Sie gilt ja gar nicht«, rufe ich und bin ganz aufgeregt, »sie gilt nicht. Bei den gültigen Fahrkarten sind hier, in der Ecke, immer irgendwelche Zahlen eingedruckt. Ganz tief, daß es aussieht wie eingeschnitten! Aber die Zahlen sind hier nicht drauf!« Ich weiß es selber nicht, warum es mich so erleichtert, daß die Karte ungültig ist.

Wieder sehe ich von der Mutter auf den Herrn Striehm und dann wieder zur Mutter. Es scheint sie beide gar nicht zu interessieren, daß die Karte ungültig ist. Sie sehen mich so ein bißchen mitleidig an, als wollten sie sagen: Was weiß denn schon so ein Kind!

Da gebe ich der Mutter die Karte. Sie wirft nur einen Blick darauf und gibt sie mit spitzen Fingern, als ob es was Schmutziges wäre, dem Herrn Striehm zurück. Und ganz langsam bewegt sie dabei den Kopf hin und her. Hin und her. Schließlich sagt sie stockend: »Herr Striehm ... ich weiß nicht ... der Mann hat sich vielleicht einen Scherz gemacht. Das Ganze ist bestimmt bloß ein Witz, ja, ein dummer Witz!«

Der Herr Striehm sieht sie lange mit seinen schwarzen Vogelaugen hinter den dicken Brillengläsern an, dann seufzt er tief und sagt: »Frau Sekretär, Sie wissen, und ich weiß, daß der Herr Gemahl keine solchen Witze macht. Ich mechte meinen, er macht ieberhaupt keine Witze. Keine spaßigen, jedenfalls ...«

Da sieht die neue Mutter plötzlich aus, als ob sie eben ein enges Korsett angezogen hätte. Ganz aufrecht. Ganz steif. Und ihre Worte hören sich an wie auf Stelzen. »Herr Striehm«, sagt sie, »kennen Sie denn die Schrift meines Mannes? Und wer sagt denn, daß er es überhaupt gewesen ist?«

Jetzt erschrecke ich, denn ich weiß genau, daß es Papas Schrift auf der Fahrkarte ist. Es gibt ganz wenig Menschen, das hat sogar der Herr Moellner gesagt, die so wie gestochen, so schön gleichmäßig und doch mit Schwung, schreiben können. Und die neue Mutter weiß das auch. Aber dann denke ich, es ist ihr wohl peinlich, daß der Papa ungültige Fahrkarten verschickt.

Und der Herr Striehm denkt das sicher auch. Er sagt: »Frau Sekretär, ich kann Se versteh'n. Aber der Herr Gemahl ist ja kein Feigling. Nee, das is er nich. Hier!« Er holt noch einen Zettel aus dem grünen Briefumschlag, »wollen Se lesen?« Und als die Mutter nur den Kopf schüttelt, liest er selber: »Hunderttausende stehen hinter uns und denken wie wir. Der Tag wird kommen, da werden es Millionen sein! Gezeichnet G. Koller!« Er hält den Zettel ein bißchen weiter weg. »Darunter steht noch ein Name, Josef Ma..., mehr kann man nich lesen. Soll man wohl auch nich.«

Wieder sieht er die Mutter lange und wie mitleidig an. »Ich hab mer gedenkt«, er seufzt, »ich will meinen, der Herr Sekretär mechte vielleicht eine Warnung aussprechen, und das muß man ihm ja zugute halten. Außerdem«, er seufzt noch einmal, »wir würden ja gehen, nach Palästina, wenn auch der Großvater selig hier schon hat den Laden gegründet, würden ja gehen. Aber das Kapital, Frau Sekretär, woher soll'n wer nehmen das Kapital für a neies Geschäft? Es geht doch schon hier immer bloß rückwärts! Und dann, mer hängt doch auch am Städtel, glauben Se mir, Frau Sekretär!«

Die Mutter hat ihn bei seiner langen Rede immer nur angesehen. Das steife Korsett und die Festigkeit ist ganz verschwunden bei ihr. Es sieht aus, als müßte sie sich schämen, wie sie jetzt immer nur auf ihre Schuhe sieht. »Es tut mir sehr leid, Herr Striehm«, sagt sie leise, »es tut mir alles so leid für sie und für Ihre Frau. Der Mann . . .«, sie schüttelt wieder den Kopf, »ich glaube, der Mann weiß selber nicht mehr genau, was er tut. Der ist wie verhext!«

Und der Herr Striehm nickt. »Es sind schon viele verhext«, sagt er und wiegt den Kopf hin und her, »und ich fürchte, ich fürchte, daß es werden noch mehr . . . ganz wie der Herr Gemahl geschrieben hat.« Dann gibt er sich plötzlich einen Ruck und greift in das Regal hinter seinem Rücken. »Aber niemand soll sagen, daß sich der alte Striehm hat was schenken lassen! Und wenn's auch bloß eine ungiltige Fahrkarte wäre. Hier, Frau Sekretär, das derfen Se mir nich abschlagen. Nähmen Se, nähmen Se, der Winter wird kalt, und mer wird missen Vorsorge treffen!« Dabei reicht er der Mutter einen Packen Barchent-Bettlaken hin, und wie sie ihn nicht nehmen will, kommt er um den Ladentisch herum und stopft ihn in die leere Einkaufstasche, in der mein Kleiderstoff gewesen ist. »Se werden mich nich beleidigen, Se werden es nähmen, Frau Sekretär«, nickt er dazu.

Dann sieht er sich um, als ob er noch etwas sucht. Ein kleines schwarzes Hütchen aus Ripsseide steht auf einem hölzernen Kopf an einer Seite des Ladentisches. Er nimmt das Hütchen und setzt es mir auf. »Und das Schicksele, das Kleine, soll auch was haben vom alten Striehm«, sagt er dabei und hält mir einen Spiegel vors Gesicht. »Hübsch sieht se aus . . . und serr elegant!«

Ich sehe auf die neue Mutter, ob ich das Hütchen annehmen darf, aber die hat Tränen in den Augen und sucht nach einem

Taschentuch. Da mache ich einen Knicks und sage: »Danke schön, Herr Striehm!« Das Hütchen hat eine Ripsband-Rosette an einer Seite. Auch schwarz. Und ich sehe ein bißchen bleich aus damit. Aber es ist genau so ein Hut, wie ihn die feinen Damen jetzt aufhaben. Mit einem Kopf, der hoch ist wie ein Topf, und mit ganz schmalem Rand. Jetzt bin ich auch eine feine Dame.

Die Mutter hat ihr Taschentuch gefunden und sich die Augen gewischt. Die Augenränder sind noch ganz rot. Und der Herr Striehm drängt uns zur Tür. »Vielen Dank, Frau Sekretär«, verbeugt er sich immer wieder. »Vielen Dank, daß Se sich nich sind zu gutt und nähmen ein Geschenk vom alten Striehm. Er wird es Ihnen nich vergessen!« Und er reibt sich die Hände, als hätte er gerade ein gutes Geschäft gemacht.

»Aber ich, Herr Striehm, ich hab mich doch zu bedanken«, die neue Mutter reibt sich noch immer Augen und Nase, »und ... zu entschuldigen für meinen Mann!«

»Schon gutt, schon gutt«, der Herr Striehm hebt die Hände. Dann lächelt er wieder sein mitleidiges Lächeln. »Es steht nur zu befirchten ...« sagt er langsam, »es kennte ja sein, daß ich nich bin der einzige, der so was bekommen hat!«

»Lieber Himmel!« Die Mutter, Tasche und Korb über einen Arm gehängt, faßt sich mit der freien Hand an den Hals. »Lieber Gott!« Sie redet bloß noch ganz leise. »Dieser Mann ... er wird uns noch alle in Schande bringen! Mein Gott, mein Gott!« Und dann packt sie mich bei der Hand, zerrt mich durch die Ladentür und rennt mit mir die Straße entlang. Auf unser Haus zu. Wir stolpern die Treppen zur Haustür hinauf, aber erst als die schwere Tür hinter uns zufällt, bleibt sie stehen. Sie lehnt sich gegen das dicke Holz und läßt Tasche und Korb auf den Boden fallen. Noch nie im Leben habe ich die Gertrud so aufgeregt gesehen. Ein bissel ist es mir unheimlich, aber sie tut mir auch leid. Wenn ich nur wüßte, warum es so schlimm ist, daß der Papa dem Herrn Striehm eine ungültige Fahrkarte nach Jerusalem geschickt hat? Der Herr Striehm selber kann es ihm eigentlich nicht übelgenommen haben, sonst hätte er uns doch nicht so beschenkt. Aber warum hat es der Papa überhaupt getan?

Auseinandersetzungen und späte Gäste

Der Sekretär steigt die Stufen zu seiner Wohnung hinauf und pfeift. Den Hohenfriedeberger Marsch ... meine Mutter, die hat Sperlinge gerupft ...

Er pfeift besonders laut. Weil er besonders wütend ist. Und weil es nicht mehr so weitergehen kann. Seit ein paar Wochen ist die Gertrud wie umgewandelt. Wie ein richtiger störrischer Esel. Nein, sie macht eigentlich nichts, und sie gibt auch keine Widerrede. Sie sagt überhaupt kaum etwas. Aber sie hat rotgeränderte Augen, als ob sie weinen würde, wenn er weg ist!

Er bleibt auf dem Treppenabsatz stehen. Nein! Es wird doch – um Himmels willen – mit ihr nicht so sein wie mit der Elly? Er beißt sich auf die Unterlippe. Aber da kann er sich wohl beruhigen, einen kranken Eindruck macht die Gertrud eigentlich nicht. Eher schon verärgert. Ja, wütend beinahe. Das ist es, sagt er sich, die Frau ist über irgend etwas wütend. Aber worüber?

Und dann muß er plötzlich lachen. Lautlos natürlich, was sollen die Hausnachbarn sonst auch von ihm denken! Ja, jetzt kann er sich denken, was die Gertrud so aufbringt. Seit vier Wochen etwa ist er kaum noch einen Abend zu Hause! Eine Versammlung nach der anderen. Dazwischen Kameradschaftsabende, und nun auch noch die Vorbereitungen für die verschiedenen Weihnachtsfeiern! Wenn er dann in der Nacht heimkommt ... ja sicher, manchmal ist er ein bissel angesäuselt, hat eben einen – oder auch zwei – über den Durst getrunken. Aber wenn er die Nachttischlampe anknipst, sagt sie kein Wort. Ihre rotgeränderten Augen sehen ihn nur sekundenlang an – ganz verächtlich verzieht sie den Mund –, aber dann dreht sie sich weg und tut so, als ob sie weiterschlafen würde. Als ob sie ihn nur im Schlaf angestarrt hätte!

Er steigt, etwas langsamer jetzt, weiter. Und während er die Lippen, um sie zu befeuchten, zwischen die Zähne zieht, denkt er daran, daß er ein paarmal nun schon vergeblich des Nachts versucht hat, sich ihr zu nähern.

Pah! Jetzt spitzt er den vollippigen Mund, nicht daß ihm das sonderlich viel ausgemacht hatte! Es war eigentlich mehr das Prinzip. Die Frau darf sich dem Mann höchstens dann verweigern, wenn sie krank ist. Ich hätte darauf bestehen müssen, sagt er sich. Aber im Grunde, wenn er einen ›in der Krone‹ hatte, war er nun mal kein Draufgänger. Eher im Gegenteil. Er schlief dann lieber und – wie die Kinder sagten – schnarchte so laut, daß man es bis ins Kinderzimmer hören konnte. Trotzdem, er darf ihr das nicht durchgehen lassen. Wo käme man denn da hin?

Übrigens die Kinder. Das Mädel guckt ihn jetzt auch manchmal so fragend an. Ach was, er wird sich doch nicht ins Bockshorn jagen lassen. Das Mädel wundert sich einfach, warum die Gertrud auf einmal so wenig mit ihm redet.

Und genau das wird er die Frau heute abend fragen. Er wird mit der Hand auf den Tisch schlagen und sagen: »Raus mit der Sprache, was paßt dir nicht, Gertrud?« Oder »Was habe ich dir getan?« Da wird sie schon Farbe bekennen müssen, denn er wird nicht nachgeben. Er hat heute abend ausnahmsweise mal Zeit, und das wäre doch gelacht, wenn er sie nicht zum Reden brächte!

Wie er den Schlüssel in der Flurtür herumdreht, hört er sie im Kinderzimmer mit den Kindern singen: »Morgen kommt der Weihnachtsmann . . .« Na, bis dahin ist noch ein bißchen Zeit, es ist schließlich erst November. Aber es hatte immerhin schon geschneit, und da war eben für die Kinder Weihnachten nicht mehr weit.

In der Küche steht das Abendbrot. Eine warme Suppe blubbert im Topf und daneben ein Teller mit einem Berg Schnitten. Auch die Kanne mit Tee steht bereit, und dahinter, für ihn, die Flasche mit Rum. Na also, er reibt sich die kalten Hände, da wollen wir mal . . . und tritt ins Kinderzimmer.

Alle sind verstummt. Sie sehen ihn an, die Gertrud und das Mädel und der Heinzi, beinahe als ob er ein Fremder wäre. Ein Fremder, der hier nur stört.

Bloß der Kleinste, der Hansel – wie man sich doch so schnell an einen Namen gewöhnen kann –, der kleine Kerl auf dem Schoß seiner Mutter, streckt die Ärmchen nach ihm aus und kräht vor

Vergnügen! Und da steht die Gertrud auf und setzt ihm den Kleinen auf den Arm. Und jetzt muß er den Jungen schwenken und herumwirbeln, das ist so der Brauch, und wenn er einmal keine Zeit dafür hat, mahnt der Steppke das an! Und kreischt und schwenkt die winzigen Ärmchen, bis sein Vater ihn hochnimmt.

Ja, das ist schon ein richtiger Wilder! Der Heinzi hatte das nie gemocht, der hatte höchstens geweint bei dieser Herumwirbelei. Das Mädel war anders, der konnte es gar nicht toll genug zugehen. Aber jetzt war sie dafür natürlich zu groß. War ja schon neun!

Die Gertrud steht in der Kinderzimmertür und sagt: »Kommt essen, Komtessen!« Das ist das allabendliche Ritual, und die Kinder würden etwas vermissen, wenn sie es nicht sagte.

Der Tisch im großen Zimmer vor dem Kachelofen ist schon gedeckt. Die Suppenteller sind gefüllt, und der Topf, damit die Suppe nicht kalt wird, steht im Ofenrohr. Schnitten und Tee stehen parat.

Jetzt nimmt ihm die Gertrud den Hansel wieder ab. Während des Essens sitzt er bei ihr auf dem Schoß, und sie füttert ihn mit Reisbrei. »Ein Löffelchen für den Papa, eins für die Mama, für den Heinzi und die Elisabeth.« »Heijeijeih«, kreischt der kleine Kerl und patscht in den Brei, daß es nach allen Seiten wegspritzt.

Die beiden größeren Kinder lachen, aber wie die Gertrud das Mädel ansieht, springt die gleich auf und holt einen Lappen aus der Küche, um den verschmierten Tisch abzuwischen.

Er sieht sich um. Den Rum hat die Gertrud vergessen mit hereinzubringen. »Hol ihn dir«, sagt sie, »du siehst doch, daß ich das Kind auf dem Schoß habe!« Es klingt richtig aufsässig und gereizt, findet er, und genau das wird er sie fragen. Warum bist du nur immer so gereizt jetzt, wird er sagen, fängst du auch schon an, wie gewisse Damen, die es offenbar heute schick finden, nervös zu sein und zartbesaitet?

Aber er wird es natürlich erst nachher sagen, wenn die Kinder im Bett sind. Es gibt nichts Schlimmeres, als wenn sich Eltern vor ihren Kindern streiten. Und er weiß, wovon er spricht, seine Mutter hat jedesmal Krach angefangen, wenn etwas nicht nach ihrem Willen ging. Es war ihr gleich, ob die Kinder sie hörten. Und er, der älteste Junge von sieben Kindern, hat sich immer geschämt, wenn der Vater dann ruhig blieb und nicht einmal aufgetrumpft hat. Schließlich war er es doch, der das Geld nach Hause brachte. Aber der Vater war ein stiller Mann. Und viel zu gutmütig. Jedenfalls seiner Frau und den Töchtern gegenüber. Ja. Genauso sieht es der Sekretär heute, diese Gutmütigkeit war das Falscheste, was der Vater gemacht hat. Und er, Gerhart Koller, wird nicht so dumm sein, sich von seiner Frau auf der Nase herumtanzen zu lassen. Wo käme man denn da hin?

Inzwischen hat das Mädel den Rum geholt und neben seine Teetasse gestellt. »Na also«, sagt er, »wozu hat man denn auch eine Tochter!« Er nickt dem Mädel zu. Aber die Frau sagt: »Wenn sie die Flasche hätte auf den Küchenboden fallen lassen, würdest du anders reden!« Es klingt wirklich schnippisch.

»Warum soll sie die Flasche denn fallen lassen?« braust er auf.

»Weil sie in letzter Zeit immerfort alles mögliche fallen läßt!«

»Aber warum denn? Was ist denn los, Elisabeth?« Er sieht das Mädel an und runzelt die Stirn.

»Weil ...«, das Kind holt tief Luft, »weil ich immerfort daran denken muß. Weil ich es nicht verstehen kann, das mit den Juden. Und warum hast du dem Herrn Striehm eine ungültige Fahrkarte nach Jerusalem geschickt?« Das Mädel rückt auf ihrem Stuhl von ihm ab. Wahrscheinlich hat sie Angst, daß sie gleich eine Ohrfeige von ihm kriegt. Aber das ... er merkt richtig, wie ihm die Röte ins Gesicht steigt, das macht er doch nur, wenn sie's verdient hat. Und überhaupt hat er im Augenblick Wichtigeres zu bedenken. Woher weiß das Kind die Sache mit der Fahrkarte. »Gertrud?«

Auch die Frau ist rot geworden, das merkt er erst jetzt. Aber im Augenblick, wo er sie anredet, ist sie aufgestanden. Sie trägt den Hansel zurück zu seinem Körbchen. Läßt ihn noch ein paarmal auf ihrem Arm herumstrampeln, bis der Kleine sein Bäuerchen gemacht hat, und legt ihn dann in die Kissen. Als sie sich wieder aufrichtet, ist ihr eigentlich nichts anzusehen. Und die Röte kann auch davon kommen, daß sie sich über die Wiege gebeugt hat. Oder vom warmen Kachelofen.

Und dann, als hätte sie wirklich nicht gehört, daß er sie angesprochen hat, fängt sie gleich an, den Tisch abzuräumen, und das Mädel muß ihr dabei helfen.

Der Sekretär stößt einen leisen Pfiff aus, und dann holt er sich eine Zigarre aus dem Bücherschrank im Nebenzimmer. Also so ist das. Die Gertrud und das Mädel wissen offenbar von seiner Aktion. Die Kleine wundert sich, und die Frau ist wütend. Warum eigentlich? Aber wichtiger noch: Woher wissen sie es? Wer kann es ihnen gesagt haben? Einen Augenblick muß er an den Marczowsky denken. Zuzutrauen wäre dem so was. Aber der wird doch nicht so dumm sein, wo er doch selber mit unterschrieben hat! Nun gut, da wird er die Frau eben fragen. Nichts leichter als das!

Als sie wieder hereinkommt, um das Wachstuch vom Tisch zu nehmen und die Tischdecke mit der Stickerei – sie stammt noch von der Elly – auszubreiten, hält er sie am Handgelenk fest. »Was ist los?« Er fragt es leise, denn die Kinder sind noch in der Küche, um sich vor dem Zubettgehen zu waschen. »Wer hat euch das erzählt, von den Fahrkarten?«

Sie sieht ihn starr an. Und sie denkt nicht einmal daran, ihre Hand wegzuziehen. »Es ist also nicht bloß eine«, sagt sie und nickt dabei, »es stimmt also, daß du solche Karten auch an andere geschickt hast?« Sie sieht ihn immer noch an. Als hätte sie ihn niemals zuvor gesehen.

»Na und?« sagt er forsch und läßt ihr Handgelenk los. »Hast du etwas dagegen?« Ganz knapp sagt er das. Richtig überlegen. Hast du etwas dagegen? Das möchte er ihr nicht geraten haben, etwas dagegenzuhaben. Das will er damit sagen.

Sie reibt sich das Handgelenk und macht einen Schritt rückwärts. Von ihm weg. »Du wirst uns alle ins Unglück stürzen, Gerhart. Mit deinem Haß!«

»Ach nee! Wirklich?« Und wer sagt das? Will mir da jemand womöglich drohen? Er soll nur kommen. »Aber woher weißt du es eigentlich? Hat dieses ehrvergessene Ding, diese Hilde, hat sie . . .?«

Die Augen der Frau werden ganz groß. Sie scheint erst jetzt zu erfassen, was er mit dieser Frage zugibt. Und dann sagt sie beinahe flüsternd: »Von der Hilde weiß ich nichts. Aber du solltest nicht so schlimm von ihr reden. Schon gar nicht, wenn es die Kinder hören können!«

»Die Kinder! Pah! Die kriegen ja noch viel Schlimmeres zu sehen. Judenjungs, die die deutsche Ehre in den Dreck ziehen. Kriegsgewinnler. Vaterlandsverräter. Aber wir werden unseren Weg gehen, wir werden ihnen die Maske vom Gesicht reißen, darauf kannst du dich verlassen. Und jetzt sagst du mir, von wem du es erfahren hast!«

Sie geht zurück bis zur Tür. »Nein«, sagt sie, »ich werde es nicht sagen. Ich will an dem allem keinen Anteil haben. Du sagst, du wirst deinen Weg gehen ... wohin führt er denn, dieser Weg? Ich bin deine Frau, Gerhart, ich habe vor dem Altar versprochen, bei dir zu bleiben, bis daß der Tod uns scheidet, aber ich kann das nicht mitmachen, diesen Haß!« Ihre volle Unterlippe zittert, und die Tränen laufen ihr über die Backen. »Ich ...«, sie will sich umdrehen und in die Küche gehen.

»Hiergeblieben«, donnert er los. Er wird nicht ruhen, er wird das herauskriegen, das wäre ja noch schöner. »Du sagst mir jetzt, wer ...«

Da klingelt es draußen im Flur.

»Zum Donnerwetter«, will er brüllen, aber nach einem Blick seiner Frau wird ihm klar, daß man ihn draußen hören könnte, und so schimpft er nur halblaut: »Wer will denn da so spät noch was von uns, welcher Hornochse?«

Die Frau zuckt die Achseln und geht durch die Küche auf den Flur. Gleich darauf juchzen die Kinder vor Vergnügen. »Täterettettäh«, bläst jemand auf einer Kindertrompete. Dem Sekretär schwellen die Adern an den Schläfen. Ist er denn in einem Irrenhaus hier? Kann man ihn nicht in Ruhe lassen, wenn er schon einmal Zeit hat, sich seiner Familie zu widmen? Und schließlich hat er mit seiner Frau zu reden!

Da hört er sie draußen sagen: »Du liebe Güte, ich hätte Sie nie erkannt.« Was soll denn das? Er stellt sich in Positur. Den Arm auf der Stuhllehne, das Kinn vorgestreckt. Soll jeder gleich sehen, daß er hier nicht gestört werden will. Von keinem. Wer es auch sein mag! Jawohl!

Und dann, wie er die beiden maskierten Figuren im Türrahmen stehen sieht, weiß er überhaupt nicht mehr, was er denken soll. Der Teufel soll diesen Blödsinn holen! Grimmig beäugt er den stattlichen, imposanten weiblichen Harlekin - oder Pierrot, er kennt sich da nicht so aus - im schwarzweißen Seidenanzug, Kniehosen über weißen Strümpfen und Schuhe mit glitzernden Schnallen. Eine hohe Tütenmütze und überall Pompons in Schwarz und Weiß. Hinter der schwarzseidenen Maske funkelnde Augen. Donnerwetter, das irritiert ihn, aber dann sieht er die schlanke Hand, die die Kindertrompete hält. Eine weiße Hand mit kostbaren Ringen, und sie verrät die schwarzweiße Maske. Die Hand gehört der Frau des Uhrmachers Storz. Und der Uhrmacher Storz ist sein Hauswirt!

Zuerst muß er sich ärgern. Er kann das einfach nicht ausstehen, wenn ihn jemand so überfällt. Und noch dazu die schöne Frau Storz. Lieber Himmel, wenn er wenigstens sein Jackett anhätte. Aber da steht er, in Hemdsärmeln, und die Serviette hat er sich gerade noch vom Hals reißen können.

Da macht er jetzt wenigstens eine tiefe Verbeugung: »Verehrte Frau Storz, wer kann denn auch wissen . . .« Dann fällt sein Blick auf die zweite Maske. Jetzt weiß er wirklich nicht weiter. Er hat keine Ahnung, wer das sein könnte. Hatten sie vielleicht Besuch unten in der Wohnung des Hauswirts? Vielleicht eine Nichte? Warum erfährt man hier nie etwas? Er verbeugt sich noch einmal, das kann schließlich nicht falsch sein.

Die Tänzerin im rosa Ballettröckchen macht einen zierlichen Knicks. Auf blonder Perücke sitzt ein Kranz von Rosen, das Dekolleté ist mit einem Tüllschal kokett verhüllt, und die schlanken Beine stecken in rosa Atlasschuhen. Eine rosa Seidenmaske verbirgt das Gesicht.

Ein hübsches Persönchen offenbar. Wenn er nur wüßte, wer? Das macht ihn richtig wütend. Er hat nichts übrig für solchen Mummenschanz, und was soll er auch sagen zu einer Dame, die er nie zuvor gesehen hat? Wenn die Frau Storz nicht dabei wäre, würde er da auch kein Blatt vor den Mund nehmen. Aber die Frau des Uhrmachers, eine imposante, vollbusige Person, hatte seine Kinder in ihr Herz geschlossen. Selber kinderlos, hatte sie doch immer Verständnis, wenn die Kinder mal laut waren. Ja, sie hatte die Elisabeth sogar nach unten, in den ersten Stock, zum Spielen eingeladen. Und die Köchin mußte Pudding für sie kochen und Milchreis mit Zucker und Zimt. Nein, der kann er doch nichts sagen, wenn sie sich auch mal einen Scherz erlaubt.

Trotzdem weiß er nicht, wie er sich diesem anderen Wesen gegenüber, in rosa Tüll, verhalten soll. »Wollen die Damen nicht Platz nehmen?« bringt er schließlich heraus. Und jetzt erschallt lautes Gelächter. Die rosa Tänzerin zieht die Maske vom Gesicht, und dahinter steckt . . . der Herr Storz! Der Hauswirt!

Dem Sekretär ist das peinlich. Ekelhaft peinlich. Nein, nicht seinetwegen. Aber dieser Mann . . . in einer solchen Verkleidung! Wie kommt er nur auf so was? Er, Koller, findet das überhaupt nicht komisch. Eher schon anstößig! Aber das kann man seinem eigenen

Hauswirt ja schlecht sagen. Und so stimmt er – ein wenig mißtönend – in das Gelächter ein. Er kann nur noch sagen: »Aber bitte, es ist doch noch gar nicht Fasnacht!«

Und darüber lachen die beiden, der Harlekin und die Tänzerin, schon wieder, als wäre es der größte Witz. Nein, erfährt er schließlich, natürlich ist noch nicht Fasnacht, aber eben doch der 11. 11. Der Beginn des Karnevals. Jedenfalls im Rheinland. Hat er das nicht gewußt? Und Herr und Frau Storz stammen doch aus dem Rheinland. »Dat hört man doch, oder?«

Gerhart Koller nicht. Und preßt die Lippen zusammen. Manche Menschen haben einfach kein Gespür dafür, daß die Zeiten jetzt für Maskeraden und ähnlichen Mummenschanz nicht geeignet waren. Ja, wenn es sich noch um ein ernstes Theaterstück handeln würde. So etwas, wie sie bei der Weihnachtsfeier des Stahlhelm-Bundes aufführen wollten. Ein Stück über den großen Kaiser Barbarossa, der an einem steinernen Tisch im Kyffhäuser sitzt und darauf wartet, daß die Raben nicht mehr um seinen Berg fliegen, weil dann die Zeit gekommen ist, daß er wiederkehren kann. Ja, wenn es so etwas wäre, das läßt er gelten. Er soll übrigens in dem Stück einen Zwerg spielen, der des Kaisers Diener ist. Aber dieser Gedanke gefällt ihm nicht so gut. Trotzdem, lieber ein Zwerg sein bei Barbarossa, als ein erwachsener Mann im Ballettröckchen. Und mit hochhackigen Schuhen! Männer in Frauenkleidern waren ihm schon immer verdächtig gewesen.

»Darf ich vielleicht einen Grog anbieten, Frau Storz? Herr Storz?« fragt die Frau, und die Kinder stehen im Türrahmen und sehen die beiden Kostümierten mit glänzenden Augen an.

Das auch noch, denkt der Sekretär, von meinem guten Rum! Und dann will er – irgendwie muß er seinen Ärger loswerden – die Kinder ins Bett scheuchen. »Ab in die Betten, marsch!« kommandiert er, aber die Frau Storz – sie ist schon eine imposante Frau und bestimmt eine Feurige, da muß er sich nur ihre Augen ansehen –, die Frau Storz legt ihm die hübsche weiße Hand auf den Unterarm. »Seien Sie doch nicht so hartherzig, lieber Herr Koller«, die Finger mit den glitzernden Ringen pressen seinen Arm, »nur ein Viertelstündchen lassen Sie die Kinderchen noch aufbleiben, ja?« Sie sieht ihn an. »Im Grunde weiß ich ja, daß Sie gar nit so schlimm sind, wie Sie jetzt tun!«

Die Augen! Der Sekretär weiß gar nicht, wie ihm auf einmal wird, so richtig warm! Eine tolle Frau, diese Sieglinde Storz, eine Leidenschaftliche, da ist er sich sicher. Und der Gatte im rosa Ballettröckchen! Du lieber Himmel, so etwas paßte doch nicht zu dieser Frau! Da wüßte er, Gerhart Koller, schon Besseres. Konnte dieser Mensch sich nicht als Ritter kostümieren oder zum mindesten als Minnesänger? Na ja, er seufzt, er selber war ja gebunden. War nicht mehr frei, sonst hätte er dieser Sieglinde Storz schon mal gezeigt, wie sich ein richtiger Mann verhält! Die würde staunen! Er ruft sich selber zur Ordnung. Wie kommt er nur auf solche Gedanken?

Inzwischen ist der Herr Storz in seinem rosa Ballettröckchen noch einmal in den Flur gehüpft, und jetzt kommt er mit einem Körbchen zurück, aus dem zwei Flaschenhälse herausragen. »Wir haben uns erlaubt – da hier noch kein Mensch den 11. 11. feiert, da dachten wir eben, mit Ihnen, verehrter Herr Koller, gnädige Frau, ein Pülleken zu leeren!« Er sieht lächelnd von einem zum anderen. Vielleicht hat er ein bißchen mehr Begeisterung erwartet. Aber der Sekretär starrt ihn nur mit zusammengezogenen Augenbrauen an. Die Frau ist aufgestanden.

»Ich bin keine gnädige Frau, das paßt nicht zu mir«, sagt sie und lächelt verschämt, während sie nach nebenan geht, um die ›guten‹ Gläser aus dem Schrank zu holen. Und als sie wieder zurückkommt: »Einen so guten Tropfen darf man nicht aus Alltagsgläsern trinken!«

Der Sekretär ist wütend. Warum tut sie so demütig? Keine gnädige Frau. Selbst wenn es stimmte, mußte sie es doch nicht herausposaunen. Man war schließlich auch wer! Und man durfte sich doch nicht absichtlich geringer machen.

Der Herr Storz sagt: »Bravo«, wie sie die Gläser bringt, und nimmt ihr galant das Tablett ab. Sie hat die Gläser im Nebenzimmer noch schnell ein bissel mit der Schürze poliert, und jetzt setzt sie sich erleichtert hin, während der Hauswirt einen Korkenzieher aus dem Körbchen nimmt und eine Flasche öffnet. Er schenkt ein. Auch die Kinder bekommen, auf Frau Storz' Wunsch hin, jedes ein Schnapsgläschen voll und prosten sich zu, wie sie es bei den Erwachsenen sehen.

Nach dem Hin und Her, dem Gläserfüllen und dem Stühlezurechtrücken, dem Zuprosten, Schlucken und Ah-Sagen ist es auf einmal still im Zimmer, als wüßte keiner so recht, was er als nächstes sagen soll.

Dann plötzlich, wohl weil jeder denkt, daß man doch nicht so lange schweigen kann, fangen alle auf einmal an zu reden.

»Wir werden bei der Weihnachtsfeier des Stahlhelm ein vaterländisches Stück spielen ... von Kaiser Barbarossa, der im Kyffhäuser schläft, solange die Raben noch um den Berg krächzen«, verkündet der Sekretär. »Und hiermit lade ich Sie herzlichst dazu ein!« Wobei er denkt, daß die schöne Sieglinde Storz jedenfalls einmal sehen soll, womit sich wirkliche Männer beschäftigen.

Und im gleichen Augenblick sagt die Frau Storz, daß man sich doch eigentlich gar nicht richtig kennt, auch wenn man schon jahrelang in einem Haus wohnt. Und daß sie das wirklich bedaure.

Ihr Mann hat sich umgesehen und meint, daß die Kollers es richtig gemütlich hätten, hier oben. Und daß er froh sei, daß die Kachelöfen so gut heizen würden. »Es geht doch nichts über eine gemütliche warme Stube«, sagt er.

Die Gertrud hat als einzige bisher noch nichts gesagt. Sie hat auch an ihrem Wein nur genippt. Aber zu den Worten des Hauswirts nickt sie beifällig. »Wenn nur die Kohlen und die Briketts nicht von Tag zu Tag teurer würden«, sagt sie dann ziemlich leise.

Alle nicken, und ihr Mann greift das auf: »Daran ist die Regierung schuld«, verkündet er laut, »das werden Sie doch auch zugeben, Herr Storz, oder nicht?«

Der Herr Storz hat die blonde Perücke abgenommen. Aber auch so wirkt sein bartloses blasses Gesicht, mit den dichten schwarzen Locken darüber, wenig männlich. Dazu die rosa gemalten Lippen! Er sagt: »Wissen Sie, von Politik versteh ich nicht viel ...« Und das glaubt ihm der Sekretär aufs Wort. Einer, der als Mann nichts Besseres zu tun weiß, als sich Weiberklamotten anzuziehen und die Lippen zu bemalen, von dem ist nicht anderes zu erwarten.

Trotzdem muß der Sekretär weiter über Politik reden. Es gibt eben nichts Wichtigeres für ihn. »Gerade Sie, als Rheinländer«, fährt er fort, »gerade Sie sollten doch gemerkt haben, daß diese Regierung nichts als faule Versprechungen macht. Jedenfalls uns, dem Volk gegenüber! Neunzehnhundertfünfundzwanzig ist der Pakt von Locarno unterzeichnet worden, und was ist passiert? Ja, die Amerikaner sind abgezogen aus Ihrem schönen Rheinland. Und die anderen? Wir, wir haben natürlich unsere Zusagen erfüllt. Dafür hat schon dieser Erfüllungsgehilfe, Herr Stresemann, gesorgt. Jetzt ist er tot, aber was geschieht weiter? Wir zahlen und zahlen – ob es sich nun um den sogenannten Dawes-Plan oder den Young-Plan handelt!« Wütend trinkt er sein Glas in einem Zug leer. Pah! So ein Wein, das ist nicht viel mehr als Limonade! Da braucht ihn die Gertrud gar nicht so strafend anzusehen! Von dem Zeug könnte er eine ganze Flasche alleine austrinken, und es würde ihm nichts ausmachen!

Der Herr Storz schenkt nach. »Ja . . .«, er läßt sich Zeit mit seinen Worten, »in einigen Punkten haben Sie schon recht. Was mich aber viel mehr besorgt macht, ist der Zusammenbruch der New Yorker Börse im vorigen Monat. Das werden wir alle hier noch zu spüren bekommen.«

»Von Börsengeschäften verstehe ich nichts«, gibt der Sekretär unumwunden zu. »Ich weiß nur, daß sich das Groß-Kapital vor allem in den Händen jüdischer Spekulanten befindet. Und ich weiß, daß das Weltjudentum darauf aus ist, Deutschland zu vernichten. Vielleicht ist dieser Börsenkrach auch nur ein Mittel, um unsere Wirtschaft zu treffen? Was weiß man denn, die schrecken doch vor nichts zurück!«

Der Herr Storz hat die schwarzen Augenbrauen unwillig zusammengezogen. Aber der Sekretär sieht in diesem Augenblick seine eigene Frau an. Er hat das vom Weltjudentum auch für sie gesagt. Damit sie seine Aktion mit den Fahrkarten im richtigen Licht sieht. Damit sie endlich begreift, welche Gefahr die Juden für Deutschland bedeuten.

Doch die Gertrud hat anscheinend überhaupt nicht mal zugehört. Sie steht einfach auf und geht in die Küche, und wie sie wiederkommt, bringt sie einen Teller voller Krapfen mit. Schmalzgebackenes, mit Hagelzucker bestreut. »Man muß doch schließlich auch etwas anbieten«, sagt sie wie zur Entschuldigung, »wo Sie uns hier mit dem guten Wein bewirten. Bitte nur zuzugreifen!« Dann setzt sie sich wieder hin und lächelte zufrieden in ihre Schürze, anscheinend froh darüber, daß ihr das mit den Krapfen eingefallen ist. Sie hätte sich ja sonst auch schämen müssen!

Der Herr Storz nimmt einen Krapfen und sagt: »Ah . . . köstlich!« Aber dann geht er doch auf Kollers Bemerkung ein. »Ich kann Ihnen da nicht folgen«, sagt er, »und ich halte auch die Bezeichnung Weltjudentum für reichlich nebulös, wenn Sie verzeihen, Herr Koller.«

Der Sekretär will auffahren, aber da redet der Uhrmacher Storz schon weiter: »Sehen Sie, was uns kleine Handwerker und Kaufleute letzten Endes kaputtmacht, sind die großen Konzerne, die Kaufhäuser! Die bieten heute zum Beispiel schon eine Standuhr, wie ich sie unten im Laden für dreihundertfünfzig Mark verkaufe, für nicht mal zweihundert Mark an. Dagegen komme ich nicht an!«

»Aber das ist es doch!« Der Sekretär ist richtig glücklich, weil dieser Mensch von ganz alleine drauf kommt. »Das genau ist es doch, Herr Storz! In wessen Händen sind denn die großen Konzerne, die Kaufhäuser? In jüdischen Händen! Jedenfalls die meisten. Der Jude macht die deutsche Wirtschaft kaputt. Das ist sein Ziel, das war es schon immer. Sie können mir glauben!«

»Ich weiß nicht«, der Uhrmacher fährt sich durch die schwarzen Locken. »Ich meine eher, daß das Ganze eine Folge der Industrialisierung ist, eine Spätfolge, wenn Sie so wollen. Solange eine Uhr noch von einem Meister in - zugegeben - mühsamer Handarbeit gefertigt wurde, so lange war jedes Stück seinen Preis wert. Dann kamen die Fabriken. Das ging eine Weile auch noch gut. Aber nun werden es immer mehr Fabriken mit immer größerem Warenangebot, das erfordert größere Lager, die wir nicht haben, die sich der einzelne auch gar nicht leisten kann, weil es ja totes Kapital ist, was in so einem Lager liegt. Die Kaufhäuser aber, die haben die Lagerkapazität und durch Großeinkäufe natürlich auch Riesenrabatte. Darin liegt das Elend! Und jüdische Handwerker, jüdische Einzelhandelsgeschäfte, die Ihrer Meinung nach ja eigentlich auch zum sogenannten ›Weltjudentum‹ gehören müßten, die leiden wie alle anderen darunter!«

»Ja«, sagt die Frau des Sekretärs plötzlich dazwischen, »ja, das stimmt!«

»Was weißt denn du?« fährt ihr Mann sie an. »Was verstehst denn du von solchen Dingen?«

Alle Blicke sind jetzt auf die Gertrud gerichtet, und die sieht mit ihren schönen grauen Augen ein bißchen erschrocken von dem einen zum anderen. ›Ja, das stimmt‹, das war ihr nur so rausgerutscht. Aber es stimmte doch wirklich, oder? Und da sagt sie, obwohl sie ahnt, daß es besser wäre, jetzt still zu sein, sie sagt: »Zum Beispiel der Herr Striehm! Ich ... ich denke mir das bloß, aber der Herr Striehm kann seine Sachen, seine Mützen und Bettlaken, auch nicht so billig verkaufen, wie man sie vielleicht in einem Kaufhaus bekommt, und da geht er langsam kaputt. Obwohl er ein Jude ist!« Das war wohl die längste Rede, die sie jemals vor beinahe Fremden gehalten hat, und ihr Mann, das kann sie sehen, der ist puterrot vor Zorn.

Aber der Hauswirt nickt ihr zu und zieht gedankenvoll an seiner Zigarette. »Ihre Frau hat recht«, sagt er zu dem aufgebrachten Sekretär, »das müssen Sie doch auch zugeben, oder?«

»Gar nichts! Gar nichts gebe ich zu. Sie redet, wie sie's versteht, und sie versteht es eben überhaupt nicht!«

Der Herr Storz hebt die Schultern im rosa Dekolleté. Und das will ein Mann sein, denkt der Sekretär. Aber der Herr Storz sagt: »Dann verstehe ich es auch nicht, mein lieber Koller!«

Der Sekretär will sagen, daß er darauf pfeift und nicht daran denkt, dem Hauswirt sein ›lieber Koller‹ zu sein. Aber dann schluckt er es runter. Er muß das jetzt richtig machen, darf sich keinesfalls von Antipathien leiten lassen. Hier war einer schon auf dem richtigen Wege. Aber eben nur bis zur Hälfte. Und seine Aufgabe war es nun, den Uhrmacher dahin zu bringen, daß er aus seinen Beobachtungen und Erfahrungen auch die richtigen Schlüsse zog. Schlüsse, die ihn – das konnte gar nicht anders sein – am Ende zum Nationalsozialismus führen würden.

Gerhart Koller will einen Zug an seiner Zigarre nehmen und merkt, daß sie ausgegangen ist. War auch nur noch ein Stummel. Da muß er sich eine neue aus dem Bücherschrank nebenan holen, und das ist gut so, denn da kann er das Buch gleich mitbringen. Er sagt verbindlich: »Ich komme nachher auf Ihre Bemerkung zurück, Herr Storz. Darf ich Ihnen auch eine Zigarre mitbringen?«

Aber der Hauswirt winkt ab. »Vielen Dank, ich bleibe lieber bei meinen Glimmstengeln!« Und während der Sekretär im Nebenzimmer verschwindet, gießt der Herr Storz die Gläser noch einmal voll und entkorkt auch die zweite Flasche.

»Das wäre aber wirklich nicht nötig«, meint die Frau des Sekretärs. Aber Sieglinde Storz lächelt und sagt: »Nun, liebe Frau Koller,

Ihrem Mann scheint es doch zu schmecken?« Und da guckt die Gertrud beschämt in ihr immer noch fast volles Glas. »Sie müssen entschuldigen«, sagt sie leise, »aber ich bin es einfach nicht gewöhnt, und da habe ich immer Angst, daß ich den Alkohol nicht vertrage und noch dümmere Sachen sage als vorhin!«

Die Frau des Uhrmachers lächelt wieder. Wie eine feine Dame eben zu den Worten eines ehemaligen Dienstmädchens lächelt, und sie fährt sich mit der beringten Hand durchs volle dunkle Haar, wobei sie die Harlekins-Mütze mit den schwarzen und weißen Ponpons abnimmt. Und die Gertrud trägt die Mütze nach hinten und legt sie vorsichtig auf die Überdecke der Ehebetten. Der Herr Storz aber sagt, daß es ganz richtig war, was die Frau Koller gesagt hat. »Genauso habe ich es gemeint«, sagt er.

Der Sekretär kommt aus der Guten Stube zurück. Die Zigarre hat er sich drüben schon angezündet, und das Buch in seinen Händen hat viele Lesezeichen zwischen den Seiten stecken. Erst aber legt er es noch unaufgeschlagen vor sich auf den Tisch.

Die Frau Storz rückt näher an ihn heran, damit sie es genauer sehen kann. Auf dem Rücken des dunkelblauen Leinenbandes steht: Adolf Hitler. Mein Kampf. Und auf die Vorderseite ist ein goldener Adler geprägt, der in einem Kranz ein Zeichen trägt, das nun schon viele kennen: ein Hakenkreuz.

Gerhart Koller nimmt die Zigarre aus dem Mund und beginnt: »Sie haben von Konzernen gesprochen, Herr Storz, und von den großen Kaufhäusern. Wir wollen zuerst einmal dabei bleiben. Ich behaupte, daß diese Konzerne, die großen Kaufhäuser, sie alle sind in jüdischer Hand! Nun . . .«, er wehrt einen Einwurf, den der Hauswirt anscheinend machen will, mit erhobener Hand ab, »Sie wollen sagen, daß das niemand genau weiß. Aber lesen Sie dieses Buch, Herr Storz! Adolf Hitler beweist es! Ich will jetzt nur einen Aspekt hervorheben: Die Konzerne, die großen Kaufhäuser, viele Fabriken sind - das wissen Sie selbst - Aktiengesellschaften. Die Aktien, behaupte ich, sind eine teuflische jüdische Erfindung . . .«

Der Herr Storz kräuselt die Lippen, aber das ficht den Sekretär nicht an. Er redet mit erhobener Stimme weiter: »Mit Geld hat der Jude schon immer zu seinem Vorteil umgehen können. Und so sind auch die Juden die Aktienbesitzer von Firmen, denen man es vom Namen her gar nicht ansehen kann, daß jüdisches Kapital in ihnen steckt! Jawohl! So sieht das aus!« Triumphierend sieht sich der Sekretär um.

Der Herr Storz zieht an seiner Zigarette, aber man merkt ihm an, daß das für ihn noch längst keine Beweise sind. Seine Frau aber, Sieglinde Storz, schenkt dem Sekretär einen schmelzenden Blick.

Ja. Das ist eine, die begreift eben, worum es geht. Gerhart Koller nickt ihr begeistert zu. Von der, denkt er, von dieser hervorragenden Frau, sollte die Gertrud was lernen.

Er fühlt sich beflügelt, wie er jetzt weiterredet. »Sie wissen sicher, Herr Storz, verehrte Frau Storz, Sie wissen doch, wie so was weitergeht! Hat der Jude erst einmal die Aktienmehrheit, bestimmt er, wie es weitergeht. Der nichtjüdische Besitzer eines Kaufhauses, einer Fabrik oder – wie man es bei uns im Amt jeden Tag erleben kann – eines Ritterguts zum Beispiel, so ein Ahnungsloser, der sich mit dem Juden eingelassen hat, sei es nun, daß er ihm Aktien überlassen oder daß er einfach Geld gegen Wechsel geliehen hat, wie auch immer, er wird ausgebeutet. Wenn's nicht anders geht, eben kirre gemacht und ausgezahlt. Im Falle von Wechselschulden ohne Rücksicht von Haus und Hof vertrieben. Ja, mein verehrter Herr Storz, so sieht das aus!« Der Sekretär schlägt zur Bekräftigung seiner Worte mit der flachen Hand auf das vor ihm liegende Buch im dunkelblauen Einband.

»Pscht«, sagt die Gertrud, »der Hansel schläft!« Und da gelingt es dem Herrn Storz endlich, auch etwas zu sagen: »Und Sie wollen behaupten, Herr Koller, daß der Jude bei solchen Manipulationen sogar über die ›Leichen‹ seiner eigenen Artgenossen geht, nur weil dieses ominöse Weltjudentum, wie Sie sagen, darauf versessen sei, die deutsche Wirtschaft kaputtzumachen! Wollen Sie das wirklich behaupten?«

Und die Gertrud blickt mit weitgeöffneten Augen von dem Herrn Storz auf ihren Mann, und sie schüttelt den Kopf dabei, ohne es selber zu merken. »Aber das kann doch nicht ...« sagt sie halblaut, »soviel Gemeinheit, das bringt doch niemand fertig?«

»Der Jude schon!« Die Stimme ihres Mannes schneidet wie ein Messer. Sie hat ihn noch nie so sprechen hören. »Aber darüber«, fährt er fort, »darüber soll Ihnen ein Berufenerer als ich etwas sagen!« Und dann schlägt er das dunkelblaue Buch auf. »Hier auf Seite dreihundertdreißig. Unter der Überschrift ›Arier und Jude‹.«

Er beginnt zu lesen: »Denn wenn auch der Selbsterhaltungstrieb des jüdischen Volkes nicht kleiner, sondern eher noch größer ist als der anderer Völker, wenn auch seine geistigen Fähigkeiten sehr leicht den Eindruck zu erwecken vermögen, daß sie der intellektuellen Veranlagung der übrigen Rassen ebenbürtig wären, so fehlt doch vollständig die allerwesentlichste Voraussetzung für ein Kulturvolk, die idealistische Gesinnung . . .«

Der Sekretär hebt die Stimme: »Der Aufopferungswille im jüdischen Volk geht über den nackten Selbsterhaltungstrieb des einzelnen nicht hinaus. Das scheinbar große Zusammengehörigkeitsgefühl ist in einem sehr primitiven Herdeninstinkt begründet, wie er sich ähnlich bei vielen anderen Lebewesen auf dieser Welt zeigt. Bemerkenswert ist dabei die Tatsache, daß der Herdentrieb stets nur so lange zu gegenseitiger Unterstützung führt, als eine gemeinsame Gefahr dies zweckmäßig oder unvermeidlich erscheinen läßt. Der Wolf, der soeben noch im Rudel die Jagdbeute reißt, geht nach gestilltem Hunger wieder seine eigenen Wege.« Er muß sich räuspern. Die Kehle ist ihm vom Lesen ganz trocken geworden. Und er trinkt sein Glas mit dem golden leuchtenden Rheinwein in einem Zug aus.

»Wie Sie das lesen, Herr Koller«, schwärmt die Frau Storz, »als hätten Sie's selber geschrieben!«

»Nein, nein«, wehrt er ab. Aber er muß schon zugeben, daß es ihm Spaß macht, dieser Frau Hitlers Worte vorzulesen. Da weiß man doch wenigstens, daß hier ein Samenkorn auf fruchtbaren Boden fällt. Und eine solche Frau, eine Frau wie Sieglinde Storz, die wird es auch fertigbringen, ihren Mann zum Nationalsozialismus zu bekehren. Sicher, dieser Storz ist ein Schwächling . . . wie er da sitzt, mit dem rosa Tüllschal um die mageren Schultern, beinahe schon obszön. Aber der Geist des Führers und die Tatkraft einer Frau, die machen vielleicht auch aus einem Schwächling noch einen ganzen Mann! Jedenfalls müßte man es versuchen, denn jede Stimme zählt. Der Sekretär befeuchtet seine Lippen: »Nur dieses noch«, sagt er, »nur ein paar Sätze noch, dann will ich Sie nicht weiter langweilen.«

»Sie langweilen uns überhaupt nicht«, sagt die Frau Storz sehr bestimmt, »das mußt du doch auch zugeben, Max?« Sie sieht ihren Mann mit funkelndem Blick an.

Der Hauswirt nickt und zündet sich eine neue Zigarette an. »Überhaupt nicht«, bekräftigt er die Aussage seiner Frau. »Es ist alles höchst interessant!« Aber zwischen seinen Augenbrauen ist eine tiefe Falte.

»Ähnlich verhält es sich auch beim Juden«, liest der Sekretär weiter, »sein Aufopferungssinn ist nur ein scheinbarer. Er besteht nur so lange, als die Existenz jedes einzelnen dies unbedingt erforderlich macht. Sobald jedoch der gemeinsame Feind besiegt, die allen drohende Gefahr beseitigt, der Raub geborgen ist, hört die scheinbare Harmonie der Juden untereinander auf, um den ursächlich vorhandenen Anlagen wieder Platz zu geben. Der Jude ist nur einig ...«, und jetzt hebt der Sekretär wieder die Stimme, um mit großem Nachdruck weiterzulesen, »... nur einig, wenn eine gemeinsame Gefahr ihn dazu zwingt oder eine gemeinsame Beute lockt; fallen beide Gründe weg, so treten die Eigenschaften eines krassesten Egoismus in ihre Rechte, und aus dem einigen Volk wird im Handumdrehen eine sich blutig bekämpfende Rotte von Ratten! Was hab ich gesagt ...«, unterbricht sich der Sekretär selber, »das ist es doch, verehrter Herr Storz, das meinte ich vorhin«, und dann liest er schnell weiter: »Wären die Juden auf dieser Welt allein, so würden sie ebensosehr in Schmutz und Unrat ersticken, wie in haßerfülltem Kampfe sich gegenseitig zu übervorteilen und auszurotten versuchen, sofern nicht der sich in ihrer Feigheit ausdrückende restlose Mangel jedes Aufopferungssinnes auch hier den Kampf zum Theater werden ließe ...« Schwer atmend klappt der Sekretär das Buch mit lautem Knall zu.

Ja, jetzt staunen sie. Daß einer das so deutlich ausdrückt, so überzeugend, was wohl im stillen jeder von ihnen manchmal schon ähnlich empfunden haben mag, das ist das Wunderbare!

Er muß ein paarmal hastig atmen, so sehr hat ihn auch diesmal wieder die Weisheit des Führers beeindruckt. »Diesen Worten kann man sich einfach nicht entziehen«, sagt er, immer noch schwer atmend, aber leuchtenden Blickes. »Glauben Sie nun, daß der Jude auch über die Leichen seiner eigenen Artgenossen schreitet, wenn der Profit es so will? Vor allem aber, wenn es dem Weltjudentum darum geht, die deutsche Wirtschaft und damit ganz Deutschland restlos zu vernichten!«

Der Herr Storz bläst Zigarettenrauchringe über den Tisch. »Mir ist aufgefallen«, sagt er dann bedächtig, »daß es einmal sicher ›ursprünglich‹ anstatt ›ursächlich‹ heißen muß. Aber . . .«

»Spitzfindigkeiten.« Darauf muß der Sekretär doch gar nicht erst eingehen.

Aber der Hauswirt fährt fort: »Abgesehen davon ist der gesamte Gedankengang doch reichlich unverständlich . . . um nicht zu sagen verworren!« Es scheint ihm nichts auszumachen, daß seine Frau ihn wütend anfunkelt. Auch nicht, daß Gerhart Koller puterrot wird und ihm die Adern an seinen Schläfen anschwellen.

»Unverständlich? Verworren?« Der Sekretär erstickt fast an diesen Worten. »Sie wollen allen Ernstes behaupten, daß unser Führer, daß Adolf Hitler . . .« Er könnte ihn umbringen, diesen Weichling! Wenn der Kerl nicht verheiratet wäre, würde er sagen, er ist schwul! Jawohl! Ein richtiger Mann würde doch nie so herumlaufen! In rosarotem Tüll! Dazu diese spitzfindige Häme. Nur Weiber sind zu so etwas fähig.

»Ich will Ihnen gerne erklären, wie ich das meine«, sagt der Herr Storz ganz ruhig. Und der Sekretär denkt, daß er darauf verzichten kann. Aber das darf er nicht sagen, nicht seinem Hauswirt, auf dessen Wohlwollen er schließlich angewiesen ist.

»Adolf Hitler«, beginnt der Uhrmacher, »Adolf Hitler sagt zuerst, daß der Aufopferungssinn der Juden nur so lange besteht, als die Existenz jedes einzelnen dies erforderlich macht . . . gut. Aber gleich darauf behauptet er, daß sich die Juden wie eine Rotte von Ratten blutig bekämpfen würden, fielen die zuvor genannten Gründe weg. Und nun passen Sie auf, verehrter Herr Koller, täten die Juden das wirklich – sich nämlich wie eine Rotte von Ratten blutig bekämpfen –, dann wäre ja doch wiederum die Existenz des einzelnen bedroht, was, nach Hitlers eigenen Worten, nun auch wieder diesen Aufopferungssinn erforderlich machen würde! Helfen Sie mir, mein lieber Koller, ich verstehe so ungereimtes Zeug einfach nicht!«

Ich könnte diesen Kerl umbringen mit seinen Spitzfindigkeiten und seinem Geschwätz! Der Sekretär merkt, wie ihm Wut und Wein in den Kopf steigen. Diese Herumkrittelei an den Worten des Führers, Worte, die ihm selber einfach heilig sind. Aber noch ist die Zeit nicht gekommen, wo man auch einem Herrn Storz wird sagen können, was man von ihm hält, und wenn er zehnmal der Hauswirt ist! Und der Kerl gibt noch nicht einmal jetzt Ruhe!

»Noch etwas«, fängt der Uhrmacher wieder an, »Sie sagten vorhin -- und vielleicht hat das ja auch Ihr Herr Hitler gesagt - Sie sagten jedenfalls, daß das sogenannte Weltjudentum darauf aus sei, die deutsche Wirtschaft und damit Deutschland zu vernichten, das stimmt doch?«

Der Sekretär kann nur nicken. Aber sein Mund zeigt auch ohne Worte, wieviel er von dem Geschwätz des Herrn Storz hält.

»Herr Hitler behauptet nun«, fährt der Hauswirt fort, »vielleicht mit etwas anderen Worten, aber jedenfalls dem Sinn nach, daß es dem Juden immer nur um den Profit, ums Geld also geht, nie um Ethisches, richtig?«

Wieder bleibt dem Sekretär nichts anderes übrig, als zu nicken.

»Gut. Wenn das nun alles so ist, können Sie mir, mein lieber Koller, oder kann Ihr Herr Hitler mir sagen, warum die Juden - das Weltjudentum, wie Sie sagen - eine Wirtschaft, ein Land kaputtmachen wollten, in dem sie so gute Geschäfte machen können? Warum sollte ausgerechnet dieser so geschäftstüchtige und profitsüchtige Jude den Ast absägen wollen, auf dem er sitzt?«

»Pah!« Jetzt kann der Sekretär endlich diesem unausstehlichen Kerl Bescheid geben. »Geehrter Herr Storz«, sagt er, »geehrter Herr, daß Sie hierauf die Antwort nicht wissen, das liegt eben daran, daß Sie dieses Buch, aus dem ich Ihnen gerade etwas vorgelesen habe, nicht vollständig kennen! Wenn Sie es aber aufmerksam gelesen hätten, dann wüßten Sie, daß es den jüdisch-bolschewistischen Machthabern einzig und allein um das Ziel geht, die Weltherrschaft zu erringen!« Ha, jetzt ist der Sekretär sicher, das muß diesem Besserwisser die Sprache verschlagen! Aber er will jeden weiteren Widerspruch gleich von vornherein ersticken, und so sagt er noch: »Genau wie die jüdisch-bolschewistische Clique das zaristische Rußland zerschlagen hat, genauso, mein geehrter Herr, wollen sie es mit Deutschland, ja, mit ganz Europa machen. Die Weltherrschaft, das ist das Endziel. So verkünden sie es in ihren eigenen Lehren! Ja! Jetzt sind Sie sprachlos, wie?«

Der Herr Storz nimmt einen Zug an seiner Zigarette, daß sie richtig aufglüht. Dann schüttelt er - fast unmerklich - den Kopf. »Lieber Herr Koller«, sagt er schließlich, »ich will Ihnen gerne glauben, daß Sie von dem überzeugt sind, was Sie sagen. Gestatten Sie mir aber, es nicht zu sein.« Und als der Sekretär auffahren will, fährt er gleich fort: »Ich kann nun einmal, für niemanden, einen Sinn darin finden, die Weltherrschaft, von der Sie reden, zu erringen. Abgesehen schon davon, daß es – rein technisch gesehen – unüberwindbare Schwierigkeiten in der Administration einer solchen Riesengemeinde geben dürfte!« Er sieht von einem zum anderen. »Sie müssen das doch begreifen!«

Dann redet er weiter. »Es ist einfach undurchführbar! Und wozu auch? Ein Land oder eine Clique beherrscht alles und jeden in der Welt. Stellen Sie sich das doch einmal vor! Es gäbe nirgendwo mehr jemanden, mit dem diese Clique – profitreich, wie sie es ja anstrebt – Handel treiben könnte! Niemand, den sie auch nur übers Ohr hauen könnten, es sei denn, sich selber! Sie hätten kein anderes Land mehr, das sie bekriegen könnten! Was ich persönlich begrüßen würde. Aber sie hätten auch niemanden, dem sie die Schuld an Mißwirtschaft oder Versagen zuschieben könnten. Wenn das alles wirklich funktionieren sollte, müßten alle Menschen zuvor erst Engel werden«, er lacht und drückt seine Zigarette aus. »Nein, mein lieber Koller, selbst wenn jemand so idiotisch wäre, solche Weltherrschaftspläne zu hegen, es bliebe doch nur Utopie!«

Der Sekretär versucht seinen Zorn über soviel störrischen Unglauben herunterzuschlucken. Er knurrt nur: »Leute wie Sie werden es erst begreifen, wenn es zu spät ist.« Dann bemerkt er, daß die Gertrud ihn flehentlich ansieht, und da richtet sich seine Wut auf sie. »Willst du nicht endlich die Kinder ins Bett bringen«, schnauzt er sie an. »Sie sollten schon längst schlafen!«

Die Gertrud gehorcht schweigend. Und diesmal hat auch die Frau Storz nichts dagegen einzuwenden. Aber als die Frau mit den Kindern das Zimmer verlassen hat, legt sie wieder die Hand auf Gerhart Kollers Arm. Erst will er sich unwirsch entziehen, aber nach einem feurigen Blick der Frau Storz unterläßt er es.

Trotzdem ist ihm ihre so offensichtliche Bewunderung – noch dazu vor den Augen dieses Schwächlings – plötzlich unangenehm. Er könnte nicht sagen, warum.

»Mein lieber Herr Koller«, sagt die Sieglinde Storz jetzt schmeichelnd, und der Blick, den sie auf ihren Mann wirft, ist voller Verachtung. »Lieber Herr Koller, Sie sollten sich nicht über meinen

Mann ärgern. Er macht das immer. Er muß es einfach tun ... den *advocatus diaboli* spielen! Aber ich verspreche es Ihnen, wir werden zusammen Adolf Hitlers Werk lesen, und dann ... dann wird auch mein Mann überzeugt sein. Glauben Sie mir!« Ihre Finger streichen wie unabsichtlich über den Jackenärmel des Sekretärs. Und mit feurigem Leuchten begegnet ihr Blick dem seinen.

Sieglinde Storz, denkt der Sekretär, aber das volle schwarze Haar paßt eigentlich nicht zu dem nordischen Namen. Und die kühne Nase, der glühende Blick! Rachel könnte sie heißen, oder Esther. Um Himmels willen! Gerhart Koller muß plötzlich einen ganz tiefen Atemzug tun. Wie kommt er nur auf so etwas? Ruhig, sagt er sich, ganz ruhig bleiben. Das wäre ja ungeheuerlich! Aber es würde natürlich vieles erklären.

Eigentlich würde es alles erklären.

Er pafft an seiner Zigarre, daß sich der blaue Rauch wie Nebel über die Gesichter der Hauswirtsleute legt.

Vielleicht, überlegt er, vielleicht sind die beiden heute überhaupt nur zu ihm gekommen, um sich lieb Kind zu machen, wie man so sagt. Man weiß schließlich, daß er im Stahlhelm ist und für Adolf Hitler kämpft. Vielleicht haben sie ihm bloß Sand in die Augen streuen wollen? Aber er wird auf der Hut sein. Ja, das wird er. Und jetzt natürlich wird er sich nichts anmerken lassen. Nein.

Und als die Gertrud wieder ins Zimmer kommt, sieht sie verwundert auf ihren Mann, der mit dem Hauswirtsehepaar anstößt und lacht und völlig verändert zu sein scheint. Sie versteht das alles nicht mehr. Aber es macht ihr Angst.

Als man sich schließlich im Flur voneinander verabschiedet, sagt die Frau Storz, daß es ein schöner Abend war. Sie drückt dem Sekretär noch einmal begeistert die Hand. »Und so lehrreich, lieber Herr Koller«, sagt sie, »so unglaublich interessant dieser Hitler, ein faszinierender Mensch!«

Der Hauswirt ist ein bißchen beschwipst. Die blonde Perücke mit dem Rosenkranz hat er verkehrt herum aufgestülpt. »Nichts für ungut, mein lieber Koller«, sagt er, »verehrte Frau Koller, vielen ... hicks ... vielen Dank dafür, daß Sie mit uns den Beginn des Karnevals gefeiert haben. Und was den Herrn Hitler betrifft, und die ganze Politik ... hicks!« Er lacht wie närrisch. Aber der Sekretär spitzt die Ohren. »... es wird mit dem Herrn Hitler so sein wie mit allen anderen in der Politik, nichts wird so heiß gegessen, wie es gekocht wird! Hahaha!«

Die beiden stolpern die Stiegen hinunter. Und der Sekretär löscht das Licht im Flur. Aber wie er gerade die Tür zumachen will, hört er den Hauswirt unten vor seiner Wohnungstür halblaut noch etwas sagen. Es klingt gar nicht beschwipst, und er scheint auch keinen Schluckauf mehr zu haben. Der Hauswirt sagt: »Dieser Hitler ist noch gefährlicher, als ich es schon befürchtet habe. An allem, was er sagt, ist ein Quentchen Wahrheit. Gerade genug, um Fanatiker wie diesen Koller zu überzeugen und vor seinen Karren zu spannen. Der Rest sind Phrasen und Qualm und Haß. Besinnungsloser Haß!«

»Max«, sagt die Frau Sieglinde Storz, »komm jetzt, Max. Du hast heute schon genug Unsinn geredet.« Sie sagt das sehr laut. Vielleicht, damit es der Sekretär hören kann?

Dann schlägt unten die Wohnungstür zu. Auch Gerhart Koller schließt leise die Flurtür und geht zurück in die Gute Stube. Sein Verdacht, da ist er sich jetzt ganz sicher, sein Verdacht hat sich bestätigt.

In der Stube hat die Gertrud die Gläser schon weggeräumt und die Aschenbecher. Jetzt nimmt sie die Überdecke von den Ehebetten. Sie fürchtet wohl, daß er noch einmal anfangen könnte zu fragen. Und deshalb sagt sie, daß sie es nett findet vom Hauswirt und seiner Frau, hier heraufzukommen und Wein mitzubringen . . .

»Hör auf!« schreit der Sekretär, und jetzt kann er endlich mit der Hand auf den Tisch schlagen. »Hältst du mich für so dumm, daß ich nicht gemerkt hätte, was hinter diesem so freundlichen Besuch steckt? Aber nicht mit mir, meine Herrschaften, nicht mit mir!«

»Scht! Weck den Hansel nicht auf!« Die Gertrud ist an den Kinderkorb getreten. Da liegt der Kleine und nuckelt zufrieden am Daumen. Sie streicht ihm ein paar Härchen aus der verschwitzten Stirn. »Schlaf, mein Kleiner«, murmelt sie, »schlaf weiter!« Dann dreht sie sich wieder dem Manne zu. »Du immer mit deiner Politik«, sagt sie halblaut. »Und dieses Mißtrauen. Warum denn bloß?«

»Weil du eben nichts begreifst«, sagt der Mann. Aber er redet jetzt doch ein bißchen leiser. Das fehlte ihm gerade noch, daß der Kleine aufwacht und die halbe Nacht schreit. Und außerdem . . .

»Dieser Storz ist ein ganz Heimtückischer«, flüstert er fast, »den wird man sich merken müssen!«

»Warum denn? Weil er nicht deiner Meinung ist?«

»Wenn du's genau wissen willst, weil er für die Juden ist und gegen Adolf Hitler!« Er geht mit schweren Schritten zum Fenster, macht es auf und hält den Kopf eine Weile in den naßkalten Novemberwind. Dann schließt er das Fenster und wendet sich wieder seiner Frau zu, die inzwischen ihr Nachthemd über das Taghemd gestreift hat, dann das Taghemd über die Füße ausgezogen hat. Sie würde sich nie, vor keinem Menschen würde sie sich freiwillig nackend sehen lassen. Und sie zieht jetzt noch die weiße Barchent-Nachtjacke über, denn wenn das Feuer im großen Kachelofen erst einmal heruntergebrannt ist, kann es hier oben unterm Dach ziemlich kalt werden.

»Soll er sich doch seinen Wein sonstwohin stecken«, schimpft der Sekretär weiter, »man kriegt doch bloß Kopfschmerzen davon!« Auch er hat sich ausgezogen. Auch er hat zuerst das Nachthemd übergestreift, dann die Unterhose heruntergezogen. Jetzt legt er die Sachen, ordentlich wie bei den Soldaten, auf den Stuhl neben dem Bett. »Aber er ist mir gleich verdächtig gewesen! Ein Mann im rosa Tüllröckchen und mit einem Rosenkränzchen auf dem Kopf! Mit angemalten Lippen! Du findest ja so etwas Dekadentes auch noch bewundernswert!«

»Ich?«

»Ja, du! Ich hab doch gesehen, wie du diesen Menschen angehimmelt hast! Und dann behauptet der Kerl auch noch, daß Adolf Hitler gefährlich ist! Gefährlich für wen, frage ich dich?« Jetzt schreit er schon beinahe wieder.

»Schscht! Das hat er doch gar nicht gesagt! Ich habe es jedenfalls nicht gehört. Und außerdem war doch zumindest seine Frau ganz deiner Meinung. Die war doch von deinem Herrn Hitler hellauf begeistert! Und von dir . . .«

Da ist er wieder, dieser schnippische, aufsässige Ton. Aber das wird er ihr schon austreiben. Jetzt muß er ihr erst einmal sagen, was er da eben gehört hat, von wegen er eine Gefahr, ein Fanatiker, der sich vor Hitlers Karren spannen läßt.

»Und du? Du hast gehorcht! Mein Gott, Gerhart, du hast da an der Tür gestanden und gehorcht?« Man kann hören, daß sie es nicht verstehen kann, wie man sich so erniedrigt, an Türen zu horchen.

»Gegen die Feinde des Führers ist jedes Mittel recht, sage ich dir! Aber es war eigentlich mehr ein Zufall. Obwohl ich von einem bestimmten Zeitpunkt an schon so etwas geahnt habe.«

»Geahnt? Was hast du geahnt?«

»Und jetzt bin ich fast sicher.« Der Sekretär legt sich zufrieden zurück und zieht die Bettdecke ans Kinn.

»Ich verstehe kein Wort«, die Gertrud, die sich schon hingelegt hatte, ist wieder hochgefahren. »Was ist fast sicher?«

Und jetzt muß sich auch der Mann noch einmal aufsetzen. Weil das, was er zu sagen hat, ungeheuerlich ist. Ja, ungeheuerlich. »Ich bin mir ...« er genießt jedes Wort, »ich bin mir darüber klargeworden, daß das Ehepaar Storz jüdischer Herkunft ist!« So. Jetzt kann er sich wieder hinlegen. Das muß ihr doch wohl den Mund stopfen, denkt er.

Und die Gertrud ist auch wirklich ein paar Sekunden lang stumm. Aber dann ... dann lacht sie. Sie lacht richtig hell, und sie scheint nicht einmal daran zu denken, daß der Hansel aufwachen könnte. »Mann«, lacht sie, »Gerhart! Du kannst doch nicht jeden, bloß weil er nicht für deinen Hitler ist, einfach zum Juden stempeln! Das ist doch lächerlich. Da gäbe es viele Juden!«

»Lach du nur ...«, der Sekretär ist empört. Das hat man nun davon, daß man seine Frau anständig behandelt. Daß man ihr Rede und Antwort steht und nicht einfach nur befiehlt und auf den Tisch haut und sagt: So ist es, halt den Mund!

Aber die Gertrud ist von ganz alleine wieder ernst geworden. Weil sie sich plötzlich an vieles erinnert, was ihr der Mann schon aus seinen Zeitungen vorgelesen hat. Daß die Juden Deutschlands Untergang sind, daß man die jüdische Wunde am deutschen Volkskörper ausbrennen müsse, und noch mehr solcher schrecklichen Dinge. Sie hat plötzlich wieder Angst.

»Gerhart«, sagt sie leise, und sie muß sich die Nase putzen und die aufsteigenden Tränen aus den Augen wischen, »Gerhart, das solltest du nicht einmal denken, daß der Herr Storz ein Jude sein könnte. Und auch seine Frau. Die beiden sind immer gut zu uns gewesen. Weißt du noch, wie wir mit der Miete im Rückstand waren, weil die Taufe soviel teurer war, als wir gedacht hatten? Und sie sagen nie etwas, wenn die Kinder laut sind oder das Dreirad direkt vor der Ladentür abstellen, oder wenn sie den Müll neben die Tonne schütten ... nie.« Sie muß immer heftiger weinen. »Und wir wissen doch beide, daß sie katholisch sind! Aber sogar wenn sie wirklich jüdischer Herkunft wären, was ändert das denn? Sie sind anständig und menschlich. Und sie tun niemandem etwas zuleide!«

»Das wäre auch noch schöner«, sagt der Sekretär. Aber es klingt nicht mehr ganz so eisig wie seine Worte von vorhin. »Außerdem mußt du etwas begreifen: Jude sein ist keine Angelegenheit des Glaubens, sondern der Rasse!«

»Rasse, Rasse, ich kenne Hunderassen. Schäferhunde und Dakkel. Oder vielleicht noch bei Pferden. Bei den Menschen ist es doch wichtiger, daß sie gut sind und edel und hilfreich. Ach, Gerhart!« Und jetzt wirft sich die Gertrud plötzlich, das Gesicht voller Tränen, an seine Brust. Sein Nachthemd wird richtig feucht von der Nässe ihres Gesichts, und er weiß nicht, soll er sie wegdrängen? Oder müßte er sie nicht festhalten? Solche Gefühlsausbrüche sind ihm seit jeher schrecklich unangenehm.

»Gerhart, wenn ich nur wüßte, woher das kommt, und daß du gar nicht merkst, wie du dich verändert hast!«

Verändert? Er hat sich nicht verändert. Freilich, vielleicht ist er ein bißchen härter geworden. Eben konsequenter. Nicht mehr gefühlsduselig. Man wird ja auch älter. Und ein Mann reift mit seinen Erfahrungen.

»Die Politik ist an allem schuld«, schluchzt die Gertrud an seiner Brust. »Diese gräßliche Politik macht euch alle zu Unmenschen!«

Und da muß er doch energisch widersprechen. »Das verstehst du nicht«, sagt er, »das kannst du eben gar nicht begreifen. Weil du eine Frau bist. Weil dir das Fronterlebnis fehlt! Du warst nie draußen im Felde. In der Schlacht! Du hast nie erlebt, wie die Kameraden neben dir fallen. Einer nach dem anderen. Tot. Aus.« Er befreit sich aus ihrer Umarmung.

Dann redet er weiter: »Und wenn ich sage, daß ich meine Knochen hingehalten habe, dann weißt zumindest du, daß das wortwörtlich stimmt. Daß ich ein faustgroßes Loch im Rücken habe, von diesem Granatsplitter, der durch meinen Körper gefahren ist, damals, an der Somme.« Er atmet tief aus, wie er das sagt.

»Aber jetzt, jetzt kommen die, die sich damals gedrückt haben und sagen, das sei alles nichts wert. Und es ist umsonst gewesen. Dieser ganze Krieg eine lächerliche Farce, bei dem unser Kaiser nur seine Eitelkeit hat befriedigen wollen.« Und als er ihren ungläubigen Blick sieht, nickt er grimmig. »Ja, da bist du jetzt überrascht. Aber so wird es behauptet. Als ob es nicht unsere Bruderpflicht gewesen wäre, den Österreichern in ihrem Kampfe beizustehen! Als ob wir uns nicht hätten wehren müssen gegen eine Welt von Feinden ... und unser geliebtes Vaterland verteidigen!«

Er hat sich so aufgeregt, daß er die Bettdecke zurückschlägt und aus dem Bett springt. Und er läuft im Nachthemd auf bloßen Füßen hin und her. Hin und her. Dann bleibt er schließlich am Fußende der Betten stehen und stützt die Hände auf die Bettkante wie auf ein Rednerpult. »Und jetzt, begreifst du das, Gertrud, jetzt wollen sie uns erzählen, daß es kein Vaterland mehr geben soll, daß man jedenfalls lernen müsse, in größeren Zusammenhängen zu denken, wie sie das nennen!«

Er schlägt mit der Hand auf die Bettkante, daß alles zittert. Sogar die Zahnputzgläser auf dem Waschtisch klirren. »Sie haben uns Westpreußen weggenommen«, sagt er, »und Elsaß-Lothringen. Sie holen unsere Kohle aus Oberschlesien und den Stahl von Ruhr und Rhein. Von der Memel, von den Kämpfen im Baltikum, will ich gar nicht reden. Aber wußtest du, daß die Polen in den letzten Jahren mehr als zwanzigtausend Deutsche ausgewiesen haben? Aus ihrer angestammten Heimat?«

Er hält inne und sieht ihr starr in die rotgeränderten Augen. »Ja, Gertrud«, redet er dann etwas leiser weiter, »und unsere Herren Politiker, die sagen immer nur: Nehmt doch! Nehmt alles und noch mehr ... und das Volk bezahlt und wehrt sich nicht! Aber jetzt, jetzt kommt Adolf Hitler und sagt: Schluß damit! Er sagt, daß wir uns diese Schmach und Schande nicht mehr gefallen lassen werden. Begreifst du denn nicht, daß man sich begeistern muß für diesen Mann, der es endlich wagt, unseren Feinden Bescheid zu sagen?«

Die Gertrud, mit vom Weinen geschwollenen Lidern, nickt unglücklich. »Ja«, sagt sie, »ja freilich verstehe ich das. Und ich glaube dir ja, daß alles so ist, wie du sagst. Aber was hat das alles mit den Juden zu tun? Mit dem Herrn Storz und seiner Frau – wenn sie wirklich welche sein sollten? Der Herr Storz war genauso im Krieg wie du, das hat mir die Köchin erzählt. Und was, frage ich dich, was kann dein Adolf Hitler gegen den alten Striehm haben? Der tut keinem etwas, und den Krieg hat er ganz bestimmt auch nicht angefangen ...« O weh, vom alten Striehm hatte sie eigentlich gar nicht reden wollen. Das war ihr wieder so rausgerutscht. Wie vorhin. Aber der Mann scheint es wohl überhört zu haben. Hoffentlich!

Er ist noch einmal zum Tisch gegangen und hat den dunkelblauen Leinenband geholt mit dem Hakenkreuz drauf.

Er wird doch nicht jetzt noch einmal mit dem Vorlesen anfangen? Es ist doch schon ... sie sieht auf den Wecker, der auf ihrem Nachttisch gleich neben der porzellanenen Muttergottes von Lourdes steht ... es ist doch Viertel vor zwei!

Aber der Sekretär legt das Buch nur auf den Nachttisch. Dann steigt er wieder ins Bett, zieht die Bettdecke hoch und macht sein Nachttischlämpchen aus. Er holt noch einmal tief Luft. »Ich werde dir daraus vorlesen«, sagt er, »jeden Abend, wenn es nicht zu spät wird, und du wirst es schließlich begreifen, warum der Führer vor der jüdischen Weltherrschaft warnt! Warum er zum Kampf aufruft, gegen die jüdisch-bolschewistischen Machthaber!«

Da macht auch die Gertrud ihr Nachttischlämpchen aus. Aber sie kann nicht anders, sie muß doch noch einmal fragen: »Aber der alte Herr Striehm, der Herr Storz und seine Frau und der Kommerzienrat Graetzer, zum Beispiel, für den meine Schwester Martha arbeitet, die gehören doch nicht zu den jüdisch-bolschewistischen Machthabern? Das sind doch Deutsche! Die wollen bestimmt keine jüdische Weltherrschaft!«

»Schlaf jetzt!« kommandiert der Mann, und dann streckt er sich wohlig aus. Es scheint, daß sie diese Begriffe vom Weltjudentum und all das andere einfach nicht in ihr kleines Frauenhirn reinkriegt, denkt er. Von der mystischen Ausstrahlung, die solche Begriffe vermitteln, begreift sie überhaupt nichts. Für sie muß alles erklärbar, in kleinen beschrifteten Schubladen untergebracht sein.

Die nationalsozialistische Idee! Was weiß denn so eine Frau davon, welcher genialische, welcher göttliche Gedanke dazugehört, eine solche Idee zu entwickeln. Und dann ist der Sekretär Gerhart Kolier eingeschlafen.

Auf der Eisbahn

So kalt wie in diesem Winter war es noch nie. Jedenfalls kann ich mich nicht daran erinnern, daß wir schon jemals so einen eiskalten Winter gehabt haben. Wenn ich mit der Christa Moellner auf die Eisbahn gehen will, dann sind meine Nasenlöcher schon nach ein paar Schritten auf der Straße wie zugefroren.

Und ich muß noch über meine Wollstrümpfe und den Flauschschlüpfer graue Gamaschenhosen anziehen, weil sonst meine Schenkel, zwischen Hose und Strumpf, ganz blau frieren.

Ich gehe aber trotzdem auf die Eisbahn.

Vor allem, weil meistens der Schiffi da ist. Aber das sage ich natürlich zu Hause nicht. Der Schiffi ist ein Junge, der eigentlich Heiner Schiffler heißt. Er geht schon aufs Gymnasium. Zu Ostern komme ich auch aufs Gymnasium, hat der Papa gesagt.

Ich gehe natürlich auch wegen der Christa Moellner auf die Eisbahn. Weil wir nämlich Freundinnen sind. Und wir tun jetzt immer alles gemeinsam. Nur in der Schule sind wir getrennt, weil die Christa bei den Evangelischen lernt.

Heute ziehe ich mein Eislaufkleid an. Das hat mir die neue Mutter zu Weihnachten aus einem alten schwarzen Samtkleid von Tante Martha machen lassen. Und es ist oben am Hals, an den Ärmeln und am Saum mit grauem Krimmerpelz besetzt. So ein Kleid haben nicht viele Mädchen.

Die Christa Moellner hat ihren dunkelblauen Faltenrock an und einen roten Pullover mit Pudelmütze und Schal. Das hält schön warm. Ich weiß es, weil ich sonst auch immer so angezogen war. Dagegen muß ich in meinem neuen Eislaufkleid ziemlich bibbern, wenn der kalte Wind den Schnee über die Ohlewiesen treibt, auf denen die Eisbahn angelegt ist. Aber ich denke eben, daß ich Sonja Hennie bin, und da wird mir schon warm.

Es kostet zehn Pfennig Eintritt und fünf Pfennig für den Kiunke, wenn er einem die Schlittschuhe an- und abschnallt. Der Kiunke ist ein ziemlich alter Mann mit einem Gesicht wie aus Leder, und er hat meistens einen Tropfen an der Nase hängen und knotige rote Hände. Aber er kann unheimlich schnell sein auf seinen altmodischen Schlittschuhen. Er hat die Aufsicht über die Eisbahn, und wenn es schneit, schiebt er den Schnee mit einem hölzernen Schieber beiseite. Wenn er uns die Schlittschuhe mit der Kurbel, die wir um den Hals hängen haben, angeschnallt hat, stolpern wir über den hölzernen Steg, und die Christa und ich reichen uns die Hände über Kreuz, und schon geht es los.

Oben am Ohleweg, wo man aufs Eis hinuntersehen kann, stehen oft – wenn es nicht zu kalt ist – viele Leute, die uns zusehen, und da geben wir uns besonders viel Mühe mit unseren Figuren. Beim Kanone-Fahren muß man sich hintereinanderstellen, und der Hintermann legt dem Vordermann die Hände auf die Schultern. Dann geht es los. Wenn man schön Schwung hat, muß man langsam in die Hocke gehen und ein Bein, ganz gerade, vorstrecken. Natürlich muß man vorher ausmachen, ob es das linke oder das rechte Bein sein soll, sonst kommt man durcheinander. Aber das Schwierigste ist, auch wieder gemeinsam hochzukommen. Da müssen wir eben sehr lange üben, bis es klappt.

Die Jungens machen manchmal zu fünft oder gar zu sechst eine Kanone und fahren in der Hocke über die ganze lange Bahn. Meistens aber spielt der Schiffi mit seiner Clique vom Gymnasium Fangen oder eine Art Eishockey, wo sie mit Ästen einen runden Stein übers Eis treiben. Aber wenn das der Kiunke sieht, schimpft er, weil so ein Stein schon mal einen Eisläufer treffen könnte oder jemand zum Stürzen bringen.

Ich sage der Christa, daß wir möglichst nahe bei den Jungens bleiben wollen, weil ich möchte, daß mich der Schiffi sieht, wenn ich eine besonders schöne Figur laufe. Eine Acht oder einen Mond. Der Christa habe ich nämlich mein Geheimnis anvertraut, daß ich den Schiffi liebe! Sie findet ihn auch sehr schön.

Es scheint aber, daß mich der Schiffi überhaupt nicht bemerkt. Da sage ich der Christa, daß ich – wenn ich zufällig einmal hinfallen sollte – so lange liegen bleiben würde, bis mich der Schiffi aufhebt! Und es dauert auch gar nicht lange, da stolpere ich und falle hin. Mitten unter den Jungens.

Ich liege da und mache die Augen zu. Aber die Jungens kümmern sich überhaupt nicht um mich. Ich denke, daß ich dann eben auf der glatten eisigen Fläche erfrieren werde. Die werden schon sehen, und das haben sie dann davon. Es wird ihnen – und vor allem dem Schiffi – schon noch leid tun. Aber dann wird es zu spät sein. Ich stelle mir vor, wie es sein wird, wenn sie mich erfroren auf einer Bahre von hier wegtragen. Und da muß ich beinahe weinen, aber auch weil es in meinem dünnen Samtkleid gräßlich kalt ist, hier auf dem Eis.

Ein Mann kommt und will mir helfen. Aber ich sage mit matter Stimme: »Danke, bemühen Sie sich nicht!« Und eine Frau, die mit ihren Kindern Schlittschuh läuft, sagt, daß man mich doch nicht so liegenlassen könnte. »Das Mädel kann sich den Tod holen bei der Kälte«, sagt sie, »und vielleicht hat sie innere Verletzungen!«

Als die Christa versucht, mich hochzuheben, sage ich ihr leise, daß sie den Schiffi holen soll. »Ich laß mich nur von ihm aufheben«, sage ich.

Die Christa flüstert: »Du bist verrückt!« Aber dann gleitet sie doch schnell zu den Jungens, und schon von weitem ruft sie ihnen zu, was ich gesagt habe. So eine Gans! Sie sollte es dem Schiffi natürlich leise sagen.

Die Jungens lachen. Ich kann es bis hierher hören. Und der Schiffi sagt laut und deutlich: »Da muß sie eben liegenbleiben bis es taut! Dann kann sie ja schwimmen!« Und da lachen die meisten wieder. Dann fragt der Schiffi noch: »Wer ist sie denn überhaupt?«

Und die Christa sagt: »Sie heißt Elisabeth Koller. Ich glaube, sie schwärmt für dich!«

Ich könnte ihr die Zöpfe ausreißen. Aber der Schiffi sagt nur laut und ungerührt: »Eine Elisabeth Koller kenne ich überhaupt nicht!« Und dann sausen sie alle davon.

Mir klappern jetzt schon die Zähne, und ich bin so wütend, daß ich heulen möchte. Aber das wäre ja noch schöner. Es stehen jetzt schon einige Eisläufer um mich herum. Ein richtiger Kreis. Und da kommt plötzlich der Kiunke mit seinen altmodischen Bogenschlittschuhen übers Eis gerauscht und bremst mit knirschendem Schwung direkt vor meinen Füßen. »Bist du verletzt?« fragt er mit zusammengekniffenen Augen.

Ich schüttle langsam den Kopf. »Ich glaube nicht«, bibbere ich.

»Dann steh auf. Oder soll ich dir Beine machen?« Er sagt es nicht sehr laut, aber man kann sehen, daß er kurzen Prozeß mit mir machen würde.

Da kommt plötzlich ein Junge aus Schiffis Clique angesaust. Er hat blonde Locken, ich kenne ihn vom Sehen. Es ist der Bruder eines Mädchens, das mit mir in dieselbe Klasse geht. Sie heißt Ursel Wiener, und er heißt Walter. Und die Frau Wiener, die Mutter der beiden, spielt im Kino in der Brauhaus-Gasse Klavier.

Der Walter Wiener sagt zu Kiunke: »Lassen Sie mich mal machen.« Und dann legt er mir die Arme unter die Achseln und setzt mich auf. Als sein Mund nahe an meinem Ohr ist, flüstert er: »Der Schiffi schickt mich.« Und da lasse ich mich von ihm aufheben.

»Na also«, sagt der Kiunke und flitzt mit knirschenden Kufen zurück an seine Kasse. Auch die anderen Eisläufer wenden sich von uns ab. Nur die Christa und der Walter Wiener putzen noch an meinem Samtrock herum, der ganz naß ist vom langen Liegen auf dem Eis. Ich sage zu dem Jungen mit den blonden Locken: »Danke, es war nur, weil ich . . .« Aber weiter weiß ich nichts zu sagen, und ich schäme mich jetzt auch sehr. Er fragt noch: »Gehst du gleich nach Hause?« Aber ich schüttle den Kopf. »Nein. Jetzt gerade nicht!«

Dann laufe ich auf meinen Schlittschuhen, so schnell ich kann, zum hinteren Teil der Eisbahn, wo das Eis über der überschwemmten Wiese durchsichtig ist wie Glas.

Ich weiß, daß es verboten ist, hier zu laufen, weil das Eis in diesem Teil nie ganz zufriert. Und man kann die Grashalme einen Meter oder auch zwei in der Tiefe sehen. Sie wehen wie Nixenhaare da unten im Wasser, und das dünne Eis darüber knistert und knackt, und ich wünsche mir, daß es bricht und daß ich versinke.

Ich stelle mir vor, wie ich dann da unten zwischen den wogenden Grashalmen liegen würde. Ganz blaß, in meinem schwarzen Samtkleid, und dann würde es dem Schiffi klarwerden, daß es für immer und ewig seine Schuld ist, und er könnte nicht mehr lachen und sagen ›Soll sie liegenbleiben, bis es taut‹, und ganz bestimmt würde er dann weinen.

Die Christa ist hinter mir hergelaufen. Aber sie traut sich nicht bis zu dem Fleck, auf dem ich stehe. Sie ruft nur ganz aufgeregt: »Komm zurück, Elisabeth, bitte! Du weißt, daß es jeden Augenblick einbrechen kann! Und wenn dich der Kiunke sieht, sagt er es deinen Eltern!«

Aber es ist jetzt schon so dunkel, daß mich der Kiunke bestimmt nicht mehr sehen kann. Das Eis knistert und knackt, und auf einmal überfällt mich doch Angst. Außerdem ist es gar nicht sicher, daß es hier so tief ist, daß man ertrinkt. Vielleicht wird man auch bloß triefend naß. Aber bis man zu Hause ist, kann man zum Eiszapfen gefrieren!

Vorsichtig laufe ich wieder zurück, und wie ich wieder bei der Christa ankomme, merke ich, daß ich ganz dringend aufs Klo muß. Ich muß mir durch das lange Liegen auf dem Eis die Blase erkältet haben. Schon als kleines Kind habe ich immer wieder Blasenentzündungen gehabt, und ich weiß, daß es sehr weh tun kann.

›Die Strafe folgt auf dem Fuße‹, würde die neue Mutter sagen.

Ich laufe zusammen mit der Christa zu der Bretterbude, die vorn, gleich links neben dem Eisbahneingang liegt. Es gibt ein Klo für die Jungen und – auf der hinteren Seite – eins für Mädchen. Sie sind fürchterlich dreckig, und es stinkt so stark nach Urin, daß es einem im Halse würgt.

Meine Hände sind jetzt, trotz der Wollhandschuhe, so klamm, daß ich meine Gamaschenhose und den Schlüpfer darunter nicht alleine herunterziehen kann. Ich habe auch die Holztür, wegen des Gestanks, nicht zugemacht und bitte die Christa, mir mit den Hosen zu helfen. Sie hat ihre Fausthandschuhe an einem Band um den Hals hängen, deshalb kann sie mir mit beiden Händen helfen.

»O ja«, sagt sie, »dein Hintern ist eiskalt und ganz blaurot. Ich werde ihn dir ein bißchen reiben, damit dir wieder warm wird!« Ihre Stimme ist plötzlich leise und ein bißchen gepreßt. Sie reibt und drückt und streichelt an mir herum, und mir ist auf einmal ganz seltsam zumute. Dieses Gefühl in meinem Bauch ist wieder da, wie manchmal beim Friseur oder wie an dem Tag, als mir die Tante Liesel Maß genommen hat. Und ich weiß noch, daß ich auch damals, am See in den Anlagen, mit dem Fräulein Hilde und dem Herrn Lichtermann, so ein ähnliches Gefühl hatte. Ganz leicht, als ob man schwebt . . . und doch irgendwie gespannt. Als würde gleich etwas Wunderbares passieren.

Es passiert aber nichts Wunderbares, nur daß ich plötzlich so dringend Pipi machen muß, daß ich es keine Sekunde länger mehr halten kann. Ich muß mich ganz schnell auf das Loch in der Mitte des hölzernen Sitzbrettes setzen.

Dabei sehe ich Christas Gesicht. Es ist ganz rosa, und ihre Augen glänzen. Als ich fertig bin, sagt sie: »Bitte, hilfst du mir auch?«

Und ich ziehe ihr den von ihrer Mutter gestrickten Wollschlüpfer unter dem Faltenrock herunter. Sie sagt: »Du mußt mich auch so reiben und mir warm machen, ja?«

Ich tue, was sie mir sagt, und dabei bekomme ich das Kribbeln im Bauch wieder. Es ist so schön, daß wir uns jetzt abwechselnd drücken und streicheln und reiben, bis wir jemand kommen hören und schnell unsere Hosen hochziehen und das Klosett verlassen.

Wir haben keine Lust mehr zum Schlittschuhlaufen, und es ist jetzt auch schon richtig dunkel. Der Kiunke hat die Lampen über dem vorderen Teil der Eisbahn angemacht, weil jetzt, am Abend, die Erwachsenen kommen. Manchmal sehen wir ihnen noch zu, weil einige schon wirkliche Künstler sind. Aber heute nicht. Es ist auch zu kalt. Wir schnallen unsere Schlittschuhe ab.

Es ist ein komisches Gefühl, so plötzlich wieder auf breiten Sohlen zu stehen und nicht mehr auf den schmalen Kufen. Man muß sich erst wieder daran gewöhnen. Aber noch etwas anderes ist komisch. Wir reden zwar nicht darüber, aber ich glaube, wir schämen uns voreinander. Jedenfalls schäme ich mich, und ich wünschte sehr, wir hätten das nicht gemacht, dieses Anfassen und Ansehen da, in dem stinkigen Klo.

Wir sind ganz still, wie wir durch die Anlagen und die Gartenstraße entlang nach Hause stapfen. Nur der Schnee knirscht unter unseren Schuhsohlen. Und zum ersten Mal vergessen wir, uns wieder zu verabreden, als die Christa an der Oderstraße abbiegen muß. Schade!

Wie ich dann alleine weitergehe, merke ich, daß jemand hinter mir hergeht. Nein. Angst habe ich nicht. Ich bin ja schon am Anfang der Brieger Straße. Hier ist es belebt, und die Gaslaternen brennen. Die Geschäfte sind noch offen, und die Schaufenster werfen gelbe Vierecke auf den knirschenden Schnee.

Dann sagt eine Stimme, die ich heute schon einmal ganz nahe an meinem Ohr gehört habe: »Darf ich dir die Schlittschuhe tragen?« Es ist der Walter Wiener, aber ich hatte einen ganz kleinen Augenblick lang gehofft, es wäre der Schiffi. Ich frage: »Schickt dich jetzt wieder der Schiffi?« Aber eigentlich weiß ich schon, wie die Antwort lauten wird.

»Ach, der Schiffi...« Er stottert ein bißchen. »Ich habe das vorhin nur so gesagt, weil du sonst doch nicht aufgestanden wärst.« Ich sage nichts mehr, aber ich lasse ihn meine Schlittschuhe tragen. Wenn es ihm doch Spaß macht!

Wir kommen an die Ecke vom Pohlschen Schokoladengeschäft. Ich sehe nur ganz kurz auf die Bonbons und die Schokolade und das Marzipan im Schaufenster. Ich bekomme nie mehr als die zehn Pfennig Eintrittsgeld und die fünf Pfennige für den Kiunke mit. Was nützt es da, solche Auslagen anzusehen? Da wird man nur genäschig, wie die neue Mutter sagt.

Aber an den Stufen, die zur Ladentür des Geschäfts führen, bleibt der Walter Wiener stehen. »Würdest du hier warten«, fragt er, »und unsere Schlittschuhe einen Augenblick halten?«

Ich stehe am Fuß der Stufen, und das Eis schmilzt in kleinen schwärzlichen Klumpen von den Kufen der Schlittschuhe. Mir ist kalt, daß ich zittern muß. Aber gleichzeitig ist mir auch beinahe heiß. Es ist das erste Mal in meinem Leben, daß ein fremder großer Junge mit mir geht. Und ich bin ziemlich stolz. Aber gleichzeitig habe ich Angst. Die neue Mutter würde so etwas bestimmt nicht erlauben. Obwohl ich nicht sagen könnte, was daran eigentlich schlimm ist. Es gehört sich eben nicht, würde sie sagen, und du willst doch ein braves, anständiges Mädel sein, nicht wahr, Elisabeth?

Wenn ich nur wüßte, was das miteinander zu tun hat? Aber ich denke, daß ich den Walter bitten werde, nicht weiter als höchstens bis zur Apotheke mitzukommen, damit uns die neue Mutter nicht vom Fenster aus sehen kann.

Die Ladentür klingelt, und da ist er schon wieder zurück. Er ist jetzt auch ein bißchen verlegen, und er drückt mir einfach eine kleine weiße Tüte in die Hand. »Für dich«, sagt er nur stockend, und ich sehe im Schein der Laterne an der Ecke, daß er ganz rot wird.

Ich kann kaum atmen. Für mich?

Er nickt nur und sagt: »Mach doch auf! Vielleicht magst du ja keine Kokosflocken?«

Kokosflocken! Kokosflocken sind mir das Zweitliebste. Gleich nach Marzipan-Kartoffeln. Aber Marzipan-Kartoffeln gibt's nur zu Weihnachten, und jetzt ist schon Ende Januar.

»Kokosflocken mag ich sehr, sehr gerne«, sage ich. Aber meine Stimme ist schrecklich leise. »Bloß . . .« Ich will ihm noch sagen, daß ich so was nicht annehmen kann, annehmen darf, aber ich denke, daß er bestimmt traurig darüber wäre. Und dann denke ich, daß ich die Kokosflocken einfach ganz schnell aufessen werde. Da braucht die neue Mutter überhaupt nichts davon zu erfahren.

Gerade wie ich die Tüte aufmachen will, biegt jemand um die Ecke und kommt auf uns zu. Ich habe die braune, mit Krimmerpelz besetzte Jacke sofort erkannt, und ich weiß, jetzt ist alles verloren.

»Also hier treibst du dich herum, Elisabeth!« sagt die neue Mutter, und ihre Stimme ist schrill und klirrt wie Eis.

Ich bin so erschrocken, daß mir die kleine Tüte aus den Händen fällt. In den schmutzigen Schnee zu meinen Füßen. Wie ich mich danach bücken will, bekomme ich eine Ohrfeige. »Woher hast du das Geld für solche Leckereien?« will die neue Mutter wissen.

»Ich, ich . . .« Ich habe die Hände erhoben, weil ich Angst habe, daß sie mich nochmals schlagen wird, wenn ich es ihr sage. Aber der Walter hat inzwischen die Tüte aus dem Schnee geklaubt, und jetzt sagt er: »Ich habe Elisabeth die Kokosflocken geschenkt, Frau Koller.«

»So . . .« Es sieht fast so aus, als ob die neue Mutter auch den Walter ohrfeigen will, wie sie sich jetzt zu ihm dreht. Aber sie sagt dann doch nur: »Das wird ja immer schöner!« Und zu mir: »Marsch! Ab, nach Hause. Dein Vater wird sich freuen über seine Tochter!«

Der Walter Wiener gibt mir meine Schlittschuhe. Er sieht meine Mutter an, als ob er es einfach nicht begreift. »Aber . . . aber es war doch von meinem Taschengeld«, stottert er, »es sollte ein Geschenk sein!«

»Meine Tochter«, sagt die neue Mutter mit einer messerharten Stimme, »meine Tochter nimmt von niemandem Geschenke an! Merk dir das! Und noch etwas: Wenn ich dich jemals wieder in Elisabeths Nähe sehe, werde ich mit deinen Eltern reden. Hast du mich verstanden?«

Nein. Der Walter versteht es nicht. Und ich auch nicht. Ich weiß nur, daß ich die neue Mutter niemals zuvor so böse und so ungerecht erlebt habe.

Auf dem letzten Stück des Nachhauseweges versuche ich, möglichst nicht in ihre Reichweite zu kommen. Sie sieht so wütend aus, ich bin sicher, daß sie mich noch mal schlägt.

Aber das tut sie dann doch erst, als wir zu Hause in der Küche sind. Und jetzt erfahre ich auch, warum sie so über alle Maßen böse ist.

Jemand, eine gräßliche Frau, die sich Herma nennt und in Wahrheit Hermine Witt heißt und als Blumenbinderin in der Nähe des Bahnhofs arbeitet, hat es ihr erzählt. Sie hat ihr gesagt, daß ich mich auf schamloseste Weise heute auf der Eisbahn hingelegt und gewartet habe, daß mich ein Junge vom Gymnasium aufhebt!

»Stimmt das etwa nicht?« fragt die Gertrud zwischen zwei Schlägen, »willst du etwa behaupten, die Herma Witt lügt?«

Ich habe meinen Kopf ganz tief heruntergebeugt. Ich will nicht, daß sie sieht, daß ich weine. Es geht sie auch gar nichts an. Außerdem würde sie es ja doch nicht verstehen, wenn ich ihr sagte, daß ich den Schiffi liebe und daß ich doch nur gewollt habe, daß er mich einmal bemerkt.

Nichts versteht sie, denke ich, gar nichts. Weil sie eine ganz dumme Hausgehilfin ist. Und nichts weiter. Ich antworte überhaupt nicht mehr. Soll sie schlagen, soviel sie will. Und ich hebe den Kopf. Ich werde jetzt keine einzige Träne mehr weinen!

Als der Vater nach Hause kommt, fängt sie noch vor dem Abendessen an, ihm meine Schandtaten, wie sie es nennt, zu berichten.

Und wie der Vater mich fragt, ob es wirklich so gewesen ist, wie die Frau Witt es erzählt hat, da sehe ich ihn nur an. Aber ich sage auch zu ihm kein Wort.

»Da siehst du es, wie verstockt sie ist«, sagt die Gertrud. »Mein Gott . . .«, und dann fängt plötzlich sie an zu weinen, »da gibt man sich solche Mühe, und das ist das Ergebnis! Aber man darf es ihr nicht durchgehen lassen, Gerhart! Stell dir doch vor, was sonst noch passieren kann, wenn sie aufs Gymnasium kommt . . . zusammen mit all den Jungens!«

Da wird schließlich auch der Papa wütend und haut mir eine herunter. Und dann hat sie ihn soweit, daß er sich hinsetzt und meine Anmeldung fürs Gymnasium rückgängig macht. »Wir schikken sie eben in die Dorotheenschule«, sagt er mit einem Seufzer, »die ist nur für die sogenannten Höheren Töchter, da kommt sie mit keinem Jungen mehr zusammen!« Er sieht aber eigentlich nicht ganz zufrieden aus, wie er das sagt.

Der Tag wird kommen, denke ich, daß ich von ihnen weggehe. Weit, weit weg, und ich werde so viele Jungen treffen, wie ich will. Und keiner wird es mir mehr verbieten können.

Eine Bahnfahrt

Es passiert ganz selten, daß man den Sekretär Gerhart Koller laufen sieht. Richtig schnell laufen. Beinahe schon rennen. Und es ist ihm auch ziemlich peinlich.

Aber wenn er den Zug nach Breslau verpaßt, dann kann er sich gleich begraben lassen. Dann ist es von vornherein aus mit dem Obersekretär.

Wie er die Grottkauer Straße entlangkeucht, in der einen Hand den Koffer, in der anderen seine Aktentasche, mit offenem Mantel und den Hut tief in die Stirn gezogen, damit ihn der Wind nicht fortbläst, wie er so auf seinen stämmigen, aber nicht sehr langen Beinen übers Granitpflaster trabt, da könnte er sich ohrfeigen, keine Droschke bestellt zu haben.

Freilich, die Gertrud hatte gesagt, sie könnten sich das nicht leisten. Aber er hätte eben entgegnen sollen, ob sie es sich etwa leisten könnten, daß er zu seiner Obersekretär-Prüfung in Breslau zu spät kommt.

Wenn man rechtzeitig losgeht, ist man auch pünktlich da! hatte sie noch gesagt, als sie seinen Koffer schon am Vorabend packte. Waschsachen, Reservehemd, zwei gestärkte Ersatzkragen und ein Paar Manschetten, Unterwäsche, Socken und Taschentücher mit Kölnischwasser besprengt, und zwei Krawatten. Sie hatte ihn auch ganz früh geweckt, und er war, wie sich das für einen alten Soldaten gehörte, sofort aufgestanden. Massenhaft Zeit, hatte er gedacht und ausgiebig gefrühstückt. Und noch einmal die Bücher und Zeichnungen angesehen, die er in der Aktentasche für die schriftliche Prüfung mitnehmen wollte.

Und dann war es passiert. Er stand vor dem großen Spiegel und wollte den steifgestärkten Kragen im Nacken ans Oberhemd knöpfen, da war ihm das Kragenknöpfchen aus der Hand geglitten und, wie vom Erdboden verschluckt, nicht mehr zu finden.

Verflucht!

Die Gertrud war auf den Knien herumgerutscht. Hatte mit dem Besenstil unter den Betten gestochert. Nichts!

Das Ersatzknöpfchen her! Jetzt war er schon ziemlich nervös, und da war ihm das zweite Knöpfchen beim Einstecken in den steifen Kragen zerbrochen. Verdammter Mist!

Die Gertrud hatte zu Brocksch laufen wollen, um ein neues zu kaufen. Aber so lange konnte er nicht warten, und sie hätte sowieso nur ein falsches gebracht. So was mußte ein Mann schon selber aussuchen. Aber er konnte auch nicht mit losem Kragen nach Breslau zur Obersekretär-Prüfung fahren! Wie stellte sie sich das vor?

Jetzt suchten die Kinder mit. Er selber konnte ja nicht suchen. In der dunkelblauen Hose seines guten Anzugs! Die hätte womöglich einen Fleck bekommen. Aber er war krebsrot im Gesicht, und er fluchte laut. Scheißegal, daß es die Kinder hörten! Egal auch, daß die Gertud die Lippen zusammenpreßte und nahe daran war, zu weinen.

Und dann hatte der Heinzi das Kragenknöpfchen gefunden, auf dem Vorleger, direkt neben seinen, Kollers, Füßen. Einen Schritt weiter, und er hätte es zertreten! Ja, der Heinzi. Für so was war er schon zu gebrauchen.

Die Gertrud hatte ihm jetzt mit dem Festmachen geholfen. Aber wenn schon etwas schiefgeht, dann passiert gleich noch etwas. Sie hatte ihm, aus Versehen, den Scheitel in Unordnung gebracht.

Himmelherrgottschockschwerenotdonnerwetter!

Der gerade Scheitel war doch das Wahrzeichen eines ordentlichen, peniblen Beamten! Den Frisierspiegel her! Mit dem Rücken zum großen Spiegel und mit dem feinen Kamm versuchte er nun, den Scheitel auf der linken Seite wieder ganz gerade zu ziehen.

Niemals würde er mit einem verrutschten Scheitel das Haus verlassen. Aber am Hinterkopf hatte er einen Wirbel, und das machte die Sache schwierig. Es gab Tage, da brauchte er zwanzig Minuten, bis der Scheitel so saß, wie er es wollte. Tage, an denen er reichlich Pomade nehmen mußte, bis nicht ein einziges Haar mehr widerspenstig abstand.

Zum Glück ging es dieses Mal etwas schneller. Auch das Krawatte-Binden. Jackett an, Mantel übergezogen und los!

Die Türen schlugen hinter ihm knallend zu. Unten merkte er, daß er den Kragenschoner, einen dünnen, seidengewirkten Schal, vergessen hatte. Macht nichts. Das ließ sich verschmerzen.

Er rannte und rannte. Keuchte und fluchte leise vor sich hin. Der Schweiß stand ihm unterm Hutrand, und die Schuhe drückten. Aber das war alles nicht so wichtig. Wenn er nur den Zug noch kriegte!

Den Berg hoch, über den Bahnhofsvorplatz und durch die Glastür zur Fahrkartenausgabe. Der Zug nach Breslau war schon eingefahren und stieß zischend weiße Dampfwolken aus.

Halt! Halt! Er lief durch die Sperre auf den Bahnsteig. Der Bahnhofsvorsteher mit der roten Mütze wollte gerade die Kelle heben. Halt!

Er kriegt eine Tür zu fassen. Zweiter Klasse! Macht nichts, muß er eben nachzahlen. Er hatte nur dritter gelöst. Coupétür auf, Koffer rein, Aktentasche nach, aufs Trittbrett, und da ruckt der Zug auch schon an. Er stolpert die hohen Stufen hinauf, zieht sich hoch, und der Kondukteur schlägt die Tür hinter ihm zu!

Geschafft!

Er läßt sich auf den Platz gleich neben der Tür fallen, entgegengesetzt zur Fahrtrichtung. Er muß erst wieder zu Atem kommen, ehe er Koffer und Tasche verstauen kann. Mit geschlossenen Augen lehnt er sich zurück, zieht das Taschentuch aus der Manteltasche und wischt sich den Schweiß von Stirn und Gesicht. Er seufzt laut und tief und steckt das Taschentuch wieder ein. Sieht sich im Abteil um ...

Und dann glaubt er zuerst an eine Halluzination, daß diese wahnsinnige Rennerei einfach zuviel gewesen ist und einem so etwas höchstens im Traum passiert.

In den Polstern gegenüber, in der Ecke bei der Tür auf der anderen Seite, sitzt ... das Fräulein Hilde.

Er schnauft vor Aufregung, aber dann reißt er sich zusammen. Steht auf, schlägt die Hacken zusammen und zieht den Hut, den er immer noch aufhat, schwungvoll herunter.

»Guten Morgen, guten Morgen, verehrtes Fräulein Brocksch! Das nenne ich eine Überraschung!« Richtig weltmännisch, wie er das gesagt hat. Und ganz ohne Groll. Obwohl er ja eigentlich Grund dazu hätte. Schließlich waren ihm die Damen Brocksch seit längerem ganz offensichtlich ausgewichen. Das hatte er schon bemerkt, wenn er sich auch keiner Schuld bewußt war.

Aber er ist ja nicht nachtragend. Und außerdem hier, zwischen den Polstersitzen des Zweiter-Klasse-Abteils, da kann einer gar nicht anders. Da muß man einfach vornehm sein. Und weltmännisch höflich.

Das Fräulein Hilde nickt nur. Ihr weißer Hals im fehgrauen hochgebauschten Pelzkragen, der wie ein kleines Gebirge auf ihren schmalen Schultern liegt, ihr hübscher weißer Hals kriegt rote Flecken. Und sie zieht den Schleier an ihrer samtgrauen Kappe, unter der die blaßblonden Haare zu einem weichen Knoten gesteckt sind, noch ein bißchen tiefer, so daß er gerade noch ihren Mund bedeckt.

Der Sekretär denkt, daß sie sehr dünn aussieht, wie zerbrechlich. Der hübsche, blaßrosa Mund ist schmaler geworden. Und plötzlich fällt ihm ein, wer schuld daran ist!

Sekundenlang muß er die Augen schließen, weil der Zorn wie eine rotglühende Wolke in ihm hochsteigt. Was hat dieser Kerl aus der feinen, schönen Hilde gemacht, denkt er.

Ja, sicher, man könnte sagen, daß ihn das nichts mehr angeht. Er ist ein verheirateter Mann, und er hat sogar einen strammen Sohn von der Gertrud. Aber so einfach ist das nicht! Und es geht ihn eben doch noch immer etwas an, ob hier ein schönes deutsches Mädel von einem Judenlümmel kaputtgemacht wird! Gerade jetzt, wo er weiß, welchen Kampf der Führer Adolf Hitler gegen die jüdische Weltherrschaft kämpft, gerade jetzt geht es ihn etwas an!

Er muß richtig schnaufen bei der Vorstellung, wie dieser Kerl seine verhaßte Judenlarve an den feinen Hals des Mädchens schmiegt. Eine erbärmliche Schande ist das. Ja, Schande! Rassenschande heißt es bei Alfred Rosenberg, und Hitler selber nennt es eine Sünde wider Blut und Rasse!

Ruhig, sagt er sich, ich muß ruhig bleiben. Vielleicht ist es ja doch noch nicht zu spät. Vielleicht ist dies eine gottgewollte Gelegenheit, die letzte womöglich, um die Hilde – einmal war es schon fast seine Hilde – vor dem Schlimmsten zu bewahren.

Aber jetzt muß er handeln! Jawohl. Er zieht seinen Mantel mit betonter Ruhe aus, holt die Uhr aus der Westentasche und sieht nach der Zeit. Der Zug wird wohl etwa noch eine Dreiviertelstunde brauchen bis nach Breslau. Vorausgesetzt, daß sie gleich Einfahrt haben. Aber eine Dreiviertelstunde muß er auch haben für eine so delikate Aufgabe.

Nur der Anfang ist schwer. Wenn man erst einmal drin ist in einer Unterhaltung, kommen die Worte von ganz alleine. Wenn ihm doch bloß etwas einfiele, womit er das Interesse des schönen Mädchens – eigentlich ist sie ja schon eine richtige junge Frau – wecken könnte! Aber Gespräche mit Frauen, mit jungen schönen Frauen noch dazu, sind nicht seine Stärke. Wenn er ehrlich ist, muß er sagen, daß er eigentlich noch nie welche geführt hat. Er hatte eigentlich immer nur Umgang mit Männern. Nach der Schule der Fußballverein, die Volontärzeit im Kulturamt in Brieg und dann der Krieg. Nein, auch im Lazarett hatte er kaum mit einer Krankenschwester geredet. Worüber auch? Zurück ins Amt. Lernen und büffeln, was man in Kriegszeiten versäumt hatte, und dann, gleich 1919, hatte er die Elly geheiratet. Und wenn er es jetzt so bedenkt, hatte er mit der Elly vor der Ehe kaum jemals Gelegenheit gehabt, alleine zu sein. Und eigentlich hätte er wohl auch gar nicht gewußt, was er sagen sollte.

Aber jetzt mußte es sein. Er mußte mit der Hilde reden! Er beugt sich vor und setzt sein gewinnendstes Lächeln auf. Fragt mit äußerst gewählter Stimme: »Fahren Sie auch nach Breslau, verehrtes Fräulein Brocksch?«

Das Fräulein Hilde schüttelt den Kopf und kuschelt sich in ihren hohen Pelzkragen. Dann lehnt sie sich in das Eckpolster am Fenster zurück und schließt die Augen.

Der Sekretär ist nicht weiter als zuvor. Schließlich holt er sein Zigarrenetui aus der Brusttasche seines Mantels. Es redet sich leichter mit einer guten Zigarre zwischen den Fingern. Die kann man betrachten, kann zusehen, wie das weiße Aschenhäubchen wächst, da muß er nicht immer nur auf das Fräulein Hilde starren. Das hemmt sie ja auch vielleicht. »Sie gestatten doch, daß ich rauche«, sagt er, wie er sich die Zigarre anzündet.

Die Hilde zuckt im hellgrauen Mantel die Achseln.

Mein Gott, wenn sie doch wenigstens ein paar Worte sagen wollte! Er käme dann schon leichter auf sein Thema. Aber dieses ewige Schweigen. Ach was, er muß sich eben darüber hinwegsetzen, daß sie ihm offensichtlich seine Ansprache am Grab ihres Vaters noch immer übelnimmt.

Gut. Gut! Dann wird er jetzt einfach damit anfangen. Er tut noch einen tiefen Zug an seiner Zigarre und sagt: »Sie sollten mir nicht noch immer böse sein, Fräulein Brocksch, weil ich am Grabe Ihres Herrn Vaters vielleicht etwas gesagt habe, das Sie gekränkt hat!«

Hildes Lider zucken. Aber sie sagt kein Wort.

Der Sekretär ist erbittert. Und am liebsten würde er jetzt lospoltern. Aber dann muß er plötzlich daran denken, wie sie ihm einmal – es ist jetzt schon eine Ewigkeit her – zugelächelt hat. Unter dem breiten Rand ihres weißen Hutes hatte sie ihm zugelächelt! Mit ihren blaßrosa Lippen. Lieber Gott, er muß sie retten! Und wenn es nur dieses Lächelns wegen wäre.

Er beugt sich wieder vor. Sagt mit einer Stimme, die so sanft ist, daß er sie selber kaum wiedererkennt: »Ich habe Ihnen nicht weh tun wollen. Es war doch nur aus Sorge, Sorge, die auch Ihr Herr Vater um Sie hatte. Es war ... weil ich, genau wie er, Sie vor einem verhängnisvollen Schritt bewahren möchte, schützen ...«, er verheddert sich immer mehr. Und dann weiß er überhaupt nicht mehr, wie er weiterreden soll. Und plötzlich sagt er etwas, das er, wenn überhaupt, ihr vor Jahren hätte sagen müssen. Er sagt: »Es ist, weil Sie mir teuer sind ... teuer waren, das Teuerste, das Liebenswerteste überhaupt.

Und Sie haben mir einmal zugelächelt. Über das Weihwasserbecken hinweg, und deshalb ... und ...«

Da öffnet die Hilde die wunderschönen graugrünen Augen und sieht ihn an. Sieht ihn an, als sähe sie ihn zum ersten Mal. Wie man einen Fremden ansieht. Der blasse Mund verzieht sich, als ob ihr etwas weh tun würde. Sie sagt etwas. Aber sie sagt es so leise, daß man es eigentlich nur an ihren Lippen ablesen kann. »Hören Sie auf, Herr Koller, bitte, hören Sie endlich damit auf!«

Es trifft ihn hart. Wie ein Schlag aufs Kinn. Beim Boxen. Und eigentlich möchte er glauben, daß er sie gar nicht richtig verstanden hat. Es ist ja auch bei dem Geratter des Zuges kaum möglich, jemand genau zu verstehen. Aber wie er sich überlegt, was er da eben zu ihr gesagt hat, packt ihn die Scham. Und auch Wut. Auf sich? Auf sie? Er weiß es jetzt nicht genau. Jedenfalls hätte er sich nie, niemals zu einem derartigen Geständnis hinreißen lassen dürfen. Jetzt ist alles verpatzt. Was immer er nun noch über diesen Judenjungen sagen könnte, sie würde glauben, daß es nur Eifersucht sei. Nichts anderes. Nicht Verantwortungsgefühl und auch nicht politische Erkenntnis. Alberne Eifersucht. Ausgerechnet er!

Wütend auf sich selber, auf sie, auf die ganze Welt, pafft er an seiner Zigarre. Das ganze Abteil ist schon voller blaugrauer Rauchschwaden. Aber mit dem Fensteraufmachen ist das so eine Sache. Weil diese Abteiltüren, in denen die Fenster eingelassen sind, ihre Tücken haben. Man weiß nie, ob man das Fenster auch wieder hochkriegt, wenn man es erst einmal heruntergelassen hat. Manchmal klemmen die Gurte, oder sie reißen gar. Und es ist heute, obwohl schon Mitte März, draußen immer noch winterlich kalt. Ihm selber würde es ja nichts ausmachen, im kalten Luftzug zu sitzen. Aber ihr könnte es schaden.

Sie hat jetzt die feine Nase in den Veilchentuff gesteckt, der an ihrem Pelzkragen befestigt ist, und sie zieht die langen Handschuhe aus hellgrauem Leder aus und wieder an. Aus und wieder an.

Es gibt keinen Gang, auf den man hinaustreten könnte, und überhaupt, es gibt keinen Ausweg. Sie sind beide gefangen in diesem Abteil. Bis der Zug in Breslau hält, denn es gibt auch keine Zwischenstation, auf der man vielleicht das Abteil wechseln könnte.

Rattatam, rattatam! Der Zug schlingert und holpert über Weichen. Und da geht plötzlich die Abteiltür auf, ein Schwaden kalter Luft zerteilt die Rauchschwaden, und der Kondukteur schwingt sich herein. Er muß sich bei diesen Waggons, deren Abteile durch keinen Gang miteinander verbunden sind, draußen auf dem Trittbrett von Tür zu Tür hangeln, um die Fahrkarten zu kontrollieren.

Das erste, was er sagt, als er die Abteiltür hinter sich zugemacht hat, ist: »Dies ist ein Nichtraucher-Coupé. Ich muß Sie ersuchen, Ihre Zigarre auszumachen!« Und dann: »Die Fahrkarten, bitte!«

Einen Augenblick lang ist der Sekretär – so sehr er auch froh ist über die Unterbrechung – richtig verwirrt. »Ich hatte keine Ahnung«, murmelt er und sieht sich nach irgendeinem Behälter um, in den er die Zigarre verschwinden lassen könnte. Eine Art Aschenbecher an der Tür ist vollgestopft mit Bonbonpapier. Das könnte anfangen zu brennen. Wohin also mit der Zigarre? Auf dem Boden austreten? Nein. Da könnte ihn dieser Kondukteur womöglich noch wegen Verunreinigung des Abteils belangen. Und eigentlich ist er auch zu ordentlich für so etwas.

Inzwischen hat die Hilde ihr Täschchen aus grauem Schlangenleder aufgemacht und ihre Fahrkarte herausgeholt. Der Kondukteur knipst ein zweites Loch hinein und gibt sie ihr zurück. »Ihr Anschlußzug nach Berlin geht von Bahnsteig drei um elf Uhr fünfundvierzig, ab Breslau-Hauptbahnhof!« sagt er noch mit einer angedeuteten Verbeugung, dann wendet er sich wieder dem Sekretär zu.

Der ist verzweifelt bemüht, das Fenster herunterzulassen, damit er seine Zigarre hinauswerfen kann. Schließlich gelingt es, er zieht das Fenster wieder hoch. Dann sucht er in den Taschen seines Anzuges nach der Fahrkarte. Nichts!

Der Kondukteur wird ungeduldig: »Mein Herr, Sie sind nicht der einzige Fahrgast in diesem Zug!«

Das weiß er selber. Der Sekretär überlegt. Ja, die Fahrkarte steckt in der Manteltasche! Und noch etwas fällt ihm ein. Er muß nachlösen. »Herr Kondukteur«, sagt er höflich und zieht seine Brieftasche auch gleich hervor, »es ging alles so schnell, ich hätte beinahe noch den Zug verpaßt! Und so bin ich hier in der zweiten Klasse gelandet. Ich möchte natürlich nachlösen!«

»Natürlich«, sagt der Kondukteur, und der Sekretär findet, daß es beinahe spöttisch klingt. Er könnte sich ohrfeigen. Ausgerechnet vor der Hilde mußte ihm so was passieren! Er reicht dem Kondukteur, der eine Nachlösekarte ausschreibt, einen Geldschein. Er ist wütend. Das kommt davon, wenn man am falschen Ende spart, sparen will, und er würde es der Gertrud schon sagen. Als angehender Obersekretär hätte er unbedingt gleich ›Zweiter‹ lösen sollen. Und eine Kutsche bestellen, dann stünde er jetzt nicht so da. So gewissermaßen hilflos! Ein Mann, der sich von einem Fahrkartenkontrolleur maßregeln lassen muß!

Der Kondukteur zuckt die Achseln. Er kann den Schein nicht wechseln. Auch das noch! »Da wird Ihnen leider nichts anderes übrigbleiben, als mich nachher, in Breslau, zum Bahnhofsvorstand zu begleiten. Oder zum Fahrkartenschalter. Jedenfalls muß die Nachlösung bezahlt werden!«

»Sicher«, sagt der Sekretär, »selbstverständlich!« Es würde ihm nie einfallen, mit so einem Kondukteur zu argumentieren. Schließlich ist der Mann Beamter. Genau wie er selber. Er tut nur seine Pflicht.

Der Kondukteur steckt die ausgeschriebene Nachlösekarte zwischen die Seiten seines Fahrtenbuches. Dann verstaut er das Buch in der Umhängetasche. Als er die Tür schon wieder aufmachen will, sagt der Sekretär: »Bitte, es wird doch nicht allzu lange dauern? Ich bin nämlich in Eile! Die Prüfungskommission des Kulturamts in Breslau wartet bestimmt nicht gerne!« So, jetzt hat er den Mann wenigstens wissen lassen, daß sie gewissermaßen Kollegen sind. Preußische Beamte! Und das Fräulein Hilde weiß jetzt auch Bescheid, was er in Breslau vorhat.

Der Kondukteur läßt den Türgriff los. Ein Kollege! Das scheint die Sache auch für ihn zu verändern. Nein, natürlich kann er den Mann nicht einfach so gehen lassen. Bezahlt werden muß. Aber es gibt ja vielleicht noch eine Möglichkeit. »Wenn Sie mir den Geldschein überlassen wollen, Herr Kollege«, sagt er mit veränderter Stimme, »will ich versuchen, ihn hier im Zug zu wechseln. Es wird doch einen Fahrgast geben, der zwanzig Mark wechseln kann! Hahaha!« Er lacht. Und dann muß er aber doch noch fragen: »Und was für eine Prüfung ist das, zu der Sie extra nach Breslau fahren müssen?«

»Die Prüfung zum Obersekretär im Vermessungsdienst«, sagt der Sekretär mit geschwellter Brust. Ja, da kann das Fräulein Hilde mal sehen, daß er auf dem Wege nach oben ist. Oh, sie würde es eines Tages vielleicht noch bereuen, daß sie nichts hat von ihm wissen wollen. Eines Tages würde er auch die Inspektoren-Prüfung noch machen, vielleicht den Oberinspektor, Vermessungsrat . . . Er gibt dem Kontrolleur den Geldschein, und der schwingt sich wieder aufs Trittbrett hinaus. »Bis gleich«, sagt er noch, »Herr Obersekretär in spe!«

Geschmeichelt läßt sich der Sekretär wieder in seine Polsterecke fallen. Uff, nun würde – aller Voraussicht nach – doch noch alles glattgehen. Soviel Wirbel, nur einer Fahrkarte wegen! Fahrkarte . . . Lieber Himmel! Jetzt erst begreift er es. Ja, jetzt weiß er, warum die Hilde so eiskalt und abweisend ist. Sie weiß natürlich, daß er auch dem Friedhelm Lichtermann eine Fahrkarte nach Jerusalem geschickt hat! Zwar an dessen Ohlauer Adresse, aber man würde ihm den Brief sicher nachgeschickt haben, nach Berlin!

Nach Berlin!

Der Kondukteur hat ihr doch vorhin den Anschlußzug nach Berlin genannt. Sie fährt also hin. Hin zu diesem Judenkerl. Dem Sekretär ist es plötzlich so heiß, daß er es nicht mehr erträgt. Er muß das Fenster aufmachen und den Kopf in den Wind halten. Und es ist ihm jetzt auch egal, daß ihr womöglich kalt werden könnte.

Da hatte er ihr hier sein Herz geöffnet, hatte gesagt, was er niemals hätte sagen dürfen, hatte gebeten, gefleht, und sie, diese scheinheilige Schauspielerin, sie würde sich nur darüber amüsieren. Würde es möglicherweise auch diesem Judenlümmel erzählen! Ach was, möglicherweise ... sicher würde sie das tun! Gemeinsam würden sie über ihn lachen. Er könnte heulen vor Wut. Und dann kommen ihm tatsächlich die Tränen. Ein Kohlestäubchen ist ihm ins Auge geflogen. Er muß das Fenster wieder schließen. Das Auge tränt. Es tut höllisch weh. Er zieht sein Taschentuch hervor und versucht, das Stäubchen aus dem Auge zu wischen. Es piekt wie wahnsinnig. Und das Lid schwillt an. Das kann er fühlen. Und – er fährt sich vorsichtig über den Scheitel – bei der Rausgukkerei, so scheint es, hat der Wind ihm auch noch die Frisur zerzaust. Der Scheitel ist ganz bestimmt nicht mehr in Ordnung!

Mein Gott. Der Sekretär schlägt die Hände vors Gesicht. Alles hat sich gegen ihn verschworen. Ja. Es würde ihn nun überhaupt nicht mehr wundern, wenn er auch noch bei der Prüfung durchfällt.

Zwischen seinen Fingern hindurch schielt er zu ihr hinüber. Zu dieser Person, von der sein ganzes Unheitl herzurühren scheint. Sie ist vollkommen ruhig jetzt. Und entspannt. Sie hat sich wieder zurückgelehnt und lächelt sogar. Dasselbe kleine Lächeln des blaßrosa Mundes, mit dem alles angefangen hat, damals.

Aber er weiß jetzt, daß es ihm nicht gilt. Wahrscheinlich nie gegolten hatte! Er hat plötzlich einen gallebitteren Geschmack im Munde. Und er denkt, daß er es nie wird vergessen können, wie er sich lächerlich gemacht hat. Vor ihr! Vor dieser Person, die zart und fromm aussieht wie eine Heilige und die doch aller Wahrscheinlichkeit nach schon durch und durch verdorben ist. Verdorben und verloren für die deutsche Volksgemeinschaft.

Als der Zug mit einem heftigen Ruck im Breslauer Hauptbahnhof zum Stehen kommt, denkt er gar nicht daran, etwa der Hilde mit ihrem schweren Koffer, der im Gepäcknetz liegt, zu helfen. Soll sie sich einen Dienstmann rufen. Als er aussteigt, kommt schon der Kondukteur mit dem Wechselgeld auf ihn zugelaufen. Wenigstens einer, auf den man sich verlassen konnte. Aber das hatte er ja gleich gewußt. Das Auge schmerzt und tränt noch immer. Er muß sich ein Taschentuch davorhalten und Koffer und Tasche in die andere Hand nehmen. Und so sieht er auch nicht, wie ein hochgewachsener dunkelhaariger Mann im dunkelblauen Ulster, den weichen Filzhut in der Hand, die Hilde mit einer Umarmung begrüßt und mit ihr zusammen zum Bahnsteig drei geht, wo der Anschlußzug nach Berlin in den nächsten Minuten einfahren wird.

Photographieren

Wenn es nicht regnet, müssen wir am Sonntag spazierengehen. Daran hat sich nichts geändert. Nur, daß jetzt immer die neue Mutter neben dem Papa hergeht und keine von den Tanten. Und daß der Hansel dabei ist.

Der Hansel wird bei schönem Wetter und wenn ein längerer Spaziergang geplant ist, noch immer in seinen Sportwagen gesetzt. Weil ihn sonst der Papa tragen müßte, wenn der Kleine müde wird. Für solche Sachen ist der Papa nicht. Er würde auch niemals gar den Kinderwagen schieben oder eine Einkaufstasche in die Hand nehmen. Das ist keine Männersache, sagt er.

Am Sonntag, wenn der Papa dabei ist, dürfen wir auch kein Spielzeug mitnehmen. Keinen Ball und keinen Reifen und auch keinen Kreisel. Den Puppenwagen nicht und auch nicht das Dreirad. Aber Puppen mag ich sowieso nicht, und für das Dreirad bin ich jetzt auch zu groß.

Wir gehen langsam und schrecklich brav vor den Eltern her. Aber wenn ich den Heinzi auch noch an der Hand nehmen will, wird er wütend. »Ich bin doch kein Mama-Kindel mehr«, brummelt er. Und das ist das einzige Mal, daß der Papa auf seiner Seite ist.

Wir müssen aufpassen, daß die sauberen Sonntagskleider keine Flecken bekommen, und wir dürfen auch nicht in Pfützen treten, wegen der glänzend geputzten Schuhe. Und alle Leute, die wir kennen, müssen wir grüßen. Ich muß einen Knicks machen und der Heinzi einen Diener. Und wenn die Eltern bei jemand stehenbleiben, müssen wir auch die Hand geben. Natürlich die rechte! Wenn der Heinzi nicht gleich weiß, welche das ist, kriegt er eins hinter die Ohren.

Meistens haben wir bei diesen Spaziergängen unsere Matrosen-Sachen an. Davon haben wir drei verschiedene Sorten. In weiß, in blauweiß gestreift und, dickere, ganz in dunkelblau. Man kann sie auch untereinander auswechseln. Zum Beispiel den dunkelblauen Rock zur weißen Bluse. Die Jungen haben natürlich Hosen. Die Blusen, mit den großen viereckigen Matrosenkragen, sind pludrig weit und passen immer, und meine Röcke und die Jungenshosen haben breite Säume, die man jedes Jahr ein Stück auslassen kann.

Dazu müssen wir auch die Matrosenmützen aufsetzen. Auf den Bändern, die bei den Jungens hinten herunterhängen und bei mir an der Seite, ist ›SMS Deutschland‹ draufgestickt. Der Papa sagt, das heißt ›Seiner Majestät Schiff‹, und früher hätten alle Schiffe SMS geheißen.

Diesmal allerdings darf ich das neue hellblau gemusterte Mousselinekleid anziehen. Die neue Mutter hat es für mich im Ausverkauf bei Brocksch gekauft. Es ist ganz modern mit einem ganz langen Oberteil und einem kurzen Röckchen. Von den Schultern gehen zwei lange hellblaue Bänder bis tief unter meinen Nabel, und wo sie sich treffen, ist eine Schnalle mit Glitzersteinen. Diese Schnalle und die Bänder würde ich gerne abtrennen, weil ich es blöd finde. Aber die neue Mutter sagt, daß es sehr apart ist und eine besondere Zierde, und da muß ich es dranlassen.

Heute gehen wir nämlich zum Photographieren. Der Papa sagt, daß er auch mal seinen Sangesbruder, den Photographen Kuhn, unterstützen muß, und außerdem, sagt er, ist in wenigen Monaten Weihnachten, und da macht es sich gut, wenn man der Verwandtschaft zum Fest ein hübsches Familienbild schickt. Sie schicken uns dann auch welche. Die Tante Frieda zum Beispiel mit ihrem Sohn Helmut und dem Onkel Willy, oder die Tante Agnes mit ihrem Verlobten, und auf der Rückseite steht: »Als Verlobte grüßen, Eure Euch lb. Agnes und Karl.« Oder »Dem lieben Gerhart, Deine Dich lb. Schwester Frieda mit Mann und Sohn Helmut.«

Die meisten schreiben, auch auf Briefen und Karten, immer nur Dich lb. und Euch lb. Nur der Papa schreibt es aus, Dich liebend oder Euch liebend, weil er solche Abkürzungen nicht leiden kann. Er hat aber auch die schönste Schrift von allen.

Wir gehen also heute in die Oderstraße, wo der Photograph Kuhn sein Haus hat. Das Atelier liegt im obersten Stockwerk des Hauses, und ein Teil des schrägen Daches und der Hauswand besteht ganz aus zusammengesetzten Glasfenstern. Davor sind dunkelblaue Vorhänge wie Wolken gerafft. Man kann es mit diesen Vorhängen dunkler oder heller im Raum machen. Je nachdem, ob die Sonne scheint oder ob es regnet. Weil man eine ganz bestimmte Menge Licht braucht zum Photographieren, erklärt uns der Herr Kuhn.

»Wir wollen ein Bild von den Kindern«, erklärt ihm der Papa, »es sind jetzt schließlich drei!« Und er lächelt richtig stolz, als ob er uns selber gemacht hätte. »Und dann natürlich noch ein oder zwei von der ganzen Familie!«

Wir Kinder werden also auf ein Korbsofa gesetzt. Der Hansel kommt in die Mitte, und ich muß ihn an seiner Matrosenbluse festhalten, damit er nicht herunterpurzelt.

Mein Kopf wird hinten mit einer eisernen Zange festgehalten, die an einem langen Ständer festgemacht ist, damit ich nicht wackle oder den Kopf drehe. Auch der Heinzi bekommt so einen Eisenhalter. Der Hansel ist noch zu klein dafür, und deshalb sagt der Herr Kuhn, daß wir ihn eben so festhalten müssen, damit er sich nicht bewegen kann. Aber das ist gar nicht so leicht.

Jetzt wird der große Photographierapparat vor uns hingeschoben, und wie der Herr Kuhn ein weites schwarzes Tuch darüber wirft und dann darunter verschwindet, fängt der Hansel zu brüllen und zu zappeln an, weil er sich fürchtet.

Der Herr Kuhn kommt wieder zum Vorschein und sagt, daß es so nicht geht! Der Papa schreit: »Stillgesessen!« Und die Mutter streichelt den Hansel und sagt, für ihn wäre es doch etwas Neues, und daß es mit Schreien erst recht nichts wird.

Der Herr Kuhn sieht ein bißchen so aus, wie ich mir immer den Gottvater vorgestellt habe. Mit silbrigweißen Locken, die länger sind als bei anderen Männern. Aber das seidige Hemd mit den weiten Pluderärmeln und der schwarzen Samtschleife am Kragen ist nicht ganz weiß und die schwarzen Hosen sind fleckig. Auf der Straße trägt er dazu einen weiten schwarzen Umhang und eine Samtkappe, die ziemlich altmodisch ist. So eine Kappe nennt man Barett. Das weiß ich aus der Schule. Als wir den »Schweinehirten« gespielt haben, hatte der am Schluß, als Prinz, auch so ein Samtbarett auf. Aber in lila. Und es war eine Feder dran.

Der Herr Kuhn hat keine Feder an seinem Barett, aber manche

Leute lachen trotzdem, wenn sie ihn auf der Straße sehen und wenn er seinen schwarzen Stock mit dem Silberknauf schwingt.

Der Papa sagt, daß man ihm so was schon zugestehen muß, weil er eben ein echter Künstler ist. Und der Herr Kuhn ist auch schon in Rom gewesen, zu einer Audienz beim Papst! »Obwohl er ein Freigeist ist«, sagt der Papa. Und einmal hat der Herr Kuhn sogar einen Lichtbildervortrag bei uns in Ohlau gehalten. Über Italien. Und über die Heilige Stadt! Der Papa sagt nicht, was das ist: ein Freigeist. Aber auch wenn ein Freigeist etwas Gutes sein sollte, ich kann den Herrn Kuhn trotzdem nicht leiden.

Jetzt ist er außerdem ziemlich nervös, der Herr Photograph. Weil zumindest einer von uns sich immer gerade dann bewegt, wenn er gesagt hat, daß wir nun aber ganz still sitzen müssen, weil gleich das Vögelchen aus dem schwarzen Kasten geflogen kommt.

Ich weiß schon, daß es nicht stimmt. Und es gibt gar kein Vögelchen, nur eine schwarze Schnur, mit der man ›Klick‹ machen kann. Aber der Heinzi weint, sein Bein sei eingeschlafen und daß er kein Vögelchen sehen will. Der Papa kriegt vor Zorn ganz geschwollene Adern am Kopf, aber die neue Mutter hält ihn am Ärmel fest. »Da - da . . . wa-wa . . . tick«, plappert der Hansel.

Da geht der Herr Kuhn hinter eine Kulisse, auf der eine Blumenwiese gemalt ist, und ich kann sehen, daß dahinter ein Korbtischchen steht mit einer Flasche drauf. Daraus trinkt der Herr Photograph einen langen Schluck, wischt sich mit dem Handrücken den Mund und kommt wieder hinter der Kulisse hervor. Und jetzt ist er ganz fröhlich. Er klatscht in die Hände und sagt: »Dann also nochmal von vorn. Aufgepaßt! Augen hierher! Ganz still bleiben! Eins, zwei, und . . .« Klick! Zisch! Knips!

Jetzt hat es geklappt.

Und gleich noch einmal. Glasplatte rein. Klick! Zisch! Knips! Fertig!

Für das Familienphoto muß umgebaut werden. Der Sohn von Herrn Kuhn kommt und räumt das Korbsofa weg. An seine Stelle soll ein Sessel. Der Sohn von Herrn Kuhn schlenkert ein bißchen mit den Armen und Beinen, wenn er geht. Aber es wird schlimmer, wenn er merkt, daß man ihn beobachtet.

Deshalb gehe ich jetzt, während er umräumt, und sehe mir die Kulissen an. Aber ich bin auch neugierig. Es gibt eine Leinwand, auf die richtig schäumende Meereswogen aufgemalt sind, mit einem Streifen Sand davor. Und eine Kulisse mit einem blühenden Baum. Es gibt auch Rosenbuketts aus Papier und papierene Mandelblütenzweige in einer komischen Vase. Kleine hohe Tischchen und Blumenständer mit künstlichen Palmen. Eine weiße Bank, die wie eine Parkbank aussieht, aber eine Seitenlehne ist zerbrochen. Ein kleines Brückchen mit einem Geländer aus Birkenholz und goldgerahmte Spiegel und Bücher in Samteinbänden. Und dann, hinten an der Wand, noch eine wunderschöne Leinwand-Kulisse mit einer Art Teichlandschaft. Mit Schilf im Vordergrund und mit zwei Schwänen. Im Hintergrund, vom Gebüsch halb verdeckt, ist ein Pavillon gemalt mit weißen Säulen. Da fällt mir alles wieder ein – beinahe hatte ich es schon vergessen –, wie es damals war, am Nixenteich. Mit dem Fräulein Hilde und dem Herrn Lichtermann.

Ich habe niemals mit irgend jemand darüber gesprochen. Nicht einmal mit der Christa Moellner. Aber die neue Mutter hat neulich zur Tante Martha, ihrer Schwester, gesagt, daß sich die Brocksch-Hilde ganz bestimmt mit dem jungen Lichtermann verloben wird.

Verloben muß man sich, wenn man heiraten will. Aber die neue Mutter hat noch gesagt, daß der Papa nichts davon wissen darf. »Er wird immer so wütend«, hat sie gesagt, »weil doch der Lichtermann Jude ist!« Und die Tante Martha hat genickt und gesagt: »Was der Gerhart bloß immer gegen die Juden hat? Das sind doch auch Menschen.« Und dann haben sie beide geseufzt.

Wenn ich schon so groß wäre wie das Fräulein Hilde, würde ich auch den Herrn Lichtermann heiraten. Weil er so schön ist. Und ganz sanft. Man kann sich nicht vorstellen, daß er jemals toben könnte oder schimpfen. Ich glaube, er wird überhaupt nie böse und würde bestimmt nie ein Kind schlagen.

Mir würde es auch egal sein, daß er ein Jude ist. Und wenn er mal in seine Kirche gehen will, dann gehe ich eben in meine, und nachher würden wir uns wieder treffen und zusammen nach Hause gehen. Ich glaube, der Papa ist überhaupt bloß gegen die Juden, weil er sie nicht richtig kennt. Ich kenne jetzt schon drei. Einer, der Herr Striehm, hat mir ein schwarzes Hütchen geschenkt, das ich zwar nicht aufsetzen darf, aber er war sehr freundlich zur neuen Mutter, obwohl er ja auch hätte böse sein können wegen der ungültigen Fahrkarte von Papa. Und er hat mir über den Kopf gestrichen. Der zweite ist der billige Jakob. Er hat mir zugelächelt, obwohl ich ihm doch nichts abkaufen konnte. Und der Herr Lichtermann ... seine Geschichte von der Königstochter mit den grünen Haaren werde ich nie vergessen. Und sein Gesicht, das immer ein kleines bißchen traurig aussieht, auch nicht.

So. Jetzt ist es soweit. Wir brauchen uns nur noch hinzustellen. Der Sohn von Herrn Kuhn hat alles aufgebaut. Auch die eisernen Kopfhalter.

Aber wir haben wieder keine Kulisse im Hintergrund. Nur eine helle Leinwand. Da frage ich den Herrn Kuhn, ob er uns nicht vor der Teichlandschaft photographieren kann.

»Es würde bestimmt sehr, sehr schön aussehen«, sage ich und sehe von ihm zum Papa und zur neuen Mutter. »Alle würden denken, wir hätten uns in den Anlagen photographieren lassen.«

»Papperlapapp«, sagt der Herr Kuhn, und seine Stimme ist laut und dröhnt wie eine Glocke, »papperlapapp! Das ist alles altmodischer Kram. So eine Kulisse benutzt heute kein Mensch mährrr!« Er rollt das R wie eine Kugel.

Altmodisch oder nicht, das ist mir egal, wenn etwas schön ist. Aber dieser Herr Photograph benutzt seine Kulissen wohl nur noch dazu, seine Flaschen dahinter zu verstecken. Ich habe noch zwei leere entdeckt. Zwischen den Spiegeln und Blumenständern.

»Was das Mädel auch immer für Einfälle hat«, sagt der Papa. »Und nun woll'n wir mal! Der Herr Kuhn hat bestimmt auch noch etwas anderes zu tun, hab ich recht?«

Was denn schon, denke ich wütend. Er wird, wenn wir fertig sind, wahrscheinlich die Flasche auf dem Korbtischchen leer trinken. Und ich glaube auch, daß unser Papa ihm schon ein bißchen dabei geholfen hat. Sie sind beide jetzt ziemlich rosa im Gesicht. Und sie waren, während des Umbaus, eine ganze Weile hinter der Wiesen-Kulisse zusammen.

Ich finde es schrecklich, wenn Männer zuviel trinken. Eine betrunkene Frau habe ich noch nie gesehen. Beim Papa habe ich es aber schon ein paarmal erlebt. Ich muß mich dann immer schrecklich schämen. Man kann auch keinen Respekt mehr vor ihm haben, wenn er betrunken ist, und das tut mir weh.

Wenn sich die Arbeiter in der Richterschen Kneipe betrinken, dann habe ich Angst vor ihnen. Es kommt vor, daß sie ihre Frauen halbtot prügeln, wenn die sie nach Hause holen wollen, ehe der ganze Wochenlohn vertrunken ist. Und die Kinder stehen dann neben ihren Müttern und heulen, und manchmal kriegen sie auch noch Prügel ab.

Wenn ich nur wüßte, warum die Männer so gerne trinken? Die Kameraden vom Papa ebenso wie die Arbeiter bei Richter. Seit Hansels Taufe weiß ich, daß einem vom Weintrinken schrecklich schlecht werden kann, und ich werde es ganz bestimmt nie mehr tun. Schnaps, sagt die neue Mutter, ist noch viel, viel schlimmer. Und dem Papa wird auch immer schlecht davon. Ich habe es schon gehört, wenn er nachts in der Küche in den Eimer erbrochen hat. Und gejammert und geflucht. Und trotzdem trinkt er immer wieder einmal zuviel. Warum tut er das?

Der junge Herr Lichtermann, da bin ich ganz sicher, der würde sich nie betrinken. Niemals!

Jetzt zeigt der Herr Kuhn der Mutter, wie sie sich in dem Sessel hinsetzen soll. »Die Knie schön zusammen und ein bißchen zur Seite gedreht, so, und den Kleinen nehmen Sie auf den Schoß!« Er nimmt den Hansel hoch, aber da stolpert er über Mutters Füße, und beinahe hätte er noch das Kind fallenlassen. Er stellt ihn neben Mutters Knie.

»Das ist auch besser so«, sagt die neue Mutter, »weil sonst das ganze Plissee an meinem neuen Kleid zerdrückt wird.«

Also gut. Der Hansel muß sich an Mutters Knie schmiegen, und ich stehe rechts von ihr. Links kommt der Heinzi hin und dahinter der Papa. Er soll der Mutter die Hand auf die Schulter legen.

Aber wie der Herr Kuhn unter seinem schwarzen Tuch in den Photographierapparat guckt, findet er, daß der Papa zu klein ist. »Das wirkt nicht«, sagt er, und sein Sohn muß eine Fußbank bringen. Darüber wird eine braune Decke gebreitet, und dann soll sich der Papa draufstellen.

Der Papa ist wütend. »Das darf aber auf keinen Fall mit aufs Bild kommen«, schimpft er.

»Gütiger Himmel!« donnert der Herr Kuhn. »Was bin ich? Ein Künstlerrr oder irgendein Knipser? So was kann man doch retuschieren!«

»Wirklich?« Der Papa glaubt es noch immer nicht. »Kannst du das wirklich ganz und gar unsichtbar machen?«

»Aberrr ja! Oder hast du schon einmal auf meinen Photographien etwas von den Haltern an euren Köpfen gesehen? Ein bißchen Retusche, und schwupp, alles ist weg, was nicht aufs Bild gehört! Dein Leberfleck auch, haha! Oder, wenn du willst, dein Doppelkinn, Falten alles ... schwupp und weg!«

Und schwupp, wäre er beinahe wieder gestolpert. Über die Rollenfüße des Photographierapparates diesmal. Da schnauzt er seinen Sohn an. »Was stehst du da dämlich herum, Korken! Zieh die Vorhänge höher, damit man etwas sieht!«

Der Sohn geht mit schlenkernden Schritten zur Glaswand und zieht an verschiedenen Stricken.

»Nicht genug! Höher! Nein, zuviel, Korken, zuviel! Eine winzige Kleinigkeit tieferr!«

Es scheint schwer zu sein, dem alten Mann mit den silberweißen Locken zufriedenzustellen. Höher, tiefer, genug ... nein, doch nicht genug. Aber ich denke jetzt nicht mehr, daß er wie der Gottvater aussieht. Ich denke, daß ich ihn überhaupt nicht leiden kann, diesen Künstlerrr. Ein kleines bißchen fürchte ich mich auch vor ihm. Vor seinen ausgebreiteten Armen und vor der dröhnenden Stimme, die immer recht haben will.

Und warum nennt er eigentlich seinen Sohn immer bloß Korken? Der muß doch einen richtigen Taufnamen haben. Aber den weiß niemand. Alle Leute in der Stadt nennen den jüngsten Sohn vom Photographen Kuhn einfach Korken. Höchstens einmal Kuhn-Korken. Und unser Papa macht da auch mit.

Ich weiß nicht, warum sie ihn alle so nennen. Aber ich finde, daß es sehr geringschätzig klingt. Einfach verächtlich.

Ein Korken gehört zu einer Flasche. Eigentlich, meine ich, müßte man doch eher den Vater so nennen. Kuhn-Korken!

Aber er, der junge Mann selber, er lacht höchstens dazu. Er tut, was man ihm aufträgt. Er weigert sich nie. Er geht durch die Straßen schlenkernden Schritts, und manchmal summt er ein Lied. Oder singt richtig laut »Großer Gott, wir loben dich« und »Ich hab das Fräulein Helen baden sehn, das war schön ...«

Sie sagen, daß er nicht ganz richtig im Kopf ist und daß es so einem nichts ausmacht, wenn man über ihn lacht und ihn herumkommandiert.

Aber ich glaube das nicht. Er kann sich wohl nur nicht wehren, weil er auch nicht richtig sprechen kann. Und wenn ich höflich bin zu ihm und bitte sage und danke und Herr Kuhn statt wie die andern Korken, da merke ich doch, daß er sich darüber freut. Er lacht übers ganze Gesicht. Und er stammelt und lallt irgend etwas, das man zwar nicht versteht, das aber doch etwas Gutgemeintes ist. Das sieht man an seinen Augen.

Jetzt räumt er den Sessel weg. Die Fußbank und die Kopfhalter. Und der Papa sagt: »Der Korken soll mir die Probeabzüge bringen, da suchen wir dann aus, was uns am besten gefällt. Von jeder Sorte ein Dutzend, denke ich.« Und als er Mutters zusammengezogene Augenbrauen sieht, sagt er noch: »Die Verwandtschaft ist groß. Jeder will so ein Bild! Und im Dutzend sind sie doch billiger, nicht wahr?«

»Ja, ja.« Der Photograph nickt und schiebt uns zur Tür. Es scheint ihm jetzt gar nicht schnell genug zu gehen. »Korken!« schreit er, »wo steckst du schon wieder, verdammter Kerl! Bring die Herrschaften zur Haustür, Korken!«

Im Hausflur und auf der Treppe ist es ziemlich dunkel, und es riecht nach Staub und nach abgestandener Luft. Unten hält uns der junge Herr Kuhn die Tür auf, und der Papa drückt ihm zwanzig oder dreißig Pfennig in die Hand. »Fürs Helfen«, sagt er, und der junge Mann lacht glücklich und stottert und druckst irgend etwas, das wohl »Danke schön« heißen soll.

»Schon gut«, sagt der Papa, »schon gut«, und jetzt mag ich ihn wieder. Auch wenn er vorhin mit dem Photographen Schnaps getrunken hat. Aber die neue Mutter sagt: »Das nimmt ihm der Alte oben doch gleich wieder ab!«

Der Papa hebt die Schultern. »Da muß er sich eben wehren!« sagt er.

Aber das kann er nicht, denke ich. Er kann sich nicht wehren. Nicht gegen diesen schrecklichen Vater und auch nicht gegen die Menschen, die ihn auslachen und verspotten und ihn Korken nennen. Und während die anderen schon auf die eiserne Zauntür des Vorgartens zustreben, wo auch Hansels Kinderwagen abgestellt ist, gehe ich noch einmal auf den jungen Mann zu. Ich fasse nach seiner Hand, die das Geld umklammert. Und er denkt, daß ich es ihm wegnehmen will, und starrt mich entsetzt an.

Ich schüttele den Kopf und lächle ihn an. »Nein«, sagte ich

langsam und deutlich. Dann nehme ich seine Faust mit dem Geld und stecke sie in die Tasche seines Jacketts. »Ver-stek-ken«, sage ich, »nie-mand zei-gen!«

Er starrt mich aufmerksam an. Und dann nickt er. Und stammelt etwas. Ich sage: »Auf Wiedersehen, Herr Kuhn« und laufe den Eltern hinterher. Als ich mich noch mal umdrehe, steht er immer noch da und lacht ganz glücklich.

»Elisabeth«, sagt die neue Mutter empört, »was hast du mit diesem Menschen gemacht?« Dann wendet sie sich an Papa.

»Du solltest ihr so was verbieten, Gerhart! So benimmt sich kein nettes anständiges Mädchen!«

»Was hat sie denn angestellt?« fragt der Papa mit krampfhaft gerunzelter Stirn.

Ich sage, daß ich den jungen Herrn Kuhn nur gezeigt habe, wo er sein Geld verstecken soll. »Der Papa hat doch selber gesagt, daß er sich wehren muß«, sage ich. Und da lacht der Papa. Aber die neue Mutter sagt: »Trotzdem, Gerhart! So was schickt sich nicht!« Und auf dem ganzen Weg nach Hause hat sie zwei säuerliche Falten im Gesicht. Von der Nase bis zu den Mundwinkeln.

Aber ich überlege, warum das so ist, warum alle Menschen so schnell bereit sind, jemand zu verspotten und zu verhöhnen, auszunutzen und herumzukommandieren, sobald sie merken, daß einer sich nicht wehren kann.

Ich nehme mir vor, mich immer zu wehren, und daß ich nie, niemals schwach sein will. Oder jedenfalls will ich es mir nicht anmerken lassen. Ich will, daß alle immer denken, daß ich schrecklich stark bin.

Besuch aus Amerika

Es ist erst Anfang April, aber es ist doch schon ganz hübsch warm. Und eigentlich ist man nach dem strengen Winter froh darüber. Der Obersekretär Gerhart Koller – ja, er hat es geschafft und ist nun doch endlich amtlich bestätigter Vermessungs-Obersekretär geworden –, eben lehnt er sich aus dem Fenster in der großen Stube und sieht die Brieger Straße entlang.

Die Schwester will kommen. Seine jüngste Schwester Irene. Er hat sie immer besonders gerne gehabt. Sie war so winzig! Gerade als er sechzehn war, ist sie geboren worden, und er hat sie sogar im Kinderwagen herumgefahren, obwohl so was eigentlich für einen Jungen seines Alters eine Zumutung gewesen ist. Aber er hat es gern getan. Natürlich nur, wenn ihn die anderen Jungens nicht sehen konnten.

Trotzdem. Die anderen beiden, die Ilse und die Frieda, na ja, die hat er auch gerne. Wie man eben Schwestern gerne hat, und die Ilse sogar noch mehr als die Frieda. Mit der Irene war es etwas anderes. Die hat er geliebt. Ja, das könnte man beinahe sagen, geliebt.

Und voriges Jahr war sie zwanzig. Aber trotzdem ein richtiges Kind noch, wenn man sie so sah mit ihrem kurzen Plisseeröckchen und dem Lockenkopf. Nicht älter als siebzehn, hätte man denken können. Ein Backfisch!

Tja. Der Obersekretär muß einen tiefen Seufzer tun. Und jetzt ist sie also Schauspielerin. Seine Lieblingsschwester Irene.

Nein, er hat es ihr damals nicht geneidet, als die Eltern das Klavier für sie gekauft haben. Und das Cello. Es hieß ja zuerst auch, daß sie aufs Konservatorium gehen sollte. Musik studieren.

Aber Schauspielerin?

Bei dem Gedanken daran ist ihm seltsam unwohl. Obgleich er natürlich zugeben muß, daß sie verteufelt hübsch ist. Seine Schwester Irene. Und Talent? Ach was, ein Talent mußte eben geweckt werden. Dazu ging man letzten Endes auf die Schauspielschule. Und warum sollte aus seiner kleinen Schwester nicht eine großartige Schauspielerin werden? Eine neue Duse? Sarah Bernhardt. Nein. Nicht wie die. Das war eine Jüdin! Wenn man auch zugeben mußte, eine sehr erfolgreiche. Aber hier genau liegt der Grund, weshalb ihm nicht wohl ist bei dem Gedanken an seine kleine Schwester.

Es sind ihm zu viele Juden in dieser Branche! Und seine Schwester Irene ist so naiv. Ein richtiges Kind noch. Das weiß er doch. Sie hat ihm Photographien geschickt von ihren Rollen. Da steht sie, das silberne hemdenkurze Kleidchen zierlich gerafft, ein Diadem auf dem Kopf und einen Fächer in der Hand, hinter dem sie schüchtern hervorlugt. Die hellen glänzenden Seidenstrümpfe sind fast zur Gänze zu sehen, und – man mag darüber denken, wie man will – es wirkt letzten Endes eben doch ziemlich gewagt!

Hinten auf dem Photo hatte sie geschrieben: »Zur Erinnerung an Deine Schwester – als Lori in der ›Faschingsfee‹, und darunter: Januar 1931 Marion Keller.

Ja. Sie hatte ihren Namen geändert. Koller war wohl nicht gut genug. Man muß das verstehen, sagt er sich, Koller ... für eine Schauspielerin war das vielleicht wirklich nicht gerade passend! Aber warum Marion? Warum hat sie ihren schönen Namen Irene nicht beibehalten?

Der Obersekretär lockert seinen steifen Kragen. Er will sich jetzt nicht selber die Stimmung verderben. Er nimmt sich vor, sie einfach zu fragen. Auch nach dieser »Faschingsfee«. Eine Oper war das mit Sicherheit nicht. Und bestimmt kein Schauspiel. Also Operette. Nein. Nichts gegen die Operette. Er hatte schließlich selber in einer Operette mitgewirkt. Aber für so ein junges unschuldiges Mädchen, ob es da das Richtige war? Operette, das hatte doch immer auch etwas Frivoles. So mit Leichtsinn und mit Champagner. Das blieb einfach nicht aus! Man sah es ja auch schon an diesem kurzen, ärmellosen Kleidchen. Und die Kleine hatte niemanden, der sie in dieser Welt des Leichtsinns beschützte!

Gut. Zur Zeit spielte sie noch am Stadttheater in Brieg. Da waren immerhin die Eltern, die auf sie aufpassen konnten. Aber im letzten Sommer war sie zu einem Gastspiel in Bad Warmbrunn gewesen, da kannte sie keinen Menschen! War ganz alleine auf sich gestellt. Ihm grauste, wenn er sich vorstellte, welche Gefahren an einem solchen Ort auf ein junges unschuldiges Mädchen lauerten. Eine vom Theater, von der Operette! Da glaubte doch jeder hergelaufene Kerl gleich, daß er sie haben könnte!

Und es war wohl auch dort, in Warmbrunn, wo sie diesen Mister Young kennengelernt hatte. George Young. Ein märchenhaft reicher Amerikaner, hatte ihm seine Mutter erzählt, und daß das Kind sich glücklich schätzen könne, einen so feinen Menschen gefunden zu haben.

Abwarten, sagt sich der Obersekretär. Und Amerikaner, wenn sie nach Deutschland kommen, sind komischerweise alle immer märchenhaft reich! Aber man würde ja sehen. Er, Gerhart Koller, wird jedenfalls die Augen offenhalten. Ihm macht so leicht keiner was vor! Auch kein märchenhaft reicher Mister Young!

Wie er sich gerade wieder vom Fenster abwenden will, sieht er ein Automobil die Brieger Straße heraufkommen. Einen riesigen offenen Wagen. Wie eine überdimensionale Badewanne! Er macht große Augen. So ein Auto gibt es nicht in der Stadt. So was hat er höchstens schon mal in Breslau gesehen. Zwei weiße Autokappen hinter der Windschutzscheibe, und da winkt eine kleine Hand im hellen Handschuh!

Er tritt einen Schritt vom Fenster zurück. Und er streckt das Kinn vor. Diesem Mister werden wir mal auf den Zahn fühlen, denkt er, reich oder nicht. Man muß allerdings zugeben, daß sich in Deutschland wirklich nur ein sehr reicher Mann so ein Automobil leisten kann. Aber für ihn, Gerhart Koller, ist das nicht die Hauptsache. Die Hauptsache ist der Charakter eines Menschen.

Und dann ist er zuerst einmal so verblüfft, daß er überhaupt kein Wort herausbringt. Die Irene ist die Stufen zum zweiten Stock heraufgehüpft wie ein kleiner Vogel. Der Mister kommt etwas langsamer nach. Und er ist ... er ist, mein Gott, er könnte nicht nur Irenes Vater, er könnte glattweg ihr Großvater sein! Mindestens sechzig, schätzt der Obersekretär.

Und darüber ist er so perplex, daß er ›Bon jour‹ sagt und sich erst, als die Irene klingend lacht, darüber klarwird, daß er mit diesem Mister doch englisch sprechen muß. Er hat zwar auch diese Sprache in der Mittelschule gelernt, aber außer »Good afternoon, Mister Young«, fällt ihm im Augenblick überhaupt nichts ein. Nicht einmal die Worte für »Schönes Wetter heute«.

Die Irene schleppt einen Riesen-Teddybär, groß wie ein zehnjähriges Kind, mit sich, und sie hat einen weichen, sicher sehr teuren Pelzmantel um die Schultern gehängt. Gerhart Koller sieht ihr zu, wie sie die Handschuhe abstreift, die weiße Autokappe aus weichem Leder vom Kopf zieht und wie sie den blondlockigen Bubikopf schüttelt. Wie ein richtiger Star, denkt er, aber man hätte doch etwas davon gehört, wenn sie inzwischen berühmt geworden wäre. Woher also all die teuren Sachen, die Perlenkette und die glitzernden Ringe. Wer bezahlt das alles? In seiner Brust spürt er plötzlich einen heftigen Stich, und er muß die Fäuste ballen. Nicht so, nicht seine Lieblingsschwester, die kleine Irene. Herrgott im Himmel! Nein!

Und dann holt er tief Luft. Er würde dafür sorgen. Noch heute mußte dieser Mister sich mit seiner Schwester verloben. Hier und jetzt würde man den Heiratstermin festlegen. Nein. Der Kerl wird ihm nicht auskommen, so wahr er Gerhart Koller ist, ein ehrlicher, anständiger Beamter, der nicht zusehen wird, wie seine Schwester, die kleine Irene, ins Unglück gerät.

Aber jetzt kommen die Kinder. Das Mädel und der Heinzi. Sie bleiben zaghaft an der Tür stehen. Sie haben die Tante Irene seit ein paar Jahren nicht mehr gesehen, und sie ist ihnen vollkommen fremd. Eine feine Dame, der man sich nicht getraut, die Hand zu geben. Der Heinzi zeigt auf den Teddybär, den die Tante - wie ein richtiges Kind - auf einen Stuhl gesetzt hat, und fragt: »Ist der für den Hansel?«

Da guckt ihn die Tante Irene erst mal einen Augenblick lang ganz verblüfft an, ehe sie wieder ihr klingendes Lachen hören läßt. »Darling«, erklärt sie erst in Deutsch, dann in Englisch dem alten Mann, der Mister Young heißt, »Darling - Daddy ... die Kinder glauben, der Teddybär ist für sie!«

»Für den Hansel«, sagt das Mädel streng, »ich spiele nicht mehr mit Teddybären, und der Heinzi auch nicht.«

Ein paar Wimpernschläge lang wird die Tante ernst. Sie sieht das Mädel an. »Magst du mich nicht mehr, Lisalein?« fragt sie leise.

Das Mädel hebt die mageren Schultern. Sieht von der Tante zu dem alten Mann, der ein kariertes Sakko anhat, mit einem Gürtel, und Knickerbocker-Hosen. »Wir haben gedacht, daß du dein Cello mitbringst ...« Sie weicht ein paar Schritte zurück.

Gerhart Koller hat das alles beobachtet, und er muß sagen, daß dieses Mädel, seine Tochter, offensichtlich dasselbe empfindet wie er. Sie mag diesen Mister Young nicht. Sie hat eben Gespür, denkt der Obersekretär. »Kinder und Narren sagen die Wahrheit«, so heißt der alte Spruch wohl, und hier zeigt sich's mal wieder, daß solche Sprüche schon ihre Bedeutung haben.

Aber jetzt lacht die Irene schon wieder. Klingelnd wie kleine Glöckchen. Sie lacht ein bißchen zuviel, denkt der Obersekretär, man könnte fast glauben, daß sie sich selber Mut machen will damit. Und weil er ihr ja helfen will, zwingt er sich zur Freundlichkeit.

»Bitte, legt doch ab«, sagt er, »macht es euch bequem!« Und er hängt Mister Youngs Staubmantel an den Garderobenständer auf dem Flur. Aber ihren Pelz will die Irene lieber aufs Bett legen, sagt sie, »weil es ein sehr kostbares Stück ist!«

Der Mister Young setzt sich in einen Korbsessel, und die Irene nimmt eines von den Kinderstühlchen und setzt sich zu seinen Füßen. Zuvor aber bringt sie den Teddybär auch noch aufs Bett. Gleich neben den Pelzmantel. »Paß schön auf, Tutzi-Wutzi!« sagt sie zu ihm.

Dem Obersekretär gefällt das Getue überhaupt nicht. Warum benimmt sich die Schwester, als ob sie das Baby dieses Misters wäre? Daß der Teddybär nicht als Mitbringsel für die Kinder gedacht ist, hat er schon begriffen, aber die Irene ist ein erwachsenes Mädchen. Wozu, um alles in der Welt, braucht sie so ein Spielzeug?

Da steht die Gertrud mit dem Hansel in der Tür. Der Kleine sieht den Teddy und läuft auf seinen strammen Beinen schnurstracks darauf zu. »Haben«, schreit er, »Hansel haben!«

Die Irene und ihr Mister Young finden das - wie es scheint - sehr amüsant. Und Gerhart Koller versucht seiner Frau durch Kopfschütteln klarzumachen, daß der Bär nicht für den Hansel gedacht ist. Die Gertrud steht da, mit hängenden Schultern, und man kann ihr ansehen, daß sie das Ganze noch viel weniger versteht als er, Gerhart Koller, selber. Aber auf jeden Fall holt sie den Hansel zurück, der schon am Bett steht und - weil er den Teddy nicht erreichen kann - nach dem Pelzmantel faßt.

»Ihr solltet den Mantel und den Bären am besten nach nebenan in die gute Stube bringen. Aufs Sofa«, sagt sie und versucht, den Hansel zu beruhigen. Denn der schreit wie am Spieß, weil man ihn nicht an das wunderschöne Spielzeug heranlassen will.

»Es ist schrecklich von uns«, sagt die Irene, nachdem sie die Gertrud mit viel Hallo begrüßt hat, und versucht, den Hansel zu streicheln. Aber da brüllt der nur um so mehr. »Es ist einfach unverzeihlich, daß wir nicht daran gedacht haben, den Kindern etwas mitzubringen!«

Sie sagt das auch in holprigem Englisch zu ihrem Begleiter. Und der sagt: »Why don't you give them some chewing gum?« und sucht in den Taschen seines Sakkos. »Nein! No!« Die Irene schüttelt die Locken. »They do not know this, they could perhaps swallow it, Daddy!«

Der Obersekretär versteht von dem ganzen Gerede nur einen Bruchteil. Nur eines hört er immer wieder. Seine Schwester nennt diesen Mister Young »Däddy«! Es klingt ein bißchen wie Teddy auf sächsisch. Er fragt sich, ob das vielleicht der Vorname des alten Knaben ist? Aber der heißt doch George! Däddy, vielleicht eine Art Kosename? Er fragt: »Warum sagst du immer Däddy zu ihm? Er heißt doch George, denke ich?«

Diesmal lacht die Irene, nur ein bißchen gezwungen. Und sie erklärt es dem Bruder mit ziemlich leiser Stimme. »Daddy heißt so viel wie Väterchen«, sagt sie zögernd. »Er möchte, daß ich ihn so nenne, das ist eben sein kleiner Spleen, versteht ihr! Alle Amerikaner haben irgendeinen kleinen Spleen, das weiß man doch!« Und der Obersekretär findet, daß sie dabei beinahe ängstlich auf diesen Mister Young sieht, der jetzt in einer Zeitung blättert, die auf dem Tisch gelegen hat.

Und dann klingelt es an der Flurtür, und der Rudolf kommt. Der Rudolf ist der Bruder seiner verstorbenen Frau, und der Obersekretär wundert sich, woher er es wissen mag, daß die Irene heute hier zu Besuch ist? Der Rudolf war früher einmal, als die Elly noch lebte, sehr verliebt gewesen in die Irene. Und jetzt will er sie in ihrem Glück sehen, sagt er lächelnd. Aber Gerhart Koller findet, daß es eher traurig klingt. Der Rudolf kann ihm so leicht nichts vormachen. Sie waren einmal sehr gute Freunde gewesen, wenn sie auch jetzt häufiger politische Meinungsverschiedenheiten hatten. Aber der Rudolf wird auch noch dahinterkommen, denkt der Obersekretär, daß die Nationalsozialisten keine Menschenfresser sind, wie er immer behauptet.

Und dann kommt auch noch die Agnes, Ellys Schwester, mit

ihrem Verlobten Karl Korte, der gerade in Ohlau geschäftlich zu tun hat. Sagt sie. Aber der Obersekretär weiß, daß dieser Besuch reine Neugierde ist. Und vielleicht will sie der Irene zeigen, daß es auch ihr gelungen ist, sich einen schicken Mann zu angeln. »Mein Karl«, sagt sie zur Irene mit süßlichem Lächeln, »mein Karl ist natürlich kein Amerikaner, aber sieht er nicht aus wie Adolphe Menjou mit seinem Bärtchen?« Und gleich darauf: »Karl und ich, wir heiraten im Juni. Und du?«

Tja. Das wüßte der Obersekretär auch ganz gerne, und er denkt, daß er diesen Herrn Amerikaner schon noch danach fragen wird. Und seine kleine Schwester tut ihm schon wieder leid. Es sieht jetzt ganz so aus, als würde sie es bedauern, auf ihrer Tour durch Deutschland überhaupt hierher gekommen zu sein. Aber dann sagt sie, nun doch wieder mit klingelndem Lachen, ans Heiraten dächte sie vorläufig nicht. »Dazu hab' ich noch lange Zeit . . . und zuerst einmal mache ich Karriere!«

»Wie denn?« fragt sie der Bruder da. Mißmutiger und grimmiger, als er es eigentlich selber will. »Indem du durch Deutschland kutschierst, im offenen Auto, wo du dich hundertmal erkälten kannst mit deinem tiefausgeschnittenen Kleid. Indem du einen Teddybär herumschleppst wie eine Fünfjährige und den Leuten diesen teuren Pelzmantel vorführst? Macht man auf diese Weise Karriere bei der Bühne?«

»Das versteht ihr nicht«, sagt die Schwester schnippisch. »Das gehört eben zu meinem ›Immätsch‹, meint Daddy. Das ist meine besondere Masche, mein Markenzeichen sozusagen, wie man im Deutschen sagt. In Amerika machen das die Schauspielerinnen so!«

Der Obersekretär nickt mit zusammengepreßten Lippen, und Karl und Rudolf wiegen die Köpfe. Ganz schön clever, dieser George. »Aber ob das in Deutschland dieselbe Wirkung hat?« fragt der Rudolf leise. Und die Agnes will den Pelzmantel sehen.

Inzwischen hat die Gertrud die Kinder zurück in ihr Zimmer geschickt. »Die Erwachsenen wollen jetzt unter sich sein, Kinder stören da.« Und dem Mädel hat sie noch eingeschärft, daß es auf den Hansel aufpassen soll. Dann hat sie Bier geholt für die Männer und für die Irene und die Agnes einen Bohnenkaffee gekocht. Den gibt es sonst nur an Feiertagen nachmittags, wenn Besuch kommt.

Für gewöhnlich trinkt man bei Kollers ›Blümchenkaffee‹ Marke ›Kathreiners‹. Der schmeckt ihnen allen auch besser.

Wie sie mit dem Kaffeetablett in die große Stube kommt, denkt der Obersekretär beim Aufschauen, daß sie aussieht, als fürchte sie sich vor einem Gewitter, das jeden Augenblick losbrechen könne. Immer wieder geht ihr Blick von einem zum andern, und dann scheint ihr plötzlich etwas Gutes eingefallen zu sein. »Rudolf«, sagt sie zu dem Bruder ihrer Vorgängerin, den sie gerne mag, wenn er ihr auch manchmal ein bißchen zu supermodern vorgekommen ist mit seinen Jimmy-Schuhen, den schmalen, spitzen Dingern und seitlich mit Perlmutterknöpfchen, und mit seinem runden Strohhut. Aber diese Verrücktheiten sind ja jetzt schon eine Weile her. Sie sagt: »Rudolf, deine Laute ist noch von Weihnachten her hier, wo du mit den Kindern gesungen hast. Möchtest du uns nicht etwas vortragen? Eines von deinen Couplets? Das würde bestimmt auch dem Herrn ... Mister Young gefallen!«

Der Rudolf lacht. Er lacht eigentlich oft, oder er lächelt wenigstens. Und er ziert sich nicht lange. Die Gertrud holt die Laute im graugrünen Leinenüberzug aus dem Kleiderschrank, und nach ein paar Einstimm-Akkorden räuspert sich der junge Mann und beginnt mit dem Vortrag. »Die Uhr«, sagt er an, »von Loewe.« Alle sehen ihn erwartungsvoll an.

Dann singt er:

»Ich trage, wo ich gehe, stets eine Uhr bei mir ...
Wieviel es geschlagen habe, seh' ich genau an ihr ...«

Das Couplet ist ziemlich lang, und es stellt sich nach mancherlei Anspielungen heraus, daß die besungene unverwüstliche Uhr des Menschen Herz ist, das er immer mit sich herumträgt. Und wenn diese Uhr einmal stehenbleibt, dann ist das Leben zu Ende.

Alle klatschen nach den Schlußakkorden und rufen »Bravo!« Nur der Amerikaner scheint nicht besonders interessiert zu sein. Er hat immer wieder nach der Zeitung auf dem Tisch gegriffen und darin geblättert und den Kopf geschüttelt.

Aber als die Irene, nach einem langen Blick auf den Rudolf, ihn fragt: »Very good, darling, isn't it?« Da nickt er ein bißchen abwesend. »Indeed, darling, indeed!« Und die Irene wendet sich wieder dem Rudolf zu. »Spiel noch was«, sagt sie, »ich könnte dir stundenlang zuhören.« Und die anderen sagen das auch.

Da spielt der Rudolf die Anfangsakkorde von einem Couplet, das sie alle kennen. Schon seit mindestens zehn Jahren. Und den Refrain singen sie mit:

»Ich möcht' erwachen im Sonnenschein,
und es müßt alles wie früher sein ...
Kein Krieg, kein Elend, kein Müh'n und Plagen,
die Leute müßten verwundert sagen:
Hast lang geschlafen, hast viel versäumt,
du sprachst vom Kriege, du hast geträumt!«

Ein Polizist kommt in dem Lied vor, der an einer ruhigen Ecke ein Nickerchen macht, vom guten Kaiser ist die Rede und von den Parteien, die jetzt statt seiner regieren. Am Schluß heißt es:

»Und auf der Stelle, wo sie jetzt schrein,
spielt die Kapelle die Wacht am Rhein!«

Da muß sich der Obersekretär, wie jedes Mal, die Augen wischen. Und er sagt zu seiner Schwester: »Übersetz das deinem Mister Young! Vielleicht versteht er, was dieses Lied für uns bedeutet!«

Aber da sagt der Amerikaner plötzlich in einem Deutsch, das zwar fremd klingt, aber durchaus verständlich ist: »Ik haben verstanden, aber ik bin nikt Ihre Meinung ... für Deutschland, es ist besser keine Kaiser, sondern Republik. Demokratie ist allein ricktig!«

Oh! Aha! Der Obersekretär muß ganz tief Luft holen. So sieht das also aus. Er hat doch gewußt, daß bei diesem Mister da aus Amerika irgendwo noch ein Haken ist. Daß es nicht nur das Alter ist, das ihn an diesem Menschen stört. Und dann plötzlich schlägt der Zorn wie eine Flamme in ihm hoch. »Sie haben unseren obersten Kriegsherrn beleidigt!« schreit er und will sich auf den Amerikaner stürzen, »ich fordere Genugtuung!«

»Aber Gerhart!« Das ist Karl, der Verlobte von Agnes. Er ist ein ruhiger, überlegter Mensch, »Gerhart, der Kaiser hat vor dreizehn Jahren abgedankt!« Er zieht den Obersekretär am Jackenärmel.

»Das ist mir egal«, schreit der, »das spielt auch gar keine Rolle ... Laß mich! Man hat den Kaiser und damit auch mich beleidigt!«

Jetzt steht der Amerikaner auf. Er wirkt plötzlich sehr viel größer als beim Hereinkommen. »Lassen Sie nur«, sagt er zu dem Verlobten von Agnes, »lassen Sie, ik fordere auk Genugtuung . . . for diese Blatt hier!« Er weist auf die Zeitung, in der er vorhin geblättert hat. »For diesen Lugen, was darin stehen, diesen Hetzen gegen Juden und gegen die Demokratie. Ik, ik bin ein Demokrat!«

Oh . . . man hätte es wissen müssen, der Obersekretär schnaubt wie ein verwundeter Löwe. Ein Sozi! Mein Gott, ein Sozialdemokrat und seine kleine Schwester, die er immer so sehr geliebt hat. Juden und Sozialdemokraten, etwas Schlimmeres gibt es für ihn nicht. Und da gibt es auch keine Unterschiede. Ein Demokrat, das ist für ihn ein Sozi, alles andere sind Spitzfindigkeiten!

Sie stehen sich gegenüber, der schlanke Amerikaner mit den silbergrauen Haaren und der kleine gedrungene Obersekretär, der sein Sohn sein könnte, dem Alter nach. Aber der Amerikaner sieht beinahe mitleidig auf Gerhart Koller herunter.

In der Ecke, bei den Betten, flüstert die Irene der Agnes zu, daß ihr George einmal Universitätsmeister im Halbschwergewicht gewesen ist. »Er kann den Gerhart zu Brei schlagen, wenn er will«, weint sie. Und die Agnes kann vor lauter Aufregung zuerst überhaupt nichts sagen. Dann findet sie, daß es der Gerhart wissen muß, das mit dem Halbschwergewicht.

Aber die Irene weint nur immer mehr. »Das wird ihn nur noch mehr reizen«, sagt sie, »ich kenne doch meinen Bruder Gerhart!«

»Man muß es ihm trotzdem sagen«, beschließt die Agnes und schlüpft an den Tisch, an dem ihr Verlobter sitzt. Aber das wäre gar nicht notwendig gewesen. Der Amerikaner hat es schon dem Rudolf gesagt, der als Schiedsrichter fungieren soll. Und der Obersekretär hat nur höhnisch gelacht. »Vor wie vielen Jahren denn?« hat er gefragt und gesagt, daß es ja noch schöner wäre, wenn er sich von so etwas einschüchtern ließe. Dann hat er mit den Fäusten in die Luft geboxt und gerufen, daß man, von ihm aus, gleich anfangen könne!

Aber der Amerikaner hat noch einmal darauf hingewiesen, daß er ein trainierter Mann sei und im Hinblick darauf auf einen Kampf verzichten wolle: »Wenn sik Herr Koller bei mir entschuldikt!«

»Und wofür!« ruft der Obersekretär ungeduldig. »Wofür soll ich mich denn entschuldigen? Er war es doch, er hat den Kaiser beleidigt!«

»Ik niemand beleidigt«, erklärt der Amerikaner, »ik sagen der

Kaiser, Monarkie nikt gut für Deutschland, Republik besser. Das ist nikt Beleidigung, das ist Wahrheit. Das weiß der ganze Auslanden!«

»Muß ich mir das anhören? Muß ich mir das in meiner eigenen Wohnung gefallen lassen?« Wieder macht Gerhart Koller ein paar ungeduldige Faustschläge in die Luft. »Rudolf! Zähl aus! Wir fangen an!« Und er stellt sich in Positur.

»Moment«, der Amerikaner hat die Fäuste noch nicht hochgenommen. »Eine Moment! Ik will, Sie sollen alle wissen, warum ik make diese Kampf ... for der Gerektikkeit und gegen Lugen und Schmutz, wie sie in diese Blatt stehen!« Er zeigt auf die Zeitung, die auf dem Tisch liegt. »Ik habe viele Freunde, was sind Juden. Viele gute Menschen. Wenn ik gewinne, Herr Koller muß zerreißen diese Schmutzblatt!« Wieder zeigt er angeekelt auf die Zeitung, deren Titelseite die wüste Karikatur eines plattfüßigen, fetten Menschen mit Wulstlippen und riesiger krummer Nase zeigt, und darunter steht: ›Die Juden sind unser Untergang!‹ Die Zeitung heißt ›Der Stürmer‹.

»Und wenn ich gewinne«, schreit der Obersekretär dagegen, »wenn ich gewinne, dann muß er ...«

Aber George Young unterbricht ihn: »Keine Sorge, er wird nikt gewinnen!«

»Trotzdem«, wendet der Rudolf in seiner Eigenschaft als Schiedsrichter ein, »trotzdem muß auch festgelegt werden, was passiert, wenn der Gerhart gewinnt! In diesem Fall ...«, er zeigt auf den Amerikaner, »in diesem Fall müssen Sie sich entschuldigen!«

Der Amerikaner holt tief Luft. »Also gut. Abgemacht. Ik werde entschuldigen, aber ik werde nikt verlieren. Let's go!« Und er nimmt die Fäuste hoch und hält sie vor die Brust.

Der Obersekretär hatte eigentlich noch etwas ganz anderes verlangen wollen, für den Fall seines Sieges. Er hatte von diesem Mister Young verlangen wollen, daß er sich mit seiner Schwester Irene verlobt oder zumindest eine Erklärung in dieser Richtung abgibt. Aber ...

In diesem Augenblick schlägt der Rudolf mit einem Löffel gegen das Tablett. »Ring frei zur ersten Runde!«

Die Gertrud ist in die Küche geflüchtet, wo man zwar die Schläge auch hören kann, aber man muß sie nicht sehen. Die Tränen laufen ihr über die Backen, und ihre Lider werden rot und geschwollen.

Die Irene und die Agnes ducken sich in der Ecke, wo die Betten stehen. Sie wollen nicht hinsehen auf die kämpfenden Männer. Aber sie tun es doch immer wieder.

»Das Schlimme ist, daß ich nicht weiß, wem ich den Sieg wünschen soll«, flüstert die Irene, und die Agnes sagt, daß es ihr auch am liebsten wäre, wenn die Sache unentschieden ausgehen würde.

Schlag folgt auf Schlag. Manchmal ein kurzer Ausruf. ›Ho‹ oder ›na warte!‹ Und manchmal muß der Rudolf trennen, weil der Obersekretär – er ist soviel kleiner als der Mister Young – zu tief schlägt.

Karl Korte, am Tisch, beobachtet die Uhr, die der Rudolf vor ihn hingelegt hat. Sie sind jetzt schon bei der fünften Runde. In den Pausen wischen sich die Männer mit ihren Taschentüchern die Stirn und das Gesicht ab. Und sie trinken auch einen Schluck Bier. Weiter! Die sechste Runde!

Gerhart Koller, der bisher verbissen drauflosgedroschen hat, wird langsamer. Und auch nicht mehr so zielsicher. »Willst du aufgeben?« fragt der Rudolf.

»Nie!« Der Obersekretär beißt die Zähne zusammen. Das wäre ja noch schöner! Er wird diesen Judenknecht, diesen Sozi, in die Knie zwingen. Diesen Kerl, der seine kleine Schwester verführt hat. Ja, er weiß das jetzt ganz sicher. Aber der Kerl soll so was nicht ungestraft getan haben. Das ist er der Irene, als Bruder, einfach schuldig. Und er haut dem Amerikaner seine Faust in die Rippen, daß der ganz schön schnaufen muß. Und noch einen drauf! Aber da ist die Runde schon wieder zu Ende.

»Wollt Ihr euch nicht einigen?« fragt der Rudolf die schweratmenden Männer, »wollt Ihr nicht Frieden schließen, euch versöhnen? Was ist denn schon geschehen, daß man es nicht auch verzeihen könnte?«

»Quatsch!« Gerhart Koller sieht den Amerikaner an. Die Mundwinkel heruntergezogen und das Kinn vorgestreckt wie eine Bulldogge. Der Mann da vor ihm hat Augen so hart wie Kieselsteine. Und seine Fäuste sind beinahe ebenso fest. Dieser Mensch hat ihm einen Riß an der Augenbraue beigebracht, aber dafür hat er ihm mit einem Aufwärtshaken ganz schön die Zähne wackeln lassen! Nein, der Obersekretär schüttelt sich wie ein Hund, der aus dem Wasser kommt, nein, jetzt gibt er nicht auf. Jetzt muß eine Entscheidung erzwungen werden.

Der Amerikaner tänzelt auf ihn zu. Blöder Angeber, was will er denn damit beweisen? Daß er noch gut auf den Beinen ist? Ha, das werden wir ja sehen ...

Eine Weile kämpfen die beiden verbissen weiter. Man hört nur die Schläge klatschen oder Zähne knirschen. Und die Frauen zittern stumm. Die Agnes bewegt die Lippen, als ob sie betet. Aber ihr Verlobter und der Rudolf verfolgen den Kampf mit ihren Blicken. Nichts entgeht ihnen. Siebente Runde!

Und plötzlich spürt der Obersekretär, daß er nicht mehr allzu lange durchhalten kann. Er würde das nie zugeben, aber sein Rücken, die schwere Verwundung, das tut jetzt auf einmal ganz verdammt weh. Ich muß die Sache mit einem K.o. beenden, denkt er, der Kerl muß zu Boden! Und er feuert sich selber an, schreit: »Da! Der ist für Irene!« Und schlägt mit voller Kraft zu, aber der Amerikaner deckt sich blitzschnell, und es trifft Knöchel auf Knöchel, daß es dem Obersekretär lauter Sternchen vor die Augen zaubert. Er läßt die Arme mit einem Ächzen sinken und weicht zurück. Fällt gegen einen Stuhl. Jetzt, jetzt könnte dieser Mister Young mich fertigmachen, denkt er noch verzweifelt.

Aber der steht nur, hoch wie ein Turm. Die Arme hat er zwar immer noch hochgenommen, doch er schlägt nicht zu. Er schlägt nicht zu.

Und da zählt der Rudolf den Mann seiner verstorbenen Schwester, zählt Gerhart Koller langsam aus. »Sieben ... acht ... neun!« Schluß. Ende. Aus.

Kein Laut ist in der Stube zu hören, außer dem Keuchen der beiden Männer. Die Frauen stehen mit aufgerissenen Mündern. Aber noch wagt keine, sich zu bewegen.

Bis schließlich der Karl Korte vom Tisch aufsteht und verkündet: »Es war ein fairer Kampf, das muß man sagen. Und jetzt müssen die beiden Kämpfer sich die Hände geben!«

Die Hände geben? Gerhart Koller kneift die Augen zusammen. Er kann noch immer nur stoßweise atmen, es sticht ihn in seinem Rücken und auch in der Brust. Aber er fragt sich doch, auf wessen Seite der Verlobte von der Agnes eigentlich steht? Genügt es denn nicht, daß er – zähneknirschend zwar – die Forderung des Amerikaners wird erfüllen müssen? Aber die Hand reichen? Einem Sozi? Das kann keiner von ihm verlangen.

Doch auch der Rudolf behauptet jetzt, daß man sich zum Abschluß eines Kampfes die Hände geben müsse. »Das ist international geregelt«, sagt er, »das machen alle!«

Und wenn schon. Was geht das ihn an? Und was wissen die beiden, der Rudolf und dieser Karl, eigentlich darüber, wofür er wirklich gekämpft hat? Ob sie dann immer noch sagen würden, daß er dem Verführer seiner kleinen Schwester die Hand geben soll?

Der Amerikaner hat inzwischen sein Sakko wieder übergezogen und stellt sich vor den Stuhl, in dem Gerhart Koller noch immer mehr hängt als sitzt, und sagt: »Ik weiß jetzt, warum diese Kampf sein mussen. Ik verzickte auf mein Forderung. Aber ik verspreken, ik will maken Marion glücklik, sehr glücklik, und eine große Star!«

Marion? Der Obersekretär setzt sich gerade und faßt sich an die Stirn. Wer ist Marion? Aber dann sieht er seine kleine Schwester Irene neben diesem langen Amerikaner mit den weißen Haaren stehen. Marion, ach ja, Marion Keller.

Der Amerikaner streckt ihm die Hand entgegen, und dann nimmt die Irene seine, Kollers Rechte, und legt die beiden Hände zusammen.

Und der Rudolf, der Karl und die Agnes klatschen Beifall. Dabei wissen die nichts, der Obersekretär ist sich ganz sicher, die haben alle nichts begriffen. Nur dieser Amerikaner und vielleicht die Irene.

Und eines, das weiß nur er, Gerhart Koller, ganz alleine. Daß er einem Sozi trotzdem nicht traut. Auch wenn der ihm die Hand gegeben hat. Er traut keinem. Keinem Juden und keinem Judenfreund. Da müßten schon ganz andere Sachen geschehen, bevor er dieses Mißtrauen aufgibt!

Auf dem Weinberg

Der Weinberg ist eigentlich kein Berg. Jedenfalls kein richtiger. So wie die Schneekoppe oder auch nur der Zobten. Der Weinberg, das sind ein paar sandige Hügel, auf denen man einmal versucht hat, Wein anzubauen. Der ›Alte Fritz‹ hat das befohlen, so haben wir's in der Schule gelernt. Es wurde aber nichts daraus. Es wuchs einfach kein Wein hier.

Die einzige schlesische Stadt, um die herum Wein geerntet wird, ist Grünberg. Das weiß ich, weil dort ein Onkel von mir – ein Cousin meiner liebsten Mama – einen Weinberg hat. In dem er auch wohnt. Sogar in einem Landhaus, das ›Villa zum goldenen Dächel‹ heißt, weil es ein Kupferdach hat, das wie Gold glänzt.

Aber der Papa hat gesagt, daß der Wein von Onkel Georg so sauer ist, daß es einem die Löcher in den Strümpfen zusammenzieht.

Auf dem Ohlauer Weinberg gibt es jetzt bloß Kiefern und Heidekraut. Und Büsche natürlich und ein Gasthaus. Und mindestens einmal im Jahr machen wir einen Tagesausflug dorthin. Wir Kinder freuen uns schon immer lange vorher darauf.

Diesmal sind es ziemlich viele, die mitkommen wollen. Und die neue Mutter nimmt Hansels Sportwagen mit, weil darin ein Korb und mehrere Taschen Platz haben, in denen die kalten Koteletts sind für das Picknick und zwei große Einweckgläser mit Kartoffelsalat. Mhm, ich hätte jetzt schon Appetit darauf!

Auch harte Eier und Fleischbrotel, ich glaube mindestens zwanzig Stück hat sie gemacht. Fleischbrotel, sagt die Tante Helene aus Berlin, heißen eigentlich Buletten.

Die gebratenen Fleischbrotel wollte zuerst die Tante Evemie machen. Aber aus Grünkernmehl! »Ihr sollt mal sehen, wie wunderbar so was schmeckt«, hat sie gesagt. Aber unser Papa hat bloß das Gesicht verzogen. »Das Essen«, hat er dann gesagt, »macht die

Gertrud! Du, Evemie, kannst dich meinetwegen um die Limonade für die Kinder kümmern. Und von mir aus kannst du auch noch einen Pudding machen zum Nachtisch. Daran kannst du nicht viel verderben. Basta!«

Die Tante Evemie ist nicht böse, wenn unser Papa so was sagt. Oder jedenfalls merkt man es ihr nicht an. Sie lacht nur, zeigt ihre Hasenzähne und meint, die Menschen würden es schon noch lernen, daß soviel Fleisch nur schadet, und wie gut Reformkost für uns alle ist. Und unser Papa hat sich geschüttelt und brrr... gemacht und gesagt: »Davor bewahre uns der Himmel!«

Dem Herrn Moellner ist es wohl sowieso egal, was seine Frau für ihn kocht. Er mampft alles, was sie ihm hinstellt, während er seine Bücher liest. Aber ich habe noch nie gehört, daß er sagt, es schmeckt ihm.

Und so hat die Frau Moellner auch den Kinderwagen vom kleinen Eberhard mitgenommen, damit sie die Himbeersaftflaschen unterbringen kann. Und Teller, Bestecke und Decken. Und eine große Schüssel mit Pudding.

»Wenn wir die Wagen nicht hätten«, sagt sie zur neuen Mutter, »dann müßten die Männer das ganze Zeug in Rucksäcken schleppen! Da würden sie sich ganz schön anstellen!« Und sie lacht wieder mit ihren großen Hasenzähnen.

Und die neue Mutter meint, daß man auf dem Heimweg, wenn Körbe und Taschen leer sind, die Kleinsten in die Wagen setzen kann, weil sie dann sicher zu müde zum Heimlaufen sein werden.

Diesmal ist auch die Tante Ilse dabei und ihr Mann, der Onkel Johannes. Er ist als Lehrer in Groß-Osten bei Guhrau sehr beliebt, hat die Tante der neuen Mutter, als wir loszogen, erzählt. Und sogar im Guhrauer Tageblatt hätte gestanden, daß er ein echter Dichter seiner schlesischen Heimat ist! »Aber er will es nicht, daß man darüber redet«, hat sie noch gesagt, »er ist so bescheiden!«

Manche Frauen, ich glaube beinahe, die meisten Frauen, haben überhaupt keine Ahnung, wie ihre Männer wirklich sind. Aber vielleicht ist es umgekehrt genauso?

Der Herr Marczowsky kommt auch mit auf den Weinberg. Er ist der Kollege vom Papa und von Herrn Moellner im Kulturamt. Und zum Schluß kommt noch ein Fräulein Wanda mit, eine gute Bekannte von der Frau Moellner. »Sie ist so eifrig in unserem Bibelkreis«, hat die Tante Evemie der Mutter erzählt, »und Sekretärin auf dem Landratsamt.« Und dann hat sie noch gesagt, daß das Fräulein Wanda wirklich ein liebes Ding sei. Aber ich merke bald, daß das Fräulein Wanda nur immer alles dem Herrn Marczowsky recht machen will.

Bloß, daß der Herr Marczowsky meistens an Tante Ilses Seite geht und das Fräulein Wanda gar nicht bemerkt. Und manchmal erzählt er der Tante Sachen, über die sie immerzu kichern muß.

Auf dem Weinberg, im Gasthaus, wollen wir am späten Nachmittag Kaffee trinken und Streuselkuchen essen. Der ist extra bestellt, denn unter der Woche backen sie dort sonst nicht, weil es sich nicht lohnt. Die meisten Gäste kommen doch nur sonnabends oder am Sonntag.

Zu diesem Kaffeetrinken will auch Frau Moellners Cousine Lotte aus Peisterwitz kommen. Mit dem Rad. »Und sie bringt ihren Verlobten mit«, erzählt mir die Christa. »Vielleicht kommt er sogar in seiner SS-Uniform. Die hat er bei der Verlobung auch angehabt.«

Ich sage, daß ich es schick finde, so eine schwarze Uniform. Fast wie die Totenkopf-Husaren aus unserer Stadt. Und jedenfalls viel, viel schöner als diese häßlichen braunen Uniformen von den anderen Hitler-Leuten. »Die Braunen, das sind SA-Leute«, sagt die Christa, aber das weiß ich selber. Und sie sagt noch, daß sie bestimmt einmal auch lieber einen von der SS heiraten will.

»Aber die feldgrauen Uniformen, wie sie unser Papa beim Stahlhelm hat, die finde ich auch sehr schön«, sage ich.

»Und mein Papa sagt«, verkündet die Christa, »daß es nicht auf die Uniform ankommt, sondern auf das Herz, das darunter schlägt!«

»Und auf den Geist«, sage ich, »auf den Geist kommt es auch an.« Denn unser Papa weiß auch viele solcher Sprüche. Und die passen fast immer.

Ich möchte aber trotzdem am liebsten einen Reichswehr-Offizier heiraten. Die sehen am vornehmsten aus.

Es ist wie immer, wenn wir einen Ausflug machen: Unser Papa marschiert weit voraus. Und der Herr Moellner und der Onkel Johannes mit ihm. Sie haben ihre Jacken an die geschulterten Spazierstöcke gehängt und marschieren auf dem Heidekrautweg zwischen den hohen Kiefern. Links, rechts; links, rechts. Nur der Herr Moellner kommt immer wieder aus dem Tritt.

Ein ganzes Stück hinter ihnen schieben die beiden Frauen, die neue Mutter und die Tante Evemie, die beladenen Kinderwagen. Und weil der Weg sandig ist, haben sie's ziemlich schwer. Sie müssen ja auch noch auf die beiden Kleinsten, unsern Hansel und den Eberhard von Moellners aufpassen, die in ihren Spielanzügen neben den Wagen hertrippeln.

Ein paar Schritte hinter den beiden Frauen geht die Tante Ilse mit dem Fräulein Wanda. Die Tante trägt eine große weiße Leinentasche mit Holzbügeln, und die Tasche scheint ziemlich schwer zu sein, denn sie muß sie immer wieder von der einen Hand in die andere nehmen. Das Fräulein Wanda hat nur ihre Handtasche und eine Art Turnbeutel aus gestreiftem Stoff. Und jetzt drängt sich der Herr Marczowsky zwischen die beiden.

Der Herr Marczowsky ist vorher hinter den beiden Frauen hergegangen. Er hat irgend etwas Schrilles gepfiffen und mit seinem Spazierstock den Blumen und Sträuchern am Wege die Köpfe abgeschlagen.

Wir Kinder sollten eigentlich vor unseren Müttern hergehen, aber man muß doch stehenbleiben, wenn plötzlich am Wegrand ein Ameisenhaufen ist, auf dem die großen schwarzroten Ameisen wie verrückt durcheinanderkrabbeln und ihre weißen Puppen in die Sonne legen. Oder auch, wenn man an einem großen Fleck voller Blaubeerbüsche vorbeikommt, an denen noch eine Menge Beeren zu finden sind. Hänschen im Blaubeerwald fällt mir ein, und ich frage die Christa, ob sie sich vorstellen könnte, so winzig klein zu sein.

Dann, ein paar Schritte weiter, spielen wir, daß wir zwei feine Damen sind, die einen Ausflug machen. Ich sage, ich heiße Fräulein Hilde, und mache ein ganz vornehmes Gesicht. Und die Christa will Fräulein Moni heißen wie eine Turnlehrerin von ihr.

Dann erkläre ich ihr, daß ich sonst eigentlich immer mit meinem Automobil fahre. »Es ist ein riesiger offener Wagen«, sage ich, »und er heißt Horch!«

Das will die Christa nicht glauben. Weil es zum Lachen ist, so ein Name. Aber ich sage ihr, wenn sie es nicht glaubt, kann sie ja meinen Vater fragen. Meine Tante Mucha in Glogau hat so ein Auto und eine Seifenfabrik und zwei Seifengeschäfte dazu! Und in den Ferien darf ich bei ihr sogar Seifenflocken abwiegen und in Tüten füllen!

Da gibt es die Christa zu, daß ein Auto Horch heißen kann. Aber sie erzählt dafür, daß sie einen Dogcart hat. Und wie der Heinzi vor uns sich umdreht und lacht und sagt: »Du weißt ja selber nicht, was das sein soll«, da sagt die Christa, daß sie es doch weiß. Weil ein Gutsbesitzer in Peisterwitz, wo ihre Tante Lotte wohnt, auch einen hat. Und ein Dogcart ist eine Droschke, aber ohne Dach. Und diese Droschke hat auch nur zwei Räder, aber zwei sehr große. Und man kann auch nur ein einzelnes Pferd davorspannen. Außerdem ist es sehr schwer, damit zu fahren, weil so ein Wagen in einer Kurve ganz leicht umkippt.

Die Tochter des Gutsbesitzers in Peisterwitz ist auch mit dem Dogcart umgekippt. Und sie hat sich den Kopf an einem Chausseestein aufgeschlagen. Und dann war sie tot, erzählt die Christa.

Der Heinzi glaubt es noch immer nicht ganz, aber ich möchte jetzt auch lieber so einen Dogcart. Denn das Automobil von meiner Tante Mucha ist noch nie umgekippt, und sie haben auch einen Chauffeur, damit nichts passieren kann. Ich möchte aber schon lieber was Gefährliches machen. Was richtig Tollkühnes. Eben etwas wie Dogcart-Fahren vielleicht.

Und ich sage, daß ich meinen Horch verkaufen werde und mir auch einen Dogcart anschaffen will.

Aber die Christa findet, daß das nicht gilt. Daß jeder sich etwas eigenes ausdenken muß. Und das mit dem Dogcart, das darf ich ihr nicht wegnehmen. Die Trautel und der Heinzi vor uns kichern. Und das macht mich richtig wütend. »Also schön«, sage ich laut, »dann eben nicht. Dann kaufe ich mir ... einen Zeppelin! Oder nein, noch besser, ich kaufe mir einen Flieger! Einen Doppeldekker!«

»Aber du kannst nicht in den Wald mit einem Flugzeug«, sagt die Christa. Und ich sage, daß ich dann eben drüberwegfliegen werde. »Und ganz, ganz weit fort, bis nach Breslau vielleicht!«

Da ist die Christa eingeschnappt, und sie sagt, daß das Spiel sowieso dämlich ist! Dabei hat sie's doch selber ausgedacht! Aber das sagt sie jetzt bloß, weil ein Flieger eben noch mehr ist und viel gefährlicher als eine Pferdedroschke. Auch mehr als ein Dogcart. Und weil ihr jetzt nichts mehr einfällt, womit sie mich übertrumpfen kann.

Vor uns, auf dem Waldweg, hat der Herr Marczowsky die beiden

Frauen untergehakt. Als sich die Tante nach uns umdreht, hat sie ein ganz rotes Gesicht.

Die drei Männer vorn an der Spitze sind jetzt stehengeblieben. Der Onkel Johannes - alle sagen immer, daß er eine wundervolle Stimme hat - hat angefangen, ein Lied zu singen, während wir näher kommen.

»Von Hermann Löns«, sagt die Frau Moellner mit rundem Mund, und wie dieser Dichter doch die einfachsten Dinge so herrlich ausdrücken kann. »Mit so viel echtem Gefühl!« Und sie kriegt ganz feuchte, glänzende Augen. Die anderen Frauen nicken nur bedeutungsvoll, und sie machen Gesichter, als würde ihnen bei Onkels Gesang etwas ganz Außerordentliches einfallen. Ich habe keine Ahnung, was das sein könnte, aber ich sehe sie alle lächeln, als hätten sie Sirup zwischen den Zähnen. Ich bin nur froh, daß die neue Mutter bei dieser Lächelei nicht mitmacht. Obwohl sie doch manchmal auch solche schwärmerischen Lieder singt. Allerdings nur, wenn sie alleine ist.

Was die Tante Evemie meint mit den ›einfachsten Dingen‹, kann ich nicht erraten, denn das Lied handelt bloß von einer Rosemarie, und der Onkel Johannes singt: »Siiiieben Jahre mein Herz nach dir schrie ... aber du hörtest es nie!«

Mir wird immer ganz kalt, wenn jemand so etwas Jammervolles singt. Und ich möchte am liebsten eine Handvoll Heidekraut nehmen und dem Onkel den Mund zustopfen. Da sehe ich in Papas Gesicht, und wie seine Mundwinkel zucken. Wir gucken uns an, und ich weiß auf einmal, daß er solche Lieder auch nicht ausstehen kann. Dann schon lieber: »Auf, auf, Kameraden, aufs Pferd, aufs Pferd, ins Feld, in die Freiheit gezogen ...«

Jetzt endlich sind alle an der Kreuzung angelangt und haben sich im Kreis aufgestellt. Und der Onkel Johannes ist auch am Ende mit seiner Rosemarie. Der Papa sagt, daß man hier, an dieser Kreuzung, beraten muß, ob wir jetzt nach links abbiegen müssen oder nach rechts. Oder vielleicht doch geradeaus weiter.

Die Tante Evemie lacht. »Natürlich nach links!« Und zeigt ihre Zähne. Aber ihr Mann meint, daß es vielleicht doch noch eine Weile geradeaus geht und dann erst nach links!

Der Onkel Johannes und die Tante Ilse können es nicht wissen, denn sie waren noch nie auf dem Weinberg. Sie sind ja auch bloß zu

Besuch in Ohlau. »Ja«, sagt der Onkel, »wenn wir hier an der Bartsch wären, in Groß-Osten, da kenne ich jedes Fuchsloch!«

Da muß ich kichern, und ich sage zur Christa, ob sie sich den Onkel in einem Fuchsloch vorstellen kann? Aber die Christa ist immer noch eingeschnappt und guckt weg. Mir fällt ein, daß in so einem Fuchsloch vielleicht kleine junge Füchslein sein könnten und daß die wie die Kätzchen spielen. Das habe ich mal gelesen. Und ich mag sowieso eigentlich Tiere lieber als Freundinnen. Hunde, Katzen, Vögel, Hasen, Kälbchen und junge Pferde. Küken und kleine Enten. Und sicher auch junge Füchse. Mit denen kann man bestimmt besser spielen als mit zehn Freundinnen, die immer gleich mucksch sind.

Es ist nur, daß wir zu Hause kein Tier haben dürfen, weil es die neue Mutter nicht will. Nicht mal ein Meerschweinchen!

Jetzt sagt das Fräulein Wanda mit viel Lächeln zu allen: »Wir könnten doch zwei Personen ausschicken zum Kundschaften. Ich meine nach jeder Seite zwei, und nachher also . . .«, sie sieht den Herrn Marczowsky an und fängt an zu stottern, ». . . also ich meine, dann könnten wir uns wieder hier treffen?« Jetzt ist sie feuerflammenrot.

Der Herr Marczowsky zeigt seine weißen Zähne und nickt. »Ausgezeichnet! Dann nehme ich die Frau Ilse mit, wenn der Herr Lehrer gestattet«, er verbeugt sich vor dem Onkel Johannes, »und wir versuchen es rechts!«

»Aber nach rechts«, sagt die neue Mutter streng, »nach rechts müssen wir ganz bestimmt nicht. Das weiß ich.« Und die Tante Ilse glüht wie eine Mohnblume und muß sich mit dem Taschentuch Luft zufächeln.

Da erklärt der Papa, daß man strategisch vorgehen muß. »Generalstabsmäßig, sozusagen! Frauen und Kinder warten hier an der Kreuzung. Ein Mann wird zu ihrem Schutz abkommandiert . . . das machst du, Johannes! Moellner, Marczowsky und ich, wir schwärmen nach drei Seiten aus. Zur Erkundung der Lage! Nach fünfzehn Minuten: Kehrt marsch! Rückkehr hierher, zum Rapport! Alles klar? Uhrenvergleich: Es ist jetzt genau zwölf Uhr vierzehn!«

Aber wie sie noch alle ihre Uhren hervorholen, um die Zeit zu vergleichen, überlege ich, wovor uns wohl der Onkel Johannes beschützen soll, und daß es generalstabsmäßig eigentlich fast dasselbe ist wie Fräulein Wandas Vorschlag.

Doch ehe der Papa noch ›Abteilung, marsch‹ kommandieren kann, findet die Tante Evemie, daß es doch überhaupt das einfachste wäre, wenn wir jetzt gleich hier in der Nähe erst einmal picknikken würden. »Nachher«, sagt sie, »nach dem Essen, Gerhart, da könnt ihr dann zur Erkundung ausschwärmen! Da bleiben wir mit den Kindern sitzen und stehen nicht wie belämmert an dieser Kreuzung herum . . . fünfzehn Minuten lang!«

Der Papa - das merkt man ihm an - ist eher wütend. Wo er doch gerade alles so schön militärisch geregelt und seine Befehle erteilt hat. Aber der Herr Moellner sagt auch, daß es für ihn besser ist, wenn er erst mal was zu sich nimmt. »Du weißt doch, Gerhart, mein Magen«, sagt er.

Und weil die anderen das auch finden, und außerdem hat der Onkel Johannes jetzt einen Wadenkrampf, wird der Papa überstimmt, und wir suchen einen Platz für das Picknick.

Nur, der Papa bleibt zuerst noch an der Kreuzung stehen, auf seinen Spazierstock gestützt; und er blickt irgendwo in die Ferne, das Kinn vorgestreckt. Und der Onkel Johannes sitzt am Wegrand im Gras, und die Tante Ilse muß ihm den Socken herunterziehen und die Wade massieren.

Natürlich findet die Tante Evemie gleich den richtigen Platz. Gar nicht weit weg von der Kreuzung, am Rande einer Fichtenschonung, wo es weiches Waldgras gibt und eine kleine sonnige Lichtung. Aber auf der einen Seite sind auch ein paar Büsche für diejenigen, die lieber im Schatten sitzen.

Die Decken werden ausgebreitet, und dann ziehen die Frauen erst mal ihre Kleider aus und hängen sie über die Büsche, damit sie beim langen Sitzen nicht schmutzig oder zerdrückt werden.

Das ist so üblich, und sie machen es immer, bei jedem Ausflug. Aber ich denke, daß die neue Mutter zu Hause niemals auf den Gedanken kommen würde, sich vor jemandem im Unterrock sehen zu lassen. Die Unterröcke sind altmodisch, aus feinem weißem Leinen mit Stickereien und Hohlsaum und mit breiten Trägern. Jedenfalls die Unterröcke von Tante Ilse und von der neuen Mutter. Die Tante Evemie zieht sowieso - wie damals an der Oder - ihren schwarzen Turnanzug hinter einem Busch an. Nur das Fräulein Wanda hat einen neumodischen Unterrock aus rosa Seidentrikot an. Mit ganz schmalen Trägern.

Ich sehe, wie die neue Mutter die Stirn runzelt, als sie das Fräulein ansieht. Und auch die Männer machen so komische Münder beim Anblick des rosa Seidentrikot-Unterrocks. Fast so, als wäre sie nackt, das Fräulein Sekretärin. Und der Herr Marczowsky hat glitzernde Augen.

Niemand sagt etwas. Alle sind still, als ob sie auf etwas warten würden.

Nur unser Papa ist immer noch wütend, wie er jetzt herankommt. Und wie er das Fräulein Wanda ansieht, sagt er: »Sie werden sich noch einen Sonnenstich holen, nackt wie Sie sind.« Es klingt richtig grimmig. Und das Fräulein guckt vor sich auf den Waldboden und auf ihre Füße, und dann holt sie aus ihrem gestreiften Turnbeutel einen langen Fransenschal und schlingt ihn sich um die Schultern. Die Enden kreuzt sie unter der Brust und knüpft sie hinten auf dem Rücken zusammen. Da kann man hören, wie die anderen Frauen aufatmen.

Und plötzlich, ich weiß eigentlich nicht, warum, sind alle wieder lustig und gar nicht mehr so gespannt, und jetzt reden sie auch wieder alle durcheinander. Wie nach einer Gefahr, die man überstanden hat.

Auf einem Baumstumpf und einer weißen Serviette werden die guten Sachen ausgebreitet. »Aber nicht alles auf einmal«, sagt die neue Mutter, »sonst setzen sich die Fliegen drauf!«

Also schön eines nach dem anderen.

Jeder bekommt einen Blechteller mit einer Portion Kartoffelsalat. Dazu ein gebratenes kaltes Kotelett. Den Salat ißt man mit der Gabel, das Kotelett nimmt man in die Hand. Wem das Kotelett nicht genügt, der kann noch ein hartgekochtes Ei haben. Aber die Schalen muß man im Einwickelpapier sammeln.

»Ah...« sagen sie alle, wie sie Mutters Kartoffelsalat kosten. Und der Herr Marczowsky sagt noch: »Mein Kompliment, Frau Gertrud! Vorzüglich, vorzüglich!« Und dann schmatzen wir und lachen uns zu, und die meisten nagen noch mit den Zähnen das letzte Stückchen Fleisch von den Knochen des Koteletts, weil es doch eine Vergeudung wäre und schade um den kleinsten Rest.

Nur der Herr Moellner – er zuckt immer mit der Oberlippe, daß der kleine Fliegenschnurrbart zittert –, der Herr Moellner sagt, er weiß nicht, ob er das seinem Magen zumuten kann, soviel Fett. Und nachher, sagt er, wird er sicher wieder Leibschmerzen kriegen!

Dabei hat er als erster sein Kotelett aufgegessen!

Die Tante Evemie meint, daß er eben nur Grießbrei hätte essen dürfen. Und daß sie extra welchen mitgebracht hat.

Aber: »Einmal ist keinmal!« lacht der Herr Marczowsky und benagt seinen Knochen mit weißen scharfen Zähnen wie ein Raubtier, ehe er ihn über die Schulter hinter sich in die Büsche wirft.

Doch die Mutter ruft gleich: »Nein! Holen Sie diesen Knochen gleich wieder heraus aus dem Busch! Wir wollen hier schließlich keinen Müllplatz hinterlassen. Und außerdem lockt das die Fliegen an. Zu Hause tun Sie das doch auch nicht!«

»Verehrte Frau Obersekretär«, immer lacht dieser Mensch, »verehrte Frau Gertrud! Woher wollen Sie wissen, was ich zu Hause mache?« Da lachen sie alle. Aber die neue Mutter wird rot und kriegt eine Falte zwischen den Augenbrauen. Und das Fräulein Wanda kriecht im Gebüsch herum, um den Knochen des Herrn Marczowsky zu suchen.

Ich stoße die Christa mit dem Ellenbogen an und sage leise: »Wie der Hund vom Fleischer Tschey kriecht sie da herum, wie der Dackel Waldi!« Und die Christa prustet und verschluckt sich. Aus dem Gebüsch gucken nur noch die Beine von Fräulein Wanda heraus. In fleischfarbenen Seidenstrümpfen und beigefarbenen Schuhen mit hohen Absätzen. Und der Herr Marczowsky pfeift den Schlager »Valencia«, von dem ein Mädel in meiner Klasse gesagt hat, daß man auch singen kann »Valencia, deine Beine sind gemeine, durch die Hosen pfeift der Wind . . .«

Da kreischt das Fräulein auf, weil sie in die Brennesseln gegriffen hat. Den Knochen findet sie aber nicht.

»Lassen Sie's sein«, sagt die neue Mutter, und sie hat immer noch die Augenbrauen zusammengezogen.

Und dann essen wir Tante Evemies Pudding. Vanille mit Schokoladensauce. Es schmeckt gut, aber es hat – wie alles, was die Frau Moellner kocht – einen eigenartigen Beigeschmack.

»Wir möchten auch unser Scherflein zum Picknick beitragen«, sagt dann die Tante Ilse und wird gleich wieder rot. Sie kramt in der großen weißen Leinentasche und bringt zwei Flaschen Wein zum Vorschein. Auch Gläser. Sorgsam in Handtücher eingewickelt. Aber nur für die Erwachsenen. Acht Stück.

»Erdener Treppchen!« Der Onkel Johannes schnalzt mit der Zunge. »Spätlese! Ein ganz besonderes Tröpfchen!«

»Für mich bitte nicht«, sagt die Mutter. Aber sie wird überredet, wenigstens ein halbes Gläschen zu trinken. Dem Papa kann ich es ansehen, daß er sich auch nicht viel aus dem Wein macht.

Wir würden jetzt alle wahrscheinlich am liebsten Jungbier trinken! Jungbier, das kommt im Sommer zweimal in der Woche in einem braunen Kastenwagen, von einem Pferd gezogen. Oben auf dem Bock sitzt der Kutscher, und er hat eine Glocke, mit der er bimmelt, und dann ruft er mit lauter Stimme: »Jung-Bier, allerbestes Jung-Bier!« Und aus den Häusern kommen die Menschen mit Wasserkannen und mit großen Milchkannen, und für ein paar Pfennige läßt der Kutscher aus einem Hahn, hinten am Wagen, das schäumende braune Bier in unsere Gefäße laufen.

Man muß es natürlich kalt stellen. Am besten in den Keller oder in die Waschküche. Und abends holt man es dann herauf und gießt sich ein Glas voll, einen Löffel Zucker rein, daß es aufschäumt wie Karamelsauce, und dann trinken. Ah! Das mögen wir alle. Sogar die neue Mutter. »Weil eben kaum Alkohol drin ist«, sagt sie.

Inzwischen hat der Herr Marczowsky die Weinflaschen befühlt. »Aber der ist ja viel zu warm«, findet er. »So einen guten Tropfen muß man natürlich gekühlt trinken. Hier muß doch irgendwo ein Bach sein. Liebe Frau Ilse, wollen Sie mir nicht suchen helfen?«

Aber die Tante Ilse, sie kommt aus dem Rotwerden gar nicht mehr heraus, die Tante Ilse sagt, daß sie gerade so schön bequem sitzt, und ehe sie noch weiterreden kann, ruft das Fräulein Wanda: »Ich! Ich gehe mit Ihnen. Ich glaube, ich weiß, wo hier ein Bach ist!«

Da gucken sich alle an. Und die neue Mutter macht einen spitzen Mund. Die Christa flüstert mir ins Ohr: »Ob sie es jetzt tun?«

»Was?«

»Sich verloben! Meine Mutter hat gesagt, daß sich der Herr Marczowsky vielleicht mit dem Fräulein Wanda verlobt!«

Und ich sage – aber immer ganz leise, daß uns die Großen nicht hören –, daß ich das Fräulein Wanda dämlich finde. »Einfach abscheulich. Schon von Anfang an. Und mit diesem Kerl würde ich mich nie verloben«, sage ich, »würdest du?«

Nein. Die Christa würde das auch nicht tun. »Er macht manchmal so gemeine Späße«, sagt sie, »wenn es die anderen Erwachsenen nicht sehen, dann zwickt er einem in die Backe oder in den Arm, daß es richtig weh tut. Manchmal sogar in den Hintern!«

Da werden wir beide rot. Und dann reden wir nicht weiter über den Herrn Marczowsky.

Als die beiden, der Herr Marczowsky mit dem Fräulein Wanda, verschwunden sind, sagt der Herr Moellner, daß er bis zu ihrer Wiederkehr seinen Mittagsschlaf halten wird. Und die anderen beiden Männer, der Papa und der Onkel Johannes, strecken sich auch im weichen Gras aus, die Hüte übers Gesicht gelegt und die Hände auf dem Bauch gefaltet. Kurz darauf schnarcht einer von ihnen schon. Ich glaube, es ist unser Papa.

Die Frauen räumen die Eßsachen weg. Es ist nicht viel übriggeblieben. Nur die Buletten sind noch da, ein paar harte Eier und einige Butterbrote. Aber die sind für das Abendbrot. Teller, Gabeln und Butterbrotpapier verschwinden wieder, alles vorher sorgfältig mit Papier abgewischt, in Körben und Taschen. Nur die Himbeersaftbecher für uns Kinder stehen noch da und die Weingläser für die Großen.

Alle sind schläfrig. Die Kleinsten, der Hansel und der Eberhard, liegen schon auf einer Decke und schlafen und strampeln im Traum. Der Heinzi schläft und auch die Trautel. Eine Fliege summt um die Saftbecher. Und jetzt strecken sich auch die Frauen auf den Decken aus. »Nur für ein Minütchen«, sagt die Tante Evemie, ehe sie die Augen zumacht. Die Tante Ilse schläft schon, und sie scheint etwas Hübsches zu träumen. Sie lächelt im Schlaf.

Die Christa und ich, wir teilen uns eine Decke. Wir haben die Augen zugemacht. Oder jedenfalls beinahe. Ich kann aber sehen, wie die neue Mutter noch mal zu uns herübersieht, und dann legt auch sie sich hin.

Endlich. Wir haben uns zueinandergedreht und sehen uns an. Noch ein Blick auf die anderen – alles schläft in der Hitze des Mittags –, und dann kriechen wir los. In die Fichtenschonung hinter uns. Ich habe noch schnell zwei Saftbecher mitgenommen. »Da können wir sagen, daß wir Blaubeeren suchen wollten«, flüstere ich der Christa zu. Es geht ganz leicht. Niemand merkt etwas. Und wie wir außer Sichtweite sind, müssen wir auch nicht mehr kriechen. Aber leise sein! Kein Ast darf knacken. Noch könnten sie uns hören, und bei dem, was wir vorhaben, können wir den Heinzi oder die Trautel bestimmt nicht brauchen.

Wir sind jetzt zwei Trapper auf der Suche nach feindlichen Indianern. Und die Indianer heißen Fräulein Wanda und Herr Marczowsky. Aber ich könnte eigentlich nicht sagen, warum ich hinter den beiden herschleiche. Ich weiß nur, die neue Mutter hätte es auf keinen Fall erlaubt. Die Christa sieht mich an. »Und wenn wir sie finden?« flüstert sie, »nehmen wir sie dann mit Geheul gefangen?«

»Quatsch! Wir sind doch Trapper. Trapper schießen. Oder kundschaften nur etwas aus und ziehen sich dann zurück!«

Wir kommen an einen Platz mit Blaubeeren, aber die pflücken wir erst auf dem Rückweg. Und die Brombeeren an der großen Hecke vor dem Holzstoß sind noch nicht reif.

Der Holzstoß! Gerade als wir weitergehen wollen, sehe ich es. Hinter den aufgeschichteten Stämmen. Ich erschrecke zu Tode. Fräulein Wandas Bein! Es zuckt so komisch, und der Schuh ist ihr vom Fuß gefallen.

Ich stoße die Christa an, aber die hat es auch schon gesehen. Das Herz klopft mir bis hinauf in den Hals. Ich lege den Zeigefinger auf die Lippen, das heißt, daß wir jetzt nicht reden dürfen. Jedenfalls nicht laut. Ich flüstere der Christa ins Ohr: »Er hat sie umgebracht!«

Die Christa hebt die Schultern. »Sie lebt aber noch«, flüstert sie zurück und zeigt auf den Fuß, der immer noch auf und ab wippt. Wir sehen uns an, und es ist klar, daß wir herauskriegen müssen, was mit dem Fräulein Wanda passiert ist. Zentimeter um Zentimeter schleichen wir um den Holzstoß herum. Da! Seine Schuhe. Es scheint, daß er über ihr kniet. Was macht er mit ihr? Ich sehe die Christa an. Ob wir Hilfe holen sollen?

Die Christa sagt kaum hörbar, daß man es erst genau wissen muß. Wir schleichen geduckt noch ein kleines Stückchen weiter.

Es sieht aus wie Ringkampf. Das Fräulein Wanda liegt unten. Und der Unterrock ist ihr ganz hoch gerutscht, daß man ihre Strumpfhalter und die nackten Schenkel sehen kann. Aber sie hat die Hände um das rote Genick vom Herrn Marczowsky gelegt. Das sieht nicht so aus, als ob sie sich wehren will. Schon eher so, als ob sie ihn zu sich herunterzieht. Sie wippen beide so komisch auf und ab. Und er grunzt wie ein zufriedenes Schwein. Aber das Fräulein stößt leise Schreie aus. »Ja«, schreit sie, »ja ... ja ... ja!«

Die Christa und ich, wir sehen uns an. Die Christa hat ganz knallrote Backen. Und ich wahrscheinlich auch.

Ich könnte nicht sagen, warum, aber das, was die beiden da machen, ist mir schrecklich peinlich. Außerdem habe ich sehen können, daß er ihr seine Zunge in den Mund gesteckt hat, und wenn ich mir das nur vorstelle, wird mir zum Brechen übel.

Zentimeter um Zentimeter schleichen wir wieder zurück. Wir zittern beide. Aber auch als wir endlich außer Hörweite sind, kann ich nicht gleich reden. Die Christa auch nicht. Schließlich sage ich: »Was war das?« Und die Christa zuckt die Achseln. »Ich weiß es auch nicht«, sagt sie kläglich, »aber vielleicht gehört das dazu. Zu einer Verlobung?«

»Glaub ich nicht«, sage ich. »Als meine Tante Agnes sich mit dem Onkel Karl verlobt hat, haben sie ein Fest gemacht für die Verwandtschaft, und nach dem Essen haben sie sich gegenseitig Verlobungsringe aufgesteckt. So einen Kampf haben die beiden bestimmt nicht gemacht.« Aber ich sage nicht, was ich wirklich glaube. Daß es nämlich etwas Unkeusches war, was die beiden da gemacht haben. Ich schäme mich vor der Christa. Und vielleicht geht es ihr ja genauso.

Jedenfalls sind wir ganz still, wie wir jetzt langsam zurückgehen, und wir sammeln unsere Becher voll Blaubeeren, damit niemand schimpft, weil wir weg waren. Oder womöglich gar Fragen stellt.

»Wenn sie zurückkommen, werden wir es ja hören, ob sie sich verlobt haben«, sagt die Christa schließlich. Und ich frage: »Glaubst du, daß sie es sagen werden?«

»Das mit dem Kampf bestimmt nicht. Aber vielleicht sagen sie einfach: Wir haben uns eben verlobt?«

»Nicht der Herr Marczowsky«, sage ich, »aber diese dämliche Wanda, die macht ganz sicher kein Geheimnis daraus. Schon gar nicht, wenn es ihre eigene Verlobung ist!«

Wir sind uns darüber einig, daß wir diese Wanda ekelhaft finden.

Wie wir zurückkommen, sind die Frauen schon wach. Auch der

Heinzi und die Trautel und der kleine Eberhard. Nur unser Hansel schläft noch.

Aber wie die Frau Moellner sagt, daß wir jetzt ein paar Spiele machen wollen, wacht er auf und schreit: »Mitpielen, mitpielen!« Er kann das Sp noch nicht sprechen.

Die Tante Ilse sagt, daß die Männer auch mitspielen sollen, und sie will den Onkel Johannes und unseren Papa mit einem Grashalm wachkitzeln.

»Lieber nicht«, sagt unsere Mutter, »der Gerhart macht bei so etwas doch nicht mit, und alles, was dabei herauskommt, ist, daß sie gleich wieder anfangen, über Politik zu reden.«

Da seufzt die Tante Ilse, und wir spielen ohne die Männer. Sie stellen sich sowieso meistens viel zu dumm an bei solchen Spielen. Zuerst machen wir »Verwechsel das Bäumelein« und dann »Ich sitze im Grünen und liebe« – den Hansel, oder die Mutter, oder die Tante Evemie, wen immer man neben sich sitzen haben möchte. Und der, dessen rechte Seite frei bleibt, beginnt das Spielchen von vorne. Und dann folgt »Im Kreis aufstellen«, aber die Kleinen wollen lieber das Spiel vom Hampelmann, der aus seinem Bettchen aufsteht.

Die Christa und ich, wir spielen, ohne zu mucken. Und wir sagen auch nicht, daß wir es kindisch finden. Wir sind noch immer viel zu erschrocken über das, was wir vorhin gesehen haben.

Und dann kommen die beiden endlich zurück, das Fräulein Wanda und der Herr Marczowsky. Sie hatten die Sandspieleimer der beiden Kleinen mitgenommen, und darin stecken jetzt die Weinflaschen im kühlen Wasser. Sie müssen damit ganz vorsichtig gehen. »Deshalb«, lacht der Herr Marczowsky die Frau Moellner an, »deshalb hat es auch so lange gedauert!« Es sieht aber so aus, als hätte die Tante Evemie erwartet, daß er ganz etwas anderes sagt.

Doch das tut er nicht. Und das Fräulein Wanda sagt auch nichts. Nur daß sich ihre Haare beim Wasserschöpfen an einer Brombeerranke verfangen hätten. Deshalb sei sie so zerzaust. Aber warum ihr Mund so geschwollen und wund ist, sagt sie nicht. Und auch nicht, woher der blaue Fleck an ihrem linken Arm kommt. Sie zieht nur schnell ihr Kleid wieder über, weil ihr jetzt etwas kühl ist, sagt sie. Dabei sieht sie ganz rot und erhitzt aus. Das findet auch die Tante Ilse. »Richtig echauffiert! Mußten Sie denn so weit laufen?« fragt sie ganz mitleidig.

Aber inzwischen hat der Onkel Johannes die Weinflaschen aufgemacht und die Gläser vollgeschenkt. Er hat ganz vergessen, daß unsere Mutter bloß ein halbes Glas wollte. »Da trinke ich eben den Rest«, sagt der Herr Marczowsky, »diese Herumlauferei hat mir Durst gemacht!«

Ich sehe die Christa an, und sie sieht mich an. Ich glaube, wir denken beide dasselbe: daß dieser Mensch, dieser Herr Marczowsky, der abgefeimteste Lügner ist, den wir kennen. Ich würde es am liebsten allen verkünden, was wir beobachtet haben. Aber Kinder müssen ja den Mund halten, wenn die Erwachsenen miteinander reden. Und außerdem ... ich müßte mich viel zu sehr schämen, wenn ich es erzählen sollte.

»Zum Wohl!« Alle stoßen an, die Gläser klingen. »Auf eine glückliche Zukunft«, sagt der Onkel Johannes mit Schwärmerstimme. »Auf ein baldiges Ende von Schmach und Schande!« Das ist unser Papa. Der Herr Moellner nickt nur und sieht wie eine Eule aus mit seinen dicken Brillengläsern. Und der Herr Marczowsky hat sein Glas als erster leergetrunken. »Ah!« Das ist alles, was er sagt.

Die Frauen nicken sich nur, über ihre Gläser hinweg, zu, und es kommt mir ein bißchen so vor, als wäre auch ihnen irgendwas peinlich. Aber das denke ich mir vielleicht bloß so. Sie können doch gar nicht wissen, was passiert ist.

Dann kommt der Heinzi mit der Trautel angelaufen. Sie haben an der Kreuzung einen Stein entdeckt, ganz von Brombeeren überwachsen, und es ist ein Pfeil darauf eingeritzt, sagen sie, und »Zum Gasthof Weinberg 1,5 km« steht darauf. Jetzt wissen wir, daß wir an der Kreuzung nach links abbiegen müssen, und als wir dann, nachdem die Flaschen geleert sind, endlich aufbrechen, bin ich richtig froh. Dieser Ausflug ist der schrecklichste, den wir je gemacht haben, denke ich.

Aber er ist ja noch gar nicht zu Ende.

Auf dem Weg passiert nicht mehr viel. Nur, daß der Herr Marczowsky sich jetzt vorn, bei den anderen Männern, aufhält. Als das Fräulein Wanda sich bei ihm einhaken will, sieht er sie bloß so von oben herunter an und sagt: »Nicht doch, meine Liebe, es ist nicht mehr weit!« Es klingt beinahe so, ais ob er sie verachten würde.

Irgendwie, finde ich, scheint auf eine unerklärliche Weise jetzt niemand mehr so richtig fröhlich zu sein. So wie am Anfang, als wir loszogen.

Und dann kommen wir aus dem hohen Kiefernwald heraus, und vor uns liegt ein grüner Hügel, der aussieht, als ob auf ihm Hunderte von ganz, ganz zarten Tannenbäumchen stehen. Es sind aber keine Tannenbäumchen. Es ist Spargelkraut.

Mitten zwischen diesen grünfiedrigen Bäumchen, die fast noch größer sind als ich, ist ein grauer Weg, auf dem man knöcheltief im Staub versinkt. Und ganz hinten kann man schon die Stallgebäude vom Gasthof »Zum Weinberg« entdecken.

Voriges Jahr haben wir auf diesem grauen Staubweg ein Wettrennen veranstaltet. Das hatte unser Papa angestiftet, und er ist auch mitgelaufen. Aber dann, plötzlich, ist er über irgendeinen Stein gestolpert. Es hat ausgesehen wie eine große graue Staubkugel, wie er da den Weg entlanggerollt ist. Ich habe mich sehr geschämt. Und sein dunkelblauer Anzug war so grau wie das Fell einer Maus. Der Staub ging überhaupt nicht mehr ab. Und alle haben gelacht. Sogar die Kinder. Das war das Schlimmste.

Diesmal veranstalten wir kein Wettrennen. Es kommt uns auch schon Frau Moellners Cousine Lotte durch den Staub entgegen. Und hinter ihr der Verlobte. Er macht aber nur ein paar Schritte auf den staubigen Weg. Er hat wohl Angst, daß seine glänzendschwarzen Stiefel grau werden. Er ist wirklich in SS-Uniform. Die rote Binde mit dem Hakenkreuz an seinem Ärmel leuchtet bis hierher.

Nachdem sich alle begrüßt haben, und der Papa stellt noch seine Schwester und seinen Schwager, den Herrn Lehrer, vor, gehen wir ums Haus herum, nach vorn auf die Veranda. Hier ist es schön schattig, und man kann in frischer Luft seinen Kaffee trinken und den bestellten Kuchen essen. Wir Kinder kriegen aber keinen Kaffee, bloß Selterswasser. Das ist uns auch lieber.

Die neue Mutter fragt nach kuhwarmer Milch, und da sagt die Wirtin, daß sie sich im Stall ein Glas holen kann. Die Tante Ilse, neugierig, geht auch mit. Der Stall ist dunkel, mulmig und stickig. Der Boden bedeckt mit glitschigem Stroh und Kuhfladen. Man muß aufpassen, wo man hintritt. Die Kühe rasseln mit ihren Ketten und mampfen graugrünes Heu. Manche sehen uns mit großen dunklen Augen an, während sie kauen. Wenn es nicht so dreckig wäre und dieser eigentümlich säuerliche Geruch mir nicht in die Nase stechen würde, fände ich es schön, mitten unter den Tieren.

Die neue Mutter sagt »Ah!« und »Oh!«, wie ihr der Melker - er hat eine fettige Schmachtlocke in die Stirn gekämmt - das Glas vollschenkt. Aus einer Milchkanne, über deren Rand ein weißes Mulltuch gebreitet ist, in dem nasse Fliegen liegen. Manche zappeln noch.

»Das ist was Gesundes«, sagt die neue Mutter, und da läßt sich die Tante Ilse auch ein Glas eingießen. Aber sie nimmt nur ganz kleine Schlucke, will mir die Hälfte abgeben. Schon bei dem Geruch des lauwarmen Zeugs wird mir so schlecht, daß ich ganz schnell aus dem Stall weglaufe.

Ich mag Milch, die schön kalt ist. Oder auch ganz heiße, ohne Haut und mit Honig drin. Aber dieses lauwarme Zeug mit dem ekelhaften säuerlichen Geruch von Stall und Kuhmist, das kann die Gertrud alleine trinken. Außerdem glaube ich gar nicht, daß es ihr schmeckt.

Inzwischen ist auf der Veranda die lange Kaffeetafel gedeckt worden, mehrere Tische wurden zusammengeschoben, und wir setzen uns auf Gartenstühle, die zusammengeklappt in einer Ecke gestanden haben und die man, vor dem Hinsetzen, noch abwischen muß.

Aber noch ehe sie am oberen Ende der Tafel Platz genommen haben, reden die Männer schon über Politik.

Die Mutter will nichts von der Politik wissen. Sie spricht leise mit der Tante Ilse darüber, daß alles immer teurer wird und daß jetzt schon fast die meisten Frauen Bubikopf tragen. Aber sie würde sich nie die Haare abschneiden lassen, sagt sie. Und die Tante Ilse nickt und sagt: »Ich auch nicht.«

Das Fräulein Wanda hat sich dicht zu den Männern gesetzt, und sie hört ihnen zu. Ihr Gesicht ist richtig feierlich geworden. So, als ob sie alles verstünde und sehr dafür ist. Für die SS und für Hitler, von dem immer wieder geredet wird, und natürlich für den Herrn Marczowsky. Aber der tut, als wäre sie gar nicht da.

Der Papa nennt den schwarzen SS-Mann, Cousine Lottes Verlobten, Kamerad Nick, und die Tante Evemie sagt schon Vetter zu ihm. Vetter Nick! »Er heißt Nikolaus Warberg«, sagt die Christa, »jedenfalls stand es so in der Verlobungsanzeige.« Aber ich finde den Namen Vetter Nick zum Totlachen. Ich warte dauernd darauf, daß er anfängt zu nicken wie der kleine Negerjunge auf dem Opferkasten für die Heiden-Mission.

Er nickt aber nicht, der Vetter Nick. Er hat ein Kantengesicht, und er streckt das Kinn vor wie unser Papa. Trotzdem sieht es bei ihm ganz anders aus. Seine Stimme ist hell, aber so scharf, daß man hinhören muß, auch wenn man gar nicht will. Er hat eine Brille und dunkle Haare, und eigentlich ist er gar nicht so groß, wie ich gedacht hatte. Denn der Papa hat einmal gesagt: »Die SS, das sind die ›Langen Kerls‹ von Adolf Hitler.« Die ›Langen Kerls‹, das wissen wir natürlich, waren die Lieblingssoldaten von König Friedrich Wilhelm dem Ersten. Dem Vater des Alten Fritz.

Solche Sachen lernen wir bei unserem Papa, und wir müssen auch genau sagen können, wann die Preußenkönige Geburtstag haben und von wann bis wann sie regierten. Friedrich Wilhelm der Erste zum Beispiel von 1713 bis 1740. Manchmal - nach dem Mittagessen oder beim ›Mensch ärgere dich nicht Spiel‹ - fragt uns der Papa so was. Und da müssen wir, der Heinzi und ich, strammstehen und antworten, ›wie aus der Pistole geschossen‹, das verlangt er. Und wehe, wenn wir etwas vergessen haben!

Die Männer oben am Tisch reden über Religion, »die in ihrem tiefsten Sinn eine politische Sache ist«, höre ich den Vetter Nick erklären. Das verstehe ich nicht. Unser Papa sagt doch immer, daß sich der Pfarrer und die Kirche nicht in die Politik einmischen sollen. Ja, das hat er zur neuen Mutter gesagt, als der Pfarrer vor irgendeiner Wahl gepredigt hat, daß ein Katholik immer nur eine Partei wählen darf, die auch für die katholische Kirche eintritt. Und darüber hat sich dann der Papa mit der Mutter gezankt. Ich durfte aber nicht im Zimmer bleiben, deshalb weiß ich nicht, wie es ausgegangen ist. Nur, daß ich dieses Mal eigentlich auf Mutters Seite war.

»Der Dominikanerprior Eckehart«, höre ich den SS-Mann sagen, »haßt deshalb dieses süßliche Verzücktsein und die schlaffen schönen Gefühle. Er sagt, daß nur ein freigewordener Geist Gott zu sich zwingt. Aus dieser Erkenntnis heraus lese man Eckeharts Predigt von der Abgeschiedenheit der Seele, und so gesehen, sinken alle diese Ideen von Liebe, Demut, Barmherzigkeit und Gnade auf die zweite und dritte Stufe hinab!«

Es ärgert mich, daß ich überhaupt nicht verstehe, was dieser Vetter Nick da erzählt. Ich würde nur gerne wissen, ob der Dominikanerprior Eckehart etwas mit dem Mönch Ekkehard zu tun hat, über den ich in einer Geschichte von Viktor Scheffel gelesen habe, wic er die Herzogin auf dem Hohen Twiel geliebt hat und es ihr nicht gestehen durfte, weil er doch ein Geistlicher war.

Eigentlich darf ich ja solche Romane noch nicht lesen. Die nimmt mir der Papa gleich weg, wenn er sie sieht. Deshalb habe ich das Buch – es gehört dem Vater eines Mädchens aus meiner Klasse – nur in den Schulpausen gelesen, und ich mußte es ihr zurückgeben, ehe ich damit fertig war.

Süßliches Verzücktsein ... und die schlaffen schönen Gefühle ... es könnte vielleicht schon derselbe Ekkehard sein? Aber in dem Roman hat er solche Sachen gar nicht gehaßt. Oder doch? Das Schlimmste ist, daß man niemand fragen kann. Keinen Menschen. Alle haben sie immer nur Ausreden bei der Hand. Oder sie verstehen nicht, was man wissen will. Und sie vertrösten mich immer nur auf die Zeit, wenn ich einmal erwachsen bin. Dabei würde ich es schon heute verstehen, wenn sie sich nur einmal Zeit nähmen, richtig zuzuhören. Ob mir Mama zugehört hätte? Ob sie mir hätte Antworten geben können?

Ich bin auf einmal sehr traurig.

Der Mann am Tischende redet und redet. Und jetzt sehe ich, daß unser Papa auch ungeduldig auf seinem Stuhl herumrutscht. Man kann merken, daß er viel lieber von etwas anderem reden würde. Von der »Brechung der Zinsknechtschaft« vielleicht. Darüber hat er uns neulich aus seiner Zeitung vorgelesen. Aber ich muß zugeben, daß ich das ebensowenig verstanden habe wie die Reden des Herrn Nikolaus Warberg!

Der Herr Moellner aber und seine Frau und auch der Onkel Johannes hören mit glänzenden Augen zu. Und nicken immer wieder voll Zustimmung. Das Fräulein Wanda nickt auch. Aber ihrem Gesicht kann man ansehen, daß sie nicht weiß, warum. Nur der Herr Marczowsky malt Männchen auf einen Bierdeckel.

Der Vetter Nick hört sich an wie ein Pastor, der eine kriegerische Predigt hält.

»Gesündigt haben ist keine Sünde, sobald es uns leid ist«, tönt er, »und selbst wenn die einzelne Tat wider Gott gerichtet ist, so weiß der großzügige und gerechte Gott doch, wie daraus das Beste zu ziehen sei. Dieser Gott rechnet nicht in einem Kontobuch nach der Vergangenheit herum, denn: Gott ist ein Gott der Gegenwart!«

Mit einem heftigen Schnaufen beendet der Verlobte der Cousine Lotte seine Rede und sieht einen nach dem anderen mit seinen blitzenden Brillengläsern an.

»Ausgezeichnet«, sagt der Onkel Johannes, lehnt sich zurück und nimmt einen Schluck aus seinem Bierglas.

Auch der SS-Mann greift nach seinem Bier, aber vorher sagt er noch – und seine Stimme klingt auf einmal ganz flach –, er sagt: »Sie können das alles und vieles mehr in dem hervorragenden Buch von Alfred Rosenberg ›Der Mythus des zwanzigsten Jahrhunderts‹ nachlesen.« Aber die Cousine Lotte sieht ihn an, so voller Bewunderung, als hätte er, ihr Nick, das ganze Buch selber geschrieben.

Eine Weile sagt niemand etwas. Dann räuspert sich unser Papa. »Also gut«, sagt er, »ich will an alldem nicht herumkritteln, vielleicht verstehe ich auch nicht genug davon. Aber Sie, Kamerad Nick, als Mitglied dieser Elite-Truppe, als jemand, der dem Führer nahesteht, können Sie uns nicht auch eine – ich will mal sagen – weltliche Zusage machen? Wie lange soll die Knechtschaft noch dauern? Der rote Terror, die Arbeitslosigkeit? Den Brüning sind wir jetzt los, der Herr von Papen . . . nun, ich habe nicht das Gefühl, daß er uns sehr viel weiterbringt. Er hat das Uniformverbot aufgehoben, schön, aber wie geht es weiter?«

Der Vetter Nick ist aufgesprungen. »Die Zeit wird kommen«, ruft er, nun wieder mit seiner hellen scharfen Stimme. »Glauben Sie mir, meine Herrschaften, der Augenblick der Machtübernahme durch unseren geliebten Führer Adolf Hitler ist näher, als mancher denkt!« Er setzt sich wieder, und man kann hören, wie alle erleichtert ausatmen.

Adolf Hitler, das weiß ich jetzt schon seit einer Weile, Adolf Hitler ist der einzige Mensch, der unser deutsches Volk noch retten kann. Jedenfalls sagt das der Papa. Ich weiß nur noch immer nicht, und auch Papas Erklärungen helfen mir da nicht weiter, wovor uns der Führer retten soll.

Aber jetzt kommt endlich die Wirtin mit dem frischgebackenen

Streuselkuchen. Und ein Mädchen im Dirndlkleid bringt zwei große Kannen aus dickem weißem Porzellan, aus denen der dunkelbraune Kaffee seinen Duft schon vorausschickt.

Die Männer aber, außer dem Herrn Moellner, halten sich nicht erst lange bei Kaffee und Kuchen auf. »Ein Helles«, bestellen sie sich schon wieder, »einen Schnitt Bier«, das sind die hohen schmalen Gläser, die sich nach unten zuspitzen wie ein Trichter. Mit einem dünnen Stiel. Und sie haben kaum das eine Glas ausgetrunken, da winken sie schon der Wirtin nach einem neuen. »Ah, das zischt!«

Ich bin ganz verzweifelt. Nicht nur wegen der unverständlichen Reden, aber weil ich weiß, daß unser Papa, immer wenn er so begeistert ist und mit anderen Männern zusammensitzt, zuviel trinkt. Die neue Mutter weiß es auch. Ich sehe es an ihren Augenbrauen und an den Falten von der Nase zum Mund.

Da stehe ich einfach auf und gehe ans obere Ende des Tisches, wo die Männer sitzen. Ich drücke mich an den Papa und sage ihm etwas ins Ohr. Obwohl ich weiß, daß er so ein Geflüster nicht mag. Aber ich kann es doch auch nicht laut vor den anderen sagen. »Bitte, bitte«, flüstere ich, »gib mir zehn Pfennig für das elektrische Klavier, und, lieber, lieber Papa, trink nicht soviel!«

Da wehrt er mich ein bissel unwirsch ab. »Mädel«, sagt er, »mein Gott, Mädel, was soll denn das heißen? Was fällt dir denn ein?« Er sieht mich an, und ich sehe ihn an. Nein, ich weiche seinem Blick keine Sekunde lang aus. Ich würde ihn auch noch angucken, wenn er mir jetzt eine herunterhaut.

Aber das tut er dann doch nicht. Im Gegenteil. Er gibt mir nicht nur zehn, er gibt mir fünfzig Pfennig! Und ich denke, daß er dann mindestens ein Glas Bier weniger trinken kann. Denn soviel Geld haben wir auch nicht, daß uns fünfzig Pfennig nichts ausmachen würden. Das weiß ich, weil die Mutter jetzt immer wieder sagt, daß es von Tag zu Tag schwerer wird, mit dem Wirtschaftsgeld auszukommen.

Fünfzig Pfennig! Ich zeige ihr lieber nicht, wieviel mir der Papa gegeben hat, sonst nimmt sie mir die Hälfte ab und sagt, daß ich es sparen muß! Ich laufe zurück zur Christa und sage ihr leise: »Komm! Komm mit zum Tanzen!« Und wie sie mich noch erstaunt anguckt, den Mund voller Streuselkuchen, da ist bei den

Männern der Onkel Johannes aufgestanden. Er hält ein Blatt Papier in den Händen und sagt laut und mit einer Betonung, wie jemand, der auf einer Bühne steht: »Kameraden! Freunde! Hört mich an! Heute, im Dunkel der Nacht, ist mir dieses Gedicht eingefallen. Hm«, er räuspert sich:

»Adolf Hitler, geliebter Führer,
in der Not, in Schmach und Schand,
in des Volkes schwerster Stunde
hat ein Gott dich uns gesandt!
Ist ein Schrei in aller Munde
Rett' uns, Führer, rett' dies Land,
rett' die Scholle, rett' den Bauern
rett' uns all mit starker Hand!«

Da reiße ich die Christa am Arm von ihrem Stuhl hoch, weil ich es einfach nicht weiter mit anhören kann. Diese Schwärmerstimme, mit der der Onkel jetzt genau so schluchzt wie vorhin bei der »Rosemarie«. Und wie er sich jetzt mit der feinen blassen Hand durch die blondlockigen Haare fährt, das ist mir plötzlich genau so zuwider wie vorhin die kuhwarme Milch.

Wir laufen Hand in Hand über den staubgrauen Bretterboden der Veranda, durch die große Tür, hinein in den Tanzsaal. Unser Getrampel übertönt das Gedicht.

Dann bleiben wir aufatmend stehen. Hier im Saal ist es ganz still. Nichts ist mehr zu hören von der gräßlichen Dichterstimme. Die Holzläden vor den großen Fenstern sind zugeklappt, und der große Raum liegt im Halbdunkel. Nur durch die hohe Doppeltür fällt das Licht in schrägen Streifen, in denen der Staub wie kleine goldene Pünktchen auf und ab tanzt. Von Pfeiler zu Pfeiler schwingen sich grüne Papiergirlanden mit vereinzelten roten Blumen drin. Ich weiß nicht, warum, aber ich liebe diese grünen Girlanden, und am liebsten würde ich über meinem Bett zu Hause welche aufhängen.

Die Stühle sind – Beine nach oben – auf den Tischen zusammengestellt. Und in den hintersten Ecken des Saales ist es so dunkel, daß es einem schon beinahe unheimlich werden kann. Deshalb machen wir anfangs auf dem staubigen Parkett nur ganz kleine Schritte. Da, gar nicht weit vom Eingang, hinter einem Pfeiler, steht das elektrische Klavier!

Ich klappe den Deckel hoch, und es hallt im Saal, daß wir uns ängstlich nach allen Seiten umsehen. Die weißen Tasten sind gelb wie die Zähne von alten Leuten. Und die kürzeren, schwarzen sehen stumpf aus. Ohne jeden Glanz. Dann stecke ich eines von meinen Zehnpfennigstücken in den Metallschlitz an der Seite des Klaviers.

Ein paar Sekunden lang hört man nur das klimpernde Fallen des Geldstücks, dann rauscht es auf, als ob jemand Luft holt, ein langsames Geratter, das schneller und schneller wird, und jetzt bewegen sich die Tasten! Da klingt, rührend dünn und ein bißchen blechern, das Lied auf: »Ja, der Sonnenschein, der Sonnenschein hat's fein . . .«

Eine kleine Verbeugung, und ich fasse die Christa um die Taille. Genauso, wie ich es bei den Erwachsenen beobachtet habe, beim Schützenfest zu Pfingsten. Wir tanzen ›Schieber‹, und ich lasse meine Füße über das Parkett schleifen.

»Warum latscht du denn so?« fragt die Christa. Aber ich weiß eben, daß das die Männer so machen beim Tanzen. Meine Hand liegt auf Christas Rücken. Ziemlich weit unten. Wenn wir an einer Ecke der Tanzfläche angekommen sind, dann wirble ich sie herum, daß ihr fast die Füße wegrutschen. Ja, der Sonnenschein, der Sonnenschein hat's fein . . .

Als das Stück zu Ende ist, müssen wir richtig schnaufen von der Tanzerei. Und ich lasse die Christa auch nur ganz langsam los. Meine Hand auf ihrem Rücken hat den Stoff des dünnen Kleides zerdrückt, und ich habe fühlen können, wie heiß ihre Haut ist.

Aber wie wir uns ansehen, sind wir ganz ernst. »Noch mal?« fragt die Christa leise. Ich nicke nur. Diesmal spielt das Klavier »Valencia«, und da muß ich auf einmal wieder an den Herrn Marczowsky denken und was er mit dem Fräulein Wanda gemacht hat. Und ich glaube, die Christa denkt auch daran. Und beim Tanzen drückt sie mir das Knie zwischen die Schenkel und reibt mich, und weil es mir gefällt, mache ich es bei ihr genauso.

Da . . . da ist es wieder, dieses verrückte schöne Gefühl. Das Kribbeln nicht nur zwischen den Beinen. Auch im Bauch. Wie beim Maßnehmen oder beim Friseur, oder bei der schönen traurigen Geschichte, die der Herr Lichtermann erzählt hat. Und wie im Winter auf dem Klosett der Eisbahn.

Aber diesmal ist es viel, viel stärker. Valencia ...

Dann steht plötzlich der Heinzi in der Saaltür. Und die Trautel. Die Trautel möchte auch einmal tanzen. »Aber nicht mit mir!« ruft der Heinzi, »solchen Quatsch mach ich nicht mit!«

Und die Christa und ich, wir haben jetzt auch keine Lust mehr.

»Außerdem ist es eine große Ehre!« Er sieht mit vorgestrecktem Kinn zu ihr hinüber. Wie immer, wenn er einen unbeugsamen Entschluß gefaßt hat. »Letztes Jahr war der Sanitätsrat eingeladen und der Oberpostdirektor Krause! Und dieses Mal wir! Der Rechtsanwalt Richter, ich und der Kamerad Peter!«

Die Gertrud ist wieder mal störrisch. Und warum muß sie ausgerechnet jetzt plätten? Sie soll sich hinsetzen und ihm zuhören. Aber dazu ist keine Zeit, sagt sie. Und warum nicht, bitte schön? Plätten kann sie auch, wenn er nicht da ist!

»Aber ich hab gerade so ein schönes Feuer im Küchenherd«, sagt sie. Und ein Feuer braucht man natürlich zum Plätten. Zum Glühendmachen der Bolzen. »Außerdem«, sagt sie dann noch, »was soll ich denn in Berlin? Ich paß' nicht zu diesen Leuten.«

Aber so ein Gerede, das kann ihn erst richtig wütend machen. Und eisern entschlossen. »Warum denn nicht?« will er wissen. »Auf dem Stiftungsfest hat dir's doch auch gefallen, oder?«

»Beim Stiftungsfest«, schnupft sie auf, »na ja. So ein Stiftungsfest ist in ein paar Stunden vorbei. Und gegen die Bäckermeisterin Peter will ich auch gar nichts sagen. Aber drei Tage mit dieser eingebildeten Pute, dieser Frau Rechtsanwalt, brrr«, sie schüttelt sich. Leckt dann mit der Zunge den Zeigefinger naß und probiert damit, ob das Plätteisen noch zischt. Ja? Gut. Da kann sie noch zwei Stücke plätten.

»Was hast du gegen die Frau Richter?« Er weiß es natürlich, aber er mag das nicht, wenn sie sich immer so klein macht. So, als hätte sie Angst vor Höhergestellten. Gerade, als wäre sie noch das Dienstmädchen von damals. Das kann er nicht ausstehen. Und das wird er ihr auch nicht durchgehen lassen, das wäre ja noch schöner! »Wenn du nicht willst, mußt du mit ihr ja nicht reden«, sagt er. »Guten Tag und guten Weg, mehr verlangt doch keiner.«

Aber es ist doch wohl nicht nur das. Jetzt zieht sie die Stirn kraus, während sie mit etwas übertriebener Sorgfalt die Biesen plättet, mit denen die weiße Nachtjacke verziert ist. Und dann ist das Plätteisen wirklich kalt. Sie trägt es zum Küchenherd, nimmt mit dem Schürhaken zwei Eisenringe von der Herdplatte, daß das Feuer darunter heftig aufflackert. Dann zieht sie mit dem Schürhaken den kühlgewordenen Bolzen aus dem geöffneten Eisen und läßt ihn zwischen die Flammen gleiten. Den inzwischen glühend gewordenen zweiten Bolzen holt sie dafür aus der Glut und steckt ihn ins Eisen, das sie am hinteren Ende mit der kleinen Klappe sorgfältig verschließt.

Der Mann ist ihr von der Stube in die Küche gefolgt und hat die Prozedur beobachtet. Umständliche Sache! Aber es soll ja jetzt Bügeleisen geben, die man bloß mit elektrischem Strom heiß macht. Das wäre mal ein Weihnachtsgeschenk. Er hat nur keine Ahnung, wo man so etwas kaufen kann. Und um solche Sachen kann er sich nicht auch noch kümmern. Vielleicht weiß die Schwägerin Bescheid. In Breslau haben sie so was bestimmt schon, bei diesem Juden, bei dem sie arbeitet. Die sind ja immer vorneweg mit solchen modernen Sachen.

Die Getrud hat inzwischen die Ringe wieder auf die Herdplatte gelegt und ist, das Eisen hin und her schwenkend, zurück in die Stube gegangen. Er folgt ihr. Jetzt probiert sie auf einem kleinen Stück Leinwand aus, ob es nicht doch zu heiß ist. Sie will ja nichts versengen.

»Na, was ist?« sagt er zu ihr, als sie endlich weiterbügelt. »Es müßte dir doch eigentlich auch Spaß machen, einmal Berlin zu sehen?«

»Schon . . .« Sie sieht einen Augenblick zu ihm auf und seufzt. »Aber wir können es uns nicht leisten, Gerhart. Jetzt, wo alles tagtäglich immer teurer wird. Und außerdem hab ich auch kein langes Kleid!«

»Langes Kleid?« Da muß er lachen. »Wozu brauchst du ein langes Kleid?«

»Weil es ein Ball ist, wie du gesagt hast, und weil man heute nicht mehr in einem kurzen Kleid auf einen Ball gehen kann, schon gar nicht in Berlin!«

Papperlapapp! Woher will sie das überhaupt wissen? Aber vielleicht hat sie ja recht? Er versteht nichts von solchen Sachen.

»Kannst du dir nicht so ein langes Kleid borgen?« schlägt er vor. »Von deiner Schwägerin Liesel vielleicht? Die könnte es dir auch gleich passend machen, oder?«

Und wenn schon. Sie macht ihr mürrisches Gesicht, während sie ihre ganze Aufmerksamkeit dem Paradekissenbezug zuwendet, dessen Volants sie gerade plättet. In geborgten Sachen fühlt man sich nicht wohl, das weiß man doch. »Warum willst du nicht alleine fahren, Gerhart?« fragt sie. »Ich bin dir nicht böse. Zum Regimentstreffen nach Oppeln fährst du doch auch allein!«

Da muß er sich mit den Händen an die Schläfen fassen. »Du lieber Himmel, Gertrud! Das hier in Berlin ist doch was ganz anderes als ein Regimentstreffen, das ist eine Einladung zum zehnjährigen Stiftungsfest der Berliner Fünfundsechziger! In ein piekfeines Etablissement! Der Regimentskommandeur, Oberstleutnant von Brenda, hat persönlich eingeladen, verstehst du? Mit Damen! steht auf der Karte. Wenn ich da alleine komme, denken die womöglich, ich könnte mich mit dir nicht sehen lassen.« Lieber Gott, man muß ihr zureden wie einem kranken Gaul.

Aber sie wird schon langsam einsichtig. Sie fragt nur noch: »Und die Unkosten, Gerhart? So eine Reise kostet doch Geld!«

Doch da kann er sie beruhigen. »Die Fahrtkosten zahlt die Vereinskasse. Dritter Klasse, na ja. Wenn der Richter ›Zweiter‹ fahren will, soll er halt zuzahlen. Auf diese Weise sind wir ihn gleich los. Die Unterbringung in einem gutbürgerlichen Hotel wird auch vom Verein getragen. Was bleibt denn da noch, frag ich dich?«

Jetzt lächelt sie zum ersten Mal. »Ach, Gerhart, da bleibt schon noch einiges. Das Essen zum Beispiel. Drei Tage lang kann man schlecht von mitgenommenen Broten leben. Und das Essen in Berlin, noch dazu in einem Hotel, ist bestimmt nicht billig, denk ich mir. Und die Trinkgelder! Mein Gott, ich wüßte nie, wieviel Trinkgeld man geben muß!«

Verflixt! Da hat sie natürlich recht. An so was hat er noch gar nicht gedacht. Aber er muß zugeben, daß das mit den Trinkgeldern in einem Hotel eine heikle Sache ist. Man weiß nie genau, wann und wieviel man geben soll. Das ist ihm in Oppeln beim Regimentstreffen auch schon mal passiert. Und bei so einem Portier in seiner Uniform mit Goldtressen, von dem weiß man ja gar nicht, ob er überhaupt ein Trinkgeld annimmt. Da stände man ganz schön dämlich da! In Oppeln läßt er sich jetzt aus diesem Grund immer ein Privatquartier zuweisen. Das ist zwangloser. Halt! Natürlich! Das ist es. Wozu hat man schließlich Verwandtschaft in Berlin!

»Ich hab's, Gertrud. Wir gehen überhaupt nicht ins Hotel! Wir wohnen bei Onkel Wilhelm in der Flotowstraße. Wir nehmen ihm eine Flasche Korn mit und der Helene eine Bonbonniere, und von dem restlichen Übernachtungsgeld gehen wir essen. Vielleicht gibt's dort auch so was wie Aschinger in Breslau? Überleg doch mal, der ganze Spaß kostet uns keinen Pfennig! Womöglich bleibt noch was übrig, Gertrud!«

Er strahlt sie an. Und was soll sie da machen? Es fällt ihr höchstens noch ein, daß der Onkel und seine Frau bestimmt nicht zulassen werden, daß sie bei Aschinger essen. Aber das ist doch kein Grund dagegen. Eher einer dafür. Meine Güte, Berlin!

Und dann hätte sie in der Aufregung beinahe das Plätteisen auf dem Kissenbezug vergessen. Es riecht schon fast ein bißchen versengt, aber es ist zum Glück noch nichts geschehen.

... Berlin ...

Das war vor vierzehn Tagen. Und jetzt ist es soweit. Langsam fährt der Zug dem Ziel ihrer Fahrt entgegen.

Berlin, Hauptstadt Preußens, Hauptstadt des Reiches, man kann es kaum glauben, daß man es nicht nur träumt.

Es ist Freitag. Vierzehn Uhr fünfzehn. Der Bäckermeister Peter und seine Frau können aus Geschäftsgründen erst am Sonnabend nachkommen. Und der Rechtsanwalt fährt, wie vermutet, natürlich ›Zweiter‹. Er wird auch nicht im vorgesehenen gutbürgerlichen Hotel wohnen. Wahrscheinlich im »Adlon«, oder im »Fürstenhof«! »Wenn schon, denn schon«, hat er gesagt. Und: »Nich' klekkern, Koller, klotzen! Einmal ist keinmal!«

Der hat gut reden. Aber dem Obersekretär Koller ist das gerade recht. Und der Gertrud noch viel mehr. »Der Richter«, sagt er zu seiner Frau, »ist ein eins a Rechtsanwalt, aber manchmal kann er einem schon auf die Nerven gehen mit seiner Angeberei.«

Die Gertrud nickt nur. Und sieht zum Fenster hinaus. Siedlungen fliegen vorbei und Schrebergärten. Rattatam, rattatam macht der Zug, und wenn es über eine Weiche geht tatack, tatack. Hinterhöfe, schwarz von Ruß. Rote Ziegelgebäude, Fabrikanlagen. Jetzt verzweigen sich die Gleise, die Weichen werden häufiger, Tatack, tatack, tatack ...

Schnell die Koffer aus dem Gepäcknetz. Die Mäntel anziehen. Haben wir alles? Zwei Koffer, neu, ›echt Vulkanfiber‹ auf dem Firmenschildchen. Handtasche, Schirm und noch die Einkaufstasche mit den Mitbringseln, den Rest der belegten Brote und harten Eier, die sie für unterwegs mitgenommen hatten.

Dampfwolken aus der Lokomotive vernebeln das Schild neben den Gleisen: Berlin Schlesischer Bahnhof! Die Bremsen greifen. Es quietscht und klirrt, daß man sein eigenes Wort nicht mehr versteht. Mit einem scharfen Ruck, der sie beide beinahe auf die Holzbänke wirft, hält der Zug.

Aussteigen!

Die Stufen vom Abteil auf den Perron sind ganz schön hoch. Und steil. Mit zwei großen Koffern beinahe halsbrecherisch. Als sie's geschafft haben, müssen sie erst einmal verschnaufen. Und tief Luft holen. Berlin!

Die Menschenflut um sie herum brodelt und hastet, einer rempelt den anderen an, es schert sich keiner drum. Keiner, der Zeit hätte, daß man ihn fragen könnte, wo denn hier die S-Bahn sei.

Da! Endlich einer mit der roten Mütze. Der Aufsichtsbeamte! Gott sei Dank! »Halt deine Handtasche fest«, warnt der Obersekretär seine Frau, ehe er sich mit ihr ins Gewühl stürzt. Der roten Mütze entgegen.

Die Stadtbahn. Als sie endlich drinsitzen, sind sie beide in Schweiß gebadet, und der Mann wischt sich das Gesicht mit dem Taschentuch. »Man fragt sich bloß«, sagt er immer noch schweratmend, »was all diese Menschen hier in Berlin wollen? Es ist doch gar kein besonderer Tag, höchstens für uns!« Und sie sagt, daß sie in einer so großen Stadt doch lieber nicht wohnen möchte. »Ich glaube, ich würde verrückt werden hier«, sagt sie.

Er nickt. Wenn es auch – andererseits – schon eine tolle Sache ist, hier zu wohnen. Gewissermaßen an der Quelle! Wo die Politik gemacht wird. Wo die Reichskanzlei ist und die Ministerien. Und die Schlösser der ehemaligen Preußenkönige. Historischer Boden, sozusagen. Aber sie hat schon recht, die Gertrud, und wenn er ganz ehrlich ist, muß er zugeben, daß auch für ihn dieses Hasten und Jagen, die ganze Unübersichtlichkeit einer solchen Riesenstadt, ziemlich verwirrend ist. Nein, nicht beängstigend, natürlich nicht. Aber verwirrend. Und deshalb hat er sich auch gleich auf dem Bahnhof einen Stadt-Führer gekauft. Mit Karten kennt er sich schließlich aus. Und hat man erst einmal einen solchen Plan studiert und sich die Hauptstraßen eingeprägt, dann ist alles halb so schlimm. Da ist er ganz sicher.

Aber jetzt wirft er doch lieber noch einen Blick auf den Zettel, den ihm der Onkel Wilhelm geschickt hat.

Bahnhof Jannowitz-Brücke und Alexanderplatz haben sie hinter sich. Hat er noch Zeit, seine Karte auszubreiten? Besser nicht. Diese Stadtbahnzüge halten auf den Stationen nicht allzu lange, da muß man schnell sein mit dem Aussteigen.

Lehrter Bahnhof. Weit ausgedehnte Gleisanlagen, »weil der Lehrter Bahnhof auch ein Fernbahnhof ist«, erklärt er seiner Frau, »ähnlich wie der Schlesische Bahnhof.« Das weiß er noch von seinem ersten Besuch in Berlin. Vor acht oder neun Jahren. Zur Beerdigung von Onkel Wilhelms erster Frau. Viel mehr ist ihm allerdings nicht in Erinnerung geblieben, denn diese Beerdigung war eine reichlich ›feuchte‹ Angelegenheit gewesen. Der Onkel und sein Neffe hatten die Trauer um die teure Verblichene in Korn und Bier ertränkt. Aber das muß die Gertrud ja nicht wissen. Damals kannten sie sich ja noch gar nicht. Diesmal, das nimmt er sich vor, wird das anders. Diesmal will er was sehn von der Reichshauptstadt. Und außerdem ist es auch ein ganz anderer Anlaß.

Bahnhof Bellevue.

»Bei der nächsten Station müssen wir raus«, sagt er nach einem Blick auf seinen Zettel, »dann kommt Bahnhof Tiergarten!«

Als sie ausgestiegen sind, müssen sie sich nicht erst lange umsehen. Der Onkel kommt ihnen schon auf dem Bahnsteig entgegen. Die Gertrud, sie hat ihn nur ein einziges Mal bei ihrer Hochzeit gesehen, erkennt ihn gleich. Weil er dem Kaiser so ähnlich sieht. Dem letzten Kaiser, Wilhelm dem Zweiten. Stattliche Figur, hoch aufgerichtet, silberweißes Haar (obwohl er erst Anfang Fünfzig ist), hellblaue Augen und der aufgezwirbelte Schnurrbart. Die Ähnlichkeit ist wirklich so verblüffend, daß die Leute manchmal auf der Straße stehenbleiben und dem Onkel mit aufgerissenen Augen nachsehen.

Doch der Kaiser ist in Doorn, im Exil, aber zu Hause in Ohlau, da hängt sein Bild noch immer an der Wand in der Wohnstube.

Bei der Begrüßung, als der Onkel sie an sich zieht, da kann die Gertrud das Kölnisch Wasser am Samtkragen seines schwarzen Mantels riechen. Und einen ganz leichten Duft von klarem Schnaps. Die hellblauen Preußen-Augen glitzern, aber das kann natürlich auch Rührung sein.

Tiergarten ist eine vornehme Gegend im Westen Berlins. In den meisten Städten liegen die vornehmen Bezirke im Westen und die Fabriken und alles, was Gestank macht, im Norden oder Osten.

Das ist wegen des Windes, der meistens von Westen kommt. Aber das weiß die Gertrud natürlich nicht, sie sieht nur, daß die Straßen breit sind und daß die Häuser, an denen sie entlanggehen, hochherrschaftliche Häuser sind. Hinter den Fenstern mit richtigen Wolkenstores müssen die Wohnungen geradezu riesig sein. Die Vorgärten haben eiserne Lanzenzäune mit scharfen Spitzen. Die letzten Blumen dahinter hat der erste Frost braun gefroren.

Es ist Ende Oktober. Dieses Jahr scheint es einen frühen Winter zu geben. »Bei solchem Wetter kann einer froh sein, wenn er eine warme Stube hat«, sagt der Onkel. »Aber hier gibt es viele, die das nicht haben!«

Dann bleibt er vor einem der ganz vornehmen Häuser stehen. Es ist aus rotem Backstein gebaut, mit Erkern und Loggien. Und über der breiten Eingangstür leuchtet in buntem Glas ein ovales Rosettenfenster.

»Hier?« fragt die Gertrud ihren Mann leise. Weil sie es sich nicht vorstellen kann. Der Onkel Wilhelm ist Angestellter einer Wach- und Schließgesellschaft, und man weiß, daß seine zweite Frau ›auf Bedienung‹ geht. Das bedeutet, daß sie bei reichen Leuten wäscht und saubermacht.

Aber der Gerhart nickt. Und sie folgen dem Onkel durch die pompöse Eingangstür, ein paar Marmorstufen, mit rotem Läufer belegt, hinauf. Durch eine Windfangtür.

Doch dann geht's durch das Haus hindurch zur Hintertür. Ach so, jetzt begreift es die Gertrud.

Ein kleiner Hof mit ein paar mickrigen Sträuchern. Eine Buchsbaumrabatte. Dahinter ein teppichgroßes Stück Garten mit Gebüsch und Zaun. Und dann schon der Hinterhof des gegenüberliegenden Hauses.

In einem Seitenflügel eine schmale Tür zu ebener Erde. Eine magere, zierliche Frau steht schon davor. Und, an sie gedrängt, ein niedliches kleines Mädchen. Dieselben dunkelblonden Locken wie die Mutter. In einer Schürze mit Flügelärmeln. Irgendwo bellt ein Hund wie verrückt.

»Herzlich willkommen!« sagt die Frau, Onkel Wilhelms zweite, sie heißt Helene. Und das Kind ist die kleine Anneliese, gerade sieben geworden. Aber so mager und blaß, daß man glauben könnte, sie sei erst fünf.

Die Wohnung, ziemlich dunkel und wahrscheinlich auch feucht im Winter, ist eigentlich zu klein für noch zwei Gäste. Das sieht die Gertrud gleich. Dagegen wohnt sie ja, mit ihren drei großen hellen Stuben in Ohlau und der extra Küche, schon beinahe herrschaftlich. Wenn man vom Plumpsklo im Hof absieht. Aber hier, beim Onkel, ist das Klosett zwar mit Wasserspülung, liegt aber gleich neben der Küche, und das ist auch nicht besonders angenehm.

Das einzige Zimmer liegt hinter der Küche. Dunkel und schmal wie ein Schlauch. Mit nur einem Fenster, das auch auf den Hof hinausgeht. Alles steht eng beieinander, die Nachtkästen, ein großer dunkler Kleiderschrank und die Ehebetten mit ihren Federkissen-Gebirgen. Es ist kaum Platz zum Gehen.

Die Küche, die man gleich vom Hof aus betritt, ist größer als das Schlafzimmer. Und sie dient, mit Tisch und Stühlen, mit Kanapee und einem Vertiko mit geschnitztem Aufsatz, wohl gleichzeitig als Wohnstube. Sogar einen zweiten Kleiderschrank gibt es hier. »Da könnt ihr eure Sachen reinhängen«, sagt die Helene, »und mit dem Schlafen, da haben wir uns gedacht, du, Gertrud, schläfst mit mir und dem Kind in den Ehebetten und der Gerhart hier draußen auf dem Sofa.«

»Und ... und der Onkel?« fragt die Gertrud mit großen Augen.

»Der Wilhelm ist doch unterwegs die ganze Nacht! Der muß doch seinen Wachdienst machen. In diesen schlechten Zeiten stehlen die Menschen wie die Raben! Da gibt es beinahe jede Nacht Einbrüche!«

»Hat er denn keine Angst?« Die Gertrud ist richtig erschrocken.

»Na ja«, der Onkel lacht. »Aber ich hab ja meinen Harras! Hinten im Hof, gleich um die Ecke, steht seine Hütte. Wollt ihr ihn mal sehen?«

Die Gertrud macht sich nichts aus Hunden. So ein Tier beleckt doch alles. Aber das sagt sie natürlich nicht. Sie sagt nur, daß sie so schnell wie möglich die Sachen aus den Koffern nehmen sollte. »Damit sie sich aushängen bis morgen abend!« Dafür geht der Gerhart mit seinem Onkel den Hund ansehen.

»Jetzt trinken wir erst mal gemütlich Kaffee.« Die Helene hat den Tisch schon gedeckt, und nun setzt sie den Napfkuchen in die Mitte, während die Gertrud die Mitbringsel verteilt.

»Das wäre aber wirklich nicht nötig gewesen«, bedankt sich die Helene für ihre Bonbonniere. »Solche Ausgaben und die gute Sarotti-Schokolade, Anneliese, bedank dich bei Tante Gertrud. Auch für die Leibniz-Kekse, die magst du doch so.«

Der Onkel bekommt Zigarren und eine Flasche Korn. Er holt gleich zwei Gläser aus dem Vertiko. Für den Neffen und für sich.

»Aber nur einen Schluck zur Begrüßung«, sagt die Helene resolut, und dann nimmt sie die Flasche und trägt sie ins Schlafzimmer. »Morgen ist auch noch ein Tag, und dann freut ihr euch, wenn noch was übrig ist!«

Dem Gerhart ist das ganz recht so. Er sagt, daß er morgen auch einen klaren Kopf haben muß. »Für die Besichtigung der Reichshauptstadt, sonst verlaufen wir uns womöglich.«

Aber der Onkel sagt, daß er sich das nicht nehmen läßt, und natürlich wird er seinem Besuch die Stadt zeigen. »Ist doch selbstverständlich«, sagt er, »hoffen wir nur, daß schönes Wetter ist!«

Der Neffe will wissen, ob es denn wirklich so schlimm ist, in Berlin, mit den Schlägereien zwischen den Roten und der SA? Und ob man womöglich in so was hineingeraten kann? »Bei uns«, sagt er, und es klingt fast, als würde er es bedauern, »in so einem Nest wie Ohlau, da merkt man nichts weiter. Aber es gibt auch nicht allzu viele Rote bei uns. Höchstens unter den Arbeitern der Zigarrenfabrik und in der Maschinenfabrik X. Aber die meisten sind froh, wenn sie noch Arbeit haben, die riskieren nichts!«

»Hier im Westen, in den vornehmeren Wohngegenden, kriegt man nicht viel mit von den Keilereien«, erklärt der Onkel, »und wenn man am Morgen davon in den Zeitungen liest, denkt man, es wäre auf einem anderen Stern passiert! Im Norden und im Osten der Stadt ist das was anderes. Wo die Menschen zusammengepfercht in den heruntergekommenen Mietskasernen wohnen, gibt es natürlich auch die meisten Arbeitslosen. Und die einen glauben, daß ihnen der Hitler helfen kann, während die anderen auf die Internationale schwören. Da schlagen sie sich fast jede Nacht die Köpfe ein. Vor allem, seit der Herr von Papen das Uniformverbot wieder aufgehoben hat. Da weiß jeder gleich, wen er vor sich hat. – Und willst du nicht mein Bruder sein, so schlag ich dir den Schädel ein. – Und manchmal gibt es auch Tote!«

Der Gertrud schaudert's. Aber ihr Mann macht mutige Augen. Sie sollten nur kommen, die roten Schweine, denen würde er es schon zeigen! Aber er will noch etwas anderes wissen. »Es war doch hier in der Nähe, Onkel, wo damals der Karl Liebknecht und die Rosa Luxemburg zu Tode gekommen sind?« fragt er. »Er, so hieß es, wurde im Tiergarten auf der Flucht erschossen. Und sie soll von der rasenden Menge buchstäblich in Stücke gerissen und in den Landwehrkanal geworfen worden sein. So stand es jedenfalls in den Zeitungen!«

Der Onkel sieht den Neffen an. Mit seinen hellblauen Preußenaugen. »Von einer rasenden Menge weiß ich nichts«, sagt er dann beinahe widerwillig, »ich habe jedenfalls keinen Menschen gesehen.«

»Warst du denn dabei?«

»Nein, ich war unterwegs. Es ging ja damals hier alles drunter und drüber. Ich bin bestimmt nicht auf der Seite der Roten, das weißt du. Aber glaub mir's, Junge, was man mit den beiden gemacht hat, was einige sogenannte Offiziere und eine Handvoll Wachsoldaten da gemacht haben . . . ich rede nicht gerne darüber, aber es war glatter Mord, wenn du mich fragst!«

Oho, das kann der Gerhart nicht glauben. Davon hätte man doch auch schon mal was gehört. »Nein, Onkel . . .«

Aber da steht die Helene auf und sagt: »Hört endlich auf mit diesen gräßlichen Geschichten!« Und dann räumt sie den Kaffeetisch ab und deckt für das Abendessen. Belegte Brote und Tee. Und für die Männer eine Flasche Bier.

Und die Gertrud sagt leise zu ihrem Mann, daß er doch über so schreckliche Dinge nicht vor dem Kind reden soll.

Das Kind sitzt auf dem Kanapee und zieht seine Puppe aus. Und wieder an. Aus und wieder an. Man könnte meinen, daß es überhaupt nicht zuhört. Aber manchmal, wenn die Erwachsenen durcheinanderreden und keiner es beobachtet, da wandert der Blick der hellblauen Augen – Preußenaugen, wie die ihres Vaters – ruhig und aufmerksam von einem zum anderen. Der Gertrud gefällt das Kind. Artig und folgsam. Und niemals eine Widerrede. Solche Kinder sind ihr die liebsten.

Aber der Gerhart sagt: »Ach was, so ein Kind versteht doch so was noch gar nicht.« Und dann zu seinem Onkel: »Man darf aber nicht vergessen, daß die beiden – du weißt schon, wen ich meine –, sie sind doch selber schuld, dieses saubere Paar!« Er ereifert sich schon wieder. Aber er versucht, seine Stimme wenigstens zu dämpfen. »Sie haben schließlich mit ihrem Spartakus-Bund Mord und Totschlag geradezu herausgefordert. Sie haben doch aufgerufen zu Gewalt und Terror, oder nicht?«

»Das ist lange her, Gerhart.« Der Onkel steckt sich eine von den mitgebrachten Zigarren an. »Die sind aber gut«, nickt er anerkennend.

Aber mit solchen Tricks, nein, da läßt er sich nicht ablenken. Er, Gerhart Koller, respektiert seinen Onkel. Doch was er zu sagen hat, muß gesagt werden. Das hat er noch überall so gehalten. Und wenn es der Gertrud zehnmal peinlich ist. Überhaupt kann man bei solchen Sachen auf Frauen keine Rücksicht nehmen.

»Sag es doch selber, Onkel«, fängt er deshalb noch einmal an. Und schert sich nicht um die Blicke der Frauen. »Sie geben doch immer noch keine Ruhe, diese Roten! Sie haben aus den Ereignissen damals nichts gelernt. Wir Deutsche wollen keine Internationale und keinen Sozialismus. Es sei denn, einen nationalen!« Er lacht auf. Kurz und hart. »Es ist an der Zeit, daß einer kommt. Ein wirklicher Mann. Ein Soldat, der mit eisernem Besen dieses ganze rote Geschmeiß aus unserem Vaterland hinwegfegt. Und allen voran die Juden. Denn das sind die Hauptschuldigen!«

Die Frauen haben bisher schweigend dagesessen und an ihren Broten gekaut. Aber jetzt fährt die Helene hoch. »Halt, Gerhart«, sagt sie mit einer Stimme, die wie aus Stahl ist, »das ist genug! Auf die Juden wird bei uns nicht geschimpft. Was weißt du denn von ihnen? Kennst du welche persönlich? Weißt du zum Beispiel, wie viele Juden im letzten Krieg gefallen sind? Für euer Vaterland, das genauso ihr Vaterland war. Du redest nur das nach, was in deinen Hetzblättern steht. Ja, ich habe schon gesehen, was du liest. Aber dein Onkel und ich, wir sind darin nicht deiner Meinung, und ich bitte dich, das zu respektieren ... Entschuldige!« Sie setzt sich wieder. Ihr mageres hübsches Gesicht ist ganz gerötet.

Der Gerhart ist wie vor den Kopf geschlagen. So was ist ihm noch nie passiert. Erst will er höhnisch auflachen. Und dann seine Frau am Arm nehmen und sagen: Komm, wir gehen. Hier gehören wir nicht mehr hin. Aber es ist schon dunkel draußen, und dann, er muß es zugeben, er wüßte wirklich nicht, wo sie jetzt noch hin sollten. Wahrscheinlich würden sie nicht einmal den Weg zurück zum Bahnhof finden. Und in der Dunkelheit nutzt auch der beste Stadtplan nichts.

Er schnauft heftig und trinkt sein Bierglas leer. Wie diese Helene dagestanden hat! Fast könnte man sie selbst für eine Jüdin halten. So eine Kämpferische, aus dem Alten Testament. Rachel, oder Esther, oder wie die geheißen hatte. Aber das kann er nicht glauben. Wenn die Helene wirklich eine Jüdin wäre, das steht für ihn fest, dann säße sie im Vorderhaus, in der Beletage, und nicht hier, in diesem Loch! Und dann sagt er sich, daß sie eben eine Frau ist. Eine von denen wahrscheinlich, die immer Widerrede geben müssen. Egal, ob sie etwas von einer Sache verstehen oder nicht. Er kann nur froh sein, daß die Gertrud keine von der Sorte ist. Gott sei Dank! Aber der Onkel tut ihm leid. Der hat bestimmt bei so einer nichts zu lachen! Und wen wundert es da noch, daß er mal einen über den Durst trinkt?

Nein, unter diesen Umständen, das sieht er ganz klar jetzt, da muß er einfach hierbleiben. Schon dem Onkel zuliebe. Das ist er ihm geradezu schuldig.

Aber ehe ihm noch etwas einfällt, was er erwidern könnte, um diese ungute Pause, an der er jedenfalls nicht schuld ist, zu beenden, sagt der Onkel: »Da hast du's, Gerhart! Du warst ja schon immer ein Hitzkopf, aber meine Helene, die steht dir nicht viel nach, das mußt du doch zugeben?«

Er lacht gutmütig. Und der Obersekretär, weil er den Onkel nicht kränken will, lacht mit, und dann lächelt auch die Helene. Nur die Gertrud weiß nicht, was sie von dem Ganzen halten soll. Diese Helene! Soviel Courage hätte sie der schmächtigen Frau, die doch höchstens acht oder zehn Jahre älter ist als sie, wirklich nicht zugetraut.

Dann wird der Onkel noch einmal ernst. »Nur dies noch, Gerhart, dann wollen wir über angenehmere Dinge reden. Ganz gleich, wer an der jetzigen Misere schuld ist, soviel steht fest: Der, dem es gelingt, die Arbeitslosen von der Straße wegzubringen, dem gehört die Zukunft. Mag er nun Hitler heißen oder Thälmann! Wir aber, wir können nur eines tun, dafür beten, daß dieser Mensch dann seine Macht nicht mißbraucht!«

Heil Hitler! möchte der Obersekretär jetzt am liebsten sagen, weil er findet, daß das der würdige Abschluß für die kleine Rede seines Onkels wäre. Aber dann läßt er es lieber, und die Helene ist auch schneller: »Und jetzt Schluß der Debatte«, sagt sie mit einem Blick hin zum Neffen ihres Mannes: »Nimm mir's nicht übel, Gerhart, ich sage halt auch, was ich denke. Und jetzt greift zu! Es ist zwar nichts Besonderes, aber es kommt von Herzen!«

Kurze Zeit später muß der Onkel auch schon zu seinem Wachdienst aufbrechen. Und die Frauen, nachdem sie das Geschirr noch abgewaschen haben, wollen sich ins Schlafzimmer zurückziehen. Das Kind schläft schon. »Morgen habt ihr einen langen Tag vor euch«, sagt die Helene, »da solltet ihr ein bißchen auf Vorrat schlafen!« Die Gertrud legt ihrem Mann das Nachthemd auf das zum Bett hergerichtete Kanapee, und die Helene steckt noch zwei in Papier gewickelte Bricketts in den Küchenofen. »Das hält warm bis morgen früh.« Sie stellt dem Neffen ihres Mannes noch eine Flasche Bier hin. »Schlaf gut, und nichts für ungut, gute Nacht!« Und »Gute Nacht« sagt auch die Gertrud und zieht die Schlafzimmertür hinter sich zu.

Der Obersekretär stößt einen erleichterten Schnaufer aus. Endlich kann er jetzt seinen Stadtplan auf dem Tisch ausbreiten. Manchmal wünscht er sich wirklich, es gäbe überhaupt keine Weiber. Oder sie wären wenigstens stumm.

Er holt seinen Tintenstift aus der Westentasche und macht sich daran, die Sehenswürdigkeiten, zu denen er hin will, mit Kreuzen, Sternen oder Kreisen zu versehen. Er hat seine eigenen Vorstellungen von dem, was wichtig ist, besichtigt zu werden. Er mißt mit dem Stift Entfernungen aus.

Unvorstellbar, was da alles auf verhältnismäßig kleinem Raum an Sehenswertem ist. Schloß und Zeughaus, Alte Bibliothek und gleich mehrere Museen. Siegessäule und Sieges-Allee und natürlich die Prachtstraße ›Unter den Linden‹. Hier war Seine Majestät fast täglich entlanggefahren! Man war einfach nicht in Berlin gewesen, wenn man nicht dort gewesen ist! Aber vorher das Brandenburger Tor und, ach ja, die Schloßbrücke mit diesen berühmten Marmorgruppen ›Aus dem Leben des Kriegers‹, das mußte er natürlich auch sehen.

Wie man das bloß in ein paar Stunden schaffen soll? Er trinkt einen Schuß Bier und zündet sich noch eine Zigarre an. Und wieviel Zeit bleibt für Potsdam?

Das Charlottenburger Schloß kann er sich auch bei einem späteren Berlin-Besuch ansehen. Diese Schlösser sind sich ohnehin mehr oder weniger alle gleich. Aber halt! Das Grab der Königin Luise, der Gemahlin Friedrich Wilhelms des Dritten, das ist doch auch dort im Mausoleum im Park des Schlosses. Die Königin! Er pafft dicke Wolken aus seiner Zigarre. Ihr Porträt kennt in Preußen fast jeder. Oder sollte es kennen. Blaßblonde Locken, zarte weiße Haut, ein hellblaues Band um den Hals oder in den Haaren.

Er, Gerhart Koller, kannte mal eine, die hatte ihr beinahe ähnlich gesehen, auch immer dieses Hellblau. Er kräuselt die Lippen. Er sollte sich was schämen. Den Gedanken an eine engelhafte, tapfere Frau in einem Atemzug mit dieser, dieser ... Nein, das fehlte gerade noch!

Er wendet sich wieder seinem Stadtplan zu. Wieviel Zeit bleibt für Potsdam?

Potsdam, das läßt er sich nicht nehmen. Und wenn morgen die Zeit nicht reicht, dann eben Sonntag früh. Dann nehmen sie halt den Mittagszug zurück nach Ohlau. Er kramt den Fahrplan aus seinem Koffer und stellt sich gleich die Abfahrts- und Umsteigezeiten zusammen.

Potsdam muß sein. Einmal in seinem Leben will er am Grab des Mannes stehen, den er wie keinen anderen verehrt. Allen seinen Vorstellungen, die er sich vom Soldaten, von seinen Tugenden und – ja auch – seinen Schwächen macht, liegt sein Bild vom Alten Fritz zugrunde. Über ihn hat er schon als Junge mit glühenden Backen gelesen. Kennt alle Anekdoten, die sich um den berühmten Preußenkönig ranken, weiß jeden Ausspruch des Monarchen auswendig. Nichts hat ihn als jungen Mann mehr angerührt als die Figur des jungen Kronprinzen, der vom Fenster seines Kerkers in der Festung Küstrin aus zusehen muß, wie sein bester Freund Katte hingerichtet wird. Anfangs hat er dem allzu strengen Vater gezürnt, aber mit den Jahren hat er es dann begriffen. Der Alte Fritz wäre - ohne diesen Vater - nie zu der Größe aufgestiegen, die er am Ende besaß. Wäre niemals ohne den harten Willen und die Strenge des Vaters »Friedrich der Große« geworden.

Der Obersekretär drückt seine Zigarre im Aschenbecher aus und wirft den Stummel dann in die Ofenglut. Er packt den Stadtplan weg und das Kursbuch. Und jetzt kann er sich ruhig schlafen legen. Aber die Sprungfedern des Kanapees quietschen noch lange, bis er endlich eine bequeme Lage gefunden hat. Außerdem geistert ein scharfes Profil durch seine Träume, die hellblauen Preußenaugen sind auf ihn, Gerhart Koller, gerichtet, und dann ein anderes Hellblau, ein Haarband, blaßblonder Zopf. Ächzend wirft er sich herum. Da, das ist besser, der Hohenfriedeberger Marsch, tatam, tatatam, tataratatam . . .

Er macht die Augen auf. Die Helene klappert schon mit den Tassen, und der Kaffeeduft steigt ihm in die Nase. Aber die Musik spielt weiter. Aus irgendeinem der Hinterhöfe klingt es herüber. Ein Leierkasten. Der Hohenfriedeberger Marsch!

Das stimmt ihn gleich fröhlich. Und er nickt der Helene zu, während er sich aus den Decken schält. »Hast du den zum Wecken für mich bestellt?« fragt er lachend.

Und die Helene lacht auch ein bißchen. Obwohl es gar nicht so zum Lachen ist. »Die Leierkastenmänner werden immer mehr«, sagt sie mit einem Seufzer. »Und die Hofsänger auch! Manchmal gleich vier auf einmal, und die singen dann im Quartett. Man gibt ihnen zwei Pfennig, und da bedanken sie sich noch höflich. Jedenfalls die meisten. Manche wollen auch einfach bloß einen Teller Suppe oder eine Scheibe Brot. Es muß nicht mal Margarine oder Sirup drauf sein . . .«

Er denkt, daß das ein schöner Zug von ihr ist, daß sie den Ärmsten noch was abgibt von dem Wenigen, das sie selber hat. Und wie sie nach nebenan in die Schlafstube geht, holt er fünf Mark aus seiner Weste und legt sie in die Büchse, in der sie die Tüte mit Kaffeebohnen aufhebt.

Dann wäscht er sich in der Waschschüssel neben dem Herd, und die Gertrud kommt und wäscht sich auch, während die Helene nebenan die Betten macht. Das Kind ist schon in der Schule. Er hat es überhaupt nicht gehört.

Wie sie sich dann zusammen an den Kaffeetisch setzen, da kommt auch der Onkel von seinem Wachdienst nach Hause.

Nein, er legt sich jetzt nicht erst noch hin. »Schlafen kann ich, wenn ihr wieder weg seid, noch genug!« Und: »Mit einem starken Kaffee bin ich schnell wieder munter!« Er wäscht sich draußen im Hof, den Oberkörper ganz nackt, und die Gertrud kriegt runde Augen. Ob sich denn niemand aus dem Vorderhaus darüber aufregt, will sie wissen. Und die Helene lacht und sagt, daß die Herrschaften so früh nicht aufstehen. »Höchstens das Dienstmädchen aus dem ersten Stock. Und die sieht so was gern!« Worüber die Gertrud vollends in Verwirrung gerät.

Jetzt macht sich der Onkel fein. Zieht den Ulster an mit dem Samtkragen. Ein paar Tropfen Kölnisch Wasser hinters Revers, ein frisches Taschentuch, und schon kann's losgehen.

Gerhart Koller muß es zugeben. Ohne den Onkel, ohne seine genauen Kenntnisse der S-Bahn, Straßenbahn- und Omnibuslinien wären sie verraten und verkauft. Da nützt auch der beste Stadtplan nichts. Abgesehen davon, daß es schon komisch wirkt, wenn er sich da an jeder Ecke mit dem ausgebreiteten Plan hinstellt. »Muß ja nicht gleich jeder merken, daß du aus der Provinz kommst«, neckt der Onkel.

Und da blättert der Obersekretär immer nur noch im Anhang seines Stadtplans, wenn er wissen will, wann etwas gebaut wurde, oder von wem.

Die Gertrud findet, daß man sich alle Sehenswürdigkeiten gar nicht merken kann. Aber am besten gefällt ihr das Schloß.

Die goldgerahmten Spiegel und darunter die komischen halben Tischchen mit nur zwei geschnörkelten Beinen. Porzellanvasen so hoch wie ein zehnjähriges Kind! Man geht, oder besser man schlittert in riesigen Filzpantinen, die man gleich am Eingang über die Schuhe ziehen muß, zwischen den roten Absperrseilen entlang. Und der Mann, dieser Gerhart, muß natürlich wieder Unsinn machen und so tun, als liefe er Schlittschuh hinter dem Fremdenführer her. Sie muß sich das Lachen verbeißen, aber den Fremdenführer, der mit monotoner Stimme seine Erläuterungen herunterbetet, etwa zu fragen, warum die hier damals so wenig Möbel hatten, das getraut sie sich nicht. Obwohl es sie brennend interessiert. Und sie wüßte auch gerne, wie lange ein Mensch wohl braucht, diese wunderschönen Parkettfußböden mit den kunstvoll eingelegten Mustern aus verschiedenen Hölzern zu bohnern? So etwas steht eben leider in keinem Stadtplan.

Der Mann macht sich nichts, oder jedenfalls nicht viel, aus all dem Prunk. Aus schön geschwungenen Treppen und Marmorsäulen. Erst wenn es militärisch wird, wenn sturmzerfetzte, womöglich gar vom Feind erbeutete Fahnen gezeigt werden, oder Waffen, Rüstungen und vor allem Pläne von siegreichen Schlachten, da horcht er auf und merkt sich alles genau. Ja, er macht sich sogar Notizen. Für später, wenn sie wieder zu Hause sind. Wenn er den Kindern davon erzählen wird.

Da, wo es etwas kostet bei den Besichtigungen, bleibt der Onkel lieber draußen und erzählt sich was mit dem Mann an der Kasse. »Ich kenne doch das meiste schon«, erklärt er, »und wenn du mich statt dessen nachher zu einem Bier einlädst, hab ich mehr davon!«

Aber die Gertrud sagt gleich: »Erst am Schluß, wenn wir alles gesehen haben!«

Alles gesehen! Lieber Himmel, wie sie sich das vorstellt! In ein paar Stunden alles gesehen! Der Gerhart blinzelt dem Onkel zu. Diese Frauen, was die für Vorstellungen haben!

Weiter geht's. Zum Denkmal des Großen Kurfürsten.

Riesenhaft sitzt der auf seinem bronzenen Gaul. Der Mantel flattert und die Locken, und die Gertrud findet, daß die große Zehe des Helden mindestens so groß ist wie ihre Hand. Jedenfalls kommt ihr das so vor.

Gerhart Koller ist irgendwie enttäuscht. Er hat eigentlich etwas anderes erwartet. Was? Das läßt sich schlecht erklären. Dieser Mann hier auf dem Pferd, das könnte genausogut Ludwig der Vierzehnte sein, oder Prinz Eugen. Viel zuviel »Brimborium«, wie er das nennt. »Für mich«, sagt er zum Onkel, »ist dieser Mann, der Große Kurfürst, Sieger in der Schlacht bei Fehrbellin 1675 über die Schweden, der erste richtige Preuße! Jedenfalls hat er diesem Land als erster die Souveränität errungen!« Mehr Schlichtheit und weniger Pose, meint er, wäre dem Standbild eines solchen Mannes gemäßer.

Der Onkel versteht das schon, aber er glaubt, sagt er, daß man so einen Mann nicht außerhalb seiner Zeit sehen darf. »Ich denke mir, damals war es eben so Mode, Gerhart!«

Aber die Marmorgruppen auf der Schloßbrücke, ›Aus dem Leben des Kriegers‹, sind noch viel schlimmer für den Obersekretär. ›Von Schinkel erdacht‹, liest er in seinem Stadtführer, ›und von verschiedenen Künstlern, so dem Rauch-Schüler Friedrich Drake, den Schadow-Schülern Wichmann und Wredow, von Gustav Bläser, Emil und Albert sowie Wilhelm Wolff, von Hermann Schievelbein und Karl-Heinz Möller ausgeführt.‹

Er geht um die Gruppen herum und kann nur immer den Kopf schütteln. Daß die Frauenfiguren Nike und Athene in wallende Gewänder gehüllt sind, leuchtet ihm ein. Für Siegesgöttinnen war das eine durchaus schickliche Gewandung. Wenn er auch nicht glauben kann, daß solche Frauen damals mit Helmen herumgelaufen sind. Helme jedenfalls, wie sie viel eher die abgebildeten Männer hätten tragen müssen.

Aber die Männer alle, die Krieger, Jünglinge und bärtige Muskelgestalten, die Männer sind nackt. Splitterfasernackt!

Bei dem Knaben aus der Gruppe ›Nike lehrt den Knaben Heldensagen‹, will er das gerade noch angehen lassen. Aber die anderen, nein, das kann ihm keiner erzählen, daß die damals nackt in die Schlacht gezogen sind.

»Nicht einmal in Griechenland«, sagt er zum Onkel und feixt. »Oder kannst du mir verraten, wo so ein Nackter Waffen und Munition gehabt hat? Und womit haben sie sich wohl nachts, oder wenn es kalt war, zugedeckt? Na ja«, er muß es zugeben, »der da, der gerade den Siegerkranz bekommt, hat so eine Art Mantel, aber trotzdem, in meinen Augen sind diese nackten Männer geradezu eine Verhöhnung für einen anständigen Soldaten!« Er hat sich richtig in Zorn geredet.

»Junge, das ist doch Kunst«, sagt der Onkel, »das ist die sogenannte künstlerische Freiheit. Da darfst du nicht so engstirnig sein!«

»Ich bin nicht engstirnig«, wehrt sich der Obersekretär, »ich glaube nur, daß diese Künstler wahrscheinlich nie ein Schlachtfeld von nahem gesehen haben ... oder gar einen toten Soldaten.«

Der Onkel stößt einen Schnaufer aus. »Aber verstehst du das denn nicht, Gerhart, das sollen so was wie Sinnbilder sein. Du kannst doch nicht erwarten, daß sie hier Männer aufstellen, feldmarschmäßig ausgerüstet, mit Tornister und Pickelhaube!«

»Und warum nicht?« will der Neffe wissen. »Im vorigen Jahrhundert, als diese Kunst hier entstanden ist, gab es das längst! Warum müssen solche Sinnbilder denn immer nur Griechen oder Römer darstellen? Deren Kriege sind lange her. Wir hatten inzwischen genug eigene Vorbilder, glaubst du nicht?«

Da weiß der Onkel nicht, was er noch sagen soll.

Aber die Gertrud hat während dieses Gesprächs die Marmorgruppen äußerst interessiert betrachtet. Jetzt steht sie mit glänzenden Augen vor einem steinernen Mann, bei dem man wirklich alles sehen kann. ›Der Jüngling wird von Athene beschützt.‹ Ja. So etwas ist also Kunst. Und man stellt es mitten in Berlin auf. Vor allen Leuten! Aber eigentlich – sie bekommt richtig rote Backen und sogar der Hals wird rot –, eigentlich ist es doch unkeusch, so was. Oder? Als sie dann mit den Männern weitergeht, weiß sie gar nicht, wohin sie gucken soll. Weil es ihr schrecklich peinlich ist.

Unter den Linden sind sie jetzt. Sie waren vorhin mit der Stadtbahn zum Schloß gefahren, jetzt wollen sie den Rückweg so weit als möglich zu Fuß zurücklegen. Es herrscht ein unvorstellbares Gewimmel auf dieser prächtigen breiten Straße. Und damit sie sich nicht verlieren, hat sich die Gertrud bei den Männern eingehängt. Auch weil ihr die Füße in den neuen Schuhen schon ein bissel weh tun.

Der Mann hat diese Einhängerei nicht so gerne. Da kann er nicht richtig marschieren. Aber der Onkel sagt, daß es ihm Spaß macht mit einer so hübschen jungen Frau. Und da kriegt die Gertrud schon wieder rote Backen.

Vor lauter Verlegenheit summt sie vor sich hin. »Untern Linden, untern Linden, gehn spazieren die Mägdelein, wenn du Lust hast, anzubinden, so spaziere hinterdrein.« Es gibt wohl nur wenig Menschen in Deutschland, die dieses Lied aus dem Singspiel »Filmzauber«, mit der Melodie von Walter Kollo, nicht kennen. Und jetzt summt sogar der Gerhart mit. Der Onkel sowieso.

Für gewöhnlich würden sie so was natürlich nie tun. Auf der Straße singen! Aber sie sind jetzt einfach richtig in Stimmung! »In

Schwung!« sagt der Obersekretär. Sie waren sogar im berühmten Café Kranzler. Die Gertrud wollte ja eigentlich ins Café Bauer schräg gegenüber, weil es so aussah, als wäre es da vielleicht ein bißchen billiger. Und berühmt war das Café Bauer genauso wie das Kranzler.

Aber der Onkel hat seinen Neffen mit so einem komischen Blick angesehen. »Besser nicht dahin«, hat er dann, als die beiden nicht begriffen, gesagt, »die Damen dort ... ihr versteht.«

»Ach so«, hat der Gerhart gesagt und gegrinst. Die Gertrud hat es aber noch immer nicht begriffen. Jedenfalls nicht gleich.

Im Café Kranzler, o je, da war es ganz schön teuer. Und ziemlich etepetete. Und richtig wohl haben sie sich da eigentlich gar nicht gefühlt. Die Männer haben ein Bier getrunken und die Gertrud – ausnahmsweise – einen Likör. Ganz grün. Mit Pfefferminzgeschmack! Wie sie dann die Preise auf der Karte gesehen haben, ist ihnen der Appetit auf eine weitere Bestellung vergangen.

Trotzdem ... »Einmal muß man das einfach erlebt haben«, sagt der Obersekretär. Und jetzt haben sie alle drei Hunger! Für die Gedächtniskirche ist es ohnehin schon zu spät. Zu weit weg von da, wo sie im Augenblick sind. Der Onkel weiß eine Fleischerei, in einer Seitenstraße ganz in der Nähe. Mit einer kleinen Gaststube dabei, wo man frischgebrühte Knoblauchwurst bekommt mit Mostrich und einer Semmel. Schrippen heißen die hier.

Als sie schließlich wieder in der Flotowstraße sind, ist es schon später Nachmittag. »Wo bloß die Zeit geblieben ist«, seufzt die Gertrud und kühlt ihre müden Füße in einem Eimer mit Wasser. Und der Gerhart schreibt noch eine Reihe Ansichtskarten, ehe er sich für das Fest umzieht.

Und dann der Ball.

Bei Schrader. In den Wannsee-Terrassen. Aber sie können zum Glück mit der S-Bahn bis Bahnhof Beelitzhof fahren, wenn es der Gertrud auch komisch vorkommt, in ihrem langen Kleid unterm Wintermantel. Dort, in Beelitzhof, das hat ihnen der Onkel geraten, sollten sie sich ein Taxi nehmen. »Das ist nicht teuer«, hat er gesagt, »und es sieht auch besser aus, wenn ihr da im Auto vorfahrt.«

Gerhart Koller hat seinen Gehrock an. Ein schwarzes Kleidungsstück mit halblangen Schößen. »Nicht ganz so albern wie ein

Frack«, sagt er immer. Er fühlt sich aber nicht sehr wohl darin. Das kneift unter den Armen und spannt überm Bauch. Und am liebsten hätte er seine Stahlhelm-Uniform angezogen. Die wäre natürlich falsch am Platze gewesen. Schließlich ist so ein Stiftungsfest keine politische Veranstaltung. Leider.

Dic Gertrud sieht hübsch aus. Das lavendelfarbene Kleid hatte die Schwägerin zusammengezaubert, und der Stoff, eine Art Kreppseide, war von Wertheim in Breslau. Den Mann hatte sie in dem Glauben gelassen, es wäre was Umgearbeitetes. Von der Liesel. Nein, sie würde natürlich nie lügen, und wenn er sie geradezu gefragt hätte, dann hätte sie's auch gestanden. Aber um ihre Kleider kümmerte er sich fast nie. Und das hatte, wie in diesem Fall, durchaus sein Gutes.

Die Helene hattc ihr die Ilaare gemacht. Sie konnte mit der Brennschere umgehen wie eine richtige Friseuse. Die Seitenhaare waren weich über die Ohren gelegt, daß es fast aussah, als hätte die Gertrud einen Bubikopf. Das übrige Haar war gewellt und hinten – tiefer als sonst und auch nicht so straff – zu einem Knoten geschlungen.

Und jetzt hält die Gertrud, weil es so ungewohnt ist, den Kopf immer ganz steif. Sie hat Angst, die Pracht könnte auseinanderfallen.

Es ist sowieso alles schrecklich fremd, und das Herz klopft ihr bis oben in den Hals hinauf, wie sie da jetzt aus dem Taxi steigen und auf das vornehme, hellerleuchtete Restaurant zugehen. Das lange Kleid raschelt auf dem Boden, und sie wundert sich nur, daß eine so vornehme Gaststätte ein Strohdach hat! Aber da sind sie auch schon drinnen.

An der Garderobe die Mäntel abgeben und ihre Überschuhe. Nochmal in den großen Spiegel daneben sehen, ob auch alles in Ordnung ist. Die Handtasche ängstlich unter den Arm gepreßt. Daß man sie nur nicht irgendwo liegenläßt! Der Gerhart fährt sich mit der Hand vorsichtig über den Scheitel, und sie rückt die Stoffblume an ihrem Ausschnitt zurecht.

Und da sind, Gott sei Dank, auch endlich bekannte Gesichter. Der Bäckermeister Peter und seine Frau im schwarzen Kleid mit großen Blumen darauf. Und die Rechtsanwalts. Sie in plissierter grüner Seide und er im Frack. Sogar ein Monokel trägt er statt des sonst üblichen Zwickers.

So ein Fatzke! Aber der Obersekretär, und noch mehr seine Frau, sind jetzt doch froh, daß sie nicht ganz allein unter lauter Fremden sitzen müssen.

Denn wenn die Männer auch einmal, nun schon vor mehr als vierzehn Jahren, zusammen in einem Regiment gedient haben, hat man sich doch höchstens bei den jährlichen Treffen in Oppeln wiedergesehen. Man weiß eigentlich nur noch aus den Vereinsmitteilungen voneinander.

Vorstellung beim Oberstleutnant von Brenda. Er trägt, als einziger, eine Reichswehr-Uniform. Und sieht, mit schmaler Glatze und Monokel, äußerst distinguiert aus. Ein richtiger Weltmann! Den Damen küßt er die Hand, und der Gertrud ist so etwas immer schrecklich peinlich. Sie muß sich richtig zusammennehmen, daß sie die Hand nicht wegzieht.

Und dann ist es eigentlich auch nicht sehr viel anders als bei den Stiftungsfesten in Ohlau. Nur alles ein bißchen großartiger.

Reden und Ansprachen. Dankadressen und die Aufforderung, sich zu erheben, »zum Gedenken an unsere tapferen Toten«. Musikstücke dazwischen, von der Kapelle auf dem Podium sehr gefühlvoll zu Gehör gebracht.

Ein Gedicht. Von einem jungen bildhübschen Mädchen aufgesagt, das nachher zum Dank vom Herrn Oberstleutnant auf beide Wangen geküßt wird. Der Rechtsanwalt rückt sein Monokel zurecht.

Ein Tusch! Auf dem von einem Kameraden künstlerisch gestalteten Programmzettel kann man lesen, daß jetzt die Ehrung verdienter Kameraden folgt. Sie werden einzeln nach vorn zum Vorstandstisch gerufen und kriegen vom Oberstleutnant persönlich eine Medaille am schwarzweißroten Bande zu den schon vorhandenen Orden angeheftet.

»Gerhart Koller!« Der Obersekretär stutzt. Dann erhebt er sich. »Für unermüdliche treue Vereinsarbeit!« Straff aufgerichtet, das Kinn vorgestreckt, marschiert er nach vorn. Läßt sich mit gerötetem Gesicht die Medaille anheften, schlägt die Hacken zusammen, schnarrt: »Danke gehorsamst, Herr Oberstleutnant!« Zackige Kehrtwendung, und dann marschiert er zurück an seinen Tisch. Schnaufend setzt er sich. Das, nein, das hatte er nicht erwartet. Er muß sich den Schweiß von der Stirn tupfen, so gerührt ist er. »Man tut doch nur seine Pflicht«, murmelt er.

Der Rechtsanwalt grinst. »Das muß gefeiert werden!« Und bestellt eine Flasche Wein. Es stellt sich heraus, daß er es war, der den Obersekretär für diese Ehrung vorgeschlagen hat, und da muß Gerhart Koller im stillen dem Manne manches abbitten, was er so bei sich über den feinen Pinkel gedacht hat. Nein, dieser Mann ist eben doch ein richtiger aufrechter Kamerad. Da soll nur noch einer kommen und was anderes behaupten!

Nun, in der Pause, tanzen vier hübsche junge Paare in der Mitte des Parketts ein Menuett. In Kostümen der friderizianischen Zeit! Hübsch ist das, und es gibt viel Beifall.

Und damit beginnt der allgemeine Tanz.

Der Oberstleutnant tanzt. Zuerst mit den Damen der Vorstandsmitglieder, dann mit den Frauen der auswärtigen Kameraden. Mit der Gertrud tanzt er einen Walzer. Sogar linksherum! Sie hat wieder mal rote Backen, wie er sie nun zurück an ihren Platz begleitet. Er hat sie gefragt, wie es ihr in Berlin gefällt. Aber sie hat vor Aufregung kaum einen vollständigen Satz herausgebracht. Sie hat eigentlich immer nur daran denken können, wie es der Oberstleutnant macht, daß ihm beim Tanzen das Monokel nicht herunterfällt. Aber das hat sie ihn natürlich nicht fragen können.

Sie fächelt sich Luft zu mit ihrem Taschentuch. Und dann steht schon der Rechtsanwalt auf und bittet die Frau Obersekretär um den nächsten Tanz. Sie kann gerade noch den Gerhart anstupsen, ehe sie aufsteht. Damit er jetzt auch die Frau Rechtsanwalt auffordert. Denn der Mann ist in solchen Sachen manchmal schwer von Begriff. Er denkt einfach nicht daran. Und er tanzt auch nicht besonders gerne. Schon gar nicht mit anderen Frauen.

Aber jetzt spielen sie einen Rheinländer. Und da ist es, Gott sei Dank, nicht so schlimm, daß die Frau Rechtsanwalt fast einen ganzen Kopf größer ist, als der Obersekretär. Weil man sich ja bei diesem Tanz immer wieder losläßt und nebeneinander tanzt. Nur mit der einen Hand hält man die Hand der Partnerin möglichst graziös hoch.

Eine Polka ist dann wieder was anderes. Dem Obersekretär ist sie zu schnell. Zu verrückt. Richtig polnisch! Da entschuldigt er sich mit seiner Verwundung, daß er nicht mittanzen kann. Und die üppige Frau Bäckermeisterin sagt auch, daß ihr bei einer Polka meistens ganz wirbelig im Kopf wird. Aber die Gertrud scherbelt mit dem Bäckermeister Peter über's Parkett, daß es Spaß macht, zuzusehen.

Von den neumodischen Tänzen halten die alten Kameraden alle nicht viel. Schieber ist viel zu gewöhnlich und ein Tango zwar sehr modern, aber den meisten doch mit seinen hautnahen Verrenkungen eben zu schwül. Charleston, oder gar Black-Bottom, dieses amerikanischer Negergehopse, kommt sowieso nicht in Frage. Dann schon lieber mal einen altmodischen Ländler! Höchstens noch Foxtrott oder das, was die meisten dafür halten. Am liebsten ist ihnen allen – neben dem Walzer – ein flotter Marsch . . . »Püppchen, du bist mein Augenstern . . .«

Als Höhepunkt dann durch den ganzen Saal, ja sogar durch die Hotelküche und die Nebenräume, einschließlich der »Mampe-Stube«, die Polonaise! Die Musik immer vorneweg. Und als man schließlich wieder im Saal ist, endet das ganze mit einem Abklatsch-Walzer.

Uff! Jetzt hat man wirklich was zu trinken verdient!

Inzwischen hat draußen im Foyer ein Photograph Stühle zusammengestellt. Für Gruppenaufnahmen. Jede auswärtige Kameradengruppe soll eine Photographie zum Andenken an diesen Tag bekommen. Der Herr Oberstleutnant natürlich immer in der Mitte. Und selbstverständlich mit Damen!

Der Regimentskommandeur hat – wie es scheint – keine Gattin. Jedenfalls hat er keine mitgebracht. Deshalb kommt für die Ohlauer Aufnahme die Gertrud an seine linke Seite und die Frau Rechtsanwalt rechts neben ihm zu sitzen. An die Außenseiten die Bäckermeisterin und – das hat der Rechtsanwalt vorgeschlagen – das hübsche Mädchen, die Kameradentochter, die vorhin das Gedicht vorgetragen hat.

Die anderen Herren, zusammen mit dem Berliner Vorsitzenden, stellen sich in der zweiten Reihe auf.

So was ist immer eine hübsche Erinnerung an solch einen Tag. Da denkt man später, wenn man das Bild ansieht, immer gerne daran zurück. Und man kann es auch denen zeigen, die nicht mit dabei waren. Und die es vielleicht gar nicht glauben können, daß sie, Gertrud Koller, wirklich und wahrhaftig an der Seite eines so hohen Offiziers, der sogar ein Monokel trägt, gesessen hat. Gerade so, als gehörte sie dahin!

Als sie dann wieder an ihrem ›Ohlauer‹ Tisch sitzen, ist es schon nach ein Uhr. Langsam Zeit, sich auf den Heimweg zu machen. Der Obersekretär, die Gertrud merkt das gleich, ist nicht so zufrieden, wie man es hätte vermuten können.

Zugegeben, da war diese ganz persönliche Ehrung, die Medaille – mit dem Zeigefinger befühlt er sie –, ja, sie sitzt noch fest. Da waren großartige Reden, eine reichhaltige Tombola und jetzt sogar noch die Photographiererei ... und für die meisten wäre ja so was wohl auch genug, um sich wohlzufühlen. Der Gertrud sieht man es geradezu an, wie begeistert sie von diesem Fest ist.

Ihm selber aber, ihm fehlt etwas. Nein, man kann das nicht so einfach in Worte fassen, es war alles schön und prächtig und sehr geschmackvoll gemacht. Die geschmückten Tische, die Darbietungen, alles wunderschön. Aber er hatte gehofft, daß so ein Abend mehr Gespräche bringen würde. Mehr Richtungweisendes, und dafür – er macht sich sowieso nichts draus – eben weniger Tanz. Weniger Drumherum und mehr Wesentliches. Und das Wesentliche für ihn, das sind noch immer – daran wird sich auch nichts ändern –, das sind die Erinnerungen an das große Ringen! Das Fronterlebnis der Kameradschaft, tausendmal vielleicht schon wiederholt, und doch immer wieder wichtig und unvergessen!

Das Wesentliche – und da baut das eine gewissermaßen auf dem andern auf –, das Wesentliche, das sind vor allem Gespräche darüber, was nun, nach all den Opfern, aus Deutschland geworden ist. Ob wirklich alles umsonst war? Oder wie die Zukunft gemeistert werden kann. Diese Zukunft, in der all das, was damals, im Felde, so hohen Wert besaß, endlich wieder Gestalt gewinnen soll.

Das Wesentliche – und hier mußten sie alle, auch gerade die alten Kameraden, einmal Stellung nehmen –, das Wesentliche für jeden von ihnen, das sollte schließlich die Hoffnung sein, die Hoffnung auf den Sieg Adolf Hitlers!

Aber davon hatte niemand in all den Reden gesprochen. Nur Allgemeines. Andeutungen höchstens. Nicht einmal sein geliebter Regimentskommandeur ist darauf eingegangen, als sie im kleinen Kreis, in einer Pause in der »Mampe-Stube«, zusammenstanden. Obwohl er, Gerhart Koller, das Gespräch gezielt darauf gebracht hatte.

Er pafft an seiner Zigarre. Er versteht das nicht. Das ist ja gerade so, als ob die Menschen hier, mitten in der Reichshauptstadt, weniger begriffen als er, der aus der Provinz kommt. Gut. Oder natürlich nicht gut. Aber was will man machen? Er hebt die Schultern. Sie wollen hier offensichtlich Konfrontationen vermeiden. Ganz bewußt das Politische heraushalten. Als ob man das könnte. Er sieht sich im Saal um. Sieht die Gesichter der ehemaligen Kameraden. Gerötet und schon ein bißchen feist. Die schicken Toiletten ihrer Damen. Lauter ehrenwerte Leute. Aber schon fremd. Fremd? In Ohlau war das noch anders . . . in Ohlau.

In Ohlau hätten sie ihn auch längst schon gebeten, aus seiner Witzsammlung vorzulesen. Denn wenn schon keine Politik – vielleicht, weil eben die Frauen dabei sind und Frauen davon keine Ahnung haben –, wenn schon der Ernst der politischen Ereignisse ausgeklammert werden sollte, dann mußte man doch wenigstens richtig lachen!

Er klopft auf die Taschen seines Gehrocks. Sein Witzbüchlein hat er dabei. Soldatenwitze, jüdische Witze, alles hatte er darin notiert. Konnte bei Bedarf darauf zurückgreifen. Natürlich nur solche Witze, die man auch vor Damen vortragen konnte. Vor Kindern sogar. Zum Beispiel die schöne Geschichte vom preußischen und vom sächsischen Unteroffizier. In Ohlau hatten sie sich darüber immer halbtot gelacht. Die Gertrud am meisten!

Auch das gedruckte Heftchen hat er mitgebracht, mit den Witzen von Antek und Franzek. Schließlich waren die Fünfundsechziger ein oberschlesisches Regiment! Aber niemand will so was von ihm hören. Freilich, man muß zugeben, hier kennt man ihn eben nicht. Keiner hier weiß – außer dem Rechtsanwalt und dem Bäckermeister natürlich –, wie gut er so was macht. Und er kann in dieser vornehmen Gesellschaft auch nicht einfach aufstehen, an sein Glas klopfen und sagen: ›Alle mal herhören!‹ Eigentlich schade.

Der einzige wirkliche Spaß war für ihn an diesem Abend noch das Preis-Schießen gewesen. Und da hat er auch ordentlich zugelangt. Den zweiten Preis hat er geschossen. Sechsunddreißig Ringe im ersten Durchgang. Und nachher, beim Stechen, als es dann hart auf hart kam, nochmals fünfunddreißig. Das soll ihm erst mal einer nachmachen! Er hat wählen dürfen zwischen einem Präsentkorb und einem bronzenen Bismarck-Kopf als Briefbeschwerer. Die Gertrud hätte natürlich den Korb genommen.

Wie sie jetzt am Tisch sitzen, versucht er es ihr zu erklären. »Schinken, Lachs und Ölsardinen, das ißt man auf«, sagt er, »auch das Konfekt und die Orangen. Die Blumen verwelken, und der Wein wird getrunken . . . und dann?« Er sieht sie an. »Was bleibt, frage ich dich? Nichts!« Er stellt den Bismarck-Kopf vor sich auf den Tisch. »Der hier, der eiserne Kanzler, den kann ich mir immer wieder ansehen. Ja, und auch die Jungen, wenn sie mal größer sind, haben noch was davon. Dieser Kopf ist ein ewiges Andenken, verstehst du! Für immer! Auch wenn ich selber schon lange unter der Erde bin!«

Und die Gertrud nickt und sagt: »Ja, Gerhart. Wenn man es so betrachtet.«

Und der Rechtsanwalt, seine Zunge ist schon ein bißchen schwer, meint auch, daß der Kamerad Koller . . . »mein lieber Freund« . . . recht hat. »Aber«, sagt er, »du bist heute so ernst, Gerhart. Sag nicht mehr Herr Doktor zu mir, sag Richard! Und ich will euch was sagen«, er beugt sich über den Tisch und sieht sie alle der Reihe nach starr an, als wollte er mit den Bäckersleuten und mit Kollers eine Verschwörung anzetteln. »Ich will euch sagen, daß es hier fad ist, lllangweilig!« Er versucht zu flüstern. »Und deshalb gehn wir jetzt alle noch woanders hin. Wir sechs Ohlauer, wir gehen wohin, wo was los ist! Verstanden?« Er springt auf. »Howgh! Ich habe gesprochen!« Und lacht bis er einen Schluckauf kriegt.

Die Gertrud will nicht. Als sie draußen an der Garderobe die Mäntel anziehen und die Frauen in ihre Gummi-Überschuhe schlüpfen, da zupft sie den Mann am Arm. »Laß uns heimfahren«, flüstert sie. »Es ist auch genug für einen einzigen Tag! Und wir können es uns gar nicht leisten, noch mehr Geld auszugeben!«

Sie hat recht. Der Obersekretär ist auch nicht begeistert davon, jetzt noch in eine andere Kneipe zu ziehen. Außerdem kennen sie sich doch alle hier in Berlin nicht aus. In dieser Riesenstadt. Und vielleicht ist es ja auch gefährlich? So mitten in der Nacht! Es ist schließlich nicht mehr so ruhig und friedlich wie zu Kaisers Zeiten.

»Keine Angst, verehrte Gnädigste«, der Rechtsanwalt bläst der Gertrud seinen Weinatem ins Gesicht. »Keine Müdigkeit vorgeschützt, mein lieber Koller! Mir nach! Ich übernehme das Kommando . . . und natürlich auch die Kosten! Hähähä!«

Und da kann er natürlich nicht anders, der ehemalige Obergefreite Gerhart Koller. Da will er auch diesen Kameraden – er ist schließlich Oberleutnant der Reserve – nicht vor den Kopf stoßen! Er verdankt ihm immerhin die Ehren-Medaille hier, an seiner Brust. Also gute Miene machen zum bösen Spiel, und so »böse« würde es ja wohl nicht werden. Zum Glück sind ja die Frauen dabei. Und die Bäckersleute sind auch eingeladen.

Alles halb so schlimm, wahrscheinlich würde der Rechtsanwalt irgendwo noch eine Pulle Sekt spendieren. Er kann das Zeug zwar nicht ausstehen. Bekommt immer Schluckauf davon. Aber – wie ein echter deutscher Soldat – wird man es eben durchstehen. Basta!

Also los!

Im Taxi ist es eng. Die drei Frauen sitzen, zusammengedrängt, hinten auf dem Rücksitz. Ihnen gegenüber, mit dem Rücken zur Fahrtrichtung auf zwei Klappsitzen, der Bäckermeister und Gerhart Koller. Der Rechtsanwalt Richter sitzt vorn beim Chauffeur. Er ist schließlich der Anführer, wie er sagt. Und er singt immer wieder mit großer Begeisterung: »Bis früh um fünfe, weiße Maus, dann geht der Richter erst nach Haus . . .« Und die Gertrud will ihm schon sagen, daß es ›kleine‹ Maus heißt. Aber dann läßt sie es lieber.

Die Frau Rechtsanwalt gähnt hinter der vorgehaltenen Hand, und ihr Pelz kitzelt der Gertrud im Gesicht. Da dreht die sich einfach weg, putzt mit dem Mantelärmel die beschlagene Scheibe blank und guckt nach draußen.

Sie weiß nicht, daß es die Friedrichstraße ist, durch die sie jetzt fahren, aber sie kann sehen, daß es hier so belebt ist wie auf der Brieger Straße in Ohlau nicht mal am Markttag gegen Mittag.

Sie fahren an Kneipen vorbei, an hellerleuchteten, und an schummrigen Bars. Einmal hängt das lebensgroße Transparent einer fast nackten Tänzerin neben einem Eingang. Der Gertrud schaudert's. Überhaupt diese Frauen hier . . .

Manchmal stehen sie einzeln oder höchstens zu zweit einfach da an der Straße. In Pelzmänteln. Mit irgendwas Tiefausgeschnittenem drunter. Oder auch bloß im dünnen Kostüm. Die müssen doch frieren, wundert sich die Gertrud. Und im Vorbeifahren kann sie sehen, daß diese Frauen grell geschminkt sind. Mit roten Mündern im weißen Gesicht. Und mit glänzenden, dunkelumrandeten Augen. Manche tippeln auch langsam die Straße entlang. Auf hohen Stöckelschuhen. Und sie wackeln dabei ganz komisch mit den Hüften.

Die Gertrud kennt sich nicht aus mit solchen Frauen. Man kann es bloß ahnen, worauf die hier warten, denkt sie erschrocken. Aber wie? Und wo? Doch sie würde es nie, nie würde sie es wagen, etwa den Mann nach so was zu fragen. Was müßte er denn da von ihr denken?

Außerdem ist der Mann eingenickt. Er schaukelt auf seinem schmalen Klappsitz hin und her. Stößt manchmal mit seinen Knien gegen die ihren. Aber den bronzenen Bismarck-Kopf, den hält er mit beiden Händen fest.

Dann biegt das Auto in eine kleine Seitenstraße ein und hält. »Sind wir schon da?« Der Obersekretär hebt den Kopf.

Die Umrisse des Hauses, vor dem sie halten, verlieren sich in der Dunkelheit. Nur eine mit indirektem lila Licht beleuchtete, schwarzlackierte Tür ist zu erkennen. Darüber, an der Hausfassade, eine Maus, aus unzähligen kleinen weißen Glühbirnen zusammengesetzt. Auf der schwarzen Tür dasselbe. Eine weiße Maus!

»Bis früh um fünfe, weiße Maus«, singt der Rechtsanwalt wieder, als sie aus dem Taxi steigen. Er ist, wie man so sagt, richtig aufgekratzt. Und den Tip, hierher zu fahren, den hat ihm der Portier in seinem Hotel gegeben, sagt er. »Ein Geheimtip, nur für eingeweihte Berliner! Hähähä!«

Neben der Tür zur »Weißen Maus« steht ein Neger. Wie auf den Nigrin-Schuhputzdosen. Kohlrabenschwarz mit glänzenden roten Lippen in einer Livree mit viel goldenen Tressen und Schnüren. Der Rechtsanwalt drückt ihm ein Geldstück in die weiß behandschuhte Rechte, und die Tür wird aufgemacht. »Madame, Herr Jeheimrat«, dienert der schwarze Mann, »bitte jrößte Beeilung, die Nachtvorstellung bejinnt sofort!« Ein Neger, der berlinert!

Der Rechtsanwalt, Gattin am Arm, rauscht voraus. Die beiden anderen Paare, stumm und mehr unsicher als neugierig, hinter ihm her.

Nachtvorstellung? Dem Obersekretär – soll nur einer sagen, daß er, Gerhart Koller, vielleicht naiv ist –, aber ihm schwant nichts Gutes.

Nachtvorstellung! Die Gertrud und die Bäckermeisterin sehen sich an. Jetzt noch Theater? Oder vielleicht gar Kino?

Aber hinter dem dicken roten Filzvorhang, hinter der kleinen Garderobe, wo ihnen eine müde grauhaarige Frau Mäntel und Überschuhe und den bronzenen Bismarck abnimmt, ist es einfach eine Art Restaurant. Oder Café. Mit einer Tanzfläche und einer winzigen Bühne im Hintergrund. »So was nennt man Cabaret«, flüstert der Obersekretär seiner staunenden Frau zu, und: »Eine richtige Berliner Kneipe wäre mir lieber!« Und der Bäckermeister sagt, ebenso vorsichtig, daß es der Anwalt nicht hört: »Ja und was richtig Gutes zu essen!«

Sie sind sich einig. Aber es gibt jetzt kein Zurück mehr.

Qualm von unzähligen Zigaretten wabert über den kleinen Tischen. Der Geruch von Wein und Schnaps und von Parfüm. Ein bißchen auch von Schweiß.

Und gerade, wie der Obersekretär sagen will, daß hier doch alles knüppelvoll ist und man es vielleicht woanders versuchen sollte, kommt der Geschäftsführer und bringt sie zu einer Art Nische, in der ein etwas größerer Tisch steht. Für sechs bis acht Personen.

»Na, was hab ich gesagt? Laßt nur den ollen Richter machen!« Der Rechtsanwalt ist in seinem Element, wie es scheint. »Herr Ober, die Weinkarte!« verlangt er und holt sein Monokel aus der oberen Westentasche.

Aber die Gertrud sagt, daß sie, bitte, nur einen Traubensaft möchte. Weil ihr sonst schlecht wird. Und es ist ihr egal, daß der Kellner die Stirn runzelt und einen spöttischen Mund macht. Nicht einmal der Rechtsanwalt kann sie zu etwas anderem überreden.

Irgendwie muß der Obersekretär seine Frau bewundern. Wenn auch vielleicht bloß, weil sie störrisch ist. Aber sie läßt sich durch nichts beirren. Es wird wohl das beste sein, dem Kameraden Richter jetzt nicht zu widersprechen und zu unterdrücken, daß er am liebsten ein Bier trinken würde. Man muß ihm halt seinen Willen lassen, dann geht das Ganze am ehesten zu Ende.

Aber es fängt erst an!

Das lilarosa Schummerlicht geht jetzt völlig aus. Nur ein scharfer weißer Lichtkegel fällt auf die winzige Bühne im Hintergrund, deren Vorhang wie eine Wolkengardine gerafft ist.

Ein Mädchen erscheint. Nacktes rosa Fleisch, spärlich mit weißem Fell bekleidet. In den zu blonden Locken kleine rosa Plüschohren. Hinten, am klitzekleinen Fell-Höschen, ein langes weißes Schwänzchen: die weiße Maus!

»Ah!« rufen die Gäste, und: »Süß die Kleine!« Der Rechtsanwalt drückt sein Monokel fester ins Auge, und die Mädchenmaus trägt eine glitzernde Eins über die winzige Bühne. Ein Knickschen am Ende, nochmal umgedreht und wieder zurück, Knickschen. Der Rechtsanwalt klatscht begeistert Beifall, und die anderen Gäste gucken sich nach ihm um. Aber dann klatschen sie auch.

Die kleine Jazzband spielt einen Tusch - und die Nummer eins entpuppt sich als Conferencier. Und der Obersekretär muß nur einen einzigen Blick auf diesen Menschen werfen, und da weiß er schon, was das für einer ist.

Es nutzt auch nichts, daß der da vorne sich in einen eleganten hellgrauen Anzug gezwängt hat und daß er eine weiße Chrysantheme im mit Seidenborte eingefaßten Revers trägt. Die Hakennase und die schwarzen Locken kann er nicht verstecken. Auch die Plattfüße nicht und die kurzen Wurstfinger!

Und erst die Witze, die dieser Mensch da zum Besten gibt. Rot werden könnte man, wirklich! Und der Obersekretär ist nur froh, daß die Gertrud das meiste gar nicht versteht. Außerdem unterhält sie sich leise mit der Bäckermeisterin. Nein, das sind keine Witze, wie er sie in sein kleines Witzbüchlein schreibt. Das sind Schweinigeleien, jawohl! Und wenn er nicht seinem Kameraden Richter zuliebe hier wäre, dann würde er jetzt gleich, noch in diesem Augenblick, aufstehen und das Lokal verlassen!

Ach was, er, Gerhart Koller, wäre in eine solche Lasterhöhle erst gar nicht hineingegangen!

Tusch! Und Applaus.

Applaus? Wofür denn? Für Zweideutigkeiten und albernes Gequatsche? Gerhart Koller denkt nicht daran, eine Hand zu bewegen. Er ist nur froh, daß der Kerl weg ist von der Bühne.

Das Mäusemädchen schleppt die Nummer zwei über die Bühne. Knickschen hier und Kußhändchen da!

Die Nummer zwei, das sind drei Herren. Aber als Damen verkleidet, als Damen vom Ballett. Mit Tüllröckchen und Perücken. Und rosaseidenen Ballett-Schuhen. Der Obersekretär muß an seinen Hauswirt denken. Alles dieselbe Sorte! Lauter schwule Kerle. Man müßte - ach, er könnte richtig brutal werden in seiner Wut –, aber diesen Kerlen könnte er allen eine Rakete in den feisten Hintern stecken und ... anzünden!

Aber die anderen finden dieses alberne Gehopse auch noch komisch. Der Rechtsanwalt wiehert vor Vergnügen, und sogar die Gertrud lacht. Na ja, die hat eben keine Ahnung! Die weiß nicht mal, was das ist, schwul!

Und dann ... dann muß er aufhorchen. Noch jemand lacht. Ein Lachen, dunkel und nicht sehr laut, ein schwingendes Frauenlachen! Er hat es eigentlich nur einmal in seinem Leben gehört. Und das ist eine Ewigkeit her. Er hatte gar nicht gewußt, daß er es wiedererkennen würde.

Damals, in der ersten Zeit, als die Elly krank war, da hatten die Kinder - wie klein sie da noch waren - irgendeinen Unfug gemacht. Und sie hatte darüber gelacht.

Das Fräulein Hilde!

Nie mehr wieder hatte sie so gelacht.

Der Obersekretär sitzt auf seinem Stuhl, und er ist wie gelähmt. Es ist, als ob er sich fallen fühlt. Tiefer, immer tiefer, wie in einen Abgrund. Einen Abgrund, aus dem er nie, nie wieder auftauchen wird.

»Gerhart«, sagt die Gertrud neben ihm. Und noch einmal. Ein bißchen lauter: »Gerhart, was ist denn?«

Er taucht wieder auf. Aus seinem Abgrund. Es ist sicher, ganz bestimmt ist es nur eine Verwechslung. Vielleicht ist er auch einfach übermüdet. Es soll ja vorkommen, daß man sich dann irgendwas einbildet.

Dieses Lachen ...

Vorn auf der kleinen Bühne schwingen die Männer in ihren Tüllröckchen die behaarten Muskelbeine. Einer macht sogar Spagat, während die beiden andern, das Röckchen raffend, auf einer Zehenspitze zu balancieren versuchen. Und - gewollt tolpatschig - immer wieder umfallen.

Der Obersekretär ist jetzt hellwach. Aber da ist es wieder dieses einmalige Lachen. Und jetzt hat es auch die Gertrud gehört. Sie sieht ihren Mann mit aufgerissenen Augen an. »Die Hilde, das Fräulein Hilde«, flüstert sie. Aber sie könnte nicht sagen, warum sie darüber so erschrocken ist. Von der Magda weiß sie doch, daß die Hilde in Berlin ist. »Auf dem Konservatorium«, hat die Magda gesagt, und daß der Herr Lichtermann in Berlin bei einer Zeitung arbeitet. Im Feuilleton. Daß die beiden verlobt sind. Aber mit dem Heiraten wollen sie warten, bis der Herr Friedhelm wieder ganz gesund ist.

Der Obersekretär sieht auf seine Frau. Er weiß, daß er sich jetzt nicht verraten darf. Wo doch alles schon so lange her ist. Wo er doch längst weiß, daß die Hilde verloren ist. Für ihn, und vor allem - auch wenn es vielleicht pathetisch klingt - für Deutschland.

Er will ja auch nur einen Blick auf sie werfen. Sich vergewissern. Er sagt: »Der viele Wein, ich will mal raus. Nein, keine Angst, ich bin schon in Ordnung!« Und er sieht beim Aufstehen über die Balustrade, die ihre Nische von der Nachbarnische trennt. Er ist nicht sehr groß, deshalb kann er nur einen schwarzen Scheitel sehen. Die Stimme aber, diese ölige, weiche Stimme, die kennt er genau. Noch von damals her, im Brocksch'schen Laden, wo er hingegangen war, um eine Krawatte zu kaufen und mit dem Fräulein Hilde etwas Wichtiges zu bereden, und wo er auf diesen, diesen elenden Judenlümmel gestoßen war, der das Mädchen zum Weinen gebracht hatte. Damals, das weiß er jetzt, ist es wahrscheinlich schon zu spät gewesen. Zu spät, um sie noch zu retten!

Und nun muß er, beim Hinausgehen, an der Nachbarnische vorbei. Nein. Er will es nicht. Aber er muß, er muß einfach stehenbleiben. Stehenbleiben. Und nicht mehr atmen können. Weil es unfaßbar ist. Un-vor-stell-bar!

Von den herrlichen blaßblonden Haaren, dem dicken Zopf, ist nur noch ein kümmerlicher Rest geblieben. Abgeschnitten die ganze Pracht bis hoch über die Ohren, hinten ausrasiert zu etwas, das man heute Herrenschnitt nennt. Und das scheußlichste daran war, daß es sich um eine Mode aus dem Ausland handelt, die übernommen wurde.

Der Hals, überlang jetzt, wo die Haare ihn nicht mehr umschmeicheln. Und dünn wie ein kranker Blumenstengel. Das Schlimmste aber ist der Mund. Dieser Mund, der ihm - blaßrosa damals und mädchenhaft scheu - über den Rand des Weihwasserbeckens zugelächelt hatte. Und heute? Leuchtendrot gemalt wie eine Wunde im gepuderten Gesicht. Wenn er das Lachen vorhin nicht erkannt hätte . . . und die Augen, ja doch, die Augen hätte er wiedererkannt. Immer und überall. Blaugrau, tief, manchmal fast grün. Umschattet jetzt, wie von großer Müdigkeit oder nach einer schweren Krankheit.

Erst als er draußen steht, auf der Herren-Toilette, fällt ihm ein, daß das blaßblaue Kleid so tief ausgeschnitten war, daß eine anständige Frau sich geschämt hätte, so herumzulaufen. Eine anständige Frau ... nein, es soll ihm keiner kommen und erzählen, daß es jetzt eben so Mode ist. Daß man hier in Berlin ist und nicht in der Provinz! Damit soll ihm keiner Sand in die Augen streuen. Er weiß, was er gesehen hat. Und es interessiert ihn auch nicht, daß die Frauen hier, in dieser Lasterhöhle, beinahe alle so aussehen. Dann geht man eben nicht hierher, verdammt noch mal! Auch wenn man zehnmal in Berlin wohnt! Man kann auch in dieser Stadt anständig bleiben, jawohl! Was die Hilde verdorben hat, das ist nicht Berlin und das ist auch nicht die verdammte Mode. Einer, ein einziger ist schuld daran!

Aber so steht es ja schon in Adolf Hitlers Werk ›Mein Kampf‹. O ja, er erinnert sich genau. Da heißt es etwa: Der schwarzhaarige Judenjunge lauert stundenlang, satanische Freude in seinem Gesicht, auf das ahnungslose Mädchen, das er mit seinem Blute schändet und damit seinem, des Mädchens, Volke raubt ...

Mein Gott, wie wahr, wie furchtbar wahr!

Gerhart Koller wüßte es nicht zu sagen, wie er wieder an seinen Tisch zurückgekommen ist. Aber es fragt auch keiner. Denn inzwischen ist es wieder dunkel geworden. Die kleine Bühne diesmal in rotes Licht getaucht. Der Obersekretär hat sich noch nicht von dem Schlag erholt, den er eben empfangen hat, da geht es auch schon weiter.

Die Jazzband spielt irgend etwas Aufreizendes. Exotisch-Sinnliches. Negermusik! Gerhart Koller leert sein Glas, und es ist ihm egal, daß der Wein viel zu süß ist. Seine Kehle ist wie ausgedörrt.

Eine Frau erscheint auf der Bühne. Mit gleitenden Schritten wie ein schönes Tier. Die Gespräche, das Gläsergeklirr verstummen.

Die Frau ist in ein Schleiergewand gehüllt, dünn, durchsichtig, mit glitzernden Pünktchen besetzt. Auf dem Kopf eine Art Diadem mit einem Federbüschel. Sie dreht und windet sich nach der Musik. Wirbelt herum mit den aufreizendsten Bewegungen.

Gerhart Koller spürt, wie die Schamröte in sein Gesicht steigt.

Jetzt ... ein langsamer, aufpeitschender Trommelwirbel ... und die Frau öffnet ihr Gewand und läßt es langsam von den Schultern auf den Boden gleiten. Steht da, in völliger Nacktheit, nur ihr Nabel glitzert, als hätte sich eines der Pünktchen ihres Gewandes darin verfangen. Sogar die Schamhaare sind wegrasiert. Soviel sieht der Obersekretär noch, ehe er aufspringt. Und es ist ihm egal, daß dabei ein paar Gläser auf dem Tisch umkippen. Auch der Rechtsanwalt ist ihm egal jetzt. Zur Hölle mit diesem Menschen, der ihn in einen solchen Pfuhl gelockt hat!

Er packt seine Frau am Arm, zerrt sie von ihrem Stuhl hoch, und dann schreit er in diese gierige, geile Stille hinein, schreit, daß seine Stimme sich überschlägt: »Jüdische Sauereien, Pfui Teufel! Merkt denn hier keiner, wohin das führt?« Er stürmt, die Frau hinter sich herziehend, zwischen den Tischen dem Ausgang zu. Dort dreht er sich noch einmal um. Nein, er schämt sich nicht. Die sollen ihn ruhig ansehen. Und dann hebt er die Hand und ruft, wie ein Erzengel um sich schauend: »Der Tag wird kommen! Der Tag, an dem Sodom und Gomorrha vom Erdboden vertilgt werden! Deutschland erwache!«

Die Leute klatschen wie verrückt. Der Vorhang vor der nackten Frau ist schon lange gefallen. Manche halten das ganze für einen besonderen Gag. Einige rufen gutgelaunt »Kinder gehör'n ins Bett!« hinter den beiden, dem Obersekretär und seiner Frau, her.

Draußen reißt der Mann der Garderobenfrau die Mäntel aus der Hand. Den bronzenen Bismarck-Kopf. Die Gertrud hat keine Zeit mehr, ihre Gummischuhe überzustreifen. Sie trägt sie in der Hand, während der Mann sie fortzerrt. Bloß weg hier! Fort! Weit fort!

Aber die Nacht draußen ist nicht viel besser. Hat ein Hurengesicht. Gleißende falsche Farben und dunkle Schatten. Hildes Gesicht.

Johlen und schrilles Getöse um sie herum. Fetzen von Negermusik. Finstere Hauseingänge, in die sich schmierige Typen drükken. Bloß fort! Wispern, Gekicher. Ratten huschen. Und was weiß er denn, ob ihm nicht jemand gefolgt ist? Er sieht sich um. Er weiß nicht einmal, in welcher Straße sie sich befinden.

Die Gertrud weint. »Gerhart«, wimmert sie, »Mann, ich versteh' dich ja. Ich versteh' dich gut. Aber lauf nicht so schnell. Ich kann doch nichts dafür.«

Nein. Er zwingt sich, langsam zu gehen. Sie kann wirklich nichts dafür. Wenn er es richtig überlegt - aber das ist schwer jetzt, aufgewühlt wie er ist -, wenn er ganz ehrlich ist, dann ist sie, die Gertrud, die einzig wirkliche Unschuldige in diesem Drama. Er drückt ihre kalte Hand.

Aber sie mußten heraus aus dieser Hölle. Das sieht sie doch ein? Heraus, ehe ihnen - wer weiß - noch Schlimmeres passiert! Angst? Für sich allein, er wüßte sich schon zu helfen. Alter Frontsoldat, der er ist. Aber mit einer weinenden Frau am Arm? Lieber durch tausend Trommelfeuer!

Von Straßenlaterne zu Straßenlaterne hasten sie so. Und noch immer brodelt die Nacht. Immer noch lallen Betrunkene, dudelt Musik. Gerüche nach Moder und Unflat. Nach fettig Gebratenem.

Gütiger Gott im Himmel!

Erst, als er das schmutzig dunkle Gebäude mit den trübe erhellten Glasfenstern sieht, als er das Schild liest: Bahnhof Friedrichstraße, erst da merkt der Obersekretär Gerhart Koller, daß auch ihm die Tränen über die Backen laufen.

Wenn es ihm einer gesagt hätte, daß er einmal über den Anblick eines verrußten dreckigen Bahnhofsgebäudes zu Tränen gerührt sein würde, er hätte schallend gelacht.

Berlin ... mein Gott, Berlin ...

Der 30. Januar 1933
Jetzt ist alles zu Ende

Nie mehr wieder werde ich mit der Christa auf die Eisbahn bei den Ohlewiesen gehen. Und auch nicht auf den Schützenfestplatz zu Pfingsten. Nicht zum Nixenloch im Park oder zu der dicken Knorr-Eiche am Rand der Felder, unter der wir immer – wie lange das schon her ist – Spinat aus Gras gekocht haben für unsere Puppen.

Alles vorbei.

Das Schlimmste ist, daß es da, wo wir hinziehen, keine Oder gibt. Ich kann mir das überhaupt nicht vorstellen: eine Stadt ohne diesen Strom. Ein Sommer ohne die Oder . . . was soll man denn da unternehmen? Der Papa sagt zwar, daß sie in Liegnitz auch einen Fluß haben. Aber schon am Namen erkennt man, was das für ein kümmerliches Gewässer sein muß! Katzbach!

Ja, ich weiß, daß Blücher 1813 hier eine große Schlacht geschlagen hat. Ich weiß auch, daß in der Nähe von Liegnitz, bei Wahlstatt, am 9. April 1241 Heinrich der Zweite, Herzog von Schlesien und Polen, die Hunnen zurückgeworfen hat. Daß er in dieser gräßlichen Schlacht gefallen ist, und seine Mutter, die heilige Hedwig, seinen Leichnam nur an den sechs Zehen seines linken Fußes noch erkannt hat! Schrecklich!

Aber was nützt das mir?

Wir müssen weg von Ohlau. Das Kulturamt ist aufgelöst und unser Papa nach Liegnitz versetzt worden. Ich kenne keinen Menschen in Liegnitz. Die Christa hat's gut. Der Herr Moellner ist nach Breslau versetzt worden. Breslau ist die Hauptstadt von Schlesien, und die Oder ist dort noch viel breiter als hier in Ohlau. In Breslau wohnt meine Tante Agnes mit dem Onkel Karl. Das nützt wieder der Christa nichts.

Es ist alles verkehrt.

Von der Dorotheenschule hier in Ohlau wegzugehen macht mir

nicht soviel aus. Außer der Christa habe ich keine richtigen Freundinnen hier. Und in dieser Schule war es schon ziemlich langweilig. Weil ich immer und ohne große Anstrengungen die Beste in der Klasse war. Nur in Handarbeit nicht.

Wenn wir in Liegnitz sind, darf ich auf ein richtiges Lyzeum gehen. Das ist fast so gut wie ein Gymnasium. Der Papa, er arbeitet schon seit zwei Monaten in Liegnitz, hat mich auf diesem Lyzeum bereits angemeldet. Und er hat mir sogar schon eine Schülermütze gekauft. Die tragen sie dort! Und sie sieht aus wie die Gymnasiastenmützen hier in Ohlau. Karminrot mit schwarzem Lackschild und dem schwarzweißen Band der Tertia.

Aber das alles tröstet mich höchstens ein kleines bißchen.

Ich stehe im Alkoven, am Fenster unseres Kinderzimmers, und starre in den Hof hinunter. Grau. Trostlos. Durch die blinden Scheiben des Hinterhauses leuchtet das milde Licht der Schusterkugel. Der Sambale-Schuster hämmert auf einem Schuh herum. Schneereste auf den Dächern. Und es tropft aus den Dachrinnen.

Wenn der wilde Wein an der Mauer, hinter der einmal das Fräulein Hilde mit offenen Haaren gesessen hat, wenn das braune Zweiggewirr des wilden Weins wieder Blätter hat und winzige Blüten, werde ich nicht mehr hier sein.

Übermorgen, am 1. Februar früh, kommt der Möbelwagen, und dann ist es Schluß hier. Aus. Aus. Und vorbei.

Dabei kommt es mir vor, als wäre es gestern gewesen, daß wir unser schwarzweißes Schilderhaus mit dem roten Dach zum Boot gemacht haben, in dem wir mit Kochlöffeln über den Linoleum-See gerudert sind. Zu den Alkoven-Inseln.

Das Schilderhaus ist verpackt. Und das Schaukelpferd, mit echtem Fell bezogen, auch.

Die Bilder sind von den Wänden des Kinderzimmers abgenommen. Da, wo sie gehangen haben, ist die Farbe der Tapete mit den grünen Kränzen auf weißem Grund noch ganz frisch. Nur der Wetterjunge hängt noch da. Ein Pappbild, auf dem ein kleiner Junge zu sehen ist, dessen Hosen extra aufgeklebt sind. Wenn das Wetter schön wird, sind die Hosen blau, wenn Regen kommt, rot. Heute sind sie lila. Veränderlich!

Ich werde den Wetterjungen in meine Schultasche packen. Und es macht mir nichts aus, daß seine Hosen schon ein bißchen abgeblättert sind. Aber ich will nicht, daß er hier zurückbleibt, wenn alles leer ist und ausgestorben.

»Steh nicht herum und halt Maulaffen feil«, sagt die neue Mutter. Ob ich mich jemals daran gewöhnen kann, ganz einfach und selbstverständlich Mutter zu denken? »Mach dich nützlich, Elisabeth!«

Mich nützlich machen, das ist: Spielzeug in Zeitungen einwikkeln und in der großen Truhe stapeln. Oder alle meine Bücher in Pappkartons packen. Die Möbel aus der Puppenstube räumen und die selbergemachten Kasperle-Puppen zusammensuchen.

Wo werden wir spielen in der neuen Wohnung, die Papa schon gemietet hat? Sie soll in einer vornehmen Gegend liegen. Sogar einen Balkon werden wir haben, ganz mit wildem Wein bewachsen. Und ein viertes Zimmer!

Das ist schon etwas, das will ich ja auch zugeben. Aber trotzdem ... weg von Ohlau, weg von dem Friedhof, auf dem Mama begraben liegt! Mama, liebste, beste Mama! Manchmal denke ich jetzt schon, daß es gar nicht wahr ist, daß wir eine Mama hatten, die uns – oder eigentlich nur mir, denn der Heinzi war noch zu klein – Geschichten erzählt hat. Unvorstellbar schöne Geschichten. In Liegnitz werde ich mich wohl überhaupt nicht mehr daran erinnern können. Und da ist dann auch nichts mehr da, das meiner Erinnerung hilft.

Mama ...

Ich merke, daß mir die Tränen kommen, und ich beiße die Zähne zusammen, um nicht zu weinen. Strecke das Kinn vor wie unser Papa, wenn er zeigen will, wie energisch er ist.

Unser Papa hat heute hier in Ohlau noch etwas abzuwickeln im Büro. Er ist für drei Tage aus Liegnitz gekommen. Auch, um uns beim Umzug zu helfen. Aber die neue Mutter sagt, daß er ihr doch bloß überall im Wege steht. Und ohne ihn geht es schneller.

Zum Mittagessen gibt es jetzt nur noch etwas Schnelles. Wie an Waschtagen. Kartoffelsuppe mit Knoblauchwurst und morgen saure Eier. Damit man die meisten Töpfe schon einpacken kann.

Mir ist das egal. Ich habe sowieso keinen Hunger. Und ich denke immer nur, ob es wirklich gar keinen Weg gibt, keine Möglichkeit, hierzubleiben. Im Sommer, ja, da wäre ich einfach weggerannt. Da hätten sie mich lange suchen können. Ich hätte mich im

Park versteckt. Oder – noch lieber – in den Weidenbüschen an der Oder.

Aber jetzt im Winter sind die Buhnen überschwemmt. Zwischen den Weidenbüschen steht das Wasser. Und im Fluß treiben die ›Brieger Gänse‹. Die bläulichweißen Eisschollen, die von Brieg herkommen.

Immer und immer wieder kommt die Oder in meine Gedanken. Und ich weiß, daß es nie, nie mehr so werden wird, wie es einmal gewesen ist. Auch die Oder ist nicht die gleiche, wenn man nur zu Besuch herkommt. Wenn man nicht mehr hierhergehört.

Sicher. Sie wird immer schön sein. Breit und behäbig wie eine Bauersfrau. Die langen Kohlekähne werden auf ihr dahinziehen, und die Schlepper werden Wellen machen wie ein Kamm, den man durch lockiges Haar zieht. Die Wäsche wird auf den Lastkähnen flattern, vorne von der kleinen Einstiegsluke an bis über den ganzen Kahn hinweg zum Heck hin, wo die Landesflagge weht. An den winzigen Fenstern der Kajüten werden Levkojen blühen oder Pelargonien, und die Schiffersfrau wird winken und ihr kleinstes Kind festhalten, damit es nicht ins Wasser tapst.

Aber ich werde nicht mehr dasein und zurückwinken können.

Ich werde in einem Kaff sitzen, das Liegnitz heißt und nur einen Bach hat. Und sechsmal soviel Einwohner wie Ohlau. Ja, freilich, ich werde aufs Lyzeum gehen, und ich werde dort keinen einzigen Menschen kennen. Niemand, niemand wird dasein, der weiß, daß ich immer die besten Aufsätze geschrieben habe und wie gut ich Gedichte aufsagen kann.

Sie werden lachen, weil ich so klein bin. Sie können dort in Liegnitz ja nicht wissen, wie gut ich schwimmen kann und wie hoch ich springe. Alles werde ich wieder ganz von vorne anfangen müssen. In einer schrecklich fremden Umgebung. Und was bedeutet es da schon, daß wir einen Balkon haben werden, zugewachsen mit Weinlaub? Im Winter, also jetzt, wird er ohnehin kahl sein – wie die Mauer hier im Hof – und zu nichts nütze. Außer vielleicht, daß man die Butter darauf kalt stellen kann und die Milch.

Ich will nicht. Ich will hier nicht weg. Nicht einmal die Aussicht, daß wir in Liegnitz kein Plumpsklo mehr haben werden, kann mich fröhlich stimmen. Und wenn schon . . .

»Tu endlich was«, sagt die neue Mutter, »es ist noch soviel einzupacken. Da, die Bilder aus der Guten Stube zum Beispiel!«

Die Bilder!

Es gibt nichts Dümmeres als diese Bilder. Ich kann nicht sagen, warum, aber ich finde sie einfach scheußlich. Jedenfalls seit ich auch die Elfenreigen und Nixenbilder nicht mehr so schön finde. Es sind drei runde Bilder mit glänzendlackierten schwarzen Rahmen, die an Seidenschnüren aufgehängt werden. Auf jedem der Bilder - zartfarbige Zeichnungen - ist ein Pferdekopf zu sehen, an den sich eine Frau schmiegt. Eine mit schwarzen Haaren, eine Blonde und eine Rothaarige. Ein Rappe, ein Schimmel und ein Rotfuchs dazu. Die Frauen haben Schleier um die Schultern geschlungen, Flatterhaare und rosa Münder. Und die Schleier sehen so aus, als würden sie gleich herunterrutschen. Ein bißchen von den Brüsten ist schon zu sehen! Pfui! Der Tante Hedel gefallen die Bilder bestimmt auch nicht, glaube ich.

Die zwei größeren Bilder, lang und schmal, es sind wohl Photographien, finde ich aber noch viel dümmer. Auch auf diesen Bildern sind Frauen. In komischen Faltengewändern, von denen der Papa sagt, daß es griechische sein sollen. Die Frauen haben die Haare aufgesteckt - wie meine Mutter sie auf einer Photographie trägt, die sie als junges Mädchen zeigt. Aber das Schlimmste ist ein großer Zweig mit Papier-Rosen, den die eine der Frauen auf unglaublich blöde Art über dem Kopf balanciert. Und die andere ist auch nicht besser. Sie hat sich einen Krug auf den Kopf gesetzt und trägt ein paar Kornähren, die ganz bestimmt ebensowenig echt sind wie die Papier-Rosen.

In der ganzen Familie weiß eigentlich niemand, was diese Frauen darstellen sollen. Und es kann auch niemand mehr sagen, wann oder auf welche Art diese dummen Dinger in unseren Haushalt gekommen sind. Dabei haben sie kostbar aussehende Rahmen. Aus schwerem schwarzem Holz, mit goldenen Nagelreihen beschlagen.

Wie ich das dumme liebreiche Lächeln auf den Gesichtern betrachte, die idiotischen Gewänder, fühle ich plötzlich, wie es in meinem Magen ganz heiß wird vor Wut. Wenn wir schon von hier weg müssen, dann sollen mich diese blöden Gesichter nicht mehr länger anöden. Und wer weiß auch, wo sie in der neuen Wohnung aufgehängt werden? Vielleicht da, wo ich sie tagtäglich ansehen muß. Hier in Ohlau war es noch nicht so schlimm, in der Guten Stube konnte man es – abgesehen von Feiertagen – vermeiden, sie zu bemerken. Nein, ich weiß jetzt, was ich mit ihnen mache!

Ich hole mir Packpapier und Schnur. Lege die Bilder, die großen, schmalen zuunterst, auf den Boden. Die kleinen runden oben drauf. Dann mache ich aus allen ein Paket. Und dann – dann springe ich mit meinen festen Schuhen mitten drauf auf das Paket! Es klirrt und splittert, und mir ist auf einmal sehr viel wohler. Keins der Bilder ist heil geblieben. Man kann das ganze Paket gleich in den Müll werfen, hat die neue Mutter gesagt, nachdem sie mich verprügelt hat.

Aber aus den Prügeln mache ich mir gar nichts. Sie hat auch nicht viel Zeit dazu, weil sie sich ja noch um soviel andere Dinge kümmern muß.

Als der Papa zum Mittagessen kommt, will sie ihm gleich von meiner Untat berichten, aber er sagt, daß er sich jetzt nicht mit solchen Lappalien abgeben kann!

Lappalien?

Ja. Denn es ist etwas geschehen, das viel, viele tausendmal wichtiger ist!

»Um Gottes willen, Gerhart«, sagt die neue Mutter, »was denn?«

»Adolf Hitler ist heute von Hindenburg zum Reichskanzler ernannt worden!« Vaters Stimme klingt kratzig, als ob er nahe daran ist, zu weinen.

Unser Papa? Weinen?

»Es ist die Wende«, sagt er, »jetzt wird alles gut! Die Schmach von Versailles wird getilgt werden. Dieser Mann wird Deutschlands Schicksal in andere, bessere Bahnen lenken!«

Und die neue Mutter sagt, daß sie nur hofft, daß solche schlimmen Dinge wie damals in Berlin jetzt nicht mehr geduldet werden. Ich wüßte zu gerne, was das für Dinge waren, aber ich habe es bisher noch nicht herauskriegen können. Nicht einmal zu Mutters Schwester haben sie davon geredet!

»Mit eisernem Besen«, sagt unser Vater, »mit einem eisernen Besen wird der Führer wieder für Zucht und Ordnung sorgen in diesem unserem geliebten Vaterland!«

Solche Sachen hat der Papa in letzter Zeit immer öfter gesagt, und daß die Juden und die Roten und auch die Freimaurer an Deutschlands Unglück schuld sind. Und wenn Besuch kam, haben sie immer nur über Adolf Hitler geredet, und was er alles besser machen wird, wenn er ans Ruder kommt. Sie waren sich einig, daß er, der Führer, der einzige ist, der den Karren noch aus dem Dreck ziehen kann.

Ich weiß nicht, was für einen Karren und aus welchem Dreck. Aber ich habe schon begriffen, daß es etwas Tolles ist, für Hitler zu sein. Richtig schick!

Man trägt ein silbernes Hakenkreuz, versteckt, auf der Unterseite des Mantelrevers. Ich habe auch noch eine silberne Wolfsangel, was ein germanisches Runenzeichen sein soll, vom Heinzi gegen Zigarettenbilder eingetauscht. Versteckt trägt man diese Zeichen, weil es ja etwas Geheimes sein soll. Man zeigt es nur den allerbesten Freundinnen.

»Ab heute«, sagt der Papa, »darf man sich endlich frei und offen zum Führer bekennen!«

Und ich finde, daß es dann aber leider gar nicht mehr so aufregend ist, für Adolf Hitler zu sein. Wenn es alle dürfen ...

Für Adolf Hitler zu sein bedeutet aber noch mehr. Es bedeutet blanke Stiefel, Braunhemden, Hakenkreuzarmbinden und geputztes Lederzeug ... wenn nur diese scheußlichen Hotelboy-Mützen nicht wären! Für Hitler sein und für den Nationalsozialismus, das zeigen wir - Jungen und Mädel - auch dadurch an, daß wir zünftige Nagelschuhe tragen, mit denen man auf dem Pflaster Funken schlagen kann, und weiße Kniestrümpfe mit Bommeln an den Seiten. Einige haben sogar schon braune Kletterwesten! Und beim VDA, dem Verein für das Deutschtum im Ausland, in dem ich auch bin, haben sie dunkelblaue. Aber wir haben leider jetzt kein Geld für so was, sagt die neue Mutter.

Vor allem aber muß man zeigen, daß man trutzig sein kann und abgehärtet und imstande, große Strapazen oder Schmerzen zu ertragen. Nackte Knie sind ein Zeichen von Tapferkeit, und man darf auch keinen Schal um den Hals haben, wenn es kalt ist.

Von allen diesen Dingen versteht die neue Mutter leider noch überhaupt nichts. Aber mir machen solche Sachen Spaß. Und zimperlich sein habe ich sowieso nie ausstehen können.

Der Papa hat seine Knoblauchwurst hastig verschlungen und

löffelt den Rest seiner Kartoffelsuppe. »Wo ist meine Uniform?« fragt er über den letzten Löffel hinweg, und als er Mutters erschreckte Augen sieht: »Doch wohl noch nicht eingepackt, will ich hoffen?«

Die neue Mutter nickt nur. Und da schnauzt er, daß sie sofort die Uniform wieder auspacken muß. »Glaubst du vielleicht, daß ich in Zivil gehe, heute abend, zum Fackelzug?«

Fackelzug? »Ein richtiger Fackelzug, Papa?«

»Ja. Und mit einer großen Schlußkundgebung, mit Zapfenstreich und ›Nun danket alle Gott‹!«

»Wie nach der Schlacht bei Leuthen«, sagte ich und da ist der Papa stolz auf mich.

»Wie nach der Schlacht bei Leuthen«, nickt er, »und alle werden dabeisein. Der Stahlhelm und die SA. Die SS natürlich und die Parteimitglieder. Die Fünfundsechziger ...«, er überlegt, »oder jedenfalls ein großer Teil von ihnen. Schüler und Jugendliche und natürlich die Scharnhorst-Jugend mit ihrem Spielmannszug. Den Roten soll die Spucke wegbleiben!«

»Soldaten auch?«

Der Papa kriegt eine Falte zwischen den Augenbrauen. »Die Reichswehr ... ich glaube nicht. Ich denke mir aber, daß sie vielleicht eine Abordnung schicken werden, obwohl ...«

»Obwohl was?«

»Frag nicht, Mädel, es genügt schließlich, daß die halbe Stadt auf den Beinen sein wird. So ein denkwürdiger Tag!«

»Und ich, Papa? Bitte! Du hast gesagt, auch Schüler und Jugendliche ... ich will mitmarschieren, Papa!«

Die neue Mutter sagt, daß ein Mädel von zwölf Jahren nachts nicht auf die Straße gehört. »So was kannst du nicht unterstützen, Gerhart«, sagt sie, »und wenn was passiert?«

»In drei Monaten bin ich dreizehn«, trumpfe ich auf, »und was soll denn passieren, jetzt, wo Adolf Hitler an der Macht ist!«

Da lacht der Papa, und ich glaube, ich habe gewonnen. Er sagt: »Also gut. Wenn du versprichst, daß du sofort nach der Schlußkundgebung nach Hause gehst!« Und zur Mutter: »Die Kundgebung ist auf dem Schloßplatz, da kann sie in ein paar Minuten hier sein!«

Die neue Mutter seufzt, und ihrem Mund kann man ansehen,

daß sie es nicht erlaubt hätte. Sie sagt nur noch, sie würde es aber nicht dulden, daß ich womöglich Kniestrümpfe trage und daß ich den Wintermantel mit dem Kaninchenpelzkragen anziehen muß.

Wenn schon. Die langen Strümpfe kann man auch herunterrollen bis unters Knie. Und statt des Mantelgürtels aus Stoff werde ich meinen Kunstledergürtel ganz eng umschnallen. Wie bei einer Uniform. Ach ja, und ich werde meine Schülermütze aufsetzen. So ein bißchen schief. Wie die Reichswehroffiziere, wenn sie über die Brieger Straße flanieren. Da sehe ich dann bestimmt auch ein bißchen so aus, als hätte ich eine Uniform an.

Diesen Abend hat der Obersekretär Gerhart Koller kaum erwarten können. Er ist schon am Nachmittag in Uniform ins Amt gegangen. Wo es eigentlich – außer den letzten Aufräumungsarbeiten – nichts mehr zu tun gibt. Sie haben auch die meiste Zeit nur herumgestanden und darüber diskutiert, was der Führer jetzt als erstes tun wird. Der Reichstag ist aufgelöst, soviel weiß man schon. »Die olle Quasselbude«, sagt der Obersekretär und macht sein energisches Gesicht. Und der Kollege Moellner ist so aufgeregt, daß sein kleiner Fliegenschnurrbart dauernd zuckt.

»Wirst du auch mitmarschieren, heute abend?« fragt ihn Gerhart Koller. Aber das weiß der Kollege Moellner noch nicht genau. »Mir ist die Freude richtig auf den Magen geschlagen«, sagt er, und daß er auch nicht weiß, bei welcher Gruppe er da marschieren soll.

Das stimmt schon. Der Moellner ist nicht im Kameradenverein und auch nicht im Stahlhelm. Aus der NSDAP hatten sie damals beide, Moellner wie Koller, austreten müssen, als diese Verordnung kam, daß ein preußischer Beamter keiner politischen Partei angehören dürfe. Dem konnte man nicht zuwiderhandeln. Das wäre auch gegen den Beamten-Eid gewesen. »Aber damit ist ja jetzt Schluß«, sagt der Moellner. »Und sobald es für uns erlaubt ist, trete ich wieder ein. Das kannst du mir glauben!«

Der Obersekretär glaubt es ihm. Er selber hat ja zum Glück immer den Stahlhelm gehabt, in dem er seine politische Gesinnung hat ausdrücken können und der trotzdem keine Partei ist. »Du solltest dennoch heute abend mitmarschieren«, sagt er jetzt zum Moellner. »Ich bin sicher, daß sich diesem Triumphzug auch viele Zivilisten anschließen werden. Und dann die Treue-Kundgebung!

Der Ortsgruppenleiter der Partei, die Führer von SA und SS und vom Stahlhelm werden reden. Mensch, Moellner, das kannst du dir doch nicht entgehen lassen!«

»Ja, schon«, sagt der Kollege Moellner und fährt sich mit der Hand über die Weste, da, wo der Magen schmerzt. Ganz unerträglich. Und ausgerechnet heute!

Der Kollege Marczowsky – er ist wie Koller nach Liegnitz versetzt – wird bei der SA mitmarschieren. Er sagt, daß sie da auch eine Reiter-Gruppe haben. Sieh mal einer an, der Obersekretär hat davon noch nie etwas gehört. Dieser Marczowsky! Und da hat man immer gedacht, daß er nur hinter den Weibern her ist.

»Du bist mir vielleicht einer«, sagt der Obersekretär, »ein ganz heimlicher!« Und dann sagen sie, daß sie sich morgen, bei der Verabschiedung vom Herrn Regierungsrat, hier noch einmal sehen werden. Zum letzten Mal. Im Kulturamt in Ohlau.

Sie haben sich auf der anderen Seite der Oder versammelt. Die Kameraden der Stahlhelm-Ortsgruppe. Durch die ganze Odervorstadt wollen sie mit ihren Fackeln marschieren. In der Odervorstadt wohnen die meisten Roten. Sozialdemokraten und Kommunisten. Das ist alles dasselbe Pack. Und denen wollen sie's heute zeigen!

Der Platz, wo sie sich aufstellen, liegt hinter der Ziegelei. Straßenarbeiter haben hier Berge blauer Basaltsteine aufgeschüttet. Zur Bepflasterung eines Weges. Der Ortsgruppenführer läßt den Befehl durchsagen, daß jeder Marsch-Teilnehmer mindestens einen der blaugrauen Steine in einer Tasche seiner Uniform mitnehmen soll. »Versorgt euch, Kameraden, damit wir gewappnet sind, falls die roten Schweine angreifen!«

Und dann los. Die Fackeln angezündet und Abteilung ... marsch!«

Nachdem sie Tritt gefaßt haben, kommt das Kommando zum Singen. »Ein Lied ... zwo, drei, vier.«

»Wildgänse rauschen durch die Nacht
mit schrillem Schrei nach Norden ...«

Sie singen alle Lieder, die sie kennen, und dann fangen sie wieder von vorne an. Aber die Roten greifen nicht an. Sie pöbeln nicht einmal. Sind wie von der Bildfläche verschwunden. Feiges Pack! Gerhart Koller faßt nach dem Stein in der Tasche seines Uniformrockes. Verkriechen sich in ihre Löcher wie die Ratten, er streckt sein Kinn energisch vor, jawohl, wie die Ratten! »Jetzt geht denen der Arsch auf Grundeis«, sagt er zum Kameraden, der neben ihm marschiert. »Jetzt werden sie merken, woher der Wind weht!«

Die Frauen und Mädchen versammeln sich vor der Evangelischen Kirche, das habe ich schnell herausgekriegt. Aber es sind nicht sehr viele Mädchen. Jedenfalls nicht aus meiner Klasse. Überhaupt nur wenige aus meiner Schule. Ein Glück, daß die neue Mutter das nicht weiß. Die Christa hat auch nicht mitkommen dürfen. »Weil wir schon morgen früh nach Breslau umziehen«, sagt die Tante Evemie. Aber sie selber marschiert natürlich mit. Auch die Cousine Lotte aus Peisterwitz ist dabei. Und das Fräulein Wanda. Aber insgesamt ist es eher ein kläglicher Zug, wie sie jetzt losmarschieren, und es wird noch schlimmer, als sie zu singen anfangen. Sie haben in einer zu hohen Tonlage eingesetzt, und das klingt richtig piepsig.

Ich habe mir meine Fackel anzünden lassen, und wie jetzt, gleich beim Hotel Gazé, die Schüler des Gymnasiums zu uns stoßen, mische ich mich unter die Jungen. Der Schiffi ist auch da, und er guckt immer wieder zu mir herüber. Er wundert sich bestimmt über meine Mütze. Hier in Ohlau tragen ja nur die Jungen vom Gymnasium solche Mützen. Die Mädchen - so haben die Lehrer angeordnet - dürfen das nicht. Vor ein paar Jahren noch war es den Mädchen überhaupt verboten, das Gymnasium zu besuchen!

Na ja, der Schiffi wird es schon noch erfahren, daß ich jetzt in Liegnitz aufs Lyzeum gehen werde. Aber was nützt mir das dann noch? Er bleibt hier, und ich bin dort. Weit, weit fort. Beinahe drei Bahnstunden entfernt. Ich könnte schon fast wieder weinen, wenn ich daran denke.

Ich gucke mich um, ob der Walter Wiener auch mitmarschiert. Aber ich kann ihn nirgendwo entdecken. Schließlich frage ich einen der Jungen nach ihm. Der sieht mich an, als ob ich nicht richtig im Kopf bin. »Mann«, schreit er dann den anderen zu, »die fragt tatsächlich, warum bei uns keine Juden mitmarschieren ... hahaha! So was Dämliches hab ich überhaupt noch nicht gehört!«

Da sehen mich alle an, als ob ich ein Kalb mit zwei Köpfen wäre, und ich schäme mich entsetzlich. Ich tue so, als müßte ich mein Schuhband binden, und bleibe zurück, bis die Frauengruppe von Tante Evemie wieder herankommt. Mit denen marschiere ich weiter. Ich bin jetzt aber nicht mehr so begeistert.

Ein paarmal marschieren wir um den Ring herum. Weil die anderen Gruppen - bei einem Stern-Marsch, erklärt die Tante Evemie, ist das so - einen weiteren Anmarschweg haben und wir dann alle gemeinsam auf dem Schloßplatz ankommen wollen!

Viele Fenster der umliegenden Häuser sind erleuchtet. Manchmal winken die Leute und schwenken kleine Papierfähnchen mit dem Hakenkreuz drauf. Oder auch schwarzweißrote. Ein paar Häuser aber, zum Beispiel das Bekleidungshaus Glaser, bleiben ganz dunkel. Niemand ist an den Fenstern zu sehen. Und auch die Schaufensterbeleuchtung ist ausgemacht. Glasers sind Juden, das weiß ich schon eine Weile. Aber wir haben da nie eingekauft, weil sie nur ziemlich teure Sachen haben.

Jetzt klingt aus allen Richtungen Musik. Blasmusik und auch Gesang. Und jetzt marschieren wir endlich auf den Schloßplatz, wo wir uns an einer Seite, nicht weit von der Tribüne, aufstellen. Ich wundere mich, wie sie so schnell haben eine Tribüne aufbauen können. Heute morgen war sie noch nicht da. Und jetzt ist sie mit Tannenreisig geschmückt und mit einer riesigen Hakenkreuzfahne. Links und rechts davon stellen sich die Abordnungen, die Fahnen oder Wimpel tragen, auf.

Der Musikzug vorn, in der Mitte vor der Tribüne.

Während die einzelnen Gruppen noch im Anmarsch sind, stehen wir da und treten von einem Fuß auf den anderen, weil es nun doch ziemlich kalt ist. Aber ich muß immer noch darüber nachdenken: Der Walter Wiener darf also bei so einem wichtigen Marsch nicht mitmachen. Dabei würde er es bestimmt gerne tun. Die Jungens hier haben doch überall - auf der Eisbahn und auf dem Sportplatz, beim Schützenfest und in der Badeanstalt -, überall haben sie mit ihm zusammen gespielt. Haben sich oft genug von ihm zu einem Eis oder einer Limonade einladen lassen. Und jetzt plötzlich wollen sie ihn nicht mehr dabeihaben, bloß, weil er ein Jude ist? Aber er war doch vorher auch schon ein Jude!

Ob das der Adolf Hitler wirklich so will? Und wenn er es will, warum denn bloß? Was haben ihm die Juden denn getan? Daß sie Jesus ans Kreuz geschlagen haben, kann man ihnen doch heut nicht mehr vorwerfen? Was aber dann?

In Papas Zeitungen stehen manchmal richtig fürchterliche Sachen, die von Juden verübt worden sein sollen. Wenn man aber genau nachsieht, ist so eine Untat oft schon vor ein paar hundert Jahren passiert. Aber ich kann den Papa nicht danach fragen. Weil es mir verboten ist, überhaupt Zeitungen zu lesen. Nicht mal die Deutsche Illustrierte! Und ich kann mir so einen Artikel höchstens auf dem Klo aus einzelnen Teilen zusammensetzen. Und wenn dann ein Stück fehlt, hat das Ganze gar keinen Sinn mehr. Man kann es nur noch erraten. Trotzdem, die Juden, von denen in diesen Zeitungen die Rede ist, das sind doch ganz andere. Da ist doch keiner aus unserer Stadt dabei, da bin ich ganz sicher!

Ja, ich weiß, unser Papa schimpft oft auf die Juden. Über die jüdische Weltherrschaft schimpft er oder über die Kommunisten, die auch die Weltherrschaft haben wollen. Und die Bolschewisten auch. Bis jetzt hat sie, glaube ich, aber noch keiner wirklich. Der Papa schimpft auch darüber, daß die Juden deutsche Frauen verderben. »Schänden«, sagt er. Es muß etwas ziemlich Schlimmes sein, und er sagt, daß er es mir erklären wird, wenn die Zeit dafür gekommen ist. Er sagt aber nicht, wann das sein wird.

Einmal habe ich hinter der Tür gelauscht, als der Papa über den jungen Herrn Lichtermann geschimpft hat. »Dieser Juden-Schweinigel«, hat er gesagt, und daß der das Fräulein Hilde auf dem Gewissen hat!

Das war voriges Jahr, als die Eltern von Berlin zurückgekommen sind, und die neue Mutter hat gesagt, daß er sie doch aber heiraten will! Der junge Herr Lichtermann das Fräulein Hilde! Da hat der Papa geschrien, daß dieser schmierige Jude sich das nur ja nicht unterstehen soll. Und die neue Mutter hat ihm geantwortet: »Jetzt verstehe ich dich überhaupt nicht mehr, Gerhart!«

Ich hätte ihm ja gerne gesagt, daß ich genau weiß, daß der junge Herr Lichtermann kein Schweinigel ist, aber da hätte ich zugeben müssen, daß ich gelauscht habe, und da hätten sie womöglich das nächste Mal die Tür zum großen Zimmer, in dem die Betten stehen, zugemacht!

Aber nicht einmal der Papa könnte mich davon überzeugen, daß der Herr Lichtermann ein schlechter Mensch ist. Und wenn der zehnmal ein Jude ist.

Und beim Herrn Striehm stimmt das, was der Papa über die Juden sagt, auch nicht. Nicht einmal beim billigen Jakob. Das weiß ich einfach, weil ich es spüre, weil ich sie besser kenne als der Papa. Und Väter sind schließlich nicht allwissend. Die können sich auch einmal täuschen. Ich bin sicher, daß sich der Papa über die Juden täuscht!

Die Juden wollen Deutschlands Untergang, hat der Papa auch noch gesagt, und daß sie deshalb gegen Adolf Hitler sind. Woher will er das wissen? Bloß, weil es in seiner Zeitung steht? Gefragt hat er bestimmt noch keinen einzigen. Das sollte man aber. Sie sollten die Juden ganz offen fragen, ob sie für Hitler und für Deutschland sind oder dagegen. Die Gegner, die könnten sie dann ja meinetwegen hassen. Aber so ganz ohne Grund einfach sagen, der ist Jude, das ist unser Feind, das ist nicht fair, finde ich.

Und jetzt sagen sogar schon diese dämlichen Jungens hier, daß sie den Walter Wiener nicht dabeihaben wollen, weil er ein Jude ist. Und sie haben ihn auch nicht gefragt, ob er vielleicht mitmachen will. Sie haben ihm überhaupt keine Chance gegeben!

Ich finde auf einmal die ganze Kundgebung hier und den Fackelzug gar nicht mehr so schön. Am liebsten würde ich einfach nach Hause gehen.

Doch jetzt kommt die SA anmarschiert. Und ein kleiner Trupp SS. Ob der Vetter Nick dabei ist? Sie singen das Lied von den zitternden morschen Knochen. Am Schluß einer Strophe heißt es: »... denn heute gehört uns Deutschland, und morgen die ganze Welt!«

Die Weltherrschaft, muß ich denken. Schon wieder die Weltherrschaft. Alle wollen sie sie, wie es scheint. Aber ich kann mir trotzdem nichts Richtiges darunter vorstellen.

Da hört man auf einmal, noch ein bissel weiter weg, das Lied vom Argonnerwald. Das ist der Stahlhelm! Der Papa!

Nein, jetzt gehe ich natürlich nicht nach Hause. Und wie sie vorbeimarschieren, der Papa mit bei den letzten, weil er eben einer der Kleinsten ist, da denke ich, daß vielleicht doch einmal der Tag kommen wird, an dem ich dem Papa alles sagen kann, was mir eben durch den Kopf gegangen ist. Und daß er mir vielleicht dann eine richtige klare Antwort geben wird. Vielleicht ist in Liegnitz endlich einmal Zeit für so was. Weil ich einfach keinen Menschen weiß, den ich sonst fragen könnte.

Er hat das Mädel stehen sehen. Im Vorbeimarschieren. Ein bissel verloren hat sie ausgesehen. Und er hat lächeln müssen, weil sie die Schülermütze aufgesetzt hat. Seine Tochter ... er ist stolz darauf, daß sie hat dabeisein wollen. An einem solchen Tag! Solche Ereignisse sind wichtig für die Entwicklung eines jungen Menschen. Daran kann sie noch denken, wenn sie einmal so alt ist wie er jetzt!

Dann hört er der Rede des Ortsgruppenleiters der NSDAP zu. Ja, das, was dieser Mann da sagt, kann er voll und ganz unterschreiben. In letzter Minute, jawohl, in letzter Minute hat der Führer Adolf Hitler das Ruder des sinkenden Schiffes ergriffen. Und natürlich, das ist auch ihm, Gerhart Koller, klar, kann Adolf Hitler nicht in ein paar Tagen den Augias-Stall von der vierzehnjährigen Verschmutzung durch die Roten säubern. So ist das, genauso. Aber es wird jetzt durchgegriffen werden, unerbittlich, die Feinde Deutschlands sind auch die Feinde des Führers. Gegen sie wird mit äußerster Härte vorgegangen, jawohl. Der Obersekretär muß die Lippen zusammenpressen. Endlich wird Gericht gehalten werden über die Widersacher, über die Schänder der deutschen Ehre!

Niemand, das weiß er, niemand kann das heute so tief empfinden wie er. Niemand hat es so wie er ... am eigenen Leibe, könnte man beinahe sagen, erfahren.

»Unserem geliebten Führer, dem Kanzler des deutschen Reiches, Adolf Hitler, ein dreifaches Sieg Heil! Sieg Heil! Sieg Heil!« Das hallt über den Platz, daß man meint, es müßte bis nach Berlin hin klingen!

Und nun geben die Führer von SA und SS Adolf Hitler ein Treue-Gelöbnis ab. Der Obersekretär erkennt den Vetter Nick, den Verlobten von Evemies Cousine Lotte. Schneidig sieht der aus. Und seine Stimme ist scharf wie Stahl. Aber ein ganz kleines bissel – Gerhart Koller beißt auf seiner Unterlippe herum –, ein kleines bissel ist dieser Vetter Nick auch ein Fatzke! Schuldbewußt bei solchem Gedanken, sieht er sich dann nach allen Seiten um. Nein, er würde so was natürlich nie laut sagen.

Aber jetzt ist sein eigener Ortsgruppenführer dran. Der Führer des Bundes ehemaliger Frontkämpfer, genannt Stahlhelm. Und auf einmal ist der Obersekretär überrascht. Die Rede – er hatte sie vor dem Abmarsch noch lesen dürfen – ist plötzlich viel kürzer. Freilich, es ist inzwischen schon ziemlich spät geworden. Dennoch. Der Stahlhelm-Ortsgruppenführer hat gerade noch Zeit, neben dem Kanzler Adolf Hitler auch den greisen Reichspräsidenten zu erwähnen, ohne dessen weisen Entschluß, Adolf Hitler zu berufen, das Chaos noch angedauert hätte. »... ihnen beiden gilt heute unser Dank, unsere Treue und ein dreifaches Front-Heil, Front-Heil, Front-Heil!« Da geht auch schon der Große Zapfenstreich los.

Eigentlich begreife ich nicht, warum so was Militärisches wie der große Zapfenstreich mit einem Kirchenlied endet. »Ich bete an die Macht der Liebe, die sich in Jesum offenbart, ich will ... anstatt an mich zu denken, ins Heer der Liebe mich versenken.«

Ins Meer der Liebe sich versenken ... ich stelle mir das unglaublich schön vor. Ins Meer der Liebe. Aber welcher Liebe? Zu wem? Jesus – ich weiß nicht warum, aber es fällt mir schwer, beim Meer der Liebe an Jesus zu denken. Für Jesus empfinde ich Hochachtung, Anbetung, Andacht.

Aber ein Meer von Liebe? Da muß ich viel eher an Mama denken. Sogar an den kleinen Jungen im Vergißmeinnicht-Grab.

Ins Meer der Liebe, ja, jetzt weiß ich es. Es ist das gleiche Gefühl wie damals, als der junge Herr Lichtermann von dem Ritter erzählt hat, der mit seiner grünhaarigen Prinzessin und dem ganzen Pavillon im See versunken ist. Im Meer der Liebe. Es ist ein Gefühl, daß es einem vorkommt, als würde man ganz innen drin zerreißen ... oder verbrennen.

Aber was hat ein solches Lied mit dieser Kundgebung hier zu tun? Freilich, ich habe bei all den Reden nicht immer alles verstanden. Ich habe auch manchmal an etwas anderes gedacht und nicht richtig zugehört. Aber soviel weiß ich doch, es war vom Haß die Rede. Von der Unerbittlichkeit, mit der man nun gegen die Feinde

Deutschlands, die Feinde des Führers, vorgehen werde. Es war die Rede von ihrer Vernichtung.

Aber Jesus, das weiß ich genau, denn im Religionsunterricht habe ich immer gut aufgepaßt, Jesus will doch, daß man seine Feinde liebt? Diese Geschichte mit der rechten und der linken Backe, das hat Er doch gesagt!

Irgend etwas stimmt hier nicht. Sie spielen ein Lied von Jesus und von der Macht der Liebe, und sie reden vom Haß und von der Vernichtung des Feindes.

Woher wissen sie überhaupt, wer ein Feind ist?

Ich verstehe es nicht. Ich verstehe es überhaupt nicht. Ich weiß nur, daß das eine mit dem anderen nicht zusammenpaßt. Aber sosehr ich mir auch meinen Kopf zerbreche, es gibt niemand, keinen Menschen, den ich danach fragen könnte. Keinen.

Die Menschen sind immer nur auf der einen oder auf der anderen Seite. Ich glaube nicht, daß es jemand gibt, jedenfalls keinen lebenden Menschen, der beide Seiten mit der gleichen Gerechtigkeit betrachten kann.

Der Papa, das weiß ich ja, der Papa ist bei denen, die für Adolf Hitler sind. Wenn ich die Reden heute richtig verstanden habe, also bei denen, die für den Haß sind. Für die Vernichtung der Feinde, aber auch für ein freies Deutschland. Für den Kampf darum. Wenn ich mich umsehe, es sind viele, viele mit ihm.

Die andere Seite, diejenigen, für die das Lied von der Macht der Liebe gilt, da fallen mir nicht so viele ein. Die Mama? Ja. Die Mama bestimmt. Und ihre Schwester, die Tante Hedel. Und ja, ich glaube, auch der junge Herr Lichtermann, das Fräulein Hilde . . .

Und ich? Ich . . .

Ich bin zwölf Jahre alt. Und ich liebe den Papa und meine liebste Mama. Das Fräulein Hilde und den jungen Herrn Lichtermann. Adolf Hitler? Nein. Ich kann mir nicht vorstellen, daß man ihn lieben kann. Ich kenne ihn ja auch nur von Bildern, von Papas Reden her. Aber man kann für ihn schwärmen. Wie man für einen Filmschauspieler schwärmt. Oder für einen Rennfahrer.

Es gibt Menschen, die habe ich nicht besonders gern. Den Herrn Marczowksy zum Beispiel. Aber Haß? Nein, ich glaube eigentlich nicht, daß ich irgendeinen Menschen hasse. Ich will auch niemanden hassen.

Sie singen das Deutschland-Lied. Aber meine Fackel ist jetzt heruntergebrannt. Sie schwelt nur noch, und ich drücke sie auf der Erde aus. Ich drehe mich um, und meine Füße gehen – ganz mechanisch – langsam zurück zur Brieger Straße. Wenn es nicht schon so spät wäre und dunkel und kalt, ich würde jetzt auf den Friedhof gehen. Vielleicht würde es mir noch einmal, wenigstens ein einziges Mal noch gelingen, mit Mama zu reden. Wie damals, als die Margueriten blühten und die Vergißmeinnicht. Und vielleicht wüßte Mama eine Antwort auf meine Fragen.

Sie haben das Deutschland-Lied gesungen, und jetzt singen sie das Horst-Wessel-Lied. Die einen haben die rechte Hand zum Deutschen Gruß, zum Heil-Hitler! erhoben, aber der Obersekretär Gerhart Koller und seine Kameraden vom Stahlhelm haben die Hand an den Mützenrand gelegt.

Aus. Kehrt, marsch! Weggetreten!

Nein. Er will jetzt mit niemandem reden. Er will auch kein Bier mehr trinken gehen. Er ist so aufgewühlt, daß ihm die Stimme versagen könnte, wenn er jetzt redet. Diese Wende jetzt, nachdem schon alles wieder in weite Ferne gerückt zu sein schien. Nach den Stimmrückgängen der NSDAP im November und im Dezember. Jetzt doch noch diese Wende! Die Hand der Vorsehung. Ja, das ist es. Gott ist mit uns!

Es kränkt ihn ein bißchen, daß sie den Choral nicht mehr angestimmt haben. Diesen Dank-Choral, den die Soldaten nach der Schlacht bei Leuthen gesungen haben. »Nun danket alle Gott!« Aber da will er nicht kleinlich sein, jetzt. Sein Herz ist auch ohne dieses Lied so übervoll.

Er sondert sich ab von den anderen. Marschiert durch die Anlagen nach Hause, während die Kameraden alle noch beim Kurt Hohlmeisel eingekehrt sind. Heute nicht. Heute muß er einfach alleine sein. Beinahe schämt er sich seiner Ergriffenheit, aber so ist er nun eben. Er will nur nicht, daß es einer merkt.

Es sind aber noch viele Menschen unterwegs, und er schlägt Haken, macht Umwege, oder er geht – wie jetzt – auf der Straßenseite, die im Dunkeln liegt. Biegt schließlich, vom Kreisblatt, von der Stockgasse kommend, in die Brieger Straße ein.

Die Menschen haben sich inzwischen verlaufen. Er ist alleine jetzt, in seiner Straße, und der metallene Klang seiner Marschstiefel verfängt sich zwischen den Häusern. Eins, zwei! Eins, zwei!

Immer könnte er so marschieren, aber dann plötzlich verhält er den Schritt. Steht wie angenagelt. Vor der Buchhandlung des Herrn Lichtermann!

Und alles ist plötzlich wieder lebendig. Wallt in ihm hoch. Kaum, daß er noch atmen kann. Nur keuchen. Heute mittag hat er dieses Buch hier im Schaufenster liegen sehen. Dieses Schandbuch! Erich Maria Remarque, dieser Bube, dieser abgefeimte Schweinehund. Natürlich auch einer von diesen Juden, denen nichts heilig ist. »Im Westen nichts Neues!« Man müßte ...

Plötzlich fühlt er den Stein in seiner Rocktasche. Den blauen Basaltstein. Ja. Das ist es. Rache! Rache für Hilde und für Versailles, für das getretene und verratene Vaterland, und Rache auch für diese Schmiererei, dieses schweinische Buch! O ja, er kennt es. Der Marczowsky hat ihnen im Büro ganze Seiten daraus vorgelesen. Eine ungeheure schmutzige Verleumdung all dessen, was er selber erlebt hat. Er selber weiß, daß dieses Buch eine einzige dreckige Lüge ist. Wie alles, was von den Feinden Deutschlands kommt, diesen verfluchten, dreimal verfluchten Juden!

Der Stein liegt gut und kantig in der Hand. Ein kräftiger gezielter Wurf ...

Und dann? Was wird dann sein? Das Glas wird klirren und splittern. Licht wird angehen hinter den Fenstern.

Nein, er fürchtet sich nicht, daß man ihn erkennen könnte. Das ist es nicht. Er würde ihnen schon erklären, warum er es tun mußte.

Aber er wirft den Stein nicht. Er wirft ihn nicht. Weil es noch zu früh ist dafür. Sicher, sie haben den ersten Schritt auf dem langen Weg zu Deutschlands Wiederaufstieg getan. Aber nur den ersten. Sie werden noch viele Schritte tun müssen. Und dann ... Er ballt die Faust um den Stein. Aber er steckt ihn wieder zurück in die Rocktasche.

Der Tag wird kommen ... flüstert er beinahe wie im Fieber. Der Tag, an dem er nicht mehr allein ist mit seinem Stein.

Er wendet sich ab von dem Schaufenster der Buchhandlung Lichtermann. Marschiert über die Straße auf seine Haustür zu. Grimmig. Und trotz allem voller Entschlossenheit.

Ich friere sehr. Ich habe vergessen, die Mutter um den Hausschlüssel zu bitten. Und ich bin sehr froh, als ich den Papa kommen höre. Ich bin sicher, daß es seine Schritte sind. Aber dann bleibt er eine Ewigkeit lang vor der Lichtermannschen Buchhandlung stehen. Im Schatten, wo man nicht genau erkennen kann, ob er es wirklich ist. Und wenn nicht? Ich wage nicht, mich zu rühren.

Aber dann kommt er über die Straße, direkt auf mich, auf unsere Haustür zu.

»Was denn, Mädel? Wieso stehst du hier noch herum?« Das Kind hat ihn richtig erschreckt. Er hat angenommen, daß sie schon längst in ihrem Bett liegt. Jetzt muß er schnaufen, weil ihm einfällt, was gewesen wäre, wenn er den Stein ... Gütiger Himmel!

»Ich habe auf dich gewartet, Papa. Einen Augenblick lang habe ich mich sehr gefürchtet, aber das war, bevor ich dich richtig erkannt habe.«